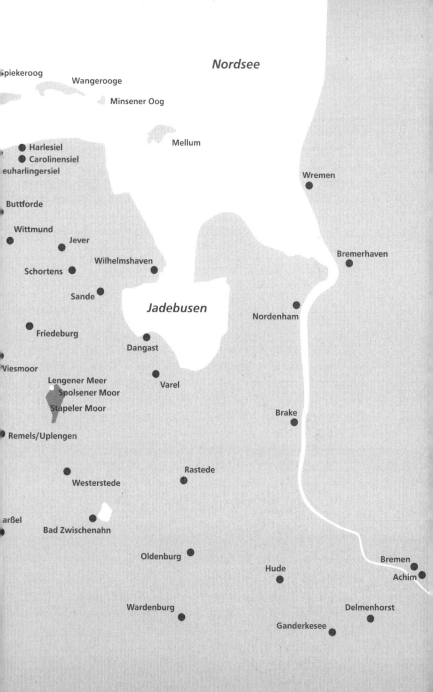

Den Anblick dieser Leiche würde Ann Kathrin Klaasen nie vergessen: Der Täter hat mit Hilfe eines Metalldrahtes den Körper eines toten Mädchens nachgeformt und darüber die Haut gespannt. Wie bei einem Fliegengitter, nur viel stabiler … und beweglich. So stand es im Obduktionsbericht. Dann hat er sein Werk im Moor versenkt. Wer tut so etwas? Und vor allem: Wer kann so etwas? Ann Kathrin Klaasen ist sprachlos, als sie das ganze Ausmaß erkennt, mit dem der Täter hier zu Werke ging. Während das Team in Aurich ersten Hinweisen nachgeht, wird in Norden ein Kind vor der Apotheke entführt. Und bald darauf verschwindet ein zweites Kind. Sucht der Moor-Mörder nach weiteren Opfern? Für Ann Kathrin Klaasen beginnt eine der schaurigsten Ermittlungen ihres Lebens.

Klaus-Peter Wolf, 1954 in Gelsenkirchen geboren, lebt als freier Schriftsteller in der ostfriesischen Stadt Norden, im selben Viertel wie seine Kommissarin Ann Kathrin Klaasen. Wie sie ist er nach langen Jahren im Ruhrgebiet, im Westerwald und in Köln, an die Küste gezogen und Wahl-Ostfriese geworden. Seine Bücher und Filme wurden mit zahlreichen Preisen ausgezeichnet. Bislang sind seine Bücher in 24 Sprachen übersetzt und über zehn Millionen Mal verkauft worden. Mehr als 60 seiner Drehbücher wurden verfilmt, darunter viele für »Tatort« und »Polizeiruf 110«. Mit Ann Kathrin Klaasen hat der Autor eine Kultfigur für Ostfriesland erschaffen, mehrere Bände der Serie werden derzeit prominent fürs ZDF verfilmt und begeistern Millionen von Zuschauern.

Besuchen Sie auch die Websites des Autors:
www.klauspeterwolf.de und *www.ostfrieslandkrimis.de*

Weitere Informationen finden Sie auf www.fischerverlage.de

KLAUS-PETER WOLF

OSTFRIESEN MOOR

Kriminalroman

FISCHER Taschenbuch

11. Auflage: November 2017

Originalausgabe
Erschienen bei FISCHER Taschenbuch
Frankfurt am Main, März 2013

© S. Fischer Verlag GmbH, Frankfurt am Main 2013
Für die Landkarte: © Wiebke Rocker
Satz: Dörlemann Satz, Lemförde
Druck und Bindung: CPI books GmbH, Leck
Printed in Germany
ISBN 978-3-596-19042-3

»Hochqualifizierte Spezialisten haben die Titanic gebaut.
Deppen wie wir die Arche.«
Ubbo Heide, Kripochef Aurich

»Die ganze Welt versinkt im Chaos.
Aber ich soll eine ordentliche Akte anlegen …«
Rupert, Kommissar, Kripo Aurich

»Ich stelle mir den Weltuntergang genau so vor:
Wir können mit einem guten Glas Rotwein in der Hand
und einer Tüte Chips vor dem Fernseher sitzen und live
dabei sein, während sich die Experten darüber streiten, ob
das, was gerade passiert, technisch überhaupt möglich ist.«
Ann Kathrin Klaasen, Hauptkommissarin, Kripo Aurich

Holger Bloem beobachtete das Kranichpärchen durch das Teleobjektiv seiner analogen Canon. Ruhig hielt er das schwere Teleobjektiv mit dem Lederhandgriff.

Ein brütendes Graukranichpärchen im Uplengener Moor. Das ist eine ornithologische Sensation, dachte er und drückte auf den Auslöser.

Der Diafilm surrte in der Kamera.

Der große Vogel reckte den langen Hals und sah sich nervös um. Die federlose rote Kopfplatte schwoll an.

Holger Bloem war noch gut hundertfünfzig Meter von den Tieren entfernt. Er fragte sich, ob sie das Geräusch gehört hatten. Einerseits war er froh, diese Bilder mit seiner alten Kamera schießen zu können, andererseits war das nicht ganz lautlos.

Er konnte Männchen und Weibchen nicht voneinander unterscheiden. Beide Tiere bauten am Nest und, wenn er sich in den letzten Stunden nicht getäuscht hatte, brüteten sie auch abwechselnd.

Ein Schwarm Schnepfenvögel rauschte vom Ufer des Lengener Meeres ins Wasser. Es kam ihm so vor, als ob die Tiere mit den langen Schnäbeln vor etwas fliehen würden. Aber er ließ sich nicht ablenken und konzentrierte sich auf die Kraniche, die sich jetzt gegenseitig die Federn putzten.

Holger Bloem hatte ein paar hervorragende Aufnahmen gemacht. Er stellte sich bereits vor, wie sie im »Ostfriesland-Magazin« wirken würden, und fragte sich, ob er schreiben sollte, wo genau er die Tiere beobachtet hatte. Oder musste er befürchten, damit einen Besucherstrom auszulösen, der die scheuen Vögel vertreiben würde?

Er suchte nach dem ersten Satz.

In vielen Kulturen galten Kraniche als Botschafter des Friedens und des Glücks.

Wieder reckte ein Tier den Kopf hoch, und Holger Bloem fühlte sich von den roten Augen geradezu erwischt. Es war ein zorniger, stechender Blick, der gar nicht zu dem anmutigen Vogel passte, der sich so liebevoll um seine Brut kümmerte.

Ich werde eine ganze Serie über Moore in Ostfriesland schreiben, dachte er. Allein dieser Hochmoorsee hier ist eine eigene Reportage wert. Ein Vogelparadies.

Er versuchte jetzt, geräuschlos in eine erhöhte Position zu kommen. Ohne die Tiere aufzuschrecken, wollte er einen Blick in ihr Nest ermöglichen. Da war Gestrüpp im Weg, das vor dem Nest aus dem Wasser ragte.

Bloem veränderte den Blickwinkel, aber immer waren diese blöden Äste vor den Kranichen im Bild.

Ganz so, als wollte er sich auf dem Foto nicht verdecken lassen, pickte ein Kranich jetzt nach einem der Äste und zerrte ihn aus dem Wasser.

Braves Tier, dachte Holger Bloem und fotografierte. Doch der Kranich zog mit dem Ast noch mehr hoch. Da hing etwas dran. Es war schwer.

Holger Bloem nahm ein paar Schnappschüsse mit, dann lief ihm ein Schauer über den Rücken.

Es musste ein Irrtum sein. Eine Spiegelung des Wassers. Eine optische Täuschung.

Der Vogel zerrte zweimal voller Wut, dann ließ er den Ast ins Meer zurückplatschen, und Holger Bloem blieb mit dem Gefühl zurück, eine menschliche Hand gesehen zu haben und einen Arm bis zum Ellenbogen.

Jetzt bereute er, die Szene nicht mit seiner Digitalkamera fotografiert zu haben. Dann hätte er sich einfach das letzte Bild im Display anschauen können. Aber so musste erst ein Diafilm entwickelt werden.

Er zögerte. Sollte er warten, ob der Vogel sein Glück noch einmal versuchen würde?

Es war Wasser in Holger Bloems Schuhe gekommen. Er überlegte die nächsten Schritte. Er konnte jetzt schlecht in die Redaktion nach Norden zurückfahren. Dort konnten zwar Schwarzweißfilme rasch entwickelt werden, aber die Diafilme erforderten mehr Aufwand und wurden normalerweise zu CeWe-Color nach Oldenburg geschickt. Das war nur ein Katzensprung von hier aus, wenn er Gas gab, keine fünfzehn Minuten.

Er pirschte rückwärts. Noch im Auto fragte er sich: Habe ich eine Moorleiche entdeckt oder nur eine seltsam geformte Astgabel gesehen?

Über ihm verdeckte eine Wolke die Sonne. Sie sah aus wie ein lachendes Kindergesicht mit aufgeblähten Wangen.

Manchmal, dachte Holger Bloem, treibt die Natur Späße mit uns. Aber das flaue Gefühl im Magen sagte ihm, dass er es hier nicht mit einem solchen Schabernack der Natur zu tun hatte, sondern am Beginn einer grausamen, nur zu realen Entdeckung stand.

Ann Kathrin Klaasen saß in Aggis Huus in Neßmersiel auf dem Sofa. Sie hatte sich mächtig über den Zaun geärgert, mit dem der freie Zugang zum Meer versperrt worden war. Sie wollte keinen Eintritt bezahlen, um an der Nordsee zu stehen, aber es ging ihr nicht so sehr ums Geld, sondern niemand hatte das Recht, der Landschaft durch solche Zäune den Zauber zu nehmen. Gerade erst war sie aus Dornumersiel wutentbrannt abgefahren, weil dort auch so ein Ding die Landschaft verschandelte.

Um etwas gegen den Frust zu tun, hatte sie sich einen Windbeutel bestellt, die Spezialität hier, mit viel Sahne und Eierlikör eine kalorienhaltige Köstlichkeit. Jetzt stand dieser Windbeutel vor ihr und war so gigantisch, dass der Name Sturmsack wohl besser dazu gepasst hätte.

Sie konnte sich nicht vorstellen, dieses Ding allein zu verdrücken, gab sich aber Mühe und genoss dabei jeden Bissen. Eigentlich trank Ann Kathrin nicht gern Tee, sondern viel lieber Kaffee, doch hier bestellte sie sich immer wieder gern einen Sanddorntee. Das tat sie auch jetzt. Allein der Duft stimmte sie friedlich.

Der Mann am Tisch gegenüber stand auf. Er hatte gut fünfzehn Kilo zu viel und schob seinen Bierbauch in Ann Kathrins Nähe. Er bewunderte ein T-Shirt vom FC St. Pauli an der Wand, auf dem offensichtlich die ganze Mannschaft unterschrieben hatte.

»Entschuldigen Sie, junge Frau«, sagte er, »ich bin auch St.-Pauli-Fan, und da wundert man sich doch, hier so ein T-Shirt zu finden.«

Ann Kathrin nickte nur und versuchte, sich wieder in ihr Buch zu vertiefen. Ein Spaziergang am Meer, um schließlich in Aggis Huus herumzusitzen, einen Tee zu trinken und ein gutes Buch zu lesen, so stellte sie sich einen entspannenden Nachmittag vor.

»Ich habe Sie vorhin schon gesehen«, sagte der Mann. »Sie haben auch keinen Eintritt zahlen wollen. Weder hier noch in Dornumersiel.«

Ann Kathrin nickte wieder und schaute in ihr Buch.

»Wenn ich Urlaub mache, will ich mich nicht fühlen wie beim Hofgang in einer Justizvollzugsanstalt«, lästerte der Mann. »Da muss es einen grundsätzlichen Unterschied geben, und das haben die scheinbar hier vergessen. Wir werden abreisen.«

»In Norddeich gibt es so einen Quatsch noch nicht«, sagte Ann Kathrin.

Der Mann drehte sich um und rief jetzt viel lauter als notwendig zu seiner Frau: »Hast du gehört? In Norddeich ist das anders. Sollen wir da hinfahren?«

»Ich hab's gehört, Wilhelm. Ich bin doch nicht schwerhörig. Jetzt lass die Dame in Ruhe, du siehst doch, sie will lesen.«

»Ja und? Ich stör sie doch nicht!«

Ann Kathrin nahm einen Schluck Tee und hob ihr Buch höher, um dem St.-Pauli-Fan zu zeigen, dass sie tatsächlich etwas anderes vorhatte, als sich mit ihm zu unterhalten.

»Was lesen Sie denn da? Ist das ein Kinderbuch? Da ist ja eine Pusteblume drauf.«

Ann Kathrin stöhnte. »Das Buch heißt: *Lass los, was deine Seele belastet*. Rita Pohle hat es geschrieben. Ich würde es jetzt gerne weiterlesen.«

»Siehst du! Nun lass die Dame doch in Ruhe! Komm, setz dich wieder hierhin.«

»Jetzt sei mal ruhig, Sieglinde, wir unterhalten uns gerade.«

»Nein«, sagte Ann Kathrin, »wir unterhalten uns nicht. Sie reden. Ich möchte lesen.«

Falls Sie unter chronischem Zeitmangel leiden, sich fremdbestimmt oder als Opfer Ihrer Aktivitäten fühlen, sollten Sie Ihre Zeit selbst in die Hand nehmen!

Genau wegen dieses Satzes hatte sie das Buch gekauft.

Obwohl der Mann immer noch vor ihr stand und versuchte, sie in ein Gespräch zu verwickeln, aß sie tapfer ihren Windbeutel und las dabei:

Fragen Sie sich bei jedem neuen Termin: Muss der unbedingt sein? Lassen Sie auf keinen Fall zu, dass andere über Ihre Zeit verfügen und Sie verplanen. Enttarnen Sie Zeiträuber, egal, ob menschlicher oder organisatorischer Natur, und meiden Sie sie.

Ann Kathrin blickte vom Buch auf und sah dem Mann jetzt hart ins Gesicht. Ja, das war genau so ein Zeiträuber.

Sie wollte ihn jetzt einfach wegschicken. Sie suchte noch nach einem Satz, der nicht allzu verletzend für ihn wäre, da heulte ihr Handy los wie ein einsamer Seehund auf der Sandbank bei Ebbe.

»Hör mal, Sieglinde«, rief Wilhelm, »ihr Handy klingt wie ein Seehund! Das ist ja originell!«

Ann Kathrin kannte die Nummer im Display nicht. Es war kein beruflicher Anruf, aber noch bevor sie das Gespräch annahm, hatte sie ein schlechtes Gewissen ihrer Mutter gegenüber. Wann hatte sie sie zum letzten Mal angerufen? Wann zum letzten Mal besucht?

Später würde sie oft über diesen Moment nachdenken. Sie wusste, dass es um ihre Mutter ging, noch bevor sie die Stimme der Krankenschwester hörte.

»Mein Name ist Jutta Schnitger von der Ubbo-Emmius-Klinik in Norden. Spreche ich mit Ann Kathrin Klaasen?«

»Ja, das bin ich.«

»Frau Klaasen, ich habe Ihre Telefonnummer in der Handtasche Ihrer Mutter gefunden. Ihre Mutter ist bei uns.«

Ann Kathrins Puls war sofort auf hundert, und ihr Blutdruck schoss auf einhundertsechzig zu neunzig. Es brummte so sehr in ihren Ohren, dass sie Mühe hatte, die Frau am Handy zu verstehen.

»Ihre Mutter hatte einen Schlaganfall. Sie liegt auf Station 12, Zimmer 1.«

»Kann ich sie sprechen?«

»Ich fürchte, das geht nicht, Frau Klaasen. Besser, Sie kommen und machen sich selbst ein Bild von der Situation.«

»Ist meine Mutter in Lebensgefahr?«, fragte Ann Kathrin erschrocken.

»Nein, das ganz sicher nicht. Aber ihr Sprachzentrum ist getroffen, und es fällt ihr schwer, sich zu artikulieren.«

Während sie telefonierte, versuchte Ann Kathrin, Wilhelm nicht anzusehen. Stattdessen starrte sie auf eine Hexenpuppe, die neben dem Schrank stand, in dem viele verschiedene Teekannen ausgestellt waren. Jetzt war es ein bisschen, als würde die Hexe sie angrinsen, als sei diese Figur gerade für einen kurzen Moment lebendig geworden.

»Ich komme sofort«, sagte Ann Kathrin und drängte an dem Touristen vorbei, der ihr Hilfe anbot, falls sie jetzt irgendetwas brauche. Sie lehnte dankend ab und wollte nach vorne zur Kasse, um zu bezahlen, aber dann ging sie noch einmal zu ihrem Tisch zurück und baggerte sich mit der Gabel eine Riesenportion Sahne in den Mund. Sie hatte das Gefühl, in nächster Zeit eine Menge Energie zu brauchen.

Allein die Anwesenheit von diesem Bloem machte Rupert schon sauer. In seiner Vorstellung hockte dieser Journalist stundenlang gemütlich irgendwo in der freien Natur und beobachtete Vögel, während er selbst sich seit zwei Tagen den Hintern an diesem Schreibtisch wund saß und sinnlosen Papierkram erledigte, den sonst keiner machen wollte und der vermutlich in Hannover von irgendwelchen Sesselpupsern für irgendeinen *Willi-Wichtig* erfunden worden war, nur um gute Kriminalisten wie ihn an ihrer Arbeit zu hindern. Das Motto hieß jetzt: *Ihr sollt keine Verbrecher fangen, es reicht, wenn ihr Formulare ausfüllt, das aber bitte gründlich.*

Rupert ärgerte sich, dass er die Sektflasche auf seinem Schreibtisch nicht schnell versteckt hatte. Er hielt nicht viel von Journalisten und von Holger Bloem überhaupt nichts. Immerhin hatte der ein großes Porträt über Ann Kathrin Klaasen gemacht, und in der Aufwertung ihrer Arbeit sah Rupert eine Abwertung seiner eigenen.

Er bot Holger Bloem keinen Stuhl an. Das wäre ja noch schöner, dachte er grimmig. Er beugte sich vor und holte zu einer großen Geste aus.

»Also nochmal ganz langsam, Herr Bloem. Sie haben da also gemütlich bei einem Kasten Bier die Füße ausgestreckt und irgendwelche Vögel beobachtet.«

Rupert rollte den Stuhl ein Stück zurück und legte die Füße auf die Schreibtischkante.

»Kraniche. Ich habe Graukraniche beobachtet, nicht irgendwelche Vögel. Und ein Kasten Bier war ganz sicher nicht im Spiel. Ich trinke nicht während der Arbeit, und wenn ich fahre, schon mal gar nicht.«

»Hm.« Rupert gefiel die Antwort nicht. Er fühlte sich blöd angemacht. Sollte das eine Anspielung auf die Sektflasche sein? Er deutete auf die Flasche und log: »Ein Geschenk von einem Opfer, weil wir den Täter erwischt haben.«

»Ja. Sehr interessant. Aber kann ich jetzt nicht doch besser Kommissarin Klaasen sprechen?«

»Ich sagte Ihnen doch, dass sie nicht da ist. Haben Sie was an den Ohren?«

Holger Bloem zeigte Rupert jetzt das auf DIN-A4-Format vergrößerte Bild.

»Da. Sehen Sie selbst.«

Rupert betrachtete das Foto voller Missgunst, ohne es in die Hand zu nehmen.

»Ein hässlicher Vogel zieht etwas aus dem Wasser. Wollen Sie sich damit bei ›Jugend forscht‹ bewerben, oder was? Ich dachte, Sie sind Zeuge eines Verbrechens geworden?«

Holger Bloem tippte mit dem Finger auf die entscheidende Stelle. Dabei kam er Rupert so nah, dass er roch, was der gegessen hatte. Ein Drei-Gänge-Menü: Currywurst, Pommes und Mayonnaise.

»Das da ist eine Hand«, erklärte Holger Bloem.

Rupert lachte laut. »Ja. Mit viel Phantasie kann man darauf kommen. Und hier hinten im Gebüsch, das könnte zum Beispiel ein Troll sein oder auch ein Waldschrat.«

Holger Bloem hatte gehofft, sich auf einem anderen Niveau unterhalten zu können. Es gab hier hervorragende Kriminalbeamte. Ubbo Heide, Frank Weller, Ann Kathrin Klaasen, Sylvia Hoppe. Aber er musste ausgerechnet an diesen Rupert geraten.

»Was erwarten Sie jetzt von uns? Sollen wir das ganze Gebiet abriegeln? Mit Tauchern kommen, um das Meer nach einer Leiche zu durchsuchen?«

Rupert klatschte sich mit der Hand gegen den Kopf. »Lengener Meer! Man sieht schon daran, wie bescheuert die Ostfriesen sind. Sie nennen ihr Meer See und ihre Seen Meere.«

Als würde ihm das erst jetzt bewusst werden, schüttelte Rupert verständnislos den Kopf.

»Ich bin nicht gekommen, um mit Ihnen über Geographie zu diskutieren, Herr Kommissar. Ich glaube, dort liegt eine Leiche. Und Taucher wird man kaum brauchen. Das Lengener Meer ist höchstens einen Meter tief. Wenn überhaupt.«

»Und warum sind Sie dann nicht einfach ins Wasser gestiegen und haben die Leiche herausgeholt, sofern da eine war – was ich bezweifle.«

»Weil dort ein Kranichpärchen nistet, und ich wollte die Vögel nicht aufschrecken.«

Rupert musste so sehr lachen, dass seine Füße von der Schreibtischkante rutschten und auf den Papierkorb knallten. Der fiel um. Rupert zeigte auf Holger Bloem und feixte: »Der war gut! Der war echt gut! Den sollten Sie in Ihrer Witzbeilage veröffentlichen.«

»Wir haben keine Witzbeilage.«

»Na, dann gehören Sie wohl auch zu diesen bescheuerten Tierschützern, die für Millionen Steuergelder einen Tunnel unter der Autobahn her bauen, damit die brünstigen Frösche nicht plattgefahren werden.«

Holger Bloem machte einen Schritt in Richtung Tür. Dann

blieb er aber noch einmal stehen, sah Rupert an und fragte: »Hat Ihnen eigentlich schon mal jemand gesagt, Herr Kommissar, dass Sie ein unglaublich analytischer Kopf sind?«

Rupert setzte sich anders hin. Sollten sich etwa seine geheimen Träume erfüllen, und endlich würde mal etwas Positives über ihn in der Zeitung stehen?

Er fuhr sich über die Haare, als sollte er gleich fotografiert werden und müsste nur rasch seine Frisur noch in Form bringen.

»Ja, äh … wie?«

»Ich habe gefragt, ob Ihnen noch nie jemand gesagt hat, was für ein guter Polizist Sie sind. Wie wichtig Sie für Ostfriesland sind. Dass wir noch mehr solch klarer analytischer Köpfe wie Sie ganz dringend bräuchten.«

»Nein«, sagte Rupert verunsichert, »das hat noch nie jemand zu mir gesagt.«

»Hm. Und wissen Sie was? Ich befürchte, das wird auch so bald nicht passieren.«

Rupert brauchte einen Moment zu lange, um zu begreifen, dass Holger Bloem ihm gerade ganz schön einen eingeschenkt hatte.

Bloem war schon im Flur, aber Rupert lief ihm hinterher, riss die Tür auf und schrie: »Glauben Sie ja nicht, dass Sie mit solchen Frechheiten bei mir durchkommen! Nun kommen Sie schon wieder rein! Sie benehmen sich ja wie eine beleidigte Pastorentochter!«

So hatte Ann Kathrin Klaasen ihre Mutter noch nie gesehen. Sie wusste, dass die Frau mit den wirren Haaren dort auf der Bettkante ihre Mutter war. Doch etwas in ihr weigerte sich, diesen Gedanken anzunehmen.

Sie sah sich selbst als kleines Mädchen im Zimmer stehen, mit trotzig verschränkten Armen, den Kopf schräg, stampfte sie wütend mit dem Fuß auf und protestierte: *Nein, das will ich nicht! Das kann nicht wahr sein!*

Ich darf mich jetzt nicht von dem kleinen Kind beherrschen lassen, das ich einmal war, dachte sie. Ich bin eine erwachsene Frau. Hauptkommissarin in Aurich. Ich habe einen fast erwachsenen Sohn, einen bescheuerten Exmann und jetzt eine Mutter, die dringend Hilfe braucht.

Ihre eigenen Ermahnungen brachten sie in die Kompetenz zurück. Trotzdem war das Kind in ihr gerade so lebendig, dass sie es am liebsten aus dem Krankenzimmer geführt hätte. Das hier war nichts für Kinder, sondern eine Aufgabe für Erwachsene.

Ihre Mutter hielt sich mit einer Hand an der Stange fest, an der eine Infusion hing. Sie suchte etwas. Ihre Blicke irrten durch den Raum. Sie wirkte verloren, wie aus der Welt gefallen.

»Suchst du etwas, Mama?«

Ann Kathrin ahnte, was die Mutter vorhatte. Helga glitt aus dem Bett, ignorierte die Schuhe, obwohl sie mit dem linken Fuß dagegen stieß, und bewegte sich auf die Tür zu. Sie schwankte nach links.

Ann Kathrin befürchtete, ihre Mutter könnte stürzen. Sofort war sie bei ihr und hielt sie fest.

»Mama? Willst du zur Toilette?«

Jetzt sahen die beiden Frauen sich an, und Ann Kathrin schossen augenblicklich die Tränen in die Augen, denn sie verstand: *Meine Mutter erkennt mich nicht. Sie fragt sich gerade, wer ich bin.*

Offensichtlich wollte ihre Mutter etwas sagen. Sie öffnete den Mund. Zwischen ihren Lippen zog der Speichel Fäden. Aber dann kamen keine Worte, sondern nur ein Lallen und Pfeifen.

»Pfft ... Baba po ab.«

Ann Kathrin brauchte einen Moment, um den Schrecken zu

verarbeiten. Dann sagte sie so sachlich wie möglich: »Ich habe dich nicht richtig verstanden. Was hast du gesagt?«

Die Mutter guckte zornig, als sei Ann Kathrin ein ungezogenes Kind, das nicht hören will, und wurde jetzt lauter.

»Baba po ab! Pfft!«

»Ich verstehe dich nicht, Mama.«

Sie kam sich blöd vor, weil sie diese Worte sagte, und sie spürte, dass sie damit den Zorn der alten Dame auf sich zog, die nicht wahrhaben wollte, dass sie, die ehemalige Lehrerin, die auf geschliffene Aussprache und korrekte Grammatik Wert legte und bis vor kurzem noch Thomas Mann und Franz Kafka gelesen hatte, nicht mehr in der Lage war, einfache Worte verständlich zu formulieren.

Ann Kathrin schaffte es, ihre Mutter zur Toilette zu begleiten und auf der Schüssel zu platzieren. Sie wusste nicht, ob es besser war, dabeizubleiben oder ihrer Scham folgend draußen vor der Tür zu warten. Sie hatte Angst, der Ständer mit der Infusion könnte umkippen und ihre Mutter verletzen. Sie stellte ihn sicher hin, nahm die rechte Hand ihrer Mutter und legte sie um den Ständer.

»Halt das hier schön fest«, sagte sie, wie zu einem kleinen Kind, das auf die Gefahren seiner Umgebung aufmerksam gemacht werden musste.

Dann lehnte Ann Kathrin sich vor der halb geöffneten Toilettentür an die Wand und schloss für einen Moment die Augen. Sie hörte Urin in die Schüssel rauschen und wusste, dass nichts in ihrem bisherigen Leben sie auf das vorbereitet hatte, was in den nächsten Wochen auf sie zukommen würde.

Ich muss mit den Ärzten sprechen, dachte sie. Ich brauche Gewissheit.

Rupert tippte rein vorsichtshalber einen Bericht. Er hatte die Sektflasche in den Papierkorb gestellt und trank einen Schwarztee ohne Kluntje und Sahne.

Der bekannte Journalist Holger Bloem erschien heute um ...

Rupert sah auf die Uhr. Doch bevor er die Zeit eintrug, korrigierte er den Satz. Nein, »der bekannte Journalist«, das war doch wohl zu viel der Ehre. In so einem Bericht musste die Wahrheit stehen.

Der Journalist Holger Bloem erschien heute um 14 Uhr 25 in der Polizeiinspektion. Er machte einen verwirrten Eindruck und erzählte dummes Zeug, um sich wichtig zu machen.

Rupert rieb sich die Hände und grinste. Ja, genau so war es.

Er sah sich die Fotos an, die Holger Bloem ihm dagelassen hatte.

Sylvia Hoppe, die Kollegin mit dem schmalen Hintern und der unerträglich nasalen Stimme, kam herein und fragte: »Hast du Ann Kathrin irgendwo gesehen?«

Rupert zuckte nur mit den Schultern. Er wusste, wie neugierig Frauen waren, und natürlich schaffte es Sylvia Hoppe nicht, an den Fotos vorbeizugehen.

»Na«, fragte Rupert, »was siehst du da drauf?«

»Einen Kranich, der einen Ast aus dem Wasser zieht. Und daran hängt eine Hand mit einem abgerissenen Unterarm. Wer hat denn diesen grausigen Fund gemacht? Ist das dein Fall?«

Rupert nickte. »Ja. Ich sammle solchen kranken Mist.«

Dann löschte er, was er gerade über Holger Bloem geschrieben hatte, und formulierte erneut.

Der Journalist Holger Bloem vom Ostfriesland-Magazin erschien heute um 14 Uhr 25 in der Polizeiinspektion und gab zu Protokoll, er habe beim Fotografieren im Uplengener Moor ein brütendes Kranichpärchen knipsen wollen und dabei zufällig einen abgerissenen Arm entdeckt.

Sylvia Hoppe war schon nicht mehr im Raum. Rupert überlegte es sich noch einmal und löschte die Stelle mit dem Kranichpärchen.

Wer weiß, dachte er, was die Verrückten sonst noch daraus machen. Ich werde jetzt dafür sorgen, dass wir den Rest der Leiche bergen, sofern sie da im Moor ist. Da stört das Kranichpärchen nur im Protokoll. Ich muss aufpassen, dass nicht irgendwelche wildgewordenen Tierschützer die Suche nach der Leiche verzögern, bis das Federvieh seine Jungen zur Welt gebracht hat.

Er fragte sich, wie groß solche Kranicheier wohl waren und ob man sie in die Pfanne hauen konnte. Er hatte mal in Südafrika aus Straußeneiern gemachte Rühreier gegessen. Eine Köstlichkeit, fand er.

Abel kratzte sich. Seit er dieses neue, hellblaue Hemd trug, juckte seine Haut an den Oberarmen, den Schultern und der Wirbelsäule. Am liebsten hätte er sich, wie ein Bär am Baum, den Rücken am Türrahmen gescheuert.

Seine Mutter hatte früher jedes Hemd, jede Unterhose und jede Jeans gewaschen, bevor er die neuen Sachen anziehen durfte. Er hatte es immer blödsinnig gefunden, saubere, frische Kleidung aus der Verpackung direkt in die Waschmaschine zu stecken. Jetzt begriff er, warum. Dieses Hemd, das ihm so gut stand und ihn aussehen ließ wie einen Banker und nicht wie einen Polizisten, war garantiert mit irgendeinem Giftzeug imprägniert worden.

»Also«, sagte Abel, »nochmal ganz langsam. Wir sollen irgendwo im Uplengener Moor eine Leiche suchen? Willst du das ganze Gelände umgraben? Weißt du, wie groß das ist? Kannst du das nicht ein bisschen genauer eingrenzen?«

Rupert ärgerte sich, dass er Bloem nicht nach genauen Koordinaten gefragt hatte.

»Naja, es muss am Rand vom ... also praktisch nah am Ufer vom Lengener Meer sein.«

Abel tippte sich an die Stirn. »Na, das ist ja jetzt viel genauer.«

Er setzte sich und rieb seinen Rücken zunächst unauffällig an der Lehne. Das tat gut. Er versank geradezu in dem Genuss und vollzog immer kunstvollere Verrenkungen auf dem Bürostuhl.

»Es kann nicht so schwer zu finden sein«, erklärte Rupert. »Wir haben ja diese Fotos hier.«

Abel rutschte fast vom Stuhl. »Na, dann frag doch den Fotografen. Er kann uns hinführen.«

Das passte Rupert nun gar nicht. Er wollte Bloem nicht um Mithilfe bitten. Er wollte mit diesem Typen am liebsten überhaupt nichts zu tun haben.

»Es kann ja nicht so schwer zu finden sein. Da nisten diese Vögel.«

Abel setzte sich gerade hin, rollte ein Blatt Papier zusammen und versuchte, damit eine schwer zu erreichende Stelle zwischen den Schulterblättern zu kratzen.

»Mensch, Rupert, diese Moore sind Vogelparadiese. Da gibt es jede Menge Nistplätze. Das ist so, als würdest du sagen, wir suchen eine Kneipe, wo es Bier gibt.«

»Das sind besondere Vögel. Der Bloem hat von einer orthopädischen Sensation gesprochen ...«

»Einer orthopädischen Sensation?«

Rupert schüttelte den Kopf. »Nein, von einer orthographischen ...«

Ihm wurde klar, dass er sich verrannt hatte, aber ihm fiel das verdammte Wort nicht ein. Es lag ihm auf der Zunge, aber ...

»Was hat das denn mit Rechtschreibung zu tun?«, fragte Abel.

Da hatte Rupert das Wort und tat so, als hätte Abel ihn nur falsch verstanden.

»Ornithologische Sensation habe ich gesagt. Also, ich meine, hat Bloem gesagt. Jedenfalls meint er, diese Viecher dürften nicht gestört werden.«

»Na, das riecht nach Ärger.«

»Muss ja keiner wissen.«

»Hm.« Da gab Abel Rupert gerne recht.

Dieses Naturschutzgebiet war ein idealer Ort, wenn man seinen Gedanken nachhängen wollte.

Weller beobachtete den Himmel. Er hatte das Gefühl, in diesem flachen Land bis zum angrenzenden Marschland der Jadebusenküsten gucken zu können, aber Kraniche sah er nicht.

Weller hatte beschlossen, Ann Kathrin einen Heiratsantrag zu machen. Nach der Katastrophenehe mit Renate hatte er sich eigentlich geschworen, nie wieder die zweite Hauptrolle in einem Ehedrama spielen zu wollen. Doch mit Ann Kathrin war irgendwie alles anders. Sie gehörten so sehr zusammen. Alles erschien ihm natürlich, fast wie vorherbestimmt.

Er überlegte, wie er das machen sollte. So ein Heiratsantrag war nicht unwichtig. Alles musste stimmen. Der Ort. Die Zeit.

Brauchte er ein Geschenk? Blumen?

Er stellte sich das Bild vor. Sie kam nach Hause in den Distelkamp.

Er hatte gekocht und Blumen besorgt.

Sollte er auf die Knie gehen, um seinen Spruch aufzusagen?

Überhaupt, was sollte er sagen?

Er war nicht gerade das, was man eine gute Partie nannte. Er hatte Unterhaltsverpflichtungen gegenüber zwei Töchtern und einer Exfrau und besaß nicht mehr, als in zwei Koffer passte. Ann Kathrin dagegen hatte dieses Haus und solide Wertpapieranlagen bei der Sparkasse Aurich-Norden.

Für einen Moment befürchtete er, sie könnte ihn auslachen,

aber tief in sich drin wusste er, dass das Unsinn war. Vermutlich wartete sie seit langer Zeit auf seinen Antrag. Ja, in der Beziehung war sie altmodisch.

Er drehte sich zu seinen Kollegen um. Rupert glaubte die Stelle gefunden zu haben, aber er verwechselte nur einen Graureiher mit einem Kranich, was Abel zu der Bemerkung veranlasste, Rupert verstehe eben nichts von Vögeln. Das Wort *von* sprach er bewusst gedehnt aus, sodass man auch *vom Vögeln* verstehen konnte.

Rupert brauste sofort auf und erwähnte seine Dankesbriefe von Frauen aus dem In- und Ausland.

Abel stand nah bei Weller und raunte: »Na, wer's glaubt ... Seine Frau macht jedenfalls einen ziemlich unbefriedigten Eindruck auf mich.«

Weller mochte solche Gespräche nicht. Er konnte sich gut vorstellen, wie sie über Ann Kathrin und ihn herzogen, weil er jünger war als sie.

»Also, ich rufe jetzt Holger Bloem an und bitte ihn, uns zu zeigen, wo genau ...«

In dem Moment erhob sich keine hundert Meter von ihnen entfernt ein Kranich und stieß einen Schrei aus, der wie eine persönliche Warnung klang, die Weller regelrecht erschreckte.

Helga pfefferte den Filzstift in die Ecke. Sie wollte nicht schreiben. Ihre Hand zitterte viel zu sehr.

Aber Ann Kathrin gab nicht auf. Sie hatte eine neue Idee.

Sie fuhr auf den Parkplatz hinter der Piratenschule und lief auf den Neuen Weg. Sie brauchte einen Spielzeugladen oder ein Geschäft für Schulbedarf. Sie sollte Buchstaben kaufen. Vielleicht war es ihrer Mutter möglich, mit Buchstaben Wörter zu legen, wenn ihr das Sprechen und Schreiben zu schwer fiel.

Im Spielwarenladen Sternschnuppe fand sie, was sie suchte. Es waren bunte Plastikbuchstaben, jeder gut drei Zentimeter groß. Damit musste es klappen.

Erst als Ann Kathrin abgehetzt wieder bei ihrem froschgrünen Twingo ankam, fiel ihr auf, dass sie gerannt war.

Sie hatte einen Zettel hinter dem Scheibenwischer. Mist. Das Knöllchen kam zu Recht, sie hatte vergessen, einen Parkschein zu ziehen.

Sie beschloss, sich jetzt nicht darüber zu ärgern, sondern düste zum Krankenhaus zurück, froh über ihre Idee mit den Buchstaben.

Als sie ins Zimmer kam, war ihre Mutter nicht da. Nach einem ersten Schrecken, sie könnte in der Zwischenzeit verstorben oder schlicht weggelaufen sein, erfuhr Ann Kathrin von der vietnamesischen Schwester, die Platt sprach, ihre Mutter sei zur CT.

Ann Kathrin bestellte sich unten im Café ein Stückchen Erdbeertorte und einen Latte macchiato. Sie mochte diese ostfriesische Art, zwischen Erdbeeren und Boden eine Schicht Pudding zu verstecken, so wurde alles saftig und schmeckte auch ohne Sahne.

Gerade hatte sie noch richtig heftigen Hunger verspürt, aber jetzt bekam sie kaum einen Bissen runter. Der Magen war leer und knurrte nach Nahrung, aber im Hals saß etwas, das nicht bereit war zu schlucken.

Sie walkte sich das Gesicht durch und kämpfte mit den Tränen. Sie fühlte sich überfordert. Sie musste mit dem behandelnden Arzt reden und sich genau informieren, aber sie schrumpfte gerade wieder zu dem kleinen Mädchen, das sie einmal gewesen war.

Sie vermisste ihren Vater so schrecklich, sie hätte schreien können.

»Ich schaff das nicht allein, Papa!«

Sie sah sich um. Hatte sie das wirklich gerade laut gerufen oder nur gedacht?

Da vorne am Fenster saß ein Pärchen. Sie im Bademantel und verheult, er im Hawaiihemd und fast versteinert. Eine Dame um die siebzig mit bewundernswert silbernen Haaren las den *Kurier*.

Niemand schien etwas bemerkt zu haben.

Ann Kathrin überlegte, ob sie ihrer Mutter ein Stückchen Kuchen mit nach oben nehmen sollte.

Sie sah auf ihr Handy. Sie hatte Weller noch gar nicht informiert. Wie sollte sie ihm das sagen? War so etwas überhaupt für eine SMS geeignet? Gab es nicht Dinge, die man sich besser von Angesicht zu Angesicht sagte …?

Sie hatte eine Nachricht von Weller:

Wir sind im Uplengener Moor.
Ich liebe dich, Ann.

Sie drehte den Kopf und schaute aus dem Fenster. Mein Gott, dachte sie, habe ich nah am Wasser gebaut. So eine SMS reicht aus, und ich könnte schon wieder heulen.

Jetzt wimmelte es hier von Menschen, nur die Kraniche waren weg. Kollegen von der Spurensicherung fragten sich, was sie denn bitte schön hier für Spuren sichern sollten. Die Taucher sahen angeblich in der Brühe nichts, und Rupert diskutierte per Handy mit Ubbo Heide, dem Chef der Kripo Aurich-Wittmund über die Frage, ob eine Hundertschaft angefordert werden sollte, um das Gelände abzusuchen oder nicht.

Abel fotografierte das Kranichnest, vermisste aber das Ei. Er verdächtigte insgeheim Rupert, das oder die Eier beiseitegeschafft zu haben, um Schwierigkeiten mit Tierschützern aus dem Weg zu gehen. Wo es keine Eier gab, konnte auch kein Vogelpärchen beim Brüten gestört werden.

Überhaupt kam Abel sich überflüssig vor. Er galt als hervorragender Tatortfotograf. Er konnte mit Spheron 360-Grad-Aufnahmen machen. Er hatte Fortbildungen und Kurse belegt, aber plötzlich galt seine Kunst nichts mehr. Alle redeten nur von Holger Bloems Foto. Jeder kannte es inzwischen. Es war, als hätte er King Kong beim Besteigen des Empire State Buildings fotografiert.

Fast schmerzhaft vermisste Abel Ann Kathrin Klaasen. Die hatte seine Arbeit immer zu schätzen gewusst. Sie sagte manchmal Sätze wie: »Ich brauche das alles. Mach auch eine Totale. Du bist unser Gedächtnis, Abel. Jetzt ist noch alles klar, aber bald schon wird es Probleme geben, die Lage der Dinge einzuordnen.«

Genau so etwas brauchte er jetzt, aber niemand zeigte ihm, wie wichtig seine Arbeit war.

Holger Bloem war inzwischen, informiert durch Wellers Anruf, auch vor Ort. Weder Rupert noch Bloem wirkten begeistert, als sie sich sahen. Auch Abel verzog den Mund, was Bloem aber nicht mitkriegte.

»Ich habe die Presse nicht gern am Tatort, bevor unsere Arbeit abgeschlossen ist ...«, maulte Rupert.

»Der ist jetzt nicht Presse, sondern Zeuge!«, betonte Weller.

Holger Bloem nahm die leicht feindselige Stimmung zur Kenntnis und sagte: »Ich bin beides. Dadurch, dass ich Zeuge wurde, verliere ich ja nicht meinen Presseausweis.«

Rupert verzog den Mund. »Also, als Zeugen brauchen wir Sie nicht. Wir haben das Scheißvogelnest gefunden. Und als Journalist sind Sie hier im Moment nicht gefragt, da müssen Sie schon die offizielle Pressekonferenz abwarten ... falls es eine gibt.«

Holger Bloem ärgerte sich schon, überhaupt gekommen zu sein, da entdeckte er etwas zwischen den Ästen einer Buche. Er sah genauer hin. Er wollte jetzt nichts Falsches sagen.

»Wir haben das Nest, aber weder eine abgehackte Hand noch sonst etwas ... Wenn wir jetzt auch noch eine Hundertschaft anrücken lassen und dann ist da nichts als heiße Luft, dann ...«

Rupert schlug in die Luft, als gelte es, einem Gegner durch die Deckung zu boxen.

Holger Bloem zeigte auf die Buche. »Ich glaube, da hängt, was Sie suchen.«

Weller war mit ein paar Schritten am Baum. Dabei trat er neben den Weg, und sein rechter Fuß versank mit einem schmatzenden Geräusch.

»Verdammt, er hat recht! Da oben hängt etwas!«

Das Erschrecken über das, was er da oben sah, ließ Weller das eigentliche Wort nicht aussprechen.

Abel fotografierte sofort. Das war seine Chance. Der Aufnahme würde man nicht ansehen, wer das Objekt im Baum zuerst gesehen hatte.

Endlich hatte Abel eine Möglichkeit, Bloem auszustechen.

Rupert versuchte sofort, die Entdeckung für sich zu nutzen, und schimpfte: »Ja, bin ich denn nur von Idioten umgeben? Ihr sucht alle nur unten! Vielleicht guckt auch mal einer nach oben?! Das sind Vögel!« Er flatterte mit den Armen, als ob er versuchen wollte abzuheben. »Vögel! Die fliegen! Da kann schon mal etwas im Baum landen.«

Es war ein Kinderarm mit einer Hand daran. Den dazugehörigen Körper fanden Taucher Minuten später nur wenige Meter vom Ufer entfernt.

Holger Bloem wurde schlecht. Da war er nicht der Einzige.

Ann Kathrins Mutter saß vor den Buchstaben und schob sie auf dem Beistelltischchen hin und her. Ann Kathrin stand neben ihr am Bett und streichelte ihren Kopf.

Helga sprach in einem durch. Es war ein anstrengender Silbensalat, ohne Punkt und Komma. Höchstens Ausrufezeichen oder Fragezeichen waren herauszuhören.

Mit dem Verlust der Selbstkontrolle über die eigene Sprachproduktion kam ein unstillbarer Rededrang, der für die sonst eher wortkarge Frau bis zur körperlichen Erschöpfung führte.

Der behandelnde Arzt nannte es »sensorische Aphasie« oder auch »Logorrhoe«. Er sprach von einem Schlaganfall und davon, dass sie einen langen, schweren Weg vor sich hätten, aber er machte Ann Kathrin Mut. Alles, so verstand sie, könnte auch wieder gut werden.

Sie hätte den Arzt küssen können. Seine ruhige, väterliche Art tat ihr gut.

Dann fegte ihre Mutter mit einer unwirschen Handbewegung die bunten Plastikbuchstaben durchs Zimmer.

Ein Besuch der Pathologie in Oldenburg gehörte nicht gerade zu Ruperts Lieblingsbeschäftigungen. Weil Ann Kathrin sich aber offensichtlich mit Ubbo Heides Genehmigung ausgeklinkt hatte, fuhren Rupert und Weller gemeinsam hin.

Sie schwiegen sich im Auto eine Weile an. Dann fragte Rupert: »Wie läuft es denn so zwischen Ann Kathrin und dir?«

»Darüber möchte ich nicht reden.«

»Oh, so schlecht?«

Weller biss sich auf die Lippen. Er wollte sich mit Rupert nicht auf private Gespräche über Frauen einlassen. Aber jetzt platzte er doch damit heraus: »Im Gegenteil. Ich war noch nie so glücklich. Sie ist eine wunderbare Frau.«

»Na, zu dem Thema gibt es aber auch ganz andere Ansichten.«

Es gelang Rupert jedes Mal, Weller mit Bemerkungen über Ann Kathrin auf Hundertachtzig zu bringen. Weller hätte seinem Kollegen jetzt am liebsten eine reingesemmelt, aber er beherrschte sich. Immerhin saß Rupert hinterm Steuer.

Inzwischen wusste Weller, dass Ann Kathrin bei ihrer Mutter in der Ubbo-Emmius-Klinik war, aber auch das ging Rupert nichts an, fand er.

»Ich frage mich«, sagte Weller so dienstlich wie möglich, »wie so ein Kinderarm einfach abreißen kann. Ob das ein Tier war?«

»Wer weiß, wie lange das Kind im Wasser lag. Moorleichen sollen ja Hunderte von Jahren alt werden können, ohne zu verwesen. Ich denke, das ist gar kein echter Fall für uns. Viel zu lange her. Es sucht ja auch keiner mehr den Mörder von Ötzi oder wie diese Mumie hieß, die sie im Gletscher gefunden haben.«

»Das Kind trug eine Jeans mit Reißverschluss und Gummistiefel. Unwahrscheinlich, dass sie vor ein paar hundert Jahren solche Klamotten getragen haben.«

Rupert hielt in Oldenburg bei McDonald's.

»Das ist nicht die Pathologie«, stellte Weller fest.

»Hm. Aber ich habe Hunger und gehe jetzt amerikanisch essen. Solche Leichenfunde schlagen mir immer auf den Magen. Ich kann nach Besuchen in der Pathologie manchmal tagelang nichts essen.«

Weller blieb im Auto und rief Ann Kathrin an. Er hätte sie jetzt zu gern dabeigehabt. Dieser gruselige Fund im Moor kam Weller vor wie die berühmte Spitze eines Eisbergs, und sie saßen auf der führerlosen Titanic und steuerten direkt darauf zu.

Ann Kathrins Stimme war anders als sonst. Sie hatte ihre Wärme verloren, da war so ein leicht hysterischer Klang.

»Wie sieht es aus mit deiner Ma?«, fragte er.

Ann Kathrin sprach ruckartig, in einem abgehackten Satzstaccato, als müsse sie die Worte mit großem Druck herauspressen.

Weller hatte sie schon in vielen Situationen erlebt. Wenn andere ausflippten oder panisch wurden, dann reagierte sie oft besonnen, klarsichtig und unerschrocken, doch jetzt stand sie praktisch unter Schock.

Er hatte das Bedürfnis, sie in den Arm zu nehmen und zu trösten, aber mehr als ein kurzes Gespräch, bis Rupert seinen doppelten Big Mac verdrückt hatte, war nicht drin.

Sie wollte gar nicht von der Situation ihrer Mutter im Krankenhaus erzählen. Sie fragte stattdessen nach, was er über die Sache im Uplengener Moor zu berichten hatte.

»Das wuppen wir schon, Ann, denk jetzt an dich und deine Ma.«

»Ihr seid nicht gerade das Dreamteam der ostfriesischen Polizei, Rupert und du.«

»Ja, aber wir sind auch nicht Dick und Doof. Wir haben das hier voll im Griff, Ann.«

Ann Kathrin hatte Angst, ihn beleidigt zu haben. Das Gefühl, alles falsch zu machen, wurde übermächtig in ihr. »Ihr seid echt nicht wie Dick und Doof ...«

Es klang wie eine Entschuldigung.

Weller vervollständigte ihren Satz: »Ja, weil keiner von uns dick ist ...«

Sie wertete seinen Versuch, sie aufzuheitern, als Liebesbeweis. Sie war kurz davor, sich zum Lachen zu zwingen, nur um ihm einen Gefallen zu tun. Nur die Befürchtung, es könnte falsch und gekünstelt klingen, hielt sie davon ab. Nein, gute Laune vorzutäuschen, war jetzt nicht ihr Ding.

»Es erschüttert mich so sehr, dass ich gar nicht zu ihr durchdringe. Der Arzt sagt, sie würde mich durchaus verstehen, könnte nur selbst nichts formulieren, weil die Wortfindungsstörungen ...«

»Ich weiß«, sagte Weller, »das war bei meiner Schwiegermutter damals genauso. Sing ihr etwas vor.«

»Häh?« Ann Kathrin fühlte sich auf verletzende Weise nicht ernst genommen und abgeschoben.

»Im Ernst, Ann, der Gesang kommt aus einer anderen Gehirnregion oder so. Ich kann dir das auch nicht erklären, aber jedenfalls hat es bei meiner Schwiegermutter nach einem Schlaganfall funktioniert. Sie konnte nicht mehr sprechen, wohl aber die alten Schlager singen. *Mendocino ... Rote Lippen soll man küssen ... Junge, komm bald wieder ... Der Junge mit der Mundharmonika ...* oder auch Udo Jürgens' *Siebzehn Jahr blondes Haar ...*«

Weller begann vor Begeisterung das Lied zu singen.

»Es reicht, Frank. Danke.«

Rupert kam aus dem McDonald's. Er hatte sein Hemd mit Mayonnaisespritzern beschlabbert. Er nestelte an seinem Hosenschlitz herum.

»Also, Ann ... Wir gehen jetzt in die Pathologie. Ich leg es dir nochmal ans Herz: Versuche es mit der heilenden Kraft des Singens. Und keine falsche Scheu oder Scham. Schlager oder alte Volkslieder können in so einer Situation Wunder wirken ...«

Rupert ließ sich in den Sitz plumpsen. Verständnisvoll sah er Weller an. Er äffte seinen Kollegen nach: »Schlager können Wunder wirken ... Kriegt sie ihre Tage oder was?«

Weller ballte die Faust. »Halt einfach die Fresse, Rupert. Kapiert? Ich will kein Wort mehr hören.«

Rupert machte eine Bewegung, als würde er seinen Mund abschließen und den Schlüssel durchs Autofenster auf den Parkplatz werfen.

»Kein Wort!«, ermahnte Weller ihn noch einmal.

Dann schweigen sie bis zur Pathologie.

Das Gebäude in der Taubenstraße 28 wirkte auf Weller, als hätte man Norman Bates' Elternhaus weiß angestrichen.

Weller besuchte dieses Haus nicht gern. Ihm war unheimlich zumute, wenn er nur in die Nähe kam. Ihm wurde bewusst, dass auch sein Leben endlich war. Irgendwann würde auch er kalt und gefühllos sein, sodass man ihn aufschneiden und in Einzelteile zerlegen konnte, ohne dass er laut um Hilfe brüllen würde.

Sie kannten die junge Frau noch nicht, die sich als Professorin Dr. Marion Hildegard vorstellte und eher wie eine Studentin wirkte.

Der Umgang mit Leichenteilen muss gut für die Haut sein, dachte Rupert und fragte sich, wie alt sie war. Er schätzte sie auf Ende zwanzig, aber damit lag er vermutlich gut zehn Jahre daneben.

Eine Frau Professor Doktor sollte nicht so aussehen, fand er. Der Preis für so einen Titel musste mindestens aus Falten, Übergewicht, einer dicken Brille und schlechter Haut bestehen, damit auf der Welt noch ein bisschen Gerechtigkeit erhalten blieb.

Frauen wie diese Professorin hätten vor Rupert in erotischen Dessous tabledancen können, ohne dass sich bei ihm das Geringste regte. Sie waren ihm zu intellektuell. Frauen, die zu schlau waren, fand er unsexy. Sie turnten ihn einfach ab. Rupert fühlte sich ihnen unterlegen und wollte sich auf keinen Fall einwickeln lassen.

Er ging hinter ihr her. So einen Po bekam man nicht einfach von Mutter Natur geschenkt, dafür musste man lange trainieren. Er schätzte dreimal wöchentlich eine Stunde auf dem Stepper.

Sie habe so etwas noch nie gesehen, betonte sie.

Weller gab ihr recht. »So eine mumifizierte Moorleiche findet man ja wirklich nicht alle Tage.«

Sie gab den beiden eine heftig riechende Creme, die sie sich unter die Nase schmierten, dann führte sie sie in den Obduktionsraum.

Weller fröstelte. Das Kind lag auf einem silbern glänzenden Tisch.

Rupert sah gar nicht hin. Ihm reichte es, wenn er später den Bericht bekam.

Tote Kinder verfolgten ihn in nächtliche Traumwelten, das gab er nicht zu, aber so war es, und er hasste es. Umso erfreuter war er, den hochgereckten Hintern der Putzfrau zu sehen, die in der Ecke etwas aufwischte.

»Wir haben es nicht mit einer mumifizierten Moorleiche zu tun, Herr Weller«, erklärte Frau Professor Dr. Hildegard.

Als Männer noch richtige Kerle waren, wurden um solche Ärsche Kriege geführt, dachte Rupert. Erst viel später ging es dann um Gold, Ehre, Öl und all solchen Quatsch.

Dass dieses gebärfreudige Becken offensichtlich einer Putzfrau gehörte und nicht einer vergeistigten Akademikerin, wirkte geradezu erotisierend auf Rupert. Sein Jagdinstinkt war augenblicklich geweckt.

»Sondern?«, fragte Weller und sah Professor Hildegard an.

Sie schwieg und betrachtete amüsiert Rupert, wie der den Hintern der Putzfrau mit Blicken abtastete.

Sie räusperte sich. Rupert bekam das gar nicht mit.

Eine Spur zu laut fuhr sie fort: »Das Kind wurde ausgestopft.«

Weller glaubte, sich verhört zu haben. »Ausgestopft?«

»Ja, wie man Wirbeltiere ausstopft. Das ist hier erstaunlich gut gemacht. Wer immer das war, hatte eine Menge Fachwissen. So eine Taxidermie erfordert ...«

Weller wurde schlecht. Er versuchte, das zu überspielen.

»Taxi ... was?«

»Taxidermie nennt man die Kunst, Tierkörper in möglichst natürlicher Form für Ausstellungszwecke haltbar zu machen. Früher wurden Tiere einfach ausgestopft wie Kopfkissen. Seit der Mitte des 19. Jahrhunderts werden die Tierkörper entsprechend ihrer Anatomie in eine Haltung gebracht, die sie fast lebendig aussehen lässt. Die gegerbte Haut wird auf einen Grund-

körper aus Gips oder Plastik aufgebracht. Dazu braucht man Grundkenntnisse in Statik, Anatomie und Ethologie.«
Weller stöhnte.
Rupert überlegte, mit welchem Spruch er diese Frau am besten anmachen konnte. Generalangriff. Der erste Satz musste sitzen.
Sollte er es ganz direkt machen? *Sind Sie das Senftöpfchen, in das ich mein Würstchen stecken werde?*
Oder lieber: *Hat das weh getan, als du vom Himmel gefallen bist, Engel?*
Am liebsten hätte er den Putzeimer über ihr ausgegossen und dann gesagt: *Jetzt aber schnell raus aus den nassen Klamotten ...*
Aber das ging nicht, er war ja leider nicht alleine mit ihr hier.
Er brauchte einen sozial verträglicheren, nicht zu kompromittierenden Spruch. Er wollte Weller und dieser Akademikertussi keine große Angriffsfläche bieten.
»Wollen Sie damit sagen, Frau Professor, jemand hat dieses Kind ...«
Weller konnte es gar nicht aussprechen.
»Schauen Sie selbst.«
Sie wollte es ihm zeigen, doch er sah überall hin, nur nicht auf den Kinderkörper.
»Solche Dermoplastiken müssen eigentlich in klimatisierten Räumen aufbewahrt werden, sonst reißt die Haut. Sehen Sie, hier und hier ... In der Gerbung wird bis heute meist Alaun verwendet, dadurch kommt es zu einer Art Säurefraß. Das können Sie hier und hier beobachten. Große Teile des Rückens sind betroffen. Die Haut zerfällt ganz einfach.«
Die Putzfrau drehte sich um. Sie trug ein Seidentuch mit ostfriesischem Rosenmuster um den Hals.
Jetzt sah Rupert ihr Gesicht. Sie hatte große, klare Augen, porzellanblau, aber praktisch keine Lippen. Sie lächelte Rupert an. Ihr Blick ging ihm durch und durch. Ein warmer Schauer rieselte seine Beine entlang.

Ein Anmachspruch nach dem anderen jagte durch seinen Kopf.
Wenn du zu kaufen wärst, würde ich dich klauen, denn ich fürchte, so etwas Wertvolles könnte ich mir bei meinem Gehalt gar nicht leisten.
Glaubst du an Liebe auf den ersten Blick, oder soll ich besser noch einmal reinkommen?
Entschuldigung, ich habe meine Telefonnummer vergessen. Kann ich deine haben?
Ich bin im ADAC. Darf ich dich abschleppen?
Alles Mist. Mist. Zu plump. Nicht witzig genug. Statt sie locker anzubaggern, stand er hier rum wie ein Schluck Wasser und trat von einem Bein aufs andere, als sei das hier seine erste Tanzstunde.

Er wusste nicht wohin mit seinen Händen. Er griff an den Tisch, um sich abzustützen.

»Vorsicht«, sagte die Putzfrau. »Unser erster Prosektor, Dr. Dietrich, hat sich schon 1935 bei einer Autopsie einen Streptokokkeninfekt eingefangen und ist daran verstorben.«

Rupert zuckte zusammen. Er hatte die Leiche gar nicht berührt, sondern nur den Tisch, auf dem sie lag, aber er hätte sich trotzdem am liebsten die Hände in Salzsäure gereinigt. Er wischte sie sich an den Hosenbeinen ab.

Sie lächelte noch immer, und er fragte sich, ob das gerade ihr üblicher Anmachspruch gewesen war.

»Seitdem hat sich hier viel geändert. Zum Beispiel die Hygienebestimmungen. Ich putze hier nicht einfach, ich ...«

Sie wurde mit einer scharfen Geste von Professor Dr. Hildegard unterbrochen. »Bitte, Frauke ...«

Sie drehte sich sofort um. »Entschuldigung.«

»Nicht doch«, sagte Rupert, »Ich ... ähm ... ich finde das sehr interessant.«

»Wie lange ist das Kind schon tot?«, fragte Weller.

»Ein paar Jahre. Mindestens vier oder fünf. Vielleicht mehr.

Aber im Moor lag sie noch nicht lange. Höchstens ein paar Wochen, sonst hätten wir eine andere Kleintiersituation. Die Leiche ist kaum angefressen ...«

Rupert wollte etwas Schlaues sagen, um Frauke zu beeindrucken. Für einen Anmachspruch war es jetzt eh zu spät, aber er bildete sich ein, sie hätte interessiert geguckt.

»Wie ist sie ums Leben gekommen? Können Sie das schon sagen?«, fragte Weller.

Rupert polterte: »Na, das ist vielleicht eine blöde Frage! Wie sie ums Leben gekommen ist! Würdest du es überleben, wenn man dich ausstopft?«

»Das Mädchen kann an einer Krankheit gestorben sein. Vielleicht wurde sie auch umgebracht, so weit bin ich noch nicht. Sie war zwischen zehn und zwölf Jahren alt, als sie ... zu dem wurde, was sie jetzt ist.«

Frauke nahm den Putzeimer und verschwand. Rupert folgte ihr. Weller blieb mit Professor Dr. Hildegard zurück.

»Entschuldigen Sie meinen Kollegen, er ...«

Sie winkte ab. »Schon gut. Seine Aussagen reflektieren nicht gerade die kulturellen oder gar literarischen Traditionen des Abendlandes, aber ich kann damit umgehen. Dieser Raum hier wirkt auf manche Menschen, nun sagen wir, irritierend ...«

»Wer«, fragte Weller und schluckte schwer, »kann so etwas getan haben?«

Er bemühte sich immer noch, einen Punkt im Raum zu fixieren, um nicht die Leiche anschauen zu müssen, obwohl er wusste, dass dies seine Aufgabe war.

Ann Kathrin hätte ihn dafür schwer gescholten. Ihrer Meinung nach mussten Polizisten genau hingucken, um die richtigen Schlüsse ziehen zu können.

Aber er hatte selbst Töchter, und das Ganze fasste ihn viel mehr an als der fünfte Mord im Rotlichtmilieu.

»Das herauszufinden ist Ihre Aufgabe, Herr Kommissar. Aber

wenn Sie mich fragen ...« Sie kokettierte ein bisschen damit, jetzt die Kriminalistin zu spielen. Seine Unsicherheit gefiel ihr. Sie war daran gewöhnt, dass Menschen hier kleinlaut wurden. »So eine Dermoplastik ist eine Art Kunstwerk. Manche Leute sind durch besonders gelungene Tierpräparationen berühmt geworden. Hier hatte jemand viel Zeit und viel Kenntnis. Das gesamte Fettgewebe muss entfernt werden und ...«

»Schon gut, schon gut, so genau wollte ich es eigentlich gar nicht wissen. Heißt das, dass wir in einer bestimmten Szene suchen müssen? Der Täter braucht Kenntnisse, ja, eine Ausbildung.«

Sie nickte. »Im Grunde suchen Sie jemanden wie mich, Herr Weller.«

Ann Kathrin war immer noch sauer auf Weller. Sie nahm ihm die krampfhaften Versuche, sie aufzumuntern, übel. Sie fühlte sich dadurch in ihrer Problematik nicht ernst genommen. Schlager sollte sie singen ... *Der Junge mit der Mundharmonika* ... So ein Blödsinn!

Sie begleitete ihre Mutter durch den Flur. Die Frau neben ihr kam ihr merkwürdig fremd vor. Sie krampfte sich in Ann Kathrins rechten Arm, weil sie Angst hatte zu stürzen. Ihr Gang war schlurfend und wacklig.

Die ganze Zeit über redete sie in Richtung Ann Kathrin. Das unverständliche Geblubbere und Gelalle wurde zunehmend aggressiver, fand Ann Kathrin, so, als würde ihre Mutter es ihr übel nehmen, dass sie sie nicht verstand.

Sie fühlt sich genauso unverstanden von mir wie ich mich von Weller, dachte sie. Habe ich mich ihm gegenüber auch nicht klar genug ausgedrückt?

»Mama, du bist hier im Krankenhaus. Alles wird wieder gut.

Du hattest einen Schlaganfall. Ich kann nicht verstehen, was du mir sagst. Dein Sprachzentrum wurde getroffen.«

Die Mutter schüttelte den Kopf und wedelte wild mit der rechten Hand vor Ann Kathrins Gesicht herum, während sie sich mit der linken weiterhin an ihr festhielt.

Ich muss ihr Dinge holen, die sie kennt, dachte Ann Kathrin, damit sie sich besser zurechtfindet. Sie braucht ihren eigenen Bademantel. Dinge, die sie erkennt. Vielleicht ein Bild, die eigene Uhr …

Sie beschloss, noch einmal zurückzufahren, um Erinnerungsangebote aus der Wohnung der Mutter zu holen. Bei all den Grobheiten um uns herum müssen wir sensibel bleiben für die kleinen, zwischenmenschlichen Dinge, die doch so unglaublich wichtig sind, dachte sie.

Sie versuchte, es ihrer Mutter zu erklären, doch die wollte sie nicht gehen lassen, hielt sie fast panisch fest, als hätte sie Angst, sie sonst nie wiederzusehen.

»Ich komme zurück, Mama. Ich will dir nur ein paar Sachen holen. Ein Fotoalbum und …«

Helga schüttelte den Kopf und wirkte so, als würde sie ihre Tochter am liebsten ohrfeigen, was sie aber nicht tat.

Ann Kathrin beschloss, noch eine Weile zu bleiben und mit ihrer Mutter im Flur auf und ab zu gehen, bis sie, müde geworden, froh war, im Bett einschlafen zu können.

Beim Spaziergang im Krankenhausflur schweiften Ann Kathrins Gedanken ab. Sie konnte dem Buchstaben- und Silbensalat, der auf sie einprasselte, nicht länger zuhören. Sie tat es vielleicht nur, um ihre Mutter einen Moment lang zum Zuhören zu bringen, damit sie endlich schwieg. Vielleicht wollte sie auch Franks Vorschlag eine Chance geben.

Als sie es tat, fehlte ihr jede Begründung dafür. Sie begann zu singen. Ganz leise, fast verschämt, ganz nah am Ohr ihrer Mutter.

*»Schuld war nur der Bossanova,
der war schuld daran.
War's der Mondenschein ...«*

Ihre Mutter blieb stehen, schüttelte sich, als würde sie in der Disco tanzen und sang: *»Der war schuld daran.«*

Ann Kathrin zuckte zusammen. Das konnte doch nicht wahr sein! Sie wusste nicht, ob sie lachen oder weinen sollte.

Sofort versuchte sie es erneut.

»Schuld war nur der Bossanova ...«

Und ihre Mutter stimmte gleich mit ein:

»Der war schuld daran.«

Ann Kathrin staunte und sang weiter:

»War's der Mondenschein ...«

Ihre Mutter schüttelte den Kopf und verzog das Gesicht zu einem Lachen:

»Nana, der Bossa Nova.«

Ann Kathrin kannte den weiteren Text gar nicht richtig, aber sie wollte jetzt auf keinen Fall aufhören.

Dann standen sie gemeinsam im Flur der Ubbo-Emmius-Klinik, als sei dies eine Bühne, und sangen aus vollem Herzen:

*»Als die kleine Jane grade achtzehn war,
Führte sie der Jim in die Dancing Bar.«*

Sie sahen sich dabei aus großen Augen an, konnten ihr Glück nicht fassen. Beiden schossen gleichzeitig Tränen in die Augen, dann hielten sie sich fest umklammert und lachten ihr befreiendes Lachen lauthals heraus.

Ann Kathrin fühlte sich, als seien sie unschuldig Verurteilte, denen gerade der Gefängnisausbruch gelungen war ...

Danke, Frank, dachte sie, danke. Ich hab dir, verdammt nochmal, Unrecht getan.

Weller wollte zurück nach Aurich, um bei einer ersten Tatortbesprechung alle bisher bekannten Daten und Fakten zu sammeln.

Er stand draußen ans Auto gelehnt und sah sich das Institut für Pathologie an. Jetzt erinnerte ihn das Gebäude noch viel mehr an das Elternhaus von Norman Bates. Die Dachform war genauso geschnitten, es fehlte nur das heruntergekommene Motel. Weller sah sich um, als würde er es in der Taubenstraße suchen.

Er ahnte, wo Rupert war, und konnte es doch gleichzeitig nicht glauben. Hatte er wirklich diese Reinemachfrau abgeschleppt? War das eine Übersprunghandlung, weil er mit dem Anblick der Kinderleiche nicht fertig wurde, oder war er einfach nur notgeil?

Völlig egal. Sie mussten zurück. Sie hatten einen Fall zu lösen. Rupert durfte Affären haben, so viel er wollte, aber nicht während der Dienstzeit.

Weller drückte auf seinem Handy die Kurzwahltaste für Rupert.

Rupert ging auch sofort ran.

Weller schimpfte: »Hey, ich warte hier auf dich wie so ein dummer Junge! Wo bist du?«

Rupert antwortete: »Ich verstehe deine Unsicherheit. Aber ich vertrau dir vollkommen. Du schaffst das auch ohne mich. Es wird ja Zeit, dass du selbständiges Arbeiten lernst.«

»Ey, spinnst du?!«

Weller war sofort klar, dass Rupert keineswegs wirklich ihm antwortete, sondern dass seine neue Freundin neben ihm saß und er sie beeindrucken wollte, indem er sich als großer Zampano aufspielte.

»Ich erwarte deinen Bericht heute Abend auf meinem Schreibtisch. Ich werde später nochmal im Büro vorbeikommen und mir anschauen, wie du den Fall gehandelt hast. Wenn du dich jetzt klug verhältst, wird es einen positiven Eintrag in deine Personalakte geben.«

Weller sprach Klartext: »Meinetwegen kannst du während der Dienstzeit mit deiner kleinen Schnecke herummachen, so lange du willst. Mich stört das nicht. Aber glaub ja nicht, dass ich hier in Oldenburg warte, bis du fertig bist. Dann musst du schon zusehen, wie du nach Hause zurückkommst.«

»Du musst einfach mehr Vertrauen in dich haben. Als ich angefangen habe, war das auch ein Riesenproblem für mich, aber Erfahrung sammelt man nur, indem man Dinge selbständig tut. Trau dich!«

»Meinst du, die ist so blöd und kauft dir den Schmus ab?«

»Ich weiß, dass ich wie ein Vater für dich bin, aber ich kann nicht immer alle Probleme für dich lösen. Wir sind fast gleich alt. Werd erwachsen!«

»Soll ich unserem Chef sagen, dass du eine Verdächtige verhörst oder ...«

»Da wird dir schon was einfallen!«

»Wenn du danach entspannter bist und dich wieder auf die Arbeit konzentrieren kannst, soll's mir recht sein.«

Weller hörte noch ein Kichern von Frauke, dann beendete er das Gespräch.

Bevor Weller über die E 22 in Richtung Aurich fuhr, hielt er am großen Einkaufscenter an. Hier vor dem Famila-Markt im Posthalterweg gab es eine Würstchenbude, die er in guter Erinnerung hatte. Nach einem Besuch im Horst-Janssen-Museum hatte er hier mit Ann Kathrin noch den versäumten Wochenendeinkauf nachgeholt, und der Duft dieser Bratwurst hatte es ihm unmöglich gemacht, einfach ins Auto zu steigen und nach Hause zu fahren.

Jetzt hielt er auf dem großen Parkplatz. Das Gelände war unübersichtlich. Er sehnte sich zurück nach kleinen Tante-Emma-Läden. Das hier hatte in seiner Fülle etwas Erschlagendes an sich. Bei zu viel Werbung und Lichtern wusste er plötzlich nicht mehr, was er eigentlich wollte und wofür er sich entscheiden sollte.

Er wollte schon umkehren, aber dann war wieder dieser Bratwurstgeruch da.

Er aß gleich zwei, und dann ging es ihm besser.

Vielleicht, überlegte er, sollte ich noch einkaufen und heute Abend für Ann und mich etwas kochen. Sie wird völlig fertig sein nach der Geschichte mit ihrer Mutter.

Er wollte etwas Leichtes für sie kochen. Er stellte sich ein Fischgericht vor.

Im Eingangsbereich gab es eine große, offene Buchhandlung. Oltmanns. Die Sehnsucht nach einem ruhigen Leseabend überkam ihn. Ja, einen guten Krimi wollte er in der Hand halten, die Füße auf dem Sofa hochlegen und vielleicht mit einem guten Tropfen Rotwein ...

Wie um ihn zu locken, lagen auch noch Neuerscheinungen ostfriesischer Krimiautoren direkt im Eingangsbereich. Barbara Wendelkens *Tod an der Blauen Balje* lachte ihn an. Es kostete ihn Mühe, aber er blieb standhaft.

Ann Kathrin braucht jetzt mich und meine ganze Aufmerksamkeit, dachte er, da kann ich mich nicht mit einem Krimi zurückziehen.

Er kaufte Seelachs ein und Gemüse. Er wollte das alles würfeln und mit gutem Olivenöl im Wok zubereiten. Es würde nur ein paar Minuten dauern, und sie hätten eine gesunde Mahlzeit. Notfalls konnte er das Ganze auch morgen kochen.

Dann, als er rausging, hielt er es doch nicht länger aus. Er griff zu dem Krimi, kaufte ihn fast heimlich, wie eine verbotene Droge, und lief dann zu seinem Auto.

Auf der Höhe von Uplengen überlegte er, noch einmal abzubiegen und sich den Tatort allein anzuschauen, obwohl er sich sicher war, dass der Fundort auf keinen Fall der Tatort war.

Aber warum, verdammt, machte sich jemand so viel Mühe, ein totes Kind zu präparieren, bewahrte es jahrelang auf und warf es dann einfach weg?

In dem Moment fiel ihm glühend heiß ein, dass der Täter die Leichenteile ja irgendwo entsorgt haben musste. Die Knochen. Die Innereien. Das Fett. Die Muskelmasse.

Weller schüttelte sich und kämpfte darum, die gute Bratwurst drin zu behalten.

Sie hatten doch nichts weiter gefunden als die Hülle. Der Täter musste das Kind praktisch abgehäutet haben. Aber wo war der Rest geblieben? Lag noch irgendwo ein Skelett?

Erst jetzt wurde ihm deutlich, dass er Frau Professor Dr. Hildegard gar nicht gefragt hatte, ob unter dem Gesicht auch noch ein richtiger Schädel war. Knochen. Oder lag das alles noch im Uplengener Meer?

Er stellte sich vor, wie ein Täter die Innereien eines Menschen nachts an Fische und Vögel verfütterte. Sicherlich würden die ganze Arbeit leisten. Aber dann wären die Knochen noch im See.

Hatte der Täter irgendeinen Bezug zu diesem Ort? Vielleicht stand auch das Opfer in irgendeiner Beziehung zum Moorgebiet.

Immer wieder, wenn er über die Lösung eines Falles nachdachte, erwischte er sich bei dem Gedanken: Wie würde Ann Kathrin es machen?

Ganz sicher würde sie versuchen, alles über Moore in Ostfriesland in Erfahrung zu bringen, über das Ausstopfen von Menschen und Tieren, und schließlich würde sie den Fundort aufsuchen, dort ganz allein sein und hereinspüren, ob der Ort ihr etwas zu erzählen hatte.

Weller stellte sich vor, dass er sich nächtelang dort den Arsch abfrieren könnte, ohne dass der Ort jemals zu ihm sprechen würde, aber bei Ann Kathrin war das anders.

Ich bin nicht Ann Kathrin, sagte er sich zerknirscht. Ich muss andere Methoden anwenden. Damit kommen wir auch zum Ziel.

Der Täter kann nur aus einer klar einzugrenzenden Personengruppe kommen. Die knöpfe ich mir notfalls alle selbst vor.

Aber dann sahen Ann Kathrin und Weller sich nicht in ihrem gemütlichen Zuhause im Distelkamp 13 in Norden wieder, sondern pflichtbewusst bei einer Dienstbesprechung in der Polizeiinspektion Aurich im Fischteichweg.

Es gab auch keine Fisch-Gemüse-Pfanne, sondern Stuten mit Rosinen und dazu Schwarztee.

Rieke Gersema hielt die Tasse mit beiden Händen und beugte ihren Kopf darüber. Der heiße Dampf kondensierte auf ihren Brillengläsern, während sie den Teeduft einatmete.

Ubbo Heide hatte vor sich einen Marzipanseehund von ten Cate liegen und schien geradezu darüber zu meditieren. Er brach kleine Stückchen ab, rollte sie zwischen den Fingern zu Kugeln zusammen, führte sie andächtig zum Mund und ließ sie auf der Zunge zergehen. Er war hochkonzentriert. Er, der bekennende Boßler und Klootschießer, hatte in seiner Freizeit ein eher mediterranes Verständnis von Pünktlichkeit. Im Dienst dagegen pflegte er preußische Tugenden, und Unpünktlichkeit war ihm verhasst. Er hatte keineswegs vor, auf Rupert oder Sylvia Hoppe zu warten.

Ann Kathrin schien es wieder besser zu gehen, was ihn beruhigte. Sie stopfte den frischen Rosinenstuten in sich hinein, als hätte sie lange nichts gegessen. Aber da war ein Glanz in ihren Augen, als hätte nicht ihre Mutter einen Schlaganfall erlitten, sondern als sei etwas Schönes, ja Beglückendes geschehen.

Ubbo Heide deutete auf ein paar Blätter, die vor ihm lagen,

und sagte: »Das hier, liebe Kollegen, ist kein Obduktionsbericht, sondern ein Albtraum.«

Weller nickte. »Ich komme gerade aus Oldenburg. Ich hab's gesehen.«

Dabei musste er sich eingestehen, dass er kaum etwas gesehen hatte. Aber mit dem toten Körper in einem Raum zu sein, hatte ihm vollständig gereicht. Dazu die Worte von Frau Professor Dr. Hildegard.

Er hatte in einer Tüte ein Stückchen Metalldraht mitgebracht und ließ es jetzt auf den Tisch segeln.

»Was ist das?«, fragte Ann Kathrin.

Ubbo Heide ahnte es und sah vor sich auf den Tisch.

Weller holte tief Luft. »Aus diesem Metalldraht hat der Täter den Körper des Mädchens nachgeformt und darüber die Haut gespannt. So ähnlich stelle ich es mir zumindest vor. Es ist ein kleinmaschiges Netz, wie bei einem Fliegengitter, nur viel stabiler.«

»Aber beweglich?«, wollte Ann Kathrin wissen.

Weller nickte. »Ja.«

»Es hat also jemand aus einem toten Mädchen eine Art Ausstellungsstück gemacht?«, fragte Rieke Gersema und sah sich mit ihrer beschlagenen Brille im Raum um.

»Ich würde es eher eine bewegliche Puppe nennen«, sagte Ann Kathrin.

»Du meinst, jemand hat mit ihr gespielt?«

»Es wäre denkbar.«

»Also«, fasste Ubbo Heide zusammen, »wir haben ein totes Mädchen, das jemand ausgestopft – ich nenne das jetzt mal so – und jahrelang irgendwo aufbewahrt hat. Anschließend hat er die Leiche, oder was davon übrig war, im Lengener Meer versenkt.«

»Ja«, gab Weller ihm recht, »und der Täter hat sich nicht viel Mühe gegeben. Es sind keine Gewichte am Körper. Über kurz oder lang wäre er sowieso aufgetaucht. Die Leiche hatte sich zwischen ein paar Ästen und Baumwurzeln verfangen. Ein Kranich hat das Material wohl für den Nestbau verwenden wollen und so den rechten Arm abgetrennt.«

Rieke Gersema winkte ab. »Ich kenne das Foto von Holger Bloem.«

Sylvia Hoppe betrat den Besprechungsraum, als würde sie zu spät zum Hauptfilm ins Kino kommen. Sie legte sogar einen Zeigefinger auf ihre Lippen und sagte: »Pscht!« Dann setzte sie sich.

Weller nickte ihr zu.

»Wenn das Kind seit vier oder fünf Jahren tot ist, müssen wir die Vermisstenkarteien durchgehen und nach einem Mädchen Ausschau halten, das in dieser Zeit als vermisst gemeldet wurde.«

Weller blätterte in seinen Unterlagen.

»Möglicherweise sieben«, flocht er ein. »Die Zeitangaben sind alle noch nicht sehr genau.«

Sylvia Hoppe legte eine Liste auf den Tisch. »In dem Zeitraum wurden einhundertacht Kinder vermisst, die bisher nicht wieder aufgetaucht sind. Auf neunundsechzig Mädchen treffen die Altersangaben in etwa zu.«

»Ich glaube, jeder von uns hat Lust, den Mörder zu fangen, aber bitte erspart mir eins, Freunde. Ich möchte nicht zu den Eltern gehen und ihnen erzählen, was mit ihrem Kind geschehen ist ...«, sagte Weller.

Ubbo Heide hatte dafür Verständnis und betonte, in diesem Fall müsse natürlich ein Psychologe mitgehen, der in Krisenintervention geschult sei.

»Wie stellt ihr euch das denn praktisch vor?«, fragte Ann Kathrin. »Zunächst mal kennen wir doch die Identität des Mädchens gar nicht. Wir müssen also alle neunundsechzig Familien aufsuchen und sie mit der Möglichkeit vertraut machen, dass ihr Kind ...«

»Vielleicht erkennt jemand die Jeans wieder ...«, hoffte Weller.

»Ich denke, der Weg über eine DNA-Analyse wird hier der beste sein. Wir sollten zunächst keine Pferde scheu machen und Eltern aufschrecken, die schon genug erlebt haben«, schlug Ann Kathrin vor.

Ubbo Heide naschte an seinem Marzipan und klopfte dann mit der Faust auf den Tisch. »Wir werden noch heute Nacht sämtliche Leute aus dem Bett klingeln, die zu so einem Verbrechen überhaupt in der Lage sind.«

»Alle Ärzte Ostfrieslands?«, fragte Weller entgeistert.

Ubbo Heide schüttelte zornig den Kopf. »Natürlich nicht, Mensch! Tierpräparatoren. Jäger, die sich ausgestopfte Wildschweine an die Wände hängen. Trophäensammler.«

Weller nickte und winkte ab. »Schon klar.«

Nicht ganz ohne Spott in der Stimme fragte Ann Kathrin: »Das heißt, Ärzte schließen wir aus, weil das Ganze gegen den Hippokratischen Eid verstößt, oder was?«

»Dann will ich alles über diesen Draht wissen«, hustete Ubbo, der sich wohl am Marzipan verschluckt hatte. »Wo wurde das Zeug hergestellt, wie wird es vertrieben? Der Täter muss es ja irgendwoher haben. Es wird eine Menge Spezialwerkzeug nötig sein, um so etwas zu tun. Seziermesser, Chemikalien ...«

Sylvia Hoppe meldete sich wie in der Schule zu Wort. »Schon in Arbeit. Knöpfen wir uns vor.«

Weller sagte es nicht gerne, aber jetzt rückte er damit heraus: »Der Rest der Leiche muss ja auch noch irgendwo liegen. Ich fürchte, wir sind mit dem Uplengener Moor noch nicht fertig.«

»Was hast du vor?«, fragte Rieke. »Willst du es pressewirksam trockenlegen?«

»Ich vermute, dass wir dort das Skelett finden«, sagte Weller. Den Rest seiner Vermutung sprach er nicht aus, sondern schwieg.

Ann Kathrin kannte diese Art von ihm und ermunterte ihn: »Was noch, Frank? Komm schon.«

»Naja, ich glaube, also, ich befürchte, das wird nicht die einzige Arbeit von dem Dreckskerl sein.«

Ubbo Heide brauste auf und fuhr aus seinem Stuhl hoch, wie es sonst gar nicht seine Art war. »Wie kommst du darauf, dass er noch mehr Mädchen ...«

Weller sagte nichts mehr, doch Ann Kathrin nahm den Gedanken auf. »Da hat sich jemand sehr lange mit einem toten Körper beschäftigt und ist nicht aufgefallen. Nach der Entsorgung wird nun eine Lücke für ihn entstehen. Ich glaube, wer so krank ist, hört nicht einfach auf ...«

Rieke rührte nervös in ihrer Teetasse herum. Das Geräusch ging Ubbo Heide sichtlich auf die Nerven, aber er sagte nichts.

Weller versuchte, sie mit einem Scherz zu stoppen, weil das kreisende, kratzende Geräusch immer lauter wurde: »Der Ostfriese an sich benutzt den Teelöffel nicht zum Umrühren, wie wir alle wissen, sondern legt ihn nur in die Tasse, damit die Gastgeber wissen, wann er genug hat ...«

Rieke bezog seine Worte überhaupt nicht auf sich, oder hörte sie nicht einmal. Jedenfalls drehte sich ihr Löffel weiter klirrend in der Tasse.

»Hat er der Puppe etwas eingeführt?«, fragte Ann Kathrin.

Weller wusste nicht genau, worauf sie hinauswollte, sah sie an, zuckte mit den Schultern und machte ein ratloses Gesicht.

»Ein Röhrchen in die Vagina?«, fragte Ann Kathrin weiter, und Ubbo Heide hustete ein paar Marzipankrümel aus. Selbst Rieke sah von ihrer Teetasse hoch.

Ann Kathrin setzte sich anders hin. »Was guckt ihr mich so an? Der erste aktenkundige Nekrophilist war Carl von Cosel. Er stahl die Leiche seiner Geliebten, stopfte sie aus, präparierte sie irgendwie und baute ihr eine Vorrichtung ein, um weiterhin Geschlechtsverkehr mit ihr ausüben zu können.«

Wellers Unterlippe klappte herunter. Mit offenem Mund saß er da und machte einen etwas dümmlichen Eindruck. Sylvia Hoppe reagierte ähnlich. Rieke Gersema schob die Tasse jetzt weit von sich weg, als würde sie davon angewidert.

Ubbo Heide setzte sein dienstliches Pokerface auf, hatte aber Mühe, die Rolle beizubehalten.

Ann Kathrin führte weiter aus: »Er war deutscher Arzt. Er kam als Einwanderer in die USA und lebte in Florida. Seine Geliebte, ich glaube, eine Kubanerin, starb sehr jung kurz nach der Hochzeit. Naja, und dann hat er sie eben präpariert. Ihrer Schwester kam das alles irgendwann komisch vor, sie ließ den Sarg öffnen, und der war leer. Man fand die präparierte Leiche auf seinem Bett. Sie hatte ihr Hochzeitskleid an.«

»Wann war das?«, fragte Sylvia Hoppe, als würde das irgendeine Rolle spielen.

»1950, vielleicht 1960«, antwortete Ann Kathrin.

»Verdammt, woher weißt du solche kranke Scheiße?«, wollte Weller wissen.

Ein Lächeln huschte über Ann Kathrins Gesicht. »Das ist Kriminalgeschichte, Kollegen.« Dann fuhr sie fort: »Er wurde mehrfach von Psychologen untersucht, aber es wurde keine Geisteskrankheit bei ihm attestiert. Sofern man Nekrophilie an sich nicht als Geisteskrankheit bezeichnen will.«

»Und was willst du uns damit sagen?«, fragte Sylvia Hoppe.

»Dass wir es nicht mit einem offensichtlich Verrückten zu tun haben, sondern unter Umständen mit einem Menschen, der unauffällig und angepasst lebt. Von Cosel fiel niemandem durch irgendwelche Schrulligkeiten auf, außer vielleicht durch die übergroße Liebe zu seiner Frau.«

»Hat er sie«, fragte Rieke Gersema, als sei sie plötzlich aus einem Schlaf erwacht, »umgebracht?«

Ann Kathrin schüttelte den Kopf. »Nein, nein, keineswegs. Sie starb an Tuberkulose. Er hat sie gepflegt, und zunächst glaubte er, er könne sie wieder zum Leben erwecken. Er hat Experimente mit Stromstößen gemacht, und erst, als das alles nicht klappte, präparierte er sie.«

Weller schüttelte sich, so sehr gruselte es ihn. Doch er pflichtete Ann Kathrin bei: »Das entspricht im Grunde auch dem, was die Gerichtmedizin sagt. Es ist durchaus denkbar, dass das Kind einfach gestorben ist. Wir können zwar einen gewaltsamen Tod nicht ausschließen, aber denkbar wäre auch, dass jemand sein Kind nach der Beerdigung aus dem Sarg geholt hat und dann ...«

»Das würde bedeuten«, sagte Ubbo Heide, »wir hätten große Probleme, die Identität des Kindes zu klären. Wir würden es also nicht unter den vermissten Kindern finden ...«

Weller nickte betreten.

»Das glaube ich aber nicht«, sagte Ann Kathrin.

»Warum nicht?«

»Nimm doch von Cosel. Hätte er seine Geliebte ins Moor geworfen? Niemals. Er hat sie aufgebahrt, gekämmt und gepflegt. Er hat sie geliebt. In diesem Fall hat aber jemand die Leiche, nun ja, weggeworfen.«

»Du meinst«, fragte Ubbo, »das hätte dieser von Cosel nicht getan?«

»Das meine ich nicht, ich bin mir absolut sicher.«

»Und das bedeutet?«

»Ich weiß nicht, was das bedeutet. Vielleicht haben wir es mit zwei Personen zu tun. Einem Mitwisser oder so, dem das alles irgendwann zu viel wurde und der die ganze Sache beenden wollte.«

Das leuchtete Ubbo Heide sofort ein. »Es könnte bedeuten, wir suchen ein Ehepaar, das den Verlust seines Kindes nicht überwunden hat und ...«

»Oder wir haben es mit irgendwelchen verrückten Pädophilen zu tun, die ...«

Weller winkte ab. Er wollte das gar nicht zu Ende denken.

Ann Kathrin erhob sich jetzt, weil sie glaubte, dass alles gesagt sei. Weller betrachtete sie mit Bewunderung. Doch manchmal war sie ihm auch unheimlich. Jetzt zum Beispiel.

Er nahm sich vor, trotz allem heute Seelachs und Gemüse im Wok für sie zu kochen. Es gab schließlich auch noch andere Dinge im Leben als Moorleichen und Nekrophile oder Pädophile.

Rupert war es gewöhnt, sich geschickt im Lügengeflecht zwischen Seitensprüngen, kleineren Affären und seiner eifersüchtigen Ehefrau zu bewegen. Irgendeine Liebesgeschichte hatte er immer nebenher laufen, und er fand, das entkrampfte die ganze Situation zu Hause ungemein.

Frauen, die bereit waren, sich mit ihm auf unkomplizierten Sex einzulassen, gab es genug, in allen Altersgruppen und Konfektionsgrößen.

Er glaubte, einen Blick dafür entwickelt zu haben, und hielt sich geschickt von Klammeräffchen fern. Er wollte auf keinen Fall Sex gegen Ansprüche eintauschen, die er zu erfüllen hatte.

Aber diese Frauke hatte ihn ganz schön geschafft. Sie war mit einer Gier über ihn hergefallen, die ihm erst Spaß, dann aber fast Angst gemacht hatte. Sie stachelte ihn zu immer neuen Höchstleistungen an, und obwohl sie sich viel Mühe gab, musste er am Ende doch zugeben, keine fünfundzwanzig mehr zu sein.

Jetzt stand er im Hotel Sprenz im Badezimmer und betrachtete den faustdicken Knutschfleck an seinem Hals.

Mist, dachte er, so ein gottverdammter Mist.

Der Knutschfleck war so hoch, dass er ihn selbst mit einem geschlossenen Hemdkragen nicht verdecken konnte. Und er wusste nicht, wie er seiner Frau heute Nachmittag aus dem Weg gehen sollte. Es stand ein Besuch von seiner dusseligen Schwiegermutter an, die nie darüber weggekommen war, dass ihre Prinzessin einen Bürgerlichen geheiratet hatte. Einen Polizisten! Da hätte sie ja in den Augen ihrer Mutter gleich einen Kriminellen nehmen können. Die verdienten wenigstens besser, zumindest, wenn sie clever waren.

Überhaupt war ihm dieses Hotel unangenehm. Das Nachbargebäude, die Landesbibliothek, war früher eine Kaserne gewesen, mit Hindenburg als Kommandanten, hatte Ann Kathrin mal erzählt. Er kannte es noch als den ersten Balkangrill Oldenburgs. Dort hatte er den ersten heftigen Streit mit Beate gehabt. Jetzt musste er daran denken.

Zu allem Überfluss stiegen Weller und Ann Kathrin manchmal hier ab, zum Beispiel zur Oldenburger Kinder- und Jugendbuchmesse, da musste Ann Kathrin, die Kinderbuchliebhaberin, natürlich unbedingt dabei sein.

Sie behauptete, sich in diesem Frühstücksraum besonders wohlzufühlen, weil es dort Buchregale gab. Ann Kathrin hätte vermutlich nicht mal ein Problem damit, ein paar Monate im Knast zu verbringen, solange es dort eine genügend große Buchauswahl gab.

Über seine Frage *»Gehen wir zu dir, oder gehen wir zu mir?«* konnte Frauke nur bitter lachen. Andreas, ihr Ehemann, sei krankhaft eifersüchtig und hätte sich sogar schon mit dem völlig unattraktiven Versicherungsvertreter der Hamburg-Mannheimer angelegt, nur weil sie mit dem bei einer Tasse Kaffee über eine Lebensversicherung gesprochen hatte. Schließlich waren sie im Sprenz gelandet, und ihn hatte das Gefühl beschlichen, dass sie nicht zum ersten Mal mit einem Mann hier gewesen war.

Sie kam jetzt ins Badezimmer, was er eigentlich gar nicht mochte. Er ließ sich nicht gern bei seinen morgendlichen Ritualen zusehen, das war ihm, selbst nach einer intensiven Liebesnacht, viel zu privat.

Frauke tippte gegen den Knutschfleck und flötete: »Tut mir

leid, das ist wirklich blöde. Hast du Angst, dass deine Frau es merkt? Du kannst mein Seidentuch haben ...«

Der Knutschfleck verschwand unter dem Tuch, aber Rupert kam sich unglaublich schwul damit vor. Er wusste nicht, was schlimmer war: für einen Ehebrecher gehalten zu werden oder für einen verkappten Schwulen, der verheiratet ist und sein Coming-out noch vor sich hat.

Bei Ann Kathrin hätte er vielleicht so punkten können. Die mochte es, wenn Männer auch in der Lage waren, ihre weiche Seite zu zeigen.

Er sah jetzt schon vor sich, wie seine Frau ihm kopfschüttelnd das Tuch vom Hals zog, weil sie auf keinen Fall wollte, dass er seiner Schwiegermutter so gegenübertrat. Für die war er ja ohnehin nur eine ärmliche Witzfigur.

Eine Krawatte, dachte er. Eine Krawatte könnte alles herausreißen. Dagegen konnte auch seine Schwiegermutter nichts haben. Doch eine Krawatte saß einfach nicht hoch genug.

Da hatte Frauke eine neue Idee: »Du brauchst etwas Männlicheres. Etwas, das mehr zu dir passt. Was wirst du ihr erzählen, wo du die Nacht verbracht hast? Auf der Suche nach Schwerverbrechern?« Sie kicherte. »Mördern? Serienkillern?«

Der Gedanke schien ihr zu gefallen.

»Ja«, sagte Rupert, »so ähnlich«, und reckte sein Kinn hoch. Er schabte sich mit dem Handrücken über die Bartstoppeln. Er hatte keinen Rasierapparat dabei.

»Eine Verletzung ... Jawohl, eine Verletzung würde dir gut stehen.«

»Das ist aber eindeutig ein Knutschfleck und kein Faustschlag.«

»Ich mach das so, dass es wie echt aussieht.«

Im Nu hielt sie eine Nagelfeile in der Hand und fügte ihm – er sah es im Spiegel, doch er konnte es nicht glauben – einen langen Schnitt quer über den Hals zu.

Er blutete wie ein angestochenes Schwein.

Er presste sich ein Handtuch an den Hals und schrie: »Bist du verrückt geworden? Scheiße! Scheiße! Spinnst du?!«

»Ich hol rasch den Verbandskasten aus meinem Auto, und dann mach ich dir einen eins a Druckverband. Deine Frau wird begeistert sein! Du kommst als Held nach Hause.«

»Hättest du den Verbandskasten nicht erst holen können?«, fluchte er.

Sie zog sich rasch an und lief dann barfuß nach unten.

Rupert torkelte aus dem Badezimmer und setzte sich aufs Bett. Ihm war ein bisschen schwindelig.

Mein Gott, dachte er, worauf habe ich mich da nur eingelassen? Was ist das denn für eine Katastrophenelse?

Aber dann verband Frauke ihn prächtig. Seine Ehe war damit gerettet. Niemand würde es wagen, diesen Verband abzureißen, und beim Frühstück tat es schon gar nicht mehr weh.

Während Rupert im Frühstücksraum die Tageszeitungen durchblätterte, auf der Suche nach einem Bericht über den Leichenfund im Uplengener Moor, rührte Frauke sich ein Müsli an und schnitt dazu einen Apfel klein.

»Was denkst du über diese schreckliche Sache?«, fragte sie.

»Ich habe das Kind in der Pathologie gesehen. Ich hab selbst zwei Kinder. Da dreht sich einem doch der Magen um. Was für Menschen tun so etwas?«

Rupert sah sich um. Er fühlte sich von dem Pärchen am Fenster beobachtet, als würden sie ihn belauschen.

Frauke bemerkte seine Irritation und lächelte: »Das ist nur das schlechte Gewissen. Ich kenne das. Ich vermute dann überall Spione meines Mannes. Aber die beiden da sind harmlos, die haben sich einfach nur nichts mehr zu sagen.«

Vermutlich hat sie recht, dachte Rupert und machte jetzt seiner Meinung Luft: »Das ist das Werk von irgendwelchen Scheißpädophilen. Die ganze Schweinebande hat man viel zu lange unbehelligt gelassen. Jetzt werden wir sie aus den Löchern holen. Auf so einen Augenblick habe ich schon lange gewartet. Das sind doch alles tickende Zeitbomben. Man weiß nie, wann eine davon hochgeht.«

»Du meinst, da hat sich jemand seine eigene kleine Gummipuppe gebastelt?«

»Würde mich nicht wundern, wenn man das Ganze irgendwo auf DVD kaufen oder im Internet runterladen kann. Ich garantier dir, die haben das alles gefilmt. Das ist nicht nur einer, sondern ein ganzer Ring. Aber jetzt haben sie einen Fehler gemacht, und den werden sie bereuen ...«

Frauke zeigte sich beeindruckt und bot ihm etwas von ihrem Müsli an. Er lehnte aber ab. Fast hätte er den Spruch losgelassen: *Echte Männer essen kein Müsli*, aber im letzten Moment schwieg er und nippte stattdessen an seinem Kaffee.

»Du bist einer von den Guten«, sagte sie und berührte wie unabsichtlich seine Hand, streichelte einmal kurz seinen Handrücken und lächelte ihn an. »Gib's ihnen. Mach sie fertig!«, flüsterte sie.

»Worauf du dich verlassen kannst.«

Rupert legte sich Käse und Wurst auf seine Brötchenhälfte, faltete sie dann zusammen und verschlang sie mit zwei Bissen. Er fühlte sich gut. Heldenhaft. Als sei die Wunde an seinem Hals ein Vorgeschmack darauf, wie er in der Pädophilenszene aufräumen würde. Gnadenlos.

Rupert wollte die Kosten fürs Zimmer übernehmen, aber sie bestand auf halbe-halbe.

Beim Abschied vor der Tür umarmte sie ihn flüchtig und sagte: »Das war gut, stimmt's?«

»Oh ja. Das war sehr gut.«

»Wir werden es wiederholen?« So, wie sie ihn anlächelte, schien sie ganz sicher zu sein, dass er begeistert zustimmen würde. Doch in ihren Augen erkannte er die Unsicherheit.

»Aber sicher«, sagte er. »Mit größtem Vergnügen.«

Keiner von beiden schien ein großes Interesse zu haben, sich festzulegen, wie und wann.

Rupert tippte auf seinen Verband: »Das hast du gut gemacht.«

Sie lächelte: »Ja, deine Frau wird nichts merken.«

»Warst du mal Krankenschwester?«

»Nein. Ich habe Kinder. Da lernt man so etwas.«

Sie ging zu ihrem Auto. Rupert konnte nicht anders, er sah ihr nach und – auf ihren Hintern. Er hatte jetzt schon Lust, sie wieder anzurufen.

Auf der Liste der Verdächtigen stand ein Mann ganz oben: Alexander David Ollenhauer. Pensionierter Chirurg und Großwildjäger. Dreimal verurteilt wegen illegaler Einfuhr geschützter Tiere, bekannt als Tierpräparator, der sogar Vorträge über seine Kunst hielt. Er wohnte in einer Villa in Wilhelmshaven.

Ann Kathrin Klaasen fuhr mit Weller hin. Ubbo Heide hatte mehrfach darauf gedrängt, die Befragung und Überprüfung der Person durch die Kollegen in Wilhelmshaven erledigen zu lassen, aber Ann Kathrin wollte sich selbst ein Bild machen.

Mit bärbeißigem Kopfschütteln hatte der Chef zugestimmt, obwohl er es für reine Zeitverschwendung hielt.

»Du musst lernen, Sachen zu delegieren«, hatte Ubbo sie ermahnt, obwohl er wusste, dass es sinnlos war, sie von etwas abzuhalten, das sie sich in den Kopf gesetzt hatte.

Ann Kathrin lenkte den Dienstwagen. Mit dem Auto stimmte etwas nicht. Es war ganz neu und ihnen gerade erst zugeteilt worden. Der Motor surrte aber nicht leise, sondern hörte sich an wie eine getunte Harley.

Weller telefonierte mit Frau Professor Dr. Hildegard, während

Ann Kathrin überprüfte, ob sie etwas falsch machte. Zweimal nahm sie den Gang raus und legte ihn erneut ein.

»Ich versteh nichts, wenn die Scheißkarre so laut ist!«, schimpfte Weller.

Ann Kathrin streichelte das Armaturenbrett und flüsterte: »Das meint er nicht so. Er ist einfach nur ein bisschen nervös. Ich würde ihm das nicht übelnehmen. Komm, beruhig dich und bring uns brav nach Wilhelmshaven. Wir haben einen wichtigen Auftrag und ...«

Hoffentlich hört Frau Professor Hildegard nicht, wie Ann mit dem Auto redet, dachte Weller. Dann ließ das Ruckeln nach, und der Wagen fuhr wieder ganz normal.

»Können Sie mich verstehen, Frau Professor?«

»Ja, natürlich. Haben Sie noch Fragen zu meinem Bericht?«

»Ja.« Es fiel Weller nicht leicht, es auszusprechen. »Hat er ihr irgendetwas in die Vagina eingebaut, um Geschlechtsverkehr mit ihr zu haben?«

Aus Wellers Sicht war es völlig unpassend, doch Frau Professor Dr. Hildegard lachte laut auf.

»Ach, Sie meinen die Cosel-Sache. Nein, so ist es in diesem Fall ganz sicher nicht. Vielleicht hat das Ganze eine sexuelle Komponente, aber die dürfen Sie sich nicht so simpel vorstellen ... Außerdem können Sie sicher sein, wenn ich so eine Ersatzvagina gefunden hätte oder irgendein anderes Objekt, wäre dies in meinem Bericht erwähnt worden.«

»Ja, entschuldigen Sie bitte, aber die Diskussion kam auf, und da wollte ich einfach ...«

»Kann ich sonst noch etwas für Sie tun?«

»Nein, herzlichen Dank.«

Ann Kathrin legte eine Hand auf Wellers Arm. Sie spürte, wie unwohl er sich fühlte.

»Mir ist der Schweiß ausgebrochen, als ich sie das gefragt habe. Herrgott, wie viele Jahre bin ich schon in der Mordkommission, aber solche Sachen gehen mir nicht leicht über die Lippen.«

»Das zeigt nur, dass du noch nicht abgestumpft bist«, sagte Ann Kathrin. »Wie gut.«

Ollenhauers Haus war umgeben, ja geschützt von mächtigen Kastanienbäumen. Das hier musste mal ein prächtiges Anwesen gewesen sein, hatte aber seine besten Zeiten hinter sich und wirkte auf den ersten Blick ein bisschen heruntergekommen. Erst wenn man genauer hinsah, erkannte man die ordnende Hand eines Gärtners, der gern den Eindruck von naturbelassenem Wildwuchs erwecken wollte.

Das Ganze war Ann Kathrin nicht unsympathisch.

Der weitläufige Garten bot vielen Raben ein Zuhause. Die Tiere beäugten sie kritisch, als sie mit Weller durch das angerostete Eingangstor über den Kiesweg schritt.

Die zwei Nachbildungen griechischer Statuen im Kräutergarten fand sie albern. Weller schützte spielerisch seinen Kopf, als hätte er Angst, der Diskuswerfer könnte lebendig werden und ihm den Stein an den Kopf schmeißen.

Für solche Gesten liebte sie ihn. Er reagierte auf seine Umgebung manchmal wie ein Kind, blieb dabei aber immer der clevere Erwachsene mit Verantwortungsgefühl. Mit solch kleinen Reaktionen erspielte er sich eine gewisse innere Freiheit im Alltag. Kein Wunder, dass er darauf gekommen war, das Singen von Schlagern könnte bei Wortfindungsschwierigkeiten helfen.

Er ging voran, und sie stellte ihn sich gerade als kleinen Jungen vor. Das nahm sie für ihn ein.

Am dicken Ast eines alten Kastanienbaums hing eine Kinderschaukel. Es war ein vom Regen mit den Jahren durchweichtes Brett an zwei längst morschen Hanfseilen. Vermutlich wäre das Ding bei geringer Belastung sofort abgerissen.

Direkt vor dem großen Balkon im ersten Stock entdecke Ann Kathrin ein Baumhaus. Zwei Bretter fehlten an der Seite, aber sonst sah es noch ganz gut aus, mit Platz für mehrere Kinder, etwa so groß wie ein Hochstand für Jäger.

Vom Baumhaus aus hatte man einen Blick ins Innere des Hauses. Fast sah es aus, als könnte ein geschickter Kletterer vom Balkon ins Baumhaus und zurück. Nicht ganz ungefährlich, fand sie. So eine Konstruktion lud Kinder ein, Mist zu bauen und sich in Gefahr zu begeben, aber damit konnte man sie auch anlocken ...

Im hinteren Bereich des Gartens, von den Kastanienbäumen und großen Hibiskus-und Rhododendronsträuchern verdeckt, stand ein Holzhaus, das auf den ersten Blick nicht als Sauna zu erkennen war, denn seine klassizistische Architektur mit einer gewinkelten Veranda und seine Größe deuteten eher auf ein Wochenendhäuschen hin. Doch vor der Blockhütte stand ein abgedeckter Swimmingpool. Es war ein Rundbecken mit einer Einstiegsleiter.

Weller ging hin. Neben der Veranda sah er ein Holzfass. Er blickte durch die Scheiben in den Innenraum und erkannte die großen Saunabänke.

Hier war Platz für mindestens zehn Personen, selbst wenn sie sich langlegten, dachte er und pfiff leise durch die Lippen.

Ollenhauer machte einen aufgeräumten Eindruck. Er strahlte die Selbstsicherheit topfitter Pensionäre aus, die ihre Schäfchen vor Jahren ins Trockene gebracht hatten und nun entspannt den wirtschafts- und gesundheitspolitischen Experimenten der Regierung zusahen, wohlwissend, dass sie die volle Wucht der bürokratischen und finanzpolitischen Dummheiten nicht treffen würde.

Er trug extravagante Turnschuhe. Irgendein Spezialimport aus den USA. Um den flachen Bauch beneidete Weller ihn. Ollenhauer hatte einen kräftigen Händedruck und eine verbindliche Stimme. Er bat die zwei herein.

Es gab einen runden Empfang, von dem aus vier Türöffnungen in andere Räume führten. Neben jedem Durchgang großblättrige Zimmerpflanzen in schweren, blauen Tontöpfen. An den Wänden afrikanische Masken und in der Mitte des Raumes eine Holzskulptur eines nackten Frauenkörpers mit mädchenhaft knospigen Brüsten.

Weller befürchtete schon, Ollenhauer könnte jetzt eine sicher sehr effektvolle Rede über die afrikanische Kultur loslassen und von seinen Afrikasafaris erzählen. Vermutlich war ja jedes Ausstellungsstück in diesem Raum nur als Stichwortgeber für den weltgewandten Großwildjäger gedacht. Doch weit gefehlt.

Alexander Ollenhauer ging in ein großes Wohnzimmer voran. Die Tiertrophäen an den Wänden, Nashorn, Gnu, Bär, Elch und eine unübersehbare Zahl an Vögeln, fand Ann Kathrin bestenfalls geschmacklos, das wusste Weller, und Ollenhauer war feinfühlig genug, um es zu erspüren.

Er lächelte vielsagend, machte eine raumgreifende Geste und ließ es dann wie beiläufig fallen, als könne es bei dem Besuch unmöglich um diese Dinge gehen: »Ich habe natürlich für jede einzelne Tierpräparation hier die entsprechenden Papiere ...«

»Davon gehen wir aus, Herr Dr. Ollenhauer. Wir sind weder vom Zoll noch vom Tierschutz.«

»Mordkommission«, stellte Weller klar, und es tat ihm gut, das gesagt zu haben. Es gab ihm irgendwie Boden.

Etwas am Auftreten von Ollenhauer machte Weller klein. Es war dieses ganze Haus, das Drumherum. Diese abgefahrene Einrichtung. Einerseits zeigte es Weller, dass er in einer ganz anderen Liga spielte und das hier nie erreichen würde, andererseits machte diese zur Schau gestellte Kraftmeierei ihn aggressiv.

»Sie haben all diese Tiere selbst ausgestopft?«, fragte Ann Kathrin, und gleich war wieder dieser überlegene Ausdruck in Ollenhauers Gesicht, so, als seien außer ihm und ein paar Auserwählten alle anderen vor sich hin dilettierende Kretins.

»Ja, der Volksmund nennt das wohl so ...«

Hoffentlich verstrickt er sich in irgendwelche Widersprüche, und wir können diesen Laden hier so richtig auseinandernehmen. Es wäre mir eine Genugtuung, dachte Weller und betrachtete das Glasauge des Nashorns.

»Sind Ihnen solche Versuche außer mit Tieren auch mit Menschen bekannt?«

Ollenhauer holte zu einer großen Geste aus.

Weller freute sich. Ganz klar, dieser Großwildjäger ging Ann Kathrin auf den Leim. Sie stellte ihm Fragen, deren Antworten sie längst kannte. Sie wollte ihn nur zum Reden bringen. Sie spielte das unwissende Frauchen und ließ sich von ihm die Welt erklären. Sie packte ihn bei seinem zweifellos ausgeprägten Narzissmus. So hatte sie schon viele selbstverliebte Typen reingelegt.

Weller begann den Aufenthalt zu genießen.

Sie nahmen in einer Sitzgruppe Platz, die interessant aussah, aber schrecklich unbequem war. Vielleicht blieb Ollenhauer deshalb stehen.

Weller stützte seine Ellbogen auf den Knien ab.

»Die Menschheitsgeschichte ist voll von solchen Versuchen, die Ewigkeit zu erlangen. Die ägyptischen Mumien ... Welche Paläste haben sich die Pharaonen für ihre Unsterblichkeit gebaut ...«

»Bauen lassen«, korrigierte Weller.

Ann Kathrin warf ihm einen missbilligenden Blick zu. Er verstand, er sollte ihn reden lassen und gefälligst nicht unterbrechen.

»Die neumodischen – sehr publikumswirksamen – Körperwelten-Ausstellungen eines Gunther von Hagens dürften Ihnen bekannt sein.« Er machte eine verächtliche Miene. »Für meinen Geschmack zu viel Jahrmarkt, Show und Effekthascherei.«

Weller wollte den Mund halten, schaffte es aber nicht. Er zeigte auf die Jagdtrophäen an der Wand. »Während das hier natürlich streng wissenschaftlich ist ...«

In Ann Kathrins Richtung machte er eine beschwichtigende Geste, er sei ja schon ruhig.

»Ich möchte gerne, dass Sie sich diese Bilder ansehen.«

Ann Kathrin zauberte drei DIN-A5 große Aufnahmen der Kinderleiche hervor. Die Art, wie sie das Material präsentierte, ließ Alexander Ollenhauer die Augenbrauen hochziehen. Dann fischte er eine stylische Lesebrille aus der Brusttasche seines ärmellosen Hemds. Weller hätte fast bei Engbers in Norden im Neuen Weg das Gleiche gekauft. Aber es war ihm zu teuer gewesen. Jetzt dachte er: zum Glück. Er schaute auf die Fingernägel seiner rechten Hand und steckte dann die Hand in die Tasche, als hätte er etwas zu verbergen.

Ollenhauer zeigte sich nicht erstaunt oder verunsichert, sondern tat, als würden ihm täglich solche Bilder unter die Nase gehalten.

»Das ist eine stümperhafte, ja, wenn ich so sagen darf, laienhafte Arbeit. So etwas sollte es beim heutigen Stand der Wissenschaft und Technik eigentlich gar nicht mehr geben. Heute plastiniert man Körper. Man stopft sie nicht aus wie ein Sofakissen. Die Haut reißt ein, das alles hält nicht lange, und ich gehe wohl recht in der Annahme, es riecht auch übel ...«

Weller ballte die rechte Faust und boxte in die offene linke Handfläche.

Was bist du nur für ein Arschloch, dachte er, du interessierst dich überhaupt nicht für das Kind, sondern nur für die Konservierungsform.

Weller spürte enorme Lust, den Mann kreuz und quer durch den Raum zu prügeln, aber er tat nichts dergleichen.

»Sehen Sie diese Nähte, das ist ja grauenhaft. So etwas sollte verboten werden ...«, sagte Ollenhauer kopfschüttelnd.

»Ist es«, knurrte Weller. »Glauben Sie mir. Es ist verboten, und zwar so was von ...«

Ollenhauer machte ein paar Schritte zum großen Fenster und

sah demonstrativ in den Garten. Er atmete tief, als käme Frischluft allein durch den Blick zustande.

»Keiner meiner miesesten Schüler wäre zu so einer handwerklichen Pfuscherei fähig«, behauptete Ollenhauer nicht ohne Stolz.

»Ihrer Schüler …?«

Er wippte auf seinen Turnschuhen.

»Sie haben doch bestimmt Ihre Hausaufgaben gemacht und sich vor Ihrem Besuch informiert, Frau Kommissarin.« Er redete ohne Unterbrechung weiter. »Ich habe … nein, ich gebe noch immer … mein Wissen und meine Erfahrung an junge Menschen weiter. Jugendliche, denen sonst keiner eine Chance gibt, die nehme ich mit zum Fischen und zur Jagd. Vielen, die auf die schiefe Bahn geraten sind, fehlt einfach nur der Kontakt zur Natur und damit zu sich selbst, zu ihren Wurzeln. Ich lehre sie, dass man Respekt vor der Kreatur haben muss.«

»Wie darf ich mir das vorstellen, Herr Dr. Ollenhauer? Sie nehmen Jugendliche mit nach Afrika und fischen und jagen mit denen?«

Ann Kathrin nahm ihm die Fotos wieder ab.

»Nicht einfach Jugendliche. Sondern sogenannte auffällige Kids, wie es neudeutsch heißt.«

»Sind Sie völlig bescheuert?«, fragte Weller.

Ann Kathrin richtete den Zeigefinger ihrer rechten Hand wie eine Waffe auf ihn. Weller wusste, dass es die letzte Warnung war.

»Vielleicht«, sagte Ann Kathrin, »möchtest du ja gerne draußen warten.«

Er schüttelte den Kopf. »Nein, ich bleibe lieber hier und passe auf, dass du nicht versehentlich kunstvoll plastiniert als Ausstellungsstück an der Tapete da landest. Da ist nämlich noch Platz.«

»Es reicht, Frank!«

Ollenhauer breitete seine Arme aus, als gelte es, ein Kind zu umarmen. »Man nennt das heute Erlebnispädagogik. Das ist Delinquenzprophylaxe. So manch haltloser Jugendlicher wurde schon auf einem Segeltörn in der Karibik zu einem wertvollen Mitglied unserer Gesellschaft. Ich jage halt mit ihnen. Der Kampf zwischen Tier und Mann. Die Jagd auf die *Big Five*.«

Auf Wellers zornigen Blick hin erklärte er großzügig, während er an den Fingern abzählte: »Afrikanischer Büffel. Afrikanischer Elefant. Löwe. Nashorn und natürlich der Leopard. Wer einmal Hemingway gelesen hat, weiß, wovon ich rede ...«

Er geriet ins Schwärmen, bremste sich aber selbst, entschuldigte sich für diesen kleinen Ausflug in die Literatur und behauptete: »Von mir lernen sie, dass man ein Tier nicht ohne Grund tötet. Und man tut es, ohne das Tier zu quälen. Waidgerecht.«

Ann Kathrin wirkte, als fände sie das alles total wichtig und sei froh, dass es endlich gesagt wurde.

»Und es gibt zwei gute Gründe. Entweder, man will das Tier essen, in dem Fall lernen sie von mir, es artgerecht zu schlachten und zuzubereiten, oder um es ...«, er deutete auf seine Exponate, »so lebensecht wie möglich ...«

»... an die Wand zu hängen«, ergänzte Weller. Dann federte er hoch und ging freiwillig zum Ausgang. »Okay, okay, ich bin ja schon weg.«

Im Hinausgehen berührte er den mächtigen Schwanz eines Blue Marlin.

»Bitte entschuldigen Sie meinen Kollegen, Herr Dr. Ollenhauer. Er ist heute sehr gereizt.«

»Ja. Das merke ich.«

»Darf ich Sie trotzdem um eine Liste Ihrer ... Schüler bitten?«

Er nickte und wehrte sich nicht dagegen. Es schien ihm sogar zu gefallen.

»Es müssen im Laufe der Jahre so fünf, sechs Dutzend gewesen sein.«

Ann Kathrin staunte: »Und die haben Sie alle mit auf Safari genommen?«

»Safari ist ein großes Wort. Man macht sich da falsche Vorstellungen. Mit der ersten Gruppe – das war vor knapp zehn Jahren – habe ich auf Mauritius auf Blue Marlin gefischt. Die berühmten Weißen Haie sind gar nicht so gefährlich, aber wir haben einen Mako an Bord gezogen. Der hat um sich gebissen wie ein Hund. Ach, was sage ich, Hund ... der hatte ja so ein Maul ...«

»Ja«, stöhnte Ann Kathrin, »das war bestimmt sehr aufregend.«

»Wollen Sie das Gebiss mal sehen? Ich habe es nebenan. Die Rückflosse auch.«

»Nein, danke. Aber die Liste hätte ich gern.«

»Darf ich sie Ihnen schicken oder mailen?«

»Haben Sie nichts, das ich mitnehmen kann?«

»Oh doch. Fotoalben voller Erinnerungen. Kommen Sie nur.«

Er ging voran in einen anderen Raum. Das Zimmer war in erdigen Farben gehalten. Dunkle Buchregale voller Fotoalben. Indirektes Licht, hinter Pflanzen versteckt.

»Heute sammelt man so etwas wohl digital auf DVD. Das ist nicht mein Ding. Ich bin aus dem anderen Jahrtausend ... Sie verstehen.«

»Ich auch.«

Ann Kathrin sah an der Wand ein sechzig mal achtzig Zentimeter großes Bild. Ollenhauer mit seinen Schülern, vor sich das geschossene Nashorn.

Sie staunte über das Alter der Jugendlichen. Sie sahen aus wie Kinder.

»Das ist ein Breitmaulnashorn.«

»Und Sie haben es geschossen?« fragte Ann Kathrin verständnislos nach.

Er winkte ab. »Jetzt kommen Sie mir bloß nicht mit Ihren ethischen Bedenken. Die britischen Könige waren Großwildjäger und der amerikanische Präsident Theodore Roosevelt. Von Hemingway will ich erst gar nicht anfangen. Sie machen sich falsche Vorstellungen, Frau Kommissarin. Das Ganze trägt zum Artenschutz bei. Wo die großen Safaris stattfinden, da muss die Landschaft möglichst natürlich sein und wird vor Eingriffen bewahrt. Vor Ort werden nicht die Tiere gejagt, sondern Wilddiebe. Die Tiere werden nicht einfach als Ernteschädlinge betrachtet, sondern sie haben einen enormen Wert. Es gibt Game-Farm-Betreiber, die schützen die Tiere und ihre natürliche Umwelt. Nie würden Jäger wie ich eine Gattung ausrotten. Ganz im Gegenteil. Viele Großwildarten überleben nur in solchen Jagdgebieten, vergessen Sie das nie. Es fällt leicht, auf Leute wie mich mit dem Finger zu zeigen. So dumm sollten Sie nicht sein.«

»Wenn ich Sie richtig verstehe, dann retten Sie also in Afrika bedrohte Tierarten, indem Sie sie jagen, und kümmern sich in Ostfriesland um schwierige Jugendliche ...«

Sie führte den Satz nicht zu Ende.

Er sah sie kritisch an, als würde er darüber nachdenken, ob sie überhaupt intelligent genug war, um seine Einlassung intellektuell nachzuvollziehen.

Ann Kathrin zeigte auf das Foto.

»Wie alt sind die Kids auf dem Bild?«

Er war sofort bei ihr.

»Der Kevin war damals fünfzehn. Er ist heute ... lassen Sie mich nicht lügen ...«

»Und das Mädchen da?«

»Ach, die Jule. Die war dreizehn. Ein Waisenkind, wenn Sie so wollen. Schlimme Sache. Beide Eltern Junkies. Sie ist etwas zurückgeblieben. Körperlich wie geistig. Aufsässig. Renitent. Aggressiv gegen sich und andere.«

»Was ist aus ihr geworden?«

»Da fragen Sie mich zu viel. Eines Tages war sie weg. Ja. Gucken Sie nicht so. Das passiert bei diesen Kindern. Bindungsunfähig. Irgendwann passt ihnen irgendetwas nicht mehr, und dann ... sind sie weg und melden sich nie wieder ... Wir können nicht alle retten. Aber der Versuch lohnt sich trotzdem.«

Weller stand im Garten bei der Schaukel und sah sie an, als ob er am liebsten ein bisschen auf ihr gewippt wäre. Trotz der Bartstoppeln hatte er ein Kindergesicht und rauchte schuldbewusst-trotzig eine Filterzigarette.

Als Ann Kathrin näher kam, drehte er ihr den Rücken zu.

»Was soll das?«, fragte sie. »Warum benimmst du dich manchmal wie ein ...«

Sie suchte nach Worten.

»Idiot?«, schlug er vor, ohne sich zu ihr umzudrehen.

»Nein, eher wie ein pubertierender Junge.«

Er ging einen Schritt vorwärts, um aus ihrer Energie herauszukommen. Er trat nach einem Blatt, das am Boden lag.

»Ach ja?«, stieß er patzig aus, »erinnere ich dich jetzt an deinen Sohn?«

Sie ging nicht darauf ein, sondern fragte: »Was ist los, Frank? Das ist nicht zum ersten Mal passiert. Ist es sein Geld, oder was provoziert dich so?«

Er wusste nicht, wohin mit der Zigarette. Am liebsten wäre er sie losgeworden, er traute sich aber auch nicht wirklich, daran zu ziehen. Wie oft hatte er ihr hoch und heilig versprochen, mit dem Rauchen aufzuhören.

»Nein«, schimpfte er und schlug in die Luft, als gelte es, einen unsichtbaren Gegner k. o. zu hauen. »Sein Scheißgeld interessiert mich überhaupt nicht.«

»Und warum führst du dich dann so pubertär auf?«

Frank Weller lief über die Wiese in Richtung Gartentor. Er befürchtete, Dr. Ollenhauer könne ihnen zuhören. Vielleicht stand er auf dem Balkon, lauschte und genoss seinen Sieg.

Ann Kathrin folgte ihm, rannte aber keineswegs hinter ihm her. Auf dieses Spiel wollte sie sich nicht einlassen. Garantiert würde er im Auto auf sie warten.

Vielleicht brauchte er einfach noch ein paar Minuten, um mit sich selbst ins Reine zu kommen. Sie wollte sie ihm gerne geben.

Er war die Zigarette inzwischen losgeworden, roch aber noch nach Qualm und kaute auf der Unterlippe herum.

Jetzt kannst du den Heiratsantrag sowieso vergessen, dachte er. Welche Frau will schon ihren Sohn heiraten? Du bist ihr zu kindisch, nicht professionell genug ...

Seine Zweifel wurden immer heftiger. Seine Finger krampften sich ins Lenkrad, und er wusste nicht, wohin mit seinen Gefühlen.

Ann Kathrin stieg zunächst nicht ein, sondern fragte von der Beifahrertür aus: »Soll ich vielleicht besser fahren?«

Er empfand auch das als Niederlage und schüttelte nur stumm den Kopf.

Dann saß sie ein bisschen verkrampft auf dem Beifahrersitz und schnallte sich an.

»Traust du mir nicht mal mehr zu, dass ich uns von Wilhelmshaven nach Hause bringe?«

»Frank, was passiert, wenn du solchen Leuten gegenübertrittst?«

»Ich weiß es nicht!«, zeterte er. »Ich fühle mich dann elend. So, als würde ich alles falsch machen, und als sei mein ganzes Leben ein Haufen von Irrtümern. Als hätte ich die falschen Schuhe an, als sei mein Hemd nicht richtig zugeknöpft. Ich muss dann dauernd auf meine Fingernägel gucken, weil ich Angst habe, dass sie dreckig sind ... Und es ist echt nicht sein Geld, Ann. Es ist dieses gebildete Gehabe.«

»Nur weil dir ein Akademiker gegenübersteht, macht dich das doch noch nicht zum Idioten, Frank. Du benimmst dich dann manchmal wie ... Rupert.«

Weller sah sie an, als hätte sie nichts Schlimmeres sagen können.

»Wie Rupert?«

»Naja, er könnte auch solche Sachen sagen«, relativierte sie.

»Wenn ich solchen Typen wie diesem Ollenhauer begegne, habe ich das Gefühl, von denen nicht ernst genommen zu werden.«

»Und du buhlst um ihre Anerkennung, indem du sie attackierst?«

»Ja, verdammt! Vielleicht ist es so. Ich lehne sie ab, bevor sie die Möglichkeit haben, mich abzulehnen ...«

Ann Kathrin fand, das sei schon eine ganz gute Erkenntnis. Aber so, wie sie den Mund verzog, machte es Weller noch kleiner, als er sich ohnehin schon fühlte.

»Warum«, fragte Ann Kathrin, »gibst du ihnen solche Macht?«

Er wäre am liebsten aus dem Auto weggelaufen. Ja, sie konnte seinen Fluchtimpuls körperlich spüren und legte eine Hand auf seinen Unterarm.

»Manchmal, wenn ich solchen Typen begegne, Ann, dann habe ich das Gefühl, ich stehe plötzlich vor meinem strengen Vater. Ich sehe diese Leute dann gar nicht mehr richtig, sondern nur noch meinen Alten, dem ich nie was recht machen konnte und für den ich immer ein Versager war und der ...«

Während er redete, hielt er die Augen fest geschlossen. Dann spürte er plötzlich ihre Lippen auf seinen. Sie küsste ihn flüchtig und schlug vor: »Lass mich fahren.«

Zu Hause im Distelkamp liebten sie sich sanft und zärtlich, so als hätte jeder Angst, den anderen zu verletzen. Die Initiative ging eindeutig von ihr aus, aber er spielte mit. Dabei fragte er sich, ob sie es nur tat, damit er sich nicht mehr als kleiner Junge, sondern endlich wieder als Mann fühlte.

Das bekam er aber nicht über seine Lippen. Stattdessen fragte er danach: »Machen dich weinerliche, verzweifelte Männer scharf?«

Sie verschränkte die Arme hinter dem Kopf und sah zur Decke. Sie ließ sich mit der Antwort Zeit.

»Du brauchst deinen Vater echt nicht mehr«, sagte sie. »Du machst selber, was er sonst getan hätte.«

Weller sah sie verständnislos an.

»Du putzt dich selber runter. Er wäre stolz auf dich. Du schaffst das ja jetzt ohne ihn. Dazu brauchst du ihn nicht mehr.«

Ann Kathrin stand vor einer schweren, aber notwendigen Entscheidung. Es war unwahrscheinlich, dass ihre Mutter jemals wieder alleine, ohne fremde Hilfe, würde leben können. Ihre Wohnung musste aufgelöst und eine neue, alters- und krankheitsgerechte Bleibe gefunden werden.

Ann Kathrin konnte zwar mit ihrer Mutter singen, aber solche Dinge zu besprechen, war völlig undenkbar. Einerseits wollte sie es ihrer Mutter so leicht wie möglich machen, alles für sie richten und organisieren. Andererseits kam sie sich übergriffig dabei vor, als würde sie die alte Dame gegen ihren Willen bevormunden und entmündigen.

Jeder Versuch, die Sache auch nur anzusprechen, regte ihr Mutter enorm auf, reduzierte ihre Sprache auf p- und f-Laute und brachte sie zu stundenlangem Kopfschütteln. Sie weigerte sich, ihre Situation anzuerkennen und bäumte sich dagegen auf. Wenn sie die Ausweglosigkeit erkannte, weinte sie.

Ann Kathrin litt mit, und die Besuche bei ihrer Mutter stürzten sie immer wieder in ein tiefes Tal, so als sei alles menschliche

Tun doch nur ein hoffnungsloser Versuch, den Verfall aufzuhalten.

Bei der AWO in Norden hatte sie ein gutes Gespräch über die Möglichkeiten der Pflege. Man zeigte ihr eine kleine, altersgerechte Wohnung. Ganze fünfundvierzig Quadratmeter. Die Möbel ihrer Mutter würde sie dort unmöglich alle unterkriegen. Wohin mit dem Rest? Durfte sie die Sachen einfach verkaufen? War es ein notwendiger, richtiger Schritt oder eine unverschämte Übergriffigkeit?

Es gab bei der AWO eine kleine Küche, ein Wohnzimmer, ein winziges Schlafzimmer und ein Bad.

Die ganze Anlage machte einen sehr gepflegten Eindruck. Es war ein kleiner Park mit viel Grün, ruhig, aber ganz nah an der Innenstadt, zur Post, zum Markt und zu den Geschäften in der Osterstraße und im Neuen Weg. Falls ihrer Mutter das Essen auf Rädern mal nicht schmecken sollte, war es nur ein Katzensprung zu Gittis Grill, wo die Hähnchen besonders knusprig waren.

Es gab einen Hausmeister und einen Knopf, den sie drücken konnte, wenn sie Hilfe brauchte. Ein idealer Ort, um im Alter sicher und gut versorgt zu leben, fand Ann Kathrin.

Rupert hatte sich für seine Kollegen eine andere Erklärung ausgedacht. Angeblich war der Unfall beim Schließen der Autotür passiert. Er hatte sie sich gegen den Hals geknallt.

Ann Kathrin fand diese Begründung für Ruperts monströsen Verband am Hals so dämlich, dass sie geradezu gut zu Rupert passte. Weller dagegen glaubte ihm kein Wort und grinste. Für Ubbo Heide war nur wichtig, dass es kein Dienstunfall war und Rupert nicht die Gelegenheit nutzte, um sich krank zu melden, denn es gab wahrlich genug zu tun.

Der Kripochef hatte einen nervösen Blick und stand offensichtlich unter Zeitdruck. Es roch nach gebrannten Mandeln, und in Ubbos Papierkorb lag ein angebissenes Lebkuchenherz. Die Zuckergussaufschrift war zerbrochen, aber »Der besten Tochter der Welt« war noch zu lesen.

Ann Kathrin machte sich ihren Reim darauf, dass die Beziehung zwischen Ubbo und seiner Tochter Insa im Moment nicht gerade zum Besten stand. Er sah Ann Kathrins Blick und erklärte: »Ich hab's ihr auf dem Jahrmarkt gekauft. War wohl keine so gute Idee ... Angeblich hasst sie Lebkuchenherzen, und ich hab ihr jedes Jahr eins geschenkt ... Warum sagt eine Tochter einem so etwas erst nach zwanzig Jahren?«

Ann Kathrin, die genug Schwierigkeiten mit ihrem eigenen Sohn hatte und wusste, wie kompliziert Wellers Töchter waren, konnte das nachempfinden, sagte aber lieber nichts dazu. Stattdessen kommentierte Ubbo Heide das Lebkuchenherz: »Stimmt ja auch. Es schmeckt richtig scheiße.«

Dann rutschte Ann Kathrin doch ein Satz raus: »Ja, vielleicht sollten wir manchmal besser auf unsere Kinder hören.«

Rupert lachte ein bisschen zu laut, so dass nicht klar war, ob er Ann Kathrin auslachte oder den Witz gut fand.

Weller hatte gleich das Gefühl, Ann Kathrin verteidigen zu müssen, und sagte: »Da hast du recht. Mir wäre so mancher Mist erspart geblieben, wenn ich ...«

Ubbo Heide machte seinen Rücken gerade, räusperte sich und wurde dienstlich: »Klartext. Leute.«

Sofort veränderte sich die gesamte Gesprächssituation. Den Wechsel vom Privaten zum Beruflichen schaffte Ubbo in Bruchteilen von Sekunden. Durch eine andere Körperhaltung und eine andere Stimmlage. Das gewinnende Lächeln verschwand aus seinem Gesicht. Jetzt sah er aus wie jemand, der genau wusste, was er wollte und wo es langging, und der notfalls bereit war, das auch gegen jeden Widerstand durchzusetzen.

»Ich habe gelesen, was ihr zu Dr. Ollenhauer geschrieben habt. Inzwischen liegen mir auch die Auskünfte über seine Stiftung vor. Ich hoffe, ihr verrennt euch da nicht, Leute. Das ist wie ein VIP-Verzeichnis aus Niedersachsen. Ein alteingesessener Architekt aus Delmenhorst, Nils Renken. Dieser Mann hat nicht einfach viel Geld gemacht, sondern einige wichtige Baudenkmäler Norddeutschlands vor der Zerstörung bewahrt. Er unterstützt Ollenhauers Stiftung jährlich mit fünfzigtausend Euro. Dann hätten wir da noch einen Notar aus Wilhelmshaven. Ein ehemaliger Landtagsabgeordneter aus Bayern, der sich auf Juist niedergelassen hat, und der ehemalige Direktor einer Förderschule aus Hannover.«

»Was willst du uns damit sagen?«, fragte Ann Kathrin. »Wir wissen das doch alles längst selbst.«

Rupert hatte zwar keine Ahnung, nickte aber und kratzte sich unauffällig die Eier. Seine Gedanken schweiften ab. Obwohl er in Ubbos Richtung blickte, sah er nicht seinen Chef vor sich, sondern Frauke, mit ihrem Stofffetzen, den sie Tanga nannte, und den er ihr mit den Zähnen ausgezogen hatte.

Er leckte sich über die Lippen. Er hatte Hunger und Durst gleichzeitig und nicht die geringste Lust, jetzt hier an einer Dienstbesprechung teilzunehmen, obwohl ihn ein noch schlimmerer Abend erwartete.

»Was ich damit sagen will, Ann, ist ganz einfach: Entweder, wir haben es hier mit einem wirklich ehrenwerten Verein zu tun, und die Welt wäre eine bessere, wenn es mehr von diesen Leuten gäbe. Oder aber, es handelt sich um eine kriminelle Vereinigung, gegen die die sizilianische Mafia nicht mehr ist als ein Haufen harmloser Pfadfinder.«

»Das sehe ich genauso«, sagte Weller und schlug vor, bei allen zur gleichen Zeit Hausdurchsuchungen zu machen.

»Wenn wir auf ihren Festplatten nicht nur Fotos der Kinder finden, sondern Nacktfotos, sind die alle so klein mit Hut«, versprach er und nährte damit Ruperts Hoffnungen, dem Nachmittag und dem Abend mit der Schwiegermutter doch noch zu entgehen.

»Wir sollten es noch heute tun, bevor die ihr Material in Sicherheit bringen ...«

Eigentlich war dies genau die Situation, in der Ubbo Heide sich zunächst ein Stückchen Marzipan in den linken Mundwinkel schob, bevor er zu sprechen begann. Doch diesmal brauchte er diese kleine Denkpause nicht.

»Das werdet ihr genau nicht tun. Ich will nicht mal, dass ihr einen richterlichen Durchsuchungsbefehl beantragt.«

»Häh?«, fragte Rupert. »Nimmst du diese Säcke jetzt in Schutz, Ubbo?«

Für einen Moment sah es aus, als würde Ubbo Heide diesen gemeinen Ball hart zurückschmettern, aber dann war es ihm die Sache nicht wert. Stattdessen sagte er: »Wir brauchen mehr, viel mehr, bevor wir einen Schritt weitergehen. Ich will jetzt keine Pferde scheu machen, für die wir uns hinterher in aller Form entschuldigen müssen.«

Das Geklacke von Sylvia Hoppes neuen Schuhen im Flur war deutlich zu hören. Sie stürmte auf die Tür zu. Es war ihr unangenehm, zu spät zu kommen. Sie machte einen aufgelösten Eindruck. Ihre Haare hingen in Strähnen herab. Auf Rupert wirkte sie, als hätte sie gestern eine heiße Liebesnacht gehabt, auf Ann Kathrin wie eine überforderte, übermüdete Frau.

»Ich habe hier«, sagte Sylvia, mit Blicken um Entschuldigung für ihr Zuspätkommen bittend, »die Liste der Jugendlichen, die von der Stiftung betreut wurden. Drei von ihnen gelten als vermisst. Jule Freytag, Kevin Becker und Larissa Kuhl.«

Rupert pfiff durch die Lippen. »Jetzt haben wir sie am Arsch.«

»Gar nichts haben wir«, beschwichtigte Ubbo Heide.

Sylvia Hoppe zuckte mit den Schultern. »Kann sein, dass

auch von denen einige verschwunden sind. Kevin, Jule und Larissa haben wir offiziell in der Vermisstendatei. Die anderen nicht. Ich habe das alles vom Anwalt, der die Stiftungsgelder betreut. Die sind richtig stolz auf ein paar von ihren Schützlingen. Adrian Harmsen hat als Fünfkämpfer an den Olympischen Spielen teilgenommen. Ein paar haben sogar den Weg zur Uni geschafft. Sven Olberts, die Nummer 49 auf der Liste, ist in Holland an einer Überdosis Heroin gestorben.«

»Ich möchte, dass wir diese vermissten Kinder mit Hochdruck suchen«, sagte Ubbo Heide.

»Die müssten inzwischen erwachsen sein, wenn sie noch leben. Gibt es die Möglichkeit eines DNA-Vergleichs?«, wollte Ann Kathrin wissen.

Sylvia Hoppe empörte sich: »Du meinst, unsere Moorleiche könnte ...«

»Ja, es könnte sich zum Beispiel um Jule Freytag handeln. Sie war körperlich und geistig zurückgeblieben. Bei allem Vertrauen in die Gerichtsmedizin, ich glaube, das Alter bei einer ausgestopften Kinderleiche genau zu bestimmen, die aus dem Moor gezogen wurde, stellt sie doch deutlich vor ein Kompetenzproblem.«

»Seht ihr«, stöhnte Ubbo Heide, »genau das meine ich. Wirbelt nicht zu viel Staub auf. Wir könnten hinterher als die Deppen dastehen. Ich will jetzt ordentliche, saubere Polizeiarbeit. Und dann holen wir uns alle Unterstützung, die wir brauchen, und knöpfen uns jeden vor. Ohne Rücksicht auf Namen, Verdienste oder Verbindungen. Aber erst mal will ich Ergebnisse, keine Vermutungen.«

Weller wollte einen Einwand erheben, doch Ubbo schnitt ihm mit einer Handbewegung das Wort ab, bevor Weller es ergriffen hatte.

»Kannst du dir vorstellen, was es bedeutet, wenn wir Leute wie Ollenhauer oder Renken verdächtigen, sie öffentlich in den

Dreck gezogen werden, und dann stellt sich heraus, dass Jule Freytag inzwischen in einem Puff in Amsterdam als Domina arbeitet, statt als Moorleiche in Uplengen herumzuliegen?«

In Ann Kathrins Tasche heulte ein Seehund auf. Sie alle kannten ihren Handyklingelton, und Rupert verzog schon die Lippen. Er wusste, dass Ubbo Heide es nicht schätzte, wenn bei solchen Besprechungen ein Handy klingelte.

»Entschuldigung«, sagte Ann Kathrin, »ich muss rangehen, wegen meiner Mutter, die ...« Sie sah aufs Display. »Genau, das ist das Krankenhaus.«

Ann Kathrin stürmte nach draußen und telefonierte im Flur weiter. Nach wenigen Minuten öffnete sie die Tür zu Ubbo Heides Büro, sah sich entschuldigend nach allen Seiten um und sagte: »Meine Mutter ist aus dem Krankenhaus weggelaufen. Verzeiht mir bitte, aber ...«

Mit väterlicher Geste gab Ubbo Heide ihr zu verstehen, dass dafür nun wirklich jeder Verständnis hätte.

Weller kam sich blöd vor. Er saß auf seinem Stuhl wie angewurzelt. Er musste doch jetzt irgendetwas tun, aber er wusste nicht genau, was. Sollte er mit ihr fahren und ihr bei der Suche nach ihrer Mutter helfen oder ihr beruflich den Rücken freihalten und hier in Aurich tun, was nötig war?

Weller hatte sich den Abend eigentlich anders vorgestellt. Er wollte Ann Kathrin endlich einen Heiratsantrag machen. Er hatte in seinem Lieblingsrestaurant Minna am Markt in Norden einen Tisch bestellt.

Der Restaurantbesitzer, Christian Funke, hatte ihm ein stilles Plätzchen zugesagt, wo er ganz in Ruhe und ohne Publikum seine Ann Kathrin bitten konnte, den Rest des Lebens mit ihm zu teilen.

Die Menüauswahl war perfekt. Weller wollte mit einer Niedersächsischen Hochzeitssuppe beginnen. Herr Funke hatte ihm vorgeschlagen, etwas Besonderes auszuprobieren. Lachs auf echtem ostfriesischen Grünkohl.

Weller hatte sich dann aber aus Rücksicht auf Ann Kathrin für Kalbsmedaillon im Baconmantel auf Blattspinat entschieden. Beim Dessert wollte er sie dann fragen, ob diese Speisenreihenfolge bei der Hochzeit richtig wäre oder ob sie noch ein weiteres Probeessen veranstalten müssten.

Er stellte sich ihr Erstaunen vor und dann ihr Lachen über diesen versteckten, originellen Heiratsantrag.

Wahrscheinlich würde sie auf einem weiteren Essen bestehen, einfach nur, weil es Spaß machte.

Falls sie Ja sagen sollte, wovon Weller ausging, hatte er bereits eine Torte in Herzchenform bestellt, die er ihr dann überreichen wollte.

Doch er ahnte, dass dieser Tag anders verlaufen würde, und angesichts der Probleme, vor denen sie standen, kam ihm seine Idee plötzlich nicht mehr romantisch und originell vor, sondern nur noch albern, spießig und blöd.

Er ging zur Toilette, rief von dort bei Minna am Markt an und bat darum, den Termin zu verschieben. Herr Funke hatte Verständnis.

Wenn Rupert etwas nicht leiden konnte, dann Buttercremetorte. In Ostfriesland machte man keine Torten mit Buttercreme, sondern mit Sahne oder Pudding.

Eine schlimmere Buttercremetorte als diese hatte seine Schwiegermutter allerdings noch nie mitgebracht. Oben drauf lagen bittere Schokoladenbildchen, und alles war mit einem Kakaopulver bestreuselt.

Seine Schwiegermutter erzählte seit anderthalb Stunden Geschichten über ihre Nachbarin, die Rupert noch nie im Leben gesehen hatte, über deren Leben er aber jetzt genauestens Bescheid wusste, weil jeder zweite Satz seiner Schwiegermutter mit den Worten begann: »Also, die Frau Müller-Kurtjureit hat ja neulich ...«

An der Art, wie sie den Namen Müller-Kurtjureit aussprach und dehnte, konnte er jeweils den Stand der Beziehung ablesen. Mal wurde diese Frau, ja ihre ganze Familie, als unerreichbares Vorbild in den Himmel gehoben, dann wieder als abschreckendes Beispiel dafür, wie man es genau nicht machen sollte, zitiert.

Die Stimme seiner Schwiegermutter ging ihm unglaublich auf den Keks. Sie war schlimmer als die von seiner Kollegin Sylvia Hoppe, und die fand er schon unerträglich. Doch zu dem nasalen Ton von Sylvia Hoppe gesellte sich bei seiner Schwiegermutter noch ein äußerst schrilles Lachen, mit dem sie ihre eigenen, meist misslungenen Witze unterstrich.

Rupert stellte sich vor, dass, während er hier rumsaß, seine Frauke sich mit ihrem Mann und ihren Kindern herumzanken musste. Warum war die Welt so ungerecht? Wie schön wäre es doch, wenn sie beide miteinander noch ein bisschen Zeit verbringen könnten ... Er fühlte sich schon wieder zu sexuellen Leistungen in der Lage, auf jeden Fall wuchs erneut ein Verlangen in ihm.

Er öffnete die Flasche Scotch, die er zu Weihnachten geschenkt bekommen hatte, und schenkte sich ein großes Glas ein. Er trank es in einem Zug leer, ohne dabei zu husten. Dann goss er sich noch einen Doppelten nach.

Whisky trank er nur in besonderen Situationen. Wenn es ihm schlecht ging, er beruflich einen Frust zu verdauen hatte, ihm ein Weisheitszahn gezogen worden war oder nach einem heftigen Ehekrach.

Jetzt stand seine Schwiegermutter mit einer Tasse Kaffee und einem Stückchen Buttercremetorte vor ihm und sah vorwurfsvoll auf die Whiskyflasche.

»Du siehst miesepetrig aus, Schwieso«, sagte sie.

Sie redete ihn gern mit *Schwieso* an, was die Abkürzung für Schwiegersohn sein sollte. Er konterte dies mit »Ja, genauso fühle ich mich auch, Schwiemu.«

Sie zeigte auf den Whisky: »Alkohol löst keine Probleme.«

Rupert nickte: »Genau. Das hat Alkohol mit Buttercremetorte gemeinsam.«

Demonstrativ leerte Rupert vor den Augen seiner Schwiegermutter das Whiskyglas und schnalzte genüsslich mit der Zunge.

Er schloss die Augen und sehnte sich nach Frauke, sehnte sich nach dem Zimmer, in dem sie sich zum ersten Mal getroffen hatten.

Irgendwann hörte er dann wieder seine Schwiegermutter, die inzwischen von ihrem legendären weihnachtlichen Gänsebraten sprach, den natürlich niemand jemals in der abendländischen Geschichte des Weihnachtsessens besser gemacht hatte als sie. Es war wie ein Ritual und gehörte einfach zum Besuch dazu.

Während seine Schwiegermutter ausführlich ihr Gänsebratenrezept in allen Details erklärte und seine Frau es – zum wievielten Mal eigentlich? – mitschrieb, klingelte sein Handy zum dritten Mal.

Sie unterbrach ihre Ausführungen und deutete ihm mit einer Geste, als würde König Lear sein Land verschenken, großzügig an, er solle ruhig rangehen.

Seine Frau schüttelte kaum merklich den Kopf und lächelte dabei.

Rupert stand zum Telefonieren auf. Er hatte Angst, sein Handy könnte zu laut gestellt sein. Beate hatte bessere Ohren als er und hörte vor allen Dingen alles, was nicht für sie bestimmt war. Wenn sie miteinander in einem Restaurant essen gingen, konnte sie ihm später von jedem einzelnen Gespräch an einem der Nebentische berichten. Sie kannte dann Lebenslügen und Geheimnisse von Menschen, deren Anwesenheit Rupert nicht einmal bemerkt hatte, nur das, was Rupert ihr an dem Abend erzählt hatte, vergaß sie augenblicklich.

Rupert ging mit dem Handy ins Schlafzimmer. Er fand es auf eine dekadente Art prickelnd, mit Schuhen im Ehebett zu liegen und mit seiner Geliebten zu telefonieren.

»Ich muss dich treffen«, sagte sie. »Ich halte es überhaupt nicht länger aus. Ich denke die ganze Zeit an dich. Du hast mich so scharf gemacht ...«

Durchaus geschmeichelt legte Rupert einen Arm hinter seinen Kopf, war froh, das Gespräch nicht im Beisein seiner Schwiegermutter und seiner Frau führen zu müssen, und genoss es trotzdem.

»Ich würde wirklich gerne. Aber ich kann jetzt nicht. Ich ...«

»Ich brenne innerlich. Du hast ein Feuer in mir entzündet. Du bist mein Latin Lover.«

Rupert wusste zwar nicht, was an Latin Lovers Besonderes sein sollte, fühlte sich aber trotzdem geehrt.

»Was machst du?«, fragte sie, und es klang irgendwie anzüglich, fand er.

»Ich liege auf dem Bett. Ich kann ja schlecht mit dir telefonieren, während meine Schwiegermutter neben mir steht und Vorträge hält.«

»Ihr habt getrennte Betten, stimmt's?«

»Ja«, log er.

»Gut«, sagte sie. »Ich werde sonst eifersüchtig.«

»Eifersüchtig?« Das Gespräch nahm jetzt einen Verlauf, der Rupert gar nicht gefiel.

»Ich kenne so etwas sonst gar nicht, Liebster. Ich wusste nicht, dass ich überhaupt noch solche Gefühle habe und dazu fähig bin. Du hast sie in mir geweckt. Ich muss dich sehen. Ich will dich haben. Es gibt so viel nachzuholen ...«

Rupert versuchte, sie vom Gas runterzuholen. »Ich fand es auch toll, und wir können uns gerne wiedersehen, aber jetzt geht es wirklich nicht. Ich ...«

»Ich kann nicht länger warten. Ich liege auch auf dem Bett und denke an dich. Rate mal, wo meine Hände dabei sind.«

»Am Telefon?«

»Ja, die linke.«

»Ich muss jetzt wirklich ...«

»Ach, komm«, bettelte sie. »Lüg ihnen etwas vor. Sag, du musst los, einen Verbrecher jagen. Dir fällt doch bestimmt etwas ein ... Wir könnten uns in unserem Hotel treffen.«

»Ich sag doch, es geht nicht.«

Ihr Ton wurde fordernder, ja, fast ein wenig erpresserisch. »Ist es dir lieber, wenn ich mit meinem Mann schlafe? Na, der wird sich wundern! Du kannst mich doch nicht erst so heiß machen und dann in der Luft hängen lassen ...«

»Du hast einen recht beglückten Eindruck auf mich gemacht, als wir uns getrennt haben«, verteidigte er sich.

»Beim Sex mit meinem Mann guck ich seit Jahren nur noch an die Decke an und denke, die müsste auch mal wieder gestrichen werden. Mit dir, das war ... Ach komm, wir stehlen uns ein paar Stunden Zeit und ...«

Was ihm bei der Arbeit schon lange nicht mehr passiert war, geschah jetzt. Rupert brach der Schweiß aus. Er hatte Sorge, es jetzt sowieso nicht mehr zu bringen, obwohl er gerade noch davon geträumt hatte. Aber so fordernde Frauen war er nicht gewöhnt. Das machte ihn richtig fertig.

Er hörte die Schritte seiner Frau auf dem Teppich vor dem Schlafzimmer nicht. Sie klopfte nicht an, sie öffnete die Tür, sah ihn missbilligend an, und das lag nicht nur daran, dass er mit Schuhen auf dem Bett lag. Mit schmalen Lippen zischte sie: »Du bist ja wirklich eine echte Hilfe! Ich hatte mit mehr Unterstützung von dir gerechnet. Weißt du denn nicht, was alles auf dem

Spiel steht? Wenn wir jetzt alles richtig machen, dann enterbt sie vielleicht meinen versoffenen Bruder, und wir kriegen das Haus!«

Rupert deutete ihr an, er brauche nur noch drei Minuten, und sie solle gehen. Drei Minuten. Doch seine Frau machte nicht die geringsten Anstalten, zu gehen.

»Beeaate!«, hallte es durch die Wohnung.

Seine Frau drehte sich kurz um und brüllte zurück: »Jaaa, wir kommeeen!«

»Ich will dich, mein Latin Lover. Ich brauch dich jetzt gleich. Ich mach sonst was Blödes!«

Rupert drückte das Handy ins Kissen.

»Bitte, Beate, das ist ein Dienstgespräch. Ich ...«

»Immer sind die Kriminellen wichtiger als ich! Heirate doch einen von denen!«

Dann machte sie diese typische Geste, die Rupert signalisieren sollte, wie sehr sie ihn verachtete und dass sie eigentlich etwas Besseres verdient hatte als ihn. Endlich drehte sie sich um und verließ den Raum.

Als die Tür ins Schloss gefallen war, flüsterte Rupert ins Handy: »Ich kann jetzt wirklich nicht. Meine Frau macht mir gerade die Hölle heiß. Eine wichtige Familienangelegenheit.«

Im dreitürigen Frisierspiegel sah er sich. Er hatte Schweiß auf der Stirn, und dunkle Flecken zeichneten sich auf seinem Hemd unterhalb seiner Brust ab. Er hob den rechten Arm. Ja, er hatte die Schwitzflecken auch unter den Achseln.

»Du schaffst mich«, stöhnte er.

»Ja«, antwortete sie begeistert. »Ja, mein Hengst! Weiter so, weiter so!«

Ann Kathrin fand ihre Mutter keine zweihundert Meter vom Krankenhaus entfernt vor der Bäckerei Grünhoff. Sie trug Pantoffeln und ihr Nachthemd. Das silberne Haar hing wirr herab. Ihre Wangen waren eingefallen. An ihrer Mundform erkannte Ann Kathrin, dass ihre Mutter ihre Zahnprothese vergessen hatte.

Vielleicht wurde Ann Kathrin erst in diesem Moment wirklich bewusst, wie schlimm es um ihre Mutter stand. Die ehemalige Lehrerin hatte früher ein manchmal geradezu gouvernantenhaftes Verhalten an den Tag gelegt. Sie achtete sehr auf Äußeres. Alles musste nicht nur sauber sein, sondern auch gebügelt. Nie hätte sie ihren Mann mit einem schmuddeligen Hemdkragen in die Polizeiinspektion fahren lassen.

Sie selbst war schon morgens beim Frühstück wie aus dem Ei gepellt, stand früher auf als alle, um sich zurechtzumachen. Selbst wenn die Zeit fürs Frühstück nur sehr kurz war, weil Karl-Heinz zum Dienst musste und Ann Kathrin es auch eilig hatte, wurde der Frühstückstisch liebevoll eingedeckt. Immer brannte mindestens eine Kerze, es lag eine Serviette neben den Brettchen.

Manchmal hatte Ann Kathrin sich richtig geschämt, wenn sie nur schnell eine Tasse Kaffee schlürfte, bevor sie zum Bus lief, um zur Schule zu kommen. Ihre Mutter hatte sich immer so viel Mühe gegeben, es für alle schön und gemütlich zu machen.

Jetzt vergaß sie sogar ihr Gebiss.

»Mama«, sagte Ann Kathrin, »was machst du hier?«

Sie bekam keine Antwort. Ihre Mutter schien gar nicht erfreut zu sein, sie zu sehen.

Ann Kathrin hatte sich vorgestellt, wie eine Retterin empfangen zu werden, doch nun kam sie sich eher vor wie ein Störenfried, so mürrisch und verständnislos funkelte ihre Mutter sie an. Unwirsch schob sie Ann Kathrin weg.

»Mama, was machst du denn? Du hast uns einen Riesenschrecken eingejagt! Du kannst doch nicht einfach aus dem Krankenhaus weglaufen! Komm, ich bring dich zurück.«

Sie nahm den rechten Arm ihrer Mutter, um sie zu veranlassen, sich bei ihr unterzuhaken und mit ihr zu Fuß zurückgehen. Aber Helga wehrte sich und wedelte mit den Händen, als ob sie Ann Kathrin schlagen wollte. Doch die Bewegungen waren dafür viel zu unkoordiniert.

»Okay«, sagte Ann Kathrin, »du willst hier stehen bleiben. Dann warten wir eben hier gemeinsam.«

Sie ließ die Mutter los, nahm einen Meter Abstand und betrachtete die Frau.

Sie hatte sich irgendetwas in den Kopf gesetzt, das sie nun unbedingt durchführen wollte, aber Ann Kathrin verstand nicht, was.

Lass ihr Zeit, dachte Ann Kathrin. Lass ihr einfach Zeit. Bleib hier stehen. Es kann ja nichts passieren. Es ist nicht kalt, sie friert nicht, also, was soll's.

Sie überlegte, ob sie im Krankenhaus anrufen sollte, um denen zu sagen, dass sie ihre Mutter gefunden hatte. Aber sie wollte die Situation jetzt nicht durch ein Telefongespräch unterbrechen. Sie hatte das Gefühl, jede weitere Irritation sei schlecht für ihre Mutter.

Peter Grendel bog mit seinem gelben Bully um die Ecke. Er hielt auf der anderen Straßenseite an und rief: »Ann Kathrin? Ist was? Brauchst du Hilfe? Soll ich euch irgendwohin fahren?«

»Danke, Peter.« Sie winkte ab.

Er fuhr aber nicht sofort weiter, weil ihm die Sache seltsam vorkam.

»Pffft ... us.«

»Was hast du gesagt, Mama?«

»Pffft ... us.«

Peter Grendel winkte. »Ruf an, wenn du etwas brauchst, Ann Kathrin. Jederzeit!«

Dankbar, so nette Nachbarn zu haben, wandte sie sich wieder ihrer Mutter zu. Peter Grendel fuhr weiter.

»Komm, Mama. Sollen wir jetzt gehen? Du bist doch bestimmt müde und möchtest ins Bett.«

Die Mutter schüttelte den Kopf. »Pffft ... us.«

Ann Kathrin entschied sich, ihr einfach Vorschläge zu machen. »Was möchtest du? Nach Hause?«

Die Mutter schüttelte den Kopf und wippte von einem Fuß auf den anderen.

»Musst du zur Toilette?«

»Pffft ... us.«

Vorsichtig versuchte Ann Kathrin, ihre Mutter langsam in Richtung Krankenhaus zu führen. Wenigstens ein, zwei Meter.

Aber Helga weigerte sich störrisch. »Pffft ... us.«

»Wartest du auf den Bus?«, fragte Ann Kathrin.

Ihre Mutter strahlte, fühlte sich verstanden und nickte freudig.

»Mama, hier hält kein Bus. Und das Krankenhaus ist gar nicht weit. Ich bring dich zurück. Wenn du nicht mehr laufen kannst, bestell ich uns schnell ein Taxi hierhin. Das ist überhaupt kein Problem. Oder ich ruf Peter zurück, der fährt uns auch ...«

Jetzt liefen Helga Heidrich Tränen die Wange runter. Ann Kathrin wischte die Tränen ihrer Mutter mit dem Handrücken ab. Dann umarmten die beiden sich und standen eine Weile stumm auf dem Bürgersteig.

Ann Kathrin begann, ein Lied zu summen: »*Rote Lippen soll man küssen ...*«

Und ihre Mutter stimmte ein: »*Denn zum Küssen sind sie da.*«

Sie tänzelten fröhlich lachend zur Ubbo-Emmius-Klinik zurück. Und jetzt wusste Ann Kathrin, dass sie die Entscheidung für ihre Mutter treffen musste. Die alte Dame konnte nicht mehr selbständig in ihrer Wohnung leben. Die Lösung, in die Seniorenwohnanlage der AWO zu ziehen, war richtig.

Im Grunde hatte ihre Mutter schon den halben Weg zwischen Ubbo-Emmius-Klinik und dem AWO-Seniorenzentrum selbständig zurückgelegt. Es kam Ann Kathrin vor, als hätte ihr damit ihre Mutter, wenn auch total unbewusst, einen Hinweis gegeben, wo ihr neues Zuhause sein sollte.

Sie war fast ein bisschen dankbar dafür und fühlte sich erleichtert.

Weller stand im Distelkamp 13 in Norden auf der Terrasse und öffnete einen Rotwein. Er hatte vorsichtshalber im Kontor eine Flasche Champagner gekauft und die in den Kühlschrank gelegt. Vielleicht ergab sich ja doch noch eine Gelegenheit, Ann Kathrin einen Heiratsantrag zu machen.

Sie war die Frau seines Lebens, daran gab es keinen Zweifel. Aber war er auch der Mann ihres Lebens? Manchmal schien es ihm so, als würde sie immer noch ihrem Exmann Hero hinterhertrauern.

Der Korken ploppte aus der Flasche, und Weller stellte zwei bauchige Rotweingläser auf den Tisch.

Der Mond war riesig groß und weiß am Abendhimmel, gleichzeitig war auch noch die Sonne zu sehen. Die Birnbäume trugen in diesem Jahr unglaublich viele Früchte. Sie waren noch zu klein und zu hart, aber die Äste hingen bereits schwer mit Früchten beladen nach unten.

Er bekam Hunger auf etwas Frisches.

In dem Moment spielte sein Handy »*Piraten Ahoi*«. Er sah nicht aufs Display, er rechnete mit Ann Kathrin und meldete sich ungestüm mit: »Hast du sie gefunden, Liebste?«

»Da war wohl mehr der Wunsch der Vater des Gedankens. Ich bin nicht Ihre Liebste, und ich bezweifle auch, dass sich in nächster Zeit rasch etwas daran ändern wird«, sagte Frau Professor Dr. Hildegard.

»Oh, Mist, entschuldigen Sie bitte, ich dachte ...«

»Schon gut. Ich rufe Sie an, Herr Weller, weil mir noch etwas eingefallen ist«, sagte die Pathologin.

»Etwas, das nicht in Ihrem Bericht steht?«

»Ja. Ich habe es sofort gesehen, aber der Sache zunächst keine Bedeutung beigemessen. Oder ich wollte es nicht wahrhaben ...«

Weller hielt sich das Handy fest ans Ohr, ging durch den Garten und befühlte die kleinen Birnen, während er mit Professorin Hildegard sprach. Am liebsten hätte er ein paar vom Baum gepflückt und reingebissen, aber er wusste, dass sie jetzt noch nicht schmeckten. Sie waren noch zu hart.

»Ich kenne die Naht.«

»Wie darf ich das verstehen?«

»Nun, vor achtzehn oder zwanzig Jahren, als ich eine junge Assistenzärztin war ...«

Weller staunte. Sie musste wesentlich älter sein, als er sie geschätzt hatte. Er fragte sich, ob sie in ihren jungen Jahren bereits Schönheitsoperationen hinter sich gebracht hatte oder wie man sonst an solch faltenfreie Haut kam.

Das sagte er aber nicht, sondern versuchte, sich auf das Gespräch zu konzentrieren. Eine Pathologin, die abends anrief, um ihren Bericht zu ergänzen, war ungewöhnlich ...

»Damals hatte ich das Glück, bei einem sehr guten Chirurgen zu lernen. Dr. Dietmar Albers. Er hatte die letzten ein, zwei Berufsjahre. Ein wirklich alter Hase, der ...«

Sie schluckte trocken. Es knackte und knatschte im Telefon. Weller fürchtete schon, die Verbindung könnte unterbrochen werden.

»Er hatte eine besondere Art, eine Wunde zu vernähen, und Ihre Moorleiche erinnert mich daran.«

»Gibt es nicht ein standardisiertes Verfahren, wie man so etwas näht? Macht das jeder, wie er will?«

Sie stöhnte. »Sie müssen sich das ungefähr so vorstellen wie das Alphabet. Jeder lernt Schreiben, jeder kennt die gleichen Buchstaben, aber trotzdem hat jeder eine eigene Handschrift. Sie können doch auch Briefe voneinander unterscheiden. Sie wissen, ob Sie ihn geschrieben haben oder Ihr Kollege.«

»Hm. Die Sache ist heiß«, sagte Weller. »Verdammt heiß. Und Sie erkennen also anhand der Stiche, wer die Haut zusammengenäht hat?«

Weller ging zur Terrasse zurück und setzte sich. Er war plötzlich klatschnass geschwitzt. Ein kühler Westwind ließ ihn frösteln, und er verstand die nächsten Sätze von Frau Dr. Hildegard nicht, denn ein Zug rauschte vorbei, der neue Touristen nach Norddeich brachte.

Zunächst wollte Weller aufstehen und mit dem Telefon ins Haus gehen, aber dann wartete er einfach den vorbeifahrenden Zug ab, bis nur noch das Vibrieren der Gleise zu hören war.

»Haben Sie bereits mit irgendjemandem darüber gesprochen?«, fragte Weller.

»Nein, natürlich nicht. Ich habe sogar mit mir gehadert, ob ich Ihnen das sagen soll.«

»Na hören Sie mal, so ein schweres Verdachtsmoment ...«

»Bitte verstehen Sie mich nicht falsch, Herr Weller. Ich bin streng wissenschaftliches Arbeiten gewöhnt, aber ich ermittle nicht. Ich nenne keine Namen. Ich verdächtige niemanden, und Dr. Albers war ein feiner Kerl. Er hat mich gut behandelt, mich ernst genommen und mir eine echte Chance gegeben. Ich mag diesen Mann, und ich will ihn nicht in Schwierigkeiten bringen.«

»Ich fürchte, er hat sich selbst in Schwierigkeiten gebracht, Frau Doktor. Wissen Sie, wo er sich zurzeit aufhält?«

»Er ist pensioniert. Ich habe ihn später nie besucht. Jetzt tut es mir leid, aber ich bin mir ziemlich sicher, dass er in Ostfriesland lebt. Er liebt dieses Stückchen Erde, und ich glaube nicht, dass er weiter als fünf Minuten Fußweg vom Meer entfernt wohnen wird.«

Etwas an ihrer Aussage stimmte nicht, aber Weller hätte nicht sagen können, was es war. Er hatte nur so ein ungutes Gefühl. Er spürte, dass da ein Haken war, aber er fand ihn nicht.

»Bitte verstehen Sie mich nicht falsch, Herr Kommissar. Ich will auf keinen Fall sagen, dass Dr. Albers damit etwas zu tun hat. Aber die Stiche erinnern mich halt doch sehr an seine Handschrift. Es könnte natürlich genauso gut einer seiner Schüler gewesen sein. Wenn man bei jemandem lernt, dann ...«

»Jaja, schon klar. Meine Grundschullehrerin hat sehr darauf geachtet, dass wir alle beim f und beim l einen großen Bogen machen. Das sah später bei all meinen Klassenkameraden gleich aus. Wir haben übertriebene Schwünge in diesen Buchstaben, denn immer wenn dieser Bogen oben, sie nannte es *das Köpfchen*, zu klein war, kriegten wir das als Fehler angestrichen. Insofern werden sich die Handschriften meiner Klassenkameraden aus der Grundschulzeit gleichen. Ich mache es bis heute so. Dadurch sieht meine Handschrift fast ein bisschen kindlich aus.«

»Ich hätte es nicht besser ausdrücken können.«

Im Grunde war das Gespräch damit beendet, aber sie machte keinerlei Anstalten aufzulegen.

Für so etwas hatte Weller im Laufe der Zeit eine Art siebten Sinn entwickelt. Manchmal wollten Leute noch etwas sagen, rückten aber nicht damit heraus. Dann kam oftmals erst das Eigentliche ihrer Aussage.

»Ja, ist noch etwas, Frau Professor?«

Sie druckste herum. »Ja, ich, ähm ... Also, das hört sich jetzt völlig unprofessionell an, aber ich würde das nicht gerne in meinen Bericht schreiben.«

»Es gehört doch dort hinein. Es ist ein wichtiger Hinweis auf ...«

»Sehen Sie, alles, was Sie von mir haben, ist streng wissenschaftlich abgesichert und nach überprüfbaren Kriterien ...«

»Das habe ich nicht bezweifelt.«

»Aber was ich Ihnen gerade erzählt habe, ist nichts weiter als meine Meinung. Dazu bin ich nicht ausgebildet.«

»Gibt es denn da überhaupt eine Ausbildung?«

»Glaube ich kaum. So etwas Ähnliches wie ein Graphologe für chirurgische Stiche existiert nicht.«

Weller goss sich mit links ein bisschen Rotwein ins Glas und roch daran. Dann preschte er mutig vor: »Verschweigen Sie mir etwas, Frau Professor? Ist da mehr?«

Seine Frage musste für sie einen anzüglichen Klang gehabt haben, denn sie blaffte ihn an: »Nein, da muss ich Sie enttäuschen, da geht wohl nur die Phantasie mit Ihnen durch! Es ist keineswegs so, dass der erfahrene Chirurg die hübsche Anfängerin vernascht hat. Ich hatte nichts mit ihm. Ich will keinen ehemaligen Liebhaber schützen. Ich habe einfach nur Skrupel, der Polizei einen Namen zu nennen und eine so ehrenwerte Person wie Herrn Dr. Albers damit schlimmen Verdächtigungen auszusetzen.«

Weller nahm einen kleinen Schluck und sagte fast ein bisschen amüsiert: »Ja, wir haben es in dieser Sache dauernd mit ehrenwerten Leuten zu tun. Mir wird richtig schlecht bei so viel ehrenwerter Gesellschaft.«

Er hörte, dass Ann Kathrin vorne die Tür aufschloss, und beendete das Gespräch mit Professor Dr. Hildegard, während er ihr entgegenlief.

Sie sah erschüttert aus, aber erleichtert. Er wusste gleich, dass sie ihre Mutter gefunden hatte. Er hörte ihr zunächst zu, ließ sich alles erzählen, führte sie zur Terrasse, schenkte ihr ein Glas Rotwein ein und brachte ihr eine Decke.

Dann erzählte er ihr von Professor Hildegards Anruf. Ann Kathrin hörte ihm schweigend zu und nippte dabei an ihrem Rotwein.

»Und was denkst du darüber?«, fragte sie.

Es kam ihm sofort vor, als sei dies eine Prüfungssituation. Darauf wollte er sich nicht einlassen.

»Naja ... wir können so einen Hinweis schlecht ignorieren. Ich denke, dass sie tatsächlich was mit ihm hatte, ihr das unheimlich peinlich ist, denn sie hat so sehr betont, kein Verhältnis mit ihm gehabt zu haben, dass die Vermutung nahe liegt ... Und ich glaube, dass sie dieses Stichmuster wirklich erkannt hat.«

»Aber ist dir sonst nichts aufgefallen?«

Weller schüttelte den Kopf. Ann Kathrin war unzufrieden mit ihm, und das gefiel ihm nicht.

Sie fuhr fort: »Als wir in Ollenhauers Villa waren, hat der von einer stümperhaften Arbeit gesprochen. Ja, sich geradezu spöttisch darüber ausgelassen und abgestritten, dass einer seiner Schüler etwas damit zu tun haben könnte, so schlecht sei die Haut vernäht.«

»Stimmt«, sagte Weller und ballte die Faust.

Verdammt, dachte er, verdammt, warum bin ich nicht darauf gekommen? Ich wusste alles, was sie weiß, aber sie zieht andere Schlüsse daraus. Sie entdeckt die Widersprüche, ich spüre nur, dass welche da sind.

»Wenn dieser Albers so ein guter Chirurg war, dann wird er doch keine stümperhaften Stiche gesetzt haben. Zumal nicht gegen Ende seiner Laufbahn.«

»Da hast du aber sowas von recht«, sagte Weller. »Meinst du, wir haben es mit einer falschen Anschuldigung zu tun? Die riskiert doch nicht ihren Job, nur um sich an einem Exlover zu rächen.«

»Für so eine Genugtuung würden einige noch viel mehr riskieren«, sagte Ann Kathrin sinnschwanger.

»Wir sollten uns diesen Typen vorknöpfen«, schlug sie vor.

Weller stimmte ihr zu. »Natürlich. Gleich morgen.«

Eine Weile saßen sie schweigend und Händchen haltend nebeneinander. Dann fragte sie ihn: »Kannst du noch fahren, Frank?«

Er hatte nur wenige Schlucke Rotwein genommen und fühlte sich topfit.

»Natürlich. Aber du willst dir doch diesen Albers nicht jetzt vornehmen?«

Sie lächelte, »nein«, und er wusste genau, was sie vorhatte.

»Du willst nach Uplengen!«

»Wenn jemand eine Kinderleiche im Moor versenkt, glaube ich kaum, dass er das tagsüber tut.«

»Ganz sicher nicht.«

»Dann lass uns hinfahren. Ich will mir das angucken. Bei Nacht.«

Weller fühlte sich geehrt. Normalerweise wollte Ann Kathrin ein paar Stunden ganz alleine am Tatort verbringen, um sich in die Situation des Opfers einzufühlen. Aus irgendeinem Grund war es jetzt anders. Entweder hatte ihre Beziehung sich verändert, sodass er jetzt von ihr eingeweiht werden konnte, oder etwas war bei diesem Fall anders als bei allen vorherigen.

»Du kannst, wenn du willst, die Flasche Rotwein mitnehmen, und wir machen da so eine Art Picknick bei Nacht. Ich fahre dich hin und natürlich auch wieder zurück. Hast du Hunger? Soll ich uns ein paar Brote machen?«

»Nein danke«, sagte sie, »ich fürchte, das wird kein Picknick.«

Weller fuhr, und Ann Kathrin saß still neben ihm. Sie wollte kein Radio hören und hatte stattdessen die Instrumental-CD von Jens Kommnick aufgelegt. In seine Gitarrenklänge konnte sie sich fallen lassen.

Sie hatte ein Konzert mit ihm in Wremen erlebt, und seitdem war sie ein Fan seines virtuosen Gitarrenspiels.

Wenn sie in so einem Zustand zwischen den Welten war, dann

konnte Weller sie einfach so lassen, und das mochte sie an ihm. Sie musste keine Faxen machen, sich nicht für ihn interessieren, keine belanglosen Gespräche führen – sie konnte einfach in sich selbst versinken.

Die Sonne ging hinter den großen Windrädern unter. Seit Fukushima entdeckten immer mehr Menschen die Bedeutung dieser Windräder. Aber jetzt, vor diesem Licht, sahen sie schön aus, ja, sie gehörten hierhin. Nie hatte sie das so sehr empfunden wie in diesem Moment. Das waren die Windmühlen von heute.

Hier im Moor roch es anders als am Wattenmeer. Ostfriesland war so vielfältig in seinen Farben und Gerüchen, dass Ann Kathrin immer wieder etwas Neues entdeckte. Heute waren es die Ausdünstungen von nassem Torf.

Sie hatte mal mit ihrem Exmann Hero einen Hochlandwhisky probiert. Jetzt erinnerte sie sich an den torfigen Geschmack. Der Geruch von nassem Waldboden. Etwas war sehr alt und gleichzeitig ungeheuer frisch. Hier, wo so viel Altes zerfiel, fand auch neues Leben genügend Nährboden, um zu wachsen.

Weller begleitete sie auf eine Aussichtsplattform. Der Sternenhimmel zeigte sich in stolzer Klarheit. Schon auf dem Weg zur Plattform waren ihr die vielen Geräusche aufgefallen. Hier lebte alles. Es knisterte, wuselte und rauschte.

Weller deutete ihr die Stelle an, wo sie die Moorleiche gefunden hatten. Ann Kathrin legte den Zeigefinger über ihre Lippen und machte leise: »Psst!«

Dann setzte sie sich aufs Holz, beide Hände unter ihren Oberschenkeln, und betrachtete die glatte Wasserfläche, auf der sich der Sternenhimmel spiegelte.

Ein Schwarm Vögel rauschte im Tiefflug über das Wasser und landete am gegenüberliegenden Ufer. Immer wieder waren plötzlich Lichter in der Luft. Weller konnte sich das nicht erklären und hielt es zunächst für optische Täuschungen, als würde direkt über dem Wasser jemand ein Feuerzeug entzünden und die Flamme gleich wieder verlöschen lassen. Wo es einmal auftauchte, kam es nicht wieder.

Weller wurde schmerzhaft bewusst, dass er noch nie nachts im Moor gewesen war. Die Menschen verbanden mit Ostfriesland etwas anderes. Das Watt, die Küste. Niemand dachte zunächst an die riesigen Moorgebiete.

Inzwischen hatte er einiges darüber gelesen und wusste, dass die Moorsiedlungen Fehn genannt wurden. Endlich konnte er sich erklären, warum so viele ostfriesische Ortsnamen mit diesem Wort endeten. Rhauderfehn, Ihlowerfehn, Berumerfehn, Warsingsfehn.

Waren das Irrlichter? Vielleicht, dachte Weller, muss man bei Nacht hierher kommen, um zu erkennen, dass dieser Ort etwas Mystisches hat.

Er sah Ann Kathrin und versuchte sich vorzustellen, was sie jetzt dachte. Sie nahm das Gleiche auf wie er. Kam sie auch zu dem gleichen Ergebnis?

Fast schlagartig begriff er ihre Methode. Bilder stiegen in ihm auf. Eine Teufelssekte am Ufer des Moores im Mondschein. Ein Menschenopfer. Oh ja, so etwas gehörte genau an einen Ort wie diesen.

Kamen irgendwelche Teufelsanbeter zu bestimmten Jahrestagen hierher? Vielleicht immer bei Vollmond? Warteten sie auf die Lichter? Hielten sie dieses merkwürdige Naturphänomen für einen Hinweis vom Fürsten der Finsternis?

Er sah diese Bilder jetzt so deutlich, sogar das rhythmische Schlagen der Trommeln ging bis in seine Eingeweide. Er hielt sich erschrocken mit beiden Händen den Bauch.

Ann Kathrin wiegte sich hin und her wie ein Baby kurz vor dem Einschlafen. Wenn er sich nicht täuschte, hielt sie die Augen geschlossen. Sie roch und hörte nur.

Wie so oft, wenn sie selbst ganz still wurde, vernahm sie die Stimme ihres toten Vaters. Sie trug ihn voller Liebe in sich. Sie war plötzlich froh, dass er seine Frau nicht so erlebt hatte. Natürlich hätte er sich rührend gekümmert und alles für sie getan. Er hätte Ann Kathrin entlastet und wie immer versucht, mit den Schlägen des Lebens fertig zu werden. Er war zäh gewesen, und im Zweifelsfall hatte er immer versucht, auf der richtigen Seite zu stehen.

Er war ein loyaler Mensch gewesen, und es hatte ihn fast zerrissen, wenn seine Freunde sich stritten und er sich für eine Seite entscheiden musste, weil er nicht beiden gegenüber loyal sein konnte.

Sie hatte so viel von ihm gelernt. Ein Teil von ihr war wie er, dachte sie nicht ohne Stolz.

Dein erster Ehemann war ein selbstverliebter Typ, deshalb ist er auch Psychotherapeut geworden. Er brauchte seine Patienten viel mehr als sie ihn. Wenn sie verheult vor ihm im Sessel saßen und er den großen Frauenversteher spielen konnte, bis sie sich endlich in ihn verliebten, dann war er glücklich. Du bist auf ihn reingefallen, wie so viele andere auch, mein Mädchen. Der Kerl da hinter dir, der ist ganz anders. Der liebt dich wirklich. Er würde alles für dich tun. Darin ist er mir gleich.

Sei nicht blöd. Du bist eine emanzipierte Frau. Mach ihm einen Heiratsantrag. Er kriegt das sowieso nicht hin.

Sie lachte laut, und Weller, der ganz in gruseligen Mordphantasien gefangen war, konnte beim besten Willen nicht verstehen, was hier so komisch sein sollte.

Dann drehte sie sich zu ihm um, schlug die Augen auf und sagte: »Frank Weller.«

Es war wie ein Weckruf. Er stellte sich gerade hin. »Ja?«

»Ich bin zweiundvierzig Jahre alt. Setze langsam an den Hüften Speck an und habe knapp zehn Kilo zu viel drauf.«

Wo denn?, wollte er fragen, denn er fand sie ausgesprochen schön und fraulich. Ihr Körper gefiel ihm, aber es kam ihm viel zu banal vor, das jetzt zu sagen, denn so, wie sie aussah, kam gleich etwas Wichtiges. Ihr Gesicht war so bedeutungsschwanger.

Wenn sie mir jetzt erzählt, wie unzufrieden sie mit sich ist, dachte er, dann werde ich ihr danach einen Heiratsantrag machen. Einfach hier. Oder ist diese Stelle im Moor zu gruselig? Ist es pietätlos, so etwas an einer Stelle zu tun, an der ein Mord geschehen ist? Sind wir eigentlich dienstlich hier oder privat? So viele Fragen, so wenige Antworten ...

»Ich habe eine gescheiterte Ehe hinter mir und einen fast erwachsenen Sohn, der so gut wie keinen Kontakt zu mir hat. Alle meine alten Freunde habe ich irgendwie verprellt. Es gelingt mir einfach nicht, Freundschaften zu halten. Mir sind nur Rita Grendel und Melanie Weiß geblieben. Und auch die beiden sehe ich nur sehr selten ...«

Er zeigte ihr seine Handflächen und fragte: »Ann, was soll das? Du ...«

»Unterbrich mich jetzt bitte nicht. Ich muss dir etwas Wichtiges mitteilen.«

Er schwieg.

Ich lasse sie ausreden, dachte er, und wenn sie fertig ist, werde ich hier vor ihr auf die Knie fallen und ihr einen Heiratsantrag machen. Ohne Blumen und den ganzen sentimentalen Scheiß, einfach so.

»Meine Mutter ist ein Pflegefall. Durch den Schlaganfall dement geworden. Ich habe keine Geschwister und muss das alles irgendwie alleine wuppen. Ich werde in nächster Zeit bestimmt völlig überlastet und unausstehlich sein ...«

Er konnte nicht an sich halten und unterbrach sie, obwohl sie ihm deutlich zeigte, dass sie es nicht wollte.

»Ann, du machst jetzt genau das, was du mir vorwirfst. Du putzt dich selbst runter.«

»Was ich dir sagen will, Frank Weller: Ich möchte einfach,

dass du mich so siehst, wie ich bin, und nicht irgendein illusorisches Bild. Ich nehme an, dass ich im Bett auch nicht besonders gut bin – da fehlen mir zwar die Vergleiche, aber wenn ich meinem Exmann Hero Glauben schenken darf, dann habe ich es einfach nicht drauf. Seine Betthäschen waren halt gelenkiger als ich oder raffinierter oder ...«

Er konnte kaum aushalten, wie sie redete. »Ann, bitte!«

»Also, Frank Weller, nachdem du all das weißt und dir auch nicht verborgen geblieben ist, dass es mit meinen Kochkünsten nicht zum Besten steht – ich habe ja schon Probleme, die Spiegeleier nicht anbrennen zu lassen ...«

Er stöhnte demonstrativ auf und verdrehte die Augen, um ihr zu zeigen, dass sie doch aufhören solle.

Eine Sternschnuppe fiel vom Himmel, doch die beiden sahen es nicht. Sie waren viel zu sehr mit sich beschäftigt.

»Also, was ich sagen wollte, Frank: Bitte berücksichtige all das, wenn ich dich jetzt etwas frage.«

Sie holte tief Luft, wischte sich einmal durchs Gesicht und kämmte sich die Haare mit den Fingern nach hinten.

»Möchtest du trotz alledem mein Mann werden?«

Weller hatte oft davon gehört, dass Menschen in schlimmen, traumatisierenden Schocksituationen weiche Knie bekamen. Jetzt ging es ihm selber so. Er musste sich am Geländer der Aussichtsplattform festhalten, sonst wäre er hingefallen.

»Soll das ... War das ... ein Heiratsantrag?«

»Ich habe«, lachte sie, »deine scharfen Analysen schon immer bewundert. Aus dir wird noch mal ein richtig guter Kriminalkommissar ...«

»Ann, ich ... ich komme mir jetzt so blöd vor.«

»Warum kommst du dir blöd vor? Es muss dir nicht peinlich sein, Nein zu sagen. Wir können ja alles weiterhin so lassen, wie es ist.«

Weller zuckte zusammen. »Nein, Ann, auf keinen Fall, ich ...«

Sie gestand: »Eigentlich kam der Anstoß von meinem Vater. Er sagte ...«

»Ann, dein Vater ist tot.«

»Ja, seitdem hat er besonders blöde Ideen.«

Weller schüttelte sich. »Ann, ich will jetzt nicht über deinen Vater mit dir reden. Es geht jetzt um uns beide. Ich ...«

Sein Mund wurde trocken, und ein kratziges Gefühl breitete sich im Hals aus, so als könnte er bereits in wenigen Sekunden seine Stimme verlieren und von einer schweren Grippe niedergestreckt werden.

»Ich bin so ein Idiot, Ann! Ich habe die ganze Zeit versucht, dir einen Heiratsantrag zu machen. Aber immer passte irgendwas nicht. Entweder stimmte die Situation nicht oder einer von uns war nicht richtig gut drauf oder ... Ich hatte es schon bei Minna am Markt vorbereitet, einen Tisch reserviert und ein Essen ausgesucht ... Dann passierte das mit deiner Mutter. Irgendwas war immer ... wichtiger ... Ich wollte doch gerne, dass alles perfekt ist, wenn ich dir einen Heiratsantrag mache, und jetzt ... jetzt habe ich es nicht geschafft, und du nimmst mir die Sache vorweg.«

»Heißt das Ja?«

»Natürlich heißt das Ja. Ja! Und wie! Natürlich will ich! Wenn es dir nichts ausmacht, einen Typen zu nehmen, der im Monat knapp neunhundert Euro zur Verfügung hat, der Rest geht nämlich an Unterhalt drauf für Exfrau und Kinder. Außerdem habe ich aus der letzten Ehe noch Schulden wie ein Stabsoffizier. Manchmal habe ich einen unglaublichen Autoritätskonflikt, dann könnte ich irgendwelche Doktoren, Professoren oder Akademiker an die Wand klatschen. Ich bin nicht schlagfertig wie meine Kollegen. Mir fällt meistens erst ein, was ich besser gesagt hätte, wenn ich schon zu Hause bin. Ich schaffe es nicht wirklich, mit dem Rauchen aufzuhören, obwohl ich es mir immer wieder vornehme. Und wenn hier einer von uns beiden im Bett ein Versager ist, dann ja wohl ich. Mit dir, Ann, ist es himmlisch! Und ich hab immer noch nicht kapiert, wie ich bei einer Frau richtig Eindruck schinde.«

»Hör auf zu reden«, sagte sie. »Küss mich jetzt einfach.«

Gar nicht weit von ihnen begann ein Kranichpärchen erneut, sein Nest zu bauen.

Es roch nach Schwarztee, und die Kluntjes knisterten in den Tassen. Trotzdem war die Situation angespannt wie vor einer drohenden Katastrophe.

Weller fühlte sich, als könnte die Nordsee in den nächsten Stunden über den Deich gehen.

Kleinlaut erklärte er, Ann Kathrin sei mit der Wohnungsauflösung ihrer Mutter beschäftigt, sie müsse einen Makler treffen, um einen Käufer für deren Haus zu suchen. Dann käme ein Termin beim Neurologen ... Vor Mittag sei mit Ann Kathrin nicht zu rechnen.

Rupert registrierte grimmig, dass Ubbo Heide es völlig in Ordnung fand, dass Ann Kathrin sich ihren privaten Schwierigkeiten widmete.

Sylvia Hoppe hatte inzwischen herausgefunden, dass der Vater von Jule Freytag noch lebte.

»Von wegen, Waisenkind! Er hat seinen dritten Entzug scheinbar ganz erfolgreich hinter sich gebracht und macht jetzt eine Schreinerausbildung in Rhauderfehn.«

»Ausbildung«, spottete Rupert. »Soll das eine Lehre sein oder was? Der ist doch mindestens ...«

»Er ist sechsundvierzig«, las Sylvia Hoppe aus den Akten ab. »Muss ein zähes Bürschchen sein. Er hat fast zwanzig Jahre Heroinabhängigkeit überlebt.«

Rupert nickte. »Stimmt. Die meisten gehen in den ersten fünf Jahren über die Klinge. Süchtige werden selten so alt.«

»Nur bei den Alkoholikern, da ist das anders«, warf Rieke Gersema ein und rückte ihre neue Brille zurecht.

Ubbo Heide hatte, um alles ein bisschen familiärer und gemütlicher zu gestalten, aufgeschnittenen Krintstuut auf den Tisch gestellt, dazu ein bisschen Butter. Aber Rupert, obwohl ein Urostfriese, mochte keine Rosinen und schon gar keinen Stuten.

Weller dagegen konnte gar nicht genug davon bekommen und griff fleißig zu, obwohl er gerade erst mit Ann Kathrin sehr gut gefrühstückt hatte.

Weller erzählte, was er von Frau Professor Dr. Hildegard über die Stich- und Nähtechnik erfahren hatte.

»Ich möchte mir diesen Dr. Dietmar Albers gerne ansehen«, sagte Weller.

»Dietmar Albers?«, fragte Rupert. »Der wohnt im Norden von Norden, gar nicht weit von euch weg. Leipziger Straße oder Danziger Straße. Auf jeden Fall heißt die Straße nach irgend so einer Stadt in Ostdeutschland.«

Sylvia Hoppe leckte ihre Finger an und blätterte in ihrer Akte. »Ja, das könnte er sein. Dresdener Straße.«

Rupert nahm einen triumphalen Gesichtsausdruck an, setzte sich breitbeinig hin, lehnte den Arm großspurig auf den leeren Stuhl neben sich und wirkte ein bisschen wie Formel-1-Fahrer, nachdem sie sich mit Champagner vollgespritzt haben, wenn sie auf ihre unterlegenen Gegner schauen.

Rupert winkte ab. »Den kannst du vergessen.«

»So?!«, sagte Ubbo Heide und ermunterte damit Rupert, weiterzusprechen.

»Ja, der ist mir unheimlich auf den Keks gegangen. Der steht doch schon seit zig Jahren unter Betreuung. Wundert mich, dass sie den nicht längst in die Klapsmühle eingewiesen haben.«

Weller fand es im Grunde prima, dass Ann Kathrin nicht da war. Sie hasste Ruperts zynische Art, zu sprechen. ... *irgendeine*

Stadt in Ostdeutschland ... Klapsmühle ... Das alles hatte etwas Abwertendes an sich.

»Der hat damals sogar seinen Betreuer verklagt. Ich hab das Protokoll aufgenommen. Zum Brüllen! Nach der Einführung des Euro hatte er plötzlich nur noch halb so viel Geld auf seinem Konto. Aus seinen vierzigtausend Mark waren zwanzigtausend Euro geworden. Das hat er nicht kapiert.« Rupert macht mit der rechten Hand eine Bewegung, als würde er sich vor dem Gesicht die Scheiben wischen. »Der ist echt balla-balla. Erst hat er behauptet, sein Betreuer hätte die Hälfte Geld von seinem Konto genommen und dann sei die D-Mark gegen seinen Willen in diesen Euro getauscht worden. Er wollte den Euro nicht, bestand weiter auf D-Mark und hat Gott und die Welt angezeigt. Nachdem er gegen seinen Betreuer nicht durchkam, die Volksbank oder die Dresdner Bank, das weiß ich nicht mehr, und schließlich natürlich die Bundesregierung.«

Niemand sagte etwas. Rupert sah sich im Raum um.

Ubbo Heide schenkte sich Tee ein. Weller kaute Krintstuut. Rieke Gersema schien das Ganze überhaupt nicht zu interessieren. Sylvia Hoppe sah Weller fragend an, so als wolle sie von ihm wissen: *Wer antwortet? Du oder ich?*

Weller überließ es ihr.

»Wir sollen ihn also als Täter oder Zeugen nicht ernst nehmen, weil er gegen die Einführung des Euro war und sich durch die Umwandlung seines D-Mark-Vermögens in Euro betrogen fühlte?«

Rupert nickte, obwohl er schon ahnte, dass sich da gerade wieder eine Front gegen ihn aufbaute.

»Ich würde das nicht verrückt nennen«, sagte Weller und beugte sich in Ruperts Richtung über den Tisch, »sondern eher weitsichtig und klug. Ich kenne eine Menge Leute, die seiner Meinung sind. Ich glaube, er war damals klüger als die meisten unserer Politiker.«

Ubbo Heide griff ein. »Bitte, Leute, das führt doch zu nichts. Wer fährt hin?«

»Ich hab was Besseres zu tun«, grummelte Rupert. »Ich knöpf mir lieber diese Edelpädophilen-Szene aus dem Stiftungsbeirat vor, die sich ihre sexuellen Abartigkeiten auch noch steuerlich bezuschussen lässt.«

»Wie ist das denn gemeint?«, wollte Sylvia Hoppe wissen.

Rupert lehnte sich im Sessel zurück und dozierte: »Ja, Frau Hupe, wenn Sie sich mehr für wirtschaftliche Fragen und Sachzusammenhänge interessieren würden, wäre Ihnen nicht entgangen, dass man solche Stiftungen gründet, um Steuern zu sparen.«

»Ach, ich verstehe«, keifte sie zurück. »Andere, ehrliche, heterosexuelle Machos wie du geben ihr sauer verdientes Geld im Puff aus, während die eine Stiftung gründen und sich dann auf Kosten des Steuerzahlers mit ihren Lustknaben auf einer Safari in Afrika amüsieren. Wolltest du das sagen?«

»Exakt!«, gab Rupert zu.

»Und wenn du noch einmal Hupe zu mir sagst, werde ich dich in Zukunft Flachwichser nennen.«

Ubbo Heide verzog den Mund. »Bitte, das ist doch wirklich nicht nötig.«

»Hupe!«, rief Rupert provozierend.

»Flachwichser«, konterte Sylvia.

Ubbo Heide atmete schwer aus. »In dem Punkt sind wir uns wohl alle einig. Wir brauchen eine Aussage von diesem Albers.«

Obwohl man bei der AWO in Norden sehr hilfreich war und Ann Kathrin Mut machte, ihre Mutter bekäme sicherlich Pflegestufe I, wenn nicht sogar II, und ab dann würde gut für sie gesorgt, und sie als Angehörige sei entlastet und könne sich wieder ihrem Beruf widmen, musste Ann Kathrin jetzt zahlreiche Entscheidungen fällen.

Sie stand in der Wohnung ihrer Mutter. Was sollte verkauft werden? Was einfach weggeworfen? Es war undenkbar, alles, was sich in diesem Hundertfünfzig-Quadratmeter-Einfamilienhaus befand, in fünfundvierzig Quadratmetern bei der AWO unterzukriegen. Zumal eine Küchenzeile dort schon eingebaut war.

Die Sofaecke. Viel zu groß. Die Sessel. Viel zu klobig. Die Buchregale. Viel zu breit.

Ann Kathrin musste nichts ausmessen, um zu verstehen, dass es so nicht gehen konnte.

Die Bilder ihrer Mutter von den Leuchttürmen und die Unterwasseraufnahmen – wo sollte das alles hin?

Sie zeigte einem Makler das Haus. Der fragte sie nach einer Vollmacht, aber sie konnte keine aufweisen.

Sie erklärte ihm die Situation, und er verstand sie gut, aber natürlich brauchte er trotzdem eine Vollmacht.

Nachdem der Makler gegangen war, wollte sie ein paar Schränke leer räumen und einige Kisten packen, aber gleich beim ersten Umzugsstück blieb sie hängen. Es war ein bunt beklebter Karton voller Fotos.

Sie erinnerte sich, dass sie selbst dieses Schmuckstück gebastelt hatte. Auf dem Boden lagen Fotos, die sie als kleines Kind zeigten, bei der Einschulung, dann kam eine Schicht mit Fotos aus ihrer Pubertät. Sie erkannte Klassenkameradinnen, ehemalige Freundinnen. Ihr fielen ständig neue Geschichten ein.

Auf ein paar Fotos waren Menschen, offensichtlich Verwandte, die bei Weihnachtsfeiern dabei waren und vor dem Tannenbaum sangen, aber sie hatte keine Ahnung, wer das war.

Sie steckte ein paar Fotos ein, um sie ihrer Mutter zu zeigen. Vielleicht hilft es ihrem Gehirn wieder auf die Sprünge, dachte sie.

Am liebsten hätte sie die ganze Kiste mitgenommen, doch sie konnte nicht aufhören, sich die Bilder anzuschauen.

Ihre Gedanken schweiften ab. Sie war nicht mehr in der Lage, sich zu konzentrieren. Sie saß auf dem Boden, die Schatzkiste zwischen den Beinen, wühlte in Fotos, schwelgte in Erinnerungen, und jedes Bild erschien ihr plötzlich so unglaublich wertvoll.

Dr. Dietmar Albers wohnte in einem soliden Einfamilienhaus aus den siebziger Jahren. Zwei große, Schatten spendende Kastanienbäume dominierten das Grundstück. Neben der Eingangstür lehnte ein neues Fahrrad, Fully Carbon mit siebenundzwanzig Gängen, offensichtlich kein ganz billiges Modell.

Im Carport parkte ein fünfzehn Jahre alter BMW, der früher mal knallrot gewesen sein musste und jetzt eher rostbraun war. Der Wagen hatte dringend eine Wäsche nötig. An mehreren Stellen hatte sich Möwenkot eingefressen. Hinten auf der Heckscheibe pappte ein Aufkleber: *Bayrischer Mist Wagen*.

Weller grinste. Dieser Dr. Albers hatte auf jeden Fall Humor. Wer einen BMW mit so einem Aufkleber fährt, kann nicht wirklich stocksteif sein, dachte er.

Allerdings hielt Weller es auch für möglich, dass der Wagen seit langem überhaupt nicht mehr bewegt worden war.

Dietmar Albers war ein kleiner, drahtiger Mann, dessen Barthaare genauso lang waren wie sein Kopfhaar. Von beidem hatte er reichlich.

Weller stellte sich vor, dass der ehemalige Chirurg einen Rasierapparat besaß, mit dem er sich gleichzeitig die Haare schnitt. Dabei veränderte er die Einstellung überhaupt nicht, sondern verpasste seinem Gesicht sozusagen eine *Rundum-Kurzhaar-Drei-Millimeter-Frisur*.

Irgendwie stand ihm das Ganze und gab ihm etwas Verwegenes. Sein Gesicht war gebräunt und windgegerbt. Er sah nicht aus wie ein Chirurg, der bei künstlichem Licht operierte, sondern eher wie ein Krabbenfischer, der den Tag auf dem offenen Meer verbrachte.

Vermutlich, dachte Weller, wird er mehr Rad fahren und das Auto im Carport verschimmeln lassen. Möglicherweise hat er gar keinen Führerschein mehr. Weller nahm sich vor, das herauszufinden.

Die Wohnung machte auf den ersten Blick einen sauberen und ordentlichen Eindruck. Er bat Weller herein und führte ihn durch in die Küche.

Weller wusste sofort, dass hier noch wirklich gekocht wurde und nicht einfach Fertiggerichte warm gemacht wurden.

Auf dem Tisch lagen mindestens drei Kilo Krabben. In einer Schüssel die bereits gepulten, die Schalen auf einer weißen Plastiktüte.

Während des Gesprächs half Dietmar Albers weiterhin Krabben aus dem Mantel. Er stellte sich dabei sehr geschickt an, wie jemand, der diese Arbeit seit vielen Jahren gewohnt ist. Es machte ihm offensichtlich Spaß. Jede dritte Krabbe aß er. Dann warf er wieder zwei in die Schüssel, um die nächste zu verspeisen.

»Was führt Sie zu mir, Herr Kommissar? Habe ich wieder irgendeinen Blödsinn gemacht?«

»Machen Sie öfter Blödsinn?«, fragte Weller und zog sich einen Stuhl heran, obwohl ihm keiner angeboten worden war.

Albers lächelte verschmitzt. »Ach kommen Sie. Sie wissen doch Bescheid. Ich hatte so um die Jahrtausendwende herum ein Tief. Meine Frau hat mich verlassen, beruflich sind mir ein paar Schnitzer passiert ...«

Er hielt beide Hände nebeneinander über den Krabbenhaufen. Sie zitterten leicht, aber bisher war Weller das nicht aufgefallen.

»So«, sagte Albers, »kann man nicht operieren. Und unter dem Einfluss von Beruhigungsmitteln sollte man es auch nicht tun ...«

Weller holte seine Fotos heraus und legte sie vor Albers auf den Tisch. Eine Krabbe kullerte von dem großen Stapel herunter und fiel ins Uplengener Moor.

»Haben Sie das Kind dort gefunden?«

Weller nickte. Geduldig sah Albers sich das Bild von dem abgerissenen Arm an.

»Da stopft jemand Kinderleichen aus?«

»Ja«, sagte Weller, »und ich möchte von Ihnen wissen, ob Ihnen an diesen Bildern etwas auffällt.«

Albers knackte genüsslich eine Krabbe. »Was soll mir daran auffallen? Ich war es nicht, wenn Sie das meinen. Ich habe in meinem Leben so viele Leute aufgeschnitten und wieder zusammengeflickt, glauben Sie mir, mein Hobby ist das nicht. – Wenn Sie schon mal da sind, können Sie mir eigentlich auch beim Krabbenpulen helfen.«

Weller machte keine Anstalten, dieser Aufforderung nachzukommen.

Albers erklärte ihm: »Wissen Sie, den Mist, den Sie auf Ihrem Krabbenbrötchen essen, den krieg ich einfach nicht runter. Die Krabben werden erst nach Marokko geschippert und dort gepult.« Er tippte sich gegen die Stirn. »Die werden bei uns gefangen, und dann sind sie ein paar Wochen unterwegs, bis sie wieder zu uns zurückkommen. Ich esse sie lieber frisch. Das ist etwas völlig anderes. Hat mit dem Geschmack, den Sie kennen, überhaupt nichts zu tun …«

»Ich weiß«, sagte Weller. »Ich lebe schon länger hier.«

Dann schob er das Foto noch näher zu Albers. »Sagt Ihnen die Technik etwas, mit der die Haut hier zusammengeflickt wurde? Laut Laborbericht hat er einen 3–0 Ethilon von der Firma Ethicon benutzt.«

»Ja, das ist gute chirurgische Arbeit. Ethicon ist der Marktführer. Ich hätte an seiner Stelle allerdings einen Faden der Stärke 4–0 oder sogar 5–0 benutzt.«

»Einen dickeren?«

»Nein. Je höher die Zahl, umso feiner der Faden. Hier wurde ja kein Muskelfleisch zusammengenäht, sondern nur Haut. Das hätte man dezenter hinkriegen können.«

»Kann das einer Ihrer Schüler gewesen sein?«

Fast amüsiert lächelte Dr. Albers Weller an. »Schüler? Was meinen Sie mit Schülern? Ich bin doch kein Lehrer gewesen.«

»Naja, aber Sie haben doch Assistenzärzte gehabt oder …«

»Klar. Jede Menge. Aber keine Schüler. Wie kommen Sie darauf, dass es einer von denen gewesen sein könnte?«

»Diese Art der Stiche, ist das nicht typisch für Sie und Ihre Arbeit?«

»Wer hat Ihnen denn den Blödsinn erzählt?«

»Könnten Sie, wenn Sie sich das genauer anschauen, erkennen, wer das gemacht hat?«

»Nein, kann ich nicht. Aber ich sehe, dass Sie keine Krabben pulen und mir meine Zeit rauben.«

Er nahm die Schüssel und hielt sie Weller hin. »Probieren Sie wenigstens mal, junger Freund. Da tut sich Ihnen eine ganz neue Welt auf.«

»Ich sagte, ich bin von der Küste.«

Fast ein bisschen beleidigt stellte Albers die Schüssel wieder zurück und zog sie jetzt näher zu sich selbst heran.

»Stehen Sie noch unter Betreuung?«, fragte Weller.

Albers' Blick wurde feindselig. »Nein, den Typen habe ich abgeschossen.«

»Ich weiß«, sagte Weller. »Er hat Sie betrogen.«

Albers nickte.

»Damals, mit dem Euro, nicht wahr?«

»Nein«, sagte Albers. »Mit meiner Frau.«

Sie konnte an gar nichts anderes mehr denken als an diese Zwillinge. Sie wollte beide, aber es war schwer, zwei Kinder gleichzeitig zu entführen. Sie folgte ihnen jetzt schon seit einiger Zeit.

Die Mutter und ihre große Tochter passten auf wie Wachhunde. Immer war mindestens einer von ihnen beim Kinderwagen.

Irgendwann, dachte sie, werden sie in ein Geschäft gehen und den breiten Kinderwagen nicht durch die Tür kriegen. Das ist dann meine Chance.

Lucy Müller hielt ihr Leben für einen einzigen Albtraum. Sie hatte keine Ahnung, dass der eigentliche Horrortrip erst heute beginnen würde. Genau hier. Vor der Schwanen-Apotheke in der Osterstraße, schräg gegenüber von der kleinen Sparkassenfiliale und der Eisdiele.

Lucy war dreizehn, und niemand interessierte sich für sie. Für die Jungs, die sie spannend fand, war sie Luft. Sie schob es auf ihre Zahnspange und auf ihre Brüste, die sich einfach nicht schnell genug entwickeln wollten. Überhaupt war sie körperlich einfach zu klein. Sie wirkte kindlich, egal, wie sehr sie sich schminkte. Sie sah eher aus wie eine Elfjährige, die mit Mamis Kosmetikkoffer gespielt hat.

Lucy hasste es zu sehen, wie ihre verliebte Mutter an ihrem neuen Typen herumknabberte. Sie hatte alles getan, um Mamas neuen Freund rauszuekeln. Doch neben ihrem Kinderzimmer quietschte fast jeden Abend die Matratze.

Schließlich zog der Typ ein und fing an, an ihr herumzuzerren. Seine Lieblingssätze begannen mit: *Ich bin zwar nicht dein Vater, aber …*

Immer, wenn sie dachte, jetzt ist der Tiefpunkt erreicht, kam es noch schlimmer. Die Mutter wurde schwanger, und jetzt hatten sie sogar Zwillinge. Ina und Tina, benannt nach Ina Müller, die er ganz toll fand, und deren Fernsehsendung »Inas Norden« er nie verpasste.

Er hatte eine ganze Sammlung mit Ina-Müller-DVDs. Mit einem Sixpack Bier neben sich konnte er die Filme auch dreimal hintereinander angucken, dabei sang er jedes Mal laut mit.

Tina wurde nach Tina Turner benannt, ein großes Vorbild ihrer Mutter, denn Tina Turner hatte es geschafft, sich aus der Fuchtel von Ike Turner zu befreien. Lucys Mutter identifizierte sich total mit Tina Turner, und das hatte weniger mit ihrem Gesang als mit ihrem Leben zu tun. Als es mit ihrem richtigen Vater besonders schlimm stand und sie sich wegen der Brüllerei am liebsten den ganzen Tag die Ohren zugehalten hätte, sah ihre Mutter den Film über Tina Turners Leben, und noch heute erzählte sie davon, da habe sie den Mut gefasst, den Idioten zu verlassen.

In Lucys Augen war er kein Idiot, sondern nur ein jähzorniger, alkoholkranker Mensch, der sich selbst nicht im Griff hatte, wenn er zu viel trank und dann herumschrie und am Ende auch zuschlug. Sie liebte ihn trotz allem! Ja, verdammt. Er war ihr Vater, und sie liebte ihn!

Das Leben ohne ihn war dann viel besser gewesen, und Lucy hatte sich die Zukunft ganz anders vorgestellt. Irgendwann, dachte sie, findet sie einen guten Typen, zieht bei ihrer Mutter aus und macht dann alles besser.

Stattdessen begann das ganze Spiel hier von Neuem. Ihre Mutter, die sonst ach so gluckenhaft, klug und rücksichtsvoll war, wurde über Nacht zu einer verliebten dummen Kuh, die nur noch Augen für ihren Macker hatte.

Immerhin randalierte er nicht, wenn er betrunken war, sondern wurde nur fröhlich, sang lautstark und schlief irgendwann ein.

Aber mit den Zwillingen war dann alles noch viel schlimmer geworden. Wenn die Matratze nebenan nicht quietschte, dann schrien die kleinen Biester. Auf jeden Fall war immer ein unangenehmer Lärm im Haus.

Bis vor wenigen Wochen war Lucy die Kleine und durfte alles Mögliche nicht tun, weil sie dafür noch zu jung war. Plötzlich war sie die große Schwester, sollte vernünftig sein, auf Babys aufpassen, Windeln wechseln und ihren ganzen Lebensrhythmus nach diesen kleinen Schreihälsen richten.

Eins wusste sie jetzt jedenfalls: Sie musste ihre Lebenspläne ändern. Einen guten Jungen kennen zu lernen, um dann mit dem zusammenzuziehen, war vielleicht immer noch eine prima Idee, aber Kinder kriegen wollte sie auf gar keinen Fall. Seitdem sie diese beiden Geschwister hatte, wusste sie, dass Kinder das Leben nicht versüßten.

Obwohl ihre Mutter mit dem Neuen immer noch viel herummachte, wurde der Ton zwischen ihnen doch gereizter. Er behauptete, ihm würden drei Monate Schlaf fehlen, und er käme beruflich einfach nicht mehr klar, wenn er nicht endlich mal eine Nacht durchpennen könnte.

Sie dagegen wollte sich nicht vollständig in die Rolle der Hausfrau drängen lassen und verlangte von ihm, dass er viel mehr mit anfassen sollte.

Gestern in der Ferienwohnung hatte Lucy die Zwillinge mit einem zu heißen Brei aus einem Hipp-Gläschen gefüttert. Jetzt wurde sie angeguckt wie ein Folterknecht, der absichtlich kleine Kinder quälte, denn Tina hatte angeblich ein kleines Brandbläschen an der Oberlippe. Das Bläschen hatte sie wirklich, aber so heiß war der Brei nun doch nicht gewesen, fand Lucy und hatte ihn demonstrativ leer gelöffelt.

Gab es etwas Schlimmeres, als mit einer verliebten Mutter, ihrem verstörten Freund und zwei quäkenden Hosenscheißern vierzehn Tage Urlaub in Norddeich zu machen? In einer Ferienwohnung hockte man noch enger zusammen als zu Hause. Dafür ging die Spülmaschine nicht, und irgendeiner musste den

Abwasch machen. Und offensichtlich fanden alle, die etwas zu sagen hatten, das sei für eine Dreizehnjährige genau der richtige Job, um sie aufs Leben vorzubereiten.

Sie hatte gehört, dass es direkt hinterm Deich eine legendäre Disco gab, die Meta hieß und am Wochenende viele Jugendliche anlockte. Aber sie war sich sicher, dass man sie nicht reinlassen würde. Ihre Freundin Anke, die noch zwei Monate jünger war als sie, kam überall rein. In jeden Film ab achtzehn und in jede Disco. Sie war gut einen Kopf größer und ging überall als Erwachsene durch. Sie zog Röcke an, die selbst die Lehrer verrückt machten.

Bevor sie ihn sah, hörte sie seine Stimme. Es war dieser blonde Junge mit dem Wuschelkopf, der ständig so strubbelig war, dass sie noch nicht die Farbe seiner Augen herausbekommen hatte. Sein Lachen war so ansteckend, als könnte er damit eine Epidemie auslösen.

Er hatte lange Beine und schmale Hüften. Die Jeans hing so tief herab, dass seine blauweiß gestreiften Boxershorts bei jedem Schritt aufblinkten. Es war ein geschicktes Spiel der Arschmuskeln, mit dem er die Jeans festhielt. Jeder sah hinter ihm her und rechnete damit, die Hose könnte einfach herunterrutschen. Das tat sie aber nicht. Dazu war er viel zu geübt.

Er trug Adidas mit offenen Schnürriemen, die beim Gehen ein leises Geräusch machten, das sie an eine Snare-Drum erinnerte.

Sie musste jetzt hier stehen und auf den Kinderwagen aufpassen, denn die Mutter wollte in der Apotheke ein Nasenspray besorgen, weil ihr Lover sonst nachts zu laut schnarchte, und irgendwelche Zäpfchen für die Kleinen.

Nervös wackelte Lucy an dem Kinderwagen herum, denn die Zwillinge begannen gern zu schreien, wenn sich nichts mehr bewegte. Solange der Wagen gerollt wurde oder sie irgendein Schaukeln spürten, waren sie meist ruhig.

Der scharfe blonde Junge bestellte sich ein Spaghetti-Eis und setzte sich breitbeinig hin. Er fischte eine große Sonnenbrille aus der Brusttasche seines Oberhemds und setzte sie zum Knutschen lässig auf.

Warum, dachte Lucy, muss ich hier stehen und auf die Zwillinge aufpassen, während Mamas Lover auf der Terrasse der Ferienwohnung sitzt, um in Ruhe seinen Roman zu Ende zu lesen?

Der Junge sah zu ihr rüber. Ja, es war ganz eindeutig. Er musterte sie.

Sie fühlte sich geradezu abgetastet von seinen Blicken, auch wenn er mit dem Zeigefinger die Brille über seine Nase schob.

Die Apotheke lag im Schatten. Auf der anderen Straßenseite standen die Stühle vor der Eisdiele in der Sonne.

Lucy bog ihren Rücken durch, drückte die Brust raus und wippte mit dem Bein zum Takt einer imaginären Musik. Sie hatte zwar kein Kaugummi im Mund, tat aber so, als würde sie kauen. Sie fand, das sah lässiger aus.

Er legte eine Zigarettenpackung auf den Tisch und kramte in seinen tiefen Hosentaschen nach einem Feuerzeug. Dann schob er die Sonnenbrille auf die Stirn, und jetzt sahen sie sich direkt an.

Lucy ließ den Kinderwagen stehen und ging ein paar Schritte auf ihn zu.

Er bot ihr gestisch einen Stuhl an.

Sie zögerte, ob sie sich setzen sollte.

»Zigarette?«, fragte er.

Sie rauchte zwar nicht, fühlte sich aber unglaublich geehrt durch seine Frage, schien er sie doch als Erwachsene ernst zu nehmen.

Sie nickte und versuchte den Gedanken zu verdrängen, was passieren würde, wenn ihre Mutter aus der Apotheke kam und ihre Tochter gegenüber in der Eisdiele mit einer Zigarette in der Hand sitzen sah.

Lucy legte die Zigarette wieder auf den Tisch zurück und sagte. »Nee, jetzt nicht, ich hab noch einen Kater von gestern.«

Er nickte wissend. Der Spruch war gut bei ihm angekommen.

»Sind das deine Zwillinge?«, fragte er grinsend.

»Ja, ich schlag mich als alleinerziehende Mutter durch. Ist gar nicht so einfach heutzutage.«

»Ist der Typ abgehauen?«

»Ja, mit 'ner Jüngeren.«

Dann lachten beide laut, und zum ersten Mal, seit sie in Ostfriesland angekommen war, fühlte sie sich wieder mit der Welt versöhnt. Vielleicht war das der richtige Weg: einfach über die Situationen zu lachen und seine Scherze zu machen.

»Wenn du dir heute Abend einen Babysitter besorgen kannst, dann komm doch zum Drachenstrand. Wir wollen eine kleine Party geben.«

»Cool.«

Die Kellnerin stellte das Spaghetti-Eis vor ihn auf den Tisch. Er aß aber nicht davon, sondern schob es in Lucys Richtung.

»Möchtest du?«

Doch sie lehnte dankend ab und ahmte ihre Mutter nach, als sie sagte: »Ich würde ja gerne, aber die Linie ... du verstehst.«

So dünn wie sie war, hätten ihr fünf Kilo mehr eher gut getan.

Er nickte wissend. »Jaja, bis die Schwangerschaftsstreifen weg sind, das dauert.«

Lucy mochte diese spielerisch-spöttische Ebene, sich mit ihm zu unterhalten. Das machte alles leicht. Die Welt wurde zur Bühne, zum Witz, zum Spielcasino, und sie hoffte, dass er nicht merkte, wie verknallt sie in ihn war.

Jetzt nahm er den Löffel und fuhr geschickt damit durch das Eis. Er sorgte für einen guten Haufen von Sahne, Vanille-Eis und roter Soße. Dann schob er sich den Löffel in den Mund, als sei er ein Model aus der Werbebranche. Er aß genüsslich, schnalzte mit der Zunge und gab sich Mühe, noch einmal die gleiche, wohlschmeckende Mischung auf seinen Löffel zu häufen. Dann führte er ihn durch die Luft in ihre Richtung, auf ihren Mund zu.

Sie öffnete ihre Lippen. Es war wie ein Kuss auf Umwegen.

Sie ließ das Eis mit geschlossenen Augen unterm Gaumen schmelzen und hatte das Gefühl, noch nie ein besseres Spaghetti-Eis gegessen zu haben.

»Scheiß doch auf die schlanke Linie«, lachte er. »Ich heiße übrigens Benne.«

»Lucy.«

Sie konnte ja nicht ahnen, was gerade in diesem Moment hinter ihrem Rücken geschah.

Der Albtraum begann, als er ihr den zweiten Löffel voll Spaghetti-Eis anbot und fragte: »Willst du mit mir gehen?«

Sie hatte nicht so schnell damit gerechnet. Sie war natürlich einverstanden, wollte aber auch nicht sofort nicken, um ihm nicht das Gefühl zu geben, sie sei für jeden billig zu haben. Trotzdem nickte sie stumm, und er lehnte sich zufrieden im Stuhl zurück.

»Nur ein kleines Urlaubsscharmützel – damit wir uns richtig verstehen. Nichts Festes. Lass uns einfach nur ein bisschen Spaß haben.«

»Klar«, sagte sie. »Das gehört zum Urlaub dazu.«

Er fand, dass er eine gute Show ablieferte, und offensichtlich tat sie ja ihre Wirkung.

Das erste, fast hingehauchte »Lucy?« hörte sie nicht. Sie saß mit dem Rücken zum Kinderwagen und zur Apotheke.

Er hatte ihre Mutter aber voll im Blick und fand, dass sie gar nicht aussah wie eine Frau, die eine fast erwachsene Tochter hatte und dazu noch ein Zwillingspärchen. Die da war nicht als Mama geboren worden. Er hielt jede Wette, dass sie früher mal Pot geraucht hatte und eine Punkerin gewesen war. Etwas von ihr hatte immer noch die Ausstrahlung eines ganz wilden Fegers. Im Grunde war sie viel interessanter als ihre Tochter.

Sie machte ein verstörtes Gesicht, als würde sie etwas nicht begreifen. Sie beugte sich über den Kinderwagen, riss eine Decke hoch. Dann kreischte sie: »Lucy! Lucy?«

Lucy fuhr im Stuhl hoch und sah ihre Mutter an.

»Die ist aber scheiße drauf«, sagte er noch, doch das hörte Lucy nicht mehr. Es ging im Geschrei unter.

»Was machst du denn da? Wo ist Tina? Du kannst doch den Kinderwagen hier nicht alleine lassen!«

Schon war Lucy am Kinderwagen, und dort lag nur noch Ina, mit ihrem Strickmützchen auf dem Kopf und dem Schnuller neben sich.

Frau Müller sah sich nach rechts und links um. »Soll das ein Scherz sein?«, fragte sie. »Das ist nicht witzig, Lucy!«

»Ich ... ich weiß nicht, wo sie ist. Ich hab doch nur da vorne gesessen und jemandem Guten Tag gesagt ... Ich ...«

Nie in ihrem Leben hatte Lucy jemanden so sehr kreischen hören. Zwischen den Häuserfronten hallte der Schall.

Herr Edzards kam aus der Buchhandlung gestürmt, um zu sehen, was draußen los war. Auch aus der Apotheke kamen Menschen und aus der Sparkasse.

Frau Müller schnappte nach Luft. Ein Zittern ließ ihren ganzen Körper vibrieren. Sie verkrampfte, japste nach Luft und fiel dann zu Boden.

Der Buchhändler war rechtzeitig da, um zu verhindern, dass ihr Kopf auf die Steine krachte.

Ich ... Es ist nicht meine Schuld, dachte Lucy. Ich will nicht daran schuld sein! Ich hab doch nichts gemacht. Ich hab doch nur ein paar Sekunden ...

Gleichzeitig wusste sie, dass sie diese Schuld nie wieder loswerden würde. Ab jetzt war sie in der Familie richtig der Arsch. Das spürte sie mit jeder Faser ihres Körpers.

Niemals würde ihre Mutter ihr das verzeihen.

Sie hatte nur eines der beiden Mädchen. Aber das konnte sie mühelos in ihrer Handtasche verschwinden lassen.

Es war alles blitzschnell gegangen. Sie hatte das Kind aus dem Wagen gehoben und war dann an der Ecke in Richtung Volkshochschule und Bibliothek kurz stehen geblieben, um es zu verstauen. Ironischerweise lag direkt gegenüber das Polizeipräsidium.

Sie sah zwei Beamte aus dem silberblauen Fahrzeug steigen. Sie scherzten miteinander. Sie würden sich später nicht an sie erinnern.

Am liebsten hätte sie den Kinderwagen genommen und wäre damit losgerannt. Doch so ein Zwillingswagen war viel zu auffällig.

Sie war mit ihrem Auto schon an der Ampel, als sie den Schrei in der Osterstraße hörte.

Das andere hole ich mir auch noch, du blöde Schlampe. Da kannst du kreischen, so lange du willst. Und am Schluss hole ich mir deine große Tochter. Das wird der Urlaub deines Lebens. Den wirst du nie vergessen.

Das Baby in der Tasche rührte sich nicht. Sie bekam Angst, das Kind könne erstickt sein, und rüttelte an dem Shopper auf dem Beifahrersitz. Endlich kamen ein paar Töne. Ein jämmerliches, kurzatmiges Weinen.

Rupert liebte diesen alten Mercedes. Die Sitze waren aus weißem Leder. Das Armaturenbrett eine Spezialanfertigung aus Mahagoniholz.

Sie hatten den Wagen vor zwei Jahren beschlagnahmt. Eine Leiche hatte darin gelegen, und im Rücksitz hatten sich fünf Kilo Kokain befunden. Seitdem gehörte das Fahrzeug zur Dienstflotte der Kripo.

Ann Kathrin weigerte sich, »diesen bourgeoisen Schlitten« zu fahren. Rupert wusste nicht, was »bourgeois« bedeuten sollte. Er kannte Bordeaux und einen salzigen Käse aus der Bourgogne. Beides mochte er gern.

In diesem Wagen fühlte er sich wie ein anderer Mensch. Wenn er hinter dem Steuer saß und über den Kühler auf den Stern blickte, dann gehörte die Straße irgendwie ihm. Schon das Einsteigen war ein Genuss. Die Türen machten nicht *Klack-Klack*, sondern *Plopp*. Es war nicht dieses öde, nachgemachte BMW-*Plopp*, sondern ein sattes, tiefes *Plooopp*.

So wollte er Frauke beim nächsten Mal abholen. Nichts sprach dafür, dass dies ein Dienstwagen war, der eigentlich für Undercoverermittlungen im Rotlichtmilieu eingesetzt werden sollte, was aber nie geschehen war. In so einem 156-PS-Auto kam einer wie er erst richtig zur Geltung, fand Rupert.

Wenn er an Frauke dachte, spürte er ihre saugenden Lippen und konnte ihre Haut schmecken.

Er war schon auf der B 72 zwischen Großefehn in Richtung Rhauderfehn, als ihn der Anruf erreichte. Er wollte mit dem Vater von Jule Freytag reden, aber daraus wurde erst einmal nichts.

»Komm sofort zurück. In Norden ist praktisch neben unserer Dienststelle ein Baby aus dem Kinderwagen gestohlen worden«, sagte die Kollegin aus der Einsatzzentrale, die er gerne Bratarsch nannte, was sie genau wusste.

»Was heißt, komm zurück? Ihr Pfeifen! Soll ich jetzt nach Aurich oder nach Norden?«, blaffte er zurück.

»Nach Aurich, aber bring ein paar Fischbrötchen mit.«

»Okay.«

»Nein, Mensch, das war ein Witz! Natürlich musst du nach Norden, in die Osterstraße.«

Er fühlte sich von ihr zurechtgewiesen und wollte das nicht auf sich sitzen lassen. Deshalb belehrte er sie: »Kinder werden nicht gestohlen, sondern entführt.«

Sie pustete. Er mochte ihre Art, manchmal während des Gesprächs ins Mikrophon zu blasen, überhaupt nicht. Er schützte manchmal sein Gesicht oder hielt die Luft an, als hätte er Angst, von Grippeviren angesteckt zu werden.

»Ja, sind wir hier in der Volkshochschule?!«, polterte sie zurück. »Du redest schon wie Ann Kathrin! Bei der hat man auch ständig das Gefühl, an einem Deutschkurs teilzunehmen, statt an einem Gespräch.«

»Das hier ist nicht einfach ein Gespräch ...«

»Genau!«, lachte sie bitter. »Es ist eine Dienstanweisung, und der würde ich Folge leisten, aber subito!«

Sie freute sich. Er konnte sie praktisch grinsen sehen.

Er nahm die nächste Ausfahrt und fragte sich zwei Dinge. Erstens: Wieso wird hier so viel Mais angebaut, und zweitens: Rede ich – verdammt nochmal – wirklich inzwischen wie Ann Kathrin?

Rupert mochte nämlich Ann Kathrins Art, auf eine korrekte Sprache zu achten, ganz und gar nicht. Wie oft hatte sie ihn verbessert und damit furchtbar auf die Palme gebracht? Jetzt verstand er: Sie tat das genau deswegen. Sie verunsicherte damit ihr Gegenüber, lenkte vom Eigentlichen ab und legte fest, wer hier der Chef im Ring war.

Er fühlte sich durchtrieben, weil er das Spiel der Frau Hauptkommissarin inzwischen durchschaut hatte. Er würde auf solche billigen Tricks nicht mehr hereinfallen. Er doch nicht.

Als er am Tatort ankam, diskutierten dort zwar noch Passanten über den unglaublichen Vorfall, aber von den Beteiligten war keiner mehr da.

Ann Kathrin führte in der Polizeiinspektion am Markt ein Gespräch mit Lucy Müller. Die Mutter, Gundula Müller, wurde in der Ubbo-Emmius-Klinik behandelt. Bei ihr war Sylvia Hoppe.

Weller und Ubbo Heide ließen sich derweil vom Vater der Zwillinge, Thomas Schacht, beschimpfen.

»Das ist also alles unsere Schuld?«, fragte Ubbo Heide vorsichtshalber noch einmal nach. Er deutete Weller an, er solle ruhig bleiben. Ubbo Heide war den Umgang mit Spinnern gewöhnt und fand, das gehöre eben zum Polizeialltag.

»Da draußen«, schrie der aufgebrachte Mann, »da tobt ein Krieg! Und Sie? Sie unternehmen nichts dagegen!«

»Ich verstehe Ihre Aufregung, aber wir können nicht neben jeden Kinderwagen einen Polizisten stellen.«

Weller hätte fast die Bemerkung gemacht, man lasse Kinderwagen mit Babys auch nicht unbeaufsichtigt auf der Straße, aber er wollte kein Benzin ins Feuer gießen.

»Der tut alles, um uns fertig zu machen. Der will uns den Urlaub versauen und einen Keil zwischen uns treiben!«, schimpfte Thomas Schacht.

»Sie kennen den Täter also?«

»Ja, klar. Lucy deckt ihn auch noch. Die ist sein U-Boot.«

»U-Boot?«

»Ja. Seine Agentin. Die hasst mich doch genauso wie er und lässt sich von ihm aufhetzen und instrumentalisieren.«

Ubbo Heide musste aufstoßen. Er hatte Magenkrämpfe. »Wer ist *er*?«

Thomas Schacht guckte feindselig. »Mir wäre lieber, wenn Lucy es Ihnen sagt. Das ist der Ex meiner Frau. Der stalkt uns. Jahrelang hat er sich nicht gekümmert, aber kaum hat Gundula einen anderen, dreht er durch. Ständig diese Anrufe. Mitten in der Nacht, und dann sagt der Arsch nichts – also, zumindest nicht, wenn ich dranging. Die Lucy hat er vollgesülzt ohne Ende. Sie könnten wieder eine Familie werden, und sie würden doch zusammengehören.«

Thomas Schacht ballte die rechte Faust, bis die Knöchel weiß wurden.

»Ich krieg schon das Flackern in der Pfote, wenn ich nur dran denke.«

»Und was will der mit Ihrer Tochter? Es ist doch Ihre Tochter, oder ...«, wollte Weller wissen.

»Oder was?«, blaffte Schacht.

»Naja, vielleicht hatte Ihre Frau ja noch einmal etwas mit ihrem Ex, und er denkt jetzt, das seien seine Zwillinge. Vielleicht hat er das Kind entführt, um einen Gentest machen zu lassen oder so?«

Ubbo Heide gefiel die Entwicklung des Gesprächs gar nicht. Er wusste, dass Weller jetzt viel zu nah an seiner eigenen Geschichte war. Eine seiner Töchter war gar nicht von ihm, und er hatte jahrelang keine Ahnung gehabt.

Thomas Schacht blähte sich auf und bleckte die Zähne. »Wollen Sie damit etwa sagen, dass ...«

»Ich stelle nur Fragen. Versuche, die Sache zu verstehen. Eine Logik reinzubringen. Mehr nicht.«

Ubbo Heide griff ein und deutete Weller an, er solle sich ein bisschen zurückhalten.

»Sie glauben also nicht, dass es irgendein Spinner war, sondern ...«

»Oh, und ob der ein Spinner ist, und was für einer!«

Thomas Schacht schlug sich selbst zweimal mit der flachen Hand gegen die Stirn, dass es laut klatschte und ein roter Fleck zurückblieb. »Wie heißt er?«

»Wolfgang Müller aus Gelsenkirchen. Schalke-Fan. Muss doch bekloppt sein.«

Ubbo Heide fragte: »Fährt denn Ihrer Meinung nach dieser Wolfgang Müller jetzt mit dem Kind zurück nach Gelsenkirchen, oder nimmt der sich hier in Ostfriesland ein Zimmer, oder was glauben Sie?«

»Der wird die Tina spätestens morgen früh irgendwo abliefern. Dann wird sie ihm genauso lästig, wie ihm die Lucy lästig geworden ist. Weil sie schreit, Hunger hat, die Windeln gewechselt werden müssen ...« Er winkte ab. »Ach!«

Er hatte keine Lust, die Aufzählung weiterzuführen.

»Dann wäre ja spätestens morgen alles wieder gut, und die Aufregung hätte ein Ende«, sagte Weller und glaubte, damit beruhigend auf Schacht einzuwirken. Der drehte aber stattdessen jetzt erst richtig auf.

»Oh nein, Herr Kommissar, keineswegs. Es gibt dann nur zwei Möglichkeiten.« Er zeigte mit den Fingern ein Victoryzeichen. »Entweder, Sie ziehen den Wahnsinnigen aus dem Verkehr, oder ich tue es. Der wird jedenfalls meiner Familie nicht mehr zu nahe kommen. Nie wieder. Das garantiere ich Ihnen.«

Weller brauchte frische Luft.

Das Kind hörte einfach nicht auf zu schreien. Irgendwann musste es doch müde werden.

Sie hob Tina aus dem Kinderbett und legte sie noch einmal an die Brust. Sofort war die Kleine ruhig und begann, an dem Nippel zu saugen. Aber weil keine Milch kam, zitterten die Lippen des Kindes nach kurzer Zeit, und mit zusammengepressten Augen begann das Jammern erneut.

Sie glaubte zu hören, dass das Baby bereits heiser sei. Sie zog die Spieluhr wieder auf und berührte Tinas Gesicht mit dem Kuscheltier. Aber auch dem Stoffäffchen gelang es nicht, Tina zu beruhigen.

»Ich weiß, was du hast«, sagte sie. »Du vermisst dein Schwesterchen. Keine Sorge. Du bleibst nicht allein. Ich werde sie holen. Schlaf jetzt ein bisschen, und wenn du wach wirst, seid ihr beiden wieder zusammen.«

Lucy zitterte am ganzen Körper. Das Zittern kam jeweils mit den Tränen. Wenn sie nach ein paar Minuten, in denen sie nicht ansprechbar war und sich regelrecht einweinte, als ob sie nie wieder aufhören könnte, plötzlich katatonisch wurde, versiegten die Tränen. Unbeweglich, ja steif, saß sie da und starrte ins Leere.

Auf sehr bildhafte Weise erinnerte das pubertierende Mädchen Ann Kathrin an ihre Mutter. Es sah aus, als hätte die Kleine auch Wortfindungsprobleme.

Ann Kathrin fragte sich, was im Kopf des Mädchens ablief. Ihre Pupillen veränderten sich, als ob sie einen erschreckenden Breitwandfilm in einem leeren Kino sehen würde. Einen Film, für den sie viel zu jung war.

Weller kam rein, warf einen flüchtigen Blick auf Lucy und reichte Ann Kathrin einen Zettel rein. Sie nahm das Papier und nickte Weller zu. Er war in Sekunden wieder draußen.

Ann Kathrin konnte schlecht mit Lucy singen wie mit ihrer Mutter. Sie kochte zunächst einen Tee und bot dem Mädchen ein paar Kekse an. Lucy fasste nichts davon an, aber sie begann zu schnuppern und drehte ihr Gesicht zur Teetasse. Es war, als würde sie über den Teegeruch zur Sprache zurückfinden. Sie biss sogar von einem Keks ab.

Dann begann sie zu sprechen. Zunächst ohne Töne. Ihre Lippen formten stumm Worte.

»Ich bin an allem schuld. Ich.«

Es tat Ann Kathrin in der Seele weh, das Mädchen so von Selbstvorwürfen zerfressen zu sehen. Sie bemühte sich um eine ruhige, warme Stimme, und es gelang ihr erstaunlich gut, dabei einen nicht zu mütterlichen Tonfall anzuschlagen.

»Nein, ich glaube, das bist du nicht. Ich bin Kommissarin. Ich halte mich an die Gesetze. Du bist dreizehn Jahre alt, also strafunmündig. Personen, die zur Tatzeit jünger sind als vierzehn Jahre, gelten bei uns als Kinder, und Kinder sind laut Gesetz schuldunfähig.«

Sie betonte das Wort *schuldunfähig*.

Zum ersten Mal sah Lucy bewusst in Ann Kathrins Gesicht. Sie pustete. Kekskrümel staubten von ihren Lippen.

»Sie haben ja keine Ahnung. Meine Mutter bringt mich um.«

Ann Kathrin las den Zettel von Weller. Dann zerknüllte sie ihn und warf ihn in den Papierkorb.

»Niemand bringt dich um. Lass uns nicht über Schuld reden, sondern über die Tat. Hast du gesehen, wer deine Schwester Tina entführt hat?«

Lucy schüttelte den Kopf. »Nein. Denken Sie, ich bin blöd? Ich hätte doch dann geschrien!«

»Hm. Es sei denn, du kennst den Täter und denkst dir, er wird schon nichts Schlimmes machen. Vielleicht war es ein Scherz…«

»Ein Scherz? Sind Sie völlig plemplem?«

So, wie sie reagierte, vermutete Ann Kathrin, dass auf Wellers Zettel die Wahrheit stand:

Ihr Stiefvater sagt, es war ihr Dad.

»Wenn du weißt, wer es war, solltest du es mir sagen…«

»Ich weiß es aber nicht, verdammt!«

»Weißt du es nicht, oder schützt du jemanden?«

Jetzt kapierte Lucy. Sie stemmte ihre Fäuste in die Hüften.

»Das hat *er* Ihnen erzählt. Der ist so hinterfotzig und intrigant!«

»Wer?«

»Na, der neue Stecher meiner Mutter.«

»Findest du, das ist die richtige Bezeichnung für deinen Stiefvater?«

Lucy warf stolz den Kopf in den Nacken. Die Wut und die Aufsässigkeit wirkten wie eine gute Medizin. Lucy drückte ihre Füße fest auf den Boden. Es war, als würde sie in ihren Körper zurückkehren.

»Wie soll ich ihn denn sonst nennen? Pizzafresse? Schmarotzer? Fliegenpilz? Heiratsschwindler? Assi?«

Sie hätte die Aufzählung locker noch länger fortführen können und hatte einige viel härtere Ausdrücke drauf, die sie aber einer Polizistin gegenüber nicht benutzen wollte, weil sie fürchtete, einige der Ausdrücke könnten eine Beleidigungsklage wert sein.

Jetzt ging sie zur Attacke auf Thomas Schacht über: »Bestimmt hat er es selbst gemacht, um meinem Vater das Ding anzuhängen. Genau!«

Sie war begeistert von ihrer Idee und spann sie sofort weiter aus: »Der ist uns unauffällig gefolgt. So will er einen Keil zwischen meinen Vater und mich treiben. Er weiß natürlich genau, wo Tina ist, also kann er sie wiederfinden und den Helden spielen. Der fährt jetzt zu meinem Pa, haut den zusammen und behauptet dann, er hätte Tina gerettet, damit meine bekloppte Mutter noch verrückter auf ihn wird. Die ist ja eh schon rattendoll, und genau darauf steht er.«

»Entspringt das jetzt alles deiner blühenden Phantasie, oder entspricht das der Wahrheit?«

Ann Kathrin kannte das. Besonders pubertierende Mädchen verwechselten manchmal Wirklichkeit, Phantasie und Wunschdenken. Aber gerade, weil so etwas oft passierte, wurde ihnen häufig nicht geglaubt, wenn sie die Wahrheit sagten.

Es war ein schmaler Grat. Die Körpersprache des Mädchens war widersprüchlich.

»Es stimmt, dass sie rattendoll ist. Besoffen vor Liebe. Können Sie sich vorstellen, was das bedeutet, wenn Sie sich für Ihre Mutter schämen? Wenn Ihre Freundinnen blöd grinsen? Ich kann keinen mehr nach Hause einladen. Das ist voll peinlich. Und dann heiraten die auch noch, und erst wollte meine Mutter seinen bescheuerten Namen annehmen. Dann hat sie es sich anders überlegt, weil ich dann nämlich einen anderen Namen gehabt hätte als sie. Und jetzt immer der Hassel mit den Zwillingen. Die Wunderkinder. Die waren schon hochbegabte Genies, da konnten die noch keinen Brei essen ...«

Ann Kathrin ließ Lucy reden. Sie war froh, dass der Bann des Schweigens gebrochen war. An seiner Stelle brach nun ein natürliches Redebedürfnis durch. In dem Schwall von Beschimpfungen und Verdächtigungen käme irgendwann einmal die eigentliche, wichtige Information. Ann Kathrin sah ihre Aufgabe darin, diese ermittlungsrelevanten Aussagen herauszufiltern und dabei den ungehinderten Fluss der Worte zu begünstigen.

Rupert betrat den Raum. »Also. Da bin ich. Was gibt's für mich zu tun?«

Ann Kathrin war von seinem Auftritt wenig begeistert, und sie machte keinen Hehl daraus.

»Was ist?«, fragte er.

Sie deutete mit dem Kopf kurz auf die Kleine, die jetzt schwieg. Sie hatte die Hoffnung, er würde kapieren, dass er störte. Aber da überschätzte sie seine Sensibilität gewaltig. Stattdessen polterte er:

»Ich war schon fast in Rhauderfehn, da hat der Bratarsch mich zurückgerufen.«

Ann Kathrin bremste ihn aus. »Das war ein Irrtum.«

»Häh? Was? Irrtum?«

»Ja. Kann ja mal passieren. Ein Kommunikationsproblem.«

»Boah, wenn ich solche Sprüche höre!« Er äffte sie nach: »Kann ja mal passieren! Ein Kommunikationsproblem! Das heißt, ich geb hier mal wieder den Deppen, ja?«

»Wir haben die Norden-Sache voll im Griff. Aber Ubbo erwartet deinen Bericht aus Rhauderfehn heute auf seinem Schreibtisch. Das ist eine ganz heiße Spur.«

Rupert stampfte aus dem Raum und knallte die Tür zu. Er hatte wohl registriert, dass Ann Kathrin nicht von Entführung gesprochen hatte, sondern von der *Norden-Sache*. Irgendwie drückte sich hier jeder vor einer klaren Ansage.

Warum, dachte er, fällt es uns leichter, jemandem zu sagen: »Ihr Partner wurde ermordet« als »Ihr Kind wurde entführt«?

Er fuhr wieder nach Rhauderfehn. Der Grill-Friese in Georgsheil lockte ihn auf unwiderstehliche Weise. Er brauchte eine Riesen-Currywurst mit Pommes und Mayo.

Als er satt war, ging es ihm besser. Er goss noch ein kleines Jever hinterher.

Dieser Ort hatte etwas, das Ruperts Potenz steigerte. Georgsheil. Südbrookmerland. Hier war die älteste Rinderbesamungsstation des Landes. Fast eine Million Dosen Bullensamen wurden von hier aus in Rinderzuchtbetriebe der ganzen Welt geschickt. Es gab hier eine Energie galoppierender Potenz, und Rupert redete sich ein, solange er hier regelmäßig eine scharfe Rindswurst aß, würde seine Manneskraft ihn nie im Stich lassen.

Zu gern hätte er zum Nachtisch Frauke vernascht. Er sah ihren göttlichen Hintern schon aufreizend tanzen.

Bevor er in Emden auf die Autobahn Richtung Leer fuhr, rief er Frauke an.

Ihre Stimme war anders, als er sie kannte. Weniger erotisch, eher streng. Er bereute sofort, ihre Nummer gewählt zu haben. Es war ganz offensichtlich der falsche Zeitpunkt.

»Nein, Sie müssen sich verwählt haben. Hier ist nicht die Bausparkasse.«

»Tut mir leid. Ich hatte ... Sehnsucht ... Ich dachte, wir könnten uns vielleicht nach Dienstschluss ...«

»Nein!«, zischte sie. »Ich heiße auch nicht Wüstenrot!«

Rupert stellte sich vor, dass ihr Mann neben ihr stand und jedes Wort mithörte. Er schwieg und drückte das Gespräch einfach weg. Dann erst hauchte er ein »Entschuldigung«.

Während der weiteren Fahrt hörte Rupert Shanties und sang laut mit.

»*Das kann doch einen Seemann nicht erschüttern ...*«

Er hatte sich beim Norddeicher Shantychor beworben und wollte auf keinen Fall das Vorsingen verpatzen.

Es tat ihm gut, jetzt alleine Auto zu fahren. Ab in den wilden Süden Ostfrieslands, nach Rhauderfehn.

Rupert parkte direkt vor dem Haus, ging aber nicht rein, sondern spazierte zunächst am Rajenkanal entlang und dachte über sich und Frauke nach.

Er mochte diese weißen Klappbrücken. Sie erinnerten ihn an ein Bild von van Gogh. Van Gogh war der einzige Maler, den Rupert überhaupt ernst nahm. Im Gegensatz zu seiner Kollegin Ann Kathrin Klaasen interessierte er sich überhaupt nicht für Kunst.

Warum, verdammt nochmal, malt jemand etwas, wenn man es genauso gut fotografieren kann, dachte er sich.

Dieses Rhauderfehn war sehr holländisch. Er hatte Wollgras im Haar, wusste aber nicht, woher das kam. Das weiße Zeug flog hier herum wie anderswo Feinstaub oder Ruß.

Er musste Frauke wieder loswerden. Andererseits hatte er große Lust, ein paar Tage Urlaub mit ihr zu verbringen, aber er wusste, dass diese Frau ihm und seinem Ehegeflecht gefährlich werden konnte. Er wollte es nicht all seinen geschiedenen Kollegen nachmachen, die zwar freie, aber arme Männer waren.

Das Haus seiner Schwiegermutter reizte ihn sehr. Vielleicht würde die blöde Kuh ja bald an Arterienverfettung sterben, wenn sie weiterhin so viel Buttercremetorte aß.

Er war viel weiter gelaufen, als er sich vorgenommen hatte. Er drehte um und ging zum Zielgebäude zurück. Die Tür in dem roten Backsteinhaus war nicht verschlossen, aber Rupert klingelte trotzdem.

Hans Freytag hatte kräftige Wangenknochen, aber ein schmales Kinn, dadurch wirkte sein Gesicht oval. Seine viereckige Brille passte überhaupt nicht dazu.

Freytag hielt Rupert vermutlich für einen Kunden, auf jeden Fall verwechselte er ihn mit irgendjemandem, denn er duzte ihn gleich und ging voran.

»Komm einfach mit«, sagte er.

Rupert trottete durch einen langen, dunklen Flur, über einen abgeschabten Linoleumboden in einen Schuppen hinterm Haus, der von einer Kreissäge dominiert wurde. Es roch nach frischem Holz. Alles war von einer Schicht weißem Staub bedeckt. Die hohen Regale waren voll mit Brettern.

In der Ecke stand ein halb fertig geschnitztes Schaukelpferd. Es sah für Rupert aus, als sei das Ganze aus einem Stück gefertigt, was ihm durchaus Respekt für die handwerkliche Leistung abverlangte. Aber gleichzeitig fragte er sich, woher, verdammt nochmal, jemand die Zeit für so etwas nahm.

»Also«, sagte Hans Freytag, »das läuft hier im Prinzip alles ganz locker. Du kannst dir eine Menge Freiheiten rausnehmen, solange du clean bleibst.« Er sah Rupert durchdringend an. »Absolut clean. Ist das klar? Ein Schluck Alk, und es ist vorbei. Dann kannst du gleich deine Klamotten packen und bist wieder draußen ...«

»Ich glaube, Sie verwechseln mich, Herr Freytag.«

Freytag lachte. »Nee, tu ich nicht. Mir kannst du nichts vormachen. Ich habe ein paar hundert trockene Alkoholiker kennen gelernt. Und du bist einer von ihnen, sonst will ich Susi heißen.«

»Na, dann pass mal auf, Susi. Du darfst Herr Hauptkommissar zu mir sagen, Schatzi. Ich komm nämlich nicht von den Anonymen Alkoholikern, sondern von der Kripo. Wir sind so'n ähnlicher Verein, nur etwas straffer organisiert. Und ab jetzt stell ich hier die Fragen.«

»Darf ich mal Ihren Ausweis sehen?«

»Hab ich was ausgefressen?«

»Das haben die Susis dieser Welt doch immer, oder nicht?«

»Das ist vorbei, Her Kommissar. Ich habe meine Strafen abgesessen, meine Therapien hinter mir und ...«

Rupert verzog spöttisch den Mund. »Klar. Und jetzt leiten Sie hier ein Mädchenpensionat, oder was?«

»Darf ich Ihre Frage so verstehen, Herr Kommissar, dass Sie sich dafür interessieren, was mich hierhin verschlagen hat? Nun, dies ist genau der richtige Platz für mich. Wussten Sie, Herr Kommissar, dass Rhauderfehn so groß ist wie Paris? Ja, da staunen Sie, was? Hier wohnen bloß weniger Menschen. Wir haben nicht so viel Verkehr, und die Wohnungen sind billiger, oder sagen wir, preiswerter.«

»Und deshalb leben Sie jetzt hier?«

»Nein. Ich habe in der Therapie zu Gott gefunden. Oder ich ... ich sollte vielleicht besser sagen: Gott war mein Therapeut.«

Rupert gefiel die salbungsvolle Stimme nicht. Er war auf der Suche nach einem schlimmen Verbrecher, der ein Kind ausgestopft hatte. Bekehrt werden wollte er nicht.

»Haben Sie es nicht eine Nummer kleiner?«

Freytag lächelte milde. Er sang seine Sätze fast:

»Ich mag diese Fehn. Im 16. Jahrhundert haben Mönche versucht, das Moor zu bändigen. Die Johanniter. Sie wollten Torf abbauen, aber sie sind gescheitert.«

Jetzt hob er die Hände wie zum Gebet und zitierte: »*Den Eersten sien Dod, den Tweeten sien Not, den Drütten sien Brod.*«

»Ich bin Ostfriese. Ich kenne all diese Sprüche. Erzählen Sie mir lieber, wann Sie Ihre Tochter zum letzten Mal gesehen haben.«

»Jule?«

»Gibt es mehrere?«

»Nein, nur die eine. Soviel ich weiß.«

»Dann werde ich vermutlich genau die meinen.«

Der Mann verlor seine buddhistische Gelassenheit. Die Nervosität war ihm anzumerken. Er begann Holz zu stapeln. Eine klassische Übersprungshandlung.

»Sie werden doch wissen, wann Sie Ihre Tochter zum letzten Mal gesehen haben!?«

»Ich weiß nicht genau. Sie war klein. Vielleicht acht oder zehn ...«

Rupert wiederholte das grimmig. »Acht oder zehn. Sehr genaue Angabe.« Dann pöbelte Rupert los: »Und hören Sie auf, diese Scheißbretter herumzuräumen!«

Freytag ließ alles fallen. Feiner Holzstaub wirbelte auf.

Rupert vermied es zu atmen. Solange er konnte, hielt er die Luft an.

»Herrjeh, ich war ein Junkie! Ich war süchtig nach diesem Gift. Die Sucht war eine Station auf meiner spirituellen Suche ...«

Rupert wollte sich das nicht anhören. Ann Kathrin hätte Freytag jetzt vermutlich endlos über Spiritualität, Drogen und Gott philosophieren lassen, das wusste Rupert genau, aber er hatte keine Lust, sich zusülzen zu lassen.

»Ich brauche etwas von Ihrer Tochter für eine DNA-Analyse.«

Freytag sah ihn fragend an. »Heißt das, Sie haben eine Leiche gefunden und fragen sich jetzt, ob es sich um ...«

»Ja, genau das heißt es.«

Der Holzstaub sorgte für einen kratzigen Hals. Rupert hoffte, dass dieses Gespräch hier ihm nicht das Vorsingen im Norddeicher Shantychor vermasselte. Einen rauen Hals konnte er sich nicht leisten.

Mit einer Geste, die seine Unschuld unterstreichen sollte, sagte Freytag: »Woher soll ich DNA meiner Tochter haben?«

»Oh, so etwas findet sich immer. Ein Fotoalbum mit Bildern der süßen Kleinen, daneben eine Haarlocke ... Der erste Milchzahn, der ausfiel ... Selbst alte Schnuller können helfen.«

Freytag drehte Rupert den Rücken zu. »Junkies kleben keine Fotos in Alben. Sie sammeln keine Andenken. Sie sind mit sich und ihrer Sucht beschäftigt.«

Rupert musste aus diesem Raum heraus. Er hatte das Gefühl, hier kaum noch Luft zu bekommen, und das lag nicht nur an dem Holzstaub.

»Es tut mir leid, dass ich Ihnen nicht helfen kann, Herr Kommissar. Soll ich Sie vielleicht zur Tür begleiten?«

»Für einen Vater, dessen Tochter möglicherweise tot aufgefunden wurde, machen Sie nicht gerade einen erschütterten Eindruck auf mich«, zischte Rupert. Dann musste er niesen.

»Lassen Sie uns rausgehen. Sie verstehen das nicht. Sie waren nie süchtig, oder?«

»Nein, auch wenn ich Ihrer Meinung nach so aussehe, das ist mir erspart geblieben, Susi!«

»Sehen Sie, so ein Zwillingspärchen, das war einfach zu viel. Das ist schon für normale Menschen eine große Belastung, aber für zwei süchtige Menschen …«

Er führte Rupert durch den dunklen Flur zurück nach draußen.

»Haben Sie gerade gesagt, Zwillingspärchen? Ich dachte, Sie haben nur die Jule als Tochter? Dass sie einen Zwilling hat, wusste ich nicht.«

»Ihre Schwester habe ich ja auch nie zu Gesicht bekommen. Meine Frau war schon vor der Geburt abhängig. Das ist an den Zwillingen nicht spurlos vorübergegangen. Jule war ja noch ganz fit, aber ihre Schwester haben wir erst gar nicht aus dem Krankenhaus herausbekommen. Irgendjemand sagte, sie sei mit einem Entzug geboren worden … So, wie ich damals drauf war, habe ich sogar einen Weg gesucht, in die Neugeborenenstation zu kommen, um der Kleinen einen Schuss zu geben. Ich dachte, sie braucht ihn dringend. Man hat mich erwischt. Zum Glück, sage ich heute. Damals dachte ich, ich tu meinem Kind was Gutes.«

Rupert war eine Menge Mist gewöhnt, aber das traf ihn jetzt doch.

»Und dann hat Ihnen das Jugendamt die Kinder abgenommen?«

»Naja, dann kam der ganze Ärger. Außerdem hatte ich ja noch einen Prozess laufen und ...«

Rupert wollte gar nicht mehr wissen. Er winkte ab. Grimmig fragte er sich allerdings, warum in seinen Akten nichts von einer Zwillingsschwester gestanden hatte.

»Wie hieß die Schwester denn? Hat sie überlebt?«

»Wir haben sie Janis getauft, nach Janis Joplin. Der hat meine Frau sich damals sehr verbunden gefühlt. Und ich mich auch. *Me and Bobby McGee* war unser Lieblingssong, und sie hat ja auch ihr Leben lang mit der Droge gekämpft.«

Rupert hatte es jetzt noch eiliger, aus dem Flur herauszukommen. »Ja, genau«, brummte er, »und ihr Junkies müsst natürlich zusammenhalten. Wo wohnt die Schwester?«

»Zu ihr hatte ich noch weniger Kontakt als zu meiner anderen Tochter. Das haben ja die Behörden verhindert und ...«

»Klar«, sagte Rupert, »die anderen waren die Bösen. Dachte ich mir schon. Wissen Sie, ob Janis noch lebt?«

Freytag zuckte mit den Schultern. Es sah ein bisschen so aus, als ob er es nicht nur nicht wüsste, sondern es ihm auch noch egal wäre.

Entweder spielt dieser Mann mir hier eine sehr clevere Nummer vor, dachte Rupert, oder der hat wirklich sein altes Leben hinter sich gelassen und noch mal ganz von vorne angefangen und interessiert sich für nichts und niemanden. Nicht mal für seine Kinder.

»Haben Sie gar nicht das Gefühl, Sie müssten irgendwas wiedergutmachen?«, fragte Rupert.

Freytag sah ihn groß an.

»Zum Beispiel Ihren Kindern?«, schlug Rupert vor.

Freytag lächelte milde. »Oh ja. Ich bete jeden Abend für sie. Manchmal knie ich stundenlang und flehe den Herrn an, dass er ihnen die Möglichkeit eröffnet, ihren Weg zu Gott zu finden.«

Endlich war Rupert draußen. Er atmete tief ein. Er hatte den Satz schon auf der Zunge: Möglicherweise sei der Wunsch ja zumindest für eine Tochter inzwischen in Erfüllung gegangen. Aber er schluckte die Worte hinunter. Stattdessen verabschiedete er sich, ohne Freytag die Hand zu geben, und ging am Kanal ein paar Meter auf und ab.

Er stellte sich auf eine Klappbrücke und sah den schnurgeraden Kanal entlang. Dann rief er Ann Kathrin an.

»Ich bin bei Freytag, Ann. DNA von seiner Tochter kann ich hier nicht auftreiben. Der hat nichts von ihr.«

»Rupert, reiß ihm ein paar Haare aus und bring sie mit. Das reicht, um festzustellen, ob sie seine Tochter ist oder nicht.«

Es lief Rupert heiß den Rücken runter. »Natürlich«, sagte er. »Klar. Ich Idiot hab etwas von ihr gesucht, um ihre Identität festzustellen, aber es reicht natürlich völlig, wenn wir …«

»Ja, das reicht. Wir sind hier richtige Profis. Das ist hier keine Schülerzeitung, und wir sind auch nicht bei Jugend forscht …«

»Du hast recht, Ann. Ich war einfach in Gedanken. Ich dachte schon, wir müssten ihre Schwester suchen, um …«

Er schämte sich und schob alles auf Frauke. Offensichtlich verwirrte sie ihn so sehr, dass gerade er, der auf fundierte Fakten stand und gar nichts von Intuition hielt, aber dafür umso mehr von Laborergebnissen, sich in so einer Frage von Ann Kathrin belehren lassen musste. Natürlich wusste er all das, aber es war, als sei sein Wissen plötzlich in eine Art Schwarzes Loch gefallen.

»Habe ich das richtig verstanden?«, hakte Ann Kathrin nach. »Hast du Schwester gesagt? Was für eine Schwester?«

»Sie hatte eine Zwillingsschwester. Janis. Benannt nach Janis Joplin. Das ist die, die …«

»Ich weiß, wer Janis Joplin war.«

Ann Kathrin beendete das Gespräch abrupt.

Rupert kehrte noch einmal zum Haus zurück, ging ohne zu klingeln durch die offene Tür, durchquerte mit wenigen Schritten den dunklen Flur und sah Hans Freytag in der Schreinerei. Er kniete vor dem Schaukelpferd und bearbeitete es mit einem Schnitzmesser.

»Haben Sie noch etwas vergessen, Herr Kommissar?«

»Oh ja. Ich hätte gerne eine DNA-Probe. Sie können sich weigern, aber ...«

»Warum sollte ich?«, fragte Freytag und reckte Rupert den geöffneten Mund entgegen, ohne sich zu erheben.

Mist, dachte Rupert, ich hab die Wattestäbchen noch im Auto. Was ist bloß los mit mir?

Er war sauer auf sich selbst, deswegen giftete er Hans Freytag an: »Sie machen das wohl nicht zum ersten Mal, was?«

»Nee. Sie?«

Satt schlief die kleine Ina in Sylvia Hoppes Armen. Der Polizistin gefiel das. Sylvia fragte sich, warum sie nicht Hebamme geworden war, und ob es nicht viel beglückender war, dabei zu helfen, Babys auf die Welt zu bringen, statt ständig hinter Verbrechern her zu laufen und sich belügen und beschimpfen zu lassen.

Sie summte ein Schlaflied, das sie aus ihrer Kindheit kannte, dessen Text sie aber vergessen hatte. Nur noch Bruchstücke waren in ihrem Bewusstsein.

»Schlaf, Kindchen, schlaf,
dein Vater hütet die Schaf,
deine Mutter ist in Pommerland,
Pommerland ist abgebrannt ...«

Meine Güte, dachte sie, was hat man uns damals vorgesungen? Pommerland ist abgebrannt! Man zeigt doch heute auch nicht den Kindern Freddy Krüger als Einschlaffilm.

Als Kind hatte sie das Lied schön gefunden, aber jetzt kam es ihr irgendwie fragwürdig vor. Trotzdem summte sie die Melodie. Dabei sah sie Gundula Müller zu, die sich mit einer Muttermilchpumpe die überschüssige Milch aus der Brust absaugte.

Die Frau hatte die Hoffnung, ihre Tochter Tina bald wiederzusehen und dann mit der Milch zu füttern. Sylvia Hoppe bezweifelte das sehr. Etwas sagte ihr, dass dies hier nicht nur ein Scherz war. Diese Sache hier würde nicht in wenigen Stunden beendet sein.

Der Zustand von Frau Müller hatte sich stabilisiert. Allein der Gedanke an ihr geraubtes Kind reichte aus, und ihr schoss Milch in die Brüste. Nie vorher war Sylvia Hoppe der Zusammenhang zwischen Psyche und Körper so klar geworden wie jetzt. Der Gedanke an das Kind reichte aus, um die Milchproduktion anzuregen, so sehr, dass ein Baby es nicht schaffte, die Brüste leer zu saugen und Frau Müller eine Pumpe brauchte, weil die einschießende Milch die Brüste sonst schmerzhaft anschwellen ließ.

»Sie glauben also auch, dass Ihr Exmann Tina entführt hat?«, fragte Sylvia Hoppe noch einmal.

Frau Müller legte den Zeigefinger über ihre Lippen. »Pscht! Ina schläft doch jetzt. Es war bestimmt schrecklicher Stress für das Kind. Sie hat doch mitgekriegt, dass ihre Schwester aus dem Kinderwagen gehoben wurde und dann die ganze Aufregung drumherum, all die vielen Leute ...«

Sylvia Hoppe hörte sich jetzt tatsächlich flüstern: »Glauben Sie, das hat die Kleine mitgekriegt? Dafür ist sie doch noch viel zu jung. Vier Monate, ich bitte Sie!«

»Die Kinder merken genau, was um sie herum passiert. Schon, wenn sie im Mutterleib sind, kriegen sie genau mit, ob sie gewollt sind oder nicht, ob um sie herum ständig Zank und Streit ist oder Friede herrscht und eine Situation der Annahme.«

Etwas an dem, was Frau Müller sagte, rührte Sylvia Hoppe sehr. Gleichzeitig verfestigte sich in ihr die Ahnung, dass etwas unheimlich schiefgehen könnte. Sie gönnte dieser Frau und diesen Kindern so sehr das Glück. Aber etwas war faul, und nicht alle sagten hier die Wahrheit.

Sylvia wollte die kleine Ina in das beigestellte Kinderbett legen, doch Gundula Müller wollte das nicht, legte die Milchpumpe zur Seite und streckte die Arme aus. Sie machte es sich mit ihrem Kind im Bett gemütlich, wobei sie mehr darauf achtete, dass das Kind gut lag als dass sie genug Platz hatte.

Ina nuckelte schmatzend an einem gelben Schnulli.

»Wenn Ihr Ex Tina mitgenommen hat, warum dann nicht beide Kinder?«

»Keine Ahnung.«

»Darf ich Sie etwas sehr Persönliches fragen, Frau Müller?«

»Die ganze Sache hier ist sehr persönlich, finden Sie nicht?«

»Hatten Sie nach der Trennung mit Ihrem Exmann noch Geschlechtsverkehr?«

Empört richtete Gundula Müller sich im Bett auf. »Worauf wollen Sie hinaus?«

»Nun, kann es sein, dass er glaubt, die Kinder seien von ihm?«

Frau Müller schüttelte vehement den Kopf. »Was denken Sie von mir?«

»Es kann unter uns bleiben. Aber es ist eine sehr wichtige Information für uns. Es ergibt keinen Sinn, dass Ihr Mann das Kind stiehlt. Außer …«

»Ja?«

»Außer, er möchte eine DNA-Probe machen, um feststellen zu lassen, ob er der Vater ist. Hat er so etwas von Ihnen verlangt? Haben Sie es abgelehnt?«

»Ja. Nein. Ich meine, Herrgott, Sie verwirren mich total!«

»Sie werden doch wissen, ob Sie in der Zeit mit ihm intim waren?«

»Er ... er hat mich ein paar Mal besucht. Er hat versucht, mich zurückzugewinnen. Seitdem ich mit Thomas zusammen bin, hat er wieder reges Interesse an mir. Mehr als je zuvor in seinem Leben.«

»Und?«

Die Frau sprach nicht weiter.

»Sie haben sich also mit ihm getroffen«, stellte Sylvia Hoppe fest.

Sylvia schrieb nichts mit und zeichnete nichts auf. Sie hatte Angst, der geringste Versuch, etwas festzuhalten, würde die Frau völlig zum Schweigen bringen.

»Die beiden sind nicht von ihm. Eine Mutter spürt so etwas. Glauben Sie mir. Ich weiß es genau. Es sind Thomas' Kinder.«

»Da war also etwas«, folgerte Sylvia Hoppe aus der Antwort.

»Wenn Thomas das erfährt, ist alles vorbei. Bitte, das wäre das Schlimmste, das ich mir in meinem Leben vorstellen könnte. Ich habe nochmal einen neuen Anfang gewagt. Ich habe diese beiden süßen Kinder mit ihm ...« Ein Tränenschwall schoss aus ihr heraus. »Ich war so lange so verdammt allein!«

»Wollte Ihr Ex einen DNA-Test?«

»Ja. Wolfgang hat darauf bestanden, aber ich habe das verweigert.«

»Und Ihr Thomas weiß natürlich nichts davon.«

»Natürlich nicht.«

»Von mir muss er es auch nicht erfahren. Aber ich glaube, Sie haben einiges mit ihm zu klären. Wenn wir das Kind bei Ihrem geschiedenen Mann finden, dann wird er sich zu rechtfertigen haben. Ich würde Ihnen gerne etwas anderes sagen, aber nach all meiner Lebenserfahrung wird hier in nächster Zukunft viel schmutzige Wäsche gewaschen. Ich würde es an Ihrer Stelle selbst anfassen und Thomas Schacht reinen Wein einschenken ...«

Gundula Müller jammerte: »Ich hab das nicht verdient. Ich hab das einfach nicht verdient. Ich bin nur noch mal mit ihm ins Bett gegangen. Ich dachte, so ein letztes Mal aus alter Erinnerung und damit er mich endlich in Ruhe lässt.«

»Glauben Sie, das war eine gute Idee? Haben Sie früher auch manchmal aus Mitleid mit ihm geschlafen oder nur, damit er Sie endlich in Ruhe lässt?«

Der Gesichtsausdruck von Gundula Müller veränderte sich, wie bei einer Schauspielerin, die in eine andere Rolle schlüpft, gerade eben noch das Hausmädchen gespielt hat und jetzt die Gräfin auf die Bühne zu bringen hat.

»Haben Sie so etwas nie getan?«, fragte sie. »Es gibt viele Gründe, warum eine Frau mit einem Mann ins Bett geht. Die beiden von Ihnen genannten gehören auch dazu.«

Sie nickte selbstbestätigend und legte ihr Kind in die Mitte des Bettes. Dann baute sie aus Kissen und der Bettdecke eine sichere Burg um Ina, sodass sie nicht herunterfallen konnte, und ging über den frisch gewischten Boden zur Toilette. Ihre Füße hinterließen feuchte Abdrücke.

Sylvia Hoppe hörte, dass Frau Müller sich im Badezimmer wusch und anzog.

»Was haben Sie vor?«

»Ich werde jetzt zu Thomas gehen. Was denn sonst?«

Sie hatte es geschafft, in Windeseile in ihre Sachen zu kommen, und stand schon wieder im Raum.

»Wäre es nicht besser, Sie würden eine Nacht hier im Krankenhaus verbringen?«

»Nein, ich habe mein Leben neu zu sortieren. Das ist wichtiger.«

»Glauben Sie«, fragte Sylvia Hoppe und fühlte sich gar nicht wohl dabei, »dass Ihre Tochter Lucy mit ihrem Vater unter einer Decke steckt?«

Gundula Müller, die gerade noch trost- und hilfsbedürftige verheulte Frau, wechselte schon wieder die Rolle. Sie musterte Sylvia Hoppe, als würde vor ihr keine Polizistin auf dem Stuhl sitzen, sondern ein Haufen Abfall.

»Zutrauen würde ich es ihr! Sie ist wie ihr Vater. Manchmal erschreckt mich das«, zischte Frau Müller resigniert und nahm das Baby aus der Bettenburg, so als müsse sie verhindern, dass es genauso missraten würde wie Lucy.

Während Ann Kathrin Lucy zuhörte und ihr das Drama des Kindes, das sich ungeliebt, ja, abgelehnt fühlte, bewusst wurde, schweiften ihre Gedanken ab, hin zu der ausgestopften Moorleiche.

Sie kannte das. Es nutzte nichts, sich die ganze Zeit das Gehirn zu zermartern, auf der Suche nach einer Lösung. Im freien Fluss der Gedanken, in der lockeren Assoziation, lag oftmals die Erklärung.

Wenn sie in einem Fall festsaßen, begann Rupert, Akten zu fressen und Fakten zu vergleichen, Ubbo Heide aß dann Marzipan von ten Cate, Weller zweifelte an seinen Fähigkeiten als Kriminalbeamter, und sie ging an den Deich, um sich die Haare vom Wind kämmen zu lassen. Manchmal reichte schon ein kleiner Spaziergang, ein Blick aufs Wattenmeer, und gerade noch widersprüchliche, nicht zusammenpassende Teile ergänzten sich zu einem großen Ganzen, ergaben ein logisches Bild.

Aber genau das fehlte ihr im Augenblick. Woher sollte sie die Zeit nehmen, um bei einem Spaziergang auf dem Deich die Dinge sacken zu lassen? Sie musste zurück ins Haus ihrer Mutter, um die Möbel zu packen. In der neuen AWO-Wohnung musste sie die Bilder ihrer Mutter irgendwie unterbringen. Diese Fotografien von Leuchttürmen. All die Bildbände von Martin Stromann und Holger Bloem. Das würde ihr den Umzug ein bisschen erleichtern. Zumindest ihre geliebten Bilder sollte sie an den Wänden haben.

Ann Kathrin beschloss, ihr einen Ostfriesland-Kalender ins Krankenhaus zu bringen. Wenn man Erinnerungslücken und Sprachfindungsschwierigkeiten hat, dachte sie, dann ist doch so etwas total wichtig.

Sie erwischte sich dabei, Lucy nicht länger zugehört zu haben. Das Kind weinte, wie ihrer Erfahrung nach nur Kinder weinen konnten. Für ihr Alter war sie noch klein, körperlich zierlich. Innerlich zuckte Ann Kathrin ein bisschen zusammen. Sie verglich Lucy mit der Moorleiche. Ann Kathrin wollte das nicht. Die Fälle hatten nichts miteinander zu tun. Innerlich legte sie die Moorleiche jetzt in einer Schublade ab und schloss sie, um sich wieder Lucy widmen zu können.

Das Kind liebte und hasste die Zwillinge zugleich. Ein Verdacht baute sich in Ann Kathrin auf. Kinder, die sich ungeliebt fühlten, waren zu vielem fähig.

Hoffentlich tue ich dir nicht schrecklich Unrecht, Kind, dachte sie, aber sie musste die Spur verfolgen.

»Ich werde dich jetzt etwas fragen. Schau mich an«, sagte Ann Kathrin. »Bitte guck mir in die Augen. Wenn du mir jetzt die Wahrheit sagst, kann das völlig unter uns bleiben.«

Lucy bemühte sich, Ann Kathrin anzusehen. Ihre Augen waren wässrig und voller Tränen. Die Pupillen geweitet. So verzweifelt hatten manche Drogensüchtige nicht ausgesehen, die hier auf dem Stuhl um den nächsten Schuss gebettelt hatten.

»Weißt du, wo Tina ist?«

Lucy schien Ann Kathrin gar nicht zu verstehen, deshalb wiederholte sie ihre Frage: »Weißt du, wo Tina ist? Wenn du es weißt, dann sag es mir. Wir fahren hin und holen das Kind. Niemand muss erfahren, dass du etwas damit zu tun hast ... Niemand muss erfahren, dass du es mir verraten hast ...«

Ann Kathrin wusste, dass sie sich damit juristisch auf gefährlichem Terrain befand. Doch zunächst war das Wohl des entführten Kindes für sie wichtiger als alles andere. Wenn sie jetzt Versprechungen machte, die sich später vielleicht nicht halten ließen, das Baby damit aber aus einer schwierigen Lage befreien konnte, so war das für sie selbst moralisch völlig gerechtfertigt.

Sie stellte sich vor, dass das Kind irgendwo unversorgt lag. In einem Keller, in einer Garage. Falls die Kleine es selbst hatte verschwinden lassen, konnte es nicht weit von der Schwanen-Apotheke entfernt sein. Es sei denn, sie hatte einen Helfer.

Erfahrungsgemäß fiel es Jugendlichen leichter, Helfershelfer zu bekommen als Erwachsenen. Auch in verrückten Situationen, die gegen jeden normalen Menschenverstand verstießen, fanden Jugendliche Komplizen, hielten zusammen gegen die Erwachsenenwelt, verrieten sich gegenseitig nicht. Zumindest nicht, bis die Polizei kam.

Vielleicht, dachte Ann Kathrin, hat sie hier einen Jungen kennengelernt, und der hilft ihr dabei, diesen kleinen Streich zu spielen.

Sie hatte das Gefühl, auf dem richtigen Weg zu sein, und hoffte, dass sich der Fall in Kürze in Wohlgefallen auflösen würde.

»Was haben Sie denn geraucht? Sie denken, ich habe meine kleine Schwester entführt?«

»Ich rauche gar nicht«, stellte Ann Kathrin klar. »Weder Legales noch Illegales. Und wie ist es mit dir?«

Lucy kaute auf der Unterlippe herum. »Ich hab einen Zeugen, dass ich das nicht war. Ich hab mich gegenüber in der Eisdiele mit einem Jungen unterhalten.«

»Darf ich seinen Namen haben?«

Ann Kathrin fragte sich, ob Lucy gerade ihren Komplizen verriet oder wirklich einen Zeugen nannte, der sie entlasten konnte.

»Benne.«

Ann Kathrin wiederholte den Namen. »Benne. Und wie weiter?«

Lucy zuckte mit den Schultern. »So'n Blonder. Aus Saarbrücken. Ich hab ihn in der Eisdiele kennengelernt. Wir wollten heute Abend zum Drachenstrand, zu einer kleinen Beachparty.«

»Kann ich dich einen Moment allein lassen?«, fragte Ann Kathrin.

Lucy nickte.

Ann Kathrin ging rüber zu Weller und Ubbo Heide, um ihnen die Information zu bringen und ihren Verdacht zu äußern.

So eine große Firma im Gewerbegebiet Leegemoor in Norden existierte in Ruperts Vorstellung gar nicht. Für ihn war Norden nur ein Vorort von Norddeich. Ein Nest, das vom Tourismus lebte. Eine Fischräucherei passte hierhin.

Allein das Wort *Gewerbegebiet* fand er lächerlich. Er wusste, dass es hier diese große Druckerei gab. SKN. Hier war auch die Redaktion vom *Ostfriesischen Kurier*, wo Holger Bloem arbeitete, dem sie den ganzen Ärger im Grunde verdankten, weil der dieses verfluchte Foto gemacht hatte, mit dem Kranich und der Hand.

Hier bei Doepke wurde irgendeine Sicherheitstechnik produziert und in die ganze Welt verkauft. Rupert fand das sehr rätselhaft.

Zunächst war er zur falschen Firma gefahren, die Namen klangen gleich, und sie waren beide in der Stellmacherstraße. Aber sie produzierten völlig unterschiedliche Dinge, und beide Häuser hatten nichts miteinander zu tun. Die andere Firma hieß Döpke und stellte Saugbagger und Bäckereimaschinen her.

Als Rupert dann endlich die richtige Firma gefunden hatte,

durfte er nichts anfassen. Hier wurden unter geradezu klinisch sterilen Bedingungen Schalter zusammengebaut.

»Die sorgen dafür, dass Sie keinen Stromschlag kriegen, wenn mal etwas falsch läuft«, erklärte ein Mitarbeiter salopp.

Rupert wollte mit Svenja Roth sprechen. Er sah die junge Frau zunächst nur durch eine Glasscheibe. Sie arbeitete mit einem Mundschutz und einer weißen Haube, unter der sie ihre Haare verborgen hatte.

Er konnte nicht zu ihr, es gab eine Sicherheitsschranke.

»Hier in unseren Reinraum«, so sagte der bärtige Mitarbeiter nicht ohne Stolz, »darf sich kein Staubkörnchen verirren. Was hier gebaut wird, muss funktionieren, wenn alles andere versagt hat. Unsere Produkte retten Leben.«

Rupert war fasziniert von den Abläufen hier. Es kam ihm nicht so vor, als würden die Menschen nur Maschinen füttern, sondern als würden sie die Geräte virtuos beherrschen und spielen wie Musikinstrumente.

Für einen Moment beneidete er die Leute. Sie wussten, was sie taten, es gab klare Regeln. Er dagegen hatte immer das Gefühl, wie ein Depp im Dunkeln herumzustochern, belogen und betrogen zu werden und nur selten die Früchte seiner Arbeit zu ernten.

Mit welcher Selbstsicherheit der Mann mit dem silbernen Bart davon gesprochen hatte, mit den Produkten würden Menschenleben gerettet ... Wir dagegen kommen meistens zu spät, dachte Rupert grimmig.

»Unser größtes Kapital sind unsere Mitarbeiter, die mit ihrer schöpferischen Kraft und Initiative den Erfolg und die Zukunft unseres Unternehmens sichern.«

»Okay«, sagte Rupert. »Ich hau bei der Kripo in den Sack und bewerbe mich hier.«

»Wie bitte?«

Rupert schüttelte den Kopf. »Ich habe nur einen Scherz gemacht. Also, kann ich jetzt Frau Svenja Roth sprechen?«

Sie wurde durch die Sicherheitsschleuse von der Auslöserfertigung in ein Büro gebracht. Rupert wartete dort.

»Es dauert ein paar Minuten, Herr Kommissar. Frau Roth muss erst durch eine Tür und sich umziehen, dann kann sie die nächste öffnen und zu uns kommen. Durch die Schleuse garantieren wir, dass der Reinraum auch rein bleibt, außerdem herrscht dort Überdruck.«

Svenja Roth trug jetzt bunte Kleidung. Ein orangefarbenes T-Shirt über einem langärmeligen weißen Hemd und – das hatte Rupert ewig nicht mehr gesehen – einen Faltenrock.

Es gab Kekse und für jeden eine Tasse Tee. Das alles machte einen familiären Eindruck.

Rupert war erstaunt über die Schönheit der jungen Frau. Sie hatte leicht asiatische Gesichtszüge und dickes, schwarzes Haar. Ihre Augen waren groß und braun.

Die junge Frau strahlte etwas Sanftes, Liebenswürdiges aus, aber sie war nervös. Ihre Lippen zuckten unsicher.

Rupert stellte sich kurz vor.

Sie lehnte Tee und Gebäck ab und verschränkte die Arme vor der Brust, als müsse sie sich schützen.

»Hab ich falsch geparkt?«

Rupert lächelte. »Nein. Keine Sorge, Sie haben nichts verbrochen.«

Sie schien sofort zu wissen, worum es ging. »Dann hat mein Stiefbruder mal wieder Scheiß gebaut?«

Sie guckte entnervt zur Decke, wirkte aber sofort entspannter.

»Nein, ich komme auch nicht wegen Ihres Stiefbruders.«

Rupert sah den Silberbärtigen an, der ihn herumgeführt hatte. »Ich würde mich jetzt gerne mit Frau Roth alleine unterhalten.«

Der Angesprochene war sofort bereit zu gehen, suchte aber erst noch Blickkontakt mit Svenja Roth.

»Wenn du mich brauchst, ich bin nebenan.«

Sie nickte ihm zu.

Rupert folgerte aus der Art, wie sie miteinander umgingen, dass sie sich entweder auch privat kannten oder dass das Betriebsklima hier erstaunlich gut war.

Rupert bot Frau Roth einen Sitzplatz an, aber sie wollte lieber stehen.

»Sagt Ihnen der Name Dr. Alexander David Ollenhauer etwas?«

Sie reagierte sofort. Jetzt zog sie sich einen schwarzen Bürosessel heran, ließ sich hineinfallen und probierte vom Gebäck. Sie war offensichtlich Linkshänderin.

»Ist etwas mit ihm?«

»Es geht ihm gut, wenn Sie das meinen. Erzählen Sie mir, was Sie über ihn wissen.«

Jetzt goss sie sich Tee ein und machte ein Gesicht, als könnte es eine längere Geschichte werden.

Das Büro war durch eine große Glaswand zum Gang hin einsehbar.

Immer wieder gingen Leute vorbei, schenkten den beiden aber kaum Beachtung. Frau Roth begann bei sich selbst.

»Meine Mutter ist tödlich verunglückt, als ich zehn war. Ich bin danach ziemlich ausgerastet. Ich kam mit der neuen Freundin meines Vaters nicht klar. Ich bin ausgerissen. Zigmal bei Diebstählen erwischt worden. Immer nur Kleinkram. Schokoriegel. Cola. Chips. Dann kamen Einbrüche in Kaufhäuser und Autos. Ich habe gekifft wie ein Rastafari. Es gab ein Jahr, da war ich nur an drei Tagen in der Schule, weil die Polizei mich hingebracht hat. Ich habe mir Wunden zugefügt.«

Sie krempelte ihr Hemd auf und zeigte ihm die Narben auf dem rechten Unterarm.

»Sie haben sich selbst geritzt?«

»Ja, und verbrannt. Mit Vorliebe habe ich Zigaretten auf mir selbst ausgedrückt, so sehr habe ich mich gehasst.«

Rupert sah sie nur an. Er schwieg. Es beeindruckte ihn, wie

radikal diese junge Frau von sich sprach. Es nahm ihn für sie ein und erschreckte ihn auch ein wenig. Sie schien es geradezu zu genießen, in dieser Art über sich selbst zu sprechen.

»Ich hatte mit vierzehn drei Selbstmordversuche hinter mir. Ohne Dr. Ollenhauer säße ich garantiert gar nicht hier.«

»Soso …«

»Ja.« Sie nickte heftig und blickte sich zum Fenster um. »Er hat mich aus dem Heim geholt und mir eine Chance gegeben.«

»Sind Sie mit ihm auf Safari gewesen?«

»Nein, auf einem Segeltörn.«

Ihr Blick fokussierte ihn nicht mehr. Sie schien durch ihn durch zu sehen, in eine ferne Zeit. »Vier Monate. Wir haben gefischt und …«

Sie schwieg und setzte sich hin, als wollte sie im Kinosessel einen Film anschauen. »Es war harte Arbeit. Er hat uns echt hart rangenommen. Wir haben nicht nur Segeln gelernt, sondern Fische zu fangen und auszunehmen, Speisen zuzubereiten und …«

»War Dr. Ollenhauer die ganze Zeit mit an Bord?«

»Ja, er und Nils.«

»Nils Renken? Der Architekt aus Delmenhorst?«

»Ist der Architekt?«

»Ja. Ein recht berühmter sogar.«

Sie trank Tee und zerkrachte ein Kluntje mit den Zähnen.

Rupert wollte wissen, welche Jugendlichen noch dabei waren, aber sie erzählte stattdessen, Dr. Ollenhauer, den sie Dave nannte, sei selbst nicht der große Segler gewesen, das sei eher Nils' Sache gewesen. Dave habe ihr stattdessen beigebracht, Köderhaken zu basteln und Fischschwärme zu finden.

»Es war eine verdammt gute Zeit«, sagte sie. »Danach habe ich sogar aus eigenem Antrieb versucht, Abitur zu machen.«

Sie lächelte. Die Stiftung habe ihr die Wohnung gezahlt und ein Taschengeld dazu, aber sie hätte am Ende doch abgebrochen. Jetzt sei sie seit zwei Jahren hier bei Doepke. Nach einer

Anlernphase, in der sie viel Fingerfertigkeit bewiesen habe, sei sie in die Auslöserfertigung gekommen. Dort wolle sie auch gern bleiben, weil die Kollegen in Ordnung seien und die Arbeit Sinn mache.

Rupert wartete, bis eine Personengruppe an der Scheibe vorbeigelaufen war. Dann fragte er sie direkt: »Sind Sie von Dr. Ollenhauer oder Herrn Renken sexuell belästigt worden?«

Svenja Roth wollte sich einen neuen Kluntje aus der Schale nehmen. Jetzt erstarrte sie in der Bewegung. Ihre Pupillen verengten sich. Ihre Lippen wurden so schmal, dass sie fast verschwanden. Sie saugte Luft ein, atmete aber nicht wieder aus. Irgendwie schien die Zeit stillzustehen und Svenja auf ihrem Stuhl zu gefrieren.

Rupert setzte sich anders hin. Er schlug die Beine übereinander und breitete die Arme aus, als ob er einen Ball fangen wollte.

»Reden wir Klartext. Sind Sie oder andere Jugendliche von Dr. Ollenhauer oder anderen Stiftungsmitgliedern sexuell missbraucht wurden?«

Keine Reaktion. Immer noch schien das Bild wie gefroren. Rupert glaubte sogar zu spüren, dass es kälter wurde im Raum.

Gleich würde es aus ihr herausbrechen. Sie würde Ollenhauer belasten und den Rest der Bande auch. Rupert freute sich schon darauf, die ehrenwerte Gesellschaft der Gutmenschen festzunehmen. Aber dann kam alles anders, als er vermutet hatte.

Ansatzlos schoss sie aus ihrem ergonomisch perfekten Bürosessel hoch. Er rollte fast gegen die Wand, während sie über die Tischplatte pfeilschnell in Richtung Rupert sauste wie eine Muräne, die ihre anvisierte Beute packen will. Ihr Mund war weit geöffnet, ihre Zähne bissbereit.

Sie schnappte nach ihm. Ihre Zahnreihen krachten hart aufeinander.

Sie verfehlte Ruperts rechte Hand. Lediglich ein Stückchen von seinem Hemdsärmel erwischte sie. Aber mit der Rechten griff sie in seine Haare und zog den Kopf vor. Dann platzierte sie die Linke in sein Gesicht.

Er packte sie und versuchte sie zu bändigen. Sie landete auf seinem Schoß, und es war für ihn, als würde er nicht mit einem Menschen ringen, sondern mit einem Tier. Ein vielarmiger Polyp, der sein Leben vom Meeresboden an Land verlegt hatte und mit Vorliebe Polizisten verschlang.

Sie fielen gemeinsam mit dem Drehstuhl um. Dicke weiße Kandisstücke kullerten über den Boden.

Rupert drückte die junge Frau von sich weg und versuchte, auf die Füße zu kommen. Sie stand schneller als er und schlug erneut nach ihm. Wieder mit links. Diesmal traf sie nicht sein Gesicht, sondern seinen Hals, an dem noch malerisch der Verband klebte.

Rupert machte einen Ausfallschritt und drehte Svenja Roth den rechten Arm auf den Rücken. Er überlegte einen Moment lang, sein Pfefferspray einzusetzen, um sie unter Kontrolle zu bekommen, aber dann wählte er die körperlichere Variante. Er drückte ihren Oberkörper auf den Tisch.

Sie verrenkte sich und versuchte, mit links nach hinten in seine Haare zu greifen.

Sie stöhnte vor Schmerz: »Sie brechen mir den Arm.«

»Nein, das werde ich nicht tun. Aber Sie werden jetzt wieder vernünftig und ganz lieb werden. Klar?«

Sie presste ein »Ja« heraus.

Vorsichtig ließ er sie los und hielt gebührenden Abstand, um einen erneuten Angriff parieren zu können.

Unter seinen Schuhsohlen knirschte Kandis.

»Es ist okay«, sagte er. »Alles okay. Machen Sie sich keine Sorgen. Dies hier muss kein Nachspiel haben. Es kann ganz unter uns bleiben.«

Er hob den Drehstuhl auf und schob ihn zwischen sich und Svenja Roth.

Sie sah ihn verständnislos an.

»Ich weiß, meine Frage hat die alte Wunde in Ihnen wieder aufgerissen. All diese Demütigungen. Dieses Ausgeliefertsein. Und da sind Sie halt ausgeflippt. Ist ganz normal.«

Er zupfte an seiner Kleidung. Das Hemd war aus der Hose gerutscht. Er stopfte es wieder rein.

Sie atmete, als ob sie gleich hyperventilieren könnte.

»Sie blöder Arsch! Sie kapieren doch überhaupt nichts! Dave – also, Dr. Ollenhauer – war der beste Mensch, den ich im Laufe meines Lebens kennengelernt habe. Meine Mutter vielleicht ausgenommen.«

Sie stand mit dem Rücken zur Wand. Sie war leichenblass, und ihr Atem rasselte, aber ihre Stimme wurde ruhiger.

Ruperts Gesicht blühte rot. Seine Wunde am Hals brannte, und in der Schulter knirschte etwas verdächtig.

»Reagieren Sie öfter so … impulsiv?«

»Tut mir leid, ich hoffe, ich habe Sie nicht verletzt. Ich habe erfolgreich an Antiaggressionstraining teilgenommen. So etwas ist mir schon lange nicht mehr passiert.«

Sie sah zur Glasscheibe. Zum Glück war niemand im Flur.

»Meine Kollegen kennen mich so gar nicht. Ich bin schon lange nicht mehr so ausgerastet. Aber ich lasse auf Dave und die Stiftung nichts kommen.«

Sie versuchte sich zu erklären. »Das ist für mich so, als würde einer Ihre Mutter als Hure bezeichnen, die es mit jedem treibt, verstehen Sie?«

Das Gespräch bewegte sich wieder in normalem Fahrwasser. Rupert war froh darum.

»Sie kennen ihn also sehr gut. Haben Sie noch Kontakt?«

Sie schüttelte den Kopf. »Nicht wirklich. Also, zu Weihnachten schicke ich ihm und Nils immer eine Postkarte. Einmal habe ich versucht, einen Pullover für ihn zu stricken, aber das ist nicht so mein Ding … Haben Sie etwas dagegen, wenn ich mich wieder setze und wir das gerade Geschehene einfach vergessen?«

»Schon in Ordnung«, sagte Rupert und kam sich mächtig großzügig vor. Schönen jungen Frauen gegenüber konnte er schon immer schlecht Nein sagen.

Sie setzte sich an den Tisch und legte ihre Hände ineinander gefaltet darauf. Sie versuchte, einen ruhigen Eindruck zu vermitteln, wirkte aber immer noch ungeheuer angespannt.

»Dr. Ollenhauer hat Tiere ausgestopft«, stellte Rupert fast beiläufig fest.

Svenja lachte. »Das ist sein großes Hobby. Am Anfang stellte ich mir das nur doof und eklig vor. Ich habe nur mitgemacht, um ihm einen Gefallen zu tun, aber dann ...«, sie zielte mit dem Zeigefinger auf Ruperts Gesicht, »Sie sollten es mal ausprobieren. Es ist wirklich eine interessante Sache. Ich hatte meine ersten richtigen Erfolgserlebnisse dabei. Meine Hasen sahen so lebendig aus, als könnten sie jeden Moment weghoppeln. Eine Weile wollte ich sogar Tierpräparatorin werden. Aber dann ... Meine feinmotorischen Fähigkeiten waren im Grunde total unterentwickelt. Das hat sich dann schnell gegeben. Ich habe gelernt, feinste Häute zusammenzunähen und ...«

Sie sah vor sich auf den Tisch. Dann, als müsse sie einen Moment überlegen, was sie wirklich weiter preisgeben wollte, sah sie Rupert an und sagte. »Im Grunde verdanke ich Dave sogar diesen Job hier. Fingerfertigkeit, Geschicklichkeit, Millimeterarbeit.« Sie streckte ihren Arm aus, um zu zeigen, wie ruhig ihre Hand war. »Ich könnte Chirurgin werden, sagte er immer, weil ich so ruhige Hände habe. Aber da musste ich ihn enttäuschen. Ich hab ja nicht mal das Abi geschafft. Zum Glück habe ich dann ja das hier gefunden.«

Sie deutete auf ein Bild der Firma Doepke, das hinter Glas an der Wand hing.

»Und hier«, sagte sie, »werde ich auch bleiben, solange man

mich lässt. Es sei denn, ein Prinz auf seinem weißen Pferd kommt hereingeritten und bittet mich, seine Frau zu werden und mit ihm in sein Schloss zu ziehen.«

Als sie die letzten Worte sagte, sah sie Rupert an, als könnte er dieser Prinz sein. Und er wäre es nur zu gern gewesen, aber ihm reichte schon die Geschichte mit Frauke, an die der Schmerz am Hals ihn lebhaft erinnerte.

Rupert nutzte die Fahrt von Norden nach Aurich, um für seine Aufnahme in den Norddeicher Shantychor zu üben. Er grölte gegen die Windschutzscheibe:

»*Das kann doch einen Seemann nicht erschüttern*
Keine Angst, keine Angst, Rosmarie!
Und wenn die ganze Erde bebt
und die Welt sich aus den Angeln hebt!«

Als er beim Grill-Friesen abbog, wog er kurz ab, was dagegen sprach, anzuhalten und eine Wurst zu essen.

Das Handy in seiner Hosentasche vibrierte. Er hatte eine SMS von Frauke:

Ich liebe Dich und muss den ganzen Tag an Dich denken.
Aber wir können uns heute nicht sehen.
Mein Mann hat Verdacht geschöpft.
Ruf mich bloß nicht an! Kuss, F.

Rupert parkte vor dem Grill-Friesen und konnte die gigantische Currywurst schon riechen. Da meldete sich Ubbo Heide auf seinem Handy. Er klang sauer. Ubbo ersparte sich jede Anrede und legte sofort los.

»Ich will dich sehen. Komm sofort in mein Büro!«

»Chef, ich bin gerade ...«

»Ist mir scheißegal, wo du gerade bist! Du bewegst dich jetzt auf dem schnellsten Weg hierher!«

Wehmütig blickte Rupert zur Imbissstube und dachte grimmig: Dann eben nicht.

Er legte das Handy neben sich auf den weißen Ledersitz, gab Gas und verließ den Parkplatz in Richtung Aurich.

Noch im Flur sang Rupert:

»*Und wenn die ganze Erde bebt*
Und die Welt sich aus den Angeln hebt ...«

Er brachte den Refrain noch zu Ende, dann erst öffnete er die Tür.

Ann Kathrin, Weller, Rieke Gersema und Sylvia Hoppe waren schon da, als Rupert eintrat. Entgegen der sonstigen Gepflogenheiten gab es weder Tee noch Kekse. Weller sah zerknirscht aus.

Ubbo Heide wirkte gealtert, sein Haar schütter, seine ganze Gestalt, die sonst so viel Energie ausstrahlte, hatte etwas Pflegebedürftiges an sich. Als er Rupert ansah, bekam der das Gefühl, gleich könne zum zweiten Mal an diesem Tag jemand über den Tisch hechten und ihn angreifen.

Ubbo Heide hob den Zeigefinger und tippte damit auf den Tisch. Das Tock-Tock hatte etwas Bedrohliches an sich.

»Ich hatte von euch eine sensible, rücksichtsvolle Vorgehensweise verlangt! Ich hatte gerade den Anwalt von Herrn Dr. Alexander David Ollenhauer am Telefon. Bitte sag mir, Rupert, dass du nicht Svenja Roth an ihrem Arbeitsplatz bei der Firma Doepke aufgesucht hast, um sie zu fragen, ob sie von ...«, er sah auf einen Zettel und schien wörtlich zu zitieren, »von Dr. Ollenhauer oder einem anderen Mitglied der Stiftung sexuell belästigt oder gar missbraucht worden sei.«

Weller sah betreten vor sich auf den Tisch.

Sylvia Hoppe musterte Rupert. Es gefiel ihr, wenn er in Bedrängnis geriet.

Ann Kathrin saß da, als würde sie nach Argumenten suchen, um Rupert zu entlasten.

»Die junge Frau hat zu Protokoll gegeben«, fuhr Ubbo heiser fort, »dass sie mit suggestiven Fragen dazu bewegt werden sollte, Dr. Ollenhauer zu belasten. Sie habe sich dagegen zur Wehr gesetzt. Der Anwalt von Dr. Ollenhauer unterstellt dir, Rupert, du seist …«, erneut sah Ubbo Heide auf seinen Zettel, als könne er es nicht glauben, »psychologisch raffiniert vorgegangen.«

Sylvia Hoppe grinste. »Psychologisch raffiniert vorgegangen. Na, das entlastet dich jetzt aber, Rupert. Das kannst du doch gar nicht gewesen sein …«

Auch Rieke Gersema grinste. Ann Kathrin blickte von der einen zur anderen und schüttelte den Kopf.

»Du habest«, fuhr Ubbo Heide fort, »einen Zornesausbruch der Befragten Svenja Roth, mit dem sie sich gegen deine Beschuldigungen gewehrt hat, sogar dazu benutzt, ihr die Worte im Mund herumzudrehen. Du würdest das ja verstehen, das sei eine typische Reaktion von missbrauchten Kindern.«

Ubbo Heide schob den Zettel von sich wie ein faules Stück Fleisch, dessen Geruch er nicht länger in seiner Nähe haben wollte.

»Ich glaube, euch ist allen nicht klar, was das für uns bedeutet. Noch bevor ihr überhaupt angefangen habt, im Dreck herumzustochern, fliegt uns schon alles um die Ohren. So läuft das nicht, Rupert, so nicht, und das sag ich jetzt hier ganz klar an alle: Dr. Ollenhauer, Nils Renken und die anderen Unterstützer sind nicht irgendwer! Man kann mit denen nicht umgehen wie …«

Ann Kathrin räusperte sich. »Ubbo, du bestehst doch immer darauf, dass wir ohne Ansehen der Person ...«

»Ihr könnt nicht einer Zeugin eine Straftat aus der Nase ziehen! Das nimmt uns jeder Anwalt in der Hauptverhandlung genüsslich auseinander! Wir werden dastehen wie Idioten, egal, was jetzt noch für Aussagen kommen. Was wollen wir denn jetzt damit machen? Wenn wir gegen solche Leute vorgehen, brauchen wir hieb- und stichfestes Beweismaterial!«

Um sich zu verteidigen, holte Rupert weit aus. »Helmut Schmidt darf in jeder Fernseh-Talkrunde rauchen. Dem stellen sie einen Aschenbecher hin, auch wenn es gegen alle feuerpolizeilichen, medienrechtlichen und sonstigen Gesetze verstößt! Da geht es nur ums Rauchen. Das interessiert mich nicht. Ich grinse darüber. Aber wir werden es doch jetzt nicht so weit kommen lassen, dass Promis sich an Kindern vergreifen dürfen!«

Die Ungeheuerlichkeit von Ruperts Worten brachte alle gegen ihn auf. Ann Kathrin versuchte abzuwiegeln. »Nun, Rupert ist ja bekannt dafür, dass er gerne Beispiele wählt, die völlig schräg und inakzeptabel sind. Aber was er im Grunde sagen will, ist doch nur ...«

Ubbo Heide ließ seine rechte Hand auf den Tisch klatschen, sodass der Zettel mit seinen Notizen vom Luftstoß hochflatterte und einen Moment über den Tisch segelte, bevor er mit wippenden Bewegungen in der Mitte landete.

»Wollt ihr jetzt alle Jugendlichen, die mal von der Stiftung betreut wurden, besuchen und denen die gleichen dämlichen Fragen stellen?«

»Nein«, sagte Ann Kathrin, »das wollen wir nicht. Wir wollen den Mörder fassen. Es geht um ein Kind, das ausgestopft und schließlich im Uplengener Moor versenkt wurde.«

Ihr Satz brachte alle wieder herunter. Plötzlich wurde klar, worum es eigentlich ging. Auch Ubbo Heides Gesichtszüge erinnerten wieder an den milden, freundlichen Chef, den sie alle kannten. An den, der nachts nicht schlafen konnte, wenn ein Verbrechen ungesühnt blieb und der Straftäter frei herumlief. An den, der sich mit breiten Schultern vor seine Mitarbeiter stellte, wenn es darum ging, sie zu schützen. An den, für den Boßeln ein viel aufregenderer Sport war als Fußball, Tennis und Boxen zusammen. An den, der diese Polizeitruppe führte wie ein Familienunternehmen.

»Das Verbrechen hat uns alle sehr erschüttert. Vielleicht ist Rupert hier ungeschickt vorgegangen, aber ich möchte doch zu bedenken geben …«

»Nicht ungeschickt«, warf Sylvia Hoppe ein, »psychologisch raffiniert!«

Rupert schickte einen wütenden Blick in ihre Richtung.

Ohne anzuklopfen, öffnete Jörg Benninga die Tür. Der sonst so konservative Kollege hatte, wie Ann Kathrin auf den ersten Blick feststellte, einen völlig bescheuerten Haarschnitt, der überhaupt nicht zu seinem runden Gesicht passte. Eine Stelle über der Schläfe war im Zickzack ausrasiert, sodass der Eindruck entstand, als sei ein Blitz durch seine Haare gesaust. Aber was er sagte, ließ das Erstaunen über seine Frisur in den Hintergrund treten.

»Leute, wir sind einen Schritt weiter. Die haben gerade aus Oldenburg angerufen. Hans Freytag aus Rhauderfehn, von dem Rupert Speichelspuren genommen hat, ist mit 99,9-prozentiger Sicherheit der Vater unserer Moorleiche.«

Rupert nickte Benninga dankbar zu, baute sich auf, als sei er damit über jede weitere Kritik erhaben und hätte alle Scharten ausgewetzt.

»Bingo!«, sagte Weller triumphierend, »damit ist die Verbindung zwischen der Stiftung und der Leiche hergestellt. Wir sollten jetzt sofort …«

Er erhob sich vom Stuhl. Auch Sylvia Hoppe federte hoch.

Ubbo Heide winkte ab. »Moment, Moment, Moment. Was habt ihr vor?«

Ann Kathrin zählte es an den Fingern ab. »Wir haben einen Chirurgen, der mit Vorliebe Säugetiere ausstopft. Das tote Kind wurde von seiner Stiftung betreut. Ubbo, hier schließt sich eine Indizienkette. Willst du das nicht sehen?«

Ubbo Heide stöhnte, als habe er Magenkrämpfe, und wischte sich mit der linken Hand unwirsch übers Gesicht.

»Das sind Hinweise ... Verdachtsmomente. Mehr ist das alles noch nicht.«

Weller, der Ollenhauer zu gern verhaftet hätte, plusterte sich auf. »Was brauchst du, Ubbo? Sollen wir ihn in flagranti erwischen?«

Ann Kathrin kam sich vor, als müsse sie heute integrativ ausgleichend wirken. Sie versuchte es so sachlich wie möglich: »Für eine Hausdurchsuchung sollte das ausreichen.«

Weller rieb sich die Hände. »Auf seine Festplatte freue ich mich schon.«

Ubbo Heide räusperte sich. »Was ist mit dem anderen Fall? Der Kindesentführung vor der Schwanen-Apotheke?«

»Ja, ich geh ... ähm, geh dann mal wieder ...«, stammelte Benninga und drehte sich um. Von hinten sah seine Frisur noch grauenhafter aus. Wahrscheinlich sollte das Muster einen Mond darstellen, der über dem Deich aufging, aber es wirkte wie ein Hintern, der auf der Toilette festklebte.

Als er die Tür hinter sich geschlossen hatte, sagte Ann Kathrin: »Vermutlich hat ihr Ex das Kind entführt. Das erklärt auch, warum seine Tochter Lucy keine Angaben macht und angeblich nichts gesehen hat. Gundula Müller hatte in der fraglichen Zeit noch einmal etwas mit ihrem geschiedenen Mann. Möglicherweise hat er das Kind aus dem Wagen genommen, um eine DNA-Probe machen zu lassen.«

Weller war in dieser Sache deutlich aufseiten von Wolfgang

Müller. »Wenn das Kind wirklich von ihm ist, dann ist das überhaupt kein Fall für uns. Ein Vater kann sein Kind ja wohl schlecht entführen.«

Aber Ubbo Heide beharrte: »Erstens kann er das sehr wohl, wenn die Mutter das Aufenthaltsbestimmungsrecht hat, und zweitens ist es noch nicht sein Kind.«

»Er hat eine Ferienwohnung in Norddeich im Fischerweg. Wir waren schon dreimal da, haben ihn aber nicht angetroffen«, warf Sylvia Hoppe ein.

»Möglicherweise ist er mit dem Kind nach Gelsenkirchen zurück«, ergänzte Ann Kathrin. »Wir haben die Kollegen dort bereits informiert. Sobald er zu Hause auftaucht, wird er befragt.«

»Den Schlüssel für die Ferienwohnung hat er allerdings noch nicht abgegeben«, sagte Sylvia Hoppe, »und Nachbarn behaupten, dort habe gestern Abend noch Licht gebrannt.«

»Ihr geht also von einem Familiendrama aus?«, wollte Ubbo Heide wissen.

»Ein Drama«, sagte Ann Kathrin, »wird es erst, wenn die Zwillinge von ihrem Ex sind.«

Weller war nicht mehr zu halten. »So, jetzt aber auf zu Dr. Ollenhauer!«

»Wir haben hier noch ein kleines urheberrechtliches Problem«, sagte Rieke Gersema kleinlaut. Rupert hatte von solchen Problemen noch nie gehört und hatte keine Ahnung, um was es dabei gehen könnte.

Während Rieke mit leiser Stimme sprach, rückte sie mehrfach ihre Brille gerade, so dass Ann Kathrin schon vermutete, die Brille gehöre ihr gar nicht. Sie war ihr offensichtlich viel zu groß und rutschte jedes Mal, wenn sie den Kopf senkte, von ihrer Nase.

»Ich habe eine Pressemeldung über den Stand der Ermittlungen herausgeschickt und dieser E-Mail das Foto von Holger Bloem angeheftet.«

»Na und? Was soll der Scheiß?«, fragte Rupert.

»Naja, jetzt haben das alle möglichen Tageszeitungen nachgedruckt, von der *Süddeutschen* bis zur *FAZ*. Viele haben es auf Seite eins. Es ist im Internet, bei n-tv und bei FOCUS online.«

»Na und?«

»Nun, wir hatten keine Rechte an dem Foto. Im Grunde gehört uns das nicht, sondern Holger Bloem, und wer Fotos einfach so abdruckt, verletzt ein Urheberrecht ...«

»Na klasse«, spottete Rupert, »dann soll der Clown uns doch verklagen!«

»So lax kann man darüber nicht hinweggehen«, wies Ann Kathrin Rupert zurecht. »Es gibt ein Gesetz zum Schutz der Urheber in Deutschland. Wahrscheinlich werden da ein paar hundert, wenn nicht gar ein paar tausend Euro fällig ...«

Rupert öffnete seinen Hemdkragen und polterte los: »Du willst mir doch nicht im Ernst erzählen, dass der solche Summen für so ein verwackeltes Bildchen kassiert?«

»Nun, er hat es damit immerhin auf Seite eins der *Süddeutschen* geschafft. Und das ist nicht gerade ein ostfriesisches Blatt.«

Kopfschüttelnd verließ Rupert die Dienstbesprechung. »Was ist nur aus der Welt geworden«, grummelte er.

Thomas Schacht stellte sein Auto auf dem großen Parkplatz gegenüber des Ocean Wave ab und ging den Rest des Weges zu Fuß.

Oben in der Ferienwohnung brannte Licht, aber als er klingelte, machte ihm niemand auf.

Er ärgerte sich darüber, dass kein Polizeiwagen in der Nähe war. Wofür, dachte er sich, zahle ich eigentlich Steuern, wenn die nichts tun?

In seiner Vorstellung hätte das ganze Viertel abgesperrt sein müssen. Der Gedanke, dass Wolfgang Müller dort oben mit seiner Tochter saß, machte ihn rasend.

Er würde den Ex von Gundula kreuz und quer durch den Raum prügeln. Oh ja, den würde er erledigen. Ein für alle Mal. Vor diese Geschichte musste endlich ein Riegel geschoben werden, um ihn aus ihrem Leben auszuschließen.

Dieser unverschämte Kerl hatte sich tatsächlich eine Ferienwohnung in der Nähe des Ocean Wave genommen. Er war zwar ein begeisterter Saunagänger, aber nicht so sehr das Schwitzen interessierte ihn oder irgendein gesundheitlicher Effekt. Er war eher der typische Glotzer, der gerne in der Sauna anbändelte.

Thomas Schacht beobachtete das Haus von der anderen Straßenseite aus. Im oberen Stockwerk, unter dem Walmdach, bewegte sich etwas. Da war ganz klar ein Schatten zu sehen. Er ging hin und klingelte erneut.

Mit einem Summton sprang die Tür auf. Er ging die Treppe hoch in die erste Etage. Musik erklang. Die Stimme seiner Lieblingssängerin Ina Müller traf ihn fast schockartig.

»*Wir schwammen besoffen nachts im Meer,*
das ist jetzt ungefähr drei Männer her.
Sie hießen Helge, Tom und Peter,
sie gingen früher oder später.«

Thomas Schacht hielt einen Moment inne. Damit hatte er nicht gerechnet. Es machte ihn noch wütender. Das war seine Musik, und es war sein Kind, und es war seine Frau, die dieser Müller endlich in Ruhe lassen sollte! Er hatte weder ein Recht, sich seinem Kind zu nähern, noch seiner Frau, und er sollte, verdammt nochmal, nicht Ina Müllers Musik hören.

Über die Treppenstufen war ein Teppichläufer gespannt, der den Klang seiner Schritte dämpfte, aber das Knarren der Holzstufen zu verstärken schien.

Von außen sah das Haus wie ein modernes Einfamilienhaus aus, die Inneneinrichtung war eher aus den sechziger Jahren. Die Tür zum Appartement oben stand offen. Eine weibliche Stimme tönte: »Hast du den Schlüssel mal wieder vergessen, Schatzi?«

Thomas Schacht trat ein und schloss die Tür hinter sich.

»Irrtum, Schatzi«, sagte er, und als Erstes verstummte Ina Müllers Gesang, als sei zeitgleich mit seinen Worten der Radiosender abgeschaltet worden.

Die blonde Frau im Bademantel schrie nicht. Sie riss ihren Mund sperrangelweit auf, doch es kam nur ein leises Wimmern, wie von einer Katze, die um Futter bittet. Mit blankem Entsetzen sah sie Thomas Schacht an und raffte den weißblauen Frotteebademantel vor sich zusammen, um so viel Haut wie möglich zu bedecken.

Dann schaffte sie es endlich zu sprechen. Sie wich zurück zur Wand und stand jetzt neben einem Ölgemälde der aufgewühlten Nordsee. Sie stammelte: »Wolfgang kommt gleich wieder ... Mein Mann wird in wenigen Minuten wieder hier sein. Er ...«

Sie betonte das Wort »Mann«, als müsse sich dahinter ein hünenhafter, kampfbereiter Gladiator verbergen.

»Na, prima, dann können wir ja hier zusammen auf ihn warten.« Schacht zog einen Stuhl zu sich heran und setzte sich breitbeinig.

»Ich bin gekommen, um mein Kind zu holen. Wer, verdammt nochmal, hat euch beiden ins Gehirn geschissen, dass ihr auf so eine dämliche Idee gekommen seid? Ihr könnt doch nicht einfach meine Tochter kidnappen!«

»Ich ... wir ...«, sie kniff die Beine zusammen und drückte sich an der Wand entlang in Richtung Küche.

Ein Messer, dachte sie. Ich muss mich bewaffnen.

»Im Grunde bin ich ja froh, dass er wieder 'ne neue Freundin hat. Setzen Sie sich! Sind Sie schon lange mit dem Arsch zusammen? Keine Angst, ich will Ihnen nichts tun. Wenn ich mein Kind habe, gehe ich einfach wieder.«

Sie tat, was er sagte, versuchte aber, so viel Abstand wie möglich zwischen sich und Schacht zu bringen.

»Er ... er hat Ihr Kind nicht entführt. Wir machen hier Urlaub.«

Schacht lachte. »Urlaub? Urlaub? Super Idee! Hätte ich auch gerne hier gemacht. Aber jetzt ist meine Tochter weg.«

Plötzlich ging das Radio wieder an.

»*Ich hätt so manchen Tag ...*
lieber mit dir verbracht.«

Die verängstigte Frau nutzte die Gelegenheit, um aufzustehen und das Radio auszuschalten.

»Radio Ostfriesland, aber wir kriegen den Sender nicht richtig rein«, sagte sie. »Ständig Empfangsstörungen.«

Schacht knallte mit der Faust auf den Tisch. Sie zuckte zusammen.

»Ich hab gesagt, Sie sollen sich setzen, verdammt nochmal! Setzen!«

Sie nahm auf dem Stuhl Platz. Sie saß aufrecht, nur mit einer Pobacke auf der Stuhlkante. Ihre Finger spielten nervös mit dem Gürtel des Bademantels und drehten ihn zusammen.

»Wo hat er meine Tochter hingebracht? Oder ist das Kind noch hier?«

Schacht sprang auf und begann, die Wohnung zu durchsuchen. Er stieß die Schlafzimmertür auf.

Die durchwühlten Betten waren der Frau peinlich, so, als sei es üblich, aufzuräumen und die Betten zu machen, bevor man überfallen wird.

»Natürlich ist die Kleine nicht hier. So dämlich seid ihr nun doch wieder nicht.«

»Wir ... wir haben Ihre Tochter nicht. Bestimmt nicht!«

»Wieso macht ihr euch nicht selbst ein Kind, wenn ihr gerne eins haben wollt, häh?«

Sie hatte Tränen in den Augen, antwortete aber nicht, sondern presste die Lippen fest aufeinander.

Vom Schlafzimmerfenster aus konnte Schacht sehen, dass ein Polizeiwagen in die Straße einbog. Plötzlich hatte er es sehr eilig. Er tippte mit dem Zeigefinger zweimal fest gegen die Stirn von Wolfgang Müllers Freundin und prophezeite: »Ich komme wieder. Ihr findet keine Ruhe mehr. Schöne Grüße. Ich will mein Kind zurück, und wenn er meiner Tochter nur ein Haar gekrümmt hat, mache ich ihm das Leben zur Hölle. Er wird bereuen, dass er jemals geboren wurde.«

Die Frau wirkte, als ob sie jeden Moment in Ohnmacht fallen könnte, aber darum kümmerte Schacht sich nicht. Er drehte sich auf dem Absatz um, lief die Treppe hinunter und verschwand aus dem Haus, ehe die Polizeibeamten ihr Auto verlassen hatten.

Weller und Ann Kathrin gingen auf das Gebäude zu. Die verunsicherte Frau wollte ihnen zunächst nicht aufmachen, sondern drohte, die Polizei zu rufen, was sie dann versuchte. Sie war nur schwer davon zu überzeugen, dass die Polizei bereits vor der Tür stand, obwohl ein blausilberner Dienstwagen unten parkte.

Sie hieß Angela Riemann und gab vor, Wolfgang Müller Anfang des Jahres im Gesundheitspark Nienhausen in Gelsenkirchen in der Vitalsauna bei einem Salzaufguss kennengelernt zu haben. Sie gab an, er sei zwar manchmal jähzornig, aber sonst ein prima Typ. Sie hätten den heutigen Tag gemeinsam in Groningen verbracht und seien dort shoppen gewesen. Vor einer halben Stunde seien sie hierhin zurückgekommen. Er müsste jeden Moment wieder hier sein, er sei nur kurz nach Norden zur Pizzawerkstatt Mundfein gefahren. Sie habe erst mal geduscht.

Von dem merkwürdigen Besucher erzählte sie zunächst nichts.

Aber Ann Kathrin und Weller merkten natürlich, dass irgendetwas nicht stimmte. Die Frau war eigenartig verstört, als würde sie unter Schock stehen, so als habe sie Schacht ein Versprechen gegeben, nichts zu verraten, und als müsse dies Geheimnis auf jeden Fall gewahrt bleiben.

Dann, plötzlich, platzte es aus ihr heraus. Sie brach in Tränen aus, schützte ihr Gesicht mit den Händen, sodass weder Ann Kathrin noch Weller ihre Augen sehen konnten, und weinte: »Er ist gerade hier gewesen! Ich habe Todesangst gehabt! Ich dachte zunächst, er will mich vergewaltigen oder es ginge ihm nur um Geld, aber dann hat er gesagt, dass er hinter Wolfgang her sei. Er glaubt, Wolfgang hätte sein Kind entführt.«

»Wer?«, fragte Weller, und Ann Kathrin warf ihm einen missbilligenden Blick zu, deshalb beantwortete er die Frage gleich selbst. »Thomas Schacht?«

Sie nickte. »Ja, der Neue von Gundula.«

Dann beklagte sie sich darüber, dass diese Frau wie ein Phantom über ihrer Beziehung schweben würde. Sie hätte nie das Gefühl, Wolfgang für sich allein zu haben. Immer müsse sie sich mit dieser Gundula messen. Er wollte seine Ehefrau im Grunde zurückhaben, und sie käme sich manchmal so vor, als sei sie nur ein schaler Ersatz für die Frau, die er nicht mehr haben konnte.

»Beantworten Sie mir jetzt bitte ganz klar eine Frage«, sagte Ann Kathrin streng. »Wo waren Sie und Herr Müller zur Tatzeit?«

»Wir waren zusammen. Wir waren die ganze Zeit zusammen.«

»Sieht man«, stellte Weller bissig fest.

»Naja gut, jetzt gerade nicht. Er holt uns eine Pizza …«

Wie aufs Stichwort stand Wolfgang Müller mit einem Pizzakarton und einer Flasche Rotwein in der Tür. Lucy war ihm wie aus dem Gesicht geschnitten, wofür Weller ihn sofort beneidete. Die Vaterschaft konnte jedenfalls keiner anzweifeln. Er hatte die gleichen, hell leuchtenden Augen und die hohe Stirn. Vermutlich war er gut fünfundzwanzig Kilo schwerer, fünfundzwanzig Jahre älter, und ihm fehlte auch die Zahnspange, aber ansonsten hätte man ihn mit Lucy verwechseln können.

Er stellte den Wein und die Pizza auf dem Tisch ab. Sie war gigantisch, und der Geruch von geschmolzenem Käse und Oregano brachte Weller fast um den Verstand. Am liebsten hätte er gefragt, ob sie sich die Pizza nicht teilen könnten, er tat es aber nicht, weil er einen Anpfiff von Ann Kathrin befürchtete.

Ann Kathrin stellte Weller und sich vor. Ziemlich uninteressiert öffnete Wolfgang Müller eine Schublade und holte Geschirr heraus. Er klappte den großen Pappdeckel auf und begann, die Pizza zu zerteilen.

Weller konnte nirgendwo anders hinsehen.

»Sie werden beschuldigt, die Tochter Ihrer Exfrau Gundula Müller aus dem Kinderwagen gestohlen zu haben.«

Wolfgang Müller lachte. »So, haben die beiden Turteltäubchen nicht richtig auf das Kind aufgepasst, und jetzt wollen sie mir die Schuld in die Schuhe schieben? Na, darin sind sie ja Weltmeister. Ich bin ja so ziemlich an allem schuld, was in Gundulas Leben passiert ist. Müssen Sie sie nur fragen.«

»Ich kann jetzt nichts essen«, sagte Angela Riemann. Davon ließ sich Wolfgang Müller nicht beeindrucken. Er schnitt sich ein großes Stück aus der Pizza heraus und aß es aus der Hand.

Weller kaute im Geiste mit.

Zäh wie Honig tropfte Käse von Müllers Lippen herunter auf sein Kinn. Dann nahm er eine Peperoni von der Mitte der Pizza, hielt sie hoch über seinen Kopf und versenkte sie langsam zwischen seinen Lippen.

Weller schluckte.

»Nehmen Sie sich ruhig ein Stück«, schlug Müller mit vollem Mund vor. Er zeigte auf Angela. »Sie will ja scheinbar nichts mehr. Wir haben in Groningen schon gut gegessen. Matjes ...«

Weller nickte und griff zu, ohne Ann Kathrin anzusehen, denn er befürchtete, dass sie damit nicht einverstanden wäre, und genau so war es auch. Sie schüttelte den Kopf und versuchte sogar, ihm gegen das Schienbein zu treten, was aber schiefging. Sie traf das Tischbein.

»Gibt es für Ihren Ausflug nach Groningen Zeugen?«

»Jede Menge. Vermutlich ein paar Hundert, es war nämlich ziemlich voll in der Innenstadt. Aber fragen Sie mich jetzt nicht nach Namen. Ich kenne die Menschen natürlich nicht.«

»Haben Sie etwas eingekauft?«

Angela Riemann deutete auf Einkaufstaschen, die hinter der Tür standen, und lächelte überheblich, als sei die Sache damit geklärt.

Weller nickte. Ihm schien das als Beweis auch völlig auszureichen. Er biss kräftig von der Pizza ab. Ein Stückchen von dem knusprigen Boden brach ab und drohte herunterzufallen, es hing nur noch an einem Käsefaden. Weller riss den Mund sperrangelweit auf, um es aufzufangen.

Ann Kathrin ging zu den Tüten. »Darf ich mal?«

»Ja, schauen Sie nur. Ich hab ja weder Waffen noch Drogen gekauft, sondern nur ein paar Sommerklamotten.«

Weller verstand nicht ganz, warum Ann Kathrin sich jetzt die Kleidungsstücke anschaute. Er kaute mit viel zu vollem Mund und schluckte trocken. Ein Glas Rotwein wäre jetzt nicht schlecht, dachte er.

Ann Kathrin fischte Kaufbelege aus den Tüten und sah sie sich an. Sie nickte zufrieden und legte die Zettel wieder zurück.

»Was ist los mit dir, Angie?«, fragte Müller. »Hat dir der Besuch der Polizei so den Appetit verschlagen? Die Pizza schmeckt echt klasse, und ich krieg sie alleine beim besten Willen nicht auf. Auch nicht, wenn der Kommissar mir dabei hilft.«

»Schacht war hier«, sagte Angela Riemann leise.

Wolfgang Müller hustete ein paar Pizzastücke aus und hielt

sich den Handrücken vor den Mund. Er musste zweimal schlucken, um die große Portion, die er bereits im Mund hatte, zu verschlingen. Dann wurde sein Gesicht rot vor Zorn.

»Der war hier?«

»Ja. Er wollte dich eigentlich sprechen. Er hat mir Angst gemacht.«

»Hat er dir was getan?«

Weller hatte ein Stück mit einer scharfen, italienischen Salami und knusprigem Schinken erwischt. Er kaute genüsslich. Es brannte im Hals wie Feuer.

»Hat er dich angefasst, Angie?«

»Nein, aber … Es war ganz schrecklich. Ich dachte jeden Moment, er bringt mich um.«

»Wie ist das Schwein überhaupt reingekommen?«

»Ich dachte, du hättest deinen Schlüssel vergessen, und hab die Tür …«

»Er hat einfach geklingelt?«

»Ja. Ich habe es schon gehört, als ich noch unter der Dusche stand, aber ich war dann nicht schnell genug draußen.«

Wolfgang Müller sah jetzt Ann Kathrin an. Er hatte längst kapiert, dass sie hier die Chefin war und nicht etwa Weller.

»Greifen Sie ruhig zu, Frau Kommissarin.«

Sie wehrte ab: »Nein, danke, bestimmt nicht. Ist zwar nett gemeint, aber …«

»Was haben Sie jetzt vor?«, fragte er.

»Sie müssen sich keine Sorgen machen. Wir werden Herrn Schacht aufsuchen und eine Gefährderansprache halten.«

»Eine was?«

»Eine Gefährderansprache. Das ist ein verhaltensbeeinflussendes Instrument. Eine Normunsicherheit soll durch eine klare Grenzsetzung und das Aufzeigen von Konsequenzen …«

Er sah sie fragend an. Ann Kathrin merkte, dass sie sich sprachlich verrannt hatte. Das hier war keine Dienstbesprechung und kein Polizeilehrgang. Sie wedelte mit der rechten Hand in der Luft herum, als wolle sie damit das soeben Gesagte von einer unsichtbaren Tafel abwischen, und ersetzte es durch den simplen Satz: »Wir werden ihm unmissverständlich klarmachen, dass er eine Menge Ärger kriegt, wenn er das nochmal macht.«

Weller wollte nicht nur essen, sondern auch einen Beitrag leisten, und fragte jetzt: »Wissen Sie, wo Tina sich aufhält?«

»Nein, ich passe nicht auf die Kinder meiner Ex auf.«

»Es handelt sich hier nicht um irgendein Kavaliersdelikt, das ist Ihnen schon klar, oder?«, fragte Weller mit drohendem Unterton.

»Ich dachte, Sie wollten Ihre Gefährderansprache an Herrn Schacht halten. Kriege ich die stattdessen jetzt?«, fauchte Wolfgang Müller angriffslustig zurück.

Weller wich einen Schritt zurück. Es tat ihm leid, sich im Ton vergriffen zu haben. Er kam sich vor wie ein kleiner Junge, der befürchtete, gleich sein angegessenes Pizzastückchen wieder zurückgeben zu müssen.

Ann Kathrin übernahm die Gesprächsführung. »Wenn Sie irgendetwas über den Aufenthaltsort des Kindes wissen oder in Erfahrung bringen, sind Sie verpflichtet, uns dies mitzuteilen. Wie lange werden Sie sich noch in Norddeich aufhalten?«

»Eigentlich haben wir noch für die ganze nächste Woche gebucht.«

»Falls Sie abreisen, würde ich gerne vorher informiert werden.«

»Stehen wir irgendwie unter Verdacht?«, fragte Angela Riemann. »Ich dachte, Sie sind gekommen, um uns zu helfen«, empörte sie sich.

»Warum sind Sie eigentlich nach Norddeich gekommen?«, wollte Ann Kathrin wissen.

Wolfgang Müller holte zu einer weiten Erklärung aus: »Es ist ein wunderschönes Fleckchen Erde, und hier ist man vor Al-Qaida-Terroristen sicher. Wir lieben den Norden und ...«

Ann Kathrin unterbrach ihn. »Ja, klar. Sie wussten aber doch genau, dass Ihre Exfrau auch hier Urlaub macht.«

Er lachte, als würde er den Zusammenhang erst jetzt erkennen. »Ach ja, stimmt. Sehen Sie, ich bin der Vater von Lucy. Ich suche die Nähe zu meiner Tochter. Ist das so schlimm? Sie fühlt sich vernachlässigt. Ihre Mutter hat doch nur noch Augen für die Zwillinge. Na, wenn es wenigstens das wäre. Aber unter uns: eigentlich hat sie nur Augen für ihren Kerl. Unterirdisch!«

»Und dann sind Sie hierhin gefahren, um denen ein paar Schwierigkeiten zu machen?«

»Gute Frau Kommissarin, wenn Sie ein Kind hätten, das bei Ihrem Expartner lebt, würden Sie auch dessen Nähe suchen, oder nicht?«

Er konnte nicht wissen, wie sehr er bei ihr damit ins Schwarze getroffen hatte.

Sie zuckte innerlich zusammen, und etwas in ihr gefror in ihrer Vorstellung zu Eis. Sie ballte die Hand unterm Tisch zur Faust, um nicht zu brüllen.

Weller sah sie an. Er wusste genau, was gerade passiert war. Manchmal litt sie wie ein wundgeschossenes Tier daran, dass ihr Sohn Eike bei der Scheidung bei ihrem Mann Hero geblieben war statt bei ihr.

Ann Kathrin wandte sich zur Tür. Im Grunde war dieses Gespräch noch nicht beendet, und es gab noch einige offene Fragen zu klären, aber sie musste jetzt nach draußen, das verstand Weller nur zu gut.

»Danke«, sagte er und winkte, als wolle er guten Freunden Tschüs sagen. Er hielt immer noch ein handtellergroßes Stück Pizza in der Hand. Er hob es hoch, als wolle er sich dafür bedanken, verbalisierte dies aber vorsichtshalber nicht. Dann stampfte er hinter Ann Kathrin her, die Treppe runter. Ein Scheibchen Salami fiel von seiner Pizza und landete zusammen mit ein paar Krümeln Pizzateig auf dem Teppich.

Ann Kathrin saß hinterm Steuer und kaute auf der Unterlippe herum. Sie sah getroffen aus, unglücklich, war aber nicht bereit, darüber zu reden.

Weller kämpfte auf dem Beifahrersitz immer noch mit seiner Pizza, und je mehr er sich anstrengte, umso größere Käsefladen tropften auf seine Hosenbeine. Er kam sich dämlich vor und hätte den Rest Pizza am liebsten aus dem Fenster geworfen, aber er wusste, dass er auch damit bei Ann Kathrin nicht gerade punkten konnte. Respektvoller Umgang mit Essen war ihr wichtig.

Sie blieb betont sachlich und ganz beim Fall, aber ihre Stimme bebte, als sie sagte: »Die Einkaufsquittungen sind von heute.«

»Na bitte«, sagte Weller, und es hörte sich an, als würde er durch eine Wolldecke sprechen. »Das ist so gut wie ein Alibi.«

Ann Kathrin lachte gekünstelt. »So, findest du?« Sie warf ihm einen missbilligenden Blick zu und bog in die Norddeicher Straße ein.

Weller hielt sich die Hand vor den Mund und erklärte: »Na klar, ich meine, sie gibt ihm ein Alibi, sie behauptet, sie seien in Groningen gewesen, sie hätten Sachen eingekauft und die seien sogar heute erstanden worden ...«

»Sie hätten das Kind aus dem Kinderwagen klauen, mit ihm nach Groningen fahren und dann nach einem Einkaufsbummel wieder zurückkommen können.«

Weller schluckte schwer. Das hörte sich monströs an und war völlig logisch. Ein Pärchen mit einem Baby auf dem Rücksitz fällt niemandem auf.

»Du meinst, die beiden machen gemeinsame ...«

»Es wäre denkbar. Genauso gut könnte sie aber auch alleine nach Groningen gefahren sein und die Sachen eingekauft haben, eben, um ihm damit ein Alibi zu geben.«

Ann Kathrins Stimme wurde leiser und war bei dem Motorenlärm des Gegenverkehrs kaum noch zu hören. »Sie könnte sogar das Kind aus dem Kinderwagen geholt haben, während er in Groningen einkaufen war.«

Das fand Weller geradezu absurd. Er konnte aber nicht erklären, warum.

»Es ist doch komisch«, sagte Ann Kathrin. »Die Dinge passen nicht zusammen. Wenn er weiterhin seine Exfrau liebt und die zurückhaben möchte, dann verstehe ich, dass er hinter ihr her fährt, um Kontakt zu seiner Tochter und zu ihr zu haben. Vielleicht wartet er auf eine günstige Gelegenheit, hofft darauf, dass sie sich mit ihrem neuen Mann streitet, versucht, einen Keil zwischen sie zu treiben – all das kann ich nachvollziehen. Aber warum, verdammt nochmal, nimmt er dann seine neue Freundin mit?«

Das konnte Weller sich wiederum sehr gut erklären. »Naja, um seine Ex eifersüchtig zu machen. Du hättest mal Renate sehen sollen! Die hat mir solche Hörner aufgesetzt, dass ich aussah wie ein norwegischer Elch, aber wehe, es interessierte sich eine Frau für mich, dann flippte sie völlig aus!«

Ann Kathrin fuhr fünfzig und wurde von einem hupenden Audifahrer überholt, der ihr auch noch Doof zeigte. Sie ließ sich davon jetzt nicht irritieren.

»Soll ich die Nummer aufschreiben?«, fragte Weller.

Sie schüttelte nur den Kopf.

»Wir könnten den Idioten anzeigen.«

Ann Kathrin ging gar nicht darauf ein. »Entweder«, sagte sie, »die beiden sind wirklich unschuldig, und wir müssen sie vor Schachts Wut schützen, oder sie sind äußerst raffiniert und spielen ein übles Spiel.«

Weller war froh, die Pizza endlich verdrückt zu haben, und wischte sich die fettigen Hände an einem Tempotaschentuch ab.

Thomas Schacht stolzierte mit zackigen Bewegungen vor dem Haus im Muschelweg auf und ab und rauchte eine Zigarette. Er inhalierte tief und rauchte auf eine solch aggressive Art, als würde es ihm Spaß machen, sich selbst Schaden zuzufügen.

Genussraucher sehen anders aus, dachte Ann Kathrin, als sie an den niedrigen Rosenrabatten vorbei auf ihn zuging.

Sie begrüßte ihn passend zu seinem Gang fast militärisch knapp, und ohne sich an die genauen Vorgaben für eine Gefährderansprache zu halten, ging sie hart mit ihm ins Gericht.

»Sie sind im Fischerweg in die Ferienwohnung von Wolfgang Müller und Angela Riemann eingedrungen. Dies war Hausfriedensbruch. Außerdem könnten Sie sich eine Anzeige wegen Nötigung einhandeln. Sie haben Frau Riemann belästigt und ihr Angst gemacht. Bei allem Verständnis dafür, dass Ihr Kind entführt wurde, weise ich Sie hiermit darauf hin, dass Sie die Ermittlungsarbeit der Polizei zu überlassen haben!«

Schacht lachte laut. »Ja, prima! Bringen Sie mir mein Kind, und alles ist wieder in Ordnung. Ich möchte hier Urlaub machen und nicht den Detektiv spielen! Aber ich werde alles in meiner Macht Stehende tun, um meine Tina zurückzubekommen. Mit der Polizei oder gegen die Polizei, das ist mir völlig egal. Der alte Drecksack kann unser Glück nicht ertragen und versucht, es kaputt zu machen. Das lasse ich mir nicht gefallen. Es gab Zeiten, da hätte man so einen einfach zum Duell gefordert.«

»Zweifellos«, stimmte Ann Kathrin ihm zu. »Aber diese Zeiten sind vorbei. Und jetzt halten Sie sich an Regeln und Gesetze, oder ich nehme Sie mit und führ Sie dem Haftrichter vor.«

Er inhalierte tief und blies den Qualm in Ann Kathrins Richtung. Da sie aber den Wind im Rücken hatte, nutzte das nichts. Von weitem betrachtet sah es aus, als würde sie sich in einem energetischen Schutzschild befinden, an dem der Rauch abprallte und zum Absender zurückschwebte.

»Na, das wird ja immer schöner! Jetzt werden schon die Bürger eingesperrt, und die Ganoven laufen frei rum. Prima! Herzlichen Glückwunsch, Frau Kommissarin.«

Er klemmte sich die Zigarette zwischen die Lippen, um die Hände frei zu haben, und klatschte Beifall. Dabei schlängelte sich der Rauch an seinem Gesicht hoch und brannte im linken Auge. Er kniff jetzt beide Augen zusammen, schüttelte den Kopf und pflückte sich die Zigarette von den Lippen.

»Nehmen Sie das ernst, Herr Schacht. Weder Wolfgang Müller noch Angela Riemann sind irgendeiner Straftat überführt worden. Und selbst wenn dies so wäre, würde es dem Richter obliegen, sie zu bestrafen, und nicht Ihnen.«

Er verzog den Mund. »Ja. In Ihrer Welt vielleicht, Frau Kommissarin. In meiner ist das anders. Es ist das archaische Recht eines jeden Vaters, seine Familie zu beschützen und für seine Frau und seine Kinder zu töten. Das ist tief angelegt in uns Menschen. Das ist ein Grundpfeiler für den Fortbestand unserer Zivilisation.«

Er warf die Zigarette auf den Boden und trat sie geradezu wütend aus. »Ach, was sage ich! Das gesamte Überleben unserer Gattung beruht auf dieser Frage. Wenn ein Kind geboren wird, ist es viel zu klein, um zu überleben. Jedes Kind, das man sich selbst überlässt, stirbt. In den ersten Jahren braucht es die nährende Mutter und den schützenden Vater. Ja, verdammt, so war das schon immer.«

Er tippte auf seine Boccia-Uhr, die Ann Kathrin an alte Bahnhofsuhren erinnerte. »Die Zeit läuft, Frau Kommissarin. Wie lange kann so ein Kleinkind ohne Nahrung überleben?«

Ann Kathrin beantwortete die Frage nicht, sondern stellte stattdessen selbst eine: »Darf ich das als Drohung gegen Herrn Müller oder Frau Riemann auffassen?«

»Ach, denken Sie doch, was Sie wollen«, sagte er und drehte sich um. Er ging in Richtung Tür.

»Halt!«, rief Ann Kathrin. »Unser Gespräch ist noch nicht beendet!«

Er warf ihr über die Schulter einen verächtlichen Blick zu. »Na, wenn Sie meinen.«

Ann Kathrin gab Weller einen Wink. Der war sofort bei Schacht und hielt ihn fest.

»Verdammt nochmal!«, fluchte Schacht. »Haben Sie nichts anderes zu tun? Geben Sie ein bisschen Gas! Mein Kind kann jeden Moment verhungern!«

»Wir machen uns genauso Sorgen wie Sie um Tina«, sagte Weller, ohne seinen Griff zu lockern. »Aber wir gehen nicht davon aus, dass das Kind unversorgt ist. Wenn es darum geht, dass Herr Müller einen Vaterschaftstest machen lassen will – und das vermuten Sie doch –, dann wird er Ihrer eigenen Theorie zufolge eher andere Leute umbringen oder klauen gehen, als sein Kind verhungern zu lassen ...«

Schachts Gesicht war jetzt ganz nah an Wellers. Für Ann Kathrin sah es aus, als wollte er mit seiner Stirn einen Stoß gegen Wellers Nase ausführen. Schon zweimal hatte Ann Kathrin erlebt, wie Leute nach so einer Aktion zusammengebrochen waren. Sie hatte den Impuls, vorzuspringen und Schacht daran zu hindern, doch dann geschah nicht, was sie vermutet hatte. Stattdessen brüllte Schacht nur: »Ja, Sie Schlaumeier! Aber dabei berücksichtigen Sie eins nicht: Er ist nicht ihr Vater! Das bin ich! Und das ist so sicher wie das Amen in der Kirche!«

Er packte Weller jetzt am Hals. Sein Gesicht hatte etwas von einem bissigen Schäferhund, als er keifte: »Oder wollen Sie etwa behaupten, meine Gundi hätte etwas mit ihm gehabt? Das ist lächerlich, absolut lächerlich, verstehen Sie? Das ist lange her. Sie ist froh, dass sie den Typen los ist!«

Ann Kathrin wunderte sich, dass Weller sich das gefallen ließ. Was bezweckte er? Sie griff nicht ein. Obwohl er hilflos aussah, hatte sie das Gefühl, dass er die Sache voll im Griff hatte.

Er legte seine Rechte auf die von Schacht. Es sah sehr leicht, ja fast kraftlos aus, doch plötzlich jaulte Schacht los, ließ Wellers Hals in Ruhe und krümmte sich stattdessen. Weller hielt nur Schachts rechte Hand. Er drückte mit seinem Daumen in dessen Handgelenk und hielt so mit einem geübten Griff Schacht unter Kontrolle.

Weller bog Mittel- und Zeigefinger von Schacht nach hinten. Es sah fast aus, als würde Weller den Schalthebel eines Autos mit kleinen, kurzen Bewegungen bedienen, und Schacht zappelte in jede Richtung, die Weller sich wünschte.

»Au! Au! Frau Kommissarin! Der bricht mir den Finger! Halten Sie Ihren Kettenhund zurück, Frau Kommissarin!«

»Ja«, freute Weller sich, »jetzt jammerst du. Du wirst Frau Riemann in Zukunft in Ruhe lassen, klar?«

»Frau Kommissarin, helfen Sie mir! Frau Kommissarin!«

»Lass ihn los, Frank.«

Weller tat, als hätte er Ann Kathrins Aufforderung nicht gehört.

»Wie war nochmal der Satz? Was hab ich mir von dir gewünscht?«, fragte er Schacht.

Ann Kathrin legte eine Hand auf Wellers Schulter.

»Ich … ich werd sie in Ruhe lassen. Bestimmt! Ich geh da nicht mehr hin. Ich hab doch nichts gegen die Frau. Ich will doch nur mein Kind zurück!«, stammelte Schacht mit schmerzverzerrtem Gesicht.

Weller ließ die Finger los, und Schacht stürzte in die Rabatten. Er raffte sich schnell wieder auf, doch die Dornen der Bibernellrosen rissen Winkel in sein Hemd.

Schacht verschwand ins Haus.

Ann Kathrin sah Weller missbilligend an. »So, das verstehst du also unter einer Gefährderansprache?«

Weller zuckte mit den Schultern. »Naja, zumindest so ähnlich.«

»Von mir hast du das nicht gelernt.«

»Nein«, grinste Weller, »das habe ich mir selber beigebracht.«

Als sie wieder im Auto saßen, wo es immer noch nach Käse und Salami roch, startete Ann Kathrin den Wagen, doch bevor sie losfuhr, sah sie Weller in die Augen. »Du hast so etwas nicht nötig, Frank.«

»Was?«

»Na, das gerade eben. Du brauchst das nicht, um von mir als Mann ernst genommen zu werden. Ich steh nicht auf so ein Machogehabe.«

»Ich weiß«, lachte er. »Zum Glück. Sonst würde ich es viel öfter tun.«

Es hielt Lucy nicht länger in der Wohnung. Sie fühlte sich wie unschuldig eingesperrt. Durch die Entführung von Tina war alles nur noch schlimmer geworden. Alle Gedanken ihrer Mutter drehten sich nur noch um Tina.

Für Thomas war Lucy so etwas wie ein Insekt geworden. Er sah sie nur noch verächtlich an. Sie hatte auf seine Prinzessin nicht richtig aufgepasst. Außerdem war sie ein Kind von seinem Erzrivalen Wolfgang. Und sie sah Wolfgang auch noch erschreckend ähnlich. Kein Wunder, dass Thomas sie hasste.

Das meinte man vermutlich mit dem Satz, jemand wäre am liebsten vom Erdboden verschluckt worden, dachte sie. Ja, etwas Besseres könnte mir auch nicht passieren. Der Erdboden müsste sich öffnen, ich fall hinein, er schließt sich wieder, und ich bin weg und keinem mehr im Weg. Hier halte ich es jedenfalls nicht länger aus.

Gleichzeitig wurde ihr Verlangen, Benne zu treffen, immer größer, und nun war sie doch wieder froh, nicht vom Erdboden verschluckt worden zu sein. Sie musste zum Drachenstrand. Es war nicht weit, und in dieser sternenklaren Nacht würde sie ihn garantiert schnell finden.

Ihre Ferienwohnung war zu ebener Erde. Es war ein Kinderspiel für sie, aus dem Fenster zu verschwinden.

Sie hatten Inas Bettchen in ihren ohnehin viel zu engen Raum gestellt. Zu Hause hatte sie wenigstens einen eigenen Fernseher im Zimmer, aber hier nicht mal das. Dafür durfte sie auch nur eine kleine Leselampe anlassen, verhängt mit verschiedenen bunten Tüchern, damit Ina ja nicht wach werden würde.

Gundula und Thomas gluckten in der Küche zusammen. Abwechselnd weinte Gundula, dann war Thomas' tiefe Stimme zu hören, zwischendurch ploppte eine Bierflasche.

Bevor Lucy aus dem Fenster kletterte, zog sie sich einen frischen Schlüpfer an und stopfte Tempotaschentücher in ihren BH. Sie betrachtete sich vor dem Spiegel. So sah sie schon viel besser aus, fand sie. Aber dann entschied sie sich doch gegen die Einlagen, denn wer weiß, vielleicht würde Benne sie berühren wollen, und wie peinlich wäre es denn, wenn er Taschentücher in den Fingern halten würde?

Sie lief in Richtung Drachenstrand. Auf den Sitzbänken vor dem Restaurant Seestern knutschte ein Pärchen. Für einen Moment glaubte sie, Benne zu erkennen und wurde von einer Eifersuchtswelle geflutet, die sie fast losbrüllen ließ. Aber dann, als sie näher kam, erkannte sie, dass dort zwei Jungs miteinander herummachten, aber Benne war keiner von ihnen.

Im Diekster Köken fand eine Musikveranstaltung statt. Ostfriesische Folkmusik erklang über dem Deich. Hier waren abends um diese Zeit erstaunlich viele Menschen unterwegs.

Fast fühlte Lucy sich davon gestört. Sie hatte sich das alles einsamer, ja romantischer vorgestellt.

Vor dem Haus des Gastes sang der Norddeicher Shantychor. Sie befand sich jetzt zwischen den Strandkörben, hinter sich Diekster Köken, vor sich das Haus des Gastes. Beide Musiken schienen sich hier in der Mitte zu treffen und um ihre Aufmerksamkeit zu bitten.

Zwei fette Möwen folgten ihr mit tippelnden Schritten durch den Sand. Sie kamen ihr vor wie Geier, die auf Beute lauerten.

Ich bin aber kein Aas, dachte sie, drehte sich um, und jedes Mal, wenn sie sich nach den Möwen umsah, stoppten die ihre Verfolgung und benahmen sich so, als hätten sie Lucy nicht einmal bemerkt. Doch sie liefen ihr nach, ganz deutlich. Dann gesellte sich eine dritte dazu. Lucy wagte nicht, nach oben zu gucken, sie befürchtete, dass auch über ihr Möwen kreisten. Immer so, dass sie sich genau ihrem Blickfeld entzogen.

Sie bückte sich, hob Sand auf und begann, damit nach den Möwen zu werfen. Die wichen auch gleich zurück, aber nur so weit, um nicht getroffen zu werden. Sie hatte das Gefühl, durch ihre Gegenwehr für die Möwen noch interessanter zu werden.

Hat sich denn alles gegen mich verschworen, dachte sie.

Sie stellte sich vor, ihrer Mutter wirklich eins auszuwischen, indem sie ihr erklärte, sie wolle in Zukunft nicht mehr bei ihr, den Zwillingen und Thomas Schacht leben, sondern wieder zu ihrem richtigen Vater zurück. Es war ihre größte Trumpfkarte, und sie wusste, dass ihre Mutter ständig befürchtete, sie könnte diese Karte spielen.

Doch es gab etwas, das Lucy hinderte. Immerhin hatten sie eine gemeinsame Erfahrung mit Wolfgang. Er war kein stabiler Mensch, sondern wurde leicht aus der Bahn geworfen. Wenn Dinge schiefgingen und nicht alles zu seiner Zufriedenheit lief, dann tröstete er sich mit Alkohol. Am Anfang half das vielleicht sogar ein bisschen. Aber dann machte es alles nur noch schlimmer, und schließlich wurde er zu einem tobenden Wüterich, dem niemand mehr etwas recht machen konnte. Am wenigsten seine eigene Familie.

Wie oft hatte er geschworen, sich zu ändern und nun würde alles anders, sprich, besser werden. Er sei ja in Wirklichkeit gar nicht so, das käme alles nur von diesem verfluchten Alkohol, aber seine guten Vorsätze hielten nie lange. Nach ein paar Tagen, spätestens nach ein paar Wochen, begann er wieder. Zunächst mit Bier und Wein, das war noch nicht so schlimm, aber wenn dann der Schnaps hinzukam, wurde er aggressiv.

Lucy wollte das nicht noch einmal mitmachen, und gleichzeitig hoffte sie doch so sehr, ihr Vater könne endlich stärker sein als der Schnaps.

Vielleicht schaffte er es mit der neuen Frau, mit Angela. Sie hielt es doch schon ein paar Monate mit ihm aus. Wenn er frisch verliebt war, ging es ihm immer besonders gut, dann brauchte er keinen Alkohol oder nur sehr wenig. Halt genug, um fröhlich und freundlich zu sein. Aber die Stimmung kippte nicht um. Das war ja das Verrückte. Wenn er eine neue Freundin hatte, ging es mit ihrer Mutter bergab, mit ihm aber bergauf.

Einerseits war Lucy eifersüchtig auf Angela und jede andere neue Freundin, andererseits musste sie immer froh sein, wenn er eine Neue hatte, denn dann wollte er der neuen Frau natürlich seine »große Tochter« vorstellen, präsentierte sich als vorbildlicher Freund und Vater, der leider nur viele Schwierigkeiten mit seiner Exfrau hatte und der, um das Kind nicht in zu große Konflikte zu zerren, es lieber nicht auf einen Sorgerechtsstreit anlegte. In Wirklichkeit wusste Lucy natürlich, dass er keine Chance hatte, so etwas jemals zu gewinnen. Säufer, so glaubte sie, gewinnen keinen Prozess um das Sorgerecht von Kindern.

Jetzt hatten die Möwen sie umzingelt. Es waren gut ein Dutzend. Lucy befand sich in der Mitte ihres Kreises. Das Ganze kam ihr geradezu spukhaft vor, wie aus einem Horrorfilm.

Ein ablandiger Wind schoss die Sandkörner in Kniehöhe über den Boden aufs Meer zu. Den Möwen schien das nichts auszumachen. Der Ring um Lucy wurde enger. Zentimeter um Zentimeter arbeiteten sie sich wie in einer straff organisierten Schlachtordnung vor.

Sie war so fasziniert von dem Schauspiel, dass sie fast gelähmt war und nichts dagegen tun konnte. Sie sah nur zu und fragte sich, was aus ihr werden würde. Gleichzeitig dachte sie, dass sie so im Grunde die letzten Jahre ihres Lebens verbracht hatte. Wie eine Zuschauerin, unfähig, es zu beeinflussen. Damit sollte Schluss sein. Schluss! Schluss! Schluss!

Sie breitete die Arme aus und rannte brüllend geradeaus auf ein Möwenpärchen zu. Genau die beiden wichen ihr jetzt flatternd aus. Der Rest des Kreises formte sich eher zu einem Ei, aber nicht alle Möwen flohen, sondern nur zwei und schließlich eine dritte, nach der Lucy mit dem Fuß Sand schoss. Dann stürmte Lucy durch die Öffnung aus der Umzingelung der Möwen hinaus. Sofort flatterten sie alle hoch, die mutigsten knapp einen Meter über ihrem Kopf. Sie konnte die Flügelschläge spüren und beängstigende »Kiu! Kiu!«-Schreie hören.

Da lief Benne auf Lucy zu. »Hey, Möwen füttern verboten!«, lachte er, und so schnell, wie der Möwenspuk begonnen hatte, war er vorbei.

»Ich habe sie nicht gefüttert«, sagte Lucy. »Sie haben mich angegriffen.«

»Na klar«, scherzte Benne. »Der Großangriff der Killermöwen! Ich hab 'ne Flasche Rotwein und 'nen Joint. Und ein paar Decken. Komm mit runter zum Strand. Wir können über die Steinbuhnen laufen.« Er zeigte auf den fast geraden schwarzen Strich, der ins Meer führte. »Da sind wir ganz allein, da kommt kein Mensch hin. Man kann weit raus. Komm nur.«

Einerseits hatte Lucy Angst, auf den glitschigen Steinen auszurutschen und ins Wasser zu fallen. Das wäre dann der krönende Abschluss dieses Tages. Andererseits wollte sie vor ihm nicht als Memme dastehen und tat so, als würde sie ständig über Buhnen ins Meer wandern.

Hier hörte man jetzt immer noch beide Musiken. Es klang geradezu harmonisch, so, als würde es hierhin gehören, wie der Wind und das Geräusch der Wellen.

»Und wenn das Wasser steigt?«, fragte sie.

Er hielt ihr die Hand hin und leitete sie gentlemanlike immer weiter in die Dunkelheit. »Keine Sorge«, lachte er, »wir haben abnehmendes Wasser.«

Zwischen dem Musikmischmasch hörte sie wieder Möwenschreie.

Wenn die uns hier angreifen, dachte sie, sind wir erledigt.

Aber sie versuchte, den Gedanken zu verdrängen und sich stattdessen darauf zu konzentrieren, dass endlich ihr Urlaub beginnen würde.

Nein, sie wollte sich nicht einmal bei Benne über ihre Familie ausheulen. Sie wollte jetzt ein bisschen was erleben.

Wenn Anke mich jetzt so sehen könnte, die würde verdammt neidisch werden, dachte Lucy.

Sie bog vom Dörper Weg bei der Kombüse in die Pelikanstraße ein. In den meisten Ferienwohnungen waren jetzt schon die Lichter erloschen. Hinter einigen wenigen Fenstern flackerten noch Fernsehgeräte.

Bis hierher war ihr niemand begegnet, der sie wiedererkennen könnte. Sie schützte ihr Gesicht mit einem Tuch, als sei sie windempfindlich. Die große Sonnenbrille behinderte sie jetzt bei Nacht. Sie hatte sie so tief auf der Nase, dass sie darüber gucken konnte, doch sobald ihr jemand entgegenkam, rückte sie sich die Brille voll ins Gesicht.

Als sie in den Muschelweg einbog, schob sich eine Wolke komplizenhaft vor den Mond. Ein händchenhaltendes Pärchen kam ihr entgegen. Sie waren Ende fünfzig, Anfang sechzig, frisch verliebt und gibbelten wie Teenager.

Das muss die Meerluft machen, nirgendwo gab es so viele verliebte Paare in dem Alter wie hier.

Das Schicksal schien es gut mit ihr zu meinen. Nicht nur, dass sich eine Wolke vor den Mond geschoben hatte, sondern in der Ferienwohnung stand sogar ein Fenster offen.

Sie mied das Licht der Straßenlaternen, grüßte das Pärchen freundlich mit »Moin« und »Schönen Urlaub noch«, und dann wunderte sie sich über ihr eigenes Glück. Tatsächlich war dies sogar das Zimmer, in dem Ina lag. Es war ganz einfach. Nur ein Schritt, und sie hätte das Kind in ihrer Gewalt.

Wie konnten Eltern nur so nachlässig sein?

Ihr werdet euch noch wundern, wenn man zwei so schöne Kinder hat, darf man das nicht als selbstverständlich ansehen. Man muss sein Glück erkennen und dem Universum täglich danken, sonst werden einem die Kinder wieder genommen. Ja, es war ein Jammer, wie schnell man sein Glück doch verspielen konnte.

Unbeobachtet stieg sie ins Zimmer ein. Sie beugte sich über das Bettchen. Wie ähnlich Ina doch Tina war. Die beiden Kinder gehörten zusammen. Man sollte sie nicht trennen.

Sie würde ein paar Kleidungsstücke mitnehmen und überprüfte den Wäschestapel auf der kleinen Konsole. Die dunkle Wolke verzog sich, und der Mond lachte jetzt durchs offene Fenster ins Zimmer, so als ob er Wohlgefallen an ihrer Tat fände.

Sie sah dankbar nach draußen und freute sich über den glitzernden Sternenhimmel.

Die Stimmen nebenan wurden lauter.

Widerspenstig warf Gundula ihre Haare nach hinten.

»Nein, nein, nein! Ich kann das nicht glauben! Lucy steckt nicht mit Wolfgang unter einer Decke! Das würde sie mir nie antun!«

»Du hältst selbst jetzt noch zu ihr? Wie blöd bist du eigentlich? Die erreichen genau das, was sie wollen – einen Keil zwischen uns zu treiben! Am Ende verdächtigst du mich noch!«

»Die Polizei hat sie sogar vernommen! Das Kind steht doch noch völlig unter Schock!«

»Die Polizei? Dass ich nicht lache! Die sind doch zu einem hilflosen Trachtenverein verkommen. Wer heutzutage Gerechtigkeit will, der ruft nicht die Polizei und die Gerichte an, der handelt!«

»Ja, wir sehen ja, was uns das eingebracht hat. Du kannst froh sein, wenn du keine Anzeige kriegst!«

Thomas Schacht verspürte durchaus den Impuls in sich, mit einer einzigen Handbewegung die Gläser vom Tisch zu fegen. Aber er wusste, dass Gundulas Exmann so etwas häufig im Suff getan hatte, und deswegen beherrschte er sich. Nur deswegen. Er wollte mit ihm nicht in einen Topf geworfen werden.

»Ich werde sie jetzt wecken, und dann soll sie mir in die Augen sehen und klipp und klar sagen, dass sie nicht weiß, wo die Kleine ist. Wolfgang kann sie gar nicht richtig versorgen. Der ist doch nicht mal in der Lage, für sich selbst zu sorgen. Hast du doch oft genug gesagt, mit ihm hast du nur ein weiteres Kind gehabt. Du wolltest aber einen Mann!«

»Bitte lass Lucy jetzt schlafen. Das bringt doch alles nichts.«

»Ach nein? Guck mal auf die Uhr. Weißt du, wie spät es ist? Seit wie viel Stunden schreit Tina sich jetzt eigentlich irgendwo die Seele aus dem Leib? Glaubst du, sie wird richtig versorgt?«

»Lass sie schlafen. Der Tag war schrecklich für Lucy.«

»Ja, er gehört auch nicht zu den besten meines Lebens.«

Thomas Schacht wollte zur Tür, aber Gundula sprang auf und

stellte sich ihm in den Weg. »Du wirst sie nicht anfassen, hörst du?«, forderte sie.

Er schob sie zur Seite. »Du verwechselst mich, meine Liebe. Ich bin nicht dein Wolfgang. Ich bin nie gewalttätig geworden, weder gegen dich noch gegen deine intrigante Tochter. Es hat mich manchmal zwar in den Fingern gejuckt, aber ich habe nie ...«

»Das wollte ich doch auch gar nicht damit sagen. Ich will doch nur nicht, dass ...«

Er riss die Tür auf.

»Nicht so laut«, flehte Gundula, »du weckst Ina!«

Thomas Schacht ärgerte sich sofort über das weit geöffnete Fenster. Lucy schwankte zwischen einer Freiluftidiotin, die am liebsten draußen auf der Terrasse schlief, in anderen Phasen aber wochenlang kein Fenster öffnete und in ihrem Zimmer vermiefte. Er fürchtete, Ina könnte in ihrem Bettchen frieren, und es gab sogar eine Stimme in ihm, die behauptete, genau deswegen habe Lucy das Fenster geöffnet, nur damit ihre kleine Schwester sich erkältete.

Ich werde ihr keine reinhauen, dachte er. Ich werde es nicht tun. Ich werde mich ganz deutlich von ihrem Vater unterscheiden. Aber ich werde ihr trotzdem eine Grenze setzen. Kinder brauchen Grenzen, und Lucy ganz besonders.

Er tastete nach dem Lichtschalter. Im letzten Moment hielt er aber inne.

»Lucy?«, sagte er leise. »Lucy, steh auf. Ich muss mit dir reden.«

Doch in Lucys Bett rührte sich nichts. Auf ihrer Bettdecke lag das aufgeklappte Buch, in dem sie schon auf der Hinfahrt gelesen hatte. *Die paar Kröten!* von Regina Rusch. Da hinein vergrub sie sich, wenn sie ihnen zeigen wollte, dass es etwas Wichtigeres gab als Eltern und Erwachsene mit ihren Vorstellungen vom Leben.

Er hob den Roman von der Bettdecke, klappte ihn zu und legte ihn auf das Nachttischschränkchen. Jetzt wurde ihm klar, dass niemand im Bett lag.

Es wurde augenblicklich bedeutungslos für ihn, ob Ina weiterschlief oder nicht. Jetzt schaltete er das Licht an und rief Gundula, aber die stand bereits hinter ihm im Zimmer.

»Sie ist abgehauen«, sagte sie. »Verdammt, sie ist abgehauen.«

Für ihn war es wie ein Beweis. »Ja«, grummelte er. »Sie ist zu ihrem Vater und zu ihrer kleinen Schwester. Wollen wir wetten? Sie weiß genau, wo das Kind ist, und da ist sie jetzt auch. Ich werde jetzt sofort die Polizei rufen und sie suchen lassen.«

»Spinnst du?«

Entgeistert sah er Gundula an. »Willst du dein Kind denn nicht zurück?«

Jetzt kreischte Ina in ihrem Bettchen. Gundula hob Ina hoch und presste sie an sich. Doch das Kind ließ sich dadurch nicht beruhigen.

Thomas registrierte das sehr wohl, sagte aber nichts. Stattdessen wählte er mit seinem Handy den Notruf.

Das wäre beinahe schiefgegangen, dachte sie. Ich bin einfach zu unvorsichtig.

Sie saß in den Sanddornsträuchern direkt unter dem Fenster und hielt den Atem an.

Hast du mich in eine Falle gelockt, Universum? Es sah doch alles so günstig aus …

Muss ich jetzt etwa dankbar sein, weil ich das Glück hatte, die Stimmen früh genug zu hören? Nur weil Gundula ihren Mann kurz aufgehalten hat, statt ihn einfach in Lucys Zimmer stürmen zu lassen? Manchmal weiß ich nicht, ob es da draußen eine

Macht gibt, die mich schützt oder die sich die ganze Zeit über mich kaputtlacht und mich ständig in neue, schlimme Situationen bringt.

Vielleicht ist es auch eine Art Wechselspiel. Manchmal hat halt der Teufel die Oberhand, und manchmal ist es die göttliche Hand, die mich beschützt.

Die Stimme von Thomas Schacht kam näher.

»Ja, verdammt, Sie haben mich richtig verstanden! Meine Stieftochter Lucy Müller ist verschwunden, und ich garantiere Ihnen, sie ist da, wo auch das Baby sich befindet!«, brüllte er ins Handy und schloss hart das Fenster. Fast hätte er ihren Kopf berührt. Sie konnte noch den Luftzug der Bewegung spüren.

»Keine Angst, kleine Ina, ich hol dich. Du musst nicht länger hierbleiben. Du gehörst zu mir. Sei nicht böse, dass ich euch heute noch nicht wieder zusammenbringen kann. Aber bald ist es soweit. Ich bin in deiner Nähe ...«

Am liebsten wäre sie jetzt im Meer schwimmen gegangen. Aber sie hatte etwas Wichtigeres zu tun. Etwas viel Wichtigeres ...

Ann Kathrin Klaasen stand in ihrem Haus im Distelkamp 13 mit geschlossenen Augen unter der Dusche. Sie hatte das Wasser so heiß wie nur möglich eingestellt. Es tat fast weh auf der Haut, und genau das wollte sie. Sie musste sich reinwaschen von all dem Dreck, um wieder klar zu werden.

Sie versuchte, ihre Gedanken darauf zu richten, dass sie und Weller bald heiraten würden. Andere Paare, dachte sie, würden jetzt wahrscheinlich händchenhaltend irgendwo sitzen, über die Hochzeitsfeier reden und die Torte aussuchen. Und wir? Wir jagen ein verlorengegangenes Kind, mischen uns in Familienstreitigkeiten und werden im Grunde von allen Beteiligten nur gehasst. Am Ende sind wir auch noch an allem schuld, und jeder hätte es besser gemacht, wenn er an unserer Stelle gewesen wäre.

Wie sehr sie das alles hasste! Und doch wusste sie, dass sie nicht bereit war, etwas anderes zu tun.

Duschnebel dampfte hoch und hüllte sie ein.

Weller war ein bisschen enttäuscht, weil er gehofft hatte, zusammen mit ihr in die Badewanne gehen zu können. Dabei vielleicht ein Glas Rotwein in der Hand zu halten und über die Zukunft zu sprechen. Aber er sah ein, dass sie jetzt diese heiße Dusche so schnell und dringend brauchte. Da war kein Platz für romantisches, gemeinsames Baden.

In der Küche stand noch eine offene Flasche Rotwein. Er holte sie und goss Ann Kathrin und sich ein. Er entschloss sich, schnell etwas für sie zu kochen. Er nahm einfach das, was gerade da war. Es gab noch Schmetterlingsnudeln und ein paar Scheiben Schinken. Eier, Frischkäse, Gurken. Er hatte keinen frischen Knoblauch mehr, was er sehr bedauerte, aber er fand noch eine Möhre.

Schnell war alles gehackt und gewürfelt, und als sie aus der Dusche kam, stand bereits eine Nudelpfanne á la Weller auf dem Tisch.

Er warf noch ein paar Garnelen oben drauf, doch als er die große Pfeffermühle drehte, knirschte es nur, und heraus fiel ein bisschen alter Pfefferstaub. Alles andere als den frisch gemahlenen Geschmacksnervenöffner, mit dem er eigentlich die Nudelpfanne verfeinern wollte.

Die Hausdurchsuchung bei Dr. Alexander David Ollenhauer war auf sieben Uhr morgens angesetzt. Um sechs trafen sich bereits die Einsatzkräfte im Polizeipräsidium Wilhelmshaven in der Kurt-Schumacher-Straße. Das langgestreckte, flache Gebäude bestand nur aus Glas und Beton.

Es sollten jeweils zwei Kollegen aus Aurich mit den Ortskräften zusammenarbeiten. Eigentlich hätte Rupert bei Nils Renken in Delmenhorst sein sollen, um gemeinsam mit Sylvia Hoppe dort dabei zu sein, aber etwas war schiefgegangen, und nun trafen sich Rupert, Sylvia Hoppe, Weller und Ann Kathrin leicht fröstelnd und unausgeschlafen in Wilhelmshaven.

»So eine Scheiße!«, fluchte Rupert. »Hat der Bratarsch mich wieder falsch informiert! Ich bin um vier Uhr losgefahren, nur um pünktlich hier zu sein. Ich hab keinen Bock, jetzt nach Delmenhorst durchzubrettern. Sollen die das doch dort ohne uns machen!«

Staatsanwalt Scherer tupfte sich mit einem Taschentuch Schweiß von der Stirn. Er trug einen kobaltblauen, zerknitterten Anzug, der ein bisschen aussah, als hätte er ihn auf dem Flohmarkt erworben und sei noch nicht dazu gekommen, ihn zu bügeln. Die hellbraunen, blankgewienerten Schuhe passten überhaupt nicht dazu. Das fliederfarbene Hemd gab seiner Erscheinung etwas Tuntiges. Er wäre hier jetzt am liebsten gar nicht dabei, das konnte jeder spüren. Ihm war das alles unangenehm. Wenn das hier schiefging, so befürchtete er, könnte dies für lange Zeit das Aus seiner Karriere bedeuten.

»Sie haben mich«, zischte er Ann Kathrin zu, »unter einen unglaublichen Zugzwang gesetzt.«

Sie sah ihn unschuldig an. Scherers Magen knurrte.

Weller holte aus dem Auto einen Pappbecher mit kaltem Kaffee. Der verklebte Deckel darauf sah wenig appetitlich aus. Ann Kathrin nahm den Kaffee, trank aber nicht.

Die Einsatzbesprechung fand merkwürdig unkonventionell auf dem Parkplatz statt. Alle standen gemeinsam um Ruperts Mercedes herum und stellten ihre Kaffeebecher auf dem Dach ab.

Sylvia Hoppe kaute an einem Käsebrötchen herum, das ihr

nicht zu schmecken schien. Ab und zu verzog sie den Mund und spuckte etwas aus.

Die Besprechung war kurz und fand in äußerst gereizter Atmosphäre statt. Die Stimmung hier war zum Weglaufen, fand Ann Kathrin. Jeder hatte Angst, dass hier Schwarze Peter verteilt werden würden, und es kam nur darauf an, wer hinterher auf so einer Karte sitzen blieb.

»Also«, erklärte Ann Kathrin, »wir sind hier nicht auf der Suche nach Waffen, Drogen oder sonstigem offensichtlichen Material. Es ist denkbar, dass mit Dr. Ollenhauers Stiftung etwas nicht stimmt. Die ausgestopfte Kinderleiche, die wir gefunden haben, war mal ein lebendiger Mensch wie wir alle. Das Mädchen hieß Jule Freytag.«

Scherer starrte sie an. Was redete die Frau da? Das alles wusste doch jeder.

Weller spürte genau, was Ann Kathrin wollte. Sie sollten sich des Ernstes der Lage bewusst werden. Es ging um das Opfer. Und darum, zu verhindern, dass so etwas noch einmal geschah.

»Der Täter hat aus ihr ein Objekt gemacht, wie einen Gegenstand hat er sie behandelt. Wir vermuten, dass er aus der Szene der Tierpräparatoren kommt oder mal als Chirurg gearbeitet hat. Irgendwoher muss sein handwerkliches Können kommen. Auf Dr. Ollenhauer trifft beides zu. Außerdem wurde Jule bis zu ihrem Verschwinden von seiner Stiftung betreut. Wir haben ihr Skelett noch nicht gefunden. Es ist denkbar, dass es in seinem großräumigen Garten vergraben wurde.«

Staatsanwalt Scherer protestierte: »Nichts deutet darauf hin. Wir haben nicht den geringsten Anhaltspunkt dafür …«

Rupert sprang Ann Kathrin bei. Er schnauzte Scherer zornig an: »Natürlich nicht! Er kann die Knochen genauso gut an seine Hunde verfüttert haben, aber irgendwo, verdammt nochmal, müssen wir jetzt anfangen zu suchen, um diese Kinderficker zu überführen!«

»Das habe ich nicht gehört«, sagte Scherer.

Ann Kathrin zischte zu Rupert: »Halt's Maul!« Dann guckte sie zu Weller. Der begriff jetzt, dass er sich bei Ollenhauer aufgeführt hatte wie Rupert, und beschloss, in Zukunft seine Emotionen zu zügeln. Aber es fiel ihm schwer. Immerhin hatte er zwei Töchter, und sie gingen ihm nicht aus dem Kopf, wenn er an die ausgestopfte Leiche dachte.

»Wir suchen Bilder von den Kindern. Filmaufnahmen. Akten. Er muss im Haus auch eine Werkstatt zur Tierpräparation haben. Wir nehmen alles mit, woran wir DNA-Spuren finden könnten. Das alles ging ja nicht, ohne Werkzeug zu benutzen und ...«

»Ich freu mich schon auf seinen Computer«, strahlte Rupert.

»Unsere zwei besten Leichenspürhunde, die gerade von einem Einsatz in Österreich zurück sind, sollen spätestens um neun Uhr bei uns sein. Wenn er irgendetwas im Garten vergraben hat, werden sie es finden. Diese Hunde sind einfach Gold wert.«

Tjark Oetjen, der Kollege aus Wilhelmshaven, stellte sich mit seinem Namen vor, obwohl ihn alle kannten. Er hatte einen breiten Schnauzbart, der ihn ein bisschen wie einen Seehund aussehen ließ. Er stülpte die Unterlippe über die langen Barthaare und kaute daran. Er bemühte sich nicht einmal um Handlungsführung. Er war froh, hier nicht die volle Verantwortung zu tragen, hatte aber Angst, die Suppe später auslöffeln zu müssen. Die hier würden sich bald alle verziehen, zurück nach Aurich und Norden. Aber er saß hier. Und hier würde die Presse reagieren. Dr. Alexander David Ollenhauer war als Gutmensch geradezu eine Ikone. Es gab kaum eine Wohltätigkeitsgeschichte, an der er sich nicht beteiligte. Er übernahm zu gern Schirmherrschaften und ließ sich beim Überreichen überdimensionaler Schecks fotografieren.

»Es gab schon des Öfteren Probleme mit Dr. Ollenhauer«, sagte er heiser. »Aber nie im Zusammenhang mit Verbrechen gegen Leib und Leben von Menschen, sondern ...«

»Ja«, bestätigte Scherer und zitierte aus dem Kopf: »Drei Verurteilungen wegen illegaler Einfuhr geschützter Tiere. Das alles rechtfertigt natürlich nicht den Aufwand, den wir hier betreiben.«

»Wenn er allerdings wirklich etwas mit der Ermordung von Jule Freytag zu tun hat, dann werden wir ihm das hoffentlich in Kürze nachweisen können«, ergänzte Ann Kathrin und nickte freundlich in die Runde.

Sylvia Hoppe sagte gar nichts, sondern prockelte mit zwei Fingern in ihrem Mund herum. Etwas hing zwischen ihren Zähnen, und sie bekam es nicht gut heraus. Ann Kathrin schaute sie missbilligend an. Sylvia Hoppe drehte sich um, weil ihr das Ganze peinlich wurde und Scherer sie genervt musterte. Sie warf das Brötchen auf den Boden und fluchte: »Die haben den Käse nicht aus der Plastikfolie genommen! Sind die denn völlig plemplem?«

Tjark Oetjen schüttelte sich und sagte: »Darf ich euch noch mit nach oben bitten? Wir haben im großen Konferenzraum eine ganz gute Kaffeemaschine, und etwas Besseres als solche Brötchen finden wir bestimmt auch ...«

Er ging voran, und die Gruppe folgte ihm.

Ann Kathrin hielt Scherer am Ärmel fest. »Was wird jetzt aus Nils Renken? In Delmenhorst ist keiner von uns dabei. Wir sollten die Durchsuchung aber auf keinen Fall bei ihm verschieben. Die warnen sich sonst gegenseitig. Überhaupt finde ich, wir sollten alle anderen Vorstandsmitglieder ebenfalls ...«

»Oh nein, nicht mit mir! Schon dieser Nils Renken ist im Grunde nur ein Zugeständnis an Ihre Hysterie, Frau Klaasen. Dr. Ollenhauer ist ja wenigstens Chirurg und Tierpräparator, aber dieser Nils Renken ... dem kann man doch wirklich nichts anderes vorwerfen, als dass er eine Menge Gutes für Problemkinder getan hat.«

Ann Kathrin protestierte: »Oh nein, oh nein! Was immer hier geschehen ist, das hat nicht einer alleine getan.«

»Stimmt«, sagte Scherer, »da gebe ich Ihnen recht.«

Während sie die Treppen hochstiegen, versuchte Rupert, sich bei Scherer einzuschleimen, indem er von seinem Besuch bei der Firma Doepke und dem Gespräch mit Svenja Roth erzählte.

»Sie hat bestätigt, dass Ollenhauer sie immer korrekt behandelt hat. Er war eine Art Vaterfigur für sie. Aber ich nehme ihr das nicht wirklich ab. So, wie sie hochging bei dem Thema ... Wissen Sie, sie ist so eine scharfe Schnitte wie die Töchter von Weller.«

»Was? Was? Was hab ich da gerade gehört?«, fragte Weller. »Hast du meine Töchter als ›scharfe Schnitten‹ bezeichnet?«

Rupert drehte sich zu ihm um, sprach aber nicht zu ihm, sondern zu allen. »Naja, ihr wisst schon, was ich meine, Kollegen, oder?«

»Warum hau ich ihm nicht einfach eins in die Fresse?«, zischte Weller leise zu Ann Kathrin.

»Weil du ein kluger, zivilisierter Mann bist«, gab Ann Kathrin zurück und brachte sich zwischen Weller und Rupert.

»Aber er darf nicht so über meine Töchter reden!«

»Nun sei doch nicht so verklemmt, Weller«, lachte Rupert. »Ich hab doch nicht gesagt, dass es blöde Flittchen sind, die mit jedem rummachen. Ich hab sie als ›scharfe Schnitten‹ bezeichnet, so etwas ist doch im Grunde ein Kompliment!«

Der Kollege aus Wilhelmshaven hielt sich raus, aber Sylvia Hoppe stichelte: »Ja, für völlig verblödete, selbstverliebte Machos, die Aufreißerschlitten mit weißen Ledersitzen fahren, ist das so ...«

Die Raben flohen vor der anrückenden Polizei, noch bevor Ann Kathrin und Scherer das rostige, quietschende Eingangstor zum Garten geöffnet hatten.

Die zwei griechischen Statuen lockten Sylvia Hoppe an. Besonders der Diskuswerfer hatte es ihr angetan. Waren sie nicht ideal, um die Aufmerksamkeit von Menschen abzulenken? Wer würde so eine Statue umkippen, um darunter zu graben?

Sie waren auf eine hübsche Art hässlich. Auf jeden Fall gehörten sie nicht nach Wilhelmshaven, sondern eher auf die Akropolis.

Ann Kathrin und Staatsanwalt Scherer gingen über den Kiesweg direkt auf die Villa zu. Die anderen verteilten sich im weitläufigen Grundstück und näherten sich im Schutz der Kastanienbäume. Niemand sollte die Möglichkeit haben, aus dem Haus zu fliehen oder unbemerkt irgendetwas herauszubringen.

Jeder von ihnen rechnete damit, den Pensionär Ollenhauer zu wecken und gleich einem verpennten, ungekämmten Rentner in einem verschwitzten Schlafanzug gegenüberzustehen. Stattdessen machte der aber bereits hinterm Haus Klimmzüge am Reck. Zwischen dem hoch wuchernden Schilf bemerkte Rupert ihn nicht und zuckte erschrocken zusammen, als Dr. Alexander David Ollenhauer ihn fragte: »Kann ich Ihnen irgendwie behilflich sein, junger Mann?«

Rupert fuhr herum und hatte mit einer einzigen Bewegung seine Dienstwaffe in der Hand.

Ollenhauer hing mit ausgestreckten Armen am Reck. Seine Füße baumelten zwanzig Zentimeter über dem Boden.

»Ich würde ja gerne die Arme heben, junger Mann, aber wie Sie sehen, geht das nicht. Ich werde jetzt die Stange loslassen und zu Ihnen herunterkommen, okay?«

Rupert nickte, und Tjark Oetjen versuchte, die Situation zu entkrampfen, indem er sagte: »Das ist Dr. Alexander David Ollenhauer.«

Rupert nickte. »Ja klar, wer soll das sonst sein? Der Weihnachtsmann?«

»Nun, nachdem wir alle wissen, wer ich bin, fände ich es ganz schön, wenn Sie sich vorstellen würden«, schlug Ollenhauer vor und ging dann leichtfüßig an den beiden vorbei, als ob sie gar nicht da wären. Er hob ein Springseil auf und ließ es sich nicht nehmen, es kreisen zu lassen und ein paar Mal durch die Schlinge zu hüpfen, bis er vor seiner Tür stand.

Er sah Ann Kathrin Klaasen und lächelte. Er tat, als würde er den Hut ziehen, obwohl er keinen auf hatte, und scherzte: »Falls Sie mich in Zukunft noch öfter beehren werden, Frau Kommissarin, sollten wir uns vielleicht vorher über die Zeiten verständigen, damit ich Sie dann angemessen begrüßen kann, und selbstverständlich werde ich dann auch einen kleinen Imbiss vorbereiten. Ich mache übrigens einen wunderbaren Schokoladenkuchen. Sie würden staunen!«

»Das glaub ich«, brummte Rupert, »damit hat er die Kinder bestimmt immer gefügig gemacht.«

»Ich verstehe Sie nicht, Herr Kommissar. Sie nuscheln«, sagte Ollenhauer und fragte dann Ann Kathrin, indem er auf Rupert deutete: »Ist der so etwas wie Ihr Assistent oder ein Praktikant?«

»Dir wird das Lachen schon noch vergehen«, sagte Rupert mehr zu sich selbst, aber Weller und Sylvia Hoppe konnten ihn gut verstehen.

Ollenhauer setzte nach. »Waren Sie nicht schon mal mit ihm hier und haben ihn dann vor die Tür geschickt, weil er so ein kleiner Heißsporn ist?«

»Nein, das war er nicht, sondern mein Kollege Weller.«

»Ach ja«, lachte Ollenhauer, »die jungen Männer sehen sich heutzutage so furchtbar ähnlich. Ich kann sie oft gar nicht auseinanderhalten.«

»Danke«, zischte Weller. »Das saß.«

»Auch wenn Sie sich hier noch so aufblasen, Herr Ollenhauer, wir haben hier einen richterlichen Durchsuchungsbeschluss.«

Die Leichenspürhunde trafen früher ein als erwartet. Ihr Bellen ließ ein Lächeln über Wellers Gesicht huschen. In seinen Augen funkelte die Hoffnung, Dr. Alexander David Ollenhauer gleich überführt zu haben.

»Ich glaube«, sagte der, »es ist jetzt Zeit für mich, meinen Anwalt zu informieren, und Sie sollten mich auf meine Rechte hinweisen. Ist es nicht so?«

»Ja«, sagte Staatsanwalt Scherer, »da bin ich ganz Ihrer Meinung.«

Einen wunderbaren, glückseligen Moment lang nuckelte Tina an ihrer Brust, aber dann kreischte sie wieder, schlimmer als vorher.

»Ich weiß, du fühlst dich einsam, aber ich werde deine Schwester ja bald holen. Es hat noch nicht geklappt. Aber mach dir keine Sorgen, bald sind wir alle vereint. Komm, versuch zu trinken. Du musst mir helfen. Saug. Du musst saugen. Man muss sich im Leben anstrengen, wenn man etwas erreichen will. Man kann alles bekommen, was man möchte, aber es fliegt einem nicht zu. So lernst du schon ganz früh zu kämpfen und für das zu arbeiten, was du brauchst. Saug, mein kleiner Liebling, saug.«

Die Inneneinrichtung beeindruckte die Männer. Ann Kathrin nahm das genau zur Kenntnis. Diese ausgestopften Tiere, die afrikanischen Figuren, die großblättrigen Zimmerpflanzen, die Fotos von Safaris, ausgestopften Trophäen von Großwild und gefangenen Schwertfischen, ließen ihre Kollegen kleinlaut und vorsichtig werden.

Sie kannte ganz andere Hausdurchsuchungen. Nicht immer gingen sie so zimperlich vor, als hätten sie Angst, etwas kaputt zu machen und schon durch die Berührung eines Kunstgegenstandes einen großen Sachschaden anzurichten.

Ollenhauer stand mittendrin, ließ alles geschehen und kommentierte jeden Gegenstand. Er hatte zu allem eine Geschichte zu erzählen. Wo er was geschossen hatte, mit welchem Kaliber und auf was für Schwierigkeiten er bei der Ausfuhr gestoßen war.

»Vorsicht. Junger Mann, Vorsicht! Ich will ja nicht gefühlsduselig klingen, aber an diesem Nashorn hängen doch einige Erinnerungen. Erst hätte es mich fast umgebracht, und dann wäre ich beinahe im Knast gelandet, weil ich es erlegt habe. Danach kam dann der Ärger mit unseren Behörden. Sie können sich ja nicht vorstellen, was das heutzutage bedeutet. Es hat mich fast Dreihunderttausend gekostet, es so hier an der Wand zu haben.«

Weller konnte sich trotzdem nicht vorstellen, dass das Ganze legal war, und nahm sich vor, es noch einmal zu überprüfen.

Scherer war mulmig bei der ganzen Sache. »Wenn wir Ollenhauer nicht nachweisen können, dass er irgendetwas mit dem Tod von Jule Freytag zu tun hat, wird uns jeder Richter alles, was wir sonst noch gegen ihn vorbringen, als reine Ersatzhandlung werten, um unsere Aktionen gegen ihn zu rechtfertigen ... Mit ein bisschen Glück kommt er so aus allem heil heraus. Eine Staatsanwaltschaft, die dasteht, als wolle sie sich nur an jemandem rächen, weil sie ihn wegen der eigentlichen Sache nicht an den Hammelbeinen packen kann, steht immer dämlich da«, sagte er zu Ann Kathrin.

»Wenn Sie die Hände aus den Taschen nehmen würden, stünden Sie schon wesentlich weniger dämlich da«, wollte sie antworten, schluckte es aber herunter, um die ohnehin angespannte Situation zwischen ihr und dem Staatsanwalt nicht noch komplizierter zu machen.

Er nieste zweimal. »Ich muss hier raus«, sagt er. »Ich bin gegen irgendeines der Tiere hier allergisch.«

Scherer, der Allergiker. In der Blütezeit der Birkenpollen war er regelmäßig dienstuntauglich. Katzenhaare konnten ihn fast umbringen, und seine Reaktionen auf Hausstaub waren in letzter Zeit so heftig geworden, dass er kaum noch in der Lage war, ein Buch zu lesen, das ein paar Wochen im Regal gestanden hatte. Er musste es frisch eingeschweißt kaufen, konnte es lesen und musste es im Grunde danach entsorgen. Er schlief jetzt in einem Allergikerbett und in Allergikerbettwäsche. Diese präparierten Tiere an der Wand waren der reinste Albtraum für ihn.

In der Blockhaussauna fand Rupert neben zwölf verschiedenen Aufgusssorten, Birkenbüscheln, ätherischen Ölzusätzen und einer angebrochenen Flasche Wodka einen Bikini Größe XXS in Pink. Geradezu triumphierend ging Rupert damit auf Ollenhauer zu.

»Na, wer hat denn da vor kurzem noch reingepasst? Ich tippe mal, die Kleine war keine zwölf Jahre, stimmt's?«

Ollenhauer nickte. »Richtig geschätzt, Herr Kommissar. Und ich kann Ihnen auch ansehen, was Sie sich in Ihrer schmutzigen Phantasie vorstellen. Zum Glück sind nicht alle Menschen so wie Sie.«

Damit ließ er Rupert stehen und begrüßte seinen Anwalt, der eine Krawatte trug, sie aber hinter dem zweiten Hemdknopf versteckt hatte, woraus Ann Kathrin folgerte, dass der Mann vom Essen geholt worden war.

Sie kannte das von ihrem Vater. Wenn er wegen einer Hochzeit oder Familienfeier eine Krawatte tragen musste, schob er sie sich beim Essen gerne ins Hemd, um keine Flecken darauf zu machen.

Schließlich nahmen sie drei Computer mit, zweiundzwanzig Kisten mit Akten und Fotoalben und Hunderte DVDs, und Tjark Oetjen protestierte dagegen, dass die Sachen in die Polizeiinspektion Wilhelmshaven gebracht werden sollten.

»Wir bauen im Moment sowieso um und hatten einen Wasserrohrbruch. Bei uns ist kein Platz für so was. Wenn überhaupt, dann müsst ihr das Zeug mitnehmen. Ich kann auch keine Beamten abstellen, um das alles zu sichten. Und ihr wollt doch nicht diesen ganzen Zoo voller ausgestopfter Tiere bei uns unterbringen, oder? Warum lasst ihr das nicht hier hängen? Reicht es nicht, wenn wir das fotografieren? Noch sind doch gar keine Straftaten nachgewiesen!«

»Wir bringen das alles nach Aurich«, sagte Ann Kathrin. »Da wird gerade Platz geschaffen.«

»Ja?«, fragte Rupert. »Wo denn? Soll das Zeug in mein Büro oder …?«

Ann Kathrin schnitt ihm das Wort mit einer scharfen Geste ab.

Weller kam aus dem Keller hoch. Er war blass.

»K … k … kommt mal mit runter …«, bat er und verschwand dann einfach wieder nach unten.

Ann Kathrin lief hinter ihm her. Dann folgte ihnen Tjark Oetjen.

Sie durchschritten eine schwere Stahltür, die mit einem Nummernschloss hätte gesichert werden können, aber nur angelehnt worden war.

Die unteren Räume erinnerten Weller auf fatale Weise an die Pathologie in Oldenburg und an das Gespräch mit Frau Professor Dr. Hildegard. Es roch auch so ähnlich, und Weller fragte sich, wieso dieser Duft nicht nach oben gedrungen war.

Die Räume hier hatten etwas von einer Leichenhalle und gleichzeitig von einem Operationssaal. Es gab einen vorbildlich sauberen, geradezu blitzblanken silbernen Seziertisch mit einer Ablaufrinne und einem Loch in der Mitte. Ein großes Mikroskop und eine Nähmaschine für Leder. Skalpelle, Nadeln, um Wunden zu nähen, und der berühmte Ethilon-Faden der Firma Ethicon lag in verschiedenen Stärken auch bereit.

In Gläsern, eingelegt in Formalin, jede Menge Organe. Weller konnte nicht eindeutig zuordnen, ob sie Tieren oder Menschen gehört hatten. Auf Augenhöhe mit ihm eine Leber. Wenn er mit dem Gesicht näher kam, wirkte sie merkwürdig lebendig, als würde sie zucken.

Er wusste natürlich, dass das nicht wahr sein konnte, und schob es abwechselnd auf sein dünnes Nervenkostüm oder auf die Reflexionen des Glases.

»Na, das nenne ich doch einen gemütlichen Hobbyraum«, sagte Ann Kathrin.

Im zweiten Raum gab es ein sechs Meter langes Aquarium. In dem Becken schwammen glitzernde Piranhas.

In einem Terrarium auf der anderen Seite des Raumes lagen zwei Schlangen träge zwischen der Dekoration aus übereinandergeschichteten Schiefersteinen und Ästen.

Weller verstand nicht viel von Schlangen, aber er war sich absolut sicher, dass dies zwei giftige Exemplare waren. Die eine schillerte hellgrün, und es kam ihm so vor, als würde sie ihn mit ihren gelben Augen fixieren. Plötzlich glaubte er zu wissen, woher das Wort »giftgrün« kam.

»Sacken wir den Klapsmann jetzt ein?«, fragte Weller voller Tatendrang.

Ann Kathrin sah ihn an und rieb sich die Oberarme. Sie fröstelte.

Lucy wankte durch den Muschelweg wie ein Zombie, der Menschenfleisch gerochen hat. Sie bot einen mitleiderregenden Anblick, kam sich selber aber fröhlich und beschwingt vor. Irgendwie durchtrieben. Erwachsener geworden und auf eine bisher unbekannte Art wild. Vermutlich lag es an der Wirkung der Cannabinoide, die ihr zentrales Nervensystem beeinflussten. Sie hatte noch nie so viel THC inhaliert, ein bisschen lag es aber auch daran, dass sie so verknallt war. Tapsig wankte sie über den Asphalt, während sie innerlich auf Wolken schwebte.

Sie wusste nicht, wie spät es war. Auf ihrer Liebeswolke tickte keine Uhr. Die Touristen mit den Brötchentüten von Grünhoff nahm sie nicht wahr. Ihre Haut brannte noch von seinen Berührungen.

Sie konnte nicht durchs Fenster wieder rein, weil es geschlossen war, doch der Gedanke, dass man ihr Fehlen bemerkt hatte, war noch nicht in ihr aufgetaucht.

Sie fragte sich, ob man ihr ansehen konnte, dass sie geliebt worden war. Sie streichelte sich langsam mit dem Handrücken übers Gesicht. Sie roch noch nach ihm.

Sie fragte sich, warum sie überhaupt zurück zu ihrer Mutter und zu Thomas ging. Benne hatte sie eingeladen, die nächsten Tage mit ihm zu verbringen, bis zum Schluss der Ferien. Eine Ewigkeit! Egal, was danach kam. Es gab kein Danach. Nur noch ein Jetzt.

Thomas Schacht stand hinter der Gardine und beobachtete die Straße. Mit links schaukelte er das Bettchen, in dem Ina lag. Er hatte sich einen starken Kaffee gekocht, der Gundula zu bitter war. Sie hatte sich einen Rooibos-Tee Vanille gemacht. Er fand den Geruch widerlich und hätte das Zeug am liebsten in die Spüle gegossen.

Noch vor wenigen Stunden war er verrückt nach Gundula gewesen, und jetzt konnte er es nicht ertragen, ihre Kaugeräusche zu hören, wenn sie ins Knäckebrot biss. Hatte sie früher ihren grässlichen Tee auch so laut geschlürft? Ihre Schluckgeräusche ließen seinen Magen zusammenkrampfen. Ihm verging der Appetit, wenn er ihr zusah. Selbst hier am Fenster hörte er ihr Frühstück noch immer wie ein Gewitter, das ihn verfolgte. Er bebte vor Wut, dann sah er Lucy kommen.

Zunächst glaubte er, sie sei betrunken, aber dann, mit jedem

Schritt, den sie näher kam, vermutete er, dass noch etwas anderes geschehen war. Der Verdacht setzte sich in ihm fest: Lucy hatte die letzte Nacht nicht alleine verbracht.

Er presste die geballte Faust gegen die Fensterscheibe und glaubte, sie schon knirschen zu hören. Langsam bekam er eine Vorstellung davon, wie Lucy und Gundula es geschafft hatten, aus Wolfgang einen gewalttätigen Mann zu machen. Die beiden weckten echt das Schlimmste in einem Mann, das wurde ihm gerade klar.

Er fühlte sich dadurch keineswegs ausgesöhnt mit Wolfgang, oh nein. Im Gegenteil. Aber ihm wurde klar, was ihn erwartete, wenn er hier nicht durchgriff. Wenn er sich alles gefallen ließe wie dieses Weichei, dann würde er irgendwann ausrasten.

Hier musste sich einiges ändern. Es würde ab sofort neue Spielregeln geben, und die würde er aufstellen. Noch heute.

In Gedanken legte er sich Sätze zurecht wie: *Was bildest du dir eigentlich ein? Weißt du, wie alt du bist? Du bist genauso ein blödes Luder wie dein Vater! Ab jetzt werden hier andere Saiten aufgezogen! Jetzt nehme ich die Erziehung in die Hand. Glaub ja nicht, dass du damit bei mir durchkommst! Den Rest des Urlaubs wirst du in der Ferienwohnung verbringen, und zwar in deinem Zimmer. Ich werde dir Rechenaufgaben stellen, die du löst. Du wirst die Beste in Physik und Algebra, das schwör ich dir! Flächenberechnungen werden wir üben!*

Aber dann, als Lucy versuchte, die Tür zu öffnen, war sein Kopf wie leergefegt. Er packte sie bei den Haaren, riss sie herein und verpasste ihr ansatzlos zwei Ohrfeigen.

Er begriff augenblicklich, dass er damit einen Fehler gemacht hatte, denn sofort war Gundula aufgesprungen und eilte ihrer Tochter zu Hilfe.

»Bist du verrückt geworden?«, schrie Gundula. »Du kannst doch deine Wut nicht an dem Kind auslassen!«

Thomas Schacht stieß Gundula zurück. »Du hast ja keine Ahnung, wie das aussieht, wenn ich wütend werde!« Sein Zeigefinger kam bedrohlich nahe an ihr rechtes Auge. »Du hast mich noch nie wütend gesehen!«

Gundula ließ sich nicht irritieren. Sie zog Lucy von ihm weg und stellte sich vor ihre Tochter.

»Ich hab genug von solchem Terror! Ich will das nicht nochmal erleben! Ich hatte einmal in meinem Leben einen gewalttätigen Mann, du, das reicht mir. Ich mache das nicht noch einmal mit, das schwör ich dir! Wenn du sie oder mich noch einmal anfasst, verlasse ich dich.«

Er versuchte, über Gundulas Schulter hinweg Lucy noch einmal zu packen, aber die bückte sich, und er griff ins Leere.

Wie oft schon hatte Lucy solche Sätze von ihrer Mutter gehört? Allerdings waren sie damals noch an Wolfgang gerichtet gewesen, und Thomas spielte in ihrem Leben noch keine Rolle.

Wie lange würde es diesmal dauern, bis sie es schaffte, den Typen zu verlassen, fragte Lucy sich und begann zu kreischen.

»Der hat mich geschlagen! Der hat mich geschlagen!«

Lucy krümmte sich in der Ecke beim Schuhschrank zusammen. Ihre Mutter kniete vor ihr und streichelte ihr Gesicht.

»Herrjeh, es waren doch nur zwei Ohrfeigen«, sagte Thomas. »Ihr tut ja gerade so, als hätte ich sie mit einer Eisenstange vermöbelt.« Dann brüllte er: »Ich will jetzt klipp und klar wissen, wo du warst, Lucy!«

Gundula strich ihrer Tochter die Haare aus dem Gesicht und sagte ruhig. »Du hast geraucht. Du riechst nach Qualm.«

»Ja!«, brüllte Lucy, »Haschisch! Solltest du auch mal probieren, dann würdest du vielleicht etwas lockerer!«

Gundula wich zurück und betrachtete Lucy aus einem Meter Abstand.

Sie versuchte, Lucys Aussage zu relativieren: »Das sagt sie nur so, weil sie jetzt irgendetwas ganz Krasses heraushauen will, um uns zu schockieren.«

Lucy hielt die Augen geschlossen. Sie spürte die Anwesenheit von Thomas wie eine offene Tür, durch die klirrende Kälte ins Haus dringt.

»Oh nein, das hat sie nicht!«, schrie Thomas. »Dein Ex, die dumme Sau, hat mal wieder versucht, den coolen Papa zu spielen, der seiner Tochter alles erlaubt, Hauptsache, wir haben es ihr verboten!«

»Ich war nicht bei Papa«, sagte Lucy und kam sich dabei märtyrerhaft vor, wie ein Bekenner, der weiß, dass er für seinen Glauben hingerichtet wird.

»Reg dich ab«, forderte Gundula.

»Ein Kind wurde entführt, das andere ist pubertär. Da soll man nicht durchdrehen!« Er räusperte sich und bemühte sich um eine fast militärisch exakte Sprache: »Du wirst diese Ferienwohnung nicht mehr verlassen, Lucy. Für dich ist der Urlaub beendet. Als Erstes wirst du hundertmal schreiben: *Ich darf nachts nicht aus dem Fenster klettern.* Und dann hundertmal: *Ohne Erlaubnis darf ich das Haus nicht verlassen.*«

»Du hast mir gar nichts zu befehlen! Du bist nicht mein Vater!«

Gundula flehte: »Lucy, bitte! Wir müssen jetzt als Familie zusammenhalten. Wir haben immer noch keine Nachricht, was mit Tina ist.« Sie brachte es in Erinnerung, als sei es in Vergessenheit geraten.

»Und bis sie wieder da ist«, schrie Thomas, der immer noch davon überzeugt war, dass Lucy genau wusste, wo sich ihre Schwester befand, »setzt du keinen Fuß mehr vor die Tür!«

Lucy richtete sich neben dem Schuhschrank auf. Ein kleiner, rotweiß gestrichener Porzellanleuchtturm, der auf einem bestickten runden Deckchen stand, fiel um und rollte über die Holzkante. Er zerschellte auf dem Boden.

Es kam Gundula vor wie ein Symbol für ihre Beziehungen, ja,

für ihr ganzes Leben. Aufrecht stehend, der Brandung trotzend, hatte sie versucht, den anderen, haltloseren Menschen eine Orientierung zu geben. Aber sie war gescheitert.

»Ach ja?«, keifte Lucy. »Wird das jetzt so eine Art Gefangenenaustausch, ja? Du behältst mich so lange, bis Papa Tina herausgibt, oder was?« Sie tippte sich an die Stirn. »Du bist doch plemplem, bist du doch!«

Er lachte demonstrativ laut auf. »Na bitte! Hast du es gehört, Gundi? Sie hat es zugegeben. Tina ist bei deinem Wolfgang!«

»Er ist nicht mein Wolfgang!«, blaffte Gundula zurück, und Lucy verteidigte sich: »Ich habe überhaupt nichts zugegeben! Ich weiß nur genau, wie du tickst! Du hast doch bloß Angst, dass die Zwillinge nicht von dir sind!«

Damit war es raus. Eine Art Schockstarre trat ein. Die Situation schien zu gefrieren. Nichts und niemand bewegte sich mehr. Für ein paar Sekunden stand für alle Beteiligten die Zeit still.

Dann drehte Thomas sich um und verließ das Haus.

Gundula und Lucy erwarteten, dass er die Tür ins Schloss knallen würde, aber die Mühe machte er sich nicht. Er ließ sie halb geöffnet, so als brauche er jede Kraft für die Schritte, die nun vor ihm lagen, und könnte sich mit solchen Kleinigkeiten nicht länger belasten.

»Thomas! Bleib hier! Bitte geh jetzt nicht!«, rief Gundula hinter ihm her, aber er drehte sich nicht um.

»Warum tust du das, Lucy?«, fragte Gundula verständnislos.

Lucy antwortete nicht. Ihr wurde jetzt bewusst, dass ihre Kleidung klamm und feucht war. Sie stank. Sie wünschte sich ein Schaumbad, frische Kleidung, und dann wollte sie hier weg. So schnell wie möglich. Zurück zu Benne.

Gundula konnte immer noch nicht fassen, was gerade passiert war.

»Hat Papa es dir erzählt?«, fragte sie.

Lucy grinste ihre Mutter breit an. Jetzt hatte sie wieder Oberwasser.

»Es stimmt also. Ich wusste es doch. Du konntest Papa doch noch nie etwas abschlagen, wenn er nur lange genug herumgequengelt hat.«

Lucy ging an ihrer Mutter vorbei ins Bad, aber Gundula war hinter ihr und stemmte sich gegen die Tür, sodass ihre Tochter nicht in der Lage war sich einzuschließen.

»Weißt du, wo Tina ist?«, fragte Gundula.

»Ich will in die Wanne.«

Erst jetzt nahm Lucy zur Kenntnis, dass es im Badezimmer überhaupt keine Wanne gab, sondern nur eine Dusche.

Gundula zwängte sich zu ihrer Tochter ins Badezimmer.

»Lass mich jetzt in Ruhe, Mama!«

»Warum machst du mir alles kaputt? Warum willst du mein Leben zerstören, Lucy?«

»Wer zerstört denn hier wessen Leben?«, keifte Lucy zurück.

Dann brachte sie den Duschvorhang zwischen sich und ihre Mutter. Fast hätte sie die Dusche eingeschaltet, obwohl sie noch vollständig angezogen war. Sie hatte die Hände schon an der Armatur. Dann hielt sie inne und zog sich aus. Sie warf ihre Sachen einfach über den Vorhang und hörte, wie sie auf den Boden klatschten.

Gundula bückte sich, hob alles auf und trug die feuchte Kleidung ihrer Tochter zur Waschmaschine. Sie hoffte, dass wenigstens die noch funktionierte.

Es tat ihr gut, das nach Zitrone duftende Biowaschmittel ins Einfüllfach zu geben. Alles in ihr schrie nach Ordnung und Sauberkeit. Sie konnte sich gerade kaum etwas Schöneres vorstellen, als Wäsche zu waschen und zu bügeln.

Ann Kathrin hatte sich mit Holger Bloem im Restaurant Smutje in Norden verabredet. Ihre Freundin Melanie Weiß hatte für die beiden ein verstecktes Plätzchen im Kaminzimmer reserviert.

Es war gemütlich-kuschlig, fast wie eine Essecke in der eigenen Wohnung, fand Ann Kathrin. Die Tischdekoration gefiel ihr. Weinrot mit ein bisschen Gold, Muscheln und Sternen, dafür hat Melanie einfach ein Händchen, dachte sie und fühlte sich wertgeschätzt durch diese kleine Geste.

Sie brauchte jetzt etwas Bodenständiges, etwas, das gute Erinnerungen an ihre Kindheit wachrief.

Mit ihrem Vater hatte sie einmal Rindsrouladen gemacht. Stunden hatten sie zusammen in der Küche verbracht, das Fleisch gerollt und mit Fäden gebunden. Sie glaubte, sich noch heute an den Duft erinnern zu können, und einmal, es war vielleicht ein halbes Jahr her, hatte sie hier Rouladen gegessen, die denen ihrer Kindheit sehr nahe kamen.

Damals hatte sie zu Melanie gesagt: »Bitte nimm dieses Gericht nie von der Speisekarte.«

Melanie hatte nur gelächelt.

Jetzt bestellte Ann Kathrin sich die Rindsrouladen, ohne auch nur in die Karte zu gucken.

Das beeindruckte nun wiederum Holger Bloem. »Na, die müssen aber gut sein, wenn du so entschieden bist.«

»Stimmt«, sagte Ann Kathrin.

Die beiden nahmen einen Aperol vorweg, und ob es nun zu den Rindsrouladen passte oder nicht, war ihr völlig egal, plötzlich wollte sie auch eine Krabbensuppe haben.

Holger Bloem überlegte kurz, entschied sich dann aber dagegen.

Sie waren allein in dem Raum, und Ann Kathrin kam sofort zur Sache: »Wir waren heute bei Ollenhauer in Wilhelmshaven und haben sein Haus durchsucht. Die Auswertung seiner Sachen, das alles wird ewig dauern. Allein die Fingerabdrücke in der Sauna und in seinem Hobbyraum ...« Sie winkte ab. »Aber mich interessiert etwas anderes, Holger, du hast mal ein Porträt von ihm gemacht.«

Er lächelte und machte eine Handbewegung, als sei es ja wohl selbstverständlich, dass er als Redakteur des »Ostfriesland-Magazins« solche Leute bereits porträtiert hatte.

»Das ist jetzt nicht für die Akten, Holger, sondern nur unter uns. Schildere mir, wie du den Mann empfunden hast.«

Holger Bloem setzte sich anders hin. Er suchte nach einer korrekten Antwort, und das gefiel Ann Kathrin nicht.

Er begann: »Das ist ein Mann, der wirklich viel für Ostfriesland getan hat. Man könnte mit seinem Geld auch etwas anderes anfangen, als eine Stiftung zu gründen und sich um gestrauchelte Jugendliche zu kümmern.«

Sie unterbrach ihn. »Das meine ich nicht. Würdest du ihm, wenn du Kinder hättest, dein Kind anvertrauen?«

»Nun, er gilt als hervorragender Chirurg. Da ist nie etwas bekannt geworden. Keine Prozesse wegen Kunstfehlern oder so. Zumindest habe ich nichts davon mitgekriegt.«

»Das meine ich nicht«, wiederholte Ann Kathrin.

Melanie Weiß brachte zwei Gläser Aperol, und die beiden stießen miteinander an. Dann beugte Holger Bloem sich nach vorne über den Tisch in Ann Kathrins Richtung und sprach mit gedämpfter Stimme, obwohl die beiden alleine im Raum waren.

»Er kam mir etwas merkwürdig vor. Also, man kann das alles so oder so sehen, und ich will es wirklich nicht werten, aber wenn du mich fragst, dann erzähle ich es dir ... Er hat einen ziemlich großen Garten, fast einen Park. Man hat ein bisschen das Gefühl, in Schloss Lütetsburg zu sein, wenn man dorthin geht.«

Sie lächelte. Sie wusste genau, was Holger meinte, und ab jetzt begann er, für sie ungeschminkt hart Klartext zu reden.

»Auf dem großen Gelände lagen zwei Mädchen und sonnten

sich. Sie waren nackt und bewegten sich sehr ungezwungen. Ich dachte, es seien seine Kinder, vielleicht sogar seine Enkelkinder.«

»Ollenhauer hat keine Kinder.«

»Ja, ich weiß. Ollenhauer sprach auch darüber. Er hatte eine Sauna auf dem Gelände und war wohl ein begeisterter Saunagänger und FKK-Anhänger. Mehrfach sprach er von der Schönheit des menschlichen Körpers.

Während ich im Haus das Interview mit Dr. Ollenhauer führte, konnte ich sie immer wieder draußen herumlaufen sehen. Später kam noch ein drittes Mädchen dazu und ein Junge. Ich schätze, sie waren alle zwischen zwölf und, na, höchstens fünfzehn.«

Holger Bloem rührte seinen Aperol nicht weiter an, und als Melanie mit Ann Kathrins Krabbensuppe kam, bestellte er für sich ein alkoholfreies Weizenbier.

»Und für dich auch«, lachte Melanie und zeigte auf Ann Kathrin. Die gab ihr mit einem Wimpernschlag recht.

»Du glaubst also, dass Ollenhauer etwas mit der Moorleiche zu tun hat?«

»Wenn du mich das als Journalist fragst, Holger, muss ich antworten, nein, ich glaube das keineswegs. Wenn du mich das als Privatperson unter vier Augen fragst – oh ja, verdammt, ich glaube, er hat Dreck am Stecken. Es spricht so viel gegen ihn.«

Ann Kathrin begann ihre Suppe zu löffeln, und Holger Bloem zählte nun für sie die Verdachtsmomente auf. Doch dann stoppte er plötzlich und sagte: »Aber weißt du, es gibt auch etwas, das ihn entlastet.«

Ann Kathrin hatte den Löffel bereits vor den Lippen, führte ihn aber langsam wieder zur Suppentasse zurück.

»Was?«

»Nun, wenn Ollenhauer tatsächlich eine Jugendliche, die in der Obhut seiner Stiftung war, getötet hat und aus irgendeinem perversen Grund dann die Leiche ausgestopft hat. Bis dahin kann ich dir folgen. Das alles ist im Rahmen seiner Möglichkeiten. Er hätte das Kind dann als verschwunden melden können, und bei der Vorgeschichte hätte keiner wirklich ein Verbrechen vermutet.«

»Es gelten im Augenblick tausendachthundert Kinder in der Bundesrepublik als langfristig vermisst«, sagte Ann Kathrin, »nur, um mal eine reale Zahl ins Gespräch zu bringen.«

»Jaja, bis dahin passt das alles«, sagte Bloem, »aber dann, Ann Kathrin. Wenn er irgendwann diese Leiche loswerden will, warum, um alles in der Welt, fährt er zum Moor und wirft sie dort hinein? Das ist ein hohes Risiko. Er hätte zum Beispiel auf der Fahrt dorthin einen Autounfall haben und entdeckt werden können. Also, ich würde nicht gerne mit einer Leiche im Kofferraum von Wilhelmshaven zum Uplengener Moor fahren. Er hätte tausend Möglichkeiten gehabt, er hätte sie verbrennen können. Als Pathologe hat er bestimmt gelernt, wie man so etwas macht. Er hätte sie auf seinem Grundstück verscharren können oder ...«

»Es sei denn«, sagte sie, »das ist irgendein verfluchtes Ritual.«

»Ein Ritual?« Er lehnte sich zurück und reckte sich. »Ein Ritual, das würde ja bedeuten, sie hätten das schon öfter gemacht. Oder er hat vor, es öfter zu tun.«

»Ja, und ich vermute, er tut es nicht allein, sondern es ist eine ganze Gruppe.«

»Wir sind doch nicht mehr im Mittelalter«, wehrte Holger Bloem ab. »Das hört sich doch nach Hexenverbrennung, Blutritualen und Beschwörungen an.«

»Ja. Weißt du irgendetwas über einen Leichenkult oder so, bei dem ausgestopfte Menschen eine Rolle spielen?«

»Nee, Ann Kathrin, damit kann ich nicht dienen. Ich habe gerade eine Reportage über die schönsten Gärten Ostfrieslands gemacht und über Kraniche. Als Nächstes werde ich über die

Moore in Ostfriesland schreiben. Die meisten Touristen haben immer nur das Wattenmeer im Auge, aber in Wirklichkeit gibt es hier beeindruckende Hochmoore und eine wundervolle Landschaft von ...«

»Ich weiß«, sagte sie. »Und was, wenn es Menschen gibt, die genau das für ihre teuflischen Rituale nutzen?«

Sie schwiegen eine Weile, und Bloem überlegte schon, ob es so eine gute Idee gewesen war, sich Rouladen zu bestellen. Plötzlich kam, ganz gegen seine sonstigen Gewohnheiten, der Wunsch nach etwas Vegetarischem in ihm auf. Aber dann, als die Rouladen erst einmal vor ihm standen, konnte er doch nicht widerstehen.

»Würdest du die Kinder, die du bei ihm im Garten gesehen hast, wiedererkennen?«

»Einen Jungen bestimmt«, sagte er. »Der hatte ganz lange, lockige Haare. Ich habe ihn zunächst von hinten für ein Mädchen gehalten. Erst als er sich umdrehte, wurde offensichtlich, dass ich mich getäuscht hatte.«

»Hast du vielleicht gehört, dass jemand einen Namen gerufen hat?«

Er schnitt ein Stück Fleisch von der zarten Roulade ab. So scharfe Messer hätten sie gar nicht gebraucht. Das Fleisch zerfiel praktisch.

»Nein, an einen Namen kann ich mich nicht erinnern, aber ... Sei ehrlich zu mir, Ann Kathrin. Glaubst du, dass ich die Moorleiche damals schon gesehen habe, nur dass sie eben noch lebendig war?«

»Ja, es ist durchaus möglich, dass Jule Freytag eines der nackten Mädchen war.«

Holger Bloem legte Messer und Gabel zur Seite. »Mir wird gerade ganz anders ... Ich erinnere mich aber an eine junge Frau. Sie kam während des Interviews. Sie war Chirurgin oder wollte mal Chirurgin werden, so genau weiß ich das nicht mehr. Ist ja alles schon vier, fünf Jahre her. Aber sie kannte sich bei ihm aus, hat in der Küche eine Quiche Lorraine gemacht. Die haben mich auch eingeladen, mit ihnen zu essen, aber ich musste zurück in die Redaktion.«

Er überlegte. »Warte mal. Genau! Sie kam mit einem Korb voller Pilze. Champignons, glaube ich. Er hat daran gerochen und fand sie köstlich.«

»Eine Pilzsammlerin?«, fragte Ann Kathrin.

»Da bin ich mir nicht sicher. Vielleicht waren sie auch gekauft. Aber sie war irgendwie mächtig stolz darauf.«

Ann Kathrin machte sich Notizen in ein kleines, schwarzes Buch. Darauf stand: Buchhandlung Lesezeichen. Sie benutzte einen leichten Lamy-Patronenfüller. All das registrierte Holger Bloem, und je genauer er auf solche Details im Hier und Jetzt achtete, umso klarer kamen seine Erinnerungen zurück.

»Sie kannte die Kinder«, sagte er. »Sie wusste sogar, dass eines der Mädchen keinen Knoblauch mochte oder eine Allergie hatte. Jedenfalls wollte sie für dieses Mädchen ein Stück ohne Bärlauch machen.« Er freute sich über seine genauen Beobachtungen. »Sie hatte auch frische Kräuter dabei. Er hat alles beschnuppert. Sie waren beide so Geruchsmenschen.«

Ann Kathrin fragte nach: »Sie hat also für ihn und die Kinder gekocht?«

»Ja, und das nicht zum ersten Mal.«

»Sie war eine Chirurgin. Sie kannte die Kinder, und sie war Pilzsammlerin.«

»Ja. Ist das wichtig?«

»Vielleicht, um sie zu finden. Je mehr ich über sie weiß, umso leichter ist es, sie zu …«

Bloem lachte. »Aber ich weiß, wie sie heißt. Sie stellte sich als Hildegard vor, und ich dachte erst, das ist für eine Frau in ihrem Alter aber ein ungewöhnlicher Name. Unter Hildegard stelle ich mir eine Frau um die sechzig vor. Außerdem dachte ich, weil sie mir ihren Vornamen gesagt hatte, sei das ein Angebot, sie zu duzen. Das hätte in diese ganze lockere Atmosphäre gepasst. Es war dann aber nicht so. Sie hieß mit Nachnamen Hildegard.«

Als Bloem den Namen sagte, lief ein Kribbeln über Ann Kathrins Haut. Manchmal, wenn sich ein Kreis schloss oder ein fehlendes Puzzlestück gefunden wurde, reagierte ihr Körper so.

Nachdem sie ihre Mutter im Krankenhaus besucht hatte, fuhr Ann Kathrin nach Aurich in den Fischteichweg und bat Ubbo Heide um ein Gespräch. Sie waren alleine in seinem Büro, und er schloss das Fenster, um störende Geräusche auszuschließen.

Sie sah sehr ernst und angespannt aus. Ubbo rechnete damit, dass sie ein paar freie Tage beantragen würde, um sich um ihre Mutter zu kümmern und wieder ins Gleichgewicht zu kommen. Er war nur zu gern bereit, ihr den Wunsch zu erfüllen. Aber dann überraschte sie ihn mit einer ganz anderen Bitte.

»Wir wissen zu wenig über solche Täter, Ubbo. Wir haben nie einen zu Gesicht bekommen.«

Er streckte die Beine unter dem Schreibtisch aus und entledigte sich fast unbemerkt seiner Schuhe. Er spreizte die Zehen in den Socken. Seit Tagen hatte er das Gefühl, sein Blut würde nicht mehr richtig zirkulieren. Die Beine wurden schwer, und die Zehen schienen abzusterben.

»Nun, diese Cosel-Sache ist lange her«, sagte er und hätte fast wohlig gestöhnt, weil er, kaum aus den zu engen Schuhen raus, spürte, wie wieder Blut in seine Zehen schoss.

»Es gibt einen Fall in Nischni Nowgorod, ein Mann hat sechsundzwanzig Frauenleichen ausgegraben und sie in seine Dreieinhalb-Zimmer-Wohnung gebracht. Er hat mit den mumifizierten Leichen gelebt. Sie gekleidet und …«

»Ann, was willst du?«

»Einer von uns muss hin und mit den Kollegen sprechen. Am besten mit dem Täter selbst.«

Sie schaffte es immer wieder, ihn zu verblüffen.

»Du willst allen Ernstes eine Dienstreise nach Russland machen, um mit einem inhaftierten Straftäter zu reden?«

Sie druckste herum. »Ich muss ja nicht fahren. Es ist schwierig, wegen meiner Mutter.«

»Wen soll ich schicken? Rupert?«

Sie hob abwehrend die Hände.

Ubbo Heide ging die Sache ganz professionell an. Er war der Überzeugung, dass Ann Kathrin froh wäre, wenn er sie von dem Druck befreite. In ihrem Streben nach Perfektion wollte sie natürlich alles wissen und von jeder Erfahrung profitieren. Sie machte sich selbst verrückt, sie hatte Angst, einen Fehler zu machen, das sah er ihr an.

»Glaubst du denn, dass dieser Russe etwas mit unserem Leichenfund zu tun hat?«

»Nein. Er hat die Frauen nicht ausgestopft, sondern irgendwie anders ... haltbar gemacht.«

»Präpariert«, verbesserte Ubbo.

»Ja, aber ich will verstehen, wie so einer tickt.«

Er tat, als würde er es wirklich in Erwägung ziehen, sie fahren zu lassen.

»Gibt es Flüge nach Nischni Nowgorod?«

Sie wusste es nicht. Daraus folgerte er, dass sie gar nicht ernsthaft daran dachte hinzufliegen. Sie wollte nur, dass jemand anders, nämlich er, die Verantwortung dafür übernahm, dass die Erfahrungen aus Nischni Nowgorod nicht ausgewertet wurden.

»Wo liegt Nischni Nowgorod genau?«

»An der Wolga. Eine Weile hieß die Stadt Gorki, nach dem Schriftsteller Maxim Gorki, der hat ...«

»Ich kenne Gorki, Ann. Ich habe ein Vollabitur. Ich habe *Die Mutter* gelesen und sein Stück *Nachtasyl* gesehen. Mich hat immer sein Lebenslauf fasziniert: Lumpensammler, Vogelhändler, Nachtwächter und – ach ... Nie an einer Uni gewesen, und am Ende wurden Theater und Universitäten nach ihm benannt.«

»Naja, jedenfalls heißt die Stadt wieder Nischni Nowgorod.«

Ann Kathrin wusste Ubbo Heide als gebildeten und klugen Gesprächspartner zu schätzen, aber manchmal war sein Wissen ihm auch im Weg, fand sie. Sie waren sich so ähnlich wie Vater und Tochter.

»Ich fürchte, Ann, ich kann deiner Dienstreise – so wertvoll die möglichen Ergebnisse auch für uns sein könnten – nicht zustimmen. Wir müssen wohl mit dem Wissen vorliebnehmen, das unsere mitteleuropäischen Fachbücher hergeben.«

Sie massierte sich mit kleinen, kreisenden Bewegungen die Schläfen.

Er vermutete, dass es eine unbewusste Handlung war. »Du machst dir zu viel Kopfzerbrechen, Ann. Du musst nicht alle Probleme alleine lösen. Wir sind ein Team. Jeder hat Verständnis dafür, wenn du dich jetzt erst um deine Mutter ...«

Sie fühlte sich sofort angegriffen. »Ich bin nicht überfordert!«

»Was treibt dich dann so sehr um? Diese Tote aus dem Moor, das ist schrecklich, aber eben auch lange her. Ein Fall ohne Zeitdruck. Wir machen das ganz in Ruhe und mit der gebührenden Ernsthaftigkeit und Gründlichkeit ...«

Sie unterbrach ihn. »Mach dir nichts vor, Ubbo. Wir stehen unter Zeitdruck. Ich will keine Fehler machen ... Es steht viel auf dem Spiel ...«

»Weißt du etwas, das ich nicht weiß?«

Sie wischte sich übers Gesicht und putzte sich dann die Hände an den Hosenbeinen ab, als seien sie nass geworden. So kannte er sie gar nicht.

»Ann, raus mit der Sprache!«

Es fiel ihr schwer, den Gedanken auszuformulieren. Sie sprach leise. »Jule Freytag hatte eine Zwillingsschwester ...«

Sie verschluckte den Rest des Satzes. Es war, als würde sie die Worte kauen.

»Ja«, ergänzte Ubbo Heide. »Wir haben sie noch nicht gefunden und wissen nicht einmal, ob sie noch lebt.«

Ann Kathrin wirkte fast dankbar, weil er ihr die Aussage erspart hatte. Sie holte tief Luft. »Und vor der Schwanen-Apotheke in Norden wurde Tina Müller entführt ... auch ein Zwilling, und auch ein Mädchen.«

Ubbo Heide zuckte zusammen. Alles in ihm sträubte sich gegen diesen Gedanken. Er schüttelte den Kopf schon, bevor er sprach: »Du vermutest da einen Zusammenhang?«

Sie räusperte sich und wusste nicht wohin mit ihren Händen. »Du nicht?«, fragte sie zurück.

»Das ist ... ein Zufall ...«

Sie erhob sich. »Ja. Hoffentlich.«

Bevor sie den Raum verließ, fragte er: »Was hast du jetzt vor, Ann?«

Sie sah aus, als hätte sie ein wenig resigniert. »Das entführte Kind finden und jeden einkassieren, der Kinder ausstopft ...«

Sie ging und ließ Ubbo Heide nachdenklich zurück.

Er hatte seine Schuhe noch nicht wieder angezogen, als er nacheinander drei Anrufe bekam. Dr. Ollenhauers Anwalt protestierte, und der Stellvertreter des Innenministers verlangte unverzüglich aufgeklärt zu werden. Ein Landtagsabgeordneter fragte nach, was es mit der Hausdurchsuchung bei Dr. Ollenhauer auf sich hätte.

»Wir kennen uns nicht«, sagte Ubbo Heide tapfer. »Ich weiß nicht einmal, für welche Partei Sie im Landtag sitzen. Ich weiß nur, dass es Sie einen verdammten Dreck angeht, wann und bei wem wir auf richterliche Anordnung eine Durchsuchung durchführen. Wenn Sie sachdienliche Hinweise für uns haben, bin ich jederzeit für Sie zu sprechen.«

Der Mensch am anderen Ende der Leitung war es wohl nicht

gewöhnt, dass jemand so mit ihm sprach. Ihm fehlten die Worte. Das gefiel Ubbo Heide. Er schlüpfte wieder in die zu engen Schuhe und war stolz auf sich.

Es war zweifellos ein wichtiger Charakterzug von ihm, dass er sich mit breiter Brust vor seine Mitarbeiter stellte, wenn sie attackiert wurden, und sie gleichzeitig intern immer um Mäßigung bat.

Rupert betrat den Raum.

»Ihre Kommissarin überzieht hier aber ganz gewaltig. Die Frau Klaasen hat wohl keine Ahnung, was sie tut ... Ich würde an Ihrer Stelle ...«

»Sie sind aber erstens nicht an meiner Stelle, und zweitens ist Frau Hauptkommissarin Ann Kathrin Klaasen nicht irgendwer, sondern ...«, er suchte das treffende Wort, »eine Galionsfigur der ostfriesischen Polizei.«

Ubbo Heide winkte Rupert ab. »Jetzt nicht.«

Rupert zog sich zurück. Er grinste. Im Flur traf er Sylvia Hoppe.

»Was grinst du so?«

»Ubbo hat gesagt, Ann Kathrin sei eine Galionsfigur der ostfriesischen Polizei.«

Sylvia nickte. »Ja, das stimmt doch irgendwie auch ...«

Rupert trumpfte auf: »Na, an einem Schiff ist doch nichts so überflüssig wie die Galionsfigur!«

In diesem Moment trat Ubbo Heide aus seinem Büro. Seine Frisur sah aus wie ein aufgeplatztes Kuscheltier.

Er winkte Rupert zu sich. »Was ist denn, Rupert?«

Rupert zog sich die tief auf die Hüftknochen gerutschte Jeans hoch und stolzierte auf seinen Chef zu wie Napoleon, der die Parade der siegreichen Truppen abschritt.

»Die Hunde haben das Skelett gefunden.«

Das war allerdings eine Information, die neues Licht auf den Fall warf.

Rupert genoss Ubbo Heides Erstaunen. »Es handelt sich offensichtlich um den Brustkorb. Wenn ich die Kollegen richtig verstanden habe, nicht nur um einen. Es gibt da wohl so eine Art Massengrab im Garten des feinen Dr. Ollenhauer. Ganz nah bei der Feuerstelle hinter der Sauna. Er scheint da auch Leichenteile verbrannt zu haben.«

Sylvia Hoppe drückte sich mit dem Rücken gegen die Flurwand. Sie stellte sich das gerade alles bildlich vor. Ihr wurde schwindelig.

»Und jetzt?«, fragte sie.

»Jetzt reiße ich dem ehrenwerten Herrn Doktor höchstpersönlich den Arsch auf!«

»Nein«, sagte Ubbo Heide scharf. »Das wirst du nicht tun.«

Rupert und Sylvia Hoppe sahen ihn fragend an.

»Stattdessen wirst du ihn im Rahmen des Ermittlungsverfahrens zur Sache vernehmen, nachdem du ihn gemäß Paragraph 136 StPO über seine Rechte als Beschuldigter belehrt hast.«

»Ja, meine ich ja«, sagte Rupert.

Ubbo Heide hob den Zeigefinger. »Und auch das wirst du nicht tun, sondern ...«

»Schon klar«, resignierte Rupert, »unsere Galionsfigur.«

Ubbo Heide nickte und suchte in seinen Taschen nach Marzipan. Er hatte jetzt einen irren Hunger darauf. Ein Seehund von ten Cate wäre ihm jetzt ein Diebstahlsdelikt wert gewesen. Ein großer Marzipanleuchtturm eine solide Körperverletzung.

Rupert ging mit Sylvia Hoppe zu seinem Büro zurück. »Und unsere tolle Kommissarin wird ihm bestimmt auch im verdammten Rahmen unserer laschen Gesetze die Gelegenheit geben, alle Verdachtsgründe auszuräumen und allen zu seinen Gunsten sprechenden Blödsinn als Tatsache geltend zu machen ...«, maulte Rupert.

Sylvia Hoppe gefiel es, wie Ubbo Heide Rupert zurechtstutzte. Er tat es auf eine sachliche, aber doch ironische Art, halt typisch Ubbo.

Rupert schritt jetzt energisch aus, als müsse er allen beweisen, was für ein Tatmensch er war. Hinter seinem Rücken zeigte Sylvia Hoppe ihm den Stinkefinger.

Ubbo Heide bekam das mit, grinste zwar, schüttelte aber dann kaum merklich den Kopf. Ihre Geste sprach ihm zwar aus der Seele, aber das konnte er ihr schlecht zeigen. Er empfand es als seine Aufgabe, aus all diesen verschiedenen Menschen ein Team zu formen, ohne sie alle gleichzuschalten oder über einen Kamm zu scheren.

Es tat ihr gut, in Norden über den Markt zu gehen und bei Luth Bratheringe zu kaufen. »Gestern noch in kühlen Fluten, heute schon bei Luth in Tuten.«

Da drüben waren die Polizeiinspektion, die VHS, die Stadtbibliothek und die Schwanen-Apotheke, vor der sie das Kind aus dem Kinderwagen an sich genommen hatte.

Niemand erkannte sie. Niemand schrie: »Haltet die Entführerin!«

Alles war wie immer. Ganz normaler Alltag.

Sie trug die Perücke nicht. Sie hatte nicht vor, sich zu verwandeln. Sie war wieder eine von ihnen.

Das Baby trank nicht aus ihrer Brust. Sie hatte so sehr gehofft, durch das Saugen an den Nippeln würde Milch einschießen. Aber diese Tina war zu ungeduldig, gab gleich auf und machte ein Riesentheater.

Überhaupt, schon allein der Name! Wie konnte man ein Kind nur so nennen? Wie dumm und geschmacklos musste diese Gundula Müller sein?

Sie würde der Kleinen einen neuen Namen geben. Einen, der besser zu ihr passte ...

Sie wollte rübergehen zu Götz in den EDEKA-Markt und dort Babynahrung kaufen. Aber dann war es, als würde ihre Wirbelsäule glühen. Nein, das war keine gute Idee. Sie konnte ihrer Wirbelsäule trauen. Darin war mehr Weisheit gespeichert als in jedem Lexikon. Wie oft hatten Rückenschmerzen ihr gesagt, dass etwas mit ihrer Lebenssituation nicht stimmte? Ihr Rücken wusste es, während der Verstand sich noch weigerte und alles beschönigte. Wenn der Rücken schmerzte, musste sie etwas verändern, sonst wurde es immer schlimmer.

Der Rücken zwang sie, umzukehren und über sich selbst nachzudenken. Wenn die Wirbelsäule glühte, so wie jetzt, dann war sie kurz davor, sich durch einen dummen Fehler in Gefahr zu begeben. Einmal, als sie auf der Autobahn fast zum Geisterfahrer geworden wäre, hatte die heiße Wirbelsäule sie gewarnt, noch bevor ihr das erste Auto entgegenkam.

Auch diesmal war ihr Verstand wieder langsamer als ihr Körper. Er kam erst jetzt mit einer Erklärung hinterher: Du hast schon oft bei Götz eingekauft. Vielleicht erinnert sich eine Kassiererin an dich und fragt sich, warum du plötzlich Babynahrung holst. Oder vielleicht lässt die Polizei alle Regale mit Babynahrung überwachen. Das ist mit Videokameras überhaupt kein Problem. Wer Babykost kaufte, konnte sich rasch verdächtig machen, dachte sie. Götz lag einfach zu nah am Tatort. Sie musste an einen Ort, an dem sie nicht auffiel, weiter weg vom Tatgeschehen. Am besten mitten ins Touristengewühl.

Sie entschied sich, mit der nächsten Fähre nach Norderney zu fahren und sich dort einzudecken. Doch als sie in Norddeich Mole keinen Parkplatz bekam, erschien es ihr plötzlich völlig wahnsinnig, für ein paar Gläschen Brei und ein bisschen Milchpulver nach Norderney und wieder zurück zu fahren.

Hatte man den Kindern nicht früher auch einfach Kuhmilch gegeben?

Sie fuhr über die Norddeicher Straße zurück. Bei McDonald's bog sie ab und stellte ihren Wagen auf dem Combi-Parkplatz ab. Sie nahm sich einen Einkaufswagen, wurde aber das Gefühl nicht los, beobachtet zu werden.

Sie legte eine Ananas in ihren Wagen und wog ein paar Äpfel ab. Es gab hier auch genug Babynahrung, aber sie mied sogar den Gang. Zwischen den Regalen wollte sie gar nicht erst gesehen werden.

War das oben an der Decke ein Rauchmelder oder eine Kamera? Es gab heutzutage winzige Kameras, die konnten sogar in den menschlichen Körper eingeführt werden, in den Darm, oder durch die Venen bis ins Herz. Man konnte sich nie sicher sein, ob man beobachtet wurde oder nicht.

Dann hatte sie eine Idee, die sofort alle Rückenschmerzen verschwinden ließ. Sie fühlte sich entspannt, überlegen und unbesiegbar. Sie würde so einkaufen, als ob sie vorhätte, etwas mit Milch zu kochen. Genau! Alles musste zueinander passen. Vielleicht überprüfte die Kripo ja die Einkaufszettel im Combi und zog daraus Rückschlüsse.

Sie würde Dampfnudeln mit Vanillesauce zubereiten, oder besser, sie würde so tun, als ginge es um Dampfnudeln mit Vanillesauce.

Sie holte also zunächst Mehl. Dann Hefewürfel. Zucker. Zwei Päckchen Vanillepuddingpulver und dann zwei Liter Vollmilch. Das würde niemandem auffallen. Sie war eben schlauer als die Polizei und all die dummen, abgestumpften Menschen mit ihren Insektengehirnen.

Sie lachte. Stolz stellte sie sich mit ihrem Wagen an der Kasse in die Schlange. Es dauerte nicht lange, und sie war dran. Der letzte Kunde vor ihr hatte nur eine Flasche Jägermeister und zwei Päckchen Marlboro zu bezahlen.

Wie viel so ein Einkaufskorb doch über einen aussagt, dachte sie. Frauen an den Kassen mussten eine Menge über die Kunden wissen, wenn sie genau hinsahen und richtig kombinierten.

Vielleicht war gerade die hier mit der kessen Gaby-Köster-Frisur eine Hobbydetektivin, die sich in den Kopf gesetzt hatte, durch genaue Kundenbeobachtung die Entführerin zu finden.

»Hm«, sagte sie mit einem Schmatzen. »Ich kann es kaum abwarten. Endlich mal Dampfnudeln mit Vanillesauce.«

Die Kassiererin zog die Waren über den Scanner und lachte: »Meine Großmutter kommt aus Süddeutschland. Bei uns gab es die immer mit einer Pflaumenmusfüllung.«

Gleich mischte sich die Dame ein, die hinter ihr aus ihrem Einkaufswagen Tiefkühlpizzen aufs Band lud.

»Man macht das ja viel zu selten. Bei uns hießen sie Germknödel oder Dampferl. Meine Mutter hat immer rohe Kartoffelscheiben auf den Pfannenboden gelegt und die angebraten, so bekamen die Germknödel eine kleine Kruste. Die mochte ich als Kind besonders gern.«

Sie freute sich. Sie war eine von ihnen. Sie hielt an der Kasse ein kleines Schwätzchen. Niemand würde sie jemals verdächtigen.

»Ich esse sie am liebsten mit Vanillesauce«, sagte sie.

Sie sah die Tragetasche mit der Bünting-Tee-Werbung darauf. Viele alte Teepackungen waren darauf abgebildet. Ein warmes Gefühl ergriff sie. Sie musste diese Tragetasche einfach kaufen.

Die Kassiererin lächelte und fragte: »Sammeln Sie Treuepunkte?«

»Nein, danke. Ich bin auch so treu.«

Sie kicherten. Harmlose Frauen beim Einkauf.

Die Dame mit den Tiefkühlpizzen fragte: »Kann ich dann Ihre Punkte bekommen?«

»Ja, gerne. Warum nicht?«

Sie verließ den Supermarkt und schob den Einkaufswagen zu

ihrem Auto. Als sie alles eingeladen hatte, begegnete sie der Frau, die die Dampfnudeln so gern mit Kruste aß und sie Dampferl nannte, noch einmal. Sie parkten fast nebeneinander.

»Wenn ich Ihnen ein Tipp geben darf ... Ich würde an Ihrer Stelle nicht dieses Puddingpulver verwenden. Ich meine, wenn Sie sich schon die Mühe machen, richtig selbst zu kochen, dann würde ich auch Vanilleschote nehmen und ...« Sie hielt sich die Hand vor den Mund, als hätte sie etwas Unanständiges gesagt. Sie errötete sogar.

»Bitte verzeihen Sie. Ich hoffe, ich bin Ihnen nicht zu nahe getreten. Ich muss so etwas gerade sagen. Bei mir muss immer alles husch-husch gehen. Ich koche schon lange nicht mehr. Ich mache nur noch etwas Fertiges heiß. Ich komme mir schon toll vor, wenn ich dazu den Herd benutze und nicht die Mikrowelle ...«

Als sie im Auto saß, hätte sie vor Wut schreien können. Was bildete diese doofe Kuh sich ein?! Am liebsten hätte sie ihren Audi gerammt.

Sie krampfte die Hände ums Lenkrad und unterdrückte die aufwallende Wut. Sie wusste, was nach diesem heiligen Zorn kam, wenn sie nicht mehr in der Lage war, wütend auf die anderen zu sein. Dann verfiel sie in Trauer und Selbstvorwürfe.

Was dachte diese Frau von ihr? Sie muss mich für eine schlechte Hausfrau und Mutter halten, für eine, die Puddingpulver benutzt, statt sich Mühe zu geben und für ihre Familie alles liebevoll selbst zuzubereiten.

Sie hätte heulen können, und sie schämte sich. Sie wollte zurück nach Warsingsfehn. Dort konnte sie schon mal gar keine Babykost einkaufen. Da kannte sie fast jeder.

Wenn sie so war wie jetzt, dann musste sie nach Norden, Norddeich oder Greetsiel. Dann brauchte sie die Nähe des Meeres. Selbst wenn sie es nicht sah, sie wusste doch, dass es da war, ganz nah. Wirklich wohl fühlte sie sich nur nahe am Deich, wo der Wechsel der Gezeiten ihr sagte, dass sie in Ordnung war mit ihrem ewigen Hin und Her. Das Meer kümmerte sich nicht um die Meinung der Leute. Es machte sich nicht abhängig von ihnen. Es kam, wann immer es wollte, und es zog sich wieder zurück, wenn ihm danach war.

Auf dem Deich fühlte sie sich frei, verstanden und gehalten. In der Moorlandschaft aber zu Hause und irgendwie auch gefangen und niedergedrückt.

Bevor sie über die B 72 nach Warsingsfehn zurückfuhr, hielt sie auf der Störtebeker-Straße noch einmal an und lief zum Deich. Noch einmal das Meer sehen. Noch einmal den Wind auf der Haut spüren und wissen: Du bist okay, so wie du bist. Und alles wird gut.

Lucy nahm den Telefonanruf entgegen. Sie hatte die Fingernägel an ihrer rechten Hand abgekaut, und der Zeigefinger war bereits blutig. Ihre Haut brannte, und die Akne in ihrem Gesicht blühte auf. Sie fand, dass sie schrecklich aussah. So konnte sie unmöglich zurück zu Benne.

Sie saß zusammengekauert auf ihrem Bett und drückte sich mit dem Rücken in die Ecke, um so viel Schutz wie möglich nach beiden Seiten zu haben. Ihr Gesicht war der Tür zugewandt.

Der Rausch wich einem Kater. Sie fühlte sich elend, als würde eine schwere Grippe nahen. Ihre Hände zitterten, und sie bekam sie nur ruhig, wenn sie an den Nägeln kaute.

Und dann war da diese Stimme am Telefon. Sie klang verzerrt, als würde jemand mit vollem Mund sprechen. Lucy hätte nicht einmal sagen können, ob ein Mann oder eine Frau am Telefon war. Es hörte sich hysterisch an, und ganz offensichtlich verstellte der Anrufer auch bewusst seine Stimme.

»Ich will Zweihunderttausend. Wenn ihr die Polizei einschaltet, seht ihr Tina nie wieder. Besorgt das Geld in kleinen, nicht nummerierten Scheinen. Versucht nicht, mich reinzulegen!«

Das Gespräch wurde mit einem *Klick* beendet.

Lucy wusste sofort, dass sie nicht verarscht wurde. Das hier war echt.

Es kam Lucy so vor, als hätte jemand durch einen alten Telefonhörer gesprochen und den jetzt auf die Gabel gelegt. Vielleicht erinnerte die Situation sie aber auch nur an einen alten Film, den sie vor zwei Jahren im Nachtprogramm der ARD als Wiederholung gesehen hatte. Er spielte in einer Zeit, als es noch keine Computer gab und Google auch noch nicht existierte. Die Telefonapparate waren groß, unhandlich, hatten Drehscheiben und waren mit langen Schnüren an der Wand fest verdrahtet.

In diesem Film rauchten ständig alle, und man trank dazu Whisky aus großen Wassergläsern. Die Frauen trugen Röcke und hochtoupierte Frisuren, die Männer Krawatten.

Irgendwie kam ihr die Stimme vor, als sei sie aus dieser Zeit. Überhaupt war die ganze Situation nicht echt, sondern wie im Film.

Es fiel ihr schwer, aufzustehen und die paar Schritte bis zur Tür zu gehen. Es war, als würden Gewichte an ihr hängen, und sie brauchte einen großen Kraftaufwand, um einen Fuß vor den anderen zu setzen. Als sie die Tür erreichte, stützte sie sich am Balken ab, atmete tief durch und öffnete dann die Tür.

Ihre Mutter puderte gerade Inas wunden Hintern und legte ihr eine neue Windel an. Die verschmutzte lag dampfend und stinkend auf dem Tisch.

»Der Entführer hat angerufen«, sagte Lucy. Sie wunderte sich über ihre Stimme. Sie hörte sich erstaunlich sanft, ja einschmeichelnd an. Sie hatte damit gerechnet, kratzig zu klingen, grippig und leicht genervt.

Gundula Müller sah hoch und musterte ihre Tochter. Mit der

rechten Hand hielt sie beide Füße von Ina angehoben. Sie stellte die hellblaue Penaten-Puderdose ab.

»Das ist nicht witzig, Lucy.«

»Das ist auch kein Scherz, Mama.«

Sie hielt ihr Handy zwischen zwei Fingern und trug es vor sich her, als sei es mit gefährlichen Bakterien verseucht und sie hätte Angst, sich anzustecken.

»Er will zweihunderttausend Euro, und er hat gesagt, wenn wir die Polizei rufen, bringt er Tina um.«

Gundula setzte sich. »Das sagst du jetzt nicht nur, um mir Angst zu machen?«

»Nein, Mama, das ist echt.«

Gundula sah sich im Raum um, als wüsste sie gar nicht, wo sie sich befand.

Lucy legte das Telefon neben die schmutzige Windel auf den Tisch. Inas Füße ragten immer noch hoch in die Luft, obwohl sie nicht mehr von Gundula gehalten wurden. Das Kind wedelte fröhlich mit den Armen, erleichtert, die volle Windel los zu sein, und brabbelte einige Wohlfühllaute.

Gundula sah aus, als könne sie jeden Moment ohnmächtig zusammenbrechen.

Lucy verspürte einen Widerwillen, ihre Mutter anzufassen. Es war, als gebe es eine Trennungslinie im Raum. Unsichtbar, aber doch für jeden vorhanden. Der Windelduft setzte eine klare Marke. Je näher sie ihrer Mutter kam, umso intensiver wehte der Geruch nach frisch verdautem Spinatbrei mit Hühnchen herüber.

»Ein Glas Wasser«, sagte Gundula und ließ ihre Hand schlaff auf die Tischkante fallen. Sie rutschte herunter wie ein weggeworfenes nasses Tuch und patschte auf ihre Oberschenkel.

Obwohl die Flasche mit St.-Ansgari-Mineralwasser näher stand, ging Lucy zum Spülbecken und ließ für ihre Mutter ein Glas mit Leitungswasser volllaufen. Später, als sie darüber nachdachte, wurde ihr klar, dass ihre Mutter in solchen Situationen immer Leitungswasser getrunken hatte, nie etwas anderes. Wenn sie eine Tablette nehmen musste, ihr schlecht oder schwindlig wurde – ein Glas Leitungswasser war immer zur Stelle. Nie hätte sie sich abends mit einem Glas Leitungswasser und einer Schüssel Erdnüsse vor den Fernseher gesetzt, nein, dann musste es Mineralwasser sein. Nur bei medizinischen Problemen oder in Schocksituationen kam die Heilung für Gundula aus dem Wasserhahn.

Dies war der Augenblick, in dem Lucy bewusst wurde, wie viel man in der Kindheit von den Eltern übernimmt, egal, ob man sie mag oder nicht. Bestimmte Dinge hat man einfach drauf, zum Beispiel der Mutter jetzt Leitungswasser anzubieten und nichts anderes.

Gundula trank gierig. Sie verschluckte sich. Ein kleiner Bach lief aus ihrem Mundwinkel und tropfte auf ihren Hals. Trotzdem trank sie weiter. Dann musste sie husten, und Wasser sprühte aus ihrem Mund über den Tisch. Ein paar Tropfen trafen den nackten Bauch von Ina, die gut gelaunt quiekte.

Als Gundula ihre Atmung wieder unter Kontrolle hatte und der Schwindel nachließ, sagte sie nur ein einziges Wort: »Thomas!«

Sie sprach den Namen aus, als sei er der Erlöser höchstpersönlich und käme heute auf die Erde zurück, um die Menschheit zu erretten.

Obwohl es durch die Art, wie sie den Namen aussprach, kaum noch möglich war, tat Lucy trotzdem, als hätte sie es falsch verstanden.

»Du meinst, Thomas hat Tina? Versucht der nur, uns abzukochen?«

Sie erntete dafür von ihrer Mutter einen vernichtenden Blick.

Die Situation hier im Büro war zwar nicht sonderlich romantisch, und statt eines Glases Champagner hielt Weller nur einen kalten doppelten Espresso in der Hand, aber er wollte den Hochzeitstermin festlegen und die Gästeliste besprechen.

Ann Kathrin wirkte merkwürdig abweisend, so als würde sie die ganze Hochzeit in Frage stellen.

»Was stimmt nicht?«, fragte Weller. »Wir können ja nicht nur hinter ausgestopften Leichen und Kidnappern herrennen. Wir haben schließlich noch ein richtiges Leben ... außerhalb der Dienstzeit ...«

»Wir können jetzt nicht einfach so die Termine besprechen, und vor allen Dingen sollten wir es wirklich noch niemandem sagen. Oder hast du es schon rumerzählt?«

»Willst du einen Rückzieher machen?«

»Nein, aber ich finde, wir müssen erst die Kinder fragen.«

Er stellte den ohnehin schon kalt gewordenen Espresso vor sich ab, ohne davon zu trinken. »Die Kinder fragen?«

»Ja«, sagte Ann Kathrin, »ich glaube, das ist richtig. Für sie ändert sich immerhin einiges. Deine Töchter haben dich mit einer anderen Lebenspartnerin erlebt, und jetzt laden wir sie dann zu unserer Hochzeit ein. Das ist nicht ganz einfach für Kinder. Und ich muss mit Eike reden ...«

Weller hatte es nie geschafft, ein einigermaßen freundschaftliches Verhältnis zu ihrem Sohn Eike aufzubauen. Er war ihm immer wie ein Konkurrent um Ann Kathrins Liebe vorgekommen.

Weller stöhnte. »Naja. Und wenn der kleine Schnösel Nein sagt, vergessen wir das Ganze, oder wie?«

Ann Kathrin zuckte mit den Schultern. »Ich finde, das gehört sich irgendwie so.«

Weller lachte. Das Wort kam ihm so veraltet vor, so als passe es nicht mehr in die Zeit. Er wiederholte: »Das gehört sich so«, und sprach das Wort aus wie eine gelernte Vokabel, die man nie gebraucht hat, aber an die man sich nach langen Jahren erinnert.

»Früher«, sagte Ann Kathrin, »hat ein Mann um die Hand

der Frau angehalten. Er hat die Eltern gefragt und ihren Segen erbeten ...«

»Du willst den Segen der Kinder, ist es das?«

»Ja, ich finde, sie sind die einzigen Menschen, die wir wirklich fragen sollten.«

»Fragen im Sinne von ›fragen‹ oder im Sinne von ›denen wir es vielleicht erklären müssen‹? Du willst doch nicht ernsthaft unsere Zukunft davon abhängig machen, wie es gerade um den Hormonhaushalt von ein paar Teenies bestellt ist?«

»Wenn sie spüren, dass wir uns wirklich lieben, werden sie sich für uns freuen und diesen Weg gemeinsam mit uns gehen.«

Um seine Töchter machte Weller sich wenig Sorgen. Sie wussten, dass er mit Renate nicht glücklich gewesen war, und möglicherweise waren sie sogar erleichtert, als die beiden dieses Ehedrama für beendet erklärt hatten. Außerdem hatte er auch jeden Typen akzeptiert, mit dem seine Töchter angewackelt gekommen waren. Warum sollten sie sich dann einmischen und etwas gegen seine neue Liebe haben? Und so neu war sie ja nun auch nicht mehr. Sie wohnten schon seit ein paar Jahren zusammen. Er hätte nicht mal mehr genau sagen können, wann er im Distelkamp 13 eingezogen war.

Aber Eike würde dagegen sein, da war Weller sich sicher. Vielleicht würde er ihm wieder irgendeine dämliche Matheaufgabe stellen und sagen: »Wenn Sie die Aufgabe lösen, Herr Weller, bin ich einverstanden, wenn nicht, sage ich Nein.«

Ja, so war Eike: »Wenn Sie mir sagen können, Herr Kommissar, was an dieser Formel falsch ist, können wir uns duzen, wenn nicht, bleibe ich lieber weiter beim Sie ...«

Manchmal hätte Weller ihn an die Wand klatschen können. Aber er hatte sich immer bemüht, freundlich zu bleiben. Doch zwischen ihm und Eike hatte immer eine Eiseskälte geherrscht.

»Jetzt, da wir gemeinsam ein neues Leben anfangen wollen, da fällt mir so viel ein, das ich bereue. Dinge, die ich in meinem alten falsch gemacht habe und nicht wiederholen will. Zum Beispiel habe ich mich nie genug um meinen Sohn gekümmert. Hier im Fischteichweg war ich mehr zu Hause als im Distelkamp. Im Grunde war sein Vater seine Mutter.«

»Wir fangen nicht ein neues Leben an, Ann Kathrin, wir sind seit Jahren zusammen und doch irgendwie auch ein glückliches Paar, oder?«

Er hatte das Gefühl, der Boden unter ihm würde sich bewegen. Alles, was gerade noch fest gemauert schien, begann zu wanken. Ihre Unsicherheit übertrug sich auf ihn.

In ihre blonden Haare hatten sich ein paar silbergraue Strähnchen gemischt. Jetzt, wie sie so da stand und das Licht durchs Fenster ihr eine Art Heiligenschein gab, fiel es ihm erst wirklich auf. Er mochte es.

»Gibt es nichts, das du bereust?«, fragte sie ihn.

»Oh ja«, sagte er. »Das gibt es. Einmal habe ich mit Renate eine Reise nach Tunesien gemacht. Auf einem Markt in Hammamet hat mir ein Araber mit so einem Tuch auf dem Kopf Renate abkaufen wollen. Er hat mir zweihundert Kamele geboten!«

Ann Kathrin sah ihn an. »Er hat dir zweihundert Kamele für deine Frau geboten?«

»Ja. Und ich Idiot hab Nein gesagt.«

Er lachte über seinen eigenen Witz. Ann Kathrin trat zur Seite, so dass die Sonne durchs Fenster jetzt in seine Augen schien und ihn blendete.

Rupert öffnete die Tür und flachste: »Nett, dass ihr beiden es euch so gutgehen lasst. Arbeitet noch einer von euch hier? Wir haben da nämlich eine Dienstbesprechung. Ich glaub, die Party heute Abend und das Wellnesswochenende könnt ihr absagen.«

»Was ist denn los?«

»Der Entführer von Tina Müller hat sich gemeldet.«

Ubbo Heide kam hinter dem Schreibtisch hoch, als sei er gestürzt. Aber er hatte nur ein paar Kniebeugen gemacht, um sich in Form und den Kreislauf in Schwung zu bringen. Jetzt war ihm das Ganze ein bisschen unangenehm. Ann Kathrin lächelte: »Mach ruhig weiter. Wir sollten alle mehr Sport treiben. Meine Gelenke rosten auch schon ein.«

»Wieso auch?«, fragte Weller und glaubte, das sei eine Anspielung auf seine eigene Unsportlichkeit.

Rieke Gersema betrat kurz nach den beiden den Raum. Sie sah verheult aus, und Weller tippte auf eine Beziehungskrise, tat aber so, als sei es ganz normal, dass die Kollegin mit schwarzen Rändern unter den Augen, Schniefnase und verschmiertem Make-up an einer Dienstbesprechung teilnahm.

Ubbo Heide legte die Fakten schnell auf den Tisch: »Der Täter hat sich um vierzehn Uhr fünfzehn auf dem Handy von Lucy Müller gemeldet. Der Anruf kam von der Telefonzelle direkt vor der Norder Post. So viel wissen wir schon. Er fordert zweihunderttausend Euro und hat ihnen verboten, mit uns zusammenzuarbeiten, sonst würde Tina Müller sterben.«

Rupert saß ganz gerade auf seinem Stuhl. Er hatte etwas von einem Schießhund an sich. Er trommelte mit den Fingern einen nervösen Takt auf den Besprechungstisch, was alle nervte. Er selbst schien es aber gar nicht zu bemerken, so als seien seine Finger selbständige, von ihm unabhängige Wesen, die keine Lust mehr hatten, sich in diesem Raum aufzuhalten, und am liebsten abhauen würden.

»Das ist ungewöhnlich«, sagte Ann Kathrin. »Der Entführer ruft also die pubertierende Tochter an, nicht den Vater oder die Mutter.«

Ubbo Heides Augen erhellten sich, und er nickte. Es war eine Freude für ihn, Ann Kathrin zuzuhören, wenn sie kombinierte und aus den wenigen vorhandenen Fakten eine Theorie entwickelte.

»Die Frage ist erstens, warum der Entführer das tut, und zweitens, woher hat er ihre Handynummer?«

»Vielleicht hat sie sie auf Facebook veröffentlicht. Die Kids sind doch heute alle Mitglieder in irgend so einer Social Community«, sagte Rupert und benahm sich dabei merkwürdig gockelhaft.

Ubbo Heide gefiel die Aussage nicht. »Vielleicht«, schimpfte er, »ist ein schönes Wort für den Wetterbericht oder für Politiker. Wir sind Kriminalisten. Wir brauchen abgesicherte Fakten!«

Erst jetzt kam Sylvia Hoppe zur Besprechung. Sie wirkte abgehetzt, aber energiegeladen. Sie hatte ihr T-Shirt mit Milchreis bekleckert, und weil es ihr peinlich war, so an der Besprechung teilzunehmen, hatte sie ihre neue Fleecejacke übergezogen und den Reißverschluss fast bis zum Hals geschlossen. Die Jacke war viel zu warm. Sie hatte das Gefühl, ihre Haut würde darunter Blasen werfen, und durch die elende Treppensteigerei und das Gehetze durch die Flure schwitzte sie sowieso. Während sie sich in der Runde umsah, machte sie sich Gedanken darüber, ob das schon der Beginn der Wechseljahre sein könnte.

Immer, wenn sie schwitzte und schlechte Laune hatte, war das eine Steilvorlage für ihren letzten Ehemann gewesen, den sie mit Vorliebe »den Blödmann« nannte, wenn sie über ihn sprach. Er hatte ihr dann jedes Mal unter die Nase gerieben, das seien vermutlich die Wechseljahre, wobei er das Wort aussprach, als läge ein Vorwurf darin, als sei irgendeine schuldhafte Handlung darin verborgen. Sie war froh, sich von ihm getrennt zu haben.

Man sollte mit Idioten nicht länger zusammenleben als unbedingt nötig. Dieser Wahlspruch hing seitdem bei ihr zu Hause an der Wand. Sie hatte ihn selbst mit bunten Buchstaben und vielen Wasserfarben aufgemalt und sich das Bild zur Scheidung geschenkt.

Sie wehrte den Gedanken an ihren Ex ab und zupfte am Kragen ihrer Fleecejacke. Sie öffnete den Reißverschluss ein kleines

Stück und blies in den Ausschnitt hinein, um sich ein bisschen Kühlung zu verschaffen. Sie dampfte ja regelrecht.

»Das Kind wurde aus dem Kinderwagen gestohlen, als Lucy Müller die Verantwortung dafür hatte. Der Täter ruft bei Lucy Müller an. Irgendwie ist dieser Teenager Mittelpunkt des Ganzen.«

Ubbo Heide stimmte Ann Kathrin zu. »Das sehe ich auch so.«

»Es gibt durchaus ein paar Verdachtsmomente, dass sie mit dem Entführer unter einer Decke stecken könnte. Ich vermute«, fuhr Ann Kathrin fort, »dass wir es mit einem Familiendrama zu tun haben. Das alles ist ganz nah an den Personen. Im Augenblick zählt Gundula Müllers Exmann zum Kreis der Hauptverdächtigen.«

Es gefiel Rupert nicht, wie sehr Ann Kathrin wieder alle Fäden in der Hand hatte. Er wollte sich auch ins Gespräch bringen und dachte Ann Kathrins These schnell zu Ende: »Ist ja klar. Wenn die Tochter mit dem Vater zusammenarbeitet, kann den beiden praktisch gar nichts passieren. Sie versuchen nur, Geld aus der Situation zu schlagen. Danach wird sie vermutlich zu ihrem Daddy ziehen, und dann hat sie ihn völlig in der Hand. Was will er denn seiner halbwüchsigen Tochter noch für Vorschriften machen, wenn sie ihn jederzeit bei der Polizei anschwärzen könnte?«

»Ist die Familie denn überhaupt für zweihunderttausend Euro gut? Hat irgendjemand von denen so viel Geld? Oder geht es hier nur darum, sie in Angst und Schrecken zu versetzen?«

»Ich halte es auch für denkbar«, sagte Ann Kathrin, »dass der Vater damit nur Gundula Müllers neuen Mann herausfordern will. Wenn der nicht in der Lage ist, das Geld zu beschaffen oder sich querstellt, dann knackst das vielleicht die Liebe von Gundula zu ihm an …«

Rupert wertete Ann Kathrins Theorie sofort ab: »Ja, das ist eine typisch weibliche Sichtweise, alles zu psychologisieren und dreimal um die Ecke zu denken. Bei einer Entführung geht es um Geld, um sonst gar nichts. Man schnappt sich ein unschuldiges Kind, und der, der es am meisten liebt, zahlt.«

»In dem Fall«, sagte Ann Kathrin, »ist sogar die Chance recht groß, dass wir das Kind lebend zurückbekommen. Der Täter muss keine Angst haben, später von ihm identifiziert zu werden. Er kann es irgendwo in einer Kiste abstellen, uns dann anrufen und sagen, wo, damit ist die Sache für ihn erledigt.«

»Ja«, grinste Rupert, wenn wir ihn nicht schon bei der Übergabe schnappen.«

Er ballte die Faust und presste sie zusammen, als hätte er eine Zitronenhälfte darin, die er über seinem Tee ausdrücken wollte.

Ann Kathrin forderte, Wolfgang Müller rund um die Uhr überwachen zu lassen.

»Er wird uns über kurz oder lang zu dem Kind führen. Außerdem knöpfen wir uns Lucy nochmal vor, aber bitte, Leute, alles ganz dezent. Der Täter hat gesagt keine Polizei, da wollen wir nicht die Pferde scheu machen«, sagte Ubbo Heide.

Ann Kathrin schlug vor: »Wir sollten zu Wolfgang Müller fahren und ihn zu seinen Plänen für die Zukunft befragen. Ihm gegenüber erwähnen wir nicht, dass wir von der Lösegeldforderung wissen. Aber wenn er uns seine weiteren Urlaubs- und Reisepläne offenbart, sehen wir danach, ob er davon abweicht.«

»Clever«, lachte Ubbo Heide und zeigte auf Ann Kathrin, sichtlich erfreut über ihren Vorschlag, der ein bisschen Bewegung ins Spiel brachte.

Wolfgang Müller saß allein in der Ferienwohnung im Fischerweg vor dem Fernseher und starrte auf das Laufband der Breaking News bei n-tv. In Italien gab es eine Regierungskrise, in Afghanistan wurden drei ISAF-Soldaten bei einem Anschlag schwer verletzt, der Finanzminister forderte eine europäische Ratingagentur, um nicht weiterhin von den amerikanischen abhängig zu sein, aber nichts über Tina oder die Entführung. Die eigentlich wichtigen Dinge, so fand Wolfgang Müller, kamen im Fernsehen nicht mehr vor.

Er hatte Angela ganz schön wütend gemacht. Sie versprach sich von der Beziehung einfach zu viel. Natürlich spürte sie, dass er immer noch an Gundula hing. Auch wenn er es vor sich selber nicht zugab, es war einfach so. Ja, verdammt, er wollte sie zurückhaben.

Er hätte diesen Thomas Schacht am liebsten in der Nordsee ertränkt. Es gab ein paar Momente mit Gundula, die würde er nie vergessen. Irgendwie maß er immer noch alles daran. Im Bett konnte sie völlig ausflippen und sich total gehen lassen. Es geschah nicht oft, aber wenn, dann war es großartig. Er erinnerte sich an die Lungenentzündung, als er dann auch noch Rückenprobleme bekam und auf allen vieren durch die Wohnung gekrochen war. Sie hatte ihn gepflegt, ihm Tee gekocht, seine durchschwitzte Bettwäsche gewechselt, mehrmals am Tag Fieber gemessen, und immer war sie mit einem guten Wort an seiner Seite gewesen. Nie hatte sie sich beklagt. Er hatte von ihr das bekommen, was er bei seiner Mutter so oft vermisst hatte.

Ja, später war dann vieles gekippt und anders geworden. Seine Sauferei hatte sie rasend gemacht und ihren Sex erkalten lassen.

Angela war jetzt seit Stunden weg. Sie hatte einen Spaziergang machen wollen, um sich über ein paar Dinge klar zu werden. Sie wollte allein sein. Das war überhaupt so eine Masche von ihr. Immer wieder zog sie sich zurück, brauchte die Einsamkeit. Sie hatte ihm vorgeschlagen, ob es nicht besser wäre, zwei Wohnungen zu haben, statt zusammenzuziehen. Jeder sollte seinen eigenen Bereich haben, um sich zurückziehen können.

Dann hörte er unten ein Auto parken, und es klingelte an der

Tür. Er schaltete den Fernseher aus und fragte sich, ob Angela den Schlüssel vergessen hatte. Aber es kam nicht Angela die Treppe hoch, sondern Rupert und Sylvia Hoppe.

»Na, wollen Sie mich jetzt verhaften?«, fragte Wolfgang Müller so, als würde er es am liebsten provozieren.

»Nein, wie kommen Sie denn darauf?«, gab Sylvia Hoppe zurück.

Rupert passte das nicht. Er wollte hier das Gespräch führen. Sylvia sollte sich zurückhalten, genau so war es besprochen.

Sie sah aus, als ob sie krank werden würde. Sie schwitzte die ganze Zeit, und sie trug diese viel zu warme, langärmlige Fleecejacke, obwohl es an der Küste ungewöhnlich windstill war und die achtundzwanzig Grad im Schatten bei den Touristinnen dafür sorgten, dass die Schönheiten der Natur nicht nur in der Landschaft zu sehen waren.

Rupert liebte diese flatternden Röcke und die langen Beine der hübschen Frauen, an deren Bräunung er erkennen konnte, ob sie gerade erst in Ostfriesland angekommen waren oder schon seit mehreren Tagen hier Urlaub machten.

»Wir haben noch ein paar Fragen an Sie. Ist die Familie Ihrer Exfrau eigentlich reich? Hat da irgendjemand Geld?«

Wolfgang Müller lachte, als hätte er selten einen besseren Witz gehört. »Nein, das ist ganz sicher nicht so! Sie meinen, wegen der Lösegeldforderung?«

Rupert sah Sylvia an. Hatten sie sich durch irgendetwas verraten?

»Was für eine Lösegeldforderung?«, fragte Sylvia Hoppe.

»Wollen Sie mich verarschen?«, schnauzte Wolfgang Müller, dessen Laune augenblicklich umschlug. »Lucy hat mich angerufen und mir gesagt, dass ...«

Natürlich. Er weiß es längst, dachte Rupert und zuckte mit den Schultern. Immerhin konnte man ihm nicht vorwerfen, einen Fehler gemacht zu haben.

»Wo ist denn Ihre ... Lebensgefährtin?«, wollte Sylvia Hoppe wissen.

»Meine Freundin? Sie sprechen von Frau Riemann?«

»Ja, oder haben Sie noch andere?«, hakte Rupert bissig nach.

»Sie ist am Deich spazieren. Sie braucht ein bisschen Ruhe.« Um Verständnis heischend sagte er dann in Richtung Rupert: »Wie Frauen eben so sind.«

»Bis dieser Fall gelöst ist, wären wir gerne auf dem Laufenden, wo Sie sich aufhalten, um mit Ihnen in Kontakt treten zu können, sofern das nötig ist. Haben Sie Pläne, Norddeich in den nächsten Tagen zu verlassen?«

»Was ich für Pläne habe? Na, hören Sie mal, ich wollte hier Urlaub machen, die Küste genießen, den guten Fisch. Mit meiner Tochter ein bißchen Zeit verbringen und ...«

»Haben Sie vor, irgendwelche Sehenswürdigkeiten zu besichtigen? Wegzufahren oder ...«

Wolfgang Müller regte sich auf: »Zunächst mal hat mir diese Entführung ja einen totalen Strich durch die Rechnung gemacht. Glauben Sie, das geht spurlos an mir vorüber? Klar wollten wir uns ein paar Sachen ansehen. In Emden sind die Matjeswochen. Angela kommt ja aus der Gegend. Sie hat hier noch viele Freunde. Wir hätten gar keine Ferienwohnung gebraucht, sondern bei denen wohnen können. Aber wir sind nicht die Menschen, die anderen zur Last fallen.«

Sylvia Hoppe stellte sich so hin, dass es Wolfgang Müller nicht möglich war, an ihr vorbeizusehen. Er spürte, dass jetzt etwas Unangenehmes auf ihn zukam und versuchte, wenigstens den Blickkontakt zu vermeiden.

»Stimmt es, Herr Müller, dass die Zwillinge möglicherweise von Ihnen sind?«

»Wie kommen Sie denn darauf, Frau Kommissarin?«

»Sie haben Ihre Frau aufgefordert, einen Gentest machen zu lassen. Da liegt die Idee nahe, finden Sie nicht?«

Er stöhnte, wobei seine Lunge einen Pfeifton von sich gab, als hätte er jahrelang handgerollte kubanische Zigarren auf Lunge geraucht.

»Ja, ich halte das durchaus für denkbar, ja, für sogar wahrscheinlich. In der fraglichen Zeit waren meine Frau und ich intim miteinander. Alles schien sich wieder zum Guten zu wenden. Im Grunde könnten wir längst wieder zusammen sein, wenn dieser Thomas Schacht nicht ...«

Rupert schaltete sich ein. »Glauben Sie, dass der Entführer weiß, dass Sie als Vater in Frage kommen?«

Wolfgang Müller sah jetzt ratlos aus. »Hätte er dann nicht versucht, mich zu erpressen?«

Kind, das ist nicht nett von dir. Weißt du, wie ich rumgefahren bin, um dir dieses Essen zu besorgen? Hast du überhaupt irgendeine Vorstellung davon, unter welchem Druck ich stehe? Weißt du, was ich riskiere? Ich hätte verhaftet werden können oder einfach einen Unfall haben. Was soll dann aus dir werden? Du würdest hier liegen und einfach verhungern. Ja, nach so einer leckeren Milch würdest du dich sehnen!

Hast du nicht mehr genug Kraft zu saugen, oder warum stellst du dich so an? Ja, das kommt davon, wenn man so viel herumschreit. Schließlich gefährdest du damit nicht nur meine Nerven und deine Gesundheit, sondern auch unsere Sicherheit.

Seitdem ich dich geholt habe, machst du mir eigentlich nur Schwierigkeiten, geht das nicht rein in deinen kleinen Kopf? Wie kann man nur so egoistisch sein? Ich opfere mich auf für dich, und du, was machst du?

Willst du es nochmal mit meiner Brust versuchen? Okay, einmal noch ...

Wir wollen doch eine Familie werden, da muss jeder etwas ge-

ben und etwas nehmen. Wir müssen uns alle Mühe geben, damit wir zusammenwachsen in diesen schweren Zeiten.

Thomas Schacht reagierte wie jemand, der genau Bescheid weiß, was läuft, und die Lage bis ins kleinste Detail überblickt.

Er nickte fast zufrieden, wie jemand, der endlich recht behalten hat, nachdem er lange für seine Meinung verspottet worden ist.

»Na, das ist gut: jetzt will der Drecksack sich also auch noch das Geld von Tante Mia holen.«

Ann Kathrin fand Thomas Schacht sehr überzeugend, und er brachte einen neuen Namen ins Spiel.

»Wer ist Tante Mia?«

»Ach, wissen Sie das nicht?«

Er sah Gundula mit einer Mischung aus Verachtung und Unverständnis an, als könne er nicht glauben, dass sie der Kommissarin noch nicht von Tante Mia erzählt hatte. Mit dem Kopf deutete er in die Richtung seiner Partnerin.

»Hat sie Ihnen das etwa verschwiegen?«

Gundula reagierte nicht. Sie saß wie versteinert da und hielt ihr Kind auf dem Arm.

»Tante Mia ist, wie man unschwer herausfinden kann, die Tante von Gundula. Sie hat ein Magenkarzinom, und ihre Lebenserwartung geht nicht weit übers Weihnachtsfest hinaus. Sie vergöttert die Kleinen.«

Er wippte nervös mit dem Fuß und sah Ann Kathrin erwartungsvoll an, so als müsse diese jetzt augenblicklich eine überfällige Entscheidung treffen.

»Und Tante Mia hat zweihunderttausend Euro?«

»Dreihundertvierundzwanzigtausend, um es genau zu sagen. Auf einem Tagesgeldkonto bei der Sparkasse. Sie hatte ein Friseurgeschäft auf der Bochumer Straße in Gelsenkirchen, und als Selbständige hat sie immer fleißig in eine Lebensversicherung einbezahlt, um im Alter nicht ohne was dazustehen.«

»Und Sie glauben, der Entführer weiß das und will an dieses Geld?«

Er lachte. »Ja, was denn sonst? Der Drecksack denkt sich, wenn ich schon Gundula nicht zurückkriege, dann koch ich sie wenigstens richtig ab. Denn über kurz oder lang würde Gundula das Geld ja schließlich erben. Das ist ihm vermutlich erst klar geworden, nachdem er sie verlassen hatte. Dumm gelaufen für ihn. Und jetzt möchte er gerne Kasse machen. Tante Mia wird die Kohle sofort rausrücken, das weiß er doch. Die alte Dame hat ohnehin das ganze Geld für ihre Nichte und die Großnichten zurückgelegt. Damit sollte die Ausbildung von Lucy finanziert werden, und den Zwillingen sollte es gut gehen. Die gute Tante Mia ist eine sparsame Frau, und sie wird ihr Vermögen kaum aufbrauchen, bevor sie den Löffel abgibt.«

Gundula schüttelte missbilligend ihren Kopf und starrte Thomas Schacht an. Eine Träne rollte über ihre Wange, sie schien es aber nicht zu bemerken.

Weller reichte ihr ein Taschentuch. Sie nahm es, und dann erst fiel ihr auf, was geschehen war. Sie wischte sich die Augen, putzte sich die Nase und knüllte das Taschentuch in ihrer Hand zusammen. Sie sah Weller dankbar an.

Ann Kathrin war sich nicht ganz klar, ob Gundula Müller die Aussage, die Schacht getroffen hatte, insgesamt meinte oder ob ihr nur die Wortwahl wie »Löffel abgeben« nicht passte.

Lucy hielt Tücher einer Haushaltsrolle in der Hand und versteckte darin ihre blutigen, abgekauten Fingerkuppen. Sie sah krank aus und hatte etwas von einer in die Enge getriebenen Ratte an sich, kurz bevor sie beginnt, um sich zu beißen.

»Papa ist kein Entführer und kein Erpresser!«

»Ach nein?« Thomas Schacht mantelte sich groß auf.

Weller brachte sich in Position, um Lucy und Thomas notfalls auseinander zu halten, falls sie aufeinander losgingen, womit er jeden Moment rechnete. Aber Ann Kathrins Blick sagte ihm, dass sie den gruppendynamischen Prozess weiterlaufen lassen wollte. Sie erhoffte sich dadurch weitere Erkenntnisse.

»Du solltest dich lieber nicht länger von ihm zur Komplizin machen lassen, Lucy. Der lässt dich rücksichtslos über die Klinge springen.« Er tippte sich gegen die Stirn. »Wie verkommen muss denn ein Vater sein, wenn er seine Tochter in sowas reinzieht?«

Thomas Schacht machte eine Bewegung auf Lucy zu. Weller ebenfalls.

Sie registrierte durchaus, dass Weller bereit war, sie zu schützen, sie honorierte das aber keineswegs, sondern nahm es als Angriff auf ihre Autonomie, als sei sie nicht in der Lage, das selbst zu tun.

»Er ist ein besserer Vater, als du es je sein wirst!«, schrie sie. »Du hast doch überhaupt keine Ahnung! Du willst ihn doch nur schlechtmachen!«

Dann drehte sie Schacht den Rücken zu und sprach in Ann Kathrins Richtung. »Jetzt werde ich Ihnen mal was erzählen, Frau Kommissarin. Haben Sie mal darüber nachgedacht, dass alles vielleicht genau umgekehrt ist? Vielleicht hat Thomas ja die Kleine aus dem Wagen genommen. Für ihn war das völlig ungefährlich. Wenn er erwischt worden wäre, hätte niemand gesagt: *Hey, halt mal, was tust du denn da?* Er hat sie schnell weggebracht, und jetzt versucht er, über diesen Weg, an das Geld von Tante Mia zu kommen. Ist ja immerhin seine Idee, was er Papa hier gerade unterschiebt. Wie sagt meine Mutter immer so schön? – Wer andere hinter der Mauer sucht, saß oft selber da.«

Sie wandte sich aggressiv an ihre Mutter: »Das ist doch der Spruch, stimmt's Mama? Vielleicht sitzt dein geliebter Thomas ja in diesem Fall hinter der Mauer! Er kann es doch überhaupt nicht abwarten, dass du ihn endlich heiratest! Kannst du dir gar nicht vorstellen, warum? Der will an die Kohle von Tante Mia, das ist alles!«

Gundula presste ihr Baby so fest an sich, dass Ann Kathrin sich Sorgen um das Kind machte und überlegte, ob es nicht besser wäre, es der Mutter abzunehmen. Sie fürchtete allerdings, sich dabei auf einen Kampf mit der Frau einlassen zu müssen.

Ihre Arme krampften sich um das Baby, und jetzt hielt sie ihm die Ohren zu. Ina begann zu weinen, woraus Gundula keineswegs folgerte, ihre Umarmung zu lockern, sondern sie presste Ina noch fester an sich. Die kleine Nase quetschte sich an ihrer Brust.

»Ja, das tut weh, Mama! Du fändest es natürlich toller, wenn er dich wollen würde, weil du so eine Wahnsinnsfrau bist. Aber ich fürchte, so ist es nicht. Du musst der Wahrheit ins Gesicht sehen. Jetzt hat er Angst, dass du zu Papa zurückgehst, und da will er wenigstens nicht ohne Kohle dastehen, darum hat er ...«

»Halt die Fresse, du blödes Luder!«, stieß Thomas Schacht hervor und stürzte sich auf Lucy. Er hatte die rechte Hand gehoben und legte viel Kraft hinein, als er sie heruntersausen ließ, doch Weller stoppte seine Hand in der Luft.

Thomas Schacht staunte über den eisernen Griff von Weller. Das hatte er diesem ruhigen Mann gar nicht zugetraut.

»Setzen Sie sich«, sagte Weller mit einem Blick, der keinen Widerspruch duldete. Trotzdem blieb Thomas Schacht stehen und rührte sich nicht vom Fleck.

Weller legte noch mehr Druck in seine Finger, dann packte er auch mit der anderen Hand zu und zwang Schacht in die Knie.

Der stöhnte, und Weller bugsierte ihn zu dem Fünfziger-Jahre-Sessel beim Radio. Er ließ Thomas Schacht los. Der verlor das Gleichgewicht und fiel in den Sessel.

Er wollte gleich wieder hochfedern, doch Weller richtete seinen Zeigefinger wie einen Pistolenlauf auf ihn und befahl: »Sitzen bleiben! Zwingen Sie mich nicht, Ihnen Handschellen anzulegen.«

»Na, das wird ja immer besser. Der entführt mein Kind, und mir legen Sie Handschellen an …«

»Sie geben mir Ina jetzt besser, Frau Müller«, sagte Ann Kathrin sanft, aber die Mutter bewegte sich nicht. Sie sah Ann Kathrin nicht an, sie schien ganz in sich versunken zu sein, als sei ihr Verstand in einem Nebel verschwunden.

Ann Kathrin berührte die Frau vorsichtig an der Schulter und ließ ihre Hand dann langsam weiter zum Baby gleiten.

Gundula Müllers Körper zitterte. Es war ein tiefes Zittern, von innen heraus, als wolle sich etwas mit einem gewaltigen Schrei lösen. Doch der Schrei kam nicht. Stattdessen würgte die Frau.

Vorsichtig, mit sehr langsamen Bewegungen, löste Ann Kathrin Ina aus den Armen der Mutter. Sie wagte noch nicht, den Gedanken auszusprechen, doch vermutlich wäre es für das Kind besser, die nächsten Tage in einer Pflegefamilie zu verbringen.

Ann Kathrin hatte einen guten Draht zum Jugendamt. Es gab Familien, die bereit waren, Kinder aufzunehmen, wenn zum Beispiel die alleinerziehende Mutter plötzlich ins Krankenhaus kam, und die vom Jugendamt geschult wurden, um in Krisensituationen für ein Kind da zu sein. Allerdings hatte sie Angst, Gundula Müller würde völlig ausrasten, wenn sie ihr jetzt diesen Vorschlag unterbreitete, deshalb schwieg sie lieber noch und überlegte, ob es einen anderen Weg gab.

Überhaupt machte sie sich Sorgen darum, die Familie einfach so hier zurückzulassen. Die sahen aus, als könnten sie sich jeden Moment gegenseitig zerfleischen.

Wie brüchig doch so ein Familiengeflecht ist, dachte sie. Jeder hat Leichen im Keller. Es gibt so viel Ungesagtes, das verschwiegen werden muss, damit alles weiter funktioniert. Und so eine Entführung bringt natürlich alles Dunkle ans Licht. Jede Leiche wird aus dem Keller gezogen und von allen Seiten betrachtet.

Gut ausgehen konnte so etwas ihrer Erfahrung nach kaum. Selbst wenn sie das Kind fanden – danach würden die Beziehungen der Menschen untereinander in Schutt und Asche liegen. Glühendes Misstrauen brannte alles nieder.

So eine Familie kam ihr vor wie ein dunkler Wald voller trockenem Holz nach einem langen, heißen Sommer. Das Verbrechen flog dann wie eine brennende Fackel hinein ...

Inas Lippe zitterte. Das Kind roch säuerlich und nach Azeton, so als würde es austrocknen.

»Wann hat die Kleine zum letzten Mal getrunken?«, fragte Ann Kathrin.

Gundula sah sie an und wusste die Antwort nicht. Dann blickte sie hilfesuchend zu Lucy.

»Ich wollte ihr gerade eigentlich einen Fencheltee machen, als Sie kamen.«

Ann Kathrin sagte es so, als käme ihr die Idee genau in diesem Moment und sie würde sich selbst darüber freuen: »Jeder Mensch kann verstehen, wenn Sie sich im Augenblick überfordert fühlen. Wir könnten eine Kinderpflegerin bitten, Sie zu unterstützen. Wir haben auch einen guten Psychologen, der in Krisensituationen wie diesen ...«

Gundula Müller stand auf und bewegte sich steif in Richtung Toilette. Ihre Arme hingen an ihr wie leblose, angenähte Stoffstücke. Sie schüttelte den Kopf. »Nein, danke. Das wollen wir nicht. Wir brauchen keine Hilfe. Wir kommen alleine klar.«

Sie machte noch einen Schritt und brach dann zusammen.

Jetzt guck dir doch an, wie das aussieht! Du hast alles vollgekotzt! Wer soll das denn wegmachen? Glaubst du, es macht mir Spaß, diese säuerliche Brühe aufzuwischen?

Du vermisst dein Schwesterchen, das ist es, stimmt's? Du

willst mich gar nicht wirklich ärgern. Du bist doch eigentlich ganz lieb, du willst nur nicht länger getrennt sein. Ist doch klar. Ihr seid Zwillinge. Zwillinge gehören zusammen. Ich werde dein Schwesterchen holen, und dann wird alles gut ...

Noch bevor Charlie Thiekötter, der Computerspezialist der ostfriesischen Kripo, auftauchte, erhielt Lucy Müller den zweiten Anruf des Erpressers. Ann Kathrin stand nur einen halben Meter von ihr entfernt.

Lucy stellte auf Ann Kathrins Hinweis das Handy auf volle Lautstärke, sodass alle im Raum mithören konnten. Ann Kathrin hoffte, dass einer der Beteiligten die Stimme erkennen würde.

Gundula lag inzwischen auf dem Sofa, die Füße auf eine Kissenpyramide hochgebettet und einen nassen Lappen auf der Stirn. Ihre Lippen waren noch blass, aber sie war wieder klar orientiert zu Zeit und Raum.

Sie versuchte aufzustehen, als sie die Stimme des Anrufers hörte.

»Wie sieht's aus? Ist das Geld bereit?«

»Ich hab's meiner Mutter gesagt«, antwortete Lucy mit bebender Stimme. »Ich selbst hab keine Zweihunderttausend und sie auch nicht.«

Die Hände von Thomas Schacht krallten sich in die Sessellehne, als hätte er vor, sie abzubrechen und damit auf jemanden loszugehen.

Weller stand so, dass er ihn jederzeit unter Kontrolle hatte. Auf keinen Fall wollte er ihn aufstehen lassen. Sitzende Männer waren erst einmal ungefährlich.

»Habt ihr die Kripo verständigt?«

Lucy sah Ann Kathrin mit weit aufgerissenen Augen erschrocken an. Ann Kathrin schüttelte den Kopf.

»Nein, natürlich nicht«, sagte Lucy.

»Okay. Was ist mit der Kohle?«

»Meine Mutter weiß nicht, wie sie das Geld zusammenkratzen soll. Wir haben nicht mal unser Auto abbezahlt, das gehört im Grunde noch der Sparkasse ...«

»Na, euch fällt bestimmt was ein. Ich gebe euch noch vierundzwanzig Stunden Zeit, dann kriege ich das Geld, oder die Kleine stirbt.«

Gundula stand inzwischen vor ihrer Tochter. Sie streckte die Hand nach dem Handy aus.

»Soll ich Ihnen mal meine Mutter geben? Sie können dann alles mit ihr besprechen«, fragte Lucy.

»Nein. Ich rede mit niemand anderem. Ich verhandle nur mit dir. Du überbringst die Nachrichten, und mir überbringst du das Geld, klaro?«

Gundula hob die Hände, schüttelte sie und drehte sich um. Sie sah aus, als würde sie die Worte des Entführers so ernst nehmen, dass sie nicht mal riskieren wollte, das Telefon anzufassen, um ihn nicht zu verärgern.

Ganz anders reagierte Thomas. Er versuchte jetzt, aus dem Sessel hoch und an Weller vorbei zu Lucy zu kommen. Weller stoppte ihn hart.

»Lass mich mit dem Schwein reden!«

»Die drehen hier alle durch! Ich will das nicht machen! Ich kann so was nicht!«

»Du tust, was ich sage, oder du siehst deine Schwester nie wieder.«

»Ich bin dreizehn!«

»Ja, aber du bist der einzige vernünftige Mensch in der Familie, und ich rede nur mit dir. Verpack das Geld in eine Sporttasche, und dann halte dich bereit. Ich werde dich anrufen und dir genau sagen, was du zu tun hast. Wenn dir irgendjemand folgt, ist deine Schwester tot, klar?«

Obwohl Weller ihn fest im Griff hielt, brüllte Schacht aus Leibeskräften: »Ich krieg dich, du Drecksack! Ich mach dich so fertig! Wenn du meiner Kleinen irgendwas tust, werd ich dich vierteilen! Ich werd dein schlimmster Albtraum! Ich werd mich an dir auf biblische Weise rächen! Das Alte Testament ist ein Partygag gegen das, was ich mit dir mache! Ich hab deine Stimme erkannt, ich weiß, wer du bist, und ich krieg dich, Wolfgang!«

Weller drehte ihm fast die Luft ab, um ihn zum Schweigen zu bringen. Er war sich nicht sicher, ob das, was er jetzt tat, noch durch die Polizeivorschriften gedeckt war.

Dann erwischte Thomas Schacht mit seinem Ellbogen Wellers kurze Rippe. Es knackte und fühlte sich für Weller an, als würde sich etwas in ihm verschieben und dann wieder zurückspringen. Ihm wurde augenblicklich schwarz vor Augen.

In dem Moment betrat Charlie Thiekötter den Raum. Er sah fünfzehn Jahre älter aus als er war und hatte etwas von einem Rentner an sich, der seinen entlaufenen Dackel sucht. Auch, wenn er überhaupt nicht so aussah, erfasste er die Situation doch mit einem Blick, und ohne dass Ann Kathrin irgendetwas dazu tun musste, lag Schacht auch schon auf dem Bauch, und um seine Hände hinter seinem Rücken schlossen sich Handschellen.

Im Gegensatz zu vielen seiner Kollegen benutzte Charlie Thiekötter die guten alten silbernen Handschließen aus Stahl mit Zahnrasten und Schlüsselloch. Sie wogen schwer in der Tasche, und viele Kollegen verwendeten stattdessen lieber wiederverwendbare Plastikhandfesseln. Aber er fand, diese Kunststoffdinger wirkten doch irgendwie wie die Clips, mit denen seine Frau die Gefrierbeutel verschloss.

Die alten klackten und waren einfach viel beeindruckender. Damit verschaffte man sich Respekt, nicht mit so einer weißen Plastikschlaufe. Und in der Tat verfehlten sie auch heute ihre Wirkung nicht. Die ganze Situation beruhigte sich durch sein Auftreten.

Ann Kathrin nahm das mit Genugtuung zur Kenntnis und konzentrierte sich ganz darauf, das Kind zu schützen, dem der Tumult erstaunlich wenig auszumachen schien. Trotzdem hatte Ann Kathrin das Gefühl, das Kind aus der Familie wegnehmen zu müssen, um es zu nähren und in eine ruhigere Situation zu bringen.

Weller hatte Schwierigkeiten, Luft zu bekommen. Er saß mit dem Rücken zur Wand, die Knie angezogen, die Arme auf die Knie gelegt, und japste. Dabei ließ er Schacht nicht aus den Augen, so, als würde immer noch eine große Gefahr von ihm ausgehen.

Der Entführer hatte inzwischen aufgelegt, und Charlie Thiekötter brauchte nur wenige Minuten mit Lucys Handy, um dafür zu sorgen, dass jeder Anruf, der bei ihr einging, gleichzeitig in der Einsatzzentrale in Aurich mitgehört werden konnte.

»Wir werden die Gespräche mitschneiden und versuchen, den Aufenthaltsort des Anrufers zu ermitteln. Bitte halten Sie ihn so lange wie möglich am Telefon«, sagte er zu Lucy, die rot anlief und sich geehrt fühlte, weil dieser Mann sie siezte.

»Den Aufenthaltsort wollen Sie ermitteln? Was soll denn die Scheiße?«, stöhnte Schacht mit dem Gesicht auf dem Teppichboden. Er bog den Rücken durch und versuchte, seinen Kopf anzuheben, aber das ging schief.

»Wir wissen doch alle, wo er ist. Er hat seine Ferienwohnung nur ein paar hundert Meter Luftlinie von hier, im Fischerweg. Gehen Sie rüber und verhaften Sie ihn! Falls Sie keine Handschellen mehr haben, können Sie die nehmen, mit denen Sie mich hier gerade quälen. Ich werde eine Dienstaufsichtsbeschwerde einreichen, die sich gewaschen hat! Sie leben alle von meinen Steuergeldern! Ich mach Sie brotlos, wenn Sie nicht endlich Ihre Arbeit vernünftig tun!«

»Du sollst still sein, verdammt nochmal!«, zischte Weller.

Charlie Thiekötter sagte geradezu triumphierend in Wellers

Richtung: »Reg dich nicht auf. Ich glaube, ich hab was Wunderschönes für euch auf Ollenhauers Festplatte gefunden. Der Junge hat echt Selbstbewusstsein. Das Ganze ist nicht mal großartig gesichert ...«

Als Weller und Ann Kathrin zum Auto zurückgingen, schaute er sie an und sagte: »Wenn du dir diesen Ollenhauer vorknöpfst, Ann, dann wäre ich gerne dabei.«

»Warum? Willst du was lernen?«

Weller schluckte. »Offen gestanden würde ich gerne sehen, wie du ihn grillst.«

Ich hol dich da raus, Ina. Die spinnen doch alle. Die spielen verrückt, schreien rum, brüllen sich an. Nein, das ist keine Atmosphäre für ein Kind.

Ich hol dich bald, mein Mädchen. Ich bring dich zu deiner Schwester. Du hast eine richtige Familie verdient, nicht so etwas.

Die Hitze ist untypisch für Ostfriesland. Es weht kein Lüftchen. Mich bringt das fast um. Ich brauche den Wind, weißt du. Aber das macht der liebe Gott nur für uns, damit sie die Fenster nicht richtig verschließen. Hier im Muschelweg sind alle Fenster nur gekippt oder sperrangelweit offen. Wie eine Einladung an mich, dich endlich zu holen.

Wenn ich dieses unflätige Gebrülle höre, würde ich am liebsten hineinstürmen und dich sofort aus dieser Hölle befreien, Ina. Aber ich muss vorsichtig sein. Ich spiele hier die Touristin mit der Einkaufstasche, die sich auf dem Weg zu ihrer Ferienwohnung verlaufen hat und noch ein bisschen in der Gegend umguckt. Später werden sie sich höchstens an eine Frau erinnern, die eine Tüte hatte, auf der Werbung für Bünting-Tee war.

Es ist eine stabile Tragetasche. Ich hab sie im Combi gekauft.

Der Aufdruck gefiel mir, und die Tasche ist groß genug, um dich zu transportieren. Sie werden dich nicht sehen darin. Ich hab Salatköpfe und Handtücher dabei. Damit decke ich dich zu.

Du darfst aber nicht schreien, auch wenn es dir schwerfällt, Ina. Ein paar Töne von dir könnten uns verraten.

Weller lenkte den Wagen, Ann Kathrin Klaasen telefonierte mit Ubbo Heide.

»Ich hätte das Kind am liebsten mitgenommen, Ubbo. Die Eltern sind völlig außer Kontrolle. Kann ich ja auch verstehen. Vielleicht kann man das Kind nicht direkt aus der Familie herausholen, in dieser Sache sind sie natürlich traumatisiert. Aber möglicherweise kann jemand vom Jugendamt dort als Unterstützung ...«

»Ich kümmere mich darum«, sagte Ubbo Heide knapp.

»Ich glaube, wir können auch Lucy nicht mit der Situation alleine lassen. Sie ist minderjährig. Auf ihr lastet ein unglaublicher Druck. Der Täter will alles über sie abwickeln. Sie braucht psychologische Unterstützung.«

Nachdem Ann Kathrin das Gespräch mit Ubbo Heide beendet hatte, starrte sie eine Weile vor sich hin. Auch Weller schwieg.

An der Ampel standen sie hinter einem offenen, gelben Cabriolet. Vier junge Frauen saßen darin. Sie hatten die Radiomusik so laut gedreht, dass es aus den Lautsprechern dröhnte und Weller es bis in den Magen spürte. Nicht als schönes Kribbeln, sondern wie ein erneutes rhythmisches Schlagen gegen seine lädierte kurze Rippe.

Hinten im Wagen standen zwei junge Dinger auf und tanzten. Sie hoben die Arme hoch und kreischten zu einer Jungengruppe auf der anderen Straßenseite herüber, die sofort hocherfreut reagierte.

Die Ampel sprang auf Grün. Die Wagen fuhren an, nur das Cabriolet noch nicht. Einer der jungen Männer rannte herüber und wollte zu den Mädels einsteigen. Weller musste sich eingestehen, dass er sie um ihre Unbeschwertheit beneidete. Er kannte mehr den düsteren Teil Ostfrieslands. Er sehnte sich so sehr nach dieser Leichtigkeit und war doch gefangen darin, sich mit den Abgründen der menschlichen Seele beschäftigen zu müssen.

Schmerzhaft spürte er, dass er seine Töchter lange nicht gesehen hatte, und versuchte, diesen Gedanken zu verdrängen.

Weller lenkte mit einer Hand und hielt sich die Rippe.

»Der hat mir vielleicht eins verpasst …«

»Soll ich fahren?«

»Nee, so schlimm ist es nicht. Aber das war kein Zufall. Das hat der Typ gelernt.«

»Du meinst, er ist in einer Kampfsportart ausgebildet? Judo war es jedenfalls nicht, dann hätte Charlie ihn nicht so einfach auf die Matte legen können.«

»Ich glaube eher, Kickboxen.«

Damit war das Thema für sie erledigt. Diese Sportart interessierte Ann Kathrin nicht.

»Ist dir etwas aufgefallen, Frank? Du hast doch das Telefongespräch auch mit angehört.«

»Ja, hab ich. Wenn ich mich auch nicht so richtig voll drauf konzentrieren konnte. Ich hatte es da mit einem kleinen Störenfried zu tun.«

»Der Täter kommt aus dem ganz nahen Umfeld der Familie. Er kennt sie alle, also müssen sie ihn auch alle kennen.«

»Was genau hat er zu Lucy gesagt?«

Ann Kathrin versuchte, aus dem Gedächtnis zu zitieren: »*Du bist der einzige vernünftige Mensch in der Familie.* Das sagt nur jemand, der sie alle genau kennt und keinen von ihnen leiden kann.«

»Ja, er ist nicht gerade ein Fan von denen.«

»Warum wählt er Lucy für die Geldübergabe und als Kontaktperson?«

»Weil sie die Schwächste ist?«, fragte Weller.

»Nein«, sagte Ann Kathrin, »ich fürchte, da irrst du dich. Das spricht eher gegen sie. Stell dir doch mal vor, du müsstest eine Geldübergabe organisieren. Die meisten Täter werden bei der Übergabe gefasst. Das ist der für sie schwierigste und gefährlichste Teil. Möchtest du dann, dass dir ein Kind das Geld übergibt? Sie kann nicht Auto fahren. Wie willst du sie dirigieren? Sie ist doch von der Polizei viel leichter kontrollierbar. Ihr bleiben ja gar nicht viele Möglichkeiten. Sie kann mit dem Fahrrad irgendwohin fahren, mit Bus und Zug …«

»Du meinst, er hat so eine Schnitzeljagd mit uns vor?«

»Was denn sonst?«

»Was denkst du also, Ann? Warum hat der Täter sie gewählt?«

»Weil er weiß, dass sie ihn nicht verraten wird, wenn sie ihn sieht. Entweder ist sie schon längst seine Komplizin, oder er will sie dazu machen.«

»Was wieder für den Vater spricht«, sagte Weller.

»Zu Geldübergaben kann man nur etwas von Dagobert lernen.«

»Arno Funke? Der Karstadt-Erpresser?«

»Genau. Das war sein richtiger Name. Einmal«, lachte Ann Kathrin, »haben wir tausendeinhundert Telefone überwacht, beim zweiten Mal dreitausendneunhundert, weil er immer aus öffentlichen Telefonzellen mit einer Karte anrief. Aber dann benutzte er genau ein nicht überwachtes Telefon.«

»Glück gehört auch dazu.«

»Das kannst du wohl sagen. Der ist einer der wenigen, der es wirklich geschafft hat, ans Geld zu kommen. Besonders raffiniert fand ich die Nummer in Berlin. Beim Rathaus Steglitz stand eine Streusandkiste. Darin sollte das Geld abgelegt werden. Natürlich wurde das Ding überwacht, das war überhaupt kein Problem. Allerdings hat niemand damit gerechnet, dass sich die Streusandkiste auf einem Einstiegsschacht zu einem Regenwasserkanal befand. Er kam von unten, nahm das Geld und war wieder weg.«

»Hat der das nicht auch mit dem Miniaturschienenfahrzeug gemacht?«

»Ja. Der Geldbote wurde zu einer stillgelegten Bahnstrecke geleitet, wo sich eine Lore befand. Der war so raffiniert, der hat sogar Stolperdrähte mit Knallkörpern angebracht, sodass wir bei seiner Verfolgung ein Feuerwerk ausgelöst haben.«

Weller fiel auf, dass Ann Kathrin geradezu respektvoll von Dagobert sprach. Sie mochte phantasievolle Menschen, selbst wenn sie kriminell waren, auch wenn sie das nie zugegeben hätte.

Rupert nahm nicht an der Besprechung teil. Er hatte sich in einer Ferienwohnung im Fischerweg eingenistet. Von dort aus hatte er einen wunderbaren Blick auf das Haus, in dem Wolfgang Müller vor sich hin brütete und auf Angela Riemann wartete.

Rupert hatte von hier aus auch freie Sicht auf die Terrasse und in den Garten eines anderen Ferienhauses. Dort saß ein Ehepaar mittleren Alters und trank Kaffee.

Rupert fand das ärmellose Top und die Brüste von Frau Kieslowski wesentlich spannender als die Eingangstür von Müllers Ferienhaus und schwenkte mit dem Fernglas immer wieder zwischen beiden hin und her.

Er dachte an Frauke und schickte ihr eine SMS.

Sehen wir uns heute Abend?

Die Antwort ließ eine Viertelstunde auf sich warten. Inzwischen bereitete Frau Kieslowski Waffeln zu, und der Geruch machte Rupert hungrig. Sie schlug Sahne mit einem Schneebesen.

Wie schön, dachte Rupert, dass die keinen Elektromixer im Haus haben. So sieht es doch einfach viel besser aus.

> Ich würde Dich auch gerne sehen, aber ich kann nicht.
> Mein Mann ...

Herr Kieslowski schleckte Sahne mit den Fingern aus dem Topf.

> Erzähl ihm doch, eine Freundin von Dir hätte Liebeskummer
> und Du müsstest sie unbedingt trösten.

Die nächste Antwort kam schneller.

> Hast Du noch mehr in deiner Trickkiste?

Rupert stellte das Fernglas auf der Fensterbank ab und tippte in sein Handy. Dabei verschrieb er sich mehrfach und musste die Worte korrigieren.

> Ja, in meiner Schulzeit galt ich als bester
> Ausredenerfinder.

Er nahm das Fernglas wieder und sah zuerst zu Frau Kieslowski, dann zu der Wohnung, die er beschatten sollte.

> Ich hab sogar selbstgeschriebene Entschuldigungen verkauft,
> für Kaugummi und Perry-Rhodan-Hefte.

Angela Riemann parkte jetzt direkt vor dem Haus. Sie stieg aus und holte mehrere Einkaufstüten aus dem Wagen. Sie schien in Eile zu sein.

Du hast Urkunden gefälscht?

Kaum war Angela Riemann in der Tür verschwunden, tippte Rupert wieder in sein Handy.

Naja, Urkunden würde ich es nicht nennen.
Mehr so Elternbriefe.
Gut war ich nicht, meist flog es auf.

Rupert hätte lieber weiter den Kieslowskis zugesehen, doch zusammen mit einer Touristengruppe bewegte sich in diesem Augenblick Thomas Schacht auf die Wohnung zu. Das hieß Alarm. Höchste Vorsicht!

Sofort informierte Rupert die Kollegen Schrader und Benninga, die im Dörper Weg im La Trattoria Pizza aßen.

Schacht hielt ein Plakat hoch und baute sich damit direkt vor der Ferienwohnung auf. Er stellte sich so hin, dass Rupert sogar ein Handyfoto von ihm schießen konnte. Auf seinem Plakat stand:

Hier macht der Entführer meiner Tochter unbehelligt Urlaub!

Rupert schickte das Foto per MMS an seine Kollegen. Dazu schrieb er:

Die Party beginnt!

Es hatte sich vor der Tür schon ein kleiner Volksauflauf gebildet. Familienväter, die nur ein paar hundert Meter weiter Bratfisch essen waren, standen mit ihren Kindern staunend da.

Eine Gruppe von der Realschule plus aus Hannover ließ sich von ihrem Lehrer beruhigen, das sei nicht ernst, sondern nur der Beginn eines kleinen Krimistücks. Herr Hansmann wusste, dass die Ostfriesen besonders krimibegeistert seien, und erklärte ihnen, es gäbe hier Krimidinner und Mordfalluntersuchungen für Touristen. Die Kurverwaltung Norden-Norddeich organisiere sogar kleine Kriminalstücke, an denen die Touristen sich beteiligen könnten, es gäbe Mörderjagden durch Norden und Norddeich.

»Die«, so sagte er selbstgefällig, »sind hier eben so.«

Sein Klassenprimus Kevin, der in der Schule die versautesten Aufsätze schrieb, aber in Mathe seinen Klassenkameraden weit überlegen war und Formeln und Rechenaufgaben genauso liebte wie zotige Witze, fragte: »Das heißt, wir sind jetzt also praktisch Schauspieler in einem Theaterstück?«

»Ja, so ähnlich«, erklärte sein Lehrer und musste sich von Schacht zurechtweisen lassen: »Irrtum! Das ist hier kein Spaß und kein Witz für Touristen. Da oben wohnt der Mann, der meine Tochter entführt hat. Sie ist vier Monate alt! Sie heißt Tina Müller und wurde vor der Schwanen-Apotheke in Norden aus dem Kinderwagen gestohlen.«

»Siehst du, wusste ich doch, dass das ein Witz ist. Ina Müller! So heißt doch kein Baby. Das ist diese Sängerin … Kinder, denkt doch mal nach! Wenn da oben wirklich ein Entführer wohnte, was würde denn da wohl die Polizei tun?«

»Na, eben NICHTS!«, brüllte Schacht. »ABSOLUT NICHTS! Und nicht Ina wurde entführt, sondern Tina! Ina ist ihre Zwillingsschwester.«

»Komm, wir holen uns da hinten Krabbenbrötchen, und dann gucken wir hier zu. Ich glaub, das kann noch ganz lustig werden«, sagte eine blonde Schönheit mit strahlend weißen Zähnen zu ihrem fünfundzwanzigjährigen Freund, der nicht nur verliebt guckte, sondern auch einen gigantischen Knutschfleck am Hals hatte. Auf seinem T-Shirt stand: *Made in Santa Fu (JVA Hamburg)*.

Der junge Mann mit dem Knutschfleck deutete jetzt aufs Haus. »Guck mal, da oben ist einer am Fenster.«

»Ja«, tönte Schacht, »das ist er! Der Entführer Wolfgang Müller. Er hat meine Tochter, das Schwein!«

Zwei Schüler der Realschule plus flüsterten kurz miteinander und sangen dann:

»*Lieber Wolfgang, sei so nett,
komm doch mal ans Fensterbrett!*«

Jemand aus der vierten Reihe warf sein Eis. Es klatschte gegen die Fensterscheibe. Der Lehrer wusste sofort, wer der Übeltäter war, obwohl er es nicht gesehen hatte, und rief: »Noch ein so'n Ding, Samantha, und du fährst nach Hause!«

Schrader und Benninga kamen in einem Bulli angerast, der sich angeblich gut für die unauffällige Personenüberwachung eignete. Der Wagen war als Fahrzeug der Firma Saubermann getarnt.

Benninga biss noch einmal in seine Pizza. Das Ding schmeckte wirklich geradezu erschreckend gut. Er hatte es nicht übers Herz gebracht, die Pizza liegen zu lassen, und hielt in der Linken noch ein tortengroßes Stück.

Schrader lief voran und wollte den Auflauf vor der Tür sofort beenden.

»Dies ist eine unangemeldete Demonstration! Ich muss Sie auffordern, sofort weiterzugehen!«

»Ist das auch einer von den Clowns aus der Theatergruppe, Herr Hansmann?«, fragte Kevin.

»Ja sicher. Dachtest du, echte Polizisten kommen mit einem Bulli angefahren und essen bei den Ermittlungen Pizza?«

Herr Hansmann fand es unheimlich lustig, Schrader zu sagen: »Das hätten Sie aber auch ein bisschen realistischer machen können. Haben Sie sich den Wagen einfach von Ihrem Nachbarn geliehen oder was? Hätten Sie nicht wenigstens einen alten BMW umspritzen können in dieses widerliche Kloblau der heutigen Polizeifahrzeuge?«

Hansmann erntete Gelächter von seinen Schülern. Sie fanden ihn klasse. Er war ein Pfundskerl, mit dem man so richtig gut Urlaub machen konnte.

Oben hinter der Fensterscheibe fasste Angela Riemann den Arm von Wolfgang Müller und drückte ihn. Er vibrierte. Sie konnte sein inneres Zittern spüren, und sie wusste nicht, was er als Nächstes tun würde. Er konnte schrecklich ausflippen. Er hatte es ihr erzählt. Noch hatte er sich im Griff. Die Frage war, wie lange er diesem Druck standhalten konnte.

»Kümmere dich gar nicht darum«, sagte sie. »Geh jetzt bloß nicht raus. Sag nichts. Die werden wieder gehen. Wenn der Chor der Blöden singt, sollte man ihm nicht zuhören. Lass uns einfach weggehen von hier. Vergiss Gundula und ihren Schwachkopf da draußen. Wir werden eine eigene, kleine Familie haben. Wir werden uns lieben und zusammenhalten. Du sollst mein Mann sein und ich deine Frau. So einfach kann alles sein. Die Welt ist nicht gut, Wolfi. Wir sollten uns zurückziehen und sie sich selbst überlassen.«

Er stieß sie weg. Sie roch merkwürdig, als hätte sie ein neues Parfüm benutzt oder gerade Milchreis gegessen, mit Zimt, Zucker und Vanille. In seinem aufwallenden Zorn hätte er ihr fast gesagt: Hau ab, du riechst wie eine Kuh. Aber dann tat er es doch nicht. Er zog sie stattdessen zu sich heran und legte einen Arm um sie.

»Man kann nicht immer so einfach abhauen im Leben, Angie. Ich bin zu oft abgehauen. Meistens habe ich mich in Alkohol geflüchtet. Das ist vorbei. Das mache ich nicht mehr. Ich stehe das jetzt durch, egal, was passiert.«

»Die Zwillinge sind bestimmt von dir«, sagte sie.

»Ich vermute es. Aber sie verweigern mir die Gewissheit. Wir werden sie uns holen.«

»Schön wär's ja«, flüsterte sie und kuschelte sich an ihn. »Oder muss ich dann Angst haben, dass du auch die Mutter willst?«

Er lachte gegen seine eigene Überzeugung besonders laut an, um Angela zu beruhigen. »Oh nein. Ich will nur dich. Aber meine Kinder hätte ich schon gern – wenn sie es wirklich sind. Und Lucy ebenfalls.«

»Ich weiß«, sagte sie, »ich weiß. Ich würde alles tun, damit deine Wünsche in Erfüllung gehen können. Aber wenn wir jetzt hier sitzen und warten, bis die uns lynchen, hilft das auch nicht.«

»Die lynchen keinen«, versprach er heldenhaft. »Das sind Weicheier, die laufen schon weg, wenn es nur ein bisschen anfängt zu regnen.«

Minuten später zog von Westen her eine schwarze Wolke heran, und da wusste Angela Riemann, dass Wolfgang recht gehabt hatte. Die Leute verstreuten sich in alle Richtungen, liefen in ihre Hotels und Ferienwohnungen oder suchten in Restaurants und Cafés Unterschlupf. Nur einer blieb ungerührt stehen: Thomas Schacht.

Die Farbe auf seinem Plakat verlief vom Regen, tropfte auf seine Haare und lief dann über sein Gesicht. Es sah so aus, als hätte er Kriegsbemalung angelegt. Und mit jedem Regentropfen wuchs sein Hass.

Ubbo Heide hatte sich bemüht, alles ganz liebevoll vorzubereiten. Die Tische waren zusammengestellt, so dass eine große Tafel entstand, um die alle herumsaßen. Kleine Mineralwasser- und Apfelsaftflaschen waren an allen strategisch wichtigen Punkten verteilt. Es wurde Krintstuut gereicht, dazu ein paar Sanddornkekse. Es roch nach starkem Schwarztee, und auf dem Tisch stand neben den Kluntjes echte Kaffeesahne, nicht irgendeine fettreduzierte weiße Plörre, die jeden richtigen Ostfriesentee ungenießbar machte.

Weller sagte: »Ach, du Scheiße, großer Bahnhof«, aber Ann Kathrin sah Ubbo fragend an und wartete ruhig, bis er ihnen seine Erklärung gab.

Ann Kathrin kannte nur die wenigsten Personen hier im Raum. Ubbo Heide, Rieke Gersema und Sylvia Hoppe. Die anderen kannte sie nicht. Sie hatte die Kollegen auch noch nie auf Schulungen oder irgendwelchen Festen gesehen.

Gerade hielt ein Mann mit silbergrauen welligen Haaren und einem saloppen Anzug, der garantiert nicht von der Stange gekauft worden war, einen kleinen Vortrag. Alle lauschten ihm andächtig. Ann Kathrin bekam noch die Worte mit:

»Das Wissen der Menschheit verdoppelt sich zurzeit etwa alle vier Jahre, mit beschleunigter Tendenz. Hierbei muss es zu einer verstärkten Arbeitsteilung durch Abstützung operativer Entscheidungkompetenzen und hierarchischer Trennung von Führungs- und Abwicklungsfunktionen kommen, um die Effizienz der Gesamtorganisation ...«

Ubbo stellte ihnen das hochgewachsene Alphatier als Kriminaldirektor Schwindelhausen vor.

Naja, für den Namen kann er ja nichts, dachte Weller, grinste sich aber eins.

Der Mann hielt Ann Kathrin die Hand betont lässig hin. »Sie können mich Ludwig nennen, Frau Kollegin.«

»Kriminaldirektor Schwindelhausen leitet eine Sonderkommission des Bundeskriminalamtes, die speziell für Entführungen ausgebildet und trainiert wurde.«

»Das heißt?«, fragte Ann Kathrin. »Nehmen Sie uns jetzt die Arbeit aus der Hand, oder unterstützen Sie uns?«

Er lächelte süffisant. »Sagen wir mal, wir tragen dazu bei, das alles zu professionalisieren.«

Bei Ann Kathrin war er damit schon unten durch. Spezialisten, die aus der Großstadt kamen und glaubten, den doofen Ostfriesen Nachhilfestunden geben zu müssen, stießen bei ihr auf wenig Gegenliebe. Überhaupt galt sie nicht gerade als gute Teamspielerin. Sie arbeitete am liebsten mit ein paar Vertrauten zusammen. Tief in sich drinnen glaubte sie nicht, dass eine SOKO von dreißig oder sechzig Leuten effektiver war als eine kleine, gut eingespielte Einheit.

»Die Familie«, sagte sie, »lehnt die Zusammenarbeit mit der Kriminalpolizei ab. Ich bin mir nicht sicher, ob die das so witzig finden, was hier gerade veranstaltet wird. Ich weiß auch nicht, ob der ganze Aufwand notwendig ist. Vermutlich hat der Vater das Kind einfach zu einem Freund oder einer Freundin gebracht, um eine DNA-Überprüfung machen zu lassen oder um Druck auf die Frau auszuüben, damit sie sich von ihrem Freund trennt. Wolfgang Müller glaubt, die Zwillinge seien von ihm. Vielleicht«, lachte sie und merkte gar nicht, dass sie sich dabei um Kopf und Kragen redete, »hat er noch eine Oma im Ruhrgebiet, und die passt auf das Kind auf und weiß nicht mal etwas von der Entführung.«

Sie schielte zu Weller und der zu ihr. Dann sah er auf den Boden. Es war ihm todpeinlich.

»Wieso haben Sie bisher nicht daran gedacht?«, fragte Schwindelhausen. »Wurde das überprüft? Lebt seine Mutter noch? Gibt es andere Verwandte, bei denen das Kind sein könnte?«

Ann Kathrin stöhnte und sah zu Ubbo Heide. Der machte

einen Erklärungsversuch: »Nun, wir waren bisher ziemlich überlastet. Es gibt ja nicht nur diesen einen Fall, sondern wir haben im Uplengener Moor ...«

»Sehen Sie«, lächelte Schwindelhausen, »deswegen sind wir ja jetzt da. So ein Fall überfordert die lokalen Kräfte grundsätzlich. Wir werden natürlich mit Ihnen zusammenarbeiten, Frau Klaasen, oder darf ich Sie Ann Kathrin nennen?«

Die Frage hing in der Luft wie Spinnweben. Ann Kathrin nahm sie nicht auf, was Schwindelhausen als Angebot interpretierte, Ann Kathrin zu duzen.

»Also, Ann Kathrin, wir arbeiten natürlich gerne mit Kollegen vor Ort zusammen. Schließlich kennt ihr die Situation, die örtlichen Gegebenheiten ...«

»Schon klar«, sagte sie, »wir kennen uns vor Ort aus, und ihr seid die Spezialisten. Habe ich das richtig verstanden?«

Er nickte.

»Bevor jetzt hier das große Palaver – äh, ich meine, die Konferenz beginnt, würde ich dich gerne kurz alleine sprechen, Ubbo. Geht das?«

Ubbo Heide verließ sofort mit ihr den Raum. Weller kam sich drinnen jetzt sehr verlassen vor und suchte die Nähe von Rieke Gersema und Sylvia Hoppe, die sich nebeneinander gesetzt hatten.

Auf dem Flur bot Ubbo Heide Ann Kathrin ein Stück von seinem Marzipanseehund an. Sie griff zu. So hatten sie wenigstens etwas Verbindung miteinander.

»Konntest du mir das nicht ersparen? Ich denke, wir könnten den Fall in ein paar Stunden lösen. Es ist eine Familienangelegenheit. Die gehen aufeinander los. Was soll da so ein großes Sonderkommando? Hinterher wird es eher darauf ankommen, das alles runterzukochen. Die müssen doch nicht unnötig kriminalisiert werden. Wir haben es hier nicht mit irgendwelchen professionellen Entführern zu tun, sondern mit verzweifelten

Menschen, die mit ihren Gefühlen nicht mehr klarkommen und das nun völlig bescheuert ausagieren. Die gehören nicht ins Gefängnis, die brauchen eine Therapie, am besten als ganze Familie.«

Ubbo Heide schluckte und aß das restliche Marzipan auf.

»Hoffentlich hast du recht, Ann.«

Er wollte zurück in den Besprechungsraum, aber Ann Kathrin hielt ihn fest.

»Halt. Was ist mit der Auswertung von Ollenhauers Computer? Charlie hat gesagt, er sei fündig geworden.«

»Das kann man wohl sagen.« Ubbo Heide schob sie in sein Büro und hielt dann die Tür mit einer Hand zu. »Wir haben einhundertsechs Fotos von ihm und Jugendlichen. Es sind immer sehr eindeutige Dinge. Charlie sagt, es ist ganz klar. Er ist nackt, die Kinder auch.«

»Kinderpornographie? Also doch? Haben wir in ein Wespennest gestochen?«

»Ich habe die Bilder noch nicht. Wir ziehen jetzt diese Sitzung hier durch, und danach schauen wir uns das alle gemeinsam an.«

In dem Moment betrat Charlie Thiekötter den Raum. Er trug einen Stapel farbiger Ausdrucke unter dem Arm und sah aus wie ein Angler, der einen großen Fisch an Land gezogen hatte.

Rupert kannte die Kollegen vom BKA nicht. Sie waren jung und voller Tatendrang. Er redete sie mit ›Jungs‹ an, was dann besonders peinlich war, weil einer der ›Jungs‹ sich als Frau entpuppte. Sie hatte kurzgeschorene Haare und ein kantiges, männliches Gesicht. Ihre Stimme war dunkler als die ihres männlichen Kollegen, und sie bewegte sich mit merkwürdig abgezirkelten Gesten, als würde sie wie eine Marionette an Fäden geführt.

Sie erklärten ihm, dass er jetzt zurückfahren könnte, sie würden den Fall übernehmen. Ohne Dienstanweisung von Ann Kathrin oder Ubbo Heide wollte er aber nicht weichen. Stattdessen bot er, der nur zu gerne zum BKA gewechselt wäre, den Kollegen seine Mitarbeit an und erklärte, was sich inzwischen ereignet hatte. Aber das wussten sie bereits. Sie hatten auch schon Schrader und Benninga in den Fischteichweg zurückgeschickt.

»Ihr könnt doch hier auch nicht mehr machen als ich«, lachte Rupert. »Was glaubt ihr beiden Pappnasen denn, was ihr drauf habt, was wir nicht können?«

Daraufhin packte die Kollegin mit dem Meckihaarschnitt etwas aus, das für Rupert wie ein Zielfernrohr aussah.

»Wollt ihr ihn von hier aus abknallen, oder was?«

»Das ist ein Richtmikrophon«, erklärte sie. »Damit können wir von hier aus mithören, was die da drüben erzählen.«

»Ohne dass ihr eine Wanze anbringt?«

»Genau. Die brauchen wir zum Glück nicht.«

Rupert blieb noch und schaute sich an, wie die beiden sich einrichteten.

Sie hatte ganz klar die Oberhand, und ihr Kollege ließ sich von ihr herumkommandieren. Für Rupert war das ein Albtraum. Er litt schon genug darunter, dass Ann Kathrin seine Vorgesetzte war, aber sich von einer Lesbe herumschicken zu lassen, wäre für ihn unvorstellbar gewesen. Fast froh, nochmal drumherum gekommen zu sein, packte er seine Sachen zusammen. Aber er verließ den Raum noch nicht.

»Was ist?«, fragte sie.

»Naja, ich möchte gerne wenigstens hören, was euer Richtmikrophon so von sich gibt. Oder ist das jetzt geheim?«

Als dann die ersten Töne kamen, schmunzelte Rupert. Er empfand es als Triumpf. Er hörte den Regen plätschern, und ganz weit weg brummte ein Mann schrecklich falsch »Satisfaction« von den Stones.

»Prima«, sagte Rupert. »Das nenn ich Fortschritt. Dann wünsch ich euch noch viel Spaß, Jungs!«

Der schmallippige Meckihaarschnitt warf ihm einen wütenden Blick zu. Rupert hörte noch im Flur, wie sie zu ihrem Kollegen sagte: »Mein Gott, was für eine Dumpfbacke ...«

Im Fischerweg hielt Angela Riemann es nicht länger aus.

»Lass uns gehen, Wolfgang. Wir können hier nicht bleiben. Ich schaff das nicht. Ich bekomme Platzangst. Guck dir den an, wie der da draußen im Regen steht. Willst du heute Nacht hier schlafen? Hast du keine Angst, dass der durchs Fenster einsteigt und uns einfach umbringt?«

Wolfgang Müller stützte sich mit den Fäusten auf dem Fensterbrett ab. Die Stirn hielt er gegen die kühlende Scheibe gepresst. Er sah grimmig aus und wild entschlossen, so, als könne jeden Moment das Tier in ihm durchbrechen und er würde ohne Rücksicht auf Splitter in der eigenen Haut durch die geschlossene Scheibe nach draußen springen, um sich auf Schacht zu stürzen.

Der Regen und das nun folgende Gewitter gefielen Wolfgang. Er schob Angela weg.

»Verzieh dich einfach, wenn du das hier nicht packst.«

»Ja«, sagte sie, »das werde ich auch tun.«

Sie zog sich die Stiefel an, nahm die Regenjacke vom Kleiderbügel und schlich sich hinten aus dem Haus.

Gundula Müller fasste einen Entschluss. Sie wollte nicht länger zum Spielball der Ereignisse werden und auf gar keinen Fall länger hier herumliegen und Tabletten nehmen.

Sie stellte sich vor, wie das Ganze in fünfundzwanzig Jahren bewertet werden würde. Sie saß als Oma in einem Sessel, Lucy hatte sie bereits zweimal zur Oma gemacht, und die Zwillinge waren inzwischen auch schon unter der Haube.

Sie wollte dann nicht vor ihren Enkelkindern als eine Frau dastehen, die im entscheidenden Moment schlappgemacht hatte und nicht mehr in der Lage war, die Fäden in der Hand zu halten. Sie musste die Dinge beeinflussen. Sie wollte zu einem handelnden Subjekt werden und nicht mehr nur ein passives Objekt der Ereignisse sein.

Es hatte ihr schon oft geholfen, sich vorzustellen, wie man das Heute aus der Zukunft betrachtet. Die Dinge relativierten sich, Hektik wurde herausgenommen, und Klarheit machte sich breit.

Sie wollte nicht ungerüstet in die Schlacht, deshalb schminkte sie sich zunächst. Die schwarzen Ränder unter den Augen mussten weg, und diese teigige weiße Haut sollte wieder mehr Lebenskraft bekommen und einen gut durchbluteten Eindruck machen.

Mit Lucys Lipliner malte sie einen dunklen Strich um ihre Lippen. So, fand sie, sah sie energischer, ja gefährlicher aus.

Lucy staunte, als sie ihre Mutter so sah. »Was ist denn mit dir los?«

»Ich hole Thomas zurück und rede selbst mit Wolfgang.«

Lucy pfiff leise durch die Lippen. So gefiel ihr ihre Mutter. Sie konnte zur Tigerin werden. Dann war sie sogar wieder so etwas wie ein Vorbild. Sie strahlte Kampfbereitschaft aus und war energiegeladen. Ihre Schultern hingen nicht mehr herunter, und was Lucy am besten gefiel: sie hatte nicht mehr diese verblödeten, verliebten Rehaugen.

»Du bleibst bei Ina«, sagte sie scharf zu Lucy. »Wenn sie von dem Gewitter wach wird, singst du sie wieder in den Schlaf. Wenn du hier heimlich rauchst, hast du vierzehn Tage Hausarrest.«

Solche Worte war Lucy von ihrer Mutter nicht gewöhnt. Thomas warf manchmal mit solchen Ausdrücken um sich, wenn er mal wieder »andere Saiten aufziehen« wollte.

Als ihre aufgedonnerte Mutter durch den Regen in Richtung Fischerweg ging, wollte sie eigentlich die Chance nutzen, um Benne anzurufen. Der Mist war nur, dass alles, was über ihr Handy lief, von der Polizei mitgehört werden würde, und das gefiel ihr gar nicht.

Sie kämpfte mit sich. Sie wusste, wo Benne sich jetzt aufhielt. Es gab nur ein kleines Zeitfenster. Lange würde ihre Mutter bestimmt nicht wegbleiben. Aber sie wollte diese Chance nutzen, um Benne wiederzusehen.

Doch so, wie sie aussah, konnte sie unmöglich zu ihm. Außerdem krochen die Schuldgefühle wie kleine, giftige Schlangen zwischen ihrer Haut und ihrer Kleidung hin und her und versuchten, in sie einzudringen.

Sie kratzte sich. Ich sitz hier fest, dachte sie. Verdammt, ich sitz hier fest. Ich kann nicht mit ihm telefonieren, aber ich kann ihm so auch nicht unter die Augen treten. Ich muss was tun.

Sie beschloss, sich ein Beispiel an ihrer Mutter zu nehmen und zunächst heiß zu duschen.

Ich werde mich zurechtmachen und schminken, dachte sie, und dann, dann werde ich sie ganz offiziell bitten, dass ich zu Benne darf. Vielleicht sind die beiden sogar froh darüber, wenn ich sie alleine lasse.

Irgendetwas veränderte sich hier gerade. Die Position von Thomas in der Familie wurde geschwächt, und Lucy fühlte sich dadurch besser. Je stärker ihre Mutter wurde, umso weniger dominant war Thomas. Sie nahm ihm den Wind aus den Segeln. Das tat Lucy gut.

Sie stieg aus ihren Klamotten und duschte viel zu heiß, bis die Haut krebsrot brannte. Immer wieder schrubbte sie mit der langen Rückenbürste aus Birnbaumholz über ihre Haut zwischen den Schulterblättern und kratzte sich damit die Schuldschlangen ab, die ekelhaft langsam über ihren Rücken krochen.

Oh ja, der Himmel hält zu mir. Wie wunderbar. Der Regen hat die vielen Touristen verjagt. Ich bin jetzt ganz alleine hier im Muschelweg. Sie haben sich in ihre Ferienwohnungen verkrochen.

Kinder, wenn ihr die Blitze sehen könntet, direkt über dem Haus! Deshalb haben die Menschen damals gedacht, dass eine Gottheit, Thor, oder wie immer sie ihn genannt haben, voller Zorn brennende Pfeile nach unten warf.

Die Blitze zielen direkt auf das Haus, in dem du bist, meine Kleine, damit ich den Weg auch finde. Das Universum zeigt mir, wohin ich zu gehen habe. Gott ist unser Freund.

Alles verändert sich so schnell. Nichts bleibt, wie es war. Familien fallen einfach auseinander. Menschen gehen weg, lassen ihre Liebsten im Stich. Das gefällt dem Herrgott nicht länger. Jemand muss kommen und das verändern.

Ich bin die wahre Konservative. Ich bewahre die Welt vor dem Verfall, die Menschen vor dem Auseinandergehen. Alles versinkt im Chaos. Ich bin die stabilisierende Kraft.

Ich hol dir dein Schwesterchen, Tina. Keine Angst, bald wird sie bei dir sein. Ich hol sie dir. Jetzt.

Weil Ann Kathrin und Ubbo Heide nicht zurückkamen, verließ auch Weller die Dienstbesprechung, die mehr zu einer Ein-Mann-Show von Schwindelhausen geworden war.

Im Flur begegnete er der Anwältin von Ollenhauer, die ihn kalt fixierte. Weller hatte, als er an ihr vorbeiging, das Gefühl, durch einen Scanner zu laufen. Sie wollte ihn einschätzen, ob sie mit ihm fertig werden würde oder nicht. Er konnte ihr anmerken, dass sie ihn für ein Weichei hielt und ihn nicht weiter ernst nahm.

Es hatte ihm schon oft geholfen, dass man ihn unterschätzte, deshalb ärgerte es ihn überhaupt nicht.

Du wirst mich noch kennen lernen, dachte er und ging instinktiv zu der Tür, hinter der sich Ubbo Heide und Ann Kathrin befanden. Er staunte aber, als er dort auch Rupert sah. Mit dem hatte er gar nicht gerechnet.

Charlie Thiekötter hatte alle einhundertsechs Fotos in DIN-A4-Größe ausgedruckt. Da an der Wand nicht genug Platz dafür war, lagen sie verstreut auf den verschiedenen Schreibtischen. Ein paar hingen wie Röntgenbilder an der Lichtwand, was in diesem Fall aber überhaupt keinen Sinn machte, da die Fotos ja das Licht abdeckten.

Weller hatte nie begriffen, wer warum dieses Ding hier angebracht hatte. Vielleicht war dieses Büro ja früher einmal eine Arztpraxis gewesen ...

Ubbo Heide zeigte auf den nackten Mann, der sich nach einem Ball streckte und einen halben Meter hoch in der Luft schwebte. Hinter ihm war die *Oase* auf Norderney zu sehen.

»Das ist Ollenhauer, das dort Nils Renken. Hier sind Kinder, die von ihrer Stiftung betreut wurden. Jule Freytag, Kevin Becker, Larissa Kuhl.«

»Alle drei werden vermisst«, fügte Ann Kathrin hinzu.

»Der da müsste Adrian Harmsen sein. Der hat inzwischen an den Olympischen Spielen teilgenommen. Ist eine echte Sportkanone als Fünfkämpfer. Das da könnte Sven Olberts sein, der ist an einer Überdosis Heroin gestorben.«

Rupert fiel eines der Mädchen besonders auf: »Das ist Svenja Roth. Ich hab sie bei Doepke getroffen. Sie ist ja immer noch der Meinung, dass Ollenhauer ein toller Typ sei.«

Die Kinder waren nackt. Sie tollten herum, spielten Ball.

»Hier sind sie beim Radschlag«, sagte Weller. »Da ist auch noch eine Frau mit dabei, aber man kann ihr Gesicht nicht sehen. Sie ist immer nur von hinten drauf, oder der Kopf ist abgeschnitten.«

»Oh«, lachte Rupert, »das ist Frau Professor Dr. Hildegard.«

»Woran willst du das denn erkennen?«, fragte Ubbo Heide, und seine Augen huschten über die Fotos. Hatte er irgendetwas übersehen?

Weller räusperte sich und fächelte sich Luft zu. Ihm wurde heiß in dieser Situation.

»Das ist ganz eindeutig Frau Dr. Hildegard. Ich erkenne sie an ihrem Arsch.«

Ubbo Heide atmete schwer aus.

Ann Kathrin hakte nach, als hätte sie ihn falsch verstanden: »An ihrem Hinterteil?«

»Ja. Na klar. Guck ihn dir doch genau an. Ich habe sie in der Pathologie gesehen. Das ist ihr Hintern, darauf wette ich alles, was ich besitze. Sie hat diese besondere Wölbung, die eigentlich gar nicht zu ihren blonden Haaren und zu ihrem nordischen Typ passt. So eine Wölbung findet man eher in Afrika.«

Weller war es peinlich, wie Rupert in Anwesenheit von Ann Kathrin redete. Er fuhr sich mit den Fingern durch die Haare und drehte sich von seinem Kollegen weg.

»In Afrika«, schimpfte Weller gegen die Wand, »was für ein Scheiß!!«

»Aber du bist doch mit mir in der Pathologie gewesen. Hast du das etwa nicht gesehen? Sie hat doch die ganze Zeit damit vor unserer Nase rumgewackelt. Ihr runder Hintern hebt den Rock hinten an. Die italienischen Röcke sind für so etwas einfach nicht geschneidert. Dadurch werden sie hinten kürzer und vorne länger.«

Weller schielte zu Ann Kathrin, als müsse er sich bei ihr für Rupert entschuldigen.

Ann Kathrin sagte: »Nun, sollen wir das jetzt in die Akten schreiben? Rupert hat Frau Professor Dr. Hildegard an ihrem Negerhintern erkannt?«

»Nein«, stellte Ubbo Heide klar, »das werden wir nirgendwohin schreiben. Diese Aussage würde uns doch zu Recht sofort als rassistisch ausgelegt oder als ...«

»Und ich sage euch, Kollegen, das ist Frau Dr. Hildegard! Das stellt doch den Fall in einem ganz anderen Licht dar. Sie arbeitet in der Pathologie. Sie ist als Chirurgin jederzeit in der Lage, Leute auszustopfen. Sie kommt an die Sachen. Sie ...«

»Das hat sie mit Ollenhauer gemeinsam ...«

»Sie hatten die Möglichkeit. Sie hatten die Kinder. Hier sind sie alle gemeinsam zu sehen. Gehen wir rüber, nageln wir sie ans Kreuz«, schlug Rupert vor und reckte sein Kinn nach vorne.

Weller brachte es auf den Punkt: »Ich stelle mir gerade die Hauptverhandlung vor, wenn wir ihrem Anwalt erklären, dass wir seine Mandantin an ihrem Hintern eindeutig identifiziert haben ...«

»Ich hab da Ahnung von. Ich hab einen Blick für sowas«, tönte Rupert, und Ann Kathrin nickte. »Ja. Dass du dich mit solchen Aussagen um Kopf und Kragen redest und uns alle in Verruf bringst, genau das ist unsere Angst, verstehst du?«

Rupert hob den Zeigefinger und dozierte jetzt los: »Was seid ihr doch für Kleingeister! Wo steht denn geschrieben, dass man Menschen nur am Gesicht identifizieren kann? Gibt es dazu irgendeine Dienstvorschrift? Irgendein Gesetz? Das ist doch alles nur ein Haufen Müll! So ein Hinterteil ist genau so ein eindeutiges Merkmal wie eine Nase, eine Mundpartie, die Augen oder eine DNA-Spur.«

Ubbo Heide wollte abwiegeln, doch jetzt fiel Rupert das schlagende Argument ein: »Die BRAVO! Ihr habt doch bestimmt alle BRAVO-Starschnitte gesammelt, oder nicht?«

Ubbo Heide nickte und ärgerte sich sofort darüber, es getan zu haben.

»Und? Brauchtet ihr da die Nase oder die Augen oder den Mund, um jemanden zu erkennen? Oh nein. Manchmal reichte ein Stück vom Handrücken, vom Ellbogen, vom Nacken oder, ja, verdammt nochmal, vom Hintern, und ihr wusstet genau, wer das ist!«

Weller musste sich eingestehen, dass er die Argumentation schlüssig fand, wollte das aber auf keinen Fall vor Ann Kathrin zugeben.

Ubbo Heide ging zu seinem Schreibtisch und suchte nach Marzipan. Er brauchte das jetzt dringender als irgendeine Medizin. Er fand den kleinen Seehund und grub seine Zähne hinein. Er schloss die Augen, und für einen Moment wirkte er glücklich.

»Okay«, sagte Ann Kathrin, »ich bin mal bereit, Rupert, anzunehmen, dass du der größte Hinternspezialist der Republik bist. Du erkennst Menschen daran. Frauen insbesondere, stimmt's?«

Rupert nickte und stellte sich breitbeinig hin. »Darauf kannst du einen lassen.«

»Dann ist das jetzt etwas, das wir in Erwägung ziehen, aber wir müssen es auf eine andere Art beweisen.«

»Was soll das heißen, auf eine andere Art beweisen?« Rupert nahm das Foto, drehte es um und sagte: »Auf der Seite ist nichts, oder meinst du, wir können das einfach umdrehen und sehen dann ihr Gesicht?«

Auf diesen Unsinn ging Ann Kathrin nicht ein. Stattdessen sagte sie: »Ich halte es für möglich, dass sie es einfach zugibt, wenn wir sie darauf ansprechen. Holger Bloem hat sie in der Ollenhauer-Villa gesehen, vor vielen Jahren, als er ein Interview mit ihm fürs OMA gemacht hat.«

Wenn Weller sich nicht täuschte, knirschte Rupert gerade vor Wut mit den Zähnen. Er ballte die Fäuste, und von seiner Körpermitte ging ein Schütteln aus, das seine ganze Gestalt erfasste. Dann schimpfte er los:

»Na toll! Natürlich glaubt ihr diesem Bloem wieder viel mehr als mir! Wie kann das sein? Dieser Zivilist macht irgendeine Aussage, und die ist Gold wert. Aber wehe, Rupert sagt was, dann ...«

»Er hat sie nicht an ihrem Hintern erkannt.«

Ubbo Heide schnitt das Gespräch ab. »Genug geredet. Wir haben die Anwältin von Ollenhauer jetzt lange genug warten lassen. Bist du soweit, Ann?«

Sie atmete tief durch den Mund aus und holte dann durch die Nase Luft.

»Ja«, sagte sie, »nichts lieber als das. Ich brenne darauf.«

»Ich auch«, freute Weller sich. »Ich hab sie vorhin im Flur getroffen. Wie es scheint, hat Ollenhauer seinen Anwalt abgeschossen und stattdessen dieses Weibsbild engagiert.«

Ubbo Heide fragte: »Sollen wir die Fotos mitnehmen? Willst du Ollenhauer konfrontieren?«

»Ich denke, er weiß, was er auf seinem Computer hat«, antwortete Ann Kathrin. Trotzdem nahm sie ein paar ausgesuchte Bilder an sich, unter anderem auch das, auf dem Rupert glaubte, Frau Professor Dr. Hildegard erkannt zu haben.

Nur Ann Kathrin ging zu Ollenhauer und seiner Anwältin, Frau Dr. Schmidt-Liechner, in den Raum.

Ubbo Heide, Rupert und Weller standen vor der Scheibe, um unerkannt das Gespräch mitzuverfolgen.

Weller wollte zu gern mit rein, aber Ann Kathrin hatte sich das verbeten. »Niemand wird mich da drin angreifen, Frank. Du musst mich nicht beschützen, und ich möchte nicht, dass das Gespräch in eine falsche Richtung läuft.«

Ubbo Heide versuchte, Rupert in den großen Besprechungsraum zu Ludwig Schwindelhausen zu schicken, aber Rupert fand das hier jetzt viel spannender.

Aus dem Besprechungsraum drang Lärm. Es wurden Türen geknallt, und jemand, dessen Stimme Ubbo Heide nicht kannte, brüllte herum.

Weller ließ sich davon nicht ablenken. Diese Anwältin, die aussah wie aus dem Modejournal, brachte ihn noch mehr gegen Ollenhauer auf. Das Ganze würde zu einem Duell zwischen Ann Kathrin und ihr werden, bei dem Ollenhauer sich genüsslich zurücklehnen und zusehen würde. Genau das war Wellers Befürchtung, und er hätte zu gern etwas dagegen unternommen.

Er, der eigentlich immer dafür war, den Rechtsstaat zu verteidigen, sah plötzlich gar nicht mehr ein, warum ein Verdächtiger beim Verhör einen Anwalt mit dabeihaben konnte, und wenn es schon sein musste, dann doch nicht so eine Schnepfe! Der waren doch Recht und Unrecht völlig egal. Die stand aufseiten dessen, der sie bezahlte, und in Wellers Phantasie pflasterte sie diesen Verhörraum mit scharfen Tellerminen, in der Hoffnung, dass Ann Kathrin auf eine treten würde.

»Sollen wir nicht besser doch reingehen?«, fragte Weller Ubbo Heide, aber er kannte die Antwort schon im Voraus.

Ubbo schüttelte den Kopf, was Rupert nicht mitbekam, der sich freudig Wellers Meinung anschloss: »Au ja, und dann spielen wir *Guter Bulle – böser Bulle*! Das ist doch immer sehr erfolgsversprechend.«

»Ich würde lieber *Böser Bulle – böser Bulle* spielen«, brummte Weller resigniert. Er wusste, dass jeder weitere Versuch, Ubbo Heide umzustimmen, sinnlos war. Ubbo deckte Ann Kathrin im Grunde immer und stärkte ihr den Rücken, wo es nur ging.

Als Ann Kathrin Dr. Ollenhauer und seiner Anwältin gegenüberstand und die Eiseskälte spürte, die von Frau Dr. Schmidt-

Liechner ausging, geriet sie für einen Moment in die Versuchung, den Raum wieder zu verlassen und sich um ihre Mutter zu kümmern.

Warum bin ich mit solchen Menschen zusammen? Was tue ich hier eigentlich?, fragte sie sich. Meine Mutter braucht mich. Der Umzug muss organisiert werden. Vielleicht hat ihr das Essen heute nicht geschmeckt. Vielleicht braucht sie etwas von mir. Sie wird mich bestimmt schon vermissen.

Was bin ich nur für eine Tochter? Ich habe nicht nur als Ehefrau und Mutter versagt, sondern jetzt auch noch als Tochter ...

Sie wischte sich mit der Hand übers Gesicht und hoffte, dass niemand ihr anmerkte, dass sie nicht wirklich bei der Sache war.

Die Anwältin legte sofort los: »Ich protestiere im Namen meines Mandanten aufs Schärfste gegen die ehrenrührige Behandlung, mit der sein Lebenswerk und sein gesellschaftliches Engagement in den Dreck gezogen werden soll ...«

»Ich heiße Sie auch herzlich willkommen. Mein Name ist Ann Kathrin Klaasen. Ich leite die Ermittlungen in diesem Fall. Gehe ich recht in der Annahme, dass Sie die anwaltliche Vertretung von Herrn Dr. Ollenhauer sind?«

Frau Dr. Schmidt-Liechner warf die Haare zurück und bleckte die Zähne. Sie hatte jetzt etwas von einem Schießhund, fand Weller und spürte den Drang, Ann Kathrin vor dieser Energie zu schützen.

»Ja, und ob ich das bin! Alle Vollmachten sind unterschrieben und hinterlegt.«

»Nun, wenn Sie seine Anwältin sind, dann führen Sie sich hier bitte nicht auf wie eine eifersüchtige Ehefrau.«

»Der war gut!«, freute Rupert sich, der sonst nicht gerne ein gutes Haar an Ann Kathrins Arbeit ließ, doch jetzt gefiel sie ihm viel mehr als ihm recht war.

»Jule Freytag wurde von der Stiftung, die Herr Dr. Ollenhauer gegründet hat, betreut. Das ist unstrittig, oder?«

Ollenhauer nickte, aber die Anwältin sagte: »Wir bestreiten das durch Nichtwissen.«

Gleichzeitig sah sie Ollenhauer mit einem Blick an, der ihn zurechtwies, er solle auch durch Körperreaktionen keine Antworten geben, sondern ihr alles überlassen. Ollenhauer stemmte seine Arme gegen den Tisch und starrte auf die Tischplatte zwischen seinen Fäusten.

»Ist es korrekt, Herr Dr. Ollenhauer, dass sich im Garten Ihres Grundstücks eine Blocksauna befindet?«

»Wollen Sie ein Haus kaufen?«, konterte Frau Dr. Schmidt-Liechner.

Ann Kathrin ließ sich nicht provozieren, sondern fuhr fort: »Dieses Blockhaus wurde als Sauna genutzt, und dort sind Sie auch gern mit den Jugendlichen zusammen nackt in die Sauna gegangen. Stimmt das?«

Frau Dr. Schmidt-Liechner wandte sich um und ging auf die große Glasscheibe zu. Sie öffnete einen Knopf an ihrer Bluse und drückte ihren Rücken durch, damit ihr Busen besser zur Geltung kam. Sie wusste natürlich, dass sich dahinter das Publikum befand. Sie vermutete dort auch Staatsanwalt Scherer. Mit großen Gesten beschwor sie die Männer hinter der Scheibe: »Das darf doch wohl nicht wahr sein!«

Sie hoffte, ihre gespielte Empörung könnte überspringen, das spürte Weller ganz genau. Diese Frau wusste, was sie tat, und sie tat es nicht zum ersten Mal. Alles war ganz auf Wirkung angelegt.

Während Ann Kathrin Frau Dr. Schmidt-Liechner zusah, dieser ganz auf Wirkung bedachten Frau, der es gefiel, den Männern zu gefallen und ihnen gleichzeitig Angst zu machen, die eine Beziehung nur aushielt, wenn sie ihre eigene Überlegenheit spüren konnte, glitten ihre Gedanken wieder ab.

Ihre Mutter schob sich dazwischen, als würde sie plötzlich hier im Raum stehen, auf wackligen Beinen, in ihrem Nachthemd, die Hausschuhe falsch herum an den Füßen.

»Warum treffen wir uns hier eigentlich? Was läuft hier? Wollen Sie Tipps für die Freizeitgestaltung? Wissen Sie eigentlich, was ich für einen Stundenlohn habe? Sie verschwenden hier die Zeit von zwei hochkarätigen ...«

»Ihre Show nutzt Ihnen hier gar nichts«, sagte Ann Kathrin so emotionslos wie möglich. Damit bot sie einen guten Kontrast zu der übertriebenen Schauspielkunst der Anwältin. »Es geht hier um Fakten und ein dichtes Netz von Beweisen, die Herrn Dr. Ollenhauer belasten. Ich gebe Ihnen hier die Möglichkeit, dazu Stellung zu nehmen und dies auszuräumen. Sie können natürlich auch gerne einen Tabledance hinlegen, wenn Sie glauben, dass es etwas nutzt ...«

Rupert ballte die Faust und führte einen Boxhieb aus, als könnte er Ollenhauer treffen. »*Böser Bulle – böser Bulle*, oh ja!«

»Eins null für dich, Ann Kathrin«, freute Weller sich, doch er sah Ubbo Heide an, dass ihm dieses Wortgefecht gar nicht gefiel. Ihm war das alles zu viel Klinkel-Klankel, zu viel Stutenbeißerei, zu viel Showgefecht.

»Es gibt Zeugenaussagen, Fotos und Fingerabdrücke.«

Frau Dr. Schmidt-Liechner warf einen flüchtigen Blick zu Ollenhauer und versuchte, in seinem Gesicht zu lesen, ob da etwas dran sein könnte.

Ann Kathrin legte drei Bilder auf den Tisch und tippte darauf: »Das hier, Herr Dr. Ollenhauer, sind zweifellos Sie. Das hier ist Nils Renken, und hier sehen wir Jule Freytag, Kevin Becker und Larissa Kuhl. Svenja Roth, Adrian Harmsen und Sven Olberts. Alle Beteiligten sind nackt«, sagte Ann Kathrin, und es klang vorwurfsvoll.

Jetzt begann Frau Dr. Schmidt-Liechner schallend zu lachen. »Ach so, langsam begreife ich, wohin der Hase laufen soll! Sie haben den Computer von Dr. Ollenhauer beschlagnahmt, darauf haben Sie diese Bilder gefunden, und jetzt versuchen Sie, ihm das als Kinderpornographie unterzujubeln, um irgendetwas gegen ihn in der Hand zu haben. Sie sind sich bestimmt im Klaren darüber, auf welch wackligen Beinen das steht. Sollte es irgendeine Presseerklärung von Ihnen geben, in der mein Mandant in Zusammenhang mit Kinderpornographie gebracht wird, und Sie wollen das mit diesen Fotos untermauern, dann werde ich dafür sorgen, dass Ihre Karriere im Polizeidienst beendet ist. Kapiert? Ich nehme das ganz persönlich, ich mach Sie persönlich dafür verantwortlich, nicht irgendeine anonyme Behörde.«

Sie nahm die Fotos in die Hand und spielte damit. Sie drehte sie auf den Kopf und sah sie sich erneut an, so als würde sie noch irgendetwas Verborgenes darin suchen. Dann stellte sie sich mit zwei der Fotos wieder vor die Scheibe, sodass die Männer dahinter die Bilder sehen mussten.

»Das hier ist keine Kinderpornographie, das sind nicht einmal erotische Aufnahmen. Wir sehen hier lachende, fröhliche, spielende Menschen, die sich unverklemmt in freier Natur bewegen. Gerade hier in Ostfriesland hat die Freikörperkultur doch viele Fans. Wollen Sie die tatsächlich kriminalisieren? Wollen Sie den Nacktbadestrand auf Norderney jetzt schließen?«

Es durchfuhr Weller wie ein Blitz, denn er konnte sie dabei ansehen, und er flüsterte leise zu Ubbo Heide: »Die war dabei. Die weiß genau, dass das auf Norderney ist. Die gehörte mit zu dem Verein.«

Dann drehte Frau Dr. Schmidt-Liechner sich um und ging verbal auf Ann Kathrin los, indem sie mit freundlichem, ja verständnisvollem Ton begann: »Sehen Sie, Frau Kommissarin, nicht alle Menschen sind so verklemmt und spießig erzogen worden wie Sie. Das Einzige, was man aus Ihren Verdächtigungen entnehmen kann, ist, dass Sie ein sehr gestörtes Verhältnis zu Ihrem eigenen Körper und zu Ihrer Sexualität haben. Vielleicht sollten Sie therapeutische Hilfe in Anspruch nehmen. Sexualität und Nacktheit sind etwas ganz Normales und gehören zum menschlichen Leben dazu. Wir befinden uns doch nicht mehr im Mittelalter. Haben Sie Kinder?«

»Das geht Sie gar nichts an«, fauchte Ann Kathrin. »Es geht hier nicht um mich, es geht darum, ob Herr Dr. Ollenhauer und seine Helfershelfer Kinder in ihre Gewalt gebracht haben, um sie dann ...«

Ann Kathrin zuckte zusammen. Sie schoss übers Ziel hinaus. Sie schluckte und kämpfte gegen ihre Wut an.

Mach jetzt keinen Mist, Ann, dachte Weller und legte seine linke Hand gegen die Scheibe, als ob er ihr dadurch gute Energie schicken könnte.

Ubbo Heide stupste ihn an, denn er wusste nicht, ob man die Hand von innen vielleicht doch sehen konnte, und sei es nur als Wärmefleck.

Die Anwältin lächelte. Sie fühlte sich schon auf der Gewinnerstraße. »Also, ich habe jedenfalls einen Sohn, und ich gehe mit ihm zusammen in die Badewanne. Ich zeige ihm, dass sein Körper in Ordnung ist und meiner auch. Solche Fotos hätten Sie also gut auch von mir und meinem Kind machen können. Bin ich jetzt deswegen verdächtig? Wird es heute Abend im *Ocean Wave* eine Razzia geben? Wollen Sie dann alle Nackten verhaften, weil das gegen Ihre Spießermoral verstößt? Mein Gott, Frau Kommissarin, wenn Sie wüssten, wie lächerlich Sie sind.«

Ann Kathrin tat Weller leid. Er spürte es wie einen Schmerz in sich, als würde jemand eine Faust in seinen Solarplexus drücken.

»Welch ein gerissenes Luder«, zischte Ubbo Heide, der nicht fassen konnte, dass Ann Kathrin sich so leicht fertigmachen ließ.

»Ich würde ja gerne mit Ihnen weiter soziologische Fragen der Sexualmoral diskutieren«, sagte Ann Kathrin, »aber ich fürchte, darum geht es hier nicht. Dies ist hier kein Volkshochschulkurs zum Thema Sexualerziehung. Es geht um Mord. Möglicherweise um Kindesmissbrauch und um Bandenbildung. Diese drei Kinder hier werden vermisst: Jule Freytag, Kevin Becker und Larissa Kuhl. Eine davon, Jule Freytag, haben wir als ausgestopfte Leiche im Uplengener Moor gefunden. Alle drei wurden von Dr. Ollenhauers Stiftung betreut. Die Jugendlichen waren in gewisser Weise von ihm und den anderen Leuten wie Nils Renken und Frau Dr. Hildegard emotional abhängig. Statt in Heimen oder bei Pflegefamilien zu bleiben, wurde ihnen ein geradezu abenteuerliches Leben geboten.«

Ubbo Heide fand es sehr geschickt, wie Ann Kathrin den Namen von Frau Dr. Hildegard einfließen ließ. Da niemand widersprach, schien Ruperts Behauptung, sie an ihrem Hintern erkannt zu haben, immer deutlicher verifiziert zu werden.

Rupert tat das gut. Er stupste Ubbo Heide an und dann Weller. »Die Hildegard. Habt ihr's gehört?«

Ollenhauer hielt es nicht länger aus. Er war ein viel zu wortgewandter Mann, der es gewöhnt war, öffentlich Reden zu halten, als dass er es noch länger geschafft hätte, den Mund zu halten und seiner Anwältin allein das Rederecht einzuräumen. Das hier lief aus seiner Sicht in die völlig falsche Richtung, und er glaubte, er könnte das Rad herumreißen. Es platzte aus ihm heraus. Viel zu lange schon hatte er geschwiegen.

»Sie glauben, ich stehe auf kleine Jungs oder kleine Mädchen oder auf beides? Mein Gott, so wollen Sie meine ehrenamtliche Arbeit in den Dreck ziehen? Für einen Bruchteil von dem Geld hätte ich viermal im Jahr nach Thailand fliegen können, um mir dort so viele Kinder zu kaufen, wie ich nur möchte. Dort kriegen Sie Zehn- und Zwölfjährige am Straßenrand. Dazu muss ich doch hier nicht zusammen mit vielen anderen Honoratioren eine Gesellschaft gründen und unter den wachsamen Augen der Öffentlichkeit schwierige Jugendliche betreuen, die andere längst aufgegeben haben! Können Sie sich überhaupt vorstellen, welchen Schaden Sie mit Ihren Ermittlungen anrichten? Wenn wir aufhören, wem soll das denn dann nutzen? Ein paar Jahre später wird es noch mehr Kriminelle geben, mindestens die Hälfte von denen hatte eine kriminelle Karriere schon begonnen oder vor der Nase!«

Rupert nickte fast anerkennend: »Was für ein Schmus! Dieser Chirurg ist ein gottverdammter Aufschneider.«

Frau Dr. Schmidt-Liechner versuchte, sich wieder ins Gespräch zu bringen. Sie nahm den Ball von Dr. Ollenhauer auf und spielte ihn zurück. Sie sprach scheinbar nicht zu Ann Kathrin, sondern zu ihrem Mandanten.

»So ist das heute«, sagte sie gespielt resigniert, »Menschen wie unsere Frau Kommissarin, die es immer nur mit dem sozialen Bodensatz unserer Gesellschaft zu tun haben, können hinter allem, was geschieht, nichts anderes mehr sehen als den bösartigen Ansatz, das Verbrechen, die Intrige. Psychologisch gesehen ist das im Grunde ein Krankheitsbild. Wenn es sich dann auch noch mit verklemmter Sexualität paart, werden gerade die Menschen, die einen positiven Beitrag zur Entwicklung der Gesellschaft leisten, kriminalisiert.«

»Was für eine Kanaille!«, fluchte Weller.

»Die muss nur mal einer richtig flachlegen, dann geht's der auch besser«, sagte Rupert, und es klang, als sei es nicht irgendein Spruch, sondern eine tiefe Erkenntnis, die er gerade in diesem Moment hatte.

Weller dachte: Ein Glück, dass Ann Kathrin das nicht gehört hat ...

Oh, wie niedlich! Wie friedlich du in deinem Bettchen liegst!

Dieser rosafarbene Schnuller ist doch viel zu groß für deinen kleinen Mund. Du kannst daran ersticken, wenn du ihn einsaugst.

Wovon träumst du, meine Kleine? Warum rührst du mit den Fingern in der Luft herum, als wolltest du etwas ertasten?

Suchst du mich? Weißt du schon, dass ich in deiner Nähe bin, obwohl du schläfst?

Hier, das ist meine Nase! Willst du sie fühlen?

Aua, nicht, das tut doch weh!

Diese süßen, kleinen Händchen ... Deine Fingernägel sind viel zu lang. Hat sie dir keiner geschnitten? Keine Sorge, das werde ich in Zukunft tun, sonst kratzt du dich noch und tust dir weh damit.

Was ist deine Mama nur für eine Rabenmutter? Du kannst dich doch verletzen mit den Fingernägeln. Hier ist ja schon ein kleiner Kratzer am Hals. Deine schöne Haut ...

Sobald wir zu Hause sind, kürze ich dir die Nägel. Dir und deiner Schwester. Ab jetzt sind wir immer zusammen. Eine richtige Familie ...

Oh, wir müssen uns beeilen. Hörst du? Das Rauschen hat aufgehört. Deine große Schwester duscht nicht länger. Bevor sie uns erwischt, müssen wir weg sein.

Ich nehme das Fläschchen von dir mit und die Packung Milumil, damit können die sowieso nichts anfangen.

Ach, den Fencheltee nehme ich auch. Den trinke ich selbst ganz gern.

Oh, hab ich dich geweckt? Das tut mir leid, meine Kleine. Aber du musst jetzt ganz still sein. Keine Angst, ich halte dir nur den Mund zu, damit du uns nicht verrätst.

Es regnet draußen. Erschrick nicht, meine Kleine. Wir müssen jetzt ganz schnell laufen, aber bald sind wir in der guten Stube.

Die Dampfschwaden zogen aus dem Badezimmer in den Flur. Weil sie vor dem beschlagenen Spiegel im Bad nichts mehr sehen konnte, trocknete Lucy sich im Flur weiter ab, und hier wollte sie sich auch zurechtmachen.

Dann fiel ihr Blick auf ihr Handy. Es war kein entgangener Anruf auf dem Display erkennbar. Das Handy lag auf dem Schuhschrank und war am Ladekabel angeschlossen.

Mit kleinen Pflasterstreifen hatte sie sich die verletzten Fingerkuppen der rechten Hand abgeklebt. Sie entschied sich jetzt, rechts einfach einen weißen Handschuh anzuziehen, damit Benne nicht sofort ihre abgekauten Nägel sah. Das hatte immerhin noch ein bisschen was von Michael Jackson an sich, fand sie.

Zunächst bemerkte sie das Fehlen von Ina gar nicht. Sie war einfach nur froh, dass der kleine Quälgeist den Mund hielt und nicht herumschrie. Aber dann wusste sie plötzlich, dass Ina nicht mehr in ihrem Bettchen lag, so wie sie in der Schule manchmal wusste, dass sie drankam, noch lange bevor der Lehrer sie aufrief.

Das passierte nur, wenn sie keine Ahnung hatte und die Frage garantiert nicht beantworten konnte. Das Wissen kam aus dem Magen heraus und traf sie dort wie ein Faustschlag, der sich mit einem warmen, fast wohltuenden Kribbeln ankündigte, dann aber umso heftiger wurde.

Sie rannte zum Bettchen, und tatsächlich ... Sie befühlte die Decke. Dort, wo Inas Kopf gelegen hatte, war die Kuscheldecke noch feucht, weil der Kleinen wieder der Sabber aus dem Mund gelaufen war.

Für einen Moment glaubte Lucy, das alles könne doch nicht wahr sein. War sie in einen Albtraum gefallen? Waren das die Nachwirkungen vom Cannabis? Hatte sie das, was man einen Flashback nannte?

Sie hatte so etwas nie erlebt, kannte es aber aus den Berichten von Freunden, dass sie plötzlich, am anderen Tag, noch einmal völlig zugedröhnt waren oder Halluzinationen hatten, als würde ein Trip reaktiviert werden. Niemand hatte so etwas von Haschisch erzählt, wohl aber von diesen kleinen Pillen, Yellow Sunshine und White Lady. Sie hatte so etwas nie genommen. Jetzt bedauerte sie es fast, denn dann hätte sie es auf die Droge schieben können. Doch nun musste sie erkennen, dass es Wirklichkeit war. Die schnöde, grausame Wirklichkeit.

Etwas in ihr schrie um Hilfe. Sollte sie die Polizei rufen? Ihre Mutter? Thomas Schacht? Nein, den garantiert nicht, wenn überhaupt, dann Wolfgang. Doch sie wollte nichts von all dem. Alles kam ihr nur schlimm vor. Wer würde ihr glauben? Für alle wäre sie die Schuldige.

Sie sah sich schon auf einer mittelalterlichen Anklagebank. Schacht – in schwarzer Kutte – würde ihr mit glühenden Haken die letzten Reste ihrer Fingernägel herausreißen, »damit du nie wieder kaust und mich nie wieder anlügst!«.

Sie rief Inas Namen, sie suchte das Kind in der Wohnung, sie kniete sich auf den Boden und sah unter dem Sofa nach. Natürlich wusste sie, dass ein vier Monate altes Baby nicht aus dem Bettchen krabbeln und sich in der Wohnung verstecken konnte. Aber es war eine irre letzte Hoffnung darauf, der schlimmsten Verdammnis entgehen zu können.

Und dann entschied sie sich für die Flucht. Sie zog sich an und packte den kleinen Rucksack, der für Wanderungen vorgesehen war.

Gundula nahm nie alles Geld mit aus dem Haus, das Portemonnaie mit der Haushaltskasse lag versteckt zwischen der Unterwäsche im Schlafzimmerschrank der Ferienwohnung.

Lucy fand die Geldbörse sofort. Sie nahm nicht alles, so gemein wollte sie nicht sein. Aber einen grünen Hunderteuroschein, einen Fünfziger und einen Zwanziger steckte sie sich ein. Ihr Handy nahm sie nicht mit. Schließlich sollte Gundula eine Möglichkeit haben, mit dem Entführer zu sprechen. Er hatte doch nur diese Nummer.

Als sie nach draußen trat, hatte der ostfriesische Wind die dunklen Regenwolken vertrieben, und die Sonne wärmte das Wasser in den Pfützen.

Um Thomas Schacht nicht zu begegnen, lief sie hinten herum, beim *Ocean Wave* durch den Park. Als sie am Deich ankam, sah sie einen Regenbogen in solch klarer, leuchtender Farbenpracht, dass sie sich vorstellte, man könne hineinlaufen und in ihm hochklettern, und dann sei alles gut. Der Regenbogen verband die Inseln Juist und Norderney wie eine bunte Brücke.

»Benne!«, schrie sie, »Benne!«

Sie hatte die Hoffnung, hier oben vom Deichkamm, der höchsten Erhebung, müsse sie so weit ins Land rufen können, dass er eine Chance hatte, sie zu hören.

»Benne! Benne!«

Doch es kam keine Antwort.

Sie sah links neben sich hunderte Schafe, und die blökten jetzt, als hätten sie ihr etwas zu sagen. Sie lief in die Schafherde hinein. Die Tiere flüchteten vor ihr. Sie suchte den Boden ab, aber auch hier fand sie ihre kleine Schwester nicht.

Weller liebte Kriminalromane, und es verging kaum eine Woche, ohne dass er einen neuen las oder zumindest kaufte. Er mochte es an Ann Kathrin, dass sie ihn nicht blöd anmachte, wenn er versunken über einem Buch in der Ecke saß. Sie konnte ihn so lassen, ohne dass sie ihn langweilig fand. Stattdessen nutzte sie die Zeit für ihre Kinderbuchsammlung.

Es war schon eine Weile her, dass sie den letzten ruhigen Abend miteinander verbracht hatten. Die letzten Kriminalromane hatte er gekauft, aber nicht mehr gelesen.

Jetzt, da er sah, wie sie sich abstrampelte und kämpfte, wünschte er sich umso mehr, mit ihr zu Hause im Distelkamp vor dem Kamin zu sitzen. Wenn man keinen Ausgleich hat, dreht man irgendwann durch, dachte er, und dann beginnt man, Fehler zu machen.

Doch Ann Kathrin machte nicht einfach Fehler, sondern gerade durch diese Scheibe betrachtet wirkte sie merkwürdig fremd auf ihn, als hätte sie Psychopharmakon genommen oder sei wie unter einer Glasglocke gefangen. So als wisse sie genau, was sie sagen wollte, käme aber nicht wirklich damit heraus.

Drüben im Konferenzraum, wo Ludwig Schwindelhausen seine Kidnapping-Spezialtruppe briefte, wurde es erneut laut. Diesmal war es so ein heftiges Tohuwabohu, dass Ubbo Heide zornig die Stirn runzelte. Opfer von Verbrechen durften laut klagen und schreien. Kriminelle und Besoffene randalierten. Aber das da waren nicht irgendwelche betrunkenen Rowdys, die aus dem Verkehr gezogen werden mussten, sondern das waren BKAler.

»Zwergenaufstand oder was?«, fragte Rupert.

Weller hatte schon so manchen Kriminalroman weggeworfen, wenn er darin die Formulierung fand: *Die Nachricht schlug ein wie eine Bombe.* Manchmal hatten die Autoren das sogar witzig gemeint oder auch nur hochdramatisch. Da ging jemand fremd, man erfuhr von der Hochzeit eines Freundes oder von einem Verbrechen, und immer schlug es ein wie eine Bombe.

Aber immer hatte Weller sich geschüttelt und das Bild als völlig schräg und falsch empfunden. Wenn eine Bombe einschlug, blieben zerfetzte Leiber zurück, zerstörtes Gelände.

Doch diesmal schoss ihm dieser Satz durch den Kopf. Ja, da musste etwas heftig eingeschlagen sein. Glücklicherweise nicht wie eine Bombe, denn dann wäre von der Spezialtruppe des BKA ja nicht viel übrig geblieben. Aber etwas scheuchte die Meute auf, so dass selbst Schwindelhausen seine gentlemanlike Fassung verlor. Von seinem rechthaberischen, staatsmännischen Auftreten war nichts mehr zu spüren. Er wirkte nicht mehr wie ein Bundespräsident auf Koks, sondern er erinnerte Weller jetzt an seinen alten Deutschlehrer Hans Helmut Brinkmann, aus dessen

Erste-Hilfe-Box Pornoheftchen fielen, als Wellers bester Freund beim Besuch des Schullandheims gestürzt war und seine Wunden versorgt werden mussten.

Brinkmann flatterte geradezu herum und erklärte jedem Schüler, die Heftchen seien nicht von ihm, sondern er habe sie auf der Toilette konfisziert, und der Schuldige solle sich bei ihm melden. Er versprach auch, dass es keine großen disziplinarischen Konsequenzen nach sich ziehen würde.

Es meldete sich nie jemand, doch Brinkmann gab die Suche nach dem angeblich Schuldigen nie auf. Sie wussten alle genau, dass es seine Hefte waren. Beim Abiabschluss war er dafür auch gebührend durch den Kakao gezogen worden.

Ja, genau so sah Schwindelhausen jetzt aus. Auf der Suche nach einem Schuldigen, der ihm die Peinlichkeit ersparen konnte, die ab jetzt für ewig an seinem Namen kleben würde.

Weller gönnte es ihm.

Ubbo Heide war hin und her gerissen. Sollte er sich um die BKAler kümmern, oder konnte er bei Ann Kathrin bleiben und dem Verhör lauschen? War das, was die BKA-Kollegen so aufscheuchte, vielleicht sogar so wichtig, dass er das Verhör abbrechen musste?

Dann entschied er sich schlicht und einfach, Ann Kathrin und Weller gegen das anrollende Geschehen von draußen abzuschotten. Er stieß Rupert an: »Du kommst mit mir.«

Das passte Rupert gar nicht, aber er folgte seinem Chef. Mit ausgebreiteten Armen ging Ubbo den BKAlern entgegen.

Weller sah hinter Ubbo und Rupert her. Er war froh, dass er hierbleiben und Ann Kathrin weiterhin zusehen konnte. Vielleicht hätte er jetzt sogar eine Chance reinzugehen, dachte er.

Ann Kathrin tippte auf die Bilder von Kevin Becker und Larissa Kuhl: »Wer sagt mir, dass ich nicht eines der anderen vermissten Kinder bald ebenfalls ausgestopft finden werde?«

Frau Dr. Schmidt-Liechner legte ihren ganzen Zorn in den

nächsten Satz: »Nun, was halten Sie davon, einen Hellseher aufzusuchen? Das wird doch sicherlich dem Niveau Ihrer Ermittlungen gerecht. Oder erwarten Sie von Dr. Ollenhauer, dass er einen Privatdetektiv engagiert, der Ihre Fragen beantwortet? Vermutlich ist Ihre Personaldecke ja viel zu eng, um eigene Recherchen in dieser Sache vorzunehmen, oder?«

»Spotten Sie nur«, zischte Ann Kathrin. »Das alles wird Ihnen gar nichts nutzen.«

Die Anwältin machte eine merkwürdige Körperdrehung, als ob irgendetwas auf ihrer Haut juckte und sie so versuchte, sich Entlastung zu verschaffen.

»Ich kann verstehen«, sagte Ann Kathrin, »dass Sie nervöse Zuckungen kriegen. Die Lage Ihres Mandanten ist ja wirklich nicht besonders rosig. Ich habe jetzt noch ein paar Fragen. Darf ich sie ihm direkt stellen, oder wollen Sie sie für ihn beantworten?«

»Sie können die Fragen schriftlich einreichen, Frau Kommissarin. Dr. Ollenhauer verweigert jede weitere Aussage. Machen Sie sich auf eine Dienstaufsichtsbeschwerde gefasst. Der Fall wird Ihnen in Kürze entzogen werden. Herr Dr. Ollenhauer hat als Beschuldigter das Recht zu schweigen. Davon macht er hiermit Gebrauch.«

Ollenhauer sah seine Anwältin groß an und zeigte ihr seine offene Hand. Er sah offensichtlich nicht ein, warum sie jetzt so verfahren sollten. Er war gerade genug in Rage, um sich jetzt wortgewaltig selbst zu verteidigen, doch die Anwältin machte eine schneidende Bewegung mit der rechten Hand, und Ollenhauer schwieg tatsächlich, entgegen Ann Kathrins Erwartungen.

»So, dann verabschieden wir uns jetzt, Frau Klaasen.«

»Ach, das ist ein Irrtum, Frau Dr. Schmidt-Liechner. Sie können natürlich sehr gerne gehen, aber Herr Dr. Ollenhauer wird die Nacht bei uns verbringen, bis ich ihn morgen früh dem Haftrichter vorführen werde. Ich habe gerade erst den Termin dafür bekommen. Morgen um zehn. Ich hoffe, es passt Ihnen.«

»Das ist eine unglaubliche Unver ...«

Weller drehte sich um.

Hoch gepokert, Ann Kathrin, dachte er. Hoch gepokert.

Der Lärm im Flur wurde jetzt so laut, dass Weller sich von der Scheibe abwandte und zu Ubbo ging.

Weller wurden fast die Knie weich, als er Ubbo Heides schneidende Worte hörte: »Wie soll ich das verstehen? Ina Müller ist aus der Ferienwohnung im Muschelweg entführt worden? Wo sind die Kollegen?«

»Die wurden«, erklärte Rupert, weil Schwindelhausen schwieg, »mit mir gemeinsam abgezogen. Die BKAler haben die Sache übernommen und ...«

»Abgezogen?«, fragte Ubbo Heide vorsichtshalber noch einmal nach. »Und wer macht das jetzt?«

»Ja, ich hatte eigentlich ... Also, wir wollten zwei auf den Personenschutz spezialisierte Beamte von uns mit hervorragender Nahkampfausbildung und ...«

»Wo waren sie, verdammt?«, fragte Ubbo Heide. »Haben sie sich im *Ocean Wave* in der Sauna amüsiert, oder was?«

»Nein, sie hatten auf der Autobahn einen Unfall, und das wurde zu spät gemeldet, weil ...«

Ubbo Heide fasste sich an den Magen, drehte sich mit dem Gesicht zur Wand und lehnte die Stirn dagegen, als müsse er sich abstützen, um nicht zusammenzubrechen.

»Mit anderen Worten, ihr blöden Wichser habt es vergeigt«, sagte Rupert, nicht ohne eine gewisse Schadenfreude in der Stimme.

Rieke Gersema, ständig darauf bedacht, die Darstellung der ostfriesischen Polizei in der Presse positiv zu beeinflussen, sah ein gewaltiges Problem auf sich zu kommen und versuchte sofort, sich abzusichern: »Solange die Sache unser Fall war, haben wir für die Sicherheit der zweiten Tochter garantiert. Seitdem eure Spezialisten am Werk sind, ist sie verschwunden. Dafür übernehmt ihr die Verantwortung. Bei der Pressekonferenz sitzt einer von euch neben mir, und wehe, ihr lasst mich hängen. Das lassen wir nicht auf uns sitzen!«

»Wir sollten jetzt«, sagte Weller, »vielleicht weniger an uns und unseren guten Ruf denken oder daran, wer hier was vermasselt hat, sondern an das Baby und an die Eltern.«

»Welcher Entführer klaut denn bei einer Familie zwei Kinder? Der Erpresser hätte sein Geld doch auch für ein Baby bekommen. Oder meint ihr, der will jetzt die Summe verdoppeln?«, fragte Rupert, erstaunt über seinen eigenen Gedankengang.

»Dieser Wolfgang Müller kann es jedenfalls nicht gewesen sein, der wurde von euren Leuten ja überwacht, mit Richtmikrophon und all so'm Mist.«

Nachdem Weller Ann Kathrin über die neue Lage aufgeklärt hatte, streichelte er ihr übers Gesicht, so wie ihr Vater sie getröstet hatte, wenn sie hingefallen war.

Sie sah erschöpft aus und sagte: »Lass uns losfahren. Wir müssen hin.«

Sie sagte es, aber wirkte auf ihn, als würde sie genau das Gegenteil denken. Deshalb schüttelte er den Kopf. »Nein, Ann, ich glaube, das ist Unfug. Schwindelhausen wird jetzt mit einer halben Armee im Muschelweg aufkreuzen. Da stören wir nur, kriegen Probleme, uns durchzusetzen, und müssen bei der Befragung der Zeugen Schlange stehen.«

Sie lehnte ihren Kopf an ihn und ließ es sich gefallen, dass er seine Hand in ihren Nacken legte und sie sanft an sich drückte. Sie hatten sich eigentlich darauf geeinigt, innerhalb der Polizeiinspektion und während des Dienstes solchen Austausch von

Zärtlichkeiten und Liebesbekundungen zu unterlassen, um den Kollegen kein Schauspiel zu bieten und stattdessen ganz in der Professionalität zu bleiben, doch dies hier war anders. Sie brauchte das gerade, ja, sie brauchte es sehr, liebevoll gehalten zu werden.

»Ich war ganz schrecklich, Frank.«

»Nein«, lobte er sie. »Du hast ihn richtig hart rangenommen und die Ziege vorgeführt. Ich bin gekommen, um zu sehen, wie du ihn grillst, und das hast du gemacht.«

»Nein, das habe ich nicht getan. Ich war nicht allein mit denen im Raum. Es war, als wäre meine Mutter mit dabei. Bedürftig und leidend. Ich fühlte mich plötzlich als hundsmiserable Tochter. Ich konnte kaum einen klaren Gedanken fassen.«

»Ach komm, du hast diesem Charaktereunuchen ganz schön Feuer unterm Hintern gemacht, und seine Rechtsanwaltstussi wird heute Abend vor Wut ins Kopfkissen beißen.«

»Das ist lieb von dir, Frank, aber ich weiß, wann ich versagt habe. Besonders gelacht haben sie über die Knochen, die wir in seinem Garten bei der Feuerstelle gefunden haben. Angeblich Schweinerippchen vom Grillen.«

»Behaupten sie!«

»Ja, Frank, und ich fürchte, diesmal sagen die beiden sogar die Wahrheit. Vielleicht sind wir einfach zu fixiert darauf, ihn so schnell wie möglich hopp zu nehmen.«

Er hielt sie jetzt mit beiden Armen fest umschlungen. Sie wärmte sich an ihm, weil sie innerlich fror, obwohl die Raumtemperatur bei vierundzwanzig Grad lag.

»Fahr nach Hause und leg dich hin, Ann.«

»Aber wir können diese Fälle nicht einfach ruhen lassen.«

»Für die Kindesentführung ist das BKA zuständig, Ann, akzeptiere das einfach. Und im Fall Ötzi drängt keineswegs die Zeit. Die Täter laufen seit Jahren frei rum, da wird ein Tag auch nichts mehr ausmachen.«

»Nenn sie nicht Ötzi. Sie war ein lebender Mensch, Frank. Ihr Name ist Jule Freytag.«

Er versicherte ihr, das nie wieder zu tun, und sie registrierte, dass er von mehreren Tätern ausging.

»Glaubst du«, fragte sie, »dass Kevin Becker und Larissa Kuhl ebenfalls zu den Opfern gehören?«

Arm in Arm wie ein Liebespärchen, das im Park spazieren geht, bewegten sie sich durch den Flur auf den Ausgang zu. Die hektische Betriebsamkeit um sie herum schien den beiden überhaupt nicht aufzufallen.

»Es würde mich nicht wundern«, sagte Weller, »wenn wir sie ebenfalls ausgestopft irgendwo finden. Vermutlich in einem Hochmoor.«

»Ja«, sagte sie, »das glaube ich auch.«

Sie verabschiedeten sich mit einem Kuss voneinander. Dann fuhr Ann Kathrin nach Norden in die Ubbo-Emmius-Klinik, um mit ihrer Mutter gemeinsam Volkslieder und alte Schlager zu singen.

Die alte Dame begrüßte Ann Kathrin mit den Worten: »Uten Tag.«

Ann Kathrin blieb wie angewurzelt in der Tür stehen. Ihre Mutter strahlte sie fröhlich an. An ihrem Bett stand ein Pfleger, der sich später als Logopäde entpuppte.

Helga wollte noch mehr sagen, aber dann stotterte sie wieder, lallte, und es fiel ihr nicht ein. Sie machte aber eine große Geste, als hätte sie gerade etwas sehr Bedeutendes ausgedrückt, und der Logopäde, der Ann Kathrin von der Statur her ein bisschen an ihren Nachbarn, den Maurer Peter Grendel erinnerte, reichte ihr die Hand und sagte:

»Ihre Mutter hat den ganzen Tag geübt. Sie wollte Sie unbedingt richtig begrüßen können. Sie macht Fortschritte. Sie ist eine Kämpfernatur. Wenn sie so weiter arbeitet, können wir viele der Probleme, die der Schlaganfall ihr bereitet, rückgängig machen. Es gibt Patienten, die geben sich auf. Da kann man dann wenig tun. Ihre Mutter ist anders. Die will wieder ihre alten Fähigkeiten zurück.«

Helga saß im Bett und nickte. Sie verstand jedes Wort, und Tränen der Rührung rollten ihr übers Gesicht.

Schon war Ann Kathrin bei ihr und drückte sie.

Auf dem Schränkchen neben dem Bett stand eine kleine Blumenvase, darin eine einzelne, nicht mehr ganz frische Rose. Ein Blatt war abgefallen und lag auf der Resopalplatte.

»Du hattest Besuch? Wer hat dir die Blume gebracht?«

»Eike«, sagte ihre Mutter und freute sich, den Namen ihres Enkels so klar formuliert zu haben. Dann ließ sie sich erschöpft ins Kissen fallen.

»Für Ihre Mutter«, sagte der Logopäde, »war das ein sehr harter Tag voller anstrengender Arbeit.«

»Ja«, sagte Ann Kathrin. »Sie muss sich jetzt ausruhen. Ganz klar. Aber ich bleibe noch ein bisschen hier sitzen.«

»Tun Sie das. Es ist klug, dass Sie mit ihr gesungen haben. Das ist der beste Weg, die für die Sprache zuständigen Gehirnströme wieder zu aktivieren.«

Ann Kathrin genierte sich, in seiner Gegenwart zu singen, doch kaum hatte er das Zimmer verlassen, begann sie auf gestische Aufforderung ihrer Mutter hin zu singen.

Ihr Gehirn war so leer, ihr fiel nichts mehr ein. Dann, wie aus dem Dunkel des Vergessens, war der Text von einem Weihnachtslied da, und sie summte mehr als sie sang:

»Stille Nacht, heilige Nacht!
Alles schläft, einsam wacht
Nur das traute hochheilige Paar.
Holder Knabe im lockigen Haar,
Schlaf in himmlischer Ruh,
Schlaf in himmlischer Ruh.«

Schon in der zweiten Zeile summte ihre Mutter mit.

Ich sitze hier und singe Weihnachtslieder, dachte Ann Kathrin. Mitten im Hochsommer. Und plötzlich kam eine Leichtigkeit, die der Schwere des Tages keinen Raum mehr ließ. Dann wurde sie von ihrer Mutter übertönt.

*»Schlaf in himmlischer Ruhuuh,
Schlaf in himmlischer Ruh.«*

Im Innenhof der Polizeiinspektion Aurich stand ein zwölfköpfiges Team bereit, um nach Norddeich zu fahren, aber Ubbo Heide bremste alle aus und hielt sein Handy weit von sich gestreckt in Richtung Ludwig Schwindelhausen.

»Ich habe hier Frau Müller am Telefon. Sie will auf keinen Fall, dass einer von euch im Muschelweg auftaucht. Sie macht uns schwere Vorwürfe. Sie will ab jetzt alles tun, was der Entführer verlangt, und auf keinen Fall mit der Polizei zusammenarbeiten. Wenn überhaupt, dann dürfe nur einer kommen. In Zivil.«

Ludwig Schwindelhausen nahm Ubbo Heide das Handy ab und hielt es in die Nähe seines Ohres, ohne es wirklich zu berühren, als hätte er Angst, seine Frisur könnte davon durcheinandergebracht werden.

Die Art, wie er jetzt dastand, hatte etwas Tuntenhaftes an sich, fand Weller.

Was er hörte, schien ihm nicht zu gefallen, obwohl er immer gockelhafter wurde, weil alle Blicke auf ihm lagen und niemand mehr etwas sagte.

»Okay«, gab er kleinlaut zu, »okay, warten Sie.«

Dann hielt er das Handy mit einer Hand zu und fragte: »Wer hat ihr ein Taschentuch gegeben? Sie kann sich nicht mehr an den Namen erinnern.«

Es lief Weller heiß und kalt den Rücken runter. Wurde er jetzt für alles verantwortlich gemacht? Trotzdem stand er zu seiner Handlung.

»Ich ... ich habe ihr ein Taschentuch gegeben«, sagte er mit brüchiger Stimme.

Ein übergewichtiger BKAler, der sich die ganze Zeit die Hose am Gürtel mit beiden Händen festhielt und eine Brille trug, die Weller an Heinrich Himmler denken ließ, sah Weller an, als würde gleich ein Strafgericht über ihn hereinbrechen, und er sei der Racheengel persönlich. Er hieß Brocken und wurde hinter seinem Rücken von seinen Kollegen nicht ganz grundlos ›Kotz‹ genannt.

Ludwig Schwindelhausen zeigte auf Weller. Sein eisiger Blick ließ Weller über lange Unterhosen nachdenken.

»Sie will nur ihn in die Wohnung lassen und sonst niemanden.«

»Ja, ich ... äh ...«

Schwindelhausen hielt sich das Handy jetzt mit zehn Zentimeter Abstand vor die Lippen und sagte: »Der Mann kommt sofort. Er heißt ...«

Er sah Weller auffordernd an.

»Frank Weller«, sagte Weller.

»Franz Wöllner.«

Weller widersprach nicht. Es wäre ihm jetzt kleinkariert vorgekommen, doch Ubbo Heide sagte laut und deutlich: »Das ist der Kollege Frank Weller.«

Ludwig Schwindelhausen schüttelte den Kopf, als sei das völlig unwichtig, und lauschte.

»Er wird in ein paar Minuten bei Ihnen sein.«

Schwindelhausen verabschiedete sich mit ein paar freundlichen Worten, die verbindlich klingen sollten, aber da hatte Gundula Müller schon aufgelegt.

Schwindelhausen trat aus dem Kreis heraus und ging auf Weller zu. Er blieb knapp einen Meter vor ihm stehen, sah ihm streng in die Augen und dozierte mit dem Zeigefinger wie ein schlechter Pädagoge: »Ich werde Ihnen jetzt genau sagen, was Sie zu tun haben, Herr Wöllner.«

»Er kann nicht in ein paar Minuten in Norddeich sein. Das sind mehr als dreißig Kilometer.«

Schwindelhausen nahm das kaum zur Kenntnis.

»Wir können ja jetzt schlecht mit Blaulicht und Sirene dahin düsen«, erklärte Ubbo Heide. »Da würde die gute Frau sich bedanken.«

Ludwig Schwindelhausen machte eine wegwischende Handbewegung. »Die Frau muss davon überzeugt werden, dass wir hochqualifizierte Spezialisten sind und dass sie nur mit uns eine Chance hat, ihr Kind zurückzubekommen.«

Weller atmete einmal tief durch, bevor er antwortete. Das hatte Ann Kathrin ihm geraten, und damit fuhr er im Regelfall auch sehr gut.

»Sie wird nicht besonders gut auf euch zu sprechen sein. Immerhin ist jetzt ihr zweites Baby weg.«

»Wir sollten«, schlug Ubbo Heide vor, »den Kollegen Weller jetzt nicht mit irgendwelchen Instruktionen vollstopfen, damit er sich gleich kaum noch bewegen kann, sondern wir müssen glücklich sein, dass es noch jemanden gibt, dem Frau Müller vertraut.«

»Meinetwegen«, sagte Schwindelhausen und zog jetzt seine letzte Trumpfkarte, die Weller als unglaubliche Erniedrigung empfand. »Aber bevor der Mann losfährt, wird er verkabelt.«

»Verkabelt?«, fragte Weller und sprach das Wort aus, als hätte er die Bedeutung überhaupt nicht begriffen.

Schwindelhausen antwortete nicht Weller, sondern sprach nur in Richtung Ubbo Heide. Hier unterhielten sich zwei Chefs miteinander, das wollte er damit wohl ein für alle Mal klären.

»Jedes Gespräch wird mitgeschnitten. Dies ist eine äußerst

sensible Geschichte. Und wenn Sie oder einer Ihrer Leute das vergeigen, dann ...« Er ballte die Faust und machte eine Geste, als würde er ein Insekt in der Luft fangen, zu Boden werfen und dann mit dem Fuß zertreten.

»Ja«, sagte Ubbo Heide und wischte sich mit der Hand Schweiß von der Oberlippe. »Das nenne ich doch Mitarbeiter motivieren. Da können wir wirklich noch etwas von euch lernen.«

»Und was sollen wir in der Zeit tun?«, fragte der Dicke mit der Himmler-Brille. Er hatte so lautes Magenknurren, dass alle es hören konnten.

»Wir werden abwarten, bis Herr Wöllner sich bei uns meldet und Bericht erstattet. Und in der Zeit bereiten wir ein Team für die Geldübergabe vor. Ich brauche zwei Hubschrauber ...«, sagte Schwindelhausen und wischte sich die silbergrauen Haare theatralisch aus der Stirn.

Weller hörte den Rest der Aufzählung nicht mehr. Er wurde verkabelt und bekam einen fünfzehn Jahre alten, dunkelblauen Golf, der unauffällig genug war. Dann düste er los in Richtung Norddeich.

Die Pflaster juckten auf Wellers Haut. Am liebsten hätte er sich die ganze Verkabelung vom Körper gerissen. Er hatte nicht mal Lust, Radio zu hören, weil er nicht wollte, dass die anderen mitbekamen, welchen Sender er einschaltete. Er fühlte sich in seiner Privatsphäre auf erschütternde Weise angegriffen.

Gleichzeitig kam er sich lächerlich dabei vor und fand seine eigenen Gefühle nicht richtig. Irgendwie unprofessionell. Vielleicht hatte Schwindelhausen ja recht, und wenn er noch so ein arrogantes Arschloch war. Aber die Gespräche mussten ausgewertet werden, da gehörten Psychologen ran. Immerhin ging es um die Entführung von zwei Kleinkindern.

»Ich geh nicht zurück«, sagte Lucy und machte dabei einen so entschlossenen Eindruck auf Benne, dass er erschrak. So einen Gesichtsausdruck kannte er nicht von seinen Freundinnen, sondern höchstens von fanatisierten, zu allem entschlossenen Talibankämpfern, die einen Anschlag ankündigten.

Er versuchte erst gar nicht, ihr zu widersprechen, sondern fragte nur zaghaft: »Willst du etwa hierbleiben?«

Dabei machte er eine Geste mit den Armen quer durch den Wohnwagen, so als sei dies ja wohl völlig undenkbar, und sie hätte bereits ein anderes Domizil im Sinn.

»Klar«, sagte sie. »Oder geht das nicht?«

Noch vor zwei Tagen hätte er sich nichts Schöneres vorstellen können, als eine Zeit mit ihr allein in diesem Wohnwagen zu verbringen, aber jetzt sah alles anders aus.

»Hier sucht mich wenigstens keiner«, sagte sie, und er konnte ihre Angst riechen. Sie schwitzte, und das lag nicht nur an der aufgestauten Wärme in diesem engen Raum.

Benne kippte ein Fenster und fischte für sie ein Jever aus dem Kühlschrank. Er öffnete die Flasche und stellte sie vor Lucy auf den Tisch. Doch sie rührte das Getränk nicht an.

»Du willst mir nicht helfen, stimmt's?«, fragte sie. »Ich bin dir zu schwierig. Das alles wird dir viel zu kompliziert. Du hattest dich auf ein bisschen fröhlichen, unverbindlichen Urlaubssex gefreut, und ich mach nur Probleme ...«

Er nickte. »Naja, nicht, dass du jetzt denkst, ich sei der Typ, der immer gleich wegrennt, wenn's schwierig wird. Aber ...«

»Aber was?«

»Aber wenn du hierbleibst, wird über kurz oder lang die Polizei auftauchen und eine Menge Fragen stellen.«

»Das ist doch nicht dein Problem. Sie werden mich mitnehmen.«

Benne zog eine Schublade heraus. Es quietschte. Darin flogen

Messer und Gabeln hin und her und machten ein unangenehmes Geräusch.

Er hob einen kleinen Beutel hoch. »Schwarzer Afghane. Super Stoff. Direkt aus dem Coffee-Shop. Wenn ich das Abi hab, wartet auf mich ein Superjob. Ich muss nicht erst lange auf der Uni rumhängen, und arbeitslos werde ich auch nicht. Im Betrieb von meinem Onkel kann ich ...«

Sie verzog den Mund. »Ja, ja, ja.«

»Glaubst du, ich will wegen so einem Scheiß alles aufs Spiel setzen?«

Sie lachte. »Was setzt du denn aufs Spiel? Die paar Gramm? Dafür kriegst du nicht mal Jugendarrest. Aber mich verdächtigen sie, meine beiden Geschwister entführt zu haben. Ich kann nicht mal mehr meiner Mutter trauen oder meinem Vater. Die bringen mich um, wenn sie mich vor den Bullen in die Finger kriegen.«

Sie klopfte sich gegen die Brust und keifte: »Kannst du dir überhaupt vorstellen, wie ich mich fühle? Hast du eine Ahnung davon, wie es mir geht?«

Jetzt nahm er das Bier und trank davon. Als er die Flasche wieder auf die Tischplatte knallte, lief Schaum aus dem Flaschenhals und quer über den Tisch.

»Komm runter«, sagte er. »Verdammt nochmal, komm erst mal runter! Nichts wird so heiß gegessen, wie es gekocht wird.«

»Ja«, brüllte sie, »und so jung kommen wir nicht mehr zusammen! Komm mir jetzt bloß nicht mit irgendwelchen blöden Sprüchen!«

Etwas veränderte sich in ihm. Sie sah es genau in seinem Gesichtsausdruck.

Jetzt hat er kapiert, dachte sie, dass ich von ihm abhängig bin. Jetzt entscheidet sich, ob er ein guter Kerl ist oder nicht.

»Ich hab ja nicht gesagt, dass ich dich loswerden will. Dreh mir bloß nicht jedes Wort im Mund um. Es ist doch schon starker Tobak, womit du hier angewackelt kommst. Aber piano, piano, wir kriegen das auch geregelt.«

Er versuchte, einen Scherz draus zu machen, warf das Tütchen mit dem Haschisch hoch, fing es wieder auf und lachte: »Vielleicht sollten wir uns erst mal eine Tüte bauen, um ein bisschen in die Gelassenheit zu kommen.«

Er zeigte auf das Bett. »Wir machen es uns da ein bisschen gemütlich. Später hole ich uns eine Pizza, und wir warten erst mal ab, was passiert...«

Lucy sah ihm in die Augen. »Willst du jetzt Sex mit mir und einen durchziehen?«

»Hast du eine bessere Idee, wie wir uns die Zeit vertreiben, während wir hier warten? Ich meine, ich könnte dir auch Mathenachhilfestunden geben, wenn du das lieber hast.«

Sie schüttelte erleichtert den Kopf und zog die Bierflasche zu sich. Sie kämpfte darum, die Flasche zu leeren. Sie hatte die Hoffnung, das würde cool wirken und einen guten Eindruck auf ihn machen.

Mit der leeren Flasche ging sie zwei kleine Schritte aufs Bett zu und setzte sich darauf. Sie schlug die Beine demonstrativ übereinander und hatte einen gespielt vorwurfsvollen Ton in der Stimme, als sie sagte: »Ich dachte schon, du willst mich loswerden, weil du auf eine andere wartest. Die Touristinnen stehen doch bestimmt Schlange bei dir...«

Benne grinste geschmeichelt und zog sein T-Shirt aus. Dann fragte er: »Hast du dein Handy mit?«

Sie schüttelte den Kopf. »Nein, das liegt bei mir zu Hause. Warum?«

»Weil sie dich sonst hier orten könnten, und das wollen wir doch nicht, oder?«

Er griff in ihre Haare und zog ihren Kopf zu sich. Ihr ging das jetzt alles viel zu schnell. Sie schob ihn von sich und sagte enttäuscht: »Ich dachte, wir wollten erst zusammen ein bisschen rauchen.«

Er fischte seine Blättchen aus der Arschtasche der Jeans. Futurola KS.

Das Haus im Muschelweg lag wie zum Trotz friedlich, ja malerisch da. Im Vorgarten stolzierte eine majestätische Silbermöwe wie ein Gardeoffizier auf und ab. Auf dem Dach saßen ebenfalls drei Silbermöwen und bewachten den Eingang.

Als Weller sich näherte, hüpfte ein Spatzenpärchen in die Wildrosenrabatten. Aus dem Nachbarhaus tönte Kindermusik: »*Das ist der Bi, das ist der Ba, das ist der Bi-Ba-Badewannenboogie*«. Zu Bettina Göschls Song kreischte fröhlich ein Kind, dem die Mutter die eingeschäumten Haare abduschte.

Die Gegend hier schien von den Ereignissen unberührt zu bleiben. Auf eine verstörende Art unschuldig. Hinter dem Deich, bei den Strandkörben, stiegen bunte Drachen auf, und der Norddeicher Shantychor, dem Rupert so gern angehört hätte, sang. »*Einmal noch nach Bombay oder nach Shanghai, einmal noch nach Rio oder nach Hawaii …*«

Gundula Müller stand hinter der Tür und beobachtete die Straße. Sie fühlte sich hundsmiserabel. Im letzten Moment hatte, wie so oft im Leben, der Mut sie verlassen. Sie war nicht in der Lage gewesen, die Sache mit Wolfgang zu klären. Sie hatte sich nicht einmal bis in den Fischerweg gewagt, sondern war am Deich auf und ab gelaufen. Stattdessen überließ sie jetzt alles Thomas. Sie ahnte, dass das nicht gut ausgehen konnte. Es lief auf ein Duell der Männer hinaus. Sie öffnete Weller, bevor er den Klingelknopf berührt hatte. Sie versteckte sich so hinter der Tür, dass Weller nicht wusste, ob ein Mann oder eine Frau ihn hereinließ. Erst nachdem die beiden allein in der Wohnung waren, bewegte sie sich ein bisschen freier.

Ihr Gesicht war aufgedunsen. Es musste in sehr kurzer Zeit geschehen sein. Weller hatte die Frau ganz anders in Erinnerung.

Ihre Schultern hingen herab, und sie bewegte sich durch die Wohnung, als müsse sie unter Androhung einer großen Strafe jedes Geräusch vermeiden.

Die ganze Frau war verändert. Sie kam ihm kleiner vor, als sei sie geschrumpft. Am liebsten hätte er in der Wohnung die Fenster geöffnet. Jetzt haderte er mit sich. Sollte er sie darauf hinweisen, dass er verkabelt war, oder verstieß er damit gleich gegen eine Dienstanweisung und brachte Schwindelhausen gegen sich auf und blamierte Ubbo Heide?

Gundula Müller trug keinen BH, sondern nur ein weißes T-Shirt, das allerdings falsch herum. Weller konnte die Naht sehen. Darüber eine verwurschtelte Weste, eine schwarze, glänzende Capri-Leggins, und sie lief auf dicken, gestrickten Wollsocken herum, die aussahen wie die Socken, die auf dem Weihnachtsmarkt der AWO in Norden verkauft wurden.

Weller erwischte sich bei dem Gedanken, dass diese Frau sich wirklich viel Mühe gab, einen leidenden Eindruck zu hinterlassen. Gleichzeitig fand er seine Gedanken unfair und völlig fehl am Platze. Er mochte es sich lieber erst gar nicht vorstellen, wie er wohl aussehen würde, wenn jemand seine beiden Töchter entführt hätte.

»Ist Herr Schacht bei Ihnen?«, fragte Weller.

Sie schüttelte die strähnigen Haare. »Nein. Er sucht seine Kinder.«

Sie bot Weller einen Platz an und ein Glas Wasser.

Weller setzte sich nicht in den Ohrensessel, das kam ihm unangemessen bequem vor. Er nahm auf einem Stuhl am Küchentisch Platz, die Wirbelsäule gerade, die Brust vorgewölbt, beide Füße nebeneinander fest auf dem Boden.

Er räusperte sich und sprach lauter und deutlicher als sonst. Er war sich bewusst, dass seine Kollegen jedes Wort mithörten und die BKAler um Schwindelhausen nur darauf warteten, ihm einen Fehler nachzuweisen.

»Ich glaube, ich habe mich noch gar nicht wirklich vorgestellt. Mein Name ist Frank Weller, ich bin Kommissar bei der Kripo in Aurich. Sie haben gesagt, dass Sie mich sprechen wollen und sonst niemanden. Vielleicht überlegen Sie sich das noch einmal. Wir haben hochqualifizierte Spezialisten für Entführungsfälle. Ich bin kein Fachmann für Entführungen. Ich bin beim Fachkommissariat Eins, der Mordkommission ... Und um Mord geht es ja hier nicht, sondern ...«

Gundula Müller setzte sich Weller gegenüber an die andere Seite des Tisches und faltete ihre Hände wie zum Gebet. Dann legte sie sie auf der Tischplatte ab. Sie schob den Kopf weit vor und zog den Stuhl mit den Füßen näher heran.

»Ich brauche auch irgendeinen, der zu mir hält!«

Sie wickelte ihre Füße merkwürdig um die Stuhlbeine, als hätte sie Angst, die Beine könnten sich sonst unter ihrem Hintern einfach selbständig machen und weglaufen.

Für diese Frau gab es keine Selbstverständlichkeiten mehr, folgerte Weller daraus. Sie war vollkommen unsicher. Alles konnte passieren. Sie traute nicht mal mehr dem Stuhl, auf dem sie saß, so sehr war ihr Vertrauen in die Welt erschüttert worden.

Sie räusperte sich und wirkte auf ihn, als wolle sie losbrüllen. Aber dann sprach sie doch leise, mit heiserer, fast erstickter Stimme: »Ihre Kollegen können mir gestohlen bleiben. Diese ganze blasierte, arrogante Truppe kann meinetwegen Massenselbstmord begehen, das würde wenigstens die Steuerzahler entlasten.«

Weller kratzte sich über der Verkabelung. »Ich kann Ihren Zorn verstehen, Frau Müller. Aber ich muss meine Kollegen wirklich in Schutz nehmen. Das sind nicht irgendwelche Dilettanten, sondern ...«

Jetzt wurde sie wirklich laut. Ihre Stimme war unangenehm schrill, mit einem scharrenden Nachhall.

»Unter ihren Augen wurde meine zweite Tochter entführt! Wie blöd muss man eigentlich sein, um das hinzukriegen?«

»Ja, Frau Müller«, versprach Weller, »das wird bestimmt ein Nachspiel haben, und es wird zu Untersuchungen kommen. Aber jetzt kommt es zunächst darauf an, alles für Ihre Kinder zu tun ... Wo ist Ihre Tochter Lucy? Ich würde gerne mit ihr sprechen.«

»Lucy ist nicht hier. Thomas ist nicht hier. Es ist überhaupt niemand da. Ich werde mit der ganzen Scheiße hier alleine gelassen!«

Sie hob die Hände hoch und ließ sie schwer auf die Tischplatte klatschen.

»Kann es sein, dass Lucy einfach mit ihrer kleinen Schwester spazieren gegangen ist?«

»Wollen Sie mich verarschen?«

»Nein, das will ich nicht. Ich suche nur eine Erklärung. Hat der Entführer sich noch einmal gemeldet?«

»Nein, aber Lucy hat ihr Handy hiergelassen. Und sie geht sonst nie ohne ihr Handy raus. Das ist so sicher wie das Amen in der Kirche.«

Glühend heiß lief es Weller den angespannten Rücken herunter. Konnte es sein, dass Lucy ebenfalls entführt worden war?

»Hatten Sie in der Zwischenzeit Kontakt zu Ihrem Exmann? Kann es sein, dass Lucy und Ina sich bei ihm befinden?«

»Nein, da sind die Kinder nicht. Glauben Sie, ich bin bescheuert? Was denken Sie, wie der Täter hier reingekommen ist?«

»Falls er keinen Schlüssel hatte, durchs Fenster ... Oder Lucy hat ihn reingelassen.«

Sie stieß mehrfach die Zunge vor und fuhr sich damit schlangenhaft über die Lippen. Ihre Zunge kam Weller ungesund vor, mehr weiß als rot. Frau Müllers Blicke huschten durch die Ferienwohnung, als würde sie etwas suchen. Weller rechnete jeden Augenblick damit, dass sie ohnmächtig werden würde. Waren das Anzeichen für irgendeinen Anfall?

Aber dann fing sie sich wieder und sah ihm klar in die Augen.

»Wir haben ein Problem, Frau Müller. Der Entführer will, dass Lucy ihm das Geld übergibt. Ohne sie stehen wir ziemlich blöd da. Oder wollen Sie ihm erklären, dass wir nicht wissen, wo eine Dreizehnjährige abgeblieben ist?«

Sie schüttelte vehement den Kopf. »Oh nein. Ich arbeite keineswegs mit diesen Ignoranten zusammen, die Sie Ihre Kollegen nennen. Versuchen Sie erst gar nicht, mich darauf einzuschwören, Herr Kommissar. Ich reden mit Ihnen und mit sonst niemandem.«

Sie verzog den Mund. Der Gedanke gefiel ihr überhaupt nicht. Sie veränderte ihre Sitzposition, sie hockte jetzt weniger angespannt und verrenkt da. Sie schob den rechten Fuß unter ihr linkes Knie. Dabei spielte sie mit ihren Socken. Sie zupfte am oberen Rand herum, wie Weller es von seiner Tochter Jule kannte, die bei spannenden Fernsehfilmen schon ganze Strümpfe zerpflückt hatte.

»Bitte bringen Sie mir meine Kinder zurück!«, flehte Gundula Müller plötzlich.

»Warum ausgerechnet ich?«, fragte Weller.

Sie hatte sofort Tränen in den Augen.

»Weil Sie der Einzige sind, der sich wirklich für mich eingesetzt hat.«

Weller sah sie nur fragend an.

»Ja, verdammt! Tun Sie nicht so, als wüssten Sie nicht, wovon ich rede, Herr Weller. Oder darf ich Frank zu Ihnen sagen?«

Er nickte.

»Sie haben die ganze Zeit aufgepasst wie ein Schießhund, weil Sie Angst hatten, dass Wolfgang auf mich losgeht. Ich hab das gesehen, und ich hab gespürt, wie sehr Sie da waren. Das hat mir so gutgetan, und gleichzeitig hat es mir klar gemacht, wie sehr ich das vermisse: jemanden, der einfach für mich da ist, bedingungslos auf mich aufpasst, mir nicht nachweisen will, was ich alles falsch gemacht habe, nicht nur von mir bewundert werden will, sondern einer, der einfach auf mich aufpasst, so wie Väter auf ihre Kinder aufpassen oder ...«

Sie schluckte und wischte sich eine Träne weg.

Die werden sich jetzt in der Polizeiinspektion die Lachtränen wegwischen, dachte Weller. Das Ganze hier hört sich ja fast an wie eine Liebeserklärung.

»Sie waren gleich mit einem Taschentuch da und ... Sie wussten, dass Wolfgang stärker ist als Sie. Trotzdem haben Sie sich eingemischt, als ...«

Das wird ja immer schlimmer, dachte Weller.

»Sie sind ein guter Kerl. Ich vertraue Ihnen. Aber mit den anderen Pfeifen will ich nichts zu tun haben. Die sehen genauso behämmert aus, wie sie sind. Ich sehne mich nach einer starken Schulter, an die ich meinen Kopf lehnen kann. Glauben Sie, es macht Spaß, immer nur stark zu sein?«

Weller hätte sie am liebsten in den Arm genommen, aber er wusste, welchen Spott das in der Zentrale auslösen würde. Die Verkabelung begann auf seiner Haut geradezu zu brennen. Er spürte den Impuls, sein Hemd auszuziehen und sich die Mikros vom Körper zu reißen, um sie auf dem Boden zu zerstampfen wie eine Zigarettenkippe.

In dem Moment klingelte es an der Tür. Weller nutzte die Gelegenheit, um aufzustehen.

»Bleiben Sie ruhig sitzen. Ich sehe nach.«

Vor der Tür wartete eine junge Frau mit glatten, braunen Haaren und dunklen Augen. Sie trug einen knielangen, schwarzen Rock und eine Rüschenbluse mit einer Weste darüber. Die pinkfarbene Brille rahmte wunderschön ihre Augen ein. Ihre Hautfarbe sah nach drei Wochen Sonnenurlaub aus.

Weller fand sie fast atemberaubend schön und gesund. Er vermutete, dass sie Vegetarierin war, regelmäßig Sport trieb und nur in Maßen Alkohol zu sich nahm, wenn überhaupt.

Sie strahlte ihn an. »Sind Sie Herr Schacht? Mein Name ist Viola Münchmann. Mich schickt das Jugendamt. Ich bin bei der betreuenden Familienhilfe. Wir haben gehört, dass Sie Unterstützung brauchen ...«

Hinter Wellers Rücken fing Gundula Müller laut an zu schluchzen. Sie warf etwas gegen die Wand. Weller hoffte, dass es nicht das Handy gewesen war, die einzige Möglichkeit, Kontakt mit dem Entführer aufzunehmen.

Sie schrie: »Zu spät! Zu spät! Zu spät!«

Kriminaldirektor Ludwig Schwindelhausen befürchtete, dass die Auswirkungen dieses Desasters zu einem Knick in seiner bisherigen Karriere werden könnten. Die zweite Entführung war unverzeihlich.

Sie hatten Wolfgang Müller für den gesamten fraglichen Zeitraum unter Beobachtung gehabt, er schied damit als Täter im Prinzip aus – ja, aber eben nur im Prinzip. In der Praxis sah alles ganz anders aus. Seine Freundin, Angela Riemann, hatte die Ferienwohnung im Fischerweg verlassen und war beim Pfannkuchenhaus Norddeich laut Bericht »verloren gegangen«, was ein netter Ausdruck dafür war, dass Püppi, wie er die Kollegin nannte, die sich gern männlicher gab als alle Machos, die er kannte, von der Situation überfordert, die Kontrolle verloren hatte. Statt Verstärkung anzufordern, hatte sie versucht, Frau Riemann wiederzufinden, was ihr aber nicht gelungen war. Müllers Lebensgefährtin kam dann nach zwei Stunden zum Fischerweg zurück.

Das alles wäre nicht weiter schlimm gewesen und vermutlich

nicht einmal jemandem aufgefallen, wäre nicht genau in dem Zeitraum die kleine Ina entführt worden.

Schwindelhausen diktierte ein Memo. Er schob die Schuld auf Kommunikationsschwierigkeiten mit den schwerfälligen und wenig kooperativen Kollegen vor Ort. Außerdem auf den chronischen Personalmangel in seiner eigenen Truppe und die unzumutbare Bugwelle von Überstunden, die sie vor sich herschoben. Für eine Rund-um-die-Uhr-Observation von zwei Leuten plus unauffälligem Polizeischutz für ein Baby hatte er einfach nicht genug Leute. Zudem war die Familie nicht bereit, sinnvoll mit der Polizei zusammenzuarbeiten, und musste sich daher eine Teilschuld zurechnen lassen.

Er würde auch diesen Tsunami an Problemen überstehen, da war er sich sicher. Aber er spürte, welch mächtige Wellen sich da weit draußen im Meer aufbauten. Im Moment zog sich das Wasser noch zurück, um Kraft zu sammeln für den Großangriff auf die Deiche. Bis das Inferno losging, wollte er seine Arbeit hier erledigt haben. Bevor die Monsterwelle aus Vorwürfen Ostfriesland flutete, wollte er wieder in Hannover sein. Sollten die Ostfriesen doch alleine untergehen. Er sah seine Zukunft ohnehin im Innenministerium. Da würde es ihm gut zu Gesicht stehen, beide Kinder rasch zu finden und zu retten.

Wenn etwas schiefging, wollte er das diesem Ubbo Heide ankleben. Der saß sich ohnehin in Aurich nur den Arsch breit und fieberte seiner Pensionierung entgegen.

Die Gesprächsführung von diesem Weller war auch unter aller Sau. Den würde er nur zu gern zur Schlachtbank führen. Noch hielt Ubbo Heide schützend die Hand über ihn, lange würde das aber nicht mehr gut gehen, orakelte Schwindelhausen.

Kriminalrat Ludwig Schwindelhausen hatte alles im Leben wie eine Schachpartie geplant. Seine Karriere. Seine Ehe. Seine Affären. Er plante immer mindestens drei Züge im Voraus. Das Problem für ihn war, dass diese Ostfriesen so unberechenbar waren. Sie verhielten sich nicht logisch. Das machte es schwer, ihre nächsten Schritte vorauszuberechnen.

Auf den ausgelatschten Wegen kommt man garantiert nur zu den längst bekannten Zielen, hatte Ubbo Heide gesagt und damit alle wissenschaftlich fundierten Verfahrensweisen der Fallanalyse lächerlich gemacht, fand Schwindelhausen. Dafür sollte Ubbo Heide büßen.

Das Handy meldete sich so laut, dass Weller erschrak.

Frau Müller hob abwehrend die Hände. »Ich kann das nicht! Machen Sie das!«

Weller nahm Lucys Handy und brachte es ihr. »Er hat gesagt, keine Polizei. Ich kann nicht rangehen.«

Doch Gundula Müller schüttelte sich wie ein Kind, das seinen Spinat nicht essen will. Dann presste sie die Lippen aufeinander und schien zu einer Statur zu erstarren.

Weller sah auf dem Handydisplay *Unbekannter Anrufer*. Er hatte Angst, die Chance auf einen Kontakt zum Entführer zu verlieren, und ging ran.

»Ja?«

»Wer sind Sie?«, fauchte eine ungehaltene Stimme. Es war ein Mann. Weller schätzte ihn auf Anfang dreißig. Kurzatmig. Vielleicht war er gerannt oder ein Asthmatiker. Es gab hier an der Küste wegen des Reizklimas Lungensanatorien. Hatte Weller jemanden am Apparat, der von der Krankenkasse hierher geschickt worden war? Eine astreine Tarnung für einen Entführer: Eine Kur!

Weller hörte den Wind pfeifen, und der Mann hielt sich etwas vor den Mund. Ein Spaziergänger? Mit einem Wollschal, der am Deich mit dem Handy telefonierte? Verdammt clever ... Da war Möwengeschrei.

»Ich heiße ... Philipp. Philipp Müller«, sagte Weller.
»Wer sind Sie, verdammt?! Ich will Lucy sprechen!«
»Ich bin ein Onkel von Lucy. Ich mache hier Urlaub, bin vorbeigekommen und habe diese schockierende Situation vorgefunden«, log Weller.

Ubbo Heide stand Kriminaldirektor Ludwig Schwindelhausen wie im Duell gegenüber. Zwischen ihnen war nur der Besprechungstisch mit den Sanddornkeksen und dem Krintstuut, in dem die Rosinen vertrockneten.

Die anderen hatten sich im Kreis um die beiden Männer aufgebaut.

Püppi konnte nicht still stehen. Sie tänzelte herum wie eine Boxerin, bevor der Kampf um die Meisterschaft beginnt. Rieke Gersema bohrte unauffällig in der Nase.

Sie alle lauschten dem Gespräch.

Ubbo Heide hob den Daumen der rechten Hand. »Bravo, mein Junge«, lobte er Weller vor allen anderen, weil er seine Finte clever fand. Der Entführer fiel offenbar darauf herein.

»Sie wissen also Bescheid?«, krächzte der Entführer, dem der ostfriesische Wind offensichtlich voll in den Mund fuhr.

»Ja, wie sollte mir die Entführung verborgen bleiben?«

»Ist das Geld bereit?«

Weller atmete tief durch und stellte eine Gegenfrage: »Leben Tina und Ina noch?«

»Ja, verdammt, aber nicht mehr lange, wenn Sie mich verarschen!«

Weller vermutete, dass der Mann sich umgedreht hatte und

jetzt nicht mehr gegen den Wind lief, sondern ihn im Rücken hatte. Er wurde das Bild nicht los von einem Mann, der am Deich auf und ab ging.

»Werden die Kinder versorgt?«

»Ja, klar. Sie werden gefüttert und sauber gemacht.«

»Kochen Sie das Wasser für den Tee auch richtig ab? Ina hat eine Karottenallergie. Wie viel Gramm hat Tina gegessen? Nimmt sie das Fläschchen an? Beide Kinder sind es gewohnt, natürlich gestillt zu werden. Geben Sie ihnen die Brust?«

Gundula Müller glotzte Weller ungläubig an. Von so einer Allergie wusste sie gar nichts.

»Was macht der?«, fragte Kriminaldirektor Schwindelhausen in die Runde. »Was soll der Scheiß?«

Aber Ubbo Heide strahlte, und Rieke Gersema grinste süffisant. Es wurden gerade alle Zeugen von Wellers geschickter Gesprächsführung. Irgendwie war das ein Triumph für Rieke, ja, die ostfriesische Kriminalpolizei an sich, fand sie.

»Er verstrickt ihn, weist ihm Verantwortung zu und macht ihm klar, dass es Menschen sind, die geliebt werden. Keine Sachen, die man einfach so stehlen und wegwerfen kann!«, erläuterte Ubbo Heide.

»Außerdem hält er ihn hin, damit wir ihn orten können«, fügte Rieke Gersema spitz hinzu.

»Wenn die Kohle nicht bald da ist, kann ich die kleinen Scheißer ja ein bisschen schreien lassen. Beeilen Sie sich lieber. Noch bin ich freundlich. Aber ich kann auch anders.«

»Ich bringe Ihnen das Geld, wohin Sie wollen«, sagte Weller, und es klang wie ein Versprechen, auf das man sich verlassen konnte.

»Sie bringen mir gar nichts, sondern Lucy.«

Jetzt wollte Gundula Müller plötzlich doch das Telefon. Sie kämpfte mit Weller regelrecht darum. Er hatte Mühe, sie sich vom Leib zu halten, ohne sie zu verletzen.

»Geben Sie ihn mir. Ich will mit ihm reden! Ich ...«

Sie riss Weller an den Haaren. Er jaulte auf.

Ludwig Schwindelhausen sah Ubbo Heide verärgert an. »Was läuft da? Ist der von allen guten Geistern verlassen?«

Brocken nickte und machte eine Geste, als würde er Weller zwischen seinen Händen zu einem Ball zusammenpressen und ihn über seine Schultern nach hinten in den Papierkorb werfen.

Weller überließ Gundula Müller das Handy. Zwischen ihren Fingern sah er Haare von sich. Auf der Kopfhaut brannte eine Stelle, als hätte sie Feuer gefangen.

»Ich bin die Mutter! Bitte tun Sie meinen Kindern nichts, ich flehe Sie an!«

»Ihren Kindern geschieht nichts. Es geht den Kleinen gut. Ich will nur das Geld. Haben Sie es?«

»Ja, das heißt ... nein. Also ... bald. Ich ... ich habe selbst nicht so viel, aber eine Tante von uns, die ...«

»Beeilen Sie sich.«

Weller hielt ihr die offene Hand hin und flüsterte: »Geben Sie ihn mir noch einmal ...«

Aber sie wendete sich von Weller ab, machte zwei Schritte in Richtung Toilette und flehte: »Bitte legen Sie noch nicht auf! Hallo? Sind Sie noch da?«

»Ja, verdammt! Wie lange brauchen Sie, um das Geld zu beschaffen? Ich lass mich nicht verarschen! Noch bin ich nett zu den Kleinen ...«

»Lucy kann es Ihnen nicht bringen. Ich weiß gar nicht, wo Lucy ist. Haben Sie Lucy auch in Ihrer Gewalt?«

Weller fand, dass Frau Müller sich eigentlich ganz gut schlug. Aber dann drehte sie sich zu ihm um, die Hand mit dem Handy fiel schlaff herab. Wellers ausgerissene Kopfhaare segelten auf den Teppich.

Gundula Müller sah aus, als hätten die letzten Minuten sie völlig geschafft. Sie schwankte.

»Er hat aufgelegt«, sagte sie. »Einfach aufgelegt.«

Mit einem einzigen Blick zu Püppi, die ihren Laptop vor sich hielt wie ein Ritter seinen Schild, erkannte Kriminaldirektor Schwindelhausen, dass die Zeit nicht ausgereicht hatte, um den Standort zu ermitteln.

Püppi drehte ihren Bildschirm so, dass alle ihn sehen konnten. Auf einer digitalen Ostfrieslandkarte leuchteten verschiedene Punkte, von denen Linien ausgingen, die sich kreuzten.

»Er muss ungefähr hier sein«, sagte sie und zeigte mit dem Finger darauf. Sie trug einen Ring mit einer Rune. »Das ist zwischen der Norder Innenstadt und dem Ocean Wave. Vielleicht ist er dort auf dem Parkplatz oder geht in Richtung Deich. Er kann aber genauso gut im Reichshof sitzen und ein Filetsteak essen.«

»Auf dieser Linie«, sagte Ubbo Heide, »liegt aber auch der Fischerweg, und der Muschelweg ist nicht weit. Der Täter ist also noch ganz nah.«

Ludwig Schwindelhausen ballte seine Faust, dass die Knöchel weiß hervortraten und die Gelenke knirschten.

»Wenn wir genügend Leute hätten, könnten wir das ganze Gebiet absperren und flächendeckende Personenkontrollen durchführen.«

»Ja, wenn ...«, stichelte Rieke Gersema.

Schwindelhausen warf ihr einen zornigen Blick zu, womit er sie nur noch mehr gegen sich aufbrachte.

Sie strich ihre Haare malerisch nach hinten und sagte: »Und wenn ich im Lotto gewonnen hätte, würde ich sechs Monate im Jahr Urlaub machen. Im Winter auf den Kanaren und im Sommer auf Juist.«

Rupert war aufgeregt. Frauke hatte sich gemeldet und wollte ihn treffen. Er suchte jetzt diesen hautengen Slip, den er sich mit dazu passenden Socken extra für besondere Anlässe gekauft hatte.

Seine Frau stand mit verschränkten Armen an den Spiegelschrank gelehnt da und sah ihm spöttisch zu.

»Warum«, fragte Beate gespielt nachdenklich, »lässt du eigentlich überall deine Sachen herumliegen, wenn du sie dann später sowieso nirgendwo wiederfindest?«

Er verstand die Ironie der Aussage nicht oder wollte sie nicht verstehen.

»Ich such die zu dieser Socke hier passende andere. Ich hab das Gegenstück verloren und auch noch den Slip, der dazu gehört.«

»Tja«, seufzte sie, »das sind Probleme ...«

Er kniete vor dem Nachtschränkchen und wühlte in der untersten Schublade.

»Suchst du deinen BUko?«

»Was?«

»Deinen Beischlaf-Utensilienkoffer.« Schmallippig fuhr sie fort: »Denkst du, ich bin blöd? Gerade du, dem es im Grunde völlig egal ist, was er drunter trägt, und der – würde ich sie nicht sortieren – auch gerne mal unterschiedliche Socken anzieht, ohne es zu merken, will zur Dienstbesprechung genau diese Socken anziehen, die zum Slip passen?«

»Den find ich auch nicht.«

»Du hast also wieder mal eine Freundin.«

»Quatsch! Ich doch nicht. Aber du müsstest mal sehen, wie die alle rumlaufen, seit das BKA bei uns mitmischt. Die reinste Modenschau ist das bei uns in Aurich im Fischteichweg.«

Beate stellte sich anders hin. »Ja, das glaub ich gerne. Ich stelle mir das gerade bildlich vor. So eine Unterwäscheshow im Büro. Sind ja auch schwülwarme Tage. Kommt Ann Kathrin auch in Dessous zur Dienstbesprechung, oder ist das bei euch eine reine Männersache? Habt ihr so eine Art Schwulenclub gegründet?«

Rupert warf einen flüchtigen Blick auf die Armbanduhr. Auch das registrierte Beate und kommentierte bissig: »Oh, drängt die Zeit? Kann sie es gar nicht mehr abwarten, bis du sie endlich flachlegst?«

Rupert bäumte sich auf und erinnerte Beate in seiner übertriebenen Pose an den großen schwarzen Gorilla, der die blonde Jane aus Tarzans Hütte entführen möchte.

Sie kannte ihren Mann nur zu gut. Wenn ihm ihr gegenüber die Argumente ausgingen, blähte er sich gerne so auf und spielte den Brüllaffen. Die Zeiten, in denen sie das beeindruckt hatte oder gar einschüchtern konnte, waren vorbei. Jetzt erkannte sie in diesen Gesten nur seine Unsicherheit.

War er, der so gerne den Starken spielte, vielleicht nur auf der verzweifelten Suche nach einer Partnerin, die ihm zeigte, wo es langging? Vielleicht lag es an seinem schuldbewussten, unterwürfigen Ton, der gar nicht zu seiner Pose passte. Vielleicht war auch seine vorherige Haltung der Auslöser, als er suchend, mit nur einer Socke in der Hand, vor dem Nachtschränkchen kniete.

Etwas löste in ihr erneut eine Phantasie aus. Auf RTL 2 hatte sie einen Filmbericht über eine Domina gesehen. Die Dame trug eine Maske wie aus dem venezianischen Karneval und vertrat ein abenteuerliches Männerbild. Je stärker sich Männer nach außen gaben, je mehr sie den Macho spielten und beruflich aufstiegen, umso größer sei ihre Sehnsucht nach Unterordnung, behauptete sie.

Sie hatte von Chefärzten erzählt, die zu devoten Sklaven wurden, und von erfolgreichen Rechtsanwälten und Architekten, die unbedingt bestraft werden wollten.

Beate sah sich jetzt in hautenger schwarzer Lederkleidung. Sie trug Highheels und eine geflochtene Lederpeitsche. Rupert kniete vor ihr und winselte um Gnade. Er sagte »Herrin« zu ihr und sah mit seinem Hundeblick zu ihr auf, während sie die Peitsche über seinen Rücken gleiten ließ, wie eine Schlange auf der Suche nach einem lebenden Organismus, der klein genug war, um von ihr verschlungen zu werden.

Die Vorstellung tat ihr gut. Wahrscheinlich, so dachte die gut erzogene Gymnasiastin in ihr, würde sie es gar nicht schaffen, die Peitsche wirklich auf sein nacktes Fleisch klatschen zu lassen. Aber der Gedanke, ihn völlig zu beherrschen, und sei es nur für einen kurzen, klar umgrenzten Zeitraum, gefiel ihr. Auf paradoxe Weise stimmte diese sadomasochistische Phantasie sie milde.

Vor ein paar Tagen hatte sie ihre alte Klassenkameradin Silke Meiser wiedergesehen. Silke war inzwischen Reiki-Meisterin geworden. Beate hatte sich bei ihr die erste Reiki-Behandlung ihres Lebens geben lassen.

Es war ein verwirrendes Erlebnis für sie gewesen. Noch immer fühlte sie sich merkwürdig durchflutet, als sei etwas in ihr in Fluss gekommen.

Vielleicht, dachte sie, ist es das, was mein Rupert braucht. Tiefe Entspannung und liebevolle Annahme.

Sie bückte sich und half ihm beim Suchen. Er glaubte, sie sei vor seiner beeindruckenden Persönlichkeit eingeknickt. Aber sie schwankte zwischen dem Wunsch, ihm seine Fremdgeherei nachzuweisen. Ganz eindeutig. Am besten mit Fotos. Und ihn dann fertigzumachen. Und deshalb würde sie der Reiki-Regel folgen, die sie von Silke gelernt hatte: Gerade heute ärgere dich nicht.

»Es kommt nicht darauf an«, hatte Silke gesagt, »den Ärger einfach zu unterdrücken. Dann staut sich nur alles auf, und man wird krank. Sondern den Ärger zulassen, sich selbst beim Ärgern beobachten, sich den Grund bewusst machen, um schließlich dieses Gefühl loszulassen. Denn die erste Reiki-Regel lautet: Gerade heute sorge dich nicht.«

Sie fand seinen sexy Slip zwischen den langen Unterhosen, nur die zweite Socke blieb verschwunden.

Er begann, sich vor ihr umzuziehen. Sie blieb stehen und genoss diese Peep-Show.

»Weißt du«, sagte Rupert fast ein bisschen verschämt, als sei es ihm peinlich, vor seiner Frau solche Intimitäten auszuplaudern, »weißt du, ich fühle mich einfach wohler, wenn ich unten drunter wertvolle Sachen trage. Das gibt mir ein gutes Gefühl im Büro, wenn alle diese Angeber vom BKA da ihre Willi-Wichtig-Nummer aufführen und um ihren Chef Pirouetten tanzen. Mit solchen Klamotten unten drunter«, er klatschte auf seinen Po, »da können sie mich alle mal!«

Sie lächelte verständnisvoll. »Und ich dachte schon, du betrügst mich.«

Er stupste mit dem Zeigefinger gegen ihre Nase. »Willst du mich beleidigen? Die Zeiten sind vorbei. Ich schwöre es dir!«

»Das ist auch besser für dich. Oder willst du leben wie Weller? Dem sind nach der Scheidung doch nur noch Schulden geblieben.«

»Aber Schatz, wie redest du denn?«

»Du hast es mir selbst erzählt. Er hat nur noch neunhundert Euro monatlich zur Verfügung.«

Rupert küsste seine Frau flüchtig. »Wer redet denn von Scheidung? Um Himmels willen ...«

Sie sah ihrem Mann nach und fragte sich, ob sie Silkes Angebot annehmen sollte. Vielleicht war so eine Einweihung in den ersten Reiki-Grad ja genau das, was sie brauchte, um mit sich selbst klarzukommen und schließlich auch mit ihrem Mann.

Vielleicht hatte es etwas mit dem Stoff zu tun, den sie geraucht hatten, oder mit den blauen Pillen, die Benne so gerne einnahm und die seinen Augen diesen fiebrigen Glanz gaben. Jedenfalls wollte die Vögelei einfach kein Ende nehmen.

Er verrenkte sie immer wieder aufs Neue, schob sie in andere Positionen und rammelte immer weiter, ohne Rücksicht darauf zu nehmen, ob sie Gefallen daran fand oder nicht.

Sie hätte am liebsten »Aufhören!« geschrien, aber einerseits kam sie sich spießig dabei vor, so, als dürfe sie das jetzt nicht tun und müsse eben den Preis fürs Verstecktwerden bezahlen, andererseits wollte sie aber auch keine Spielverderberin sein und war so froh, endlich einen vorzeigbaren Freund zu haben, der in ihr bereits die erwachsene Frau sah und nicht das Kind. Dann fühlte sie sich wieder geschändet, missbraucht und ausgenutzt. Die Beine taten ihr weh, der Unterleib brannte, und hinter ihr hechelte Benne neuen Rekorden entgegen.

Er sah ihre Tränen nicht, und sie vermutete, dass es ihm auch wenig ausgemacht hätte, sie weinen zu sehen. Er hatte seinen Spaß und fühlte sich großartig, während der Wohnwagen wackelte und Lucy am liebsten von der Welt verschwunden wäre.

Als er endlich genug hatte, reckte er sich nackt auf dem Bett.

Er war so lang, dass seine Füße und seine Hände jeweils gegen die Wohnwagenwände stießen.

Er trommelte einen Takt. Lucy drehte ihm den Rücken zu, wagte aber noch nicht, sich schon anzuziehen. Sie hatte Angst, von ihm weggeschickt zu werden.

»Na«, fragte er, »wie war ich?«

»Toll«, sagte sie ohne jede Ironie in der Stimme. »Ein echter Knaller.«

Er grinste. »Gib mir nur eine kleine Pause, dann können wir weitermachen. Ich weiß doch, was für ein unersättliches Luder du bist. Mir musst du nichts vormachen.«

Aber dann schlief er ein, und sie blieb ganz ruhig neben ihm liegen, ohne sich zu bewegen. Sie wog ihre Möglichkeiten und Chancen ab, ihrem Schicksal zu entkommen. Auf keinen Fall durfte sie in Thomas Schachts Nähe geraten, der war jetzt zu einem reißenden Tier geworden, das ein Opfer suchte. Sie traute sich aber auch nicht, ihrem richtigen Vater oder ihrer Mutter unter die Augen zu treten. Und hier bei Benne wollte sie auch nicht bleiben.

Sie musste weg. Einfach nur weg.

Sie war noch keine vierzehn Jahre alt. Sie hatte hundertsiebzig Euro in der Tasche und wurde vermutlich längst von der Polizei gesucht.

Sie überlegte, wem sie noch vertrauen konnte. Sie ließ eine Galerie von Gesichtern an sich vorüberziehen. Klassenkameraden. Lehrerinnen. Freundinnen.

Wer würde ihr Unterschlupf gewähren? Wer hatte überhaupt die Möglichkeit dazu? Wer würde sie auf keinen Fall verraten?

Und dann stellte sie fest, dass sie keine richtigen Freunde hatte.

Lucy war wund zwischen den Beinen. Ihr Rücken schmerzte. Etwas lief aus ihr heraus und klebte widerlich zwischen ihren Schenkeln fest. Sie hätte sich zu gerne geduscht. Es gab auch eine

Dusche im Wohnwagen, doch sie hatte Angst, Benne zu wecken, deshalb blieb sie einfach liegen.

Es war warm und stickig, und eine dünne Schweißschicht bedeckte ihren ganzen Körper. Sie war durstig, und ihre Zunge wurde pelzig. Sie leckte sich den Schweiß von den Handgelenken.

Die Gelassenheit einer Reiki-Meisterin besaß Beate noch nicht. Die eifersüchtige Ehefrau ging mit ihr durch, und sie folgte Rupert mit dem Wagen ihrer Freundin. Entweder hatte er sie bemerkt, oder er war tatsächlich unschuldig, denn er fuhr geradewegs in den Fischteichweg nach Aurich in die Polizeiinspektion.

Sie parkte ganz in der Nähe und holte sich beim Bäcker einen Coffee to go. Dann ging sie damit auf und ab, als würde der Kaffee schlechter, wenn man sich setzt, um ihn zu trinken.

Sie beobachtete den Eingang zur Polizeiinspektion, und nach knapp zehn Minuten war ihr Ehemann wieder draußen.

Sie blieb ganz dicht dran. Er fuhr nach Oldenburg. Auf der Autobahn verlor sie ihn kurz vor der Ausfahrt, aber in Oldenburg fand sie sein Auto wieder. Dieser Aufreißerschlitten war einfach nicht zu übersehen. Er stand vor dem Hotel Sprenz.

Beate musste aufstoßen. Ihr war schlecht. Sie brauchte frische Luft.

Wieder ging sie auf und ab, diesmal ohne Kaffee in der Hand.

Ein Wagen fuhr durch die Einfahrt und parkte auf dem Hof. Als Beate Frauke aus dem Auto steigen sah, wusste sie sofort: Das ist sie. Mit der hat er etwas laufen. Es war ihre ganze laszive Art, sich zu bewegen.

Die Frau trug etwas ins Hotel. Es sah für Beate aus wie ein Backblech.

Beate brauchte keine Beweise mehr. Eine Weile spielte sie mit dem Gedanken, sich auch ein Zimmer im Hotel Sprenz zu nehmen und die beiden zu überraschen. Aber dann beschloss sie, ihre Rache kalt zu genießen.

Dieses ehebrecherische Luder war doch garantiert auch verheiratet. Klar, deshalb mussten sie sich im Hotel treffen.

Sie setzte sich ins Auto und sah zum Hotel Sprenz hinüber. Hinter welchem Fenster trieben sie es wohl gerade miteinander?

Sie versuchte, sich selbst Reiki zu geben, um die Situation auszuhalten. Aber dann konnte sie nicht länger still sitzen. Sie musste sich bewegen.

Ich werde deinen Mann auf euch hetzen! Ich mach dir das Leben zur Hölle, Schlampe, dachte sie.

Sie fragte sich noch kurz, ob solche Rachegedanken mit Reiki zu vereinbaren waren.

Beate bekam plötzlich einen Mordshunger. Sie brauchte eine Riesenportion Fleisch, um ihre Kauwut zu befriedigen. Sie ging zum Restaurant Kreta und bestellte sich einen Grillteller. Sie saß allein mit ihrem neuen iPhone in einer geschützten Ecke und wartete auf ihr Essen. Der Geruch von Knoblauch und in Fett gebratenem Fleisch brachte sie fast um den Verstand.

Sie schluckte gierig, dann rief sie Silke Meiser an und erzählte ihr in leisem Flüsterton von ihren Phantasien, von den Bildern, die sie nicht mehr loswurde, und von ihrem Mann, der immer wieder hinter anderen Frauen her war.

Ihre Freundin hatte einen ungeheuerlichen Vorschlag: »Schick deinen Mann zu mir. Ich gebe ihm eine Reiki-Behandlung. Er ist doch auch nur ein Mensch auf der Suche nach Liebe und Anerkennung. Wenn er erst wieder in Fluss kommt, wird er dich auf Händen tragen und anbeten. Das versprech ich dir. Man muss sich selbst lieben, um andere lieben zu können.«

Während des Gesprächs brachte der Wirt den Grillteller, und Beate grub ihre Zähne in ein Stück Lammfleisch, während Silke ihr Reiki-Tipps gab.

Zwei Tische weiter hatten zwei Männer Platz genommen. Beate bemerkte sie nicht. Sie war viel zu sehr mit ihrem Grillteller und mit dem Gespräch beschäftigt.

»Oder du versuchst es erst mal selbst«, schlug Silke vor, die natürlich bemerkte, dass Beate nicht wirklich davon begeistert war, ihren Rupert zu ihr zu schicken.

»Ich spür das doch, Beate. Du bist geradezu eifersüchtig darauf, wenn ich mit ihm eine Energieübertragung mache.«

»Du meinst, ich soll ihn selber mit Liebe und Licht durchfluten? Aber das kann ich doch noch gar nicht!«

»Jeder Mensch kann einem anderen die Hand auflegen, um so die Selbstheilungskräfte zu stärken. Das macht jede Mutter mit ihrem Kind, das sich verletzt hat. Aber die Reiki-Einweihung ist wichtig, damit man nicht die eigenen Energien und Gefühle auf den anderen überträgt, deswegen muss erst eine Reinigung stattfinden. Der Reiki-Geber ist nichts weiter als ein Kanal zur Weitergabe universeller Lebensenergie. Wenn du willst, kannst du mal mit dabei sein.«

Beate hielt den Souvlaki-Spieß mit links und zog mit den Zähnen die Fleischstücke ab.

Die Männer am anderen Tisch schwiegen. Sie tranken jeder ein Bier. Stumm prosteten sie sich zu und lauschten.

»Darf ich dabei sein, wenn du es mit anderen Männern machst? Ich will das einfach nur mal sehen und mir vorstellen, wie es ist für ihn.«

Sie legte den abgenagten Spieß auf den Teller und griff sich das Schweinemedaillon.

Ihre Freundin Silke machte ihr ein Angebot: »Ich habe noch zwei Kunden, die mich heute besuchen kommen. Du kannst mir assistieren, wenn du Lust hast.«

»Und ob ich Lust habe!«, rief Beate begeistert und erschrak dabei gleich über sich selbst. »Keine Angst, ich will dir nicht reinpfuschen. Ich habe ja den ersten Reiki-Grad noch gar nicht.

Aber ich wäre froh, wenn ich einfach zusehen könnte. Vielleicht kann ich ihn dann ja irgendwie davon überzeugen.«

Sie verabredete sich mit Silke.

Der Kellner brachte einen Ouzo und räumte den leeren Teller ab. Beate konnte sich nicht daran erinnern, alles aufgegessen zu haben.

Die Männer am anderen Tisch tuschelten. Dann kam der mit dem Seehundschnauzer und dem gemütlichen Bierbauch rüber zu Beate. Ohne weitere Umschweife beugte er sich zu ihr und sagte: »Also, wenn Sie ein Versuchskaninchen suchen, mein Freund Heinz und ich stehen Ihnen jederzeit zur Verfügung.«

Als Benne zu Lucy in den Wohnwagen zurückkam, war er ganz anders. Lieb und verständnisvoll. Er hatte bei Grünhoff zwei Riesenstücke Käsekuchen mit Rosinen gekauft, die sie gemeinsam aßen. Er stellte Fragen nach Lucys Situation, und er hörte ihr zu.

Schon lange war kein Mensch mehr so gut zu ihr gewesen, fand sie. Tränen stiegen in ihr hoch. Waren Männer eben so? Hatten sie diese zwei Seiten? Musste man die eine ertragen, um die andere auch zu bekommen?

Sie war so verwirrt. Sie liebte ihn jetzt wieder so sehr, aber dann erklärte er ihr, dass sie zurück zu ihrer Mutter müsse.

Sie empörte sich: »Bist du wahnsinnig? Willst du mich loswerden oder was?«

Er streichelte über ihr Gesicht und küsste ihre Stirn. »Sei nicht albern. Aber deine Mutter braucht dich jetzt. Wenn dieser Arsch, auf den deine Mutter steht ...«

»Thomas. Thomas Schacht.«

»Ja, genau, dieser idiotische Ina-Müller-Fan, wenn der sie nur abkochen will, wie du sagst, und die Kinder bei ihm sind, dann braucht deine Mutter deine Hilfe. Oh ja, sie braucht sie verdammt. Egal, ob sie es weiß oder nicht.«

»Aber meine Mutter will die Wahrheit nicht sehen. Sie vertraut dem mehr als mir.«

»Ja, sie braucht Hilfe. Sag ich doch.«

Lucys Nase lief. Sie riss ein Papiertaschentuch von der Küchenrolle ab und putzte sich die Nase.

»Aber weißt du, Benne, was ich nicht kapiere? Warum will er, dass ich die Geldübergabe mache?«

Benne machte ein belämmertes Gesicht. Er schwieg eine Weile, dann sagte er: »Vielleicht hat er einen Komplizen oder eine Komplizin.«

»Na und? Das erklärt doch gar nichts.«

»Oh doch, Lucy. Dir wird keiner glauben, wenn du sagst, dass er es war. Und dass du ihn bei der Geldübergabe erkannt hast.«

Sie biss sich auf die Unterlippe. »Scheiße. Du hast recht.«

»Vielleicht ist sein Plan aber noch viel raffinierter, und er telefoniert im Beisein deiner Mutter mit dem Entführer ...«

»Seinem Komplizen ...«

»Genau. Und überredet den, dass er selber das Geld übergeben darf. Dann ist es ihm ein Leichtes, die Polizei abzuhängen, falls die im Spiel ist. Er muss das Geld ja gar nicht mehr vor den Augen der Bullen irgendwo abholen. Er hat es ja schon.«

Ihre Lunge pfiff. »Boah! Wie cool ist das denn? Das heißt, ich muss wirklich zurück, und dann übergebe *ich* das Geld.« Sie stockte. »Ja, aber wem ist damit geholfen, Benne?«

»Wir könnten es auch ganz anders machen, Lucy. Du haust mit der Kohle ab und bist endlich frei. Wir könnten dann zusammen nach Amsterdam. Ich kenne da eine WG auf einem Hausboot, da könnten wir untertauchen. Und in Lateinamerika, da kann man von Zweihunderttausend zehn Jahre lang in Saus und Braus leben. Wir könnten uns eine gemeinsame Existenz aufbauen. Wir hätten keine Sorgen. Wir könnten uns lieben und ...«

Sie glaubte kaum, was sie da hörte. »Du meinst ... wir hauen zusammen ab?«

Er grinste. »Du bist schon abgehauen, Lucy. Du hast deiner Mutter ein paar Euro geklaut und ...«

Sie beendete seinen Satz: »... und du meinst, da wäre es nur logisch, noch einmal reumütig zurückzukehren, um dann mit richtig viel Kohle für immer zu verschwinden?«

Er lächelte sie an. »Ich denke, du bist denen sowieso im Weg. Und da liebt dich doch keiner mehr so richtig, oder?«

Sie fand seine Idee erschreckend folgerichtig. Eins war ja wohl klar: So sehr hatte schon lange niemand mehr zu ihr gehalten.

Ja, dachte sie, endlich ist mal jemand voll und ganz auf meiner Seite.

Das tat ihr gut. Zu Hause ging es doch immer nur um die anderen. Um die Zwillinge, um Papas Sauferei und dass er nicht genug Unterhalt zahlte, oder um Thomas.

Jetzt war sie mal dran. Das spürte sie genau. Ihre Zeit war gekommen.

Ann Kathrin Klaasens Beine waren schwer, als hätte sie Gewichte daran hängen. Der weißblaue Strandkorb auf ihrer Terrasse hatte jetzt eine geradezu magische Anziehungskraft. Sie nahm sich im Vorbeigehen aus der Küche die Rotweinflasche mit und ein großes Glas Leitungswasser.

Sie ließ sich in den Strandkorb fallen, und das Knarren des ausgetrockneten Holzes unter ihr tat ihr gut. Sie legte die Füße hoch. Noch war die Abendsonne nicht hinterm Deich versunken, aber die Birnbäume im Garten warfen schon lange Schatten.

Die Besuche bei ihrer Mutter schafften sie. Auf eine tiefe, grundsätzliche Art war sie danach in sich selbst versunken. Die Ermittlungsarbeit, selbst in schwierigen, aufwühlenden Fällen, erschien ihr leicht, verglichen mit der Aufarbeitung der eigenen Familiengeschichte. Sie hatte sich nie wirklich für ihre Mutter interessiert. Ihr Vater war ihre eigentliche Bezugsperson gewesen. Ja, sie war ein Papakind.

Es wäre für sie selbstverständlich gewesen, ihn mit nach Hause zu nehmen und dort zu pflegen. Bei ihrer Mutter kam sie gar nicht auf diese Idee. Sie waren sich immer merkwürdig fremd geblieben. Erst jetzt, da sie langsam in der Demenz verschwand, fühlte Ann Kathrin eine tiefe Verbindung.

Sie hielt ihr Gesicht in die milde Abendsonne, aber sie war zu pflichtbewusst, um hier einfach weiter ihren Gedanken nachzuhängen. Sie hörte den Vögeln zu, trank erst das Leitungswasser und nippte dann am Rotwein, bevor sie ihren Laptop holte, um ihre E-Mails zu überprüfen.

Taucher hatten das Skelett von Jule Freytag im Uplengener Moor gefunden. Es war ein sachlicher Bericht, doch was hier völlig emotionslos geschildert wurde, ließ einen Schauer über Ann Kathrins Rücken laufen.

Die Taucher hatten kein ganzes Skelett aus dem Moor gefischt, sondern die Knochen waren, nach Größe sortiert, zusammengebunden worden. Es gab Fotos. Auf eine irre Weise hatte sich jemand Mühe gegeben, das Ganze ordentlich zu machen, so als sei ihm peinlich, irgendwo unsortierte Reste herumliegen zu haben.

Wie zwanghaft muss jemand sein, der so etwas tut, dachte Ann Kathrin. Ein Ordnungsfanatiker?

Sie konnte nicht weiterlesen. Sie klickte die Bilder weg und trank das Rotweinglas mit einem Zug leer. Obwohl sie sich gerade noch so schwer gefühlt hatte, kam jetzt eine Unruhe in ihr auf, die es ihr unmöglich machte, im Strandkorb sitzen zu bleiben. Sie musste sich bewegen.

Sie streifte sich die Schuhe ab und hüpfte im Garten herum wie ein Kind. Sie sprang hoch zu den Zweigen des Birnbaums und fühlte die weiche Erde zwischen den Zehen hervorquellen. Der Rasen streichelte ihre Fußsohlen. Am liebsten wäre sie nackt zum Meer gelaufen, um in den Wellen der Nordsee Schutz vor dem Dreck der Welt zu suchen.

Die Bilder der sortierten und zusammengebundenen Knochen erinnerten sie an ihre Kindheit in Gelsenkirchen. Auf der Bismarckstraße gab es einen kleinen Laden, wohin ihre Mutter sie manchmal zum Einkaufen mitgenommen hatte. Es war später das erste Geschäft, in dem sie schon selbst einkaufen gehen durfte, mit einem Zettel in der Hand, den sie an der Kasse abgab. Dort hatten alle Dinge eine eigene Ordnung, waren fein säuberlich sortiert und aufgeschichtet.

Den ganzen Tag – wenn sie keine Kunden bediente – räumte Frau Schmidt darin herum, legte die Möhren der Länge nach zusammen, stapelte Pyramiden aus Dosen und sah die Gurken und Bananen immer mit einem leicht vorwurfsvollen Blick an, so als könne sie ihnen nie verzeihen, dass sie nicht gerade, sondern krumm gewachsen waren.

Als das Telefon klingelte, lief sie zunächst ins Haus und wollte in der Hoffnung, Wellers Stimme zu hören, sofort rangehen. Aber dann sah sie eine Oldenburger Nummer, die sie nicht kannte.

Sie schaffte es nicht, den Apparat einfach klingeln zu lassen, und ärgerte sich darüber. Ich bin so eine Art Telefonjunkie, dachte sie. Ich geh immer ran, weil ich denke, es könnte etwas Wichtiges sein, doch meist ist es nur Mist, der mir die Zeit stiehlt.

Ann Kathrin meldete sich nur mit »Ja?«.

Sie hörte die gepresste Stimme von Frau Professor Dr. Hildegard. Ann Kathrin wollte das Bild aus ihrem Kopf verbannen, aber je mehr sie versuchte, nicht daran zu denken, umso deutlicher wurde es.

»Ich muss mit Ihrem Mann reden, Frau Weller.«

»Ich bin nicht Frau Weller. Frank und ich sind nicht verheiratet. Sie sprechen mit Ann Kathrin Klaasen.«

»Ist ja auch völlig egal. Ich habe eine Information für die Kriminalpolizei.«

»Hat das Zeit bis morgen?«

»Im Grunde schon, aber ich bin gerade so erschüttert, dass ich denke, ich muss es Ihnen jetzt mitteilen.«

Komisch, dachte Ann Kathrin, es ist nicht das erste Mal, dass dieser Frau plötzlich etwas einfällt und sie es unbedingt loswerden will.

Jetzt hörte sie sich gar nicht mehr an, als würde sie zu der Aussage gezwungen, und in Ann Kathrins Kopf entstand ein neues Bild. Das von Frau Professor Hildegards Hintern, den Rupert ja angeblich auf dem Foto aus Dr. Ollenhauers Computer erkannt hatte.

»Die Sache mit dem ausgestopften Kind hat mir keine Ruhe gelassen, und ich habe alte Akten verglichen. Es ist knapp zwei Jahre her, da wurde ein Digitus pedis Eins gefunden.

»Pedis wer?«

»Das ist der dicke Zeh eines Menschen. Der Knochen muss mit dem Grünabfall ins Entsorgungszentrum Breinermoor gelangt sein. Dort werden die Grünabfallsäcke im Kompostwerk noch per Hand geöffnet. Ich weiß noch, dass damals ein ziemlicher Aufwand betrieben wurde, um herauszubekommen, aus welchem Haus der Zeh kam, doch das konnte nicht ermittelt werden. Nicht einmal den Straßenzug kennen wir ... Aber aus dem Großgebiet Moormerland ist er garantiert.«

»Warum erzählen Sie mir das?«

»Ich habe die DNA verglichen. Sie ist identisch mit der von Jule Freytag, unserer Moorleiche.«

Ann Kathrin setzte sich im Wohnzimmer aufs Sofa und sah ihr Spiegelbild im Flachbildschirm ihres Fernsehgeräts. Sie kam sich zu dick vor.

»Danke, Frau Dr. Hildegard. Damit haben Sie uns wirklich weitergeholfen.«

Die Professorin atmete erleichtert auf.

»Bleiben Sie bitte mal einen Moment dran«, bat Ann Kathrin. Komisch, dachte sie, für eine Pathologin, die es ständig mit Leichen zu tun hat und mit unnatürlichen Todesfällen, ist sie merkwürdig aufgeregt. So, als würde für sie persönlich viel dranhängen.

Ann Kathrin glaubte der Frau die Betroffenheitsnummer nicht. Vielleicht um ihr eigenes Spiegelbild nicht länger ertragen zu müssen, stand Ann Kathrin mit dem Telefon in der Hand auf und ging zu ihrem Laptop, der immer noch draußen am Strandkorb stand. Sie rief noch einmal die Bilder auf und sah sich die Knochensammlung genau an.

»Nein«, sagte Ann Kathrin, »hier fehlt nichts.«

»Bitte? Ich verstehe nicht.«

»Ja, das können Sie auch nicht. Die Knochen von Jule Freytag sind im Uplengener Moor gefunden worden. Und hier sehe ich zwei Großzehenknochen. Es ist wohl kaum denkbar, dass ein Mensch drei solcher Zehen hat.«

»Ja, aber …«

»Haben Zwillinge die gleiche DNA, Frau Professor?«

»Eineiige Zwillinge haben identisches Erbgut.«

Ann Kathrin las, die Zehen würden zu einem ägyptischen Fuß gehören. Sie fragte: »Was bedeutet das, ägyptischer Fuß? Ich war davon ausgegangen, dass Jule Freytag Deutsche ist oder zumindest Mitteleuropäerin.«

Frau Professor Hildegard lachte, wenn auch nur gequält, auf: »Wir unterscheiden zwischen einem ägyptischen Fuß, da ist die zweite Zehe kürzer als die Großzehe, einem römischen Fuß, die zweite Zehe und die Großzehe sollten dabei gleich lang sein, und einem griechischen Fuß, bei dem die zweite Zehe länger ist als die Großzehe.«

Ann Kathrin bat Frau Professor Dr. Hildegard, ihr das alles als Bericht zukommen zu lassen.

Vielleicht, dachte Ann Kathrin, wusste sie das alles längst und rückt erst jetzt mit der Sprache heraus, weil wir ihren Freund Ollenhauer hopp genommen haben, und jetzt will sie ihren zweifellos schönen Hintern retten.

Sofort versuchte Ann Kathrin, Ubbo Heide zu erreichen. Der klang, als sei er völlig übermüdet und hätte seinen Ostfriesentee intravenös bekommen. Er war aufgekratzt wie selten, darunter hörte sie aber seine Ermattung.

»Ubbo«, sagte Ann Kathrin, »Janis Freytag ist mit hoher Wahrscheinlichkeit ebenso zur Mumie geworden wie ihre Schwester.«

»Ann, das kann alles sein, aber der Fall ist alt, und wir sitzen hier akut in Problemen. Das zweite Baby ist ebenfalls entführt worden, und die Zusammenarbeit mit dem BKA gestaltet sich nicht gerade erfreulich. Wir haben hier alle die Nerven ziemlich blank liegen. Wir müssen uns jetzt auf diesen Fall konzentrieren und können uns nicht an mehreren Kriegsschauplätzen verzetteln.«

»Das ist es ja gerade, was ich dir sagen will, Ubbo. Fällt dir denn nichts auf?«

»Was soll mir auffallen?«, stöhnte er wie ein Mann kurz vor dem Nervenzusammenbruch, der sich noch einmal zusammenreißt, um das Blatt zu wenden.

»Es geht um Zwillinge.«

»Du meinst ...«

Sie nutzte seine Pause, um weiterzusprechen. »Jule und Janis Freytag sind völlig getrennt aufgewachsen. Ich weiß nicht einmal, ob sie sich oft begegnet sind. Trotzdem hat sie jemand in seine Gewalt gebracht, beide Kinder getötet und, ich vermute mal, ausgestopft. Es sei denn, Janis Freytag rennt jetzt irgendwo mit einem Zeh herum und hat sich bei uns noch nicht gemeldet, was ich aber für unwahrscheinlich halte.«

»Ann, das ist eine ziemlich spekulative Theorie. Glaubst du wirklich, die beiden Fälle hängen zusammen? Jemand hat sich die Zwillinge geholt, um ...«

»Ja, das halte ich für denkbar.«

»Ich glaube, diesmal irrst du dich, Ann. Wir haben es hier mit einer Lösegeldforderung zu tun. Es geht, wie so oft im Leben, einfach nur um Geld. Das Drama in dieser Familie ist schon groß genug. Dein Frank leistet hier gerade hervorragende Arbeit.«

So, wie Ubbo das sagte, hörten ihm wohl noch andere Leute zu, für deren Ohren seine Worte bestimmt waren.

»Ja«, sagte Ann Kathrin, »das macht Frank bestimmt.«

Sie kam sich fast schäbig dabei vor, es jetzt zu sagen, so, als würde sie ihren guten alten Chef damit zu viel belasten und ihm noch mehr Gepäck aufbürden, das ihn dann endgültig zusammenbrechen ließ.

»Wenn es stimmt, was ich vermute, dann sind wir auf dem Holzweg, und die Familienmitglieder scheiden im Grunde aus ... Jedenfalls komme ich jetzt zu euch.«

»Musst du nicht bald Feierabend machen?«, fragte er.

»Im Gegenteil. Ich fange jetzt gerade erst an ...«

»Du willst doch jetzt nicht der ohnehin schon hysterischen Mutter erzählen, dass ihre Kinder von jemandem gekidnappt wurden, der sie ausstopfen möchte, oder?«

Rupert lag völlig erschöpft auf dem Bett. Er betrachtete Frauke, die sich in ihrer Nacktheit so natürlich bewegte, als hätte sie nie im Leben Kleidung getragen.

Es duftete im Zimmer nach Äpfeln, Mandeln und frischem Kuchen. Frauke aß den mitgebrachten Kuchen aus der Hand, direkt vom Blech.

»Ich bekomme danach immer unglaublichen Hunger«, sagte

sie mit vollem Mund und pustete dabei ein paar Krümel auf die Bettdecke.

Rupert sagte nichts. Er sah sie nur an.

»Kennst du das nicht?«, fragte sie. »Manche müssen danach unbedingt eine rauchen oder ein Bier trinken. Mein Mann zum Beispiel. Andreas hat früher dann immer im Bett geraucht, den Aschenbecher auf dem Bauch. Ich fand das schrecklich.«

Rupert verschwieg, dass er selbst es jahrelang genauso gemacht hatte.

Sie schüttelte sich. »Früher«, sagte sie, »habe ich immer Sahnekuchen essen müssen. Das versuche ich mir abzugewöhnen, wegen der schlanken Linie.«

Sie klatschte auf ihre Hüften. Dann holte sie plötzlich von einer unstillbaren Gier ergriffen die Sprühsahne aus ihrer Handtasche und ließ eine lange Sahnewurst auf den Kuchen sausen.

Sie hat das alles mitgebracht, dachte Rupert. Sie hat sich richtig darauf vorbereitet.

Er fragte seine mampfende Geliebte: »Du planst das alles richtig, was? Erst hast du den Kuchen gebacken, dann mich angerufen und ...«

Sie nickte. Ein Sahnewölkchen klebte an ihrer Nase und ließ sie ulkig aussehen.

»Ja, klar. Ich kenn mich doch. Das hat doch auch Vorteile. Stell dir vor, wenn wir erst zusammen leben, weißt du jedes Mal, wenn du nach Hause kommst, ob eine heiße Liebesnacht auf dich wartet oder nicht.«

»Weil dann die Wohnung nach Gebackenem riecht und du einen Kuchen auf dem Küchentisch stehen hast?«

Sie lachte. Zunächst lachte er mit, aber dann blieb es ihm im Hals stecken, denn in ihrem Satz spielte ja die Möglichkeit eine Rolle, dass sie irgendwann zusammen leben würden.

Mit den Fingern schaufelte sie ein neues Stück vom Backblech und hielt es ihm hin. Er lehnte dankend ab.

»Ich werde mich scheiden lassen«, sagte sie und wartete auf eine Reaktion von ihm. Weil die ausblieb, wiederholte sie ihren Satz. »Du musst nicht länger eifersüchtig sein. Ich mache endgültig Schluss. Ich fange ein neues Leben an. Das mit uns beiden«, sie zeigte auf Rupert und dann auf sich selbst, als wolle sie jede Möglichkeit ausschließen, andere Personen könnten gemeint sein, »das ist so einmalig, das ist so großartig, das widerfährt Menschen nur einmal im Leben. Dann müssen sie die Chance nutzen, oder sie haben sie auf immer verspielt.«

Rupert setzte sich aufrecht im Bett hin. »Heißt das, du hast deinem Mann davon erzählt? Ich denk, der ist so eifersüchtig? Steht der gleich hier vor der Tür und macht mir die Hölle heiß?«

»Nein, ich habe ihm nichts gesagt. Ich werde ihn einfach verlassen.«

Sie kuschelte sich an Rupert und stöhnte wohlig: »Lass uns gemeinsam ein neues Leben beginnen. Ich gehe auch in eine kleine Hütte mit dir, das macht mir gar nichts aus. Ein hartes Leben mit dir ist mir lieber als ein goldener Käfig. Ich will meine Freiheit, und ich will dich.«

Rupert hatte einen trockenen Hals und musste husten. Es kam ihm vor, als hätte er sich an Kuchenkrümeln verschluckt, dabei hatte er überhaupt keinen Kuchen gegessen. Er erkannte seine eigene Stimme nicht, als er sagte: »So einfach geht das nicht. Wie stellst du dir das vor? Also, ich habe dir nie versprochen, dass ich meine Frau verlasse. Ich ...«

»Aber du liebst mich doch, oder nicht?«

»Doch, natürlich liebe ich dich, aber das ist etwas anderes. Man kann das nicht vergleichen. Ich hab mir mit Beate etwas aufgebaut. Wir ...«

»Sie ist sowieso nicht die Richtige für dich. Sonst würdest du jetzt nicht hier mit mir liegen.«

»Ja, aber ...«

Er wurde das Kratzen im Hals nicht los. Da war eine trockene Stelle, die stach regelrecht bei jedem Wort.

»Vorher hast du ganz anders gesprochen. Ich dachte, das hier ist nur ...«

Sie löste sich von ihm, kniete ihm gegenüber im Bett und fauchte: »Heißt das, du liebst mich gar nicht?«

»Doch, natürlich liebe ich dich. Aber ich ...«

Sie schlang ihre Arme um ihn und drückte seinen Kopf zwischen ihre Brüste.

»Ich weiß, das kommt alles so schnell für dich. Du kannst es selber noch gar nicht fassen. Das ist ja auch etwas furchtbar Verstörendes, wenn man plötzlich spürt, dass das ganze vorherige Leben nichts weiter war als ein fehlgelaufener Versuch.«

»Wir sollten«, schlug Rupert vor, »nichts überstürzen.«

Dann ließ er sich fast ohnmächtig ins Bett zurücksinken.

Frauke holte die Sprühsahne und begann, damit ein Herzchen mit einem Gesicht auf seinen Oberkörper zu malen.

»Leg dich zurück, Geliebter«, flüsterte sie, »entspann dich.«

Dann begann sie, die Sahne abzuschlecken.

Oh mein Gott, dachte Rupert, oh mein Gott, in was bin ich hier reingeraten? Wie werde ich die wieder los?

Er versuchte sie wegzuschieben. »Hör auf«, sagte er. »Ich, ich kann jetzt nicht. Ich bin nicht der Hengst, für den du mich hältst. Ich ...«

Sie drückte ihn wieder ins Kissen zurück.

»Das ist doch kein Leistungssport, Liebster. Du musst nichts können. Schließ einfach die Augen und lass dich verwöhnen. Stell dir vor, wie das ist, wenn wir beide erst zusammen leben. Dann kannst du das immer haben«, versprach sie, und es klang für Rupert wie eine Drohung.

Ich weiß, dachte er, und ein Stück Kuchen noch dazu. Ich weiß.

Oben in der Ferienwohnung im Muschelweg versuchte Weller, es sich im Bett bequem zu machen. Entweder war er länger geworden, oder die Betten wurden immer kürzer. Er hatte ein Fernsehgerät mit zig Programmen zur Verfügung, aber irgendwie fand er nichts, was ihn interessierte.

Ein paar Minuten gab er einem Comedian eine Chance, aber er konnte die Show nicht wirklich genießen. Seit er mit Ann Kathrin Klaasen in Bremerhaven die »Müllfischer« live gesehen hatte, kamen ihm die deutschen Fernsehspaßmacher merkwürdig mutlos vor.

Auf der Fahrt nach Bremerhaven hatte er sich lange mit Ann Kathrin über den Unterschied zwischen Kabarett und Stand-up-Comedy unterhalten. Weller hatte Kabarettisten manchmal Comedians genannt und umgekehrt. Ann Kathrin behauptete, das Kabarett sei politisch, Stand-up-Comedy orientiere sich meist nur an Beziehungsproblemen oder kleinen Konflikten aus der Umwelt des auftretenden Künstlers bzw. der Figur, die er darstellte.

Für viele Menschen mochte so etwas belanglos sein. Mit Ann Kathrin konnte er darüber stundenlang reden, sodass die Autofahrt von Norden nach Bremerhaven ihm sehr kurzweilig erschienen war.

Sie hatte behauptet: »Wer will, dass wir über andere Leute lachen, der sollte nicht nach unten treten, sondern die da oben verspotten. Wer dran ist – ist dran!«

Als er die »Müllfischer« sah, begriff er, was sie damit gemeint hatte.

Er ließ das Fernsehen weiterlaufen und las dabei, halb im Bett sitzend, einen Kriminalroman. Er hatte ein Regal mit verstaubten Krimis im Flur entdeckt, die Touristen vermutlich dort liegen gelassen hatten. Neben einer Menge Schrott fand er einen Hansjörg-Martin-Krimi aus dem Jahre 1966. Es war eine Neuausgabe von 2008, erschienen bei der Edition Köln. *Kein Schnaps für Tamara.*

Er mochte die Krimis des Altmeisters, und wo er auf dem Flohmarkt einen ergattern konnte, schlug er zu. Einen Moment lang wog er sogar ab, ob er diesen hier nicht einfach mitnehmen könnte, denn er fehlte noch in seiner Sammlung. Er nahm sich vor, von zu Hause aus dem Distelkamp ein anderes Buch zu holen, um es gegen dies hier auszutauschen.

Er schaltete den Fernseher aus. So viele Programme, dachte er, und nichts im Fernsehen ...

Wolfgang Müller wunderte sich über den Anruf seiner Exfrau Gundula. Sie klang weich, weinerlich, als brauche sie Trost. Es war ein triumphales Gefühl für ihn, als hätte Schalke den Pokal geholt.

Er wollte Angela nicht dabeihaben. Sie störte ihn jetzt bei diesem Gespräch. Am liebsten hätte er sie mit einem Wink aus dem Zimmer geschickt, aber er wusste, dass sie sich das nicht gefallen lassen würde, und er wollte keine endlose Beziehungsdiskussion heraufbeschwören, deshalb ging er mit dem Telefon nach nebenan in die Küche und begann, während er telefonierte, mit Tassen und Tellern zu klappern, damit Angela nicht jedes Wort mitbekam. Er war überzeugt davon, dass sie mit großen Ohren lauschend nebenan saß. Wenn er sich nicht täuschte, hatte sie sogar den Fernseher leiser gestellt.

»Ich will dich sehen, Wolfi«, sagte Gundula. »Lass uns beide miteinander reden.«

Die Frage: *Sind es meine Kinder?* brannte in ihm, aber er wagte es nicht, sie zu stellen. Er wusste nicht, welche Auswirkungen ihre Antwort auf sein Leben haben könnte. Manchmal hatte er Halt bei Gundula gefunden, dann wieder kam es ihm vor, als hätte sie ihm den Boden unter den Füßen weggezogen. Das Verhältnis zu ihr war ähnlich wie seine Beziehung zum Alkohol. Er konnte nicht mit, aber auch nicht wirklich ohne.

»Warum sprichst du so leise?«, fragte er.

»Thomas darf mich nicht hören«, antwortete sie. »Kannst du weg?«

»Ja, jederzeit. Treffen wir uns am Hafen? Norddeich-Mole?«

»Nein, da rennen vielleicht noch zu viele Touristen rum. Ich will ganz allein mit dir sein. Wir müssen ungestört miteinander ...«

»Ja, meinetwegen. Wo?«

»Der Parkplatz vom Combi. Das ist nicht weit. Wir treffen uns bei den Glascontainern. Da ist um diese Zeit nie einer, höchstens ein Pärchen zum Knutschen, und die sind dann ja mit sich selbst beschäftigt.«

Das Gespräch war im Grunde beendet, und er wollte schon auflegen. Er überlegte sich bereits eine Ausrede für Angela, warum er jetzt alleine weggehen wollte. Da fragte Gundula: »Ist Lucy bei dir?«

»Nein«, antwortete er, doch es klang wenig überzeugend, wie er fand. Fast so, als würde er sich dafür entschuldigen, dass er nicht wusste, wo seine Tochter sich aufhielt.

Gundula stieß einen Grunzton aus, als würde sie ihm nicht glauben, dann legte sie auf.

Er ging ins Wohnzimmer. Angela hatte den Ton nicht nur leise gestellt, sondern völlig ausgeschaltet. Es flimmerte aber noch ein Quiz auf dem Flachbildschirm.

»Ich muss nochmal weg«, sagte Wolfgang so bestimmt wie nur möglich.

»Wohin?«, fragte sie katzig nach und funkelte ihn dabei zornig an.

»Meine Tochter suchen.«

»Wenn ich hier verschwinden soll, musst du es nur sagen.«

Er antwortete nicht darauf. Er drehte ihr den Rücken zu und angelte seine Windjacke vom Kleiderständer.

Seine Gefühle fuhren Achterbahn mit ihm, während er über die Norddeicher Straße zum Combi-Parkplatz fuhr.

»Combi-Parkplatz bei den Glascontainern.« Das hörte sich nicht gerade an wie ein besonders romantisches Date.

Das Gebäude kam ihm vor wie ein Schlaraffenland, in dem jemand die Lichter ausgeknipst hatte. Hier gab es alles, und wer drin war, musste sich entscheiden. Das schien ihm sehr symbolisch zu sein.

Gundula wollte nicht einfach mit ihm reden, das war ihm klar. Es steckte mehr dahinter. Wollte sie, dass er zu ihr zurückkam? Gab es wirklich eine Chance für einen Neuanfang? Hatte sie Thomas Schacht endlich durchschaut?

Er war bereit, vieles zu verändern. Vor allen Dingen für Lucy. So viele Jahre mit ihr hatte er verpasst und vom Alkohol benebelt im Grunde gar nicht mitgekriegt. Aber die Momente mit ihr, an die er sich erinnern konnte, gehörten zu den schönsten in seinem Leben.

Er wollte versuchen, ihr ein wirklicher Vater zu sein. Vielleicht könnte ihm das auch für die Zwillinge gelingen. Er spürte im Augenblick sogar, dass er eine Chance hatte, König Alkohol zu besiegen.

Vielleicht, so dachte er, ist das hier der Wendepunkt in meinem Leben.

Er war vor ihr da, und das war auch gut so. Er parkte, stieg aus und ging auf und ab. Ein paar Glasscherben knirschten unter seinen Füßen. Aus dem Container für grünes Glas ragte der Hals einer Proseccoflasche. Davor stand noch eine ganze Kiste.

Die Luft schmeckte klar, und er atmete tief durch. Alles wird gut, dachte er. Alles wird gut.

Nur drüben beim Aldi parkte ein anderes Fahrzeug, und er hätte wetten können, dass sich darin ein Pärchen vergnügte.

Im Grunde war es nie mit einer so schön wie mit meiner Gundi, dachte er. Und ich war ein Idiot, ein gottverdammter Idiot, dass ich es nicht geschafft habe, diese Frau zu halten.

Er kramte in der Jackentasche nach Zigaretten. Er bemerkte den Schatten nicht, der hinter dem weißen Container hervorhuschte. Nur eine Möwe flatterte erschrocken auf und zog Wolfgang Müllers Aufmerksamkeit auf sich.

Der Schlag traf ihn mit solcher Wucht, dass er augenblicklich das Bewusstsein verlor. Er wurde über den Asphalt zu seinem eigenen Auto gezerrt. Als sein wehrloser Körper auf den Rücksitz geworfen wurde, knallte sein Kopf innen gegen die Scheibe.

Er war zu lang. Seine Beine ragten heraus. Als seine Füße hineinbugsiert wurden, fuhr auf der Norddeicher Straße ein Polizeiwagen in Richtung Hafen.

Benninga und Schrader wollten all die Orte aufsuchen, wo sich Jugendliche normalerweise nachts im Sommer herumtrieben. Noch hatten sie die Hoffnung nicht aufgegeben, Lucy dort zu finden. Und eine Razzia im Musikschuppen Meta stand eh auf ihrem Programm.

Benninga ging mindestens einmal im Monat zu Meta, um richtig abzurocken, denn da wurde seine Musik gespielt. Er ließ nichts auf den Schuppen kommen und wäre bereit gewesen, ihn mit der Waffe in der Hand gegen eine Schließung zu verteidigen. Aber gleichzeitig fand er es höchst wahrscheinlich, dass sie Lucy dort antreffen würden.

Er hoffte, dass sich alles ostfriesisch-diskret lösen ließe. Er stellte sich jetzt schon vor, wie er ins Protokoll schrieb, sie *vor* Meta aufgegriffen zu haben. So würde kein Schatten auf seine Stammdisco fallen.

Thomas Schacht parkte den Wagen direkt am Deich. Es war eine sternenklare Nacht. Fast windstill. Hier, an dieser einsamen Stelle, musste er auf nichts und niemanden mehr Rücksicht nehmen.

Bevor er Wolfgang Müller aus dem Auto zerrte, band er Müllers Füße mit einem Abschleppseil zusammen und verknotete es mit den Armen auf dem Rücken.

Wolfgang Müller stöhnte und wurde wach. Hilflos, wie ein an Land geworfener Fisch, zappelte er herum. Er wusste immer noch nicht, in wessen Hand er sich befand. Er stöhnte, bat um Hilfe und um Gnade.

Wortlos packte Thomas Schacht ihn an den Füßen und stapfte mit ihm den Deich hoch. Müllers Kopf krachte zuerst gegen die Karosserie, dann auf den Boden. Wieder verlor er kurz das Bewusstsein. Erst als Schacht ihn den Deich an der Seeseite herunterrollte, kam er wieder zu sich.

Wolfgang Müller wusste, dass es jetzt um sein Leben ging. Und er erkannte seinen Gegner.

Er vermutete, dass ihm nur noch wenige Minuten blieben, und, für ihn selbst erstaunlich, war eine Frage für ihn wichtig, die er Schacht stellte, als der versuchte, ihn ins Watt zu tragen.

»Du hast sie gezwungen, mich anzurufen, stimmt's?«

Schacht sackte tief im Schlamm ein. Er antwortete noch nicht. Entweder war die Kraftanstrengung zu groß, mit dieser schweren Last auf dem Rücken durchs Watt zu laufen, oder er musste nachdenken.

»Wenn sie erfährt, was du mit mir tust, wirst du sie sowieso verlieren. Sie liebt mich. Sie hat mich immer geliebt. Nicht dich. Du warst nur ein Übergangsmann, mit dem sie mich eifersüchtig machen wollte.«

Während Wolfgang Müller sprach, hing er kopfüber auf Schachts Schultern. Aus seinem Mund lief Blut. Aus seinem Inneren kam jetzt ein neuer Schwall, der ihn am Reden hinderte, aber er hatte das Gefühl, es seinem Gegner ordentlich zu geben, wenn auch nur verbal.

Er spuckte aus und lästerte: »Wir haben uns getroffen, während ihr schon zusammen wart! Sie hat mir gesagt, wie sehr sie mich liebt! Du hast sie nie wirklich befriedigen können, weißt du das eigentlich, du Versager?«

Thomas Schacht hatte eigentlich vor, viel weiter ins Watt hinauszulaufen, aber er knickte ein und fiel hin. Sie klatschten beide in den Matsch.

Müllers rechter Arm brach dabei mehrfach, weil er mit seinem ganzen Gewicht auf den nach hinten gebogenen Arm fiel.

Schacht erhob sich. Seine gesamte linke Seite war vollgesaut. Er trat nach Wolfgang Müller und schrie: »Natürlich weiß sie Bescheid! Ich habe sie nicht gezwungen, du Idiot! Im Gegenteil! Sie hat mich gebeten, dich ganz langsam sterben zu lassen, ganz langsam! Ich persönlich hätte dich ja lieber einfach erledigt, aber sie will, dass du leidest!«

Dann wendete Schacht sich ab, ließ Müller einfach liegen und bewegte sich in Richtung Deichkamm. Für einen kurzen Moment keimte Hoffnung in Wolfgang Müller auf. Das hier musste noch nicht das Ende sein. Vielleicht hatte er eine Chance, sich zu befreien. Wenn er hier so liegenblieb, dann hatte er eine Frist von mehreren Stunden, bis das Meer kommen würde, und selbst dann, vielleicht könnten die seichten Wellen ihn an Land spülen. Er war keine zwanzig Meter von der betonierten Deichbefestigung entfernt.

Schacht verschwand hinterm Deich.

Schrei jetzt noch nicht um Hilfe, sagte Wolfgang Müller sich, jetzt noch nicht. Warte, bis er angefahren ist. Und auch dann spar Kraft. Du darfst jetzt nicht mehr ohnmächtig werden. Vielleicht wirst du ein Auto hören. Vielleicht kommen Radfahrer. Ein Nachtangler. Oder ein Liebespärchen.

Ihm wäre jetzt jeder drogensüchtige Penner recht gewesen.

Hauptsache irgendeiner, der mit ihm keine Rechnung offen hatte, kein Hühnchen zu rupfen.

Es dauerte gar nicht lange, und oben auf dem Deich erschien eine Gestalt, die sich gegen den blauen Nachthimmel deutlich absetzte. Wer immer das war, er hatte etwas in der Hand.

Wolfgang Müller versuchte, den Schmerz zu verdrängen, und sammelte Luft, um laut zu rufen. Aber dann erkannte er, dass die Gestalt direkt auf ihn zu kam. Es war Thomas Schacht.

Zunächst glaubte Müller, dass Schacht ein Gewehr bei sich trug, aber dann wurde die Schaufel sichtbar.

Schacht schlug zunächst damit zu. Aber er zielte nicht auf Müllers Kopf, sondern auf seine Beine. Er wollte ihn nicht ohnmächtig werden lassen, sondern ihm nur Schmerzen zufügen.

Müller brüllte aus Leibeskräften.

Schacht sprach es fast sachlich aus, als würde er eine Bedienungsanleitung vorlesen: »Ich werde dich jetzt eingraben. Wenn du mir erzählst, wo du meine Kinder versteckt hast, dann überlege ich es mir vielleicht noch einmal und lasse dich am Leben. Sonst sollen dich doch die Wattwürmer und Krebse holen.«

»Es sind nicht deine Kinder, du Idiot!«, lachte Müller hysterisch. »Es sind meine Kinder, und das weißt du ganz genau!«

»Heißt das, du hast sie, Drecksack?«

Müller erkannte seine einzige Chance. »Ja, ich hab sie. Meinst du, ich lasse meine Kinder bei dir? Ich bin doch nicht verrückt!«

»Wo sind sie?«

»In Sicherheit.«

Schacht hob die Schaufel an und drohte erneut, damit auf Müllers rechtes Bein zu schlagen.

»Wenn du mich tötest, wirst du nie erfahren, wo sie sind! Nie!«

»Irrtum, mein Lieber. Es ist ganz einfach. Ich muss nur deiner Angela folgen. Sie wird mich zu den Kindern bringen.«

»Sie weiß nicht, wo die Kinder sind.«

Müller rührte mit der Zunge in seinem Mund herum. Etwas knirschte dort. Ein Zahn war herausgehauen, aber nicht völlig. Er hing noch an irgendeinem Hautfetzen oder an einer Wurzel fest. Müller versuchte, den Zahn auszuspucken, aber es ging nicht. Ein Schmerz jagte tsunamigleich durch sein Gehirn. Er hatte das Gefühl, sein Kopf sei für die Gehirnmasse zu klein geworden und es könne ihm gleich aus den Ohren herausquellen.

»Sie hat keine Ahnung! Ich bin doch nicht blöd! Ich sage der doch nicht, wo die Kinder sind! Ich will mich doch nicht erpressbar machen!«

»Netter Versuch. Aber sie versorgt die Kinder. Stimmt's? Ich bin gespannt, ob sie in der Lage ist, so viele Schmerzen zu ertragen wie du. Man sagt ja, Frauen würden viel mehr aushalten als Männer. Ich habe keine Ahnung. So was habe ich nämlich noch nie gemacht, noch nie. Aber du zwingst mich dazu, es zu tun.«

Er zertrümmerte mit der Schaufel Müllers rechtes Knie. Das Letzte, was Wolfgang Müller von dieser Welt sah, war der Sternenhimmel über Ostfriesland.

Er bekam nicht mehr mit, dass Thomas Schacht ihn im Watt vergrub, und Schacht war sich nicht einmal sicher, ob er einen Lebenden oder einen bereits Toten verbuddelte.

Jeder wird wissen, dass ich es war, dachte Thomas Schacht. Na und? Scheiß doch drauf. Sie müssen es mir nachweisen, und das wird nicht leicht.

Ubbo Heide drohte einzuschlafen, während Ann Kathrin mit ihm sprach. Das Hemd an seinem Hals war verwurschtelt und nicht richtig zugeknöpft. Der Kragen wies Schweißspuren auf.

Er hatte sich heute Morgen noch nicht rasiert, und sein starker Bartwuchs ließ sein Gesicht ungewaschen aussehen.

Das Frühstück stand fast unangerührt vor ihm. Der Kaffee

war im Plastikbecher kalt geworden. Auf dem Becher stand: *Coffee to go.* Ein Stück Fleischwurst wies deutliche Spuren seiner Zähne auf. Von dem Brötchen hatte er sich offensichtlich ein Stückchen abgerissen und es verspeist.

Ubbos Kopf fiel nach vorn. Durch die Bewegung wurde er wach, zuckte zusammen, setzte sich anders hin und riss seine Augen weit auf. Er lächelte, um die Peinlichkeit seines Einschlafens zu überspielen.

»Du hast die Nacht hier im Büro verbracht«, sagte Ann Kathrin, und es klang fürsorglich, wie eine Tochter mit ihrem Vater spricht, wenn sie merkt, dass er sich übernimmt.

Er winkte ab. »In meinem Alter braucht man nicht mehr viel Schlaf. Man nennt das senile Bettflucht«, grinste er.

Am liebsten hätte sie ihm geantwortet: *Irrtum. In deinem Alter sollte man seine Pension genießen, die Füße irgendwo in der Sonne hochlegen und um diese Zeit die Tageszeitung lesen, mit einem entspannenden Glas Tee.*

Stattdessen sagte sie: »Ich konnte auch nicht schlafen, Ubbo. Ich habe alle unsere Systeme nach Vorfällen mit Zwillingen durchforscht. Es gibt kein Ordnungssystem dafür. Es ist nie einer auf die Idee gekommen, Straftaten gegen Zwillinge gesondert zu registrieren.«

Ubbo wischte sich mit beiden Händen übers Gesicht und probierte einen Schluck von dem kalt gewordenen Kaffee. Er verzog das Gesicht. Er schüttelte angewidert den Kopf. »Ich bin mir nicht sicher, ob es legal ist, dieses Zeug zu verkaufen«, spottete er. Dann, als müsste er sich zusammenreißen, ballte er die rechte Faust und drückte sie gegen seinen Schreibtischstuhl. Er reckte sich, und Ann Kathrin hörte ein verdächtiges Knochenknacken. Sie hoffte, dass es nicht seine Wirbelsäule war.

»Ein bisschen Sport täte dir auch ganz gut.«

Er tat, als hätte sie das gar nicht gesagt, und biss fast trotzig in die Fleischwurst.

»In Oldenburg im Elisabeth-Kinderkrankenhaus hat vor zwei Jahren jemand versucht, ein Zwillingspärchen zu entführen.«

Ubbo blickte jetzt hellwach auf. Sie kannte das an ihm. Eine winzige Information reichte manchmal aus, um einen Fall zu wenden. Er spürte das sofort. Und ab dann war er voll da.

»Versucht ...«, fragte er vorsichtig nach.

»Ja, deswegen hat es kein großes Theater gegeben. Im Grunde ist ja nichts passiert. Wenn man allerdings bedenkt, was wir hier in den letzten Tagen erlebt haben, dann sieht die Geschichte ganz anders aus.«

Ann Kathrin fasste die Fakten für Ubbo rasch zusammen: »Eine als Säuglingsschwester verkleidete Person hat die Babys aus den Betten geholt und zum Ausgang getragen. Der Großvater wollte seine Enkelkinder besuchen, und ihm fiel auf, dass die Krankenschwester die Babys bei eisiger Kälte – es war im Januar – auf ihrem Fahrrad transportieren wollte. Der Mann schöpfte Verdacht, hielt die Frau an. Sie ließ ihm die Kinder und floh mit dem Rad, nicht ohne ihm vorher in die Weichteile getreten zu haben.«

Ubbo Heide pfiff leise durch die Lippen. Er stand auf. Mit einer Hand auf den Schreibtisch gestützt, machte er mehrere Kniebeugen, und es sah überhaupt nicht lächerlich aus, sondern er wirkte auf Ann Kathrin wie ein Mann, der seine letzten Kraftreserven mobilisieren will.

»Wie ging das Ganze weiter?«, wollte er wissen.

»Gar nicht. Ende der Geschichte. Den Zwillingen geht es prima, der Vorfall wiederholte sich nicht. Die Ermittlungen verliefen im Sande und wurden irgendwann eingestellt.«

»Was folgerst du daraus?«, fragte Ubbo.

Nun verfiel Ann Kathrin in ihren Verhörgang. Drei Schritte. Eine Kehrtwendung. Drei Schritte. Ein Blick auf Ubbo Heide.

»Wir sind die ganze Zeit von einem männlichen Täter ausgegangen, weil wir ein totes Mädchen im Uplengener Moor gefunden haben. Man denkt natürlich gleich an Sexualstraftaten und ...« Sie holte tief Luft. »Aber entweder haben wir es mit einer Frau zu tun oder mit einem Pärchen.«

Ubbo Heide machte weiter Kniebeugen und zählte leise mit. Er war schon bei fünfundzwanzig. Dann blieb er auf halber Höhe stecken und fasste sich in den Rücken.

Ann Kathrin war sofort bei ihm, doch er wollte sich nicht helfen lassen. Halb gebeugt arbeitete er sich zu seinem Bürosessel vor und ließ sich stöhnend hineinfallen. Bevor sie etwas sagen konnte, hob er die Hand und deutete ihr an, sie solle schweigen.

»Bitte erspar mir jetzt irgendwelche Kommentare. Der Rücken leidet nicht nur unter der täglichen Schlepperei, dem ewigen Herumsitzen und zu wenig Bewegung. Manchmal spüren wir hier auch, was uns auf der Seele lastet«, sagte er und drückte beide Hände in seinen Rücken.

»Du meinst, wenn wir den Täter haben, geht es dir besser?«

»Garantiert. Uns allen. Aber so weit ist es noch nicht, Ann Kathrin. Uns steht die Scheiße bis zum Hals. Was hast du jetzt vor?«

»Ich schmiede gerade keine Zukunftspläne. Aber ich versuche, mir ein Bild von unserer Täterin zu machen.«

Er hielt sich die linke Hand ans Ohr, um ihr anzudeuten, wie sehr er ihr lauschte. Gleichzeitig beugte er sich über den Schreibtisch vor und massierte mit der rechten Hand seinen Rücken.

»Wenn jemand Zwillinge stehlen will, muss er zunächst wissen, wo Zwillinge zu holen sind. Die als Krankenschwester verkleidete Frau kannte sich vermutlich im Krankenhaus aus. Sie wählte die richtige Kleidung, die passende Zeit und fiel dem Personal nicht auf. Das gelingt einem Laien kaum.«

Ubbo Heide nickte.

»Entweder ist es eine Bekannte aus dem Umfeld der Familie,

was ich aber kaum glaube, denn die wohnen alle zusammen in einem großen Einfamilienhaus. Der rüstige Opa sieht also die Freunde ein- und ausgehen. Er hätte die Krankenschwester garantiert erkannt, wenn sie schon einmal bei ihnen zu Hause zu Besuch gewesen wäre.«

Ubbo zeigte ihr anerkennend den erhobenen Daumen.

»Die Zwillinge waren beim Entführungsversuch zweiundsiebzig Stunden alt. Unwahrscheinlich, dass sie bereits beim Einwohnermeldeamt registriert waren. Die getürkte Krankenschwester ist gezielt dorthin gegangen, um die Zwillinge zu holen. Sie wusste also, dass sie da waren. Die Frage ist, woher?«

Ubbo Heide mischte sich nicht gern in Ann Kathrins Gedankengänge ein. Wahrscheinlich war es der Schmerz, der ihn dazu veranlasste, dies jetzt doch zu tun. Wenn er redete, spürte er das Reißen im Rücken nicht so sehr.

»Das deutet auf jemanden aus dem medizinischen Bereich hin, Ann. Die kennen sich doch untereinander. Der eine erzählt dem anderen *Ach, bei uns sind so süße Zwillinge geboren worden* und ...«

Ann Kathrin nahm einen roten Filzstift und malte einen Kreis auf ein Blatt.

»Das hier ist der Verein von Ollenhauer. Hier verschwand ein Zwilling. Unsere Jule Freytag.«

Sie malte einen zweiten Kreis, der in den ersten hineinragte.

»Dies hier sind die Leute im Elisabeth-Kinderkrankenhaus. Und genau in der Schnittmenge dieser beiden Kreise müssen wir unsere Person suchen.«

»Wenn du eine Verbindung von Ollenhauers Stiftung mit dem Personal, das von der Geburt der Zwillinge wusste, nachweisen kannst, Ann, bestelle ich dir sofort ein Sondereinsatzkommando, und wir nehmen die ganze Bande hopp.«

Mit solchen Ankündigungen war Ubbo Heide sonst sparsam, denn er wusste, dass sie ihn nur zu gern beim Wort nahm, und sein Wort galt. Bisher hatte er noch immer dazu gestanden. Er holte tief Luft und fragte dann: »Aber wie passt die Entführung vor der Schwanen-Apotheke dazu? Und dann die zweite in Norddeich? Das, was du aufzählst, Ann, erforderte gute Planung. Da wusste jemand Bescheid, hat sich jemand verkleidet, die anderen haben angeblich sogar eine ganze Organisation gegründet, um ihre Verbrechen begehen zu können, und hier stiehlt jemand am helllichten Tag ein Kind aus einem Kinderwagen vor der Apotheke? Das sieht doch eher nach einer zufälligen, wenig geplanten Aktion aus.«

»Ja, Ubbo, das ist vielleicht ein Widerspruch. Muss es aber nicht sein. Möglicherweise ist unsere Person verzweifelt. Steht unter Druck. Hat schon lange kein Zwillingspärchen mehr in seine Gewalt bekommen und ist dann urplötzlich vor der Schwanen-Apotheke von dem Anblick übermannt worden ...«

»Kann sein«, sagte Ubbo. »Aber wenn die Nummer vor der Schwanen-Apotheke genauso gut geplant war wie die anderen Dinge und wir das nur nicht wissen, weil wir den Plan nicht kennen, dann ...«

»Dann will der Täter die Familie zerstören. Die gehen doch jetzt alle aufeinander los. Einer verdächtigt den anderen und ...«

»Ja, liebe Ann, das sind alles kluge Gedankenspiele. Aber ich fürchte, uns fehlen die harten Fakten. Deine Theorien werden den Staatsanwalt nicht gerade zu Freudenschreien veranlassen.«

Ann Kathrin schmunzelte.

»Du hast doch noch etwas«, sagte Ubbo Heide. »Ich sehe es dir doch an. Raus mit der Sprache. Du weißt längst, wer sich in dieser Schnittmenge befindet, stimmt's?«

»Das kann man wohl sagen. Rate mal, wer genau in der entscheidenden Zeit im Elisabeth-Kinderkrankenhaus gearbeitet hat?«

»Ich hasse Ratespiele, Ann Kathrin! Das hier ist nicht *Wer wird Millionär?!*«

Ann Kathrin drückte ihre Fingerspitzen zusammen und konzentrierte sich.

»Also?«, fragte er ungeduldig nach.

»Die Schwester von Frau Professor Dr. Hildegard. Die Zwillingsschwester.«

Ubbo Heide zuckte zusammen. »Sie ist ein Zwilling?«

»Ja, das steht nicht im Personalausweis, Ubbo. Ihre Schwester heißt auch anders, weil sie inzwischen geheiratet hat. Aber sie befindet sich genau hier.« Ann Kathrin tippte mit dem Finger auf die Schnittmenge beider Kreise.

»Seltsam«, sagte Ubbo Heide, »zwei Zwillingsschwestern. Beide studieren Medizin. Die eine wird Kinderärztin, und die andere wendet sich den Toten zu und geht in die Pathologie … Hört sich nach einer sehr explosiven Mischung an.«

»Was ist jetzt mit dem Sondereinsatzkommando? Nehmen wir die Bande hopp?«

Ubbo Heide verzog den Mund. »Bitte, Ann. Mach es mir nicht so schwer.«

»Du hast gesagt …«

»Ja, verdammt. Ich habe es gesagt. Und ich glaube, dass wir hier ein riesiges Stück vorwärtsgekommen sind. Aber du solltest nicht alles auf die Goldwaage legen, was ich sage. Ich bin fertig, Ann. Ich kann nicht mehr. Meine Magenwände sind dünn wie Papier.« Er hob die Fleischwurst hoch und ließ sie auf den Schreibtisch klatschen. »Ich vertrage das alles nicht mehr. Ich brauche regelmäßiges Essen und …«

Er sprach nicht weiter, sondern zog die Schreibtischschublade auf, nahm einen Marzipanseehund heraus und verspeiste ihn mit drei Bissen.

Das war Ann Kathrin Klaasen noch nie im Leben passiert. Zunächst glaubte sie an einen dummen Scherz, dann an einen Irrtum, und schließlich musste sie erkennen, dass es schnöde Wirklichkeit war.

Sie wollte Ollenhauer dem Haftrichter vorführen, doch der Beschuldigte war bereits auf freiem Fuß und frühstückte mit seiner Anwältin, Frau Dr. Schmidt-Liechner, im Schlosscafé in Jever.

Ann Kathrin begab sich augenblicklich wieder in Ubbo Heides Büro. Er sah ihr an, wie geladen sie war, hob abwehrend beide Hände, und bevor sie auch nur eine Frage stellte, erklärte er: »Das wurde gestern Abend noch entschieden, Ann. Diese Anwältin hat einen Eilantrag gestellt ...«

Er klang wie ein Magenkranker, kurz bevor sein Geschwür platzt und die Magenwand durchbricht.

»Die Freiheit eines Menschen ist ein hohes Gut, Ann Kathrin. Darin darf nach unserem Grundgesetz nur unter bestimmten Voraussetzungen eingegriffen werden. Freiheitsentzug über einen Tag hinaus musste durch den Richter angeordnet werden, sonst ...«

»Er steht unter Mordverdacht!«, brüllte Ann Kathrin. »Wenn das kein Haftgrund ist!«

»Ja, ja, aber es besteht keine Wiederholungsgefahr und auch keine Flucht- oder Verdunklungsgefahr.«

»Komm mir nicht so, Ubbo. Das ist doch lächerlich!«

»Der Richter hatte irgendeine wichtige Familienangelegenheit, deshalb wurde der Termin vorgezogen ...«

»Ja, aber heißt das, Ollenhauer ist jetzt frei, weil die Mutter des Richters heute Geburtstag hat, oder was?«

Sie hatte das Gefühl, Ubbos Kopfschmerzen zu hören. Da war ein Dröhnen in seinem Kopf. Er massierte sich mit den Fingern die Schläfen, als hätte er Angst, bald könnten Risse in seinem Schädel entstehen und Luft würde entweichen.

»Nein, ich glaube, es ist kein Geburtstag, sondern eine Beerdigung.«

Sie atmete wie bei einem Dauerlauf am Deich und schimpfte: »Aber das ist doch auch alles völlig egal. Jedenfalls wusste ich nichts davon. Warum hat mich niemand informiert? Ich war gerade noch hier bei dir im Büro, und du hast mir nichts gesagt!«

Er guckte ratlos.

»Hier war die Hölle los. Das hast du doch mitbekommen. Nein, hier *ist* die Hölle los«, korrigierte er sich selbst, »und dieser Schwindelhausen raubt mir den letzten Nerv. Der ist so was von unentspannt ...«

Ann Kathrin suchte im Speicher ihres Handys die Telefondurchwahl zum Gericht. Sie wollte sich mit dem Haftrichter verbinden lassen, aber Ubbo Heide legte eine Hand auf ihren Arm.

»Der entkommt uns nicht, Ann. Der läuft nicht weg. Der fühlt sich viel zu sicher. Wir tun jetzt hier ganz ruhig unsere Arbeit ... Am Ende siegen doch meist die Wahrheit und die Gerechtigkeit.«

»Ja, Ubbo. Kann sein. Am Ende. Vielleicht. Aber ich fürchte, wir sind hier noch ganz am Anfang ...«

Als Gundula Müller in die Augen von Thomas Schacht sah, wusste sie, dass ihr Exmann tot war.

Schacht war frisch geduscht. Er roch nach Zitronen und Äpfeln. Die Waschmaschine rumpelte. Lediglich ein paar Fußspuren auf der Treppe verrieten noch, dass er im Watt gewesen war.

Gundula hatte eine schreckliche Nacht hinter sich, voller Selbstvorwürfen und Schuldgefühlen.

Mein ganzes Leben geht den Bach runter, dachte sie. Sie wollte nur noch aus diesem Albtraum erwachen und wusste doch, dass es keiner war. Das alles passierte jetzt. Ganz real. In

Ostfriesland, während andere Urlaub machten und sich von ihrem Berufsalltag erholten.

Gundula pustete über ihren Kaffee, der viel zu heiß war. Die Oberfläche kräuselte sich.

Sie musste an die Sandburg denken, die sie vor Jahren mit Lucy auf Juist gebaut hatte, in dem letzten schönen Urlaub mit Wolfgang, als es noch so aussah, als würden sie ihr Leben und ihre Ehe in den Griff kriegen. Als er für kurze Zeit stärker war als der Alkohol.

Sie hatten bei Ebbe begonnen und mit nassem Sand wunderschöne Türme und Befestigungsmauern gebaut. Lucy strahlte vor Glück und zitterte vor Aufregung, als die Möwenfeder auf dem höchsten Turm im Wind flatterte.

Aber dann kam unaufhaltsam das Meer wieder. Die Wellen leckten an den Mauern der Burg und ließen sie schließlich einstürzen.

Lucy stand weinend daneben. Gundula konnte das Kind nicht trösten. Immer wieder hatte sie ihr gesagt, sie könne doch das Meer nicht aufhalten. Aber Lucy war wütend auf das Meer und auf ihre Mutter, die nicht in der Lage war, die Flut zu stoppen.

Thomas Schacht kämmte sich mit beiden Händen die Haare nach hinten. Er hatte sich auf eine beängstigende Weise verändert. Sie spürte es genau. Er hatte Wolfgang nicht nur getötet, oh nein. Er hatte es genossen.

Und ich bin schuld, sagte sie sich. Ich ganz allein. Ich habe das Treffen arrangiert. Wolfgang wäre nie zu einem Termin mit Thomas gefahren und schon gar nicht auf einen einsamen Parkplatz.

Er hatte versprochen, es notfalls aus ihm herauszuprügeln und dann mit den Kindern wiederzukommen. Sie hatte ihm von Anfang an nicht wirklich geglaubt, das wusste sie jetzt. Aber was hätte sie denn tun sollen? Sie wollte sich später nicht vorwerfen lassen, sie hätte irgendetwas nicht versucht, auch nur eine Chance nicht genutzt.

»Der«, sagte Thomas Schacht, »belästigt uns nie wieder ...«

»Die Polizei wird dich suchen.«

»Nicht, wenn du sagst, ich sei die ganze Zeit bei dir gewesen.«

»Sie werden mir nicht glauben.«

»Dann steht Aussage gegen Aussage.«

Thomas Schacht goss sich aus der Thermoskanne ein. Der Kaffee dampfte, doch er trank die Tasse mit einem Zug leer, als wäre kein Heißgetränk drin, sondern kühles Leitungswasser.

Sein Kinn kam ihr kantiger vor. Das ganze Gesicht markanter. Sein Blick hatte etwas Raubtierhaftes bekommen. Sie spürte Stolz in seiner Haltung. Er war gefährlich und auf eine verstörende Weise sexuell attraktiv.

»Er hat unsere Kinder also nicht«, folgerte sie.

»Er behauptet, es seien gar nicht unsere Kinder.«

»Das hat er gesagt, um dich zu verletzen.«

Thomas Schacht grinste. »Ich hab's jedenfalls überlebt. Er nicht. Die Polizei wird denken, dass sein Komplize ihn getötet hat. Die sollen unsere Kinder suchen!«

»Sie werden dich lebenslänglich einsperren.«

Er lachte höhnisch auf. »Einen Scheiß werden die! Als Nächstes knöpf ich mir seine Tussi vor, und die wird uns sagen, wo die Kinder sind, das verspreche ich dir. Alles wird gut. Noch im Laufe dieses Tages.«

Er langte über den Tisch und wollte ihr Gesicht streicheln, doch sie wich zurück, als hätte er versucht, ihr eine Ohrfeige zu geben.

»Ist der Bulle noch da?«, fragte er, und es klang eifersüchtig.

Sie nickte und deutete mit einem Blick zur Decke an, dass Weller sich oben befand. Es tat ihr gut, dass er jetzt in ihrer Nähe war.

»Er ist Lucys Onkel. Vergiss das nicht.«

Abfällig spuckte Schacht den Namen aus. »Ja. Onkel Philipp.«

»Nicht, dass du dich verplapperst.«

Wut wallte in ihm auf, die er kaum in den Griff bekam. Am liebsten hätte er etwas zerschlagen. Er erinnerte sie jetzt an ihren Exmann Wolfgang in seinen schlimmsten Zeiten, wenn eine Kleinigkeit in der Lage war, ihn ausrasten zu lassen.

»Und wenn er mitbekommen hat, dass du die halbe Nacht nicht da warst?«, fragte sie, als würde sie einen Trumpf auf den Tisch legen.

»Ja, hat er das? Vielleicht pennt er auch die ganze Zeit oder zieht sich Pornos rein oder was weiß ich, was der so für Hobbys hat ... Hast du ihm Frühstück gemacht?«

Sie schüttelte den Kopf und blickte zur Uhr. »Er hat gesagt, er kommt zum Frühstück runter.«

Es war kurz vor zehn, und sie sagte es nur, um ihm klarzumachen, dass sie jeden Moment mit männlicher Verstärkung rechnete.

Aber er amüsierte sich. »Penner! Schöne Grüße an den lieben Onkel. Ich hol jetzt meine Kinder, und danach kann er sich verziehen, und ich will ihn hier nie wiedersehen!«

»Du willst dir jetzt Wolfgangs Freundin holen?«

»Nein, meine Kinder!«

»Einer von uns muss nach Gelsenkirchen und das Geld von Tante Mia besorgen. Sie gibt es uns. Aber sie kann es natürlich nicht vorbeibringen. Und das mit den Banküberweisungen ist furchtbar kompliziert. Jedenfalls kriegt sie es nicht mehr geregelt.«

Er verdrehte die Augen. »Kompliziert! Im Zeitalter des Homebankings!«

»Mein Gott, sie ist zweiundsiebzig!«

»Und ich soll jetzt nach Gelsenkirchen?«

»Ich kann nicht fahren.« Sie streckte die rechte Hand aus, um ihm zu zeigen, wie sehr sie zitterte. Zu ihrer eigenen Verwunderung war ihre Hand aber völlig ruhig.

»Es wird kein Erpresseranruf mehr kommen. Da, wo dein Wolfgang jetzt ist, gibt es kein Telefon.«

In dem Augenblick meldete sich Lucys Handy. Thomas Schacht und Gundula Müller starrten es an. Noch bevor sie sich entschieden hatten, wer von ihnen drangehen sollte, tapste Weller die Treppe herunter.

Charlie Thiekötter hatte das Handy so eingestellt, dass automatisch jedes Gespräch in Aurich mitgeschnitten wurde, und sowohl Weller als auch die Einsatzzentrale hörten zeitgleich mit.

Wellers Beine erschienen auf der Treppe. Er war barfuß. Sein Oberkörper noch nicht zu sehen. In dem Augenblick griffen Thomas Schacht und Gundula Müller gleichzeitig zum Telefon.

Schacht war schneller. »Ja, mit wem spreche ich?«

»Wer sind Sie? Onkel Philipp?«

Schacht wunderte sich und war einen Augenblick so verblüfft, dass er gar nicht antworten konnte. Er hatte vermutet, eine weibliche Stimme zu hören. Er glaubte, Angela Riemann würde jetzt versuchen, das Geld abzuziehen, um dann zu verschwinden. Mit einer männlichen Stimme hatte er nicht gerechnet.

»Mein Name ist Thomas Schacht. Sind Sie der Mann, der meine Kinder hat?«

»Ja. Machen Sie sich keine Sorgen. Es geht Ihren Kindern gut. Aber meine Geduld ist bald zu Ende. Haben Sie das Geld?«

Mit großen Augen sah Schacht Gundula an. Ratlos hob und senkte er die Schultern.

Jetzt stand Weller bei ihnen am Tisch und gestikulierte. Ohne einen Ton von sich zu geben, sagte er immer wieder: »Hinhalten! Hinhalten!«

Am liebsten hätte Weller selbst mit dem Entführer gesprochen. So war es eigentlich auch vereinbart gewesen. Aber hier hielt sich nie jemand an Absprachen, das hatte Weller inzwischen lernen müssen.

»Das Geld liegt bereit. Wir haben es nur noch nicht. Ich muss es aus Gelsenkirchen holen. Wenn Sie mir Ihre Kontonummer geben, überweise ich es Ihnen aber sofort.«

»Verarschen kann ich mich alleine!«

Schacht wurde klar, was für einen Mist er da gerade erzählt hatte, und er entschuldigte sich sogar dafür.

»Verzeihung, aber ich bin sehr nervös. Schließlich werden einem nicht alle Tage die Kinder entführt. Wir halten uns ganz an Ihre Anweisungen.«

Gundula ging vom Küchentisch ein paar Meter zurück bis zur Wand und lehnte sich an. Sie verschränkte die Arme vor der Brust und sah sich Thomas genau an. Wie schnell er zusammengebrochen war ... Wie schnell aus dem kämpferischen Helden ein kleiner Junge geworden war, der um Mamis Gunst bettelte ...

Seine unterwürfige Art machte sie rasend. Da mochte sie den aggressiven Draufgänger lieber.

Weller gab sich jetzt keine Mühe mehr, leise und unbemerkt zu bleiben. Er verlangte offen das Handy. »Geben Sie es mir, verdammt! Geben Sie es mir!«

Rupert war schon unterwegs von Oldenburg nach Aurich. Er sang auf der Autobahn: »*Das kann doch einen Seemann nicht erschüttern ...*«

Er fand seine Stimme großartig. Sie würden ihn im Norddeicher Shantychor nehmen. Da gehörte er einfach hin! Es gab noch ein paar Lieder, da war er nicht ganz textsicher. »Rolling home« hatte er vollständig drauf, aber bei »Wo de Nordseewellen trecken an de Strand«, da vergaß er immer wieder ein paar Zeilen, nur der Refrain saß.

Frauke frühstückte noch in Ruhe. Der Apfelkuchen hatte ihr

noch lange nicht gereicht. Sie konnte über Diäten nur lachen. Joggen war nichts für sie. Guter Sex war das Einzige, das sie für die schlanke Linie brauchte.

Sie nahm noch einen Tee und ein bisschen von dem Obst, dann fuhr sie in die Taubenstraße und parkte vor der Pathologie. So merkwürdig sich das vielleicht für andere Menschen anhörte, sie freute sich auf den Putztag. Sie liebte es, Ordnung zu schaffen und die Dinge klinisch sauber zu halten. Sie konnte dabei ihren Gedanken nachhängen und tief in sich selbst versinken.

Beate folgte ihrer Konkurrentin zur Arbeitsstelle. Jetzt weiß ich auch, womit du dein Geld verdienst, du kleine Schlampe, dachte sie und fragte sich, wie lange die Beziehung ihres Mannes zu dieser Frau wohl schon andauerte. Manchmal, wenn er nach Hause kam, hatte er diesen merkwürdigen Leichengeruch an sich. Sie hatte nie verstanden, woher das kam. Jetzt begriff sie: Es war der Duft der anderen Frau.

Beate erinnerte sich an den Satz ihrer Freundin: »Schick deinen Mann zu mir.«

Sie wurde es einfach nicht los. Manchmal hörte sie Silke diese Worte aussprechen, obwohl sie alleine im Raum war. Sie fuhr dann herum, sah sich um und suchte ihre Freundin, fand sie aber nicht. Hatte die Reiki-Meisterin recht? War jeder Mensch nur auf der Suche nach Liebe und Anerkennung? Rupert auch? Gab sie ihm nicht genug davon? Konnte sie ihm helfen, seine universelle Lebensenergie fließen zu lassen? Würde diese Krise ihre Beziehung am Ende auf eine neue, bessere Ebene heben?

Sie hatte sich eine App heruntergeladen, mit der zu jeder Autonummer der Halter plus Adresse ermittelt werden konnte.

Beate versprach sich selbst, dieser Frau das Leben zur Hölle zu machen. Und dann werde ich dafür sorgen, dass mein Rupert dich verlässt, und aus ihm werde ich einen glücklichen Menschen machen, dachte sie. Ich werde den ersten Reiki-Grad erwerben, um die Energien zwischen uns beiden wieder richtig fließen zu lassen.

Sie hatte einen Termin bei ihrer Freundin, und sie freute sich darauf, wie sie sich als kleines Mädchen auf Sahnebonbons gefreut hatte.

Gerade im Wohnwagen hatte alles für Lucy noch so richtig und klar geklungen. Ja, genauso wollten sie es machen. Sie würde mit der Tasche losfahren und dann mit dem Geld ganz einfach verschwinden. Sie hatte ein Recht auf ein eigenes Leben. Ja, selbst die Zwillinge waren ihr inzwischen etwas schuldig.

Jetzt geht es mal um mich, dachte sie, und Benne liebt mich wirklich. Auf seine irre, besitzergreifende Art.

Aber als sie auf das Haus im Muschelweg zuging, war plötzlich alles gar nicht mehr so klar für sie. Was würde aus den Zwillingen werden, wenn sie mit dem Lösegeld durchbrannte? War sie daran schuld, wenn der Entführer den Kindern etwas antat?

Noch immer stand für sie fest, dass Thomas Schacht die Kinder hatte. Er würde ihnen nichts tun, aber sehr rasch begreifen, dass Lucy ihn hereingelegt hatte. Und ab dann würde er sie jagen, das stand ja wohl fest. Der war ein zäher, geldgieriger Hund, nur auf seinen eigenen Vorteil bedacht. Dem würde es eine Riesenfreude bereiten, seine ungeliebte Stieftochter, die ihm sowieso nur im Weg war und schon durch ihr Aussehen ständig an den Exmann seiner Frau erinnerte, fertigzumachen.

Lucy war unsicher, in welche Situation sie jetzt zu Hause hineingeraten würde. Hatte man sich Sorgen um sie gemacht? Waren alle wütend auf sie, weil sie mal wieder eine Nacht weggeblieben war? Hasste ihre Mutter sie, weil sie schuld daran war, dass nun auch Ina entführt worden war? Würde man wieder alles ihr anlasten, wie bei jeder misslungenen Weihnachtsfeier und jedem aus dem Ruder gelaufenen Familienfest?

Eigentlich ging sie jetzt nur nach Hause zurück, weil Benne es von ihr verlangt hatte.

Nie tue ich etwas aus mir selbst heraus, dachte sie und fühlte sich schlecht deswegen. Immer werde ich von anderen zu etwas getrieben oder bestimmt. Ich suche mir nicht mal meine Hobbys selber aus oder die Musikgruppen, die ich gerne höre. Auch das kommt immer von Leuten, denen ich gerne gefallen möchte, oder die glauben, sie hätten mir was zu sagen.

Wer bin ich überhaupt, verdammt nochmal? Wer wäre ich ohne meine Eltern, ohne meine Freunde? Wenn ich in einer anderen Familie groß geworden wäre, würde ich mich dann für Tennis interessieren? Wäre ich in einer Jazztanzgruppe oder als Funkenmariechen in Köln? Würde ich den Karnevalsprinzen anschmachten oder in der Schule darum kämpfen, Klassenbeste zu werden? Was haben meine Gene aus mir gemacht und was die Leute, mit denen ich aufgewachsen bin?

Sie klopfte, und ihr Herz raste.

Ann Kathrin Klaasen fuhr auf der Cloppenburger Straße in Richtung Wardenburg. Immer wenn sie in Gedanken versunken war, fuhr sie sehr langsam, so als würde sie dem Körper die mechanischen Vorgänge des Fahrens überlassen. Sie fuhr intuitiv, ohne nachzudenken, und wusste die ganze Zeit, dass sie mit ihrer Aufmerksamkeit nicht wirklich auf der Straße war. Daher tuckerte sie jetzt mit Tempo vierzig hinter einem Bus her und machte nicht den geringsten Versuch, ihn zu überholen, obwohl der Busfahrer mehrfach gewunken und ihr Signale gegeben hatte.

Hinten im Bus amüsierten sich Schüler damit, Illustriertenfotos irgendwelcher Pin-up-Girls an die Scheibe zu halten, um Autofahrer abzulenken oder zu schockieren.

Ann Kathrin nahm das nicht wirklich zur Kenntnis.

Die Zwillingsschwester von Frau Dr. Hildegard hieß Liane Reuter und war mit einem Oberstudienrat verheiratet, der am Herbartgymnasium in Oldenburg Englisch und Deutsch unterrichtete. Sie wohnte in einem gepflegten Einfamilienhaus, das Ende der siebziger Jahre gebaut worden war, mit Walmdach und offenem Kamin im Wohnzimmer. Ein typisch ostfriesischer Vorgarten mit vielen Blumen und Sträuchern. Geschätzte dreißig Schmetterlinge flatterten von den Rosen- und Hortensiensträuchern auf, als Ann Kathrin am Gartentor klingelte. Sie erwartete, das Ebenbild von Frau Professor Dr. Hildegard zu sehen, doch ihr trat eine völlig andere Person entgegen.

Zunächst glaubte sie gar nicht, dass das kleine Pummelchen mit der knabenhaften Kurzhaarfrisur überhaupt die Zwillingsschwester von Frau Professor Dr. Hildegard sein konnte. Sie trug eine dunkelblaue Latzhose und alte Danske Loppen und wirkte, als hätte sie sich in den Achtzigern als friedensbewegte Frau auf dem Weg zu einer Anti-AKW-Demo verlaufen und ihre Leute nicht wiedergefunden.

Ihre Art hatte etwas Verbindliches an sich, und Ann Kathrin mochte diese Frau sofort, die merkwürdig aus der Zeit gefallen zu sein schien.

In der Küche gab es eine Eckbank, die einen selbstgeschreinerten Eindruck machte. Eine sympathisch-altmodische Kaffeemaschine spuckte ruckweise heißes Wasser in einen Filter.

»Sie erwischen mich an meinem freien Tag, Frau Kommissarin. Was kann ich für Sie tun?«

Die Körpersprache dieser Frau war eindeutig. Dies hier war ihr Terrain. Sie hatte nichts zu befürchten und nahm das Gespräch mit der Kommissarin mehr als interessante Abwechslung.

Ohne Ann Kathrins konkrete Frage abzuwarten, brachte sie Käsekuchen auf den Tisch, zündete eine Kerze an und erklärte: »Sie kommen doch bestimmt wegen dieser versuchten Entführung damals. Glauben Sie mir, ich habe alle Fragen dazu schon zigmal beantwortet. Wir wären froh, wenn die Sache endlich aufgeklärt werden könnte. So etwas ist doch für eine Klinik immer eine unangenehme Sache. Man möchte schließlich lieber mit positiven Berichten in der Zeitung stehen. Haben Sie die Täterin inzwischen?«

»Nein, wie kommen Sie darauf?«

»Naja, wenn Sie kommen ... Ich dachte, vielleicht soll sie jemand identifizieren. Also, ich habe sie damals sowieso nicht gesehen. Wenn, dann müssten Sie sich an Herrn Böckler wenden – das ist der Großvater. Er und Inken Radtke, das ist eine unserer Gesundheits- und Kinderkrankenpflegerinnen, haben kurz mit ihr geredet. Die Frau hat sich als Vertretung von Schwester Anja vorgestellt.«

»Ja, das weiß ich aus den Akten. Und jetzt frage ich mich etwas, Frau Dr. Reuter. Woher wusste diese Person, dass Zwillinge in Ihrem Krankenhaus zu holen waren, und wie kam sie auf den Namen Schwester Anja? Sie müsste ja gewusst haben, dass diese Schwester an dem Tag nicht da war.«

Frau Dr. Reuter hob die Hände und ließ sie zusammenklatschen. Sie lachte laut. »Na, aber bitte, das stand in jedem Dienstplan. Schwester Anja hatte nicht nur einen kurzen Schnupfen. Sie fehlte seit fast sechs Wochen. Die Abteilung stand echt unter Druck dadurch. Wir hatten eine sehr angespannte Personalsituation, da konnte niemand auf die Idee kommen, die neue Schwester sei eine Fälschung. Im Gegenteil, wir hatten alle darauf gewartet, dass wir endlich Verstärkung bekommen. Das kann man überall gehört haben. In irgendeinem Café bei einem Sonntagsausflug stöhnt eine der Mitarbeiterinnen über die Belastung, erwähnt es eben und ...«

»Ja, das kann sein. Aber die Täterin brauchte auch noch die Information, dass bei Ihnen gerade Zwillinge geboren worden waren. Denn sie hat ja nicht irgendwelche Babys mitgenommen, sondern genau die beiden Zwillinge. Und die Information muss sehr frisch gewesen sein. Hat man Sie damals gefragt, mit wem Sie in den letzten zweiundsiebzig Stunden über die Zwillingsgeburt geredet hatten?«

Dr. Reuter goss sich Kaffee ein. »Nein, das hat mich niemand gefragt.«

»Dachte ich mir«, sagte Ann Kathrin. »Ich glaube, man ist damals davon ausgegangen, dass jemand hereinkam, sich die Kinder geschnappt hat und wegrannte und nicht, dass es speziell um diese Kinder ging.«

»Ja, aber damals hatten wir es mit neun Neugeburten zu tun.«

»Die Täterin hat sich zielsicher die Zwillinge geholt. Können Sie sich denn noch daran erinnern, mit wem Sie darüber geredet hatten?«

»Also, ich habe die Zwillinge direkt nach der Geburt untersucht. Es ist genau während meiner Dienstzeit passiert. Zwillinge sind natürlich immer ein besonderes Ereignis, darüber spricht man schon mal. Aber glauben Sie mir, wenn man den Job so lange macht wie ich ...«

Wie beiläufig ließ Ann Kathrin die Frage einfließen: »Haben Sie mit Ihrer Schwester darüber geredet?«

Es trat augenblicklich eine spürbare Veränderung ein. Frau Dr. Reuter setzte die Kaffeetasse hart ab und schob sie von sich weg. Sie rückte auf der Sitzbank in eine andere Stellung, so dass sie mehr von Ann Kathrin sehen konnte, als sei es für sie wichtig, jede Bewegung der Kommissarin unter Kontrolle zu halten. Das fröhliche Gesicht schien zu gefrieren. Ihre Lippen wurden schmal.

»Nein, das habe ich ganz sicher nicht.«

»Warum erinnern Sie sich so genau daran?«

Dr. Reuters Stimme veränderte sich. Ihr Mund wurde trocken. Sie räusperte sich mehrfach und rückte hin und her, als würde etwas mit ihrer Sitzfläche nicht stimmen. So benahmen sich Verdächtige, die in die Enge getrieben wurden.

Sie sah Ann Kathrin nicht an, sondern starrte in die Kerze, als sie sagte: »Ich habe seit zehn ...«, sie korrigierte sich, »seit fünfzehn Jahren nicht mehr mit meiner Schwester gesprochen.«

»Warum das?«

Sie dachte nach. Ann Kathrin kannte diese Situation. Entweder überlegte sie jetzt irgendeine erfundene Geschichte, die sie präsentieren wollte, um sich selbst zu entlasten, oder sie wog nur ab, was dafür oder dagegen sprechen könnte, die Wahrheit zu sagen.

Noch einmal räusperte sie sich, dann stützte sie sich auf dem Tisch auf und sprach viel zu laut, als sei Ann Kathrin schwerhörig: »Ich hasse meine Schwester! Sie ist eine ganz und gar schreckliche Person. Ich will nichts, aber auch gar nichts mehr mit ihr zu tun haben. Ich habe den Kontakt zu ihr völlig abgebrochen.«

»Warum?«

»Sie kennen sie nicht, sonst würden Sie das nicht fragen. Meine Schwester hat sich mir gegenüber immer als Konkurrentin verhalten.«

Als sei das für alles eine Erklärung, griff Frau Dr. Reuter zu ihrem Käsekuchen, stocherte mit der Gabel darin herum, aß aber nicht davon.

»Ist Konkurrenz zwischen Geschwistern nicht etwas völlig Normales?«

»Ja. Vielleicht. Aber das war nicht mehr normal. Sie musste in allem die Beste sein. Natürlich musste sie ein Einserabitur machen! Natürlich in einer Zeit studieren, kürzer als die Regelstudienzeit. Und immer mit den besten Noten. Auf jeden Fall immer besser als ich. Egal, was ich angefangen habe, sie hat es sofort auch gemacht, um mich zu überflügeln. Ich habe mal sehr gerne und mit großem Engagement Eiskunstlauf trainiert. Aber natürlich musste sie es mir nachmachen, und sie hat viel zäher und härter an ihren Sprüngen und Pirouetten gearbeitet als ich. Bis sie dann in die ersten großen Turniere …«, sie winkte ab, als hätte es ohnehin keinen Sinn, davon zu erzählen, und stopfte sich nun ein Stück von dem Käsekuchen in den Mund. Sie mampfte wütend, dann sprach sie weiter: »Ich habe dann einfach aufgehört damit und meine Interessen auf andere Gebiete verlagert. Ich habe Gitarre gelernt und in einer Band gespielt. Meine Schwester wurde dann Leadsängerin in der Band. Ich habe aufgehört. Ist ja klar. Stattdessen mit dem Skilaufen begonnen. Und raten Sie mal, wer sich zu Weihnachten Abfahrtsskier gewünscht hat? Dann habe ich«, sie zeigte auf ihren Körper, »ganz mit dem Sport aufgehört. Es hatte ja sowieso keinen Sinn. Meine Schwester musste natürlich immer die Schlankere von uns sein, die Gesündere, die Sportlichere, die Musikalischere, die Schlauere – es war nicht zum Aushalten! Sie ist skrupellos! Sie geht über Leichen. Sie hat mir meine ersten beiden Freunde ausgespannt. Nicht, weil sie sich in sie verliebt hatte, nicht, weil sie sie wirklich haben wollte, oh nein. Nur, um mir zu zeigen, dass sie sie haben konnte.«

Frau Dr. Reuter tippte mit ihrem Finger so heftig auf den Tisch, dass ihr Fingernagel zu brechen drohte.

»Ich denke, in Wirklichkeit ist sie anorgastisch und spürt überhaupt nichts dabei. Sie setzt ihre Sexualität lediglich ein. Wenn ein Mann ganz wild auf sie wird und bereit ist, alles, was er hat und besitzt, zu verlassen und für sie aufzugeben, das ist ihr eigentlicher Orgasmus!«

Ann Kathrin hatte fast Mühe, auf ihrem Stuhl sitzen zu bleiben und den Wutausbruch über sich ergehen zu lassen. Einerseits bekam sie dadurch Informationen, die ihr sonst sicherlich verborgen geblieben wären, andererseits war es schwer, diese Emotionalität auszuhalten.

»Egal, wie ich mich abgemüht habe, für alle war sie der leuchtende Stern, die Goldmarie und ich die Pechmarie, obwohl wir doch Zwillinge waren. Wenn ich also irgendjemandem bestimmt nichts davon erzählt habe, dann meiner Schwester.«

Die Luft war damit raus. Frau Dr. Reuter kam runter. Sie sah sich in der Wohnung um, als wäre sie dort fremd, lehnte sich jetzt zurück, verschränkte die Arme vor der Brust, sah Ann Kathrin mit einer Mischung aus Trotz und Vorwurf an und sagte:

»Entschuldigen Sie, dass ich so ausgeflippt bin, aber es tut immer noch weh, nach all den Jahren.«

»Würden Sie Ihre Schwester«, fragte Ann Kathrin, »als bindungsunfähig bezeichnen?«

»Ich weiß gar nicht, warum ich Ihnen das alles erzähle. Aber wenn Sie mich fragen – ja, sie ist nicht nur bindungsunfähig, sie instrumentalisiert Bindungen. Einfach nur, um sich einen Vorteil zu verschaffen, um die Beste zu sein, verstehen Sie? Das ist wie eine Sucht bei ihr, das hat nie aufgehört. Als wir klein waren, hat meine Großmutter manchmal mit uns gespielt. Mensch ärgere dich nicht und so. Das hat sie sehr bald aufgegeben. Es war ganz schrecklich. Entweder wir haben Marion gewinnen lassen, oder sie hat Heul- und Schreikrämpfe gekriegt, die Figuren durch die Küche geworfen und mit keinem mehr gesprochen.«

»Das ist nicht gerade der Weg, ein glücklicher Mensch zu werden.«

Der Satz war Ann Kathrin herausgerutscht. Sie wollte das eigentlich gar nicht wirklich sagen, aber sie kam damit bei Frau Dr. Reuter sehr gut an. Die nickte heftig und fühlte sich Ann Kathrin auf komplizenhafte Art verbunden.

»Das können Sie wohl laut sagen! Sie ist ein vom Ehrgeiz zerfressener und trotz ihrer Affären sehr, sehr einsamer Mensch. Sie kann sich nur mit Leuten umgeben, die eine Stufe unter ihr sind und die sie bewundern. Ein Kontakt auf gleicher Höhe mit ihr ist nicht machbar.«

»Haben Sie Bilder von sich beiden aus Ihrer Kindheit?«

»Ja, ich habe ein Album. Soll ich es holen? Sie können uns leicht auseinanderhalten. Wir sind zwar Zwillinge, sogar mit dem gleichen Haarschnitt – damals waren wir ja noch klein und konnten uns nicht dagegen wehren –, aber sie ist immer die, die sich in den Vordergrund drängt und in die Kamera grinst. Ich bin die im Hintergrund. Wollen Sie es sehen?«

Ann Kathrin verzichtete. Sie wollte sich verabschieden, aber Frau Dr. Reuter hielt sie auf: »Sie haben doch noch kein Stück Kuchen gegessen. Noch keinen Kaffee getrunken. Bitte, was stimmt denn nicht mit mir? Nehmen Sie doch ruhig! Und dann trauen Sie sich endlich, es zu fragen.«

»Was denn?«

»Na, ob sie auch etwas mit meinem Mann hatte.«

»Nein, das wollte ich eigentlich nicht fragen.«

»Ach, hören Sie doch auf. Alle Leute wollen das wissen. Und ja, sie hatte auch etwas mit ihm. Das lief ein, zwei Monate. Aber dann«, sie richtete sich auf und stand da wie ein stolzer Ritter nach einem gewonnenen Turnier. Wieder tippte sie mit dem Zeigefinger auf den Tisch. »Aber dann hat er sie verlassen und ist zu mir zurückgekehrt. Das, meine liebe Frau Kommissarin, war mein großer Triumph! Das war mein endgültiger Sieg über sie. Und ab da hatte sie hier Hausverbot, und wir haben uns nie, nie wiedergesehen.«

»Herzlichen Glückwunsch«, sagte Ann Kathrin, und es klang ehrlich.

Auf dem Weg zur Tür fragte Ann Kathrin noch: »Kennen Sie Herrn Dr. Ollenhauer?«

»Oh ja, und ob ich den kenne. An den hat sie sich sofort rangeschmissen. Schließlich bietet der ihr den Eintritt in die feine ostfriesische Gesellschaft. Sozusagen Backstagekarten.

Der ist ein Garant dafür, dass man bei allen VIPs willkommen ist.«

»Kennen Sie die Stiftung, in der sie sich ehrenamtlich engagiert?«

Frau Dr. Reuter lachte demonstrativ. »Meine Schwester engagiert sich nirgendwo ehrenamtlich! Die engagiert sich nur für sich selbst. Die liebt auch nur sich selbst. Und wenn sie irgendetwas tut, dann garantiert nur aus egoistischen Gründen. Eigentlich ist sie eine geborene Politikerin, die würde da bestimmt Karriere machen. Und wissen Sie, warum sie es nicht tut?«

Ann Kathrin schüttelte den Kopf.

»Weil es da zu viel Konkurrenz gibt. Weil es immer einen gibt, der mehr Stimmen bekommen hat, der Ihren Posten haben will, und weil jede Macht, die Sie politisch erwerben, doch nur geliehene Macht ist, die Ihnen irgendwann entzogen werden kann. Deshalb arbeitet sie jetzt mit Leichen.«

Ann Kathrin sah Frau Dr. Reuter fragend an.

Sie erklärte dann: »Haben Sie schon mal gehört, dass eine Leiche jemanden auf einen Kunstfehler verklagt hat? Wir anderen Ärzte stehen doch jeden Tag mit einem Bein im Gefängnis und laufen Gefahr, an die Öffentlichkeit gezerrt zu werden, weil irgendetwas in unserer Klinik nicht richtig gelaufen ist, weil sich jemand im Krankenhaus einen Virus gefangen hat oder auf dem frisch gewichsten Boden ausgerutscht ist. Sie befindet sich in einer konkurrenzlosen Situation. Sie hat einfach gewonnen. Die anderen sind tot, und sie entscheidet, wann und wie sie sie aufschneidet. Ideal für meine Schwester. Auch wenn sie mit Leuten wie Ihnen zu tun hat, also der Kripo oder den Gerichten, immer ist sie die Fachfrau, nie die anderen. Immer sagt sie Ihnen, was passiert ist. Immer erstellt sie die Gutachten.«

»So«, gab Ann Kathrin zu, »habe ich das noch nie gesehen...«

Die beiden Frauen verabschiedeten sich, und Ann Kathrin spürte durchaus das Gefühl, ruhig noch etwas bleiben zu wollen, um sich mit ihr auszutauschen. Mit Frau Dr. Reuter hätte sie sich unter anderen Umständen vielleicht sogar angefreundet ...

Erst als Ann Kathrin im Vorgarten war und beim Weg zur Straße wieder die Schmetterlinge aufscheuchte, merkte sie, wie sehr das Gespräch mit Frau Dr. Reuter sie erschöpft hatte. Am liebsten hätte sie sich im Auto einen Moment schlafen gelegt. Sie unterdrückte diesen Wunsch und fuhr zurück nach Aurich.

Nichts ist mehr, wie es einmal war, dachte Lucy. Sie fühlte sich wie im Drogenrausch. Sie wurde zum Spielball heftiger emotionaler Schwankungen. Es riss sie zwischen tiefer Traurigkeit, aufgekratzten Allmachtsgefühlen, einer erschreckenden Leichtigkeit des Seins und abgrundtiefen Hassgefühlen hin und her.

Thomas Schacht saß nur auf der Kante des Stuhls. Er hatte sich weit vorgebeugt und die Ellbogen auf die Knie gestützt.

Mit einem kleinen Tritt gegen eins der Stuhlbeine könnte ich ihm die Sitzfläche unterm Arsch wegschießen, und er würde hinknallen, dachte Lucy. Mit ein bisschen Glück bricht er sich das Becken, und wir sind ihn für eine Weile los.

Sie spielte diesen Gedanken mit einer gewissen Vorfreude durch. Wie würde ihre Mutter reagieren? Wie dieser Kommissar mit den strubbeligen Haaren?

Thomas Schacht sprach, als sei seine Stieftochter schwerhörig und randdebil. »Also, ich erkläre dir das jetzt zum letzten Mal, Lucy. Der Entführer hat unsere Kinder. Ina und Tina! – Das sind deine G e s c h w i s t e r !«

Gundula schüttelte den Kopf. Sie hasste es, wenn er so mit ihrer Tochter redete. Damit brachte er Lucy nur gegen sich auf. Warum tat er das? Er wiederholte immer Selbstverständlichkeiten, die jeder längst wusste, um dann am Ende zu Schlussfolgerungen zu kommen, die niemand wollte.

»Der wird die kleinen Würmchen töten. T ö t e n ! Verstehst du das? T ö t e n ! Und deshalb tun wir genau das, was er von uns verlangt. Wir beide fahren jetzt nach Gelsenkirchen und holen das Geld von Tante Mia. Dann übergibst du es ihm! Du! Weil er es so will! – Da lastet jetzt viel Verantwortung auf deinen Schultern, mein Kind.«

»Ich bin nicht dein Kind«, giftete Lucy, »und ich fahr ganz bestimmt nicht alleine mit dir im Auto nach Gelsenkirchen!«

Es war Weller nicht entgangen, dass Lucy geradezu allergisch auf Schacht reagierte. Er mischte sich ein: »Warum nicht?«

Lucy drehte sich zu Weller. Ihr Blick wurde versöhnlicher.

»Ich muss heute echt gut drauf sein, ich kann ihn angucken, ohne zu kotzen.«

Sie machte eine Kopfbewegung in Schachts Richtung.

»Herrgott, warum redest du so? Als ob wir nicht schon genug Sorgen hätten!«, empörte sich ihre Mutter.

Die Kleine weiß etwas, dachte Weller. Er vermutete, dass Schacht Dreck am Stecken hatte. Das hier war mehr als ein Konflikt zwischen Vätern oder Stiefvätern und ihren pubertierenden Töchtern. Er war von seinen eigenen Mädels einiges gewöhnt, aber so eine Show hatten sie ihm noch nie geboten, egal wie die Hormone gerade Achterbahn fuhren.

Sie will nicht mit ihm im Auto fahren. Ob er sie sexuell belästigt hat?, fragte Weller sich, und gleich keimte Wut in ihm auf, denn er stellte sich das bildlich vor, und dann wurde aus Lucy in seinem inneren Film seine Tochter Jule. Er schluckte trocken und schlug vor: »Ich kann ja mitfahren!«

Aber alle drei schüttelten heftig die Köpfe und sprachen wie aus einem Mund: »Er hat gesagt: *Keine Polizei!*«

Das Ganze hatte für Weller fast etwas von einer Inszenierung an sich. Zogen die drei hier eine Nummer ab, die sie vorher einstudiert hatten?

»Ich bin«, stellte er klar und machte dabei eine raumgreifende

Geste, als könne es möglich sein, dass dieses Zimmer verwanzt sei und sie alle nicht frei reden dürften, »ich bin der Onkel.«

Gundula Müller bestätigte es und buchstabierte es fast: »Onkel Philipp.«

»Mit ihm fahre ich sofort«, sagte Lucy, was Weller guttat. Soviel Anerkennung hatte er von seinen Töchtern in letzter Zeit nur sehr selten erhalten.

»Kommt gar nicht in Frage«, sagte Schacht. »Wir werden hier nicht die Pferde scheu machen. Wenn du nicht mit mir im Auto fahren willst, dann hole ich das Geld halt alleine und bringe es hierhin zurück.«

Spätestens in diesem Moment begriff Lucy, dass Benne recht hatte. Schacht versuchte, sich das Geld unter den Nagel zu reißen.

Sie tat, als würde sie nachgeben. »Ist ja schon gut. Ich komme mit.«

Gundula atmete erleichtert auf. »Die paar Stunden werdet ihr euch ja wohl vertragen können. Ich halte hier die Stellung.«

Sie sah Weller an, als müsse sie sich bei ihm die Zustimmung dafür holen.

Aber der hielt sich raus. »Das ist Ihre Entscheidung.«

Gunnar Peschke radelte auf dem Deichkamm in Richtung Hafen. Er liebte Ostfriesland. Er hatte schon vierzig Kilometer hinter sich und fühlte sich noch fit für die nächsten vierzig. Ein leichter Nieselregen hatte eingesetzt, und die Wellen schlugen geradezu wütend gegen die Deichbefestigung.

Aufgeregte Möwen pickten an etwas Großem herum, das menschliche Kleidung trug. Zunächst glaubte Gunnar Peschke, eine Schaufensterpuppe wäre angespült worden. Aber Schaufensterpuppen hatten nicht solche schmerzverzerrten Gesichter.

Er legte sein Fahrrad ins Gras und lief hin.

Die Möwen flohen nur scheinbar. Sie hatten keineswegs vor, sich ihre Beute von Peschke streitig machen zu lassen. Er hatte ihre Schreie im Ohr, als er sich bückte.

Peschke reckte sich hoch und brüllte in die Luft: »Das ist hier kein Hitchcock-Film!«

Eine Böe ließ Regentropfen hart gegen seine Jacke und sein Gesicht prasseln und drückte die Möwen in Richtung Deichkamm. Zwei Möwen ließen sich in der Nähe seines Fahrrads nieder. Er hielt die Hand schützend gegen den Regen und blickte zu ihnen. Es kam ihm so vor, als würde eine Möwe versuchen, seinen Vorderreifen mit dem Schnabel zu zerhacken.

Dann bückte er sich, um dem Menschen zu helfen. Noch bevor er ihn berührte, wusste er, dass der Mann tot war.

Ruperts Frau Beate hatte behauptet, Kreuzworträtsel würden nicht nur bilden, sondern auch entspannen, und er bräuchte beides. Bildung und Entspannung. Außerdem konnte man hier eine Reise in die Südsee für zwei Personen gewinnen, und das stellte er sich großartig vor: gemeinsam mit Frauke vierzehn Tage Urlaub. So richtig wild herumvögeln. Danach konnte er ihr immer noch sagen, dass er seine Frau niemals verlassen und sie heiraten würde.

Er suchte nach einer Möglichkeit, mit ihr Schluss zu machen, aber vorher wollte er es noch eine Weile genießen. Sie war einfach zu gut im Bett.

Der Kaffee schmeckte schrecklich. Trotzdem trank Rupert tapfer und fragte seinen Kollegen Schrader: »Das Gegenteil von relativ?«

»Relahoch?«

»Nein. Sieben Buchstaben. Fängt mit ›a‹ an.«

»Wieso willst du den Scheiß wissen?«

»Da kann man eine Reise in die Südsee gewinnen.«

Schrader bot an: »Soll ich es mal googeln?«

»Nee, warte, ich hab's schon. Der erste Buchstabe ist ein ›a‹. Einer fehlt, dann ›solut‹.«

Rupert ging einfach das ganze Alphabet durch und schaute, ob ihm irgendetwas bekannt vorkam. Schon bei »b« hatte er den ersten Treffer.

»Soll ich jetzt googeln oder nicht?«

Rupert winkte ab und stellte die nächste Frage: »Das höchst entwickelte intelligente Lebewesen mit sechs Buchstaben?«

In seine Frage hinein betrat Rieke Gersema das Büro. Weil das Quietschen der Tür Ruperts Worte übertönt hatte, wiederholte er: »Das höchst entwickelte intelligente Lebewesen? Sechs Buchstaben, der zweite ist ein ›e‹.«

Rieke kam Schrader mit der Antwort zuvor: »Delfin.«

Dann schob sie Ruperts Kreuzworträtsel zur Seite und legte ihm einen Zettel auf den Tisch.

Sie verschränkte die Arme vor der Brust und wartete gespannt darauf, wie Rupert reagieren würde.

Rupert hatte gerade seinen Becher mit dem bitteren Kaffee leer getrunken. Er griff sich den Zettel und las. Zunächst sah er irritiert zu dem Kaffee, als müsse er überprüfen, ob ihm einer seiner Kollegen eine bewusstseinsverändernde Droge beigemischt hatte. Stand da wirklich Gunnar Peschke?

»D... Das ist doch dieser Fernsehredakteur«, stammelte Rupert. Er hatte Mühe, einen klaren Gedanken zu fassen.

Schrader saß Rupert gegenüber und bekam seinen Kaffee beim besten Willen nicht runter. Schrader nickte. »Ja, genau der.«

»Der hat doch damals die Leiche im Lütetsburger Park gefunden.«

Schrader gab Rupert recht. »Genau. Der war lange unser Hauptverdächtiger.«

»Und jetzt ruft der an und hat schon wieder eine Leiche gefunden? Ich lass mich von dem doch nicht für blöd verkaufen!«

»Ich fürchte, das ist kein Witz, Rupert. Die Kollegen haben den Toten schon nach Oldenburg in die Gerichtsmedizin gebracht.«

»Wo ist dieser Peschke jetzt?«

»Er sitzt nebenan«, sagte Rieke. »Aber er will nicht mit dir reden, sondern nur mit Ann Kathrin.«

Rupert blies Luft aus. »Ja! Aber diese Polizeiinspektion ist kein Streichelzoo, und das wird hier heute nicht Peschkes persönliches Wunschkonzert. Was glaubt der, wer er ist, dass er dauernd nach Ostfriesland kommen kann, sich hier ein buntes Wochenende macht und dabei zufällig über irgendwelche Leichen stolpert?«

»Er ist nicht gestolpert, sondern Rad gefahren.«

»Ach, ist doch völlig egal«, schimpfte Rupert und drückte sich an Rieke Gersema vorbei zur Tür. »Diese Typen sind doch alle gleich«, schimpfte er. »Fernsehredakteure, Journalisten – die Peschkes und Bloems dieser Welt, die kann man alle in einen Sack packen und dann draufhauen, da trifft man immer den Richtigen!«

»Du bist ja heute wieder gut drauf«, spottete Rieke. Sie versuchte Rupert aufzuhalten. »Wenn du so wütend bist, solltest du vielleicht besser nicht mit ihm reden ...«

Rupert wehrte ihre Hand ab. »Du hast mich noch nie wütend gesehen, Rieke. Du weißt gar nicht, wie das ist, wenn ich zornig werde.«

Sie stellte sich so vor die Tür, dass es ihm unmöglich war, den Raum zu verlassen. »Du kannst nicht einen Zeugen zusammenscheißen, weil er eine Leiche gefunden hat! Dieser Peschke hat sich absolut korrekt verhalten, uns sofort informiert und ...«

Rupert versuchte, Rieke zur Seite zu schieben. Er staunte, wie muskulös sie unter der Kleidung war. Er hatte es keineswegs einfach mit einer zierlichen jungen Frau zu tun, sondern mit einer durchtrainierten Kampfsportlerin.

Er zeigte sich verständnisvoll: »Ich weiß, Rieke, du tust nur deinen Job. Schließlich musst du dich gut mit ihm stellen.«

»Häh? Was? Wieso muss ich mich gut mit ihm stellen?«

»Na, du bist unsere Pressesprecherin, und er ist ein Fernsehtyp. Wie willst du ihn um den Finger wickeln? Gibst du ihm eine Tasse von diesem schrecklichen Kaffee und leistest dann Erste Hilfe, wenn er Magenkrämpfe kriegt?«

»Gute Pressearbeit funktioniert ganz anders, als du dir das vorstellst, Kollege«, konterte sie.

In dem Moment öffnete Gunnar Peschke hinter ihr die Tür zum Büro. Er war größer, breiter und wirkte noch kräftiger, als Rupert es in Erinnerung hatte.

Rupert mochte es nicht, wenn er zu einem Mann aufsehen musste. Seine Abneigung gegen Gunnar Peschke wuchs noch. In seiner Gegenwart bekam Rupert das Gefühl, schütteres Haar zu haben.

»Also«, sagte Herr Peschke ohne Umschweife, »Sie werden sicherlich Verständnis dafür haben, dass ich hier nicht länger warten möchte. Ich habe noch ein paar Gespräche in Ostfriesland zu führen. Kennen Sie bestimmt auch: Bettina Göschl. Die Kinderliedermacherin wohnt ja hier in Norden. Wir bereiten eine Sendung mit ihr vor. In *Singas Musik Box* ist sie Studiogast, und wir bringen zwei ihrer Lieder.«

Betont zynisch zischte Rupert: »Kinderliedermacherin ... Na toll! Wo kommt das denn? Das muss ich mir unbedingt angucken!«

»In Ihrem Lieblingssender«, grinste Peschke, »dem KiKa. Samstagmorgens um zehn Uhr zwanzig.«

»Muss ich mir unbedingt aufschreiben«, zischte Rupert.

Schrader, der kein Gefühl für Ironie oder Zynismus hatte, notierte freundlicherweise die Angaben für Rupert auf einem kleinen gelben Zettel.

»So, und jetzt zu Ihnen«, sagte Rupert und wollte sich Gunnar Peschke vorknöpfen.

Rieke Gersema machte Platz, aber Peschke hielt ihr die Hand hin. »Ich wollte mich nur verabschieden.«

»Sie können jetzt nicht so einfach gehen«, behauptete Rupert.

»Oh doch, und ob ich das kann. Ich habe bereits alles zu Protokoll gegeben. Sie haben schon viel mehr von meiner Zeit in Anspruch genommen, als gut ist. Wenn Frau Klaasen noch Fragen hat, kann sie mich anrufen.«

»Halt, halt, halt, stopp! Wie erklären Sie sich, dass Sie die Leiche gefunden haben, Herr Peschke?«

»Nun, sie wurde angespült, und ich fuhr mit dem Rad da entlang.«

»Was glauben Sie, wie viele Touristen im Moment hier Urlaub machen?«

»Keine Ahnung. Ich arbeite beim Fernsehen, nicht beim Statistischen Bundesamt oder der Kurverwaltung. Sagen Sie's mir. Wie viele sind es?«

Rupert ging nicht darauf ein, und weil er die Zahl selbst auch nicht wusste, fuhr er fort, als hätte jemand sie genannt: »Und ausgerechnet Sie finden die Leiche! Kommt Ihnen das nicht merkwürdig vor?«

»Ja, allerdings. Das hier scheint ja eine mörderische Gegend zu sein. Der Mann wurde doch ermordet, oder liege ich da falsch?«

Rupert sah zwischen Rieke und Schrader hin und her. Von Mord hatte er auf dem Papier von Rieke nichts gelesen.

»Sie machen zweimal hier Urlaub und finden jedes Mal eine Leiche! Da soll ich noch an Zufall glauben?«

Gunnar Peschke lachte. »Wir haben neulich im ZDF einen Film über einen Mann gemacht, der hat zweimal hintereinander im Lotto gewonnen. Sechs Richtige. Und jedes Mal alles wieder verspielt.«

Damit berührte er einen wunden Punkt in Rupert. Der spielte seit zwanzig Jahren Lotto, tippte immer die gleichen Zahlen und traute sich nicht aufzuhören, weil er immer befürchtete, an dem Tag, wenn er zum ersten Mal seinen Schein nicht abgab, würden die Zahlen, die er natürlich auswendig runterbeten konnte, abends im Fernsehen gezogen werden.

Peschke sah auf die Uhr. »Also, Sie haben all meine Kontaktdaten. Tschüs dann.«

Rupert wollte hinterher, aber Rieke stoppte ihn. »Lass ihn!«

Sauer kehrte Rupert an seinen Schreibtischplatz zurück. Er ließ sich auf den Bürostuhl fallen. Der quietschte verdächtig.

Schrader hielt Rupert einen gelben Zettel hin.

»Was soll ich damit?«

Ohne zu antworten, schob Schrader den Zettel näher zu Rupert, bis der sich genötigt sah, ihn an sich zu nehmen. Er warf einen Blick darauf und verstand nicht ganz.

»Der Sendetermin. Ich hab alles für dich genau notiert, damit du nichts verpasst. Kinderkanal. Samstagmorgen. Zehn Uhr zwanzig. Bettina Göschl.«

Wütend knüllte Rupert das Papierstück zusammen und pfefferte es in den Papierkorb.

Auf dem Parkplatz beim Ocean Wave wurde der Wagen von Wolfgang Müller gefunden. Einem Lehrerehepaar aus Bad Hersfeld war das Auto aufgefallen. Die Tür war nicht abgeschlossen, an der Innenscheibe klebte Blut.

Ann Kathrin saß noch im Auto, als die Meldung bei ihr ankam. Sie hielt auf dem Seitenstreifen und sah den Windrädern zu. Sie wirkten, als würden sie die Wolken verschieben. Ann Kathrin reckte sich und machte ein paar Körperübungen, was vorbeikommende Autofahrer irritierte. Sie hupten.

Ann Kathrin kümmerte sich nicht darum. Sie spürte den Wind in den Haaren, und gleich ging es ihr gut.

Mit dem Wind kam die Klarheit.

Sie zählte eins und eins zusammen und ahnte, wer der Tote aus der Nordsee war. Versuchte hier jemand, eine Familie auszulöschen? Schwebten Lucy und ihre Mutter in Lebensgefahr?

Welch perfider Plan. Der Mörder setzt die Familie unter Druck, nicht die Polizei einzuschalten, weil er ein Kind in seiner Gewalt hat. Es geht aber gar nicht um Entführung, sondern um irgendeine Rache. Jetzt bringt er sie nacheinander um, und ein Polizeieinsatz ist unmöglich, weil die Familienmitglieder es nicht wollen.

Ann Kathrin rief Ubbo Heide an und teilte ihm ihre Überlegungen mit. Er hörte sich an wie ein Sprachcomputer, als er antwortete: »Weller ist bei ihnen. Er gibt sich als Onkel aus. Mehr ist nicht drin. Wir wollen die Kinder nicht gefährden. Es muss oberste Priorität haben, das Leben der entführten ...«

Sie unterbrach ihn: »Ubbo! Das ist hier keine Pressekonferenz. Oder steht jemand neben dir und hört zu?«

»Nein, Ann. Entschuldige. Ich wollte nicht so mit dir reden.«

»Ubbo, wenn wir das Spiel nach seinen Regeln und Vorgaben spielen, wird er gewinnen.«

Seine Stimme war nur noch ein dünner Hauch. »Das Ganze ist alternativlos.«

»Alternativlos?«, schimpfte Ann Kathrin. »Du redest wie ein Politiker, der uns über den Tisch ziehen will!«

Ubbo sagte nichts mehr, deshalb fuhr sie, aus Angst, ihn verletzt zu haben, versöhnlicher fort: »Das Wort alternativlos beschreibt oft nicht den Zustand selbst, sondern ist nur Ausdruck mangelnder Phantasie der Beteiligten.«

»Ja, Ann, vermutlich hast du recht. Phantasielos und mutlos.

So kommen mir die Vorschläge vor, die hier gemacht werden. Aber ...«

Sie stand so sehr unter Strom, dass sie ihn nicht ausreden lassen konnte.

»Weller in ihrer Nähe ist ein Anfang. Aber der Täter wird versuchen, sie zu trennen. Lucy mit dem Geld losschicken oder sonst was, und Schacht auf jeden Fall woandershin. Weller kann nicht an drei Orten gleichzeitig sein. Dann hat der Mörder Zeit, sich das nächste Opfer vorzunehmen.«

»Vielleicht schnappen wir ihn bei der Geldübergabe.«

»Ohne dass die Familie mitspielt? Ubbo, wie stellst du dir das vor?«

Er stöhnte. »Verflucht, was soll ich denn machen?«

Er fühlte sich alt und überfordert, als sie sagte: »Wir müssen die Handlungsführung zurückgewinnen, Ubbo. Darum geht es!«

Nach dem Gespräch mit Ubbo informierte sie Weller darüber, dass es sich bei der angeschwemmten Leiche vermutlich um Wolfgang Müller handelte.

Ein Graureiher schritt auf dem Feld an Ann Kathrin vorbei, als hätte er vor, einen Storch zu imitieren. In seinem langen Pinzettenschnabel trug er einen Beutefisch.

»Es ist zwar sehr viel für Gundula Müller, aber ich fürchte, es wird sich nicht anders machen lassen. Begleite sie, damit sie die Leiche identifiziert.«

»Zwei ihrer Kinder sind entführt worden ...«

»Ja. Die Familie hat im Moment nicht gerade eine Glückssträhne. Aber weißt du, was meine größte Angst ist?«

»Nein, Ann.«

Sie schwieg, und Weller hakte nach: »Nun sag schon. Was ist denn los?«

Sie schluckte. »Kannst du mit Sicherheit sagen, wo Schacht die ganze Zeit war?«

»Nein. Du meinst, dass er …? Ich würde es ihm zutrauen …«
»Du warst bei der Familie.«
»Ich war bei Frau Müller. Ich war hier, weil das Telefon hier ist, weil …«
»Du hattest also nicht die ganze Nacht die Tür im Auge?«
»Nein, ich lag oben im Bett.«
Der Graureiher hielt zwar gebührend Abstand, Ann Kathrin hatte aber das Gefühl, er würde sie spöttisch beobachten.
»Was hast du da gemacht? Erzähl mir jetzt nicht, du hättest geschlafen.«
»Nein, ich habe … Hansjörg Martin gelesen.«
»Hast du keine Tür gehört? Weißt du, wann er rausgegangen ist? Wann er wiedergekommen ist?«
»Ann, mach's mir nicht so schwer, verdammt! Ich bin hier und gebe mich als Onkel aus. Es geht um einen Entführungsfall. Ich kontrolliere die doch nicht, ob sie die Wohnung verlassen oder nicht …«
Der Graureiher floh vor einem Schwarm frecher Raben. Sie bildeten jetzt genau dort, wo vorher der Reiher gestanden hatte, einen Kreis, als würden sie in der Mitte etwas belauern oder bewachen.
»Siehst du, genau das macht mir Sorge. Das sieht später in den Akten nicht gerade gut aus, wenn du Hansjörg Martin gelesen hast, während die sich gegenseitig umbringen.«
»Aber wir wissen doch gar nicht, ob Schacht es war, Herrgott nochmal!«
»Nein, das stimmt, Frank. Wenn er es nicht war, dann ist er möglicherweise sogar der Nächste. Und irgendjemand knöpft sich die ganze Familie vor. Erst die Kinder, dann die Eltern.«
»Du meinst, irgend so ein wahnsinniger Racheakt?«
Sie antwortete nicht, sondern drückte das Handy gegen ihre Wange und rieb sich daran, als sei es Frank Weller persönlich.
»Küss mich«, flüsterte sie. »Küss mich, Frank.«

Er wusste nicht, ob jetzt wieder alle mithörten oder nicht. Er hoffte, dass dieser Moment privat bleiben würde. Sicher war er sich aber nicht.

Er küsste das Handy.

»Ich habe eine Scheißangst«, sagte sie. »Zum ersten Mal habe ich das Gefühl, uns läuft alles aus dem Ruder und wir werden der Sache nicht Herr. Du musst Gundula Müller überreden, mit uns zusammenzuarbeiten.«

»Erst mal werde ich sie überreden, mit mir zur Pathologie zu fahren, um die Leiche zu identifizieren. Aber was mache ich, wenn in der Zwischenzeit der Entführer hier anruft?«

»Egal, was passiert, Frank. Du bist bei ihr und bei dem Handy.«

Ann Kathrin ging zu dem Rabenkreis. Sie hatte so etwas noch nie gesehen. Sie wusste, dass in alten Geschichten schwarze Raben und Krähen als Todesvögel galten. In Ann Kathrins Phantasie lag dort eine mumifizierte Babyleiche.

Die Raben flatterten nicht weg, als sie näher kam. Sie hüpften nur zur Seite.

Ann Kathrin bückte sich und fuhr mit den Fingern durchs Gras, aber sie fand nichts Verdächtiges.

»Mach dich nicht verrückt«, sagte sie zu sich selbst.

Ja, meine kleine Ina, schau, jetzt brüllst du schon gar nicht mehr so laut. Aber warum siehst du mich nicht an? Willst du mich beleidigen? Willst du mir auf diese Art deine Verachtung zeigen?

Natürlich sind Babys zu so etwas in der Lage. Sie können das alles schon. Wer lieben kann, der kann auch hassen!

Och Tina, jetzt hast du dich freigestrampelt, und du brüllst hier rum mit zitternden Lippen. Nein, das ist kein Hunger, Kind.

Ich versteh dich richtig. Das sind verkappte Hilferufe. Zu essen hab ich euch genug gegeben. Milch. Tee. Fruchtsaft. Meine Brust und Alete-Brei. Ja, selbst so etwas habe ich für euch besorgt. Aber ihr undankbaren Kinder macht ja nur Probleme. Jede Schildkrötpuppe ist dankbarer. Jedes Kätzchen lieber und kuscheliger!

Wie soll man mit euch beiden nervigen Kindern schmusen? Ich bin euch nicht böse. Nein, das bin ich nicht. Ihr wollt wieder Püppchen werden. Das ist mir schon klar.

Ich kann euch gut verstehen. Auch ich würde am liebsten diesen lästigen Körper aufgeben, um wieder zu dem zu werden, was wir alle einmal waren: Püppchen.

Aber wer soll sich dann um alles hier kümmern? Wer soll euch kämmen? Wer eincremen? Und wer soll lästige Besucher von euch fernhalten? Wer, wenn nicht ich …

Böse Mächte fahren in die schönsten Puppen und machen sie zu elenden Fressmaschinen, die stinkenden Dreck ausscheiden, Lärm machen und, statt adrett angezogen auf dem Sofakissen zu sitzen, müssen sie wachsen und Dinge lernen, die Puppen wirklich nicht brauchen. Und sie werden ihren Puppenmüttern entrissen, verletzt und misshandelt. Sie müssen Schmerzen erleiden, sich impfen lassen, eine Grippe schwitzend überstehen und sich dann von geilen Typen die Zunge in den Mund stecken lassen oder noch viel, viel Schlimmeres … Ich will in eurer Gegenwart nicht einmal daran denken, das könnte euch zu sehr beunruhigen.

Ja, richtige Puppen können Gedanken lesen. Sie können sich stumm unterhalten. Sie brauchen keinen stinkenden Milchbrei aus Kuheutern. Pfui Teufel! Mir wird schon schlecht, wenn ich nur daran denke.

Puppen kacken sich die Windeln nicht voll. Richtige Püppchen sind sauber. Rein. Unbefleckt. Glücklich wie Engelchen …

Ich beneide euch. Ihr müsst nicht diesen grausamen, erniedri-

genden Alltag erleben. Ihr müsst euch der Welt nicht stellen. Ihr seid frei ...

Euch beiden gequälten Kreaturen werden dunkelbraune oder dunkelgraugrüne Designer-Kristall-Reborn-Augen aus der Little DreamCollection besser stehen als die verheult-verklebte gallertartige Masse, die ihr jetzt noch im Gesicht habt. Ich bin eine gute Puppendoktorin. Ich habe noch wunderschöne Augen zur Auswahl. Einzelstücke.

Schaut euch nur Daniela an. Ist sie nicht ganz wundervoll? Das herrliche Haar aus Mohair, ganz fein auf Gaze geknüpft. Kopf, Beine und Arme aus Vinyl gearbeitet und hautecht. Daniela riecht gut. Sie verfault nicht. Niemals. Sie schreit auch nie. Daniela ist glücklich. Ich hab ihr neue Socken gestrickt. Schaut nur! In rotweiß.

Ja, ihr lieben Zwillinge, so sieht man aus, wenn man sich nicht mehr bescheißt. Keinen störrischen eigenen Willen mehr hat, wenn man eins geworden ist mit allen Dingen ...

Ich setze Daniela jetzt zwischen Bärbel und Hans. Ich habe nicht nur Repliken der Klassik-Kollektion von Schildkröt aus Tortulon, sondern auch berühmte Modelle des ältesten Puppenherstellers aus Celluloid. Sie sind sehr wertvoll, farbecht und bruchfest. Aber sie dürfen nicht so nah am Kamin sitzen. Ich muss sehr sorgfältig mit ihnen umgehen. Im Gegensatz zu Tortulon ist Celluloid brennbar. Verdammt brennbar. Einmal habe ich fast die gesamte Familie verloren, nur weil ein paar Funken aus dem Kamin über das Kamingitter geflogen sind.

So, ihr lieben Püppchen, jetzt kämme ich euch das Wollgras aus den Haaren. Hier in der Nähe des Moores wächst dieses windblütige Gras überall. Man kann das Fenster nicht öffnen, ohne dass die langen Blütenhüllfäden der Frucht hereinwehen.

Ich mag die Stängel mit den weißen Wollschöpfen, wenn sie sich im Wind hin und her bewegen. Manchmal schneide ich ein bisschen Wollgras ab und bringe es in die Wohnung. Aber ich kann es gar nicht leiden, wenn die weißen Fäden an meinen Püppchen kleben. Sie sollen nicht beschmutzt werden, weder vom Samen der Blumen noch irgendeinem anderen Lebewesen. Ihr sollt rein bleiben, meine Freunde.

So, Tina und Ina, jetzt werde ich euch die gesamte Puppengalerie zeigen. Ihr werdet staunen.

Seht nur!

Nun öffne doch die Augen, Ina. Ina!

Eines Tages könnt ihr auch da sitzen, zwischen diesen herrlichen Puppen, zufrieden und in göttlicher Ordnung. Ihr werdet keinen Hunger mehr haben und keinen Durst. Es wird euch gutgehen, eingehüllt in Liebe. Ich bin eine gute Puppenmutter ...

Ina, nun mach doch die Augen auf! Sind deine Lider so verklebt, dass du sie nicht mehr öffnen kannst? Warte, ich werde dir einen Blick in deine Zukunft ermöglichen.

Beates Herz klopfte so heftig, dass sie es im Hals spürte. Sie konnte sich nicht daran erinnern, wann sie zum letzten Mal so aufgeregt gewesen war.

Ihre Freundin Silke hatte ihre Behandlungsräume in einem ganz normalen Achtfamilienhaus in Leer. Es war nicht im Keller, wie man vielleicht vermuten könnte, sondern im vierten Stock oben links. Auf der anderen Seite wohnte die streng religiöse Familie Storch.

Es gab zwar einen Fahrstuhl, aber Beate lief lieber zu Fuß hoch. Der Gedanke, zwischen zwei Stockwerken hängenzubleiben und von der Feuerwehr befreit werden zu müssen, schoss ihr durch den Kopf und behagte ihr gerade überhaupt nicht.

Es gab unten eine Sprechanlage, aber trotzdem öffnete Silke oben ihrer Freundin, die völlig außer Atem war, nicht sofort. Sie vergewisserte sich immer erst durch den Spion an der Tür, ob nebenan bei den Storchs auch niemand glotzte. Was nämlich dem Rest der Familie entgangen war, hatte der fünfzehnjährige Sohn längst bemerkt, und seit er glaubte zu ahnen, was nebenan abging, vernachlässigte er seinen Sport, hing stattdessen in der Nähe der Tür herum und versuchte, einen Blick zu erhaschen. Er vermutete, weil in der Wohnung ständig Menschen ein und aus gingen, die jeweils nur eine Stunde blieben und danach mit entspanntem Lächeln das Haus verließen, dass Silke eine Art Privatbordell betrieb.

Zweimal hatte er schon mit fadenscheinigen Argumenten bei Silke geklingelt. Einmal wollte er sich eine Fernsehprogrammzeitschrift leihen. Ihre war angeblich aus dem Briefkasten geklaut worden. Sie bezweifelte, dass der Sohn überhaupt fernsehgucken durfte, denn so, wie sie seine fundamentalistischen Eltern einschätzte, war das für die Teufelskram.

Aus Silkes Wohnung roch es nach Moschus. Beate umarmte ihre Freundin kurz.

Silke hatte die Haare straff nach hinten gekämmt und zu einem Knoten zusammengebunden, aus dem ein Schwänzchen wippte. Sie hatte nichts Meisterhaftes oder Erleuchtetes an sich, und genau das mochte Beate an ihr. Sie war auf eine verblüffende Art bodenständig, während sie sich mit Spiritualität beschäftigte.

Sie war freundlich und sprach mit leiser, warmer Stimme: »Ich habe nebenan einen Gast.«

Dann flüsterte sie: »Er ist ziemlich bekannt.« Es schwang ein bisschen Stolz in ihrer Stimme mit. »Einer der bedeutendsten Architekten unseres Landes. Er hat zig Angestellte, die vor ihm buckeln. Auf ihm lastet ein ungeheurer Erwartungs- und Erfolgsdruck. Hier darf er sein, wie er ist.«

»Und du meinst, ich darf wirklich so einfach mit dabei sein?«

Silke lächelte fröhlich: »Natürlich. Wir kennen uns lange und gut. Nils ist ein prima Kerl. Reiki hat sein Leben verändert. Er kommt einmal pro Woche. Wir kennen uns auch privat ganz gut. Ich war mit ihm auf seinem Segelboot. Er ist schwerreich. Nils Renken. Hast du nie von ihm gehört?«

Beate schüttelte den Kopf. »Ich interessiere mich nicht für Architektur.«

»Na, ist ja auch egal. Atme jetzt erst mal tief durch und lass alle Sorgen und allen Ärger, der dich quält und bedrückt, einfach fallen. Lass es hier in den Boden hineintropfen, der hat schon viel erlebt und kann damit gut umgehen. Und wenn du dich danach fühlst, dann komm einfach rüber zu Nils.«

Sie deutete ins Nebenzimmer. Die Tür stand einen Spalt offen. Auf einer Massageliege lag unter einer leichten Decke ein Mann. Nur seine Füße und sein Kopf ragten heraus.

Die erste Stunde über schwiegen sie verbissen. Lucy hatte ihren Kopfhörer auf und hörte über ihren MP3-Player so ziemlich alles an Musik, was Thomas Schacht hasste. Es waren billige Kopfhörer, und sie saßen nicht gut auf ihren Ohren. Sie hatte die Musik auf volle Lautstärke gestellt, und ob er wollte oder nicht, er bekam jeden Ton mit.

Allein schon der Rhythmus machte ihn wütend. Er drehte das Radio laut. Schlager in NDR 1. Ina Müller kam leider nicht, dafür sang Michael Holm:

»*Mendocino, Mendocino,*
ich fahre jeden Tag nach Mendocino;
an jeder Tür klopfe ich an,
doch keiner kennt mein Girl in Mendocino.«

Ohne auch nur hinzusehen, griff Lucy zum Regler und fuhr die Lautstärke so weit runter, dass er nichts mehr hörte. Nur den nervtötenden Rhythmus ihrer testosterongeschwängerten Discomucke, dazwischen das Schmatzen von ihrem Kaugummi, dessen künstlicher Himbeerduft einen Brechreiz in Schacht auslöste, war noch zu hören.

Ganz ruhig, dachte er sich. Ganz ruhig. Sie will dich provozieren. Sie will, dass du sie aus dem Auto wirfst, und sie weiß genau, dass du dir das nicht leisten kannst, denn der Entführer will das Geld von ihr bekommen. Jetzt spielt sie ihre Macht über dich voll aus.

Er stellte sich vor, wie es wäre, sie mit der Schaufel windelweich zu prügeln und dann im Watt zu vergraben. Zum ersten Mal seit langer Zeit war er wieder richtig stolz auf sich. Nur schade, dass er nicht allen von seiner Tat erzählen konnte.

Fast hoffte er, dass die Polizei ihn erwischen würde, damit er endlich mit seiner Großtat angeben konnte. Gleichzeitig fürchtete er nichts mehr, als zur Verantwortung gezogen und ins Gefängnis gesteckt zu werden.

Vielleicht gab es ja noch eine Möglichkeit, dass alles gut ausging. So provozierend, wie Lucy neben ihm saß, war für ihn völlig klar, dass sie und ihr Vater unter einer Decke steckten. Zumindest wusste sie genau, was ihr Alter getan hatte. Sie würde sich irgendwann verraten. Er würde sie nicht aus den Augen lassen.

Hatten jetzt Lucy und die Komplizin von Müller das Ziel, die Sache zu Ende zu bringen? Noch immer sah er für sich die Möglichkeit, ein Held zu werden, wenigstens in den Augen von Gundi. Er musste die Zwillinge retten und das Geld. Dann würde alles gut werden.

Er schielte zu Lucy rüber. Sie starrte aus dem Beifahrerfenster. Seit er sie kannte, behandelte sie ihn mit einer Mischung aus heftiger Ablehnung und heimlicher Anmache.

Das ging so weit, dass sie, als er sich einmal im Badezimmer hinter ihr vorbei zum Spiegelschrank gedrängt hatte, ihr Handtuch fallen ließ und loskreischte, bis Gundi im Türrahmen erschien, und Lucy schrie: »Fass mich nicht an! Der soll mich nicht anfassen, Mama!«

Das war vermutlich ihr letzter Versuch gewesen, ihn und Gundula auseinanderzubringen. Danach hatten sie geheiratet. Ein deutliches Zeichen für die Kleine, zu wem Mama hielt.

Ich lass mich von dir nicht vorführen, dachte er grimmig. Du versuchst das doch nur, um mich bei deiner Mutter schlechtzumachen. Aber warte, damit kannst du nicht überdecken, was du getan hast.

Es lag für ihn alles sonnenklar auf der Hand. Lucy hatte zugesehen, wie Angela Riemann, die Schlampe, mit der ihr Vater es trieb, Tina aus dem Wagen nahm und mit ihr weglief. Sie wusste genau, dass ihr Vater sich zu der Zeit in Holland befand, um sich beim Shoppen ein Alibi zu besorgen. Sie mussten noch irgendeinen anderen Mann haben, der mit ihnen zusammenarbeitete, oder zumindest eine männliche Stimme auf Tonband. Später würde Lucy das Geld der Freundin ihres Vaters übergeben. Auf jeden Fall machten die irgendwie gemeinsame Sache ...

Ihr Drecksbande, dachte er. Wartet, ich werde euch ...

Noch wusste sie nicht, dass ihr Vater tot war. Sie saß provozierend selbstbewusst neben ihm. Er wusste, dass dieser Zustand nicht mehr lange halten würde.

Ich werde es genießen, wenn du es erfährst, freute er sich, und mal sehen, vielleicht tröste ich dich sogar.

Er fuhr den Lautstärkeregler des Radios wieder hoch. Udo Jürgens sang: »*Siebzehn Jahr, blondes Haar ...*«, doch schon nach wenigen Tönen schnellte Lucys Hand vor, und sie schaltete das Radio ganz aus.

Jetzt reichte es ihm. Er steuerte mit links, packte mit rechts Lucys Kopfhörer und riss ihr das plärrende Ding von den Ohren. Er warf es nach hinten.

Lucy kreischte: »Äi, spinnst du?«

Der Lärm aus den Ohrknöpfen schrillte jetzt noch lauter durch den Fahrzeuginnenraum.

»Das ist mein Auto«, stellte er klar. »Ich bin hier der, der den Führerschein hat. Ich bringe uns nach Gelsenkirchen. Und ich bestimme, welche Musik wir hören. Klar?!«

Lucy zeigte auf sich und fletschte die Zähne, als hätte sie vor, ihn in die Schultern zu beißen. In ihren Worten lag so viel Wut, dass Schacht unwillkürlich ein bisschen näher an die Fahrertür heranrückte, um den Abstand zwischen sich und Lucy zu vergrößern.

»Ich soll das Geld übergeben, nicht du! Es ist das Geld meiner Tante! Bis vor kurzem kanntest du sie nicht mal! Ob es deine Kinder sind, steht für mich auch noch lange nicht fest! Daran gibt es ja wohl erhebliche Zweifel. Und dass dieses Auto hier dir gehört, ist mir auch neu. Bis vor ein paar Monaten hat meine Ma jedenfalls die Raten dafür bezahlt, und ich kenne diesen Scheiß-Ford schon länger als dich!«

»Was willst du damit sagen?«, brüllte er. »Was willst du damit sagen?«, und verlor für einen Moment vollkommen die Aufmerksamkeit für das Geschehen auf der Straße vor sich.

»Dass du die Fresse halten sollst!«, brüllte sie und löste ihren Sicherheitsgurt, kletterte mit den Knien auf den Beifahrersitz und versuchte, ihren Kopfhörer zurückzuholen. Er schaltete das Radio wieder ein.

»Siebzehn Jahr, blondes Haar, so stand sie vor mir.
Siebzehn Jahr, blondes Haar, wie find ich zu ihr?«

Der Raum war in hellen, erdigen Farben gestrichen. In der Ecke stand ein getrockneter Strauß aus verschiedenen Ähren, an der Wand ein gerahmtes Bild mit japanischen Schriftzeichen. Ansonsten gab es nur noch einen Sessel, über dem ein Handtuch lag, und ein Buchregal, in Zweierreihen vollgestopft.

Niemand redete. Es lief auch keine esoterische Klinkel-Klankel-Musik. Es war vollkommen ruhig. Selbst der Straßenverkehr wurde mehr eine Ahnung von Welt da draußen als ein wirkliches Geräusch.

Beate stand am Fußende der Liege und hielt beide Hände genau in der Position über Nils Renkens Füßen, wie Silke sie platziert hatte. Sie hatte ihre Finger geschlossen, die Hand wie zu einer Schale geformt, die Wasser schöpfen will.

Silke machte das Gleiche an Nils Renkens Kopf. Beide Frauen berührten ihn kaum, sondern hielten die Hände gut einen Zentimeter über seinem Körper. Das reiche für den Energieaustausch völlig aus, hatte Silke behauptet, und in der Tat spürte Beate, dass etwas geschah. Die Atmung der drei schien sich anzugleichen. Ohne dass sie es verabredet hatten, atmeten sie inzwischen gemeinsam ein und aus.

Dann hielt Beate ihre Hände über Renkens Knie. Ihre Handflächen begannen zu glühen. Gleichzeitig spürte sie, dass dort ein Austausch stattfand.

War an all dem viel mehr dran, als sie vermutet hatte?

Beate sollte ihre Augen eigentlich geschlossen halten, um sich ganz dem Fluss in sich selbst zu widmen. Aber immer wieder schielte sie zu Nils Renkens Gesicht. Dem Mann war die Entspannung anzusehen. Was immer hier geschah, er genoss es auf eine unschuldige Art und Weise, wie ein Kleinkind.

Beate versuchte sich vorzustellen, wie das für ihren Rupert wäre. Würde der sich überhaupt so hinlegen? Vermutlich wäre er nach wenigen Minuten eingeschlafen und würde laut schnarchen. Oder er bekäme Lust auf Sex und würde fragen, ob es nun endlich weitergehe oder ob sie ewig so herumstehen wolle.

Mein Rupert und Reiki, dachte sie. Das ist so ähnlich wie ein vegetarischer Metzgermeister.

Aus Nils Renkens linkem geschlossenen Auge löste sich eine Träne und lief an seiner Schläfe runter bis zu seinem Ohr.

»Ja, ich weiß«, sagte Silke, und Beate kam es so vor, als hätte sie nie zwei Menschen gesehen, die liebevoller miteinander umgingen. Und das, obwohl sie sich nicht einmal wirklich berührten.

Sie war so sehr in Gedanken, dass sie sich plötzlich auf Nils Renkens Knien abstützte. Er sah hoch, lächelte sie an. Sie zuckte zurück, und Silke erklärte: »Es ist so viel Energie im Raum, da kann einem fast schwindlig werden. Setz dich ruhig, wenn es dir zu viel wird, Beate.«

»Nein«, sagte sie, »das will ich nicht«, und hielt ihre Hände jetzt wieder knapp über Nils Renkens Körper. Dann begann sie selbst zu weinen. Es waren Tränen voller Glück und Rührung. Etwas in ihr geschah, und sie hatte das Gefühl, dass ihre Ehe noch nicht ganz verloren war.

In Gelsenkirchen verfuhren sie sich auf dem Weg zu den Evangelischen Kliniken. Dann sahen sie das Musiktheater und fuhren über die Overwegstraße am Amtsgericht vorbei und fanden schließlich in der Munckelstraße einen Parkplatz.

Die onkologische Abteilung war ganz anders, als Lucy sich so etwas vorgestellt hatte. Ein höchstens zehnjähriges Kind mit Glatze kam ihnen auf dem Flur entgegen. Mit der rechten Hand schob es eine Stange, an der ein Beutel hing. Der Tropf führte in den Arm des Jungen. Sein Gesicht sah aus wie das eines Fünfzigjährigen, aber er strahlte und wirkte wie ein weiser Mensch auf dem Weg zur Buddhaschaft. Lucy hatte das Gefühl, der Junge könne ihr tief in die Seele schauen und hätte das Wissen der Menschheit in sich gespeichert.

Tante Mia redete überhaupt nicht über ihre Krankheit. Sie

war nur besorgt um die beiden Kinder, und selbstverständlich war sie bereit, alles zu geben, was sie besaß, um die Zwillinge zu retten.

Immer wieder sagte sie: »Ich kann nicht verstehen, warum Menschen so etwas tun.«

In Tante Mias Beisein stritten sich Lucy und Schacht nicht. Überhaupt brachte das Krankenhaus sie dazu, ruhiger und friedlicher zu werden. Sie gingen geradezu höflich und rücksichtsvoll miteinander um. Angesichts dessen, was hier im Krankenhaus geschah, kamen ihnen ihre Streitereien unangemessen, ja, lächerlich und überflüssig vor.

Tante Mia hatte mit der Sparkasse telefoniert, und in dieser schwierigen Situation war ein Bankangestellter bereit, mit dem Bargeld ins Krankenhaus zu kommen. Es war ein höflicher junger Mann. Er sah aus wie zwanzig, war aber schon Anfang dreißig. Er trug ein blütenweißes Hemd und eine sparkassenrote Krawatte. Er roch nach Currywurst und Pommes, seiner Lieblingsmahlzeit, die er mindestens dreimal pro Woche aß, ohne davon auch nur ein Kilo zuzunehmen.

Er hatte alle möglichen Papiere und Unterlagen mitgebracht, und nachdem Tante Mia sie unterschrieben hatte, wünschte er Lucy und Herrn Schacht alles Gute. Er überreichte ihnen das Bargeld in einem seriös aussehenden, schwarzen Täschchen aus Kunstleder mit der Aufschrift *Sparkasse*.

»Ich bin über alles informiert. Sie können auf mein Stillschweigen zählen.«

Schacht, der Bankern immer nur misstraut hatte, musste für sich selbst feststellen, dass er diesem Mann sein ganzes Vermögen sofort anvertraut hätte. Leider besaß er keins – noch nicht.

Allerdings war der Currywurstliebhaber kein wirklicher Sparkassenangestellter, sondern ein aufstrebendes Talent des Bundeskriminalamtes. Geschult für Undercovereinsätze und Sondermaßnahmen. Er war nicht nur besonders sportlich, sondern in seiner Freizeit trat er als Hobbyschauspieler auf. Seit seiner Kindheit spielte er Rollen in der Theatergesellschaft Preziosa 1883 e. V. Er wäre ebenso gut in der Lage gewesen, König Lear zu geben oder den Dorfrichter Adam aus dem *Zerbrochenen Krug*.

Die Geldscheine waren präpariert. Man konnte es mit bloßem Auge nicht sehen, doch jeder, der sie berührte, hatte danach eine Chemikalie an den Fingern, die unter besonderem Lichteinfluss violett leuchtete. Und im Innenfutter der Sparkassentasche war ein kleiner Sender eingenäht, der Brocken und Püppi nicht nur erlaubte, die genaue Position zu bestimmen, sondern auch, mitzuhören, was im näheren Umkreis gesprochen wurde.

Das alles war nicht ganz legal und durch richterliche Beschlüsse nicht abgedeckt, aber wie Schwindelhausen vor dem internen Kreis gern betonte, war ihm das scheißegal, wenn es darum ging, das Leben der entführten Kinder zu retten.

»Wenn wir die Kinder heraushauen und die Typen hinter Schloss und Riegel sitzen, werden sowieso die Klugscheißer kommen, und wir sehen hinterher aus, als wären wir die Verbrecher. Das ist nun mal so und darf uns jetzt nicht daran hindern, zu tun, was getan werden muss, um die Kinder zu retten.«

Brocken und Püppi befanden sich bei der Geldübergabe auf dem Parkplatz vor dem Musiktheater im Revier. Nur wenige hundert Meter Luftlinie vom Ort des Geschehens entfernt. Ab jetzt würde ihnen die Verfolgung der beiden sehr leichtfallen. Sie konnten ihnen mit ein, zwei Kilometer Abstand in Ruhe folgen. Wie sollte das jemals auffallen?

Brocken stand auf Püppi. Er liebte die Art, wie sie Männer eiskalt abfahren ließ. Die Schärfe, wie sie Grenzen zog. Das alles erinnerte ihn an seine Mutter, die mit einem großen, leeren Kühlschrank, auf höchste Gefrierstufe eingestellt, viele Gemeinsamkeiten gehabt hatte.

Lucy küsste ihre Tante, bevor sie gingen. Schacht reichte ihr nur die Hand und hatte danach das dringende Bedürfnis, die Desinfektionsmittel des Krankenhauses benutzen zu müssen. Zum Glück hing hier vor jeder Tür ein Spender.

»Krebs ist nicht ansteckend«, sagte Lucy, »und ich hoffe, Blödheit auch nicht, sonst infiziere ich mich noch bei der Rückfahrt ...«

Als sie das Krankenhaus verließen, hatten beide dieselben Gedanken. Jeder wäre gerne ohne den anderen zurückgefahren, doch keiner wollte den anderen mit dem Geld alleine lassen.

Das Täschchen mit dem Geld lag im Auto zwischen ihnen, über der Handbremse. Alle paar Minuten fasste einer von beiden hin und berührte es wie unabsichtlich. Als sie auf der A 31 waren, einigten sie sich darauf, Hit Radio Antenne zu hören. Alles erschien Lucy jetzt erträglicher als das Schweigen, das nur durch Schachts schweres Schnaufen rhythmisch unterbrochen wurde.

Sie wollte ihn gerade anfahren: »Du liegst hier nicht auf meiner Mutter, du steuerst nur ihr Auto!«, da klingelte Schachts Handy.

»Haben Sie das Geld?«

»Ja ... Woher wissen Sie ... Wie kommen Sie überhaupt an meine Handynummer?«

»Internet. Nie was von gehört? Klasse Erfindung. Da kann man Ihren Namen eingeben, und dann steht da Ihre Handynummer. Ich kann Ihnen sogar sagen, was für einen Vertrag Sie haben, und glauben Sie mir, man hat Sie beim Abschluss beschissen. Sie zahlen viel zu viel.«

»Was ist mit meinen Kindern?«

»Denen geht es gut. Noch.«

Was ist das für ein Scheißtrick?, dachte Lucy. Der lässt sich jetzt von seinem Kumpel hier anrufen, und ich soll dann glauben, dass das echt ist. Du kriegst unser Geld nicht, du jämmerlicher Lügner!

Lucy hatte ein Dröhnen in den Ohren, als ob neben ihr Flugzeugmotoren starten würden. Gleichzeitig hörte sie noch die Veranstaltungstipps von Sandra Dröge auf Hit Radio Antenne.

Schacht steckte sein Handy wieder ein. Vor Aufregung sprühten Speicheltropfen gegen die Windschutzscheibe, als er sagte: »Das ist ein cleverer Hund. Ein verdammt cleverer Hund. Der ruft gar nicht mehr über dein Handy an, der hat all unsere Nummern. So trickst er die Polizei aus ...«

Vor allen Dingen glaubst du, dass du mich so austrickst, dachte sie und fragte so unverfänglich wie möglich: »Was hat er gesagt?«

»Wir sollen den Rasthof Ems-Vechte anfahren und dann auf der Sani-Fair-Toilette das Geld hinterlegen.«

Clever, du Blödmann, dachte sie. Du glaubst doch nicht im Ernst, dass ich dich mit dem Geld zur Toilette gehen lasse, dann verschwindest du da und kommst nie wieder. Hast du dir fein ausgedacht. Zur Männertoilette könnte ich dir ja schlecht folgen.

»Das glaub ich nicht«, zischte sie. »Er hat gesagt, *ich* soll das Geld übergeben.«

»Dann hat er seine Meinung eben geändert.«

Lucy verschränkte die Arme vor der Brust und schwieg. Sie kochte innerlich vor Wut.

Schacht überholte einen silbergrauen Volvo V 70, in dem Mama, Papa, Opa, Oma und zwei Kinder in Urlaub fuhren und sich auf ihr Ferienhäuschen in Norddeich freuten.

Ann Kathrin saß vor einem alten Mann mit sehr wachem Geist, der nicht mehr bei seiner Familie wohnte, sondern in einem Seniorenheim, und dem es dort offensichtlich gut ging. Eine Pflegerin hatte ihn in den Besucherraum gebracht. Seine Wangen glühten, und Ann Kathrin hatte das Gefühl, er würde sie mit Blicken ausziehen und Maß nehmen.

Eigentlich reagierte sie allergisch auf solche Männer, doch diesmal nährte dieser männliche Röntgenblick in ihr die Hoffnung, es vielleicht mit einem guten Zeugen zu tun zu haben, der in der Lage war, sich an Details genau zu erinnern.

Sie stellte sich vor, interessierte sich für sein Mittagessen und seine Befindlichkeiten. Er antwortete lang und schleppend.

Dann fragte sie: »Die Krankenschwester, die versucht hat, Ihre Enkelkinder zu entführen – wie sah die genau aus?«

»Sie war gar keine Krankenschwester«, stellte er klar.

»Aber sie war so angezogen?«

»Ja, das war sie. Ich musste mir damals viele Fotos anschauen, aber sie war nicht in Ihrer Kartei.«

»Wie würden Sie sie schildern? Sie haben damals angegeben, sie sei blond gewesen und einen Meter fünfundsiebzig groß.«

Er nickte. »Eine richtige Wuchtbrumme war die.«

»Eine Wuchtbrumme?«

Er deutete einen großen Busen an und lachte mit leuchtenden Augen: »Ein Prachtweib.«

Klasse Formulierung für eine Personenfahndung, dachte Ann Kathrin grimmig. Wir suchen ein Prachtweib. So eine richtige Wuchtbrumme. Vielleicht, dachte sie, hätte ich besser Rupert geschickt. Die beiden hätten sich bestimmt prima verstanden.

»Die blonden Haare könnten eine Perücke gewesen sein«, gab Ann Kathrin zu bedenken.

Der gesprächige Großvater formte jetzt mit seinen Händen Figuren in der Luft. »Und ihre Beine, sag ich Ihnen!«

»Sie hatte schöne Beine?«

»Oh ja. Und ob.«

Eine höchstens zwanzig Jahre alte Pflegerin, die ihr Soziales Jahr hier ableistete, brachte Kekse und Tee und fragte Herrn Böckler, ob er auch genügend getrunken hatte. Er wisse ja, wie wichtig das sei, sonst könnte ihm rasch wieder schwindlig werden.

Sie verabschiedete sich, und Herr Böckler sah ihr nach. »Sie hatte nicht so dünne Beine wie diese jungen Dinger heute. Sie war ein richtiges Weib.«

Gleich wird er mir ihren Hintern beschreiben, befürchtete Ann Kathrin, und genauso war es. Er fing schon an.

»Die hatte so einen richtigen Knackarsch … Also, Sie müssen sich den so vorstellen …«

Sie unterbrach den alten Herrn und zeigte ihm jetzt ein Foto von Frau Professor Dr. Hildegard.

»Kennen Sie diese Frau?«

Er betrachtete das Bild genau und fischte dabei sogar seine Lesebrille aus der Brusttasche seines Flanellhemds.

»Haben Sie noch andere Fotos?«

»Wie, andere?«

»Ja welche, auf denen sie ganz drauf ist. Hier sieht man ja nur ihr Gesicht.«

Ann Kathrin steckte das Porträt der Pathologin wieder ein.

»Wie hätten Sie es denn gerne? Aufnahmen im Bikini am Strand? Oder lieber ganz nackt?«

Erfreut blickte er hoch. »Ja, also, wenn Sie mich so fragen …«

Sie blockte ihn ab. »Das war ein Scherz! Ein Scherz!«

»Schade …«

Ann Kathrin stand auf und wollte gehen.

»Sie haben Ihren Tee noch nicht getrunken, junge Frau. Bleiben Sie doch noch, wo wir uns doch gerade so nett unterhalten …«

»Haben Sie die Frau auf dem Foto erkannt?«

So, wie er guckte, überlegte er, was sie hören wollte. Er war bereit zu lügen, um ihre Gesellschaft etwas länger genießen zu können.

»Seien Sie ehrlich, Herr Böckler. Sie können sich an das Gesicht gar nicht mehr erinnern. Sie haben sogar bei der Polizei zwei unterschiedliche Angaben über ihre Augenfarbe gemacht. Einmal waren sie grün, einmal blau.«

»Hm. Naja. Sie war eine richtige Wuchtbrumme ...«

»Ja. Danke. Das weiß ich inzwischen.«

Als Ann Kathrin das Seniorenheim verließ, fragte sie sich, wie viele Ruperts auf dieser Welt wohl noch herumliefen, aber die Sache mit dem knackigen Hinterteil ging ihr nicht mehr aus dem Kopf.

Püppi steuerte den Wagen und schwor sich, Brocken eine reinzuhauen, falls er sie noch einmal Püppi nannte.

Brocken schien neben ihr auf doppelte Größe anzuwachsen, als er seine Durchsage an Ludwig Schwindelhausen machte: »Wir haben die genauen Koordinaten, Chef. Die Übergabe findet auf dem Rasthof Ems-Vechte an der A 31 statt. Ich schätze, wir sind in fünfzehn Minuten da. Es bleibt uns nicht viel Zeit.«

»Scheiße! Scheiße!«, schrie Schwindelhausen. »Wir überwachen das falsche Handy! Die legen uns rein! Wie sollen wir denn so schnell nach Ems-Vechte kommen? Ich dachte, die fahren erst zurück nach Norddeich und dann ...«

Benninga, der den Raum eigentlich nur betreten hatte, um zu fragen, ob jemand eine Pizza wollte, weil sie jetzt eine Gemeinschaftsbestellung machten, hörte den Wutausbruch von Kriminaldirektor Schwindelhausen und nickte betroffen.

»Ja, die sind schlauer als wir ...«

Damit zog Benninga Blicke wie Giftpfeile auf sich und ergänzte seinen Satz stotternd: »... als wir dachten ...«

Dann zog er sich zurück, ohne irgendjemanden nach einer Pizza zu fragen. Er ging davon aus, dass hier sowieso gerade allen der Appetit vergangen war.

Nach Anweisung von Kriminaldirektor Schwindelhausen fuhr Thomas Schacht langsamer, um Zeit zu schinden. Er sollte lediglich mit achtzig versuchen, auf der rechten Spur hinter den Lkws zu bleiben, aber Lucy registrierte genau, dass er immer noch schneller fuhr, als der Kriminaldirektor es von ihm verlangt hatte.

Da klingelte Schachts Handy erneut, und die männliche Stimme forderte von ihm, dass nicht er, sondern Lucy das Geld übergeben solle.

Zunächst kapierte Lucy nicht ganz, welche Schweinerei sich dahinter wieder verbarg. Oder tat sie Schacht doch Unrecht? Aber dann wurde ihr klar, dass sie auch nur Teil von Schachts Plan war. Er wurde schließlich dadurch entlastet, dass sie die Geldübergabe machte. Und er fuhr jetzt schneller als er sollte, um das Ganze ohne störende Polizei durchziehen zu können.

Plötzlich scherte er nach links aus und gab Gas. Er stochte an den Lkws vorbei.

»Hey, hey, was ist? Gerade hat dieser Bulle doch gesagt, du sollst langsam ...«

»Die können mich mal! Die machen doch alles kaputt! Wenn die uns dazwischenkommen, dann riskieren wir das Leben der Kinder. Ich will die Bullen gar nicht dabeihaben. Kapierst du das nicht, Mädchen?«

Viel zu schnell fädelte Schacht sich wieder auf der rechten Spur ein und jagte mit Tempo 120 auf die Shell-Tankstelle zu. Im Radio kündigten Schollmayer und Denise jetzt die Nachrichten an, fünf Minuten früher als in den anderen Sendern, wie Denise betonte.

»Im Zusammenhang mit der mysteriösen Entführung zweier Kinder in Norden und Norddeich ist nun eine Leiche angespült worden, bei der es sich um den Vater der beiden entführten Kinder handeln soll, wie aus gewöhnlich gut unterrichteten Kreisen der Kriminalpolizei bekanntgegeben wurde. Die offizielle Pres-

sekonferenz der Staatsanwaltschaft wurde erst für morgen, elf Uhr, angesetzt.«

Mehr verstand Lucy nicht. In ihrem Gehirn explodierte etwas. Sie wusste augenblicklich, was geschehen war.

Sie löste den Sicherheitsgurt und kreischte: »Du hast meinen Vater umgebracht, du Sau!«

Die Nachricht machte aus dem Fahrzeuginnenraum einen emotionalen Schnellkochtopf unter Hochdruck. Lucy griff Schacht an wie ein hungriges, blutrünstiges Raubtier. Ihre Fingernägel wurden zu Krallen, mit denen sie durch sein Gesicht ratschte und versuchte, seinen Hals aufzuschlitzen. Gleichzeitig biss sie in sein rechtes Ohr und nahm ihm jede Sicht, weil sich ihr Körper zwischen ihn und das Lenkrad schob.

Schacht fuhr sowieso schon zu schnell. Jetzt beschleunigte der Wagen noch einmal.

Die Hupe heulte langgedehnt auf. Ihr Auto krachte gegen einen roten Citroen, der gerade betankt wurde. Der Citroen flog gegen die Zapfsäule, der Zapfhahn an dem schwarzen Schlauch peitschte rauf und runter wie der Kopf eines Seeungeheuers, das aus dem Wasser hochschießt, um sich ein Opfer zu greifen.

Lucy wurde vom Airbag quer durch den Innenraum katapultiert.

Schachts Genick brach beim Aufprall.

Der Wagen fing sofort Feuer. Lucy erlebte alles wie in Zeitlupe. Sie war ungeheuer klar und kam sich vor, als würden ihre Augen mehr wahrnehmen als sonst. Wie bei einer Fliege schien ihr Blickradius 360 Grad zu betragen.

Der Wagen hatte sich mehrfach überschlagen und lag jetzt auf der rechten Seite. Durch die linke hintere Tür stieg sie aus wie durch einen Feuerreif. Sie stand dadurch kurz auf dem Auto, was ein Ostfrieslandtourist aus Duisburg fotografierte. Sie sah aus wie die triumphierende Jeanne d'Arc, die gerade einen Drachen aus Blech erlegt hatte. Ihr Blick richtete sich nach oben, in den Himmel, und sie schien aus Feuer geboren zu sein, was ihr nichts ausmachte, weil die Flammen sie trugen, statt sie zu verletzen.

Dann sprang sie herunter, machte ein paar Schritte und brach zusammen. Ihr Oberteil fing Feuer.

Sekunden später war Benne bei ihr und rief ihren Namen.

»Lucy! Lucy!«

Die Menschen gingen in Deckung. Jeder hatte Angst, die Tankstelle könnte explodieren. Auch Brocken und Püppi hielten sich zurück.

Benne zog sein Hemd aus und versuchte damit, die Flammen an Lucys Oberkörper zu ersticken. Es gelang ihm. Lucy sah ihn dankbar an.

»Wo ist das Geld?«, fragte Benne und kam sich schäbig dabei vor. Trotzdem fand er, es müsse in dieser Situation gesagt werden. Und wenn ich mich ewig dafür verachten werde, dachte er, jetzt muss ich an die Kohle denken, damit nicht alles umsonst war.

Lucy sprach nicht, sondern deutete nur mit dem Kopf auf das brennende Fahrzeug.

Noch bevor Benne sich die Frage stellen konnte, ob er es riskieren sollte, hinzulaufen oder nicht, breitete sich das Feuer mit einem merkwürdigen Zischen aus. Dann, als Lucy schon ohnmächtig in Bennes Armen lag, explodierte der Wagen.

Sie werden herausfinden, dass ich es war, dachte Benne … Er hasste sich für das, was er getan hatte.

Ist das alles, fragte er sich, das Ergebnis meiner Gier? Er hatte doch nur die Chance wahrnehmen wollen. Lucy hatte ihm von der Kindesentführung erzählt und dem Geld der Tante. Das mit der Entführung war doch gar nicht ernst zu nehmen, sondern ein innerfamiliärer Streit. Er hatte versucht, sein Süppchen darauf zu kochen, und gehofft, mit dem Geld endlich frei zu sein.

Stattdessen jetzt das hier …

Es darf nie herauskommen, dass ich der Trittbrettfahrer war, dachte er. Sonst kann ich mir gleich die Pulsadern aufschneiden.

Gleichzeitig wusste er, dass er kein Verhör durchstehen würde. Er wollte sich so gern erleichtern. Ein Beichtstuhl schien ihm plötzlich eine geniale Erfindung zu sein.

Er streichelte Lucys Gesicht.

Brocken stieß Püppi an und zeigte auf die beiden. »Schau nur, wie sie da sitzen. Die sehen sich nicht zum ersten Mal. Ich wette ein Monatsgehalt darauf, dass sie gemeinsame Sache gemacht haben, um ihre Eltern zu erleichtern.«

»Kann sein«, sagte Püppi mit einer Mischung aus Unterwürfigkeit und Überheblichkeit. »Aber wo sind die Babys?«

Gundula Müller wusste nicht, wohin mit ihren Händen. Sie saß neben Frank Weller, und das schlechte Gewissen nagte an ihr wie eine Ratte an faulem Fleisch. Die Katastrophen der letzten Tage hatte sie emotional noch lange nicht verarbeitet, und schon sah sie die nächsten Horrorstunden auf sich zu kommen.

Wie sollte das alles weitergehen?

Sie kämpfte gegen den Impuls an, Frank Weller alles zu erzählen. Für einen Moment war der Gedanke, sich einfach auszusprechen, sehr verlockend für sie. Weller wirkte wie ein Frauenversteher, dem man sein Herz ausschütten konnte. Etwas an seiner Art stimmte sie weich, ja milde. So einen Mann hatte sie sich im Grunde immer gewünscht, doch nie bekommen. Einen grundanständigen Kerl.

Aber vielleicht war das auch alles nur ein Trick. Lernten die so etwas auf der Polizeischule? Im Grunde stand doch längst fest, dass die Leiche aus dem Watt ihr Exmann Wolfgang war.

Brachte er sie nur in die Pathologie, damit sie dort einen Zusammenbruch erlebte und dann alles erzählte, was sie wusste?

Waren solche Tricks eigentlich erlaubt? Ging es hier überhaupt nicht um eine Identifizierung?

Erst jetzt merkte sie, dass sie die Pobacken die ganze Zeit zusammenkniff. Langsam begann ihre Muskulatur zu verkrampfen. Ein Zittern durchlief ihre Beine.

Sie legte die Hände auf die Knie und versuchte, sie still zu halten. Dann fragte sie mit brüchiger Stimme, aber doch merkwürdig frech, ja vorwurfsvoll: »Warum muss ich ihn identifizieren? Warum tut das nicht seine Freundin, diese ...«

»Wir haben Angela Riemann noch nicht gefunden.«

»Was heißt das, noch nicht gefunden?«

»Nun, wir wissen nicht, wo sie ist«, erläuterte Weller seinen Satz, der ja eigentlich nicht schwer zu verstehen war. Doch dann kapierte er und schüttelte den Kopf: »Oh nein, Sie meinen, dass sie vielleicht auch ...«

Weller sprach nicht weiter, sondern stellte sich gerade vor, dass die Leiche von Angela Riemann noch in der Nordsee schwamm.

»Wir haben keine Anzeichen dafür, dass ihr etwas passiert ist«, sagte er. »Außer, dass sie eben nicht da ist.«

Gundula Müller lachte gekünstelt.

Er weiß genau, dass ich weiß, dass mein Ex dort im Leichenschauhaus liegt, dachte sie. Er will, dass ich Thomas verrate.

Plötzlich begann sie laut zu schluchzen. Weller lenkte nur noch mit einer Hand und versuchte, die andere auf ihre Schulter zu legen, um sie zu trösten, doch sie stieß ihn zurück und verkroch sich dann fast zwischen Beifahrersitz und Tür. Der Sicherheitsgurt spannte.

»Ich verliere alles«, schrie sie, »alles! Was wollen Sie noch von mir? Meine Babys sind gekidnappt worden, meine pubertierende Tochter hasst mich im Grunde, mein Ex wurde getötet, und Sie würden jetzt am liebsten meinen Ehemann verhaften, um mir den letzten Halt zu nehmen!«

»Noch wissen wir gar nicht«, sagte Weller, »ob es sich bei

dem Toten wirklich um Ihren Exmann handelt. Und wie kommen Sie darauf, dass Thomas Schacht etwas damit zu tun haben könnte? Verdächtigen Sie ihn?«

Sie haderte mit Gott, mit sich und der Welt so sehr, dass sie jetzt nur noch brüllte.

»Was habe ich verbrochen? Was?«, kreischte sie, »dass ich so hart bestraft werde? Alle um mich herum spielen Bullerbü, und ich befinde mich in einem Horrorfilm!«

Weller fürchtete, die Frau könnte ihm ins Lenkrad greifen. Er steuerte den Wagen mit links und hielt den rechten Arm hoch, um sie abzuwehren und notfalls auf ihren Sitz zurückzudrücken, falls sie das versuchen würde.

»Beruhigen Sie sich«, forderte er sie auf. »Beruhigen Sie sich.«

Er sah zu ihr rüber. Sie fauchte. Ihre Augäpfel quollen hervor wie bei einem Morbus Basedow. Ihr Fauchen ging in eine Schnappatmung über.

Weller fuhr rechts ran. Hinter ihm hupten Studenten in einem roten Bulli und zeigten ihm den ausgestreckten Mittelfinger.

»Warum halten Sie an? Fahren Sie weiter. Sie sollen weiterfahren, verdammt! Fassen Sie mich nicht an!«

»Ich fasse Sie nicht an.« Weller zeigte ihr seine erhobenen, offenen Handflächen. »Ich will nur, dass Sie sich beruhigen.«

»Warum fahren Sie nicht weiter? Warum stehen wir jetzt hier?«

Er versuchte es auf die witzige Tour. Schon manches Mal war es ihm so gelungen, die Dramatik aus einer Situation zu nehmen.

»Nun, ich dachte, wir machen hier ein Picknick. Das Gras ist so grün, die Kühe sehen so glücklich aus. Vielleicht sollten wir eine Runde spazieren gehen, bevor wir weiterfahren.«

Sie fletschte die Zähne und keifte: »Jemand hat meine Kinder gestohlen und meinen Exmann umgebracht, und Sie, was tun Sie?«

»Ich bin an der ganzen Sache unschuldig«, stellte Weller klar. »Ich bin hier, um Ihnen zu helfen.«

Ihre Energie schien sich zu wandeln. Seine Worte erreichten ihr Gehirn.

Sein Handy spielte eine Zeile aus dem Lied »*Piraten ahoi, hisst die Flaggen, setzt die Segel*«. Dann ein paar Töne einer Tin Whistle.

»Das ist mein Handy, und ich werde jetzt rangehen«, sagte er. Dann griff er ganz langsam, um keine missverständliche Geste zu machen, in seine Jackentasche, fischte mit zwei Fingern sein Handy hervor, hielt es ans Ohr und meldete sich mit: »Weller«.

Wie immer hatte er sein Gerät viel zu laut eingestellt, so dass alle, die in der Nähe waren, mithören konnten. Rupert nervte das schon lange. Ann Kathrin lächelte darüber, doch für Frau Müller wurde es jetzt zur Katastrophe.

»Hallo, Frank. Hier Ubbo. Schacht und Lucy hatten einen schweren Verkehrsunfall auf der A 31. Der Wagen ist explodiert. Schacht ist tot. Von der Kleinen weiß ich noch nichts Genaueres. Sie wurde mit einem Hubschrauber ins Krankenhaus gebracht. Versuch, es der Frau schonend beizubringen. Sie hat schon genug mitgemacht.«

Die Magensäfte schossen mit Hochdruck aus Gundula Müller heraus. Die säuerliche Flüssigkeit traf Wellers Gesicht, Hemd, Jackett und den Fahrersitz.

Er blieb ganz ruhig, so als sei das gerade gar nicht geschehen. Er wischte sich auch keine Spritzer aus dem Gesicht. Er wusste glasklar, dass dies der Moment war, in dem Gundula Müller ihm die Wahrheit sagen würde. Jetzt oder nie.

»Danke für den Hinweis, Ubbo«, sagte er. »Ich glaube, sie weiß es schon.«

Dann drückte er seinen Chef weg, ließ das Handy in die Tasche gleiten und öffnete das Handschuhfach, in dem sich eine Rolle weiches, dreilagiges Toilettenpapier befand. Er riss ein paar Blatt davon ab und hielt sie Frau Müller hin. Dann nahm er selbst einen Streifen und wischte damit Erbrochenes von seinem Ärmel.

Schweigend begannen sie gemeinsam, erst sich selbst und dann den Wagen zu säubern. Es war wie eine meditative Handlung.

Sie hatte auch noch Erfrischungstücher in ihrer Handtasche und riss zwei davon auf. Komischerweise hatte Weller das Gefühl, dadurch würde der Gestank nur schlimmer.

Es waren nur ein paar Minuten, doch für Weller eine gefühlte halbe Stunde vergangen, als Gundula Müller ihn fragte: »Meine Tochter lebt?«

Weller nickte. »Ja, sonst hätte man sie vermutlich nicht mit dem Hubschrauber in eine Klinik gebracht. Wollen Sie zu ihr? Ich kann herausfinden, wo sie ...«

Zu seiner Verblüffung schüttelte Gundula Müller den Kopf. »Nein. Bringen Sie mich erst in die Pathologie.«

»Das ist jetzt nicht Ihr Ernst.«

»Doch. Bringen wir es hinter uns. Ich werde alles tun, was Sie brauchen, um diese Geschichte aufzuklären. Ich will wissen, wer meine Familie zerstört. Und wer unbedingt will, dass mein Leben den Bach runtergeht.«

Sie sah hoch, als könnte sie durch die Autodecke in den Himmel schauen, und fragte: »Warum bestrafst du mich so sehr, Gott? Was habe ich, verdammt nochmal, verbrochen?«

Weller wusste, dass Menschen, die vom plötzlichen Tod eines Angehörigen erfuhren, manchmal merkwürdige Reaktionen zeigten. Er konnte sich an eine Frau erinnern, deren Mann ermordet worden war, während sie mit dem Mittagessen auf ihn wartete. Als Weller ihr die Botschaft überbrachte, lud sie ihn zu einem Rheinischen Sauerbraten ein und begründete es damit: »Wäre doch schade, wenn wir alles wegschmeißen würden, und ich kann jetzt sowieso nichts mehr essen.«

Gundula Müller bewegte sich geräuschlos neben Weller, als sie die Pathologie in der Taubenstraße betraten. Sie hatte während der restlichen Fahrtzeit nicht ein einziges Mal über den Tod von Thomas Schacht oder über ihre Tochter gesprochen. Sie schien das Ganze völlig auszublenden. Weller vermutete, dass es einfach zu viel für sie war und sie deswegen versuchte, die Dinge hintereinander zu lösen, weil alle auf einmal sie wegspülen würden.

Weller hätte Frau Professor Dr. Hildegard fast nicht erkannt. Von ihrer schönen, glatten Haut war nichts mehr zu sehen. Jetzt hätte Weller eher darauf getippt, eine Frau vor sich zu haben, die mindestens vierzig filterlose Zigaretten am Tag rauchte und zum Frühstück Cognac trank. Sie hatte blutunterlaufene Augen, und ihre Frisur war eine andere.

Weller ärgerte sich, dass er sich nicht an die Haarfarbe der Frau erinnern konnte, aber auf jeden Fall war sie irgendwie anders. Ihre Haare waren jetzt wuschiger. Ihm fiel kein besseres Wort dafür ein, obwohl er danach suchte, denn er wollte später Ann Kathrin von der beobachteten Veränderung erzählen.

»Waren Sie beim Friseur?«, fragte er.

Sie sah ihn geschmeichelt an. »In der Tat, Herr Kommissar. War ich. Schön, dass Sie so etwas bemerken. Die meisten Männer gucken mir auf den Busen oder auf den Hintern und können sich hinterher nicht mal an meine Haarfarbe erinnern.«

Er schluckte den Satz *So ähnlich ging es mir auch* hinunter und wurde dienstlich.

Gundula Müller folgte den beiden in einen kalten, gekachelten Raum, dessen Geruch sie an die Metzgerei erinnerte, in der sie als junges Mädchen mal einen Ferienjob gehabt hatte. Sie versuchte, nur das zu tun, was jetzt genau notwendig war, und immer nur einen Schritt vor den anderen zu setzen. Was sich ein paar Meter von ihr entfernt befand, nahm sie nicht zur Kenntnis.

Der Mann auf dem silbernen Tisch war ohne jede Frage ihr Ex.

Frau Professor Hildegard erklärte: »Er ist mit einem stumpfen Gegenstand geprügelt worden. Breitflächig. Möglicherweise einer Schaufel. Ich bin noch nicht ganz fertig, aber ich habe bis jetzt zwölf Knochenbrüche gezählt. Vier am rechten ...«

Weller machte ihr gestisch klar, dass sie jetzt bitte keinen Vortrag über die Todesursache halten sollte, und zeigte auf Gundula Müller. Er hoffte, Frau Dr. Hildegard würde das verstehen und rücksichtsvoll vorgehen.

»Ja, das wird ja später sicherlich alles aus Ihrem Bericht hervorgehen«, sagte er.

Sie fuhr fort: »Trotz der zahlreichen Verletzungen, die ihm zugefügt wurden, ist er nicht erschlagen worden. Ich habe Wasser in seiner Lunge gefunden. Er ist ertrunken.«

Gundula Müller hielt sich tapfer, fand Weller, und bewunderte sie ein bisschen für ihre Haltung. Sie stand kerzengerade, mit unbewegtem Gesicht.

Weller liebäugelte mit den Desinfektionsmitteln an der Wand und hoffte, damit den Geruch erbrochener Magensäfte aus seinem Leinenjackett reiben zu können.

»Ja«, sagte Gundula, »das ist mit hundertprozentiger Sicherheit mein Exmann Wolfgang Müller. Können wir jetzt wieder gehen? Ich möchte zu meiner Tochter Lucy.«

Weller ging neben ihr her, jederzeit bereit, sie zu halten, falls sie fallen würde. Er kannte solche Reaktionen von Menschen in ähnlicher Situation. Plötzlich klappten sie zusammen. Doch diesmal geschah es gegen jede Vermutung nicht.

Er erwischte sich bei dem Gedanken, dass bei Frau Dr. Hildegard alle Fäden zusammenliefen, wobei das Wort Fäden ihn an die zusammengenähte Haut der Moorleiche erinnerte.

Als sie sich verabschiedeten, sah er die Professorin noch einmal genau an. Hatte sie sich bewusst verändert und eine neue Frisur zugelegt, weil man sie dann schwerer identifizieren konnte? War die plötzlich schlechte Haut einem schlechten Gewissen geschuldet?

Mit der BKA-Truppe kam die schwarze Wolke. Der Platzregen wartete aber noch, wie ein Schauspieler auf sein Stichwort. Erst als alle ausgestiegen waren und über den Parkplatz auf das Krankenhaus zugingen, ließ die Wolke lange Regenfäden wie abgerissene Perlenketten herunterprasseln.

Kriminaldirektor Ludwig Schwindelhausen tat zunächst so, als würde ihm das Ganze nichts ausmachen, und beschleunigte seine Schritte nicht im Geringsten. Er wirkte hochkonzentriert. Dann, plötzlich, der Regen lief ihm schon in den Kragen, und die Schultern seines Anzugs färbten sich von der Nässe dunkel, rannte er los.

Erleichtert folgten ihm jetzt seine Leute. Keiner wollte vor ihm als regenscheues Weichei dastehen, doch fast jeder fürchtete auch, sich eine Erkältung einzufangen, denn mit dem Regen kam auch ein schneidender Nordostwind.

»Was wollen Sie hier?«, fuhr Gundula Müller Schwindelhausen an. »Der Entführer hat gesagt *Keine Polizei*.«

Ein Raucher stand im blauweiß gestreiften Schlafanzug und mit Häschenpantoffeln, von der Überdachung geschützt, neben dem mit Sand gefüllten Aschenbecher und frönte seiner Sucht. Aus einer Drainage in seinem Bauch tropfte Wundflüssigkeit in einen Plastikbeutel.

Als die Kripoleute auf ihn zugerannt kamen, drückte er seine Zigarette verschämt in den Sand. Eine Fehlschaltung im Gehirn sagte ihm, die kämen, weil er gerade gegen das Versprechen verstieß, das er seiner Frau vor der OP hoch und heilig gegeben hatte: Er wollte, würde er das alles überleben, mit dem Rauchen aufhören.

Die Krankenhaustür öffnete sich automatisch mit einem Fauchen. Schwindelhausen schüttelte sich wie ein nasser Pudel und kämmte sich mit den Fingern die tropfnassen Haare. Adrenalinprall, wie er war, kam seine Antwort mit der Energie eines Faustschlags:

»Wir sind nicht Ihretwegen hier, Frau Müller.«

Der Satz fuhr dem Raucher in den Magen. Zum Glück fuhr Schwindelhausen dann fort: »Wir wollen zu Ihrer Tochter.«

Wellers Handy spielte ›Piraten Ahoi‹, und bevor er es aus der Jacke gefischt hatte, wies Schwindelhausen ihn zurecht: »Stellen Sie wenigstens im Dienst diesen kindischen Mickymaus-Klingelton ab! Das ist ja peinlich, ist das ja!«

»Das ist kein Mickymaus-Klingelton!«, verteidigte Weller sich. »Das ist der Song ›Piraten Ahoi‹ von Bettina Göschl. Das ist eine erfolgreiche Kinderliedermacherin aus Ostfriesland. Die ist hier sehr beliebt ...«

»Halten Sie die Schnauze!«, brüllte Schwindelhausen.

»Wir sind hier so einen Ton nicht gewöhnt«, sagte Weller sachlich.

»Ich habe gesagt, Sie sollen die Schnauze halten!«

»Wissen Sie«, stellte Weller klar, »es gibt so Appelle, die gehen immer schief. Zum Beispiel, wenn jemand auf einem Schiff oder im Flugzeug ruft: Keine Panik! Dann passiert garantiert das Gegenteil.«

»Ich gebe Ihnen jetzt hiermit den dienstlichen Befehl ...«

Weller lächelte überlegen. »Ich fürchte, Sie können mir gar keinen dienstlichen Befehl geben. Ich arbeite nicht in Ihrer Behörde, ich bin beim Land angestellt.«

Schwindelhausen ballte die Faust. »Das wird ein Nachspiel haben, Sie Pfeife!«

Weller nickte. »Klar. Ich bekomme schon richtig Schiss. Ich verstehe Sie doch richtig: Es wird ein disziplinarrechtliches Problem für mich geben, weil ich den falschen Klingelton auf meinem Handy habe, ja?«

Frau Müller ließ die Männer stehen und stürmte an ihnen vorbei zum Pförtner. Sie fragte nach ihrer Tochter. Er schickte sie hoch zur Intensivstation.

Die Feuerwehrleute löschten die letzten glimmenden Reste des ausgebrannten Fahrzeugs. Schaulustige Urlauber und Lkw-Fahrer standen in Dreierreihen in einem großen Kreis mit gebührendem Abstand um sie herum.

Ein paar Kinder klatschten Beifall, und ein Fünfjähriger fasste den Entschluss, doch nicht Indianerhäuptling zu werden, sondern lieber Feuerwehrhauptmann.

Püppi und Brocken staunten. Ann Kathrin Klaasen, die als Verhörspezialistin galt und angeblich auch einen leeren Kasten Bier zum Reden bringen konnte oder eine Holzpuppe, kaufte für Benne ein Eis am Stiel mit Schokoladenkern. Sie selbst aß eins aus der Waffel. Erdbeer-Nuss.

Der junge Mann saß zusammengesunken auf der Bank in der Sonne, und sein Eis schmolz. Schokolade tropfte an seinen Fingern runter, und er hatte beschmierte Lippen wie ein Vierjähriger mit einem Nutellabrot.

Die angebliche Verhörspezialistin stellte gar keine Fragen. Sie ließ ihn einfach reden. Sie schrieb nicht mit. Sie hatte kein Diktiergerät eingeschaltet. Sie schleckte nur in Ruhe ihr Eis und hörte zu.

Püppi deutete Brocken an, dass der Alte ausflippen würde, wenn er mitkriegte, dass hier nichts richtig dokumentiert wurde.

Brocken und Püppi hielten sich auf Bitte von Ann Kathrin abseits auf. Sie hatte es damit begründet, die beiden könnten durch ihre massive Anwesenheit den Jungen einschüchtern. Sie hätte selbst einen Sohn in dem Alter und wisse, wie man mit den Kids umgehen müsse.

Brocken hätte diesen Benne nur zu gerne ausgequetscht, aber Ann Kathrins toughes Auftreten hatte ihn verunsichert. Irgendwie war er Frauen gegenüber, die ihn an seine Mutter erinnerten, wehrlos.

Püppi wurde richtig eifersüchtig. Spitz zischte sie: »Verdammt, was ist los mit dir?« Dann äffte sie ihn nach: »Ja, Frau Kommissarin! Natürlich, Frau Kollegin! Wenn Sie es wünschen, sofort, Frau Klaasen!«

Er sagte nichts zu seiner Verteidigung, sondern glotzte nur zu Ann Kathrin und dem Jungen.

Püppi schimpfte weiter: »Tolle Qualifikation! Sie hat auch einen Sohn! Was bist du nur für ein Waschlappen!«

Er nickte, ohne Püppi anzusehen. »Ja, das bin ich.«

»Am liebsten würdest du vor ihr auf die Knie gehen und dich zu ihrem Liebesdiener machen lassen!«

Er redete zwar mit Püppi, doch seine gesamte Aufmerksamkeit galt Ann Kathrin. Er stierte wie hypnotisiert in ihre Richtung.

»Ja, du hast recht. Das würde ich auf der Stelle. Liebesdiener. Lustsklave. Ich würde ihr, verflucht nochmal, jeden Wunsch erfüllen und alles tun, was sie von mir verlangt.«

»Na, das hast du ja auch.«

Jetzt blickte er sie verdattert an.

»Meinst du, sie hat etwas gemerkt?«

Wieder machte Püppi ihn nach: »Meinst du, sie hat etwas gemerkt? Ist die Nordsee nass? Ist der nächste Papst ein Mann? Natürlich hat sie etwas gemerkt! Und sie hat es voll ausgenutzt, dieses Luder, so sehr, wie sie dich jetzt an der Leine hat. Das ist unser Fall, und du lässt ihn dir einfach wegnehmen …«

Rotz lief aus Bennes Nase und bildete eine Blase. Er bemerkte es nicht.

»Ich wollte das echt nicht. Ich bin so ein Idiot! Und ich dachte, das läuft alles ganz easy. Und plötzlich ... Das ist alles meine Schuld ... Ich ... Sie hatte mir von ihrer kranken Tante erzählt und von der Lebensversicherung und dem Geld, auf das sie alle scharf sind. Dieser Schacht spekulierte sowieso nur drauf, sich das alles unter den Nagel zu reißen. Und Lucy hat mir erzählt, wie sehr sie ihre Alten hasste, und ...«

Er konnte vor Weinen nicht weitersprechen.

»Und dann hast du dir gedacht, im Grunde ist es doch in Ordnung? Fast schon eine gute Tat?«

Ann Kathrin hielt ihm ein Taschentuch hin, und er schnäuzte sich. Dann sagte er:

»Ja. Nein. Also, fast ... Ach, was weiß ich!«

»Und wer hat die Babys, Benne?«

Jetzt sah er Ann Kathrin aus verheulten Augen an. »Lucy glaubt, dass Schachts Freundin sie hat.«

Er ließ das Eis einfach fallen, als hätte er vergessen, es in der Hand zu halten. Klebrige weiße und braune Spritzer trafen seine Schuhe und seine Hosenbeine.

»Wird«, fragte er, »Lucy überleben?«

Rupert hatte sich in den Kopf gesetzt, diesmal schneller und besser zu sein als Ann Kathrin Klaasen und erst recht als diese BKA-Truppe. Der Fall war groß genug, um aus einem unterbezahlten Kripomann wie ihm über Nacht einen gefragten Ermittler und Buchautor zu machen.

Er stellte sich vor, wie er Interviews gab. Er betrachtete sich im Spiegel. Er fand, er hatte ein fernsehtaugliches Gesicht. Er würde in jeder Talkshow eine gute Figur abgeben.

Vielleicht sollte er sich ein neues Sakko kaufen … Er wollte locker wirken. Frauen standen auf lockere Typen, besonders wenn sie berühmt waren.

Er wollte aus diesem Fall ein Buch machen. In letzter Zeit kamen immer mehr richtige Ermittler ins Fernsehen, die über reale Fälle schrieben und den trutschigen Kriminalschriftstellern das Publikum wegnahmen.

Rupert sah sich schon auf Platz eins der *Spiegel*-Bestenliste. Er musste dieses Scheißbuch nur vorher noch schnell schreiben und, ach ja, den Fall lösen müsste er natürlich auch.

Er hatte zu Hause auf dem Wohnzimmertisch die Fotos der Hauptverdächtigen ausgelegt. Frau Professor Dr. Hildegard. Dr. Ollenhauer. Der Architekt Nils Renken.

Zwischen den Bildern standen zwei Dosen Bier. Eine leere und eine volle. Manchmal brauchte er das: Bier aus der Dose. Es hatte so etwas Männliches, fand er.

Hinter ihm betrat Beate den Raum. Sie sah anders aus als sonst. Er nahm es irritiert wahr. Ihr Blick hatte etwas Verstörendes, und das sanftmütige Lächeln um ihre Lippen war ihm in dieser Art fremd. Bestimmt hatte sie wieder irgend so einen Film gesehen oder ein Frauenbuch über Männer gelesen und glaubte jetzt, ihn zu durchschauen, dachte er. Aber trotzdem, etwas war anders. Grundsätzlicher.

»Ich werde«, kündigte er großspurig an und zeigte auf die Bilder, »all diese Verdächtigen nach dem neunstufigen Verhörmodell von Inbau, Reid und Buckley vernehmen. Das ist eine Methode beim FBI. Unsere Leute kommen mit ihrem beschränkten Horizont nämlich nicht mehr weiter.«

Beate zeigte sich beeindruckt und musterte ihn, als würde sie sich wirklich für seine Arbeit interessieren, was ihn sehr verwirrte.

Er kam sich ein bisschen vor wie ein Rind beim Schlachter. So kannte er seine Frau gar nicht.

»Das ist Dr. Ollenhauer«, sagte er. »Das da Frau Professor Dr. Hildegard.«

»Das machst du bestimmt ganz hervorragend ...«, orakelte Beate.

»Ich ... ähm ... ich tu hier nur meinen Job, Beate. Ich darf mich von Äußerlichkeiten dabei nicht ablenken lassen. Obwohl ich dir natürlich recht gebe. Sie ist wirklich attraktiv ...« Er relativierte seine Aussage sofort: »Also, ich meine, für Männer, die auf so etwas stehen.«

Er bemühte sich, das Thema zu wechseln.

Beate berührte seine Hand. Es war anders als sonst, fast, als hätte er ein nasses Stromkabel gestreift. Er zuckte zurück und lächelte gequält.

»Das da ist Nils Renken. Ein berühmter Architekt aus Delmenhorst. Den knöpf ich mir als Erstes vor. Den schonen sie alle, weil er ein sehr einflussreicher Mann ist. Aber ich werde ihn knacken, diesen pädophilen Kinderficker. Ich weiß eine Menge über ihn, den Segler, FKK-Liebhaber und Saunafreak.«

Sie fragte sich, ob da ein Irrtum vorlag. Hatte sie wirklich diesem Mann Reiki gegeben? Ohne Zweifel, es war genau dieser Nils Renken. Es passte alles. Er sah so aus, er hieß so, er war ein Architekt aus Delmenhorst. Aber dieser Mann konnte kein böser Mensch sein. Sie hatte seine Energie gespürt, ja, zwischen ihnen beiden war so viel geflossen. Man könnte es Liebe nennen, wenn dieses Wort nicht so merkwürdig belastet wäre, dachte sie.

Sie wog ab, ob sie Rupert sagen könnte, was sie wusste. Gleichzeitig kam sie sich vor wie eine Verräterin. Entweder ihrem Mann gegenüber oder aber Nils Renken und ihrer Freundin Silke.

Noch einmal versuchte sie, ihren Mann zu berühren, in der Hoffnung, dass etwas Vergleichbares wie mit Nils Renken zwischen ihnen herstellbar wäre.

Er machte sich los. Er hatte Mühe, sich zu befreien.

»Was soll das werden? Wieso fingerst du so an mir rum?«

»Du bist mein Mann. Ich mag dich. Wir könnten nach drüben gehen.«

»Ins Bett?«

»Warum nicht?«

Zum ersten Mal im Leben floh er fast vor seiner Frau. Angeblich beorderte ein Anruf von Ubbo Heide ihn in die Polizeiinspektion, und plötzlich war zwischen ihnen alles wie immer. Aber sie wollte auf solche Lügen nie mehr reinfallen. Von wegen Siebzigstundenwoche!

All diese Sprüche: *Ich habe die Fünfunddreißigstundenwoche immer schon mittwochs erledigt und beginne dann die zweite. Die geht bis Samstag.*

Er fuhr zu seiner Geliebten. Das war für sie völlig klar.

Sie ließ ihn jetzt in dem Glauben, sie hätte ihn nicht durchschaut. Sie machte sich einen starken Kaffee und versenkte eine Kugel Vanilleeis darin, dann betrachtete sie die milchigen Fäden, die sich im Kaffee auflösten, und freute sich darauf, ihrem Mann zu folgen.

Er hatte sich für seine gottverdammte Geliebte aufgespart. Für zwei Frauen reichte seine von ihm maßlos überschätzte Manneskraft eben doch nicht aus.

Sie genoss ihren Eiskaffee im Stehen. Dann fuhr sie zum Liebesnest der beiden. Aber im Oldenburger Hotel Sprenz waren die zwei nicht. Beate entdeckte weder sein Angeberauto noch ihre Klapperkiste.

Sie schmunzelte. Dachte ich mir gleich, dass meinem Geizkragen diese Hotelzimmer auf die Dauer zu teuer werden. Bestimmt ist ihr Mann auf Dienstreise, und jetzt haben die zwei sturmfreie Bude.

Den Spaß werde ich euch gründlich verderben ...

Jetzt seid ihr bereit für die Verwandlung. Ich kann nicht länger warten. Eure große Schwester kommt erst später zu euch. Sie hatte einen hässlichen Unfall. Ich hab sie noch gar nicht gesehen, aber ich glaube, sie hat Verbrennungen. Auch im Gesicht. Das ganze Auto muss explodiert sein. Sie haben es in den Nachrichten gesagt.

Nein, ihr zwei süßen Hosenscheißer, ihr müsst euch nicht erschrecken. Ich bekomme das wieder hin. Mit Haut kenne ich mich aus.

Ich werde ihr Gesicht wieder in voller Schönheit herstellen. Ich werde eure Pohaut dazu verwenden. Sie ist so zart und weich. Da kommt keine wettergegerbte Gesichtshaut mit.

An euren süßen kleinen Popos braucht ihr keine Haut mehr. Ihr werdet nie wieder nackt sein nach der Verwandlung. Ich kleide meine Püppchen wie Prinzessinnen. Ihr werdet zauberhaft aussehen.

Warum heulst du denn schon wieder, Ina? Du wirst doch deiner Schwester so ein bisschen Popohaut opfern! Was bist du nur für ein verzogenes, egoistisches kleines Schreimonster? Es wird Zeit, dass ich aus dir etwas Vollkommenes mache.

Sieh mal, gefallen dir diese Augen? Sind sie nicht viel schöner als deine?

Nimm dir ein Beispiel an deiner Schwester. Sie wehrt sich nicht länger. Sie freut sich darauf, ein Engelchen zu werden ...

Niemand rührte die Kekse auf dem Tisch an. Nur eine dicke Fliege labte sich an dem Zuckerguss darauf.

Es war für ostfriesische Verhältnisse ungewöhnlich schwül. Dieses Kopfschmerzwetter erinnerte Rupert an den letzten Urlaub mit Frau und Schwiegermutter in den Alpen. Er wusste nie genau, ob seine Kopfschmerzen vom Föhn oder von den ewigen Nörgeleien der beiden Frauen kamen.

Jetzt war es ganz klar: die Luftverhältnisse machten ihn fertig.

Ubbo Heide hatte die Augen tief in den Höhlen liegen, und Rupert fand, dass so ein Wetter einfach nicht nach Ostfriesland gehörte. Das sollte doch, verdammt nochmal, dahin zurück, wo es hingehörte: in die Berge.

Ann Kathrin und Sylvia Hoppe sahen frisch aus, als würde es den beiden Frauen nichts ausmachen. Lediglich die Männer wirkten gestresst und irgendwie fertig. Vielleicht, dachte Rupert, schminken Frauen sich einfach nur besser als wir, oder sie vertragen so ein Scheißwetter eben.

Für Rupert war diese ganze Sitzung hier sowieso Zeitverschwendung. Er wollte sich diesen Architekten aus Delmenhorst vorknöpfen.

Ubbo Heide fasste die Ermittlungsergebnisse zusammen: »Wenn nichts mehr sicher ist«, sagte er, »ist auch alles möglich.«

»Boah, wenn ich solche Sprüche höre«, brummte Rupert und versuchte, unterm Tisch mit der Hand in der Hosentasche den Sitz seines Slips zu verändern. Das Gummi schnitt ihm ins Fleisch.

Ann Kathrin trank Leitungswasser, Sylvia Hoppe Mineralwasser aus einer PET-Flasche.

»Als die Babys entführt wurden, brach das gesamte Familien-Patchworksystem zusammen. Alle Konflikte, die bis dahin unterm Teppich gehalten wurden, brachen vollständig auf und spitzten sich zu«, sagte Ann Kathrin.

Sylvia Hoppe gab ihr recht: »Ja, da kann ich dir aus Erfahrung nur zustimmen. In so einer krisenhaften Situation werden die Leichen im Keller lebendig, und der Hexentanz beginnt.«

Ann Kathrin nickte ihr komplizenhaft zu. Wenn zwei Frauen sich gegenseitig die Bälle so zuspielten, hatte Rupert immer das Gefühl, am Ende der Dumme zu sein. Er fragte sich, worauf das hier hinauslaufen sollte.

»Ja«, sagte Ann Kathrin, »das wäre vielleicht eine ganz normale Familie gewesen, mit allen Problemen, die Familien heutzutage eben haben. Aber dann wurden die Kinder entführt und ...«

»Ganz normale Familien!«, spottete Rupert. »Probleme, wie Familien sie eben haben! Der neue Typ erschlägt den Ex! Die Tochter erpresst die Mutter und ...«

Ubbo Heide deutete Rupert mit der Hand an, er möge sich mäßigen.

Ann Kathrin nahm das dankbar zur Kenntnis.

Weller reckte sich, als er das Wort ergriff. »Wenn wir davon ausgehen, dass Frau Müller ihre Babys kaum selbst entführt hat, dann spitzt sich alles auf die Freundin von Herrn Müller zu. Diese ...« Er sah auf seine Notizen, »Angela Riemann.«

Ubbo Heide sah aus, als hätte er den Namen gerade zum ersten Mal gehört.

Weller ergänzte: »Sie ist jedenfalls flüchtig.«

Damit nahm er aus Ann Kathrins Sicht eindeutig für Gundula Müller Partei. Er hatte eine ziemliche Nähe zu ihr, und Ann Kathrin empfand bohrende Eifersucht. Aber auch sie hielt Frau Müller in der ganzen Sache für vollkommen unschuldig. Wenn es ein wirkliches Opfer gab, dann war sie es.

Ubbo Heide schlug vor, Frau Riemann zur Fahndung auszuschreiben, aber Ann Kathrin sah nicht begeistert aus.

»Ich glaube, dass die Entführung nicht aus dem Familienumfeld kommt. Jemand«, sagte sie, »hat es auf Zwillinge abgesehen. Und wer immer es ist, er hat nicht vor, sie zurückzugeben, sondern ...«

Ubbo Heide stöhnte. »Jetzt komm mir nicht wieder mit den Moorleichen, Ann.«

Er kramte in den Taschen nach Marzipan oder Magentabletten, fand aber nichts.

Ann Kathrin fischte aus ihrer schwarzen Esprit-Handtasche

einen Marzipanseehund von ten Cate, legte ihn auf den Tisch und ließ ihn schwungvoll in Richtung Ubbo gleiten.

Niemand reagierte darauf, so als sei es völlig normal, dass man seinem Chef mit einem Marzipanseehund die schlechten Nachrichten versüßte.

Rupert schlug mit der Faust auf den Tisch. »Greifen wir sie uns, Ann Kathrin! Diesen Ollenhauer, diesen Renken und diese Frau Professor Dr. Hildegard. Ich trau denen alles zu! Alles! Weißt du, wie viel dieser Renken im letzten Jahr gemacht hat?«

Ann Kathrin schüttelte nicht mal den Kopf. Sie sah Rupert nur fragend an.

»Siebzehn Komma sechs Millionen.«

Ann Kathrin sah sehr nachdenklich aus, so als brauche sie eine Weile, um Ruperts Satz zu verstehen. Dann sagte sie: »Das schürt vielleicht deinen Sozialneid, Rupert, macht aber aus Herrn Renken noch keinen Mörder oder Entführer.«

Rupert empfand das als Angriff gegen sich. Er federte vom Stuhl hoch, holte zu einer großen Geste aus, wusste dann aber nicht, was er sagen konnte, um seiner Wut Luft zu machen. Er stand doch in dieser Frage voll auf ihrer Seite. Warum kanzelte sie ihn so ab?

Er wandte sich an Ubbo Heide und zischte: »Ich muss mir das nicht von ihr gefallen lassen!«

»Könnt ihr mal wieder sachlich werden?«, mahnte Ubbo Heide.

»Ich bin sachlich«, sagte Ann Kathrin.

»Wenn du sachlich bist, entstamme ich einem ostfriesischen Häuptlingsgeschlecht!«, schrie Rupert und setzte sich schwerfällig wieder hin.

»Weil du gerade stehst, König, hol doch mal Rieke rein«, schlug Weller vor. »Die muss was haben für die Presse.«

Rupert federte hoch und lief zur Tür. Dort blieb er stehen, als sei er gegen eine unsichtbare Wand gelaufen, und drehte sich langsam zu Weller um.

»Ich steh nicht, ich sitze«, sagte er stehend, und nur durch das Grinsen seiner Kollegen erkannte er, wie lächerlich er sich gerade benahm.

Ubbo Heide, der gütige Chef, der sich immer wieder mit breiter Schulter vor seine Leute stellte, wenn es galt, sie im Irrsinn des Polizeialltags zu schützen, wirkte jetzt selbst schutzbedürftig. Er hatte einen Termin bei Staatsanwalt Scherer und machte keinen Hehl daraus, dass er das Schlimmste befürchtete.

Er fragte Ann Kathrin fast beiläufig, ob sie ihn begleiten könne, doch so sehr er sich auch Mühe gab, es mit Stimme und Gestik herunterzuspielen, umso mehr hörte sie den Hilfeschrei heraus. Es rührte sie, dass dieser große, alte Mann irgendwie in der Klemme saß, und obwohl sie ihrer Mutter gegenüber von einem unerträglich schlechten Gewissen geplagt wurde, war sie sofort bereit, ihn zu begleiten.

Scherer trug einen neuen Anzug in Silbergrau, mit pinkfarbenen Fädchen durchzogen. Der Anzug sah zerknittert aus, wie vom Flohmarkt gekauft und noch nicht gebügelt, aber seine Frau hatte ihm versichert, das Ganze müsse so sein und sei jetzt der letzte Schrei. Seit ein paar Monaten versuchte sie, ihn zu einem unkonventionellen Typen umzustylen. Sie fand, dass er sich zu spießig anzog und schon wie ein pensionierter Staatssekretär wirkte, der genau weiß, dass seine maßlos überzogene Pension unverdient ist und deswegen rege Geschäftigkeit mimt, obwohl er schon lange nichts mehr zu tun hat.

Nun, dieser Anzug sollte das ändern, und er hatte sogar die Füße in den braunen, italienischen Lederschuhen von Galizio Torresi, in denen er scheinbar barfuß lief, in Wirklichkeit aber mit hautfarbenen knappen Sneakersocken, auf dem Schreibtisch abgelegt. Er blieb noch einen Moment so sitzen, um die volle Wirkung zu entfalten, dann erst stand er auf, um Ann Kathrin Klaasen und Ubbo Heide zu begrüßen. Unwillkürlich griff er sich dorthin, wo normalerweise seine Krawatte saß, um sie geradezurücken.

Ann Kathrin grinste. Solche Gesten verrieten ihn eben. Er fasste aber ins Leere, denn unter seinem neuen Knautschanzug strahlte kein weißes, frisch gebügeltes Oberhemd mit steifem Kragen, sondern ein pinkfarbenes T-Shirt, das farblich genau mit dem Faden korrespondierte, der seinen Anzug durchwob.

Er begrüßte Ubbo Heide mit Handschlag, aber so, wie er Ann Kathrin ansah, erwartete er, dass Ubbo sie nun wegschicken würde, was er aber nicht tat. Gentlemanlike zog er einen Stuhl herbei und stellte ihn Ann Kathrin hin. Sie setzte sich und fächelte sich Luft zu.

Dieses Büro war durch eine Klimaanlage bestens gekühlt. Von der Schwüle draußen war hier keine Spur, doch Scherer benutzte ein Rasierwasser, das Ann Kathrin die Luft zum Atmen nahm.

»Ich dachte«, sagte Scherer, »dies wird ein vertrauliches Gespräch.«

Ubbo nickte Ann Kathrin zu und sagte: »Ist es ja auch.«

Es passte dem Staatsanwalt nicht, aber er nickte widerwillig und schluckte die Kröte. »Okay«, sagte er. »Reden wir Tacheles. Eure Abteilung hat unglaublichen Mist gebaut. Wir stehen da wie die Deppen der Nation. Kriminaldirektor Schwindelhausen wird uns jetzt die Schuld in die Schuhe schieben. Im Prinzip leite ich hier die Ermittlungen ...«

Ann Kathrin schluckte den Satz runter: *Davon haben wir bis jetzt aber nicht viel gemerkt.*

»Ich kriege Druck von oben«, gab Scherer zu. »Das Ganze wird sehr hoch gehängt. Die Presse wird uns in der Luft zerreißen. Das alles beginnt noch heute Abend.«

Er griff nach Papieren, die auf seinem Tisch lagen, und ließ sie herunterfallen. Für Ann Kathrin sahen sie aus wie Rechnungen vom Umbau seines Hauses in Jemgum. Sie konnte sich auch schlecht vorstellen, dass der Druck auf ihn per Briefpost gekommen war.

»Ich kann nicht länger den Kopf für alles hinhalten. Aber ich muss mit Erklärungen herauskommen. Man erwartet von mir, dass ich aufräume. Einer von euch hat Mist gebaut. Wir sollten uns darauf einigen, wer. Und den dann ...«

Er sprach nicht weiter, sondern betrachtete seine Fingernägel und überließ Ubbo Heide die Schlussfolgerung.

»Ein Bauernopfer?«, fragte Ubbo.

»Es gibt nur zwei Möglichkeiten: Entweder hat das System versagt oder eine einzelne Person. Wenn wir einen präsentieren, der seine Arbeit nicht richtig gemacht hat, dann ist noch ein zweiter dran, der den nicht richtig kontrolliert hat, und das war's. Im anderen Fall allerdings ...«

Wieder sprach er nicht weiter. Er war ein Weltmeister halbfertiger Sätze und schaffte es damit, Untergebene geradezu panisch zu machen. Bei Ubbo Heide und Ann Kathrin Klaasen klappte das aber nicht so reibungslos, wie er es gewohnt war.

»Ich werde doch jetzt hier nicht einen meiner Mitarbeiter über die Klinge springen lassen!«, protestierte Ubbo.

»Bitte, Sie können auch selber springen, Herr Heide«, schlug Scherer vor und glaubte, allein die Tatsache, dass er ihn jetzt wieder siezte, würde ihn schwer erschüttern.

»Ja, früher war das alles ganz anders, Herr Heide. Da hat eine Krähe der anderen kein Auge ausgehackt. Die Behörde hat zusammengehalten, sich nach außen abgeschottet, alles kleingeredet, runtergespielt. Aber so geht das heute nicht mehr. Wir leben in einer offenen, freien Gesellschaft. Da müssen Verantwortliche geradestehen für das, was sie verbockt haben.«

Scherer schlug die Hände zusammen. »Der Innenminister tritt

heute Abend vor die Kameras. Ich muss ihn vorher briefen. Wir können natürlich sagen, dass ein Untersuchungsausschuss eingerichtet wird. Das Ganze dauert dann endlos. Wir stehen wochen-, wenn nicht monatelang unter Beschuss und in der Kritik. Wir können das alles aber auch sofort beenden, indem wir ihnen geben, was sie brauchen: einen Schuldigen. Wir schützen damit uns, unsere Abteilung, ja, die gesamte Kripo und Staatsanwaltschaft Ostfrieslands.«

Ann Kathrin setzte sich anders hin, schlug die Beine übereinander und sagte mit trockener Stimme: »Bitte. Soll doch ein Untersuchungsausschuss eingesetzt werden. Wir haben nichts zu befürchten.«

Scherer tat, als wäre sie gar nicht im Raum. Er sah sie nicht einmal an. Stattdessen sagte er zu Ubbo Heide: »Oder habt ihr irgendwelche vorweisbaren Ergebnisse?«

»Ann Kathrin vermutet«, sagte Ubbo Heide, »dass es einen Zusammenhang gibt zwischen den toten Zwillingen aus dem Moor und ...«

»Ich will von diesem Unsinn nichts hören!«

»Es gibt eine Menge Anhaltspunkte dafür, dass ...«

Mit einer Geste schnitt Scherer Ann Kathrin den Satz ab.

»Ja, das entspricht Ihrer Denkweise, Frau Klaasen. Aus diesem kleinen Familiendrama machen Sie jetzt eine monströse Geschichte, weil Sie süchtig danach sind, Serienkiller zu fassen. Aber die sind leider Mangelware, dazu haben Sie ja selber einen großen Beitrag geleistet. Dieser Fall hier liegt doch auf der Hand!«

Er donnerte mit der flachen Hand auf die Tischplatte, tat sich dabei aber offensichtlich weh, was ihn jetzt umso mehr ärgerte. Er versuchte, den Schmerz zu unterdrücken. Es war ihm peinlich.

»Was wissen Sie über Frau Riemann? Nachdem jetzt kaum noch jemand übrig geblieben ist, können die Kinder ja nur noch bei ihr sein. Dieser Lümmel aus Saarbrücken war ja wohl nur ein Trittbrettfahrer.«

»Wir wissen noch nichts über den Aufenthaltsort von Frau Riemann«, gab Ubbo Heide zu, und Scherer las genüsslich vom Bildschirm seines iPads ab, was er an Informationen hatte.

»Ja, und das kommt Ihnen überhaupt nicht weiter verdächtig vor, was? Angela Riemann ist schon als Kind auffällig geworden. Sie hat in Kaufhäusern geklaut. Puppen. Teddybären. Kinderwagen. Das meiste davon noch vor ihrem vierzehnten Lebensjahr.«

»W... w... woher haben Sie das?«, fragte Ann Kathrin. »Diese Dinge werden doch überhaupt nirgendwo in den Akten vermerkt. Das verstößt doch gegen das Jugendschutzgesetz und ...«

»Es gibt Quellen für unsereins. Man muss nur versuchen, sie anzuzapfen und zu lesen, Frau Klaasen«, wies Scherer sie zurecht.

»In der Ehe hatte sie wenig Glück. Bei Männern leistet sie sich gern Fehlgriffe, sucht sich ihre Männer offensichtlich nach Zahl der Kinder aus. Sie hat einen Witwer mit vier Kindern geheiratet. Er war zwölf Jahre älter als sie.«

Scherer drehte den Bildschirm um, und Ann Kathrin und Ubbo Heide sahen in das Gesicht eines ausgesprochen hässlichen, stiernackigen Mannes.

»Tja, er muss wohl innere Werte gehabt haben, oder worauf fahren Frauen sonst noch so ab, Frau Klaasen? Sein ansprechendes Äußeres kann es kaum gewesen sein. Er hatte eine Kneipe in Dortmund, mit der er in die Insolvenz gegangen ist. Er hat gut zweihunderttausend Miese auf dem Konto und ist wegen seiner diversen Krankheiten zu fünfzig Prozent schwerbehindert. Trotzdem hat die Gute ihn geheiratet, ist dann aber eines Tages mit dem Messer auf ihn losgegangen. Die Ehe wurde geschieden, und siehe da, sie verliebte sich schon kurze Zeit später in unseren türkischen Mitbürger Rasim Özgül.«

Auch von ihm hatte Scherer gleich ein Foto auf dem iPad.

»Sie scheint Männer zu mögen, wie sie in billigen Filmen gern als Bösewicht besetzt werden. Als erfolgloser Bösewicht, wie ich hinzufügen möchte. Auch Özgül hatte drei Kinder, um die sie sich gleich rührend bemühte. Nach der Scheidung gab es einen langen Streit ums Sorgerecht. Er hat es übrigens bekommen. Sie wollte nicht die Männer, wenn Sie mich fragen, sondern die Kinder. So war das bei Wolfgang Müller auch. Ich kann mir das so richtig vorstellen.«

Scherer spielte es vor. Er glaubte, er sei unheimlich gut, aber für Ann Kathrin war das alles nur peinlichstes Schmierentheater.

»Sie lernt einen Mann kennen, der ihr erzählt, dass er eine große Tochter hat und seine Frau jetzt wieder von ihm schwanger ist, aber sie mit einem anderen Typen zusammenlebt. Er will seine Kinder zurück, und er braucht eine Frau dafür, weil er das Sorgerecht sonst sowieso nicht bekommt. Jedes Jugendamt lässt die Kinder lieber in einer Familie als bei einem alleinstehenden Vater, der für seine Alkoholexzesse bekannt ist.

Die beiden basteln sich ganz schnell einen Plan. Nun müssen sie nur noch beweisen, dass die Kinder von ihm sind. Sie werden nämlich juristisch immer dem Ehepartner zugerechnet und nicht einem Außenstehenden.«

Ann Kathrin musste sich eingestehen, dass sie Scherers Worte schlüssig fand. Sie ärgerte sich nur darüber, dass er sie vortrug, und das machte es ihr schwer, den Gedanken zuzustimmen.

Er stand jetzt und führte geradezu ein kleines Tänzchen auf, während er ununterbrochen redete.

»Riemann entführt die Kinder, während er in Holland einkaufen geht. Das reicht wohl aus, um ein paar ostfriesische Deppen zu leimen, denken die beiden sich.« Scherer grinste. »Sie versorgt die Kinder hervorragend und will mit ihnen nur einen Gentest machen, damit sie Wolfgang Müller dann zugeschrieben werden. Dann läuft die ganze Sache aus dem Ruder, es gibt einen irrsinnigen Polizeieinsatz, und die Tochter Lucy lässt sich von ihrem Freund dazu breitschlagen, ihre Eltern zu erpressen, und Schacht erschlägt ihren Freund. Ende der Geschichte. Jetzt hat sie die Kinder und weiß nicht, wie sie sie loswerden soll.«

Ann Kathrin räusperte sich. Es hielt sie kaum auf dem Stuhl.

»Warum haben wir diese Informationen über Frau Riemann nicht?«

»Es gibt zig Presseartikel darüber. Man kann das alles googeln. Der Scheißdatenschutz zählt nur zwischen Behörden und Ämtern bei offiziellen Anfragen. Im Internet steht alles jedem frei zur Verfügung. Die Riemann hat irgendeiner dämlichen Frauenzeitung sogar ein Interview gegeben. *Das Märchen von der bösen Stiefmutter. Ersatzmütter immer noch Mütter zweiter Klasse*, oder so ähnlich.«

Ann Kathrin staunte nur.

Scherer sah sie an und grinste: »Ich dachte, Sie lesen solche Schmonzetten beim Friseur, Frau Klaasen. Kann ganz hilfreich sein.«

Ann Kathrin sah, dass Ubbo Heide Schweißperlen auf der Nase und am Hals hatte, und das, obwohl es hier zehn Grad kühler war als in seinem Büro. Sie selbst hatte das Gefühl, seit Scherer mit seiner Rede begonnen hatte, sei die Zimmertemperatur nochmal um ein paar Grad gefallen.

Sie fröstelte. Sie rieb sich die Oberarme.

»So.« Scherer sah auf die Uhr. »In zwei Stunden bringen Sie mir Frau Riemann und die Kinder. Dann kann ich dem Innenminister melden, dass wir die Kuh vom Eis haben ...«

»Und wenn nicht?«, fragte Ubbo Heide.

»Dann benennen Sie mir Ihr Bauernopfer, oder ich werde es selbst tun.«

Er machte eine Geste, die den beiden bedeuten sollte, dass sie jetzt zu gehen hätten. »Die Zeit läuft. Worauf warten Sie noch?«

Noch im Hinausgehen sagte Ann Kathrin: »Ich hab ihn immer für ein Arschloch gehalten, aber ich wusste nicht, dass er so ein Riesenarschloch ist.«

»Das habe ich gehört, Frau Klaasen!«, rief Scherer.

Sie ging durch den Flur und zeigte ihm den erhobenen Stinkefinger, ohne sich noch einmal umzudrehen.

Ubbo Heide antwortete erst, als er sicher war, dass Scherer ihn nicht mehr hören konnte: »Und das Schlimmste ist, Ann, ich fürchte, er hat recht.«

»Trotzdem«, sagte sie trotzig wie ein Kind. »So geht es einfach nicht ... So nicht.«

Sie streichelte über Lucys Haut. Es tat ihr weh, sie so zu sehen, an all diesen Schläuchen, in ihrem Leid.

»Mach dir keine Sorgen, Liebes«, flüsterte sie ganz nah an Lucys Ohr.

Eine Flüssigkeit blubberte, und aus einem Schlauch wurde ein weißer Schwaden in die Nähe von Lucys Gesicht geblasen.

All diese sinnlosen Versuche, das bisschen Leben zu erhalten und das Leiden zu verlängern, kamen ihr so erbärmlich vor.

»Ich werde dich erlösen«, sagte sie. »Du wirst wunderschön werden und nicht mehr altern. Du wirst bei deinen Geschwistern sein, und wir werden uns nie wieder trennen. Am liebsten würde ich dich jetzt sofort mitnehmen. Sie haben Rollstühle im Flur. Wir könnten es damit versuchen. Dann musst du mir aber helfen ...«

Die ganze Situation hier im Krankenhaus war eine Bestätigung für sie. All dieses Leid. Blut. Schmutz. Sie brauchten so grässlich viel Desinfektionsmittel, um damit fertig zu werden. Und sie kämpften doch an gegen etwas, das nicht zu verhindern war. Störrisch weigerten sich die Menschen, sich in ihr Schicksal zu fügen, und so produzierten sie immer noch mehr Leid.

Ein Pfleger, der aussah, als sei er als Anführer einer Wikingermeute soeben erst an Land gekommen und wolle nun, bereit, zu brandschatzen und zu plündern, Beute machen, betrat den Raum. Aber er hielt kein Schwert in der Hand, er brachte nur eine neue Infusion.

»Darf ich Sie bitten, einen Moment draußen zu warten?«, sagte er mit einer Stimme, die so sanft und höflich war, dass sie überhaupt nicht zu seinem Aussehen passte.

Für einen Moment sah sie in ihm nicht den Pfleger, sondern den Wikinger.

Wenn du auch nur versuchst, mich anzufassen, dachte sie, wirst du es schwer bereuen.

Sie formte Zeige- und Mittelfinger ihrer rechten Hand zu einem Victory-Zeichen. Sie war bereit, ihm mit einem kurzen Stoß beide Augen auszustechen.

Und wenn du dann versuchst zu schreien, dachte sie, werde ich dir den Kehlkopf rausreißen. Es ist ganz einfach. Du hast dort keine Muskulatur. Der Kehlkopf ist völlig ungeschützt. Die Menschen sind so verletzlich ...

»Ich brauche nur ein paar Minuten«, sagte er zu ihr, und weil er ihr Platz machte, höflich war und sie nicht berührte, schenkte sie ihm das Leben.

Sie verließ das Krankenhaus mit dem Gefühl, äußerst großzügig gewesen zu sein. Sie war nicht immer so. Aber heute war ein guter Tag. Sie fühlte sich leicht und beschwingt. Es war die Vorfreude auf die Verwandlung der Babys.

Sie stieg ins Auto, atmete tief durch und fuhr nach Warsingsfehn zurück.

Rupert hatte sich die Chefsekretärin eines berühmten Architekten anders vorgestellt. Er hatte eine Art Heidi-Klum-Model erwartet, eine halb verhungerte junge Frau mit langen Beinen, großen Augen und einem riesigen Mund, den sie leider nur sehr selten zum Essen benutzen durfte.

Stattdessen saß dort ein lustbetontes Pummelchen, das sich in seiner Haut sehr wohl fühlte und kein Problem damit hatte, bei dem Wetter in einer Art Strandkleid am Computer zu sitzen. Ihre Frisur erinnerte ihn an Pumuckl. Sie war gerade fünfzig geworden und hatte das Gefühl, in der besten Phase ihres Lebens zu stecken.

Ruperts Auftritt flößte ihr Respekt ein. Sie mochte diese tendenziell grenzüberschreitende Art. Sie wusste, dass solche Männer nicht gut für sie waren, doch sie hatte sie immer schon interessant gefunden. Geheiratet hatte sie dann einen braven Frauenversteher, und mit dem war sie auch glücklich. Trotzdem knisterte es sofort zwischen ihr und Rupert, als er den Raum betrat.

Sie liebte Krimis. Einer lag aufgeschlagen neben ihrer Tastatur. *Krähenblut* von Micha Krämer.

Bald werde ich mit meinem Buch über diesen Fall kommen, dachte Rupert. Dann zeig ich euch allen, wie sowas läuft. Ihr Krimischreiber phantasiert doch nur immer was zusammen. Aber ich, ich kenne die Wirklichkeit.

»Sie sind von der Mordkommission? Interessanter Beruf«, sagte sie, und geschmeichelt antwortete Rupert, während er sich die Haare aus der Stirn strich: »Ach, das stellt man sich viel aufregender vor, als es ist.«

»Und was wollen Sie dann von Herrn Renken?«

»Das würde ich ihm schon gerne selber sagen. Ich komme, um ihn als Zeugen zu befragen.«

»Hach«, lachte sie, »ich dachte schon, Sie hätten einen Hausdurchsuchungsbefehl. Es ist hier doch alles noch so unordentlich. Ich war drei Tage nicht da und dann – man kann ja heutzutage nicht mehr krank werden. Es läuft alles weiter und …«

Krank, dachte Rupert. Deine Krankheit kann ich mir gut vorstellen. Du sitzt hier, fit wie eine Eiskunstläuferin auf dem Siegertreppchen. Sie hatte garantiert eine heiße Nacht hinter sich, das stand für ihn außer Frage. Bei fröhlichen, ausgeglichenen Frauen vermutete er das jedes Mal. Bei brummigen, miesepetrigen das Gegenteil. Sein Frauenbild kam ihm selbst ein bisschen einfach vor, aber er hasste alles, was kompliziert war, deswegen konnte er an einem einfachen Frauenbild nichts Schlechtes finden.

»Und wenn Sie weg sind, kommt Ihr Chef dann alleine klar?«

Sie lachte. »Jeder Chef ist nur so viel wert wie seine Sekretärin. Ich sag immer, wenn er mich noch ein bisschen ärgert, schreib ich die Briefe mal so, wie er sie diktiert.«

Sie lachte über ihren eigenen Witz, und ihr Lachen steckte Rupert an.

»Wenn Sie ihm die typische Kommissarsfrage stellen wollen: Wo waren Sie am Soundsovielten um soundsoviel Uhr, dann ist es sowieso besser, Sie reden mit mir und nicht mit ihm.«

»Wo ist er denn?«

Sie sah auf die Uhr. »Um diese Zeit normalerweise im Café Cabarelo. Er trinkt da gerne Espresso und empfängt dort auch Geschäftspartner. Manchmal verlegt er sein Büro richtig nach draußen, geht einfach mit dem Diktiergerät spazieren oder erledigt seine Telefonate von Cafés aus.«

»Tja«, sagte Rupert, »so ein Stararchitekt kann sich das ja wohl leisten. Wie soll ich mir das eigentlich vorstellen? Ein Stararchitekt aus Delmenhorst? Gibt es denn hier so tolle Bauaufträge?«

Sie winkte ab. »Wir arbeiten international, beteiligen uns an großen Wettbewerben. New York, San Francisco, Rio. Sein eigentliches Büro ist in der Hauptstadt. Da zeichnen mehrere Architekten für ihn, es ist eine ganze Gruppe. Er liebt nur diese Stadt, und deswegen hält er das hier aufrecht. Außerdem ist seine Mutter«, sie flüsterte, »eine kranke, alte Dame. Er hat sie hier in einem Seniorenheim untergebracht und besucht sie alle zwei Tage. Er ist ein guter Sohn. So etwas würde sich manche Mama wünschen.«

»Ja«, sagte Rupert, »kann ich mir denken.« Dann fragte er: »Kann ich mal Ihre Toilette benutzen?«, und sie zeigte ihm die Tür zu einem Zimmer, das größer war als Ruperts Küche. Riesige, in die Wand eingelassene Spiegel und blank gewienerte Fliesen suggerierten eine teure Herkunft. Es gab einen Wäschekorb, der für Rupert aussah, als hätte Renken ihn einem Schlangenbeschwörer in Indien abgekauft.

Vorsichtig hob Rupert den Deckel an. Es schoss ihm aber keine Kobra entgegen, sondern er entdeckte schmutzige Wäsche. Mit spitzen Fingern hob Rupert alles hoch. Eine Jeans und eine Feinrippunterhose mit Eingriff der Marke Schiesser. Ein Paar Socken und ein durchgeschwitztes Hemd. Der feine Herr Renken hatte sich umgezogen, bevor er ins Café gegangen war.

Seine Jacke hing an einem Haken neben der Tür. Rupert tastete die Jacke ab. In der Brusttasche fand er einen Montblanc-Füller und einen kleinen Taschenkalender, für jeden Monat eine Seite.

Interessant, dachte Rupert. Hier drin sind garantiert seine privaten Termine. Die, die er nicht digital in seinen Kalender eintragen will, weil darauf die Sekretärin Zugriff hat.

So konnte der Terminkalender eines erfolgreichen Architekten unmöglich aussehen. Es gab nur wenige Einträge und dort stand jedes Mal: SM.

Rupert kratzte sich und flüsterte: »Hab ich dich, du geiles, kleines Schweinchen ...«

Mindestens zweimal pro Monat besuchte Nils Renken SM. Rupert notierte sich die Zeiten und steckte den Kalender dann wieder zurück. Er wusste, dass er keinerlei Befugnisse hatte für das, was er hier tat. Aber ein Kribbeln in den Handflächen sagte ihm, dass er auf dem richtigen Weg war.

Am liebsten hätte er den Slip mitgenommen, doch er wusste, dass er damit das Beweismittel ruinieren würde. Kein Richter akzeptierte es, dass Polizisten Beweismittel stahlen.

Die Schwüle tat Ann Kathrin gar nicht gut. Sie schätzte so sehr das Wetter an der Küste. Immer ein paar Grad kühler als im Rest des Landes, immer eine frische Brise um die Nase. Hier kam sie mit dem Kreislauf besser klar und fühlte sich viel wohler als in Köln, wo manchmal die Luft stand und nur über den Rhein her ein erfrischender Wind in die Stadt wehte.

Sie wurde jetzt sehr an ihre Kölner Zeit erinnert, und auch der Kopfschmerz war wieder da. Sie beschloss, nach Hause zu fahren und sich im Distelkamp ein bisschen hinzulegen und auszuruhen.

Leider machte sie den Fehler, den Briefkasten zu öffnen. Der Brief von der Krankenkasse hatte für sie die Ausstrahlungskraft einer schlechten Nachricht. Ja, sie spürte so etwas manchmal. Dinge trugen eine Energie. Nicht immer, aber an Tagen wie diesen, nahm sie es wahr.

Sie riss den Brief mit den Fingernägeln auf und las ihn, während sie die Wohnung betrat.

Sehr geehrte Frau Klaasen,
Sie haben für Ihre Mutter Pflegesachleistungen beantragt. Pflegebedürftig sind Personen, wenn sie aufgrund einer Krankheit oder Behinderung dauerhaft in erheblichem Maße Hilfe bei den Verrichtungen des täglichen Lebens aus den Bereichen Körperpflege, Ernährung oder Mobilität benötigen.

Zur Beurteilung ihrer Pflegebedürftigkeit haben wir den Medizinischen Dienst der Krankenversicherungen (MDK) eingeschaltet.

In seinem Gutachten stellt der Medizinische Dienst fest, dass die Voraussetzung zur Bewilligung von Leistungen nach der Pflegestufe I nicht vorliegt. Der für die Pflegestufe I erforderliche Hilfsbedarf von 90 Minuten täglich – davon mindestens 46 Minuten in der Grundpflege – wird nicht erreicht. Daher müssen wir Ihren Antrag auf Pflegeleistungen leider ablehnen.

Sie haben die Möglichkeit, gegen die in diesem Bescheid getroffene Entscheidung innerhalb eines Monats nach Bekanntgabe Widerspruch zu erheben.

Mit freundlichen Grüßen

Dieses Schreiben wurde maschinell erstellt und ist daher ohne Unterschrift gültig.

Die Entscheidung wurde nach Aktenlage getroffen.

Ihre Hand mit dem Brief fiel herunter, als ob sie nicht zu ihr gehören würde, und baumelte jetzt an ihrem Arm. Die Finger hielten den Brief aber weiter fest.

Spinnen die jetzt alle?, fragte Ann Kathrin sich. Ist die ganze Welt verrückt geworden?

Ihre Empörung über die Entscheidung nach Aktenlage war noch größer als ihr Kopfschmerz. Sie hängte sich ans Telefon und versuchte, einen Verantwortlichen zu sprechen. Denn auch wenn ein Schreiben maschinell erstellt und ohne Unterschrift gültig war, musste es doch irgendjemanden geben, der dafür die Verantwortung trug.

Aber da sie außerhalb der Geschäftszeiten anrief, wurde sie nur von einer Stimme mit metallischem Klang vertröstet.

Sie holte sich ein Glas Leitungswasser und ließ sich dann im Wohnzimmer auf die Couch fallen.

Vielleicht sollten wir das auch mal einführen, dachte sie. Heute können Sie Ihr Verbrechen leider nicht begehen, die Kriminalpolizei hat schon geschlossen.

Nein, tut uns leid, Sie rufen außerhalb der Bürozeiten an.

Dumm gelaufen, wenn Sie zu so einem schlechten Zeitpunkt überfallen worden sind. Können Sie das nicht in Zukunft während unserer Bürozeit erledigen?

Sie sah zur Decke und entdeckte eine Fliege, die sich im Spinnennetz verfangen hatte. Die Fliege lebte noch. Für einen Moment spürte Ann Kathrin den Impuls, einzugreifen und die Fliege zu befreien. Irgendwie wurde sie ja gerade Zeuge eines Verbrechens, oder war das da oben nur der natürliche Verlauf der Dinge?

Sie blieb liegen, trank ihr Wasser, massierte sich die Schläfen und dachte voller Wut über die Worte »Entscheidung nach Aktenlage« nach. Dabei wurde ihr Kopfschmerz schlimmer.

Sie hielt es auf dem Sofa nicht aus, ging in ihr Arbeitszimmer, setzte sich an den Computer und hackte eine E-Mail an die Krankenkasse und den Medizinischen Dienst in die Tasten. Mit ihren Worten bewegte sie sich am Rande einer Beleidigungsklage, das war ihr schon klar, aber den Prozess stellte sie sich brüllend komisch vor und war bereit, ihn zu riskieren.

In Steuerangelegenheiten kann man vielleicht nach Aktenlage entscheiden, schrieb sie, aber keineswegs, wenn es um Menschen geht, die muss man sich angucken.

Sie schrieb, dass sie den Brief als eine gelungene Satire über den neuen, kalten Wind, der durchs Land wehte, werte, aber keineswegs als ernst gemeinten Beitrag zur Klärung eines Problems. Sie unterschrieb auch nicht »mit freundlichen Grüßen«, sondern: »zornig, Ihre Ann Kathrin Klaasen«.

Bevor sie die Mail abschickte, korrigierte sie noch einmal: »Zornig, ganz sicherlich nicht Ihre Ann Kathrin Klaasen«.

Dem Anfang, »Sehr geehrte Damen und Herren«, fügte sie noch eine Klammer hinzu: »(man kann ja mal lügen)«.

Sie schickte die E-Mail ab, reckte sich, und die Kopfschmerzen waren verflogen. Statt sich auszuruhen, beschloss sie, ihre Mutter zu besuchen.

Sie fuhr in die Stadt, parkte bei der Post, zog sich in der Sparkasse die Kontoauszüge, kaufte in der Osterstraße ein paar Blumen, riss sich zusammen, um nicht einen Frustkauf neuer Bilderbücher zu machen, und fuhr dann zu ihrer Mutter.

Nils Renken stand im Cabarelo an der Theke, im Schutz einer weißen Säule. Dies war sein Lieblingsplatz. Halb lehnte er sich an die Säule, halb versteckte er sich dahinter. Er war gern mitten im Geschehen, ohne selbst immer gesehen zu werden. Besonders nach solchen Reiki-Sitzungen. Er hatte das Gefühl, das Blut in den Adern zu spüren. Noch immer fühlte er sich leicht, versöhnt mit sich selbst und der Welt.

Er löffelte sein Tiramisu ganz langsam. Als kleiner Junge wäre er für diesen Genuss gestorben. Und jetzt fütterte er den kleinen Jungen in sich.

Er wollte von niemandem angesprochen werden. Er wollte dieses Tiramisu genießen, seinen Espresso trinken und seinen Gedanken nachhängen.

Wie sollte er seiner Reiki-Meisterin beibringen, dass ihre neue Reiki-Schülerin ihn in ihrer Unbeholfenheit völlig verzaubert hatte? Ein Schauer lief ihm den Rücken runter bei dem Gedanken, er könne Silke mit so einer Aussage verärgern. Für ihn war sie eine Art Heilerin, die ihm ohne große Worte das Leben erträglicher machte.

Als Rupert die Lounge betrat, wusste Nils Renken sofort, dass der Mann zu ihm wollte. Er hatte überhaupt keine Lust auf ihn und suchte eine Stellung hinter der weißen Säule, zog sein iPhone und tat, als sei er in ein Gespräch vertieft.

Rupert ging schnurstracks auf ihn zu, lehnte sich mit dem Rücken gegen die Theke und sah Renken ungeniert beim Telefonieren zu. Renken drehte sich von ihm weg, sagte zu seinem imaginären Gesprächspartner: »Warte mal einen Moment, ich werde gerade gestört. Hier hat sich jemand zu mir gestellt.«

»Telefonieren Sie ruhig weiter. Lassen Sie sich von mir nicht stören, Herr Renken. Mein Name ist Rupert, ich bin von der Kripo Aurich.«

Gestisch bestellte Rupert sich ebenfalls einen Espresso. Der Wirt verstand. Die Espressomaschine war lauter als eine Harley Davidson, klang aber in Ruperts Ohren mindestens so gut.

Nils Renken legte sein iPhone auf die Theke und schob das Tiramisu zur Seite.

»Was wollen Sie von mir? Warum belästigen Sie mich hier?«

»Ich wollte Ihnen vorschlagen, mit mir Urlaub auf den Malediven zu machen. Außerdem würde ich gerne Ihr Auto gegen meins tauschen.«

Verständnislos sah Renken ihn an. Rupert fand sich unheimlich gut. Rhetorische Fragen wie: Was wollen Sie von mir? Warum belästigen Sie mich hier? beantwortete man am besten mit einer verwirrenden Gegenfrage, denn der andere konnte sich ja die Antwort selbst geben. Und genau das tat Nils Renken.

»Nachdem Sie Dr. Ollenhauer freilassen mussten, wollen Sie mich jetzt ersatzweise einkassieren? Sie machen einen schweren Fehler, Herr Kommissar. Sie wissen nicht, mit wem Sie sich anlegen.«

»Oh doch, das weiß ich. Deshalb gehe ich auch zweimal pro Woche zum Psychologen und heul mich da aus, weil ich vor lauter Angst nicht mehr schlafen kann. Mein Therapeut meint, es sei gut für mich, die Sache so schnell wie möglich zu beenden, bevor ich tablettensüchtig werde. Wenn ich Sie eingelocht habe, kann ich wieder schlafen, meint er. Was glauben Sie?«

»Sie sind ein Rüpel und eine Schande für Ihren Beruf.«

Der Wirt baute eine Espressotasse vor Rupert auf. Rupert nahm den kleinen Löffel und probierte provozierend von Renkens Tiramisu.

»Mit dieser Meinung«, sagte Rupert, »stehen Sie nicht alleine da. Ich kann Ihnen eine Menge Leute nennen, die Ihnen stehend für solche Aussagen Beifall spenden würden. Aber ich will ja nicht Schwiegersohn des Jahres werden, sondern ...«, er zeigte mit dem Löffel auf Renken, »Sie stecken bis zur Halskrause in der Scheiße.«

Als sei das das Stichwort gewesen, entfernte Renken sich mit der Entschuldigung: »Ich muss mal zur Toilette«.

Rupert wertete das als Punktsieg und nippte an seinem Espresso.

Er will mich provozieren, dachte Nils Renken. Er will, dass ich ihm eine reinsemmle, damit er dann einen Grund hat, mich mitzunehmen. Ich darf ihm keinen Grund liefern.

Renken ließ sich auf der Toilette kaltes Wasser über die Pulsadern laufen und legte sich einen Plan zurecht. Er wollte mit dem Mann nicht länger reden. Sein Anwalt musste her, und zwar sofort.

Er griff zu seinem iPhone. Da wurde ihm glühend heiß klar, dass er es auf der Theke hatte liegen lassen.

Ohne sich die Hände abzutrocknen, schoss er aus der Toilette heraus in die Lounge zurück. Rupert spielte an seinem Touchscreen herum. Mit einem Blick erkannte Renken, was Rupert da machte.

»Sie blättern in meinem Telefonbuch?«

Rupert nickte und tippte mit dem Zeigefinger auf das iPhone. »Ich will mir auch so ein Gerät kaufen. Ist das gut? Bis jetzt habe ich ja noch so ein stinknormales Handy.« Rupert zog sein Nokia und zeigte es vor. »Damit wirkt man ja wie einer aus der Steinzeit. Ich habe schon Angst, mit meinen Fingern so ein Ding gar nicht bedienen zu können. Wie machen Sie das eigentlich? Für einen Architekten haben Sie ja ziemlich dicke Wurstfinger. Tippt man da nicht dauernd irgendwelchen Mist ein?«

Renken steckte sein iPhone mit einer raschen Handbewegung

ein. Er wirkte dabei ungewollt wie ein Zauberkünstler, dem auf der Bühne der Trick misslungen ist und der jetzt schnell eine Requisite verschwinden lassen will.

Rupert lächelte überheblich. Er hatte längst, was er brauchte. Die zu dem Kürzel SM gehörende Telefonnummer.

»Sie gehen zu einer Domina? Wie ist die denn so? Empfehlenswert? Was sagt Ihre Frau dazu? Die findet das bestimmt toll, oder nicht?«

Renken reagierte nicht verunsichert, wie Rupert erwartet hatte. Er wich auch nicht zurück, sondern sah ihn eiskalt an. Rupert lief ein Schauer den Rücken runter.

Mit gepresster Stimme sagte Renken: »Noch ein bisschen lauter. Es hat nicht jeder gehört, Herr Kommissar. Ihnen ist schon klar, dass Sie gerade das Ende Ihrer Karriere eingeläutet haben, oder?«

Wie um etwas zwischen sich und Renken bringen zu müssen, griff sich Rupert den Teller Tiramisu, hielt ihn sich vor die Brust und baggerte mehrere Löffel davon in seinen Mund.

»Karriere?«, sagte Rupert und tat amüsiert. »Von Karriere würde ich in dem Fall nicht sprechen. Wollen Sie mal meinen Gehaltszettel sehen? Die meisten Ganoven verdienen mehr als wir Verbrechensbekämpfer. Wissen Sie, das macht es uns nicht gerade leicht, jemanden dazu zu bewegen, die Seiten zu wechseln.«

»Wenn Sie einen Haftbefehl haben, dann zeigen Sie mir den jetzt, und ich gehe mit. Wenn nicht, lassen Sie mich in Ruhe. Fragen beantworte ich nur über meinen Rechtsanwalt. Ist das klar? Übrigens, lassen Sie es sich schmecken. Das Tiramisu ist hier hervorragend.«

Renken drehte Rupert den Rücken zu. Rupert klatschte mit seiner flachen Hand auf Renkens Hintern.

Renken sprang nach vorn, fegte dabei seine Espressotasse samt Teller von der Theke und bückte sich rasch, um alles aufzuheben. Dabei funkelte er Rupert wütend an.

»Tut's noch weh?«, fragte Rupert. »Hat wohl ein strenges Händchen, Ihre Domina, was?«

Renken legte die Scherben auf die Theke, baute sich dann groß auf und richtete seinen Zeigefinger wie eine Waffe auf Rupert. Er sagte nichts. Er visierte ihn nur über diesen Finger an. Und Rupert wusste, dass er ab jetzt einen Todfeind hatte.

Beate fuhr an den Wallhecken vorbei. Die Landschaft hier in Rhauderfehn flößte ihr eine gewisse Ehrfurcht ein. Die Weiden bis zum Horizont und die Flussniederungen machten ihr klar, dass der Mensch nur zu Gast auf der Erde ist.

Entlang des Kanals war die Straße gerade wie mit dem Lineal gezogen. Auf eine augenfällige Weise stimmte alles und war doch künstlich. Die Siedlerhäuser schienen sich geradezu an der Straße festzuklammern, so als würde im Hinterland der Tod lauern und jede Entfernung vom offiziellen Weg mit der Sense bestrafen.

Sie sah vor sich den Kirchturm der evangelisch-lutherischen Gemeinde, und er kam ihr vor wie eine zu klein geratene Trutzburg gegen das Böse.

Sie wollte nicht zu nah heranfahren. Sie musste den Wagen irgendwo abstellen. Schließlich wollte sie die beiden überraschen und nicht von ihnen überrascht werden. Sie war von Oldenburg bis hierher fast eine Stunde gefahren. Sie parkte in der Schwarzmoorstraße und ging den Rest zu Fuß.

Versteckt zwischen uraltem Baumbestand lag das alte Gemäuer da, wie von Piraten als Rückzugsort gebaut. Beate schwitzte, und ihre Wut auf Rupert und sein Flittchen stieg mit jedem Schritt. Ein Fischreiher sah ihr nach.

Es führte keine asphaltierte Straße zum Haus. Es war eher ein wenig befahrener Feldweg. In den Hecken brummten Insekten.

Die Natur hier kam Beate übermächtig vor. Irgendetwas machte ihr Angst, je näher sie diesem Ort kam. Oder war es nur die Aufregung vor der Auseinandersetzung?

Sie legte sich Worte zurecht. Sie hatte alles mit Silke besprochen. Sie würde ihn sofort vor die Alternative stellen, jetzt und hier mit der anderen Schluss zu machen und sich zu ihr zu bekennen, oder sie würde ihn verlassen.

Doch je näher sie dem Haus kam, desto unsicherer wurde sie, ob er sich wirklich für sie entscheiden würde. Was, wenn er bereit wäre, ihr den Laufpass zu geben und erleichtert in die Scheidung einwilligen würde? Vielleicht schätzte sie ihn falsch ein?

So verunsichert, wie sie jetzt war, traute sie sich kaum noch näher. Für einen Moment haderte sie so sehr mit sich, dass sie fast umgekehrt wäre. Aber dann wurde etwas in ihr stärker, das eine Entscheidung suchte. So oder so.

Sie dachte daran, wie sie gemeinsam mit ihrer Freundin Nils Renken Reiki gegeben hatte. Als diese Energie zwischen ihnen floss, hatten ihre Handinnenflächen fast gebrannt. Sie konnte ihre einzelnen Organe im Körper spüren und fühlte sich von Liebe zu Rupert geradezu durchflutet. Oder war es nur Liebe an sich? War die gar nicht gebunden an Rupert?

Sie wusste jetzt wieder, dass sie eine starke Frau war, in der Lage, sich durchzusetzen. Ja, sie könnte auch ohne Rupert klarkommen. Wie oft hatte sie sich gefragt, wozu sie diesen eingebildeten Macho eigentlich brauchte.

Zu leben wie Silke war keine wirkliche Alternative für sie. Im Grunde ihres Herzens war sie ein Familienmensch.

Der Wagen der Ehebrecherin parkte im von einer Clematis zugewucherten Carport. Auch darin feierten die Insekten eine hörbare Orgie.

Sie wollte nicht klingeln, um den beiden nicht die Möglichkeit zu geben, sich auf ihren Besuch vorzubereiten. Am liebsten wäre sie wie eine Einbrecherin eingestiegen, aber auch das traute sie sich nicht so einfach. Stattdessen schlich sie ums Haus und versuchte, einen Blick durch die Fensterläden zu erhaschen.

Warum, fragte sich Beate, hält jemand bei dem Wetter alle Fenster geschlossen? Man ist doch dankbar für jedes kleine Lüftchen, das weht.

Die selbstgehäkelten Scheibengardinen mit Rosenmuster waren schneeweiß und wurden offensichtlich bestens gepflegt. Die Fenster waren alt und der Kitt bröckelig. Die Holzrahmen rissig. An der Scheibe klebten weiße Haare vom Wollgras.

Hier hatte schon lange niemand mehr Geld investiert.

Sie hat gar keinen Mann, dachte Beate, oder er interessierte sich schon lange nicht mehr für sie und das Haus. Ein Mann hätte doch längst die Fensterrahmen abgeschliffen und neu gestrichen. Eine Frau dagegen kommt vielleicht eher auf die Idee, Häkelgardinen zu waschen und neu aufzuhängen.

Sie musste über ihr eigenes Rollenbild kurz grinsen.

Sie kletterte auf eine Kompostkiste und sah von dort durch die Scheiben in ein kuscheliges ostfriesisches Wohnzimmer.

Auf den ersten Blick sah es einladend und gemütlich aus. Aber bei näherer Betrachtung auf merkwürdige Weise unbewohnt, wie ein Ausstellungsstück im Museum. Als hätte hier jemand ein Wohnzimmer nachgestellt.

Alles war sauber und sehr ordentlich. Alles stand am rechten Ort. Überall waren Deckchen und Kissen. Es stand Nippes herum, kleine Figürchen, Blumenvasen, eine Teekanne und die Tässchen drumherum gruppiert wie für eine Schaufensterdekoration. Von den Wänden hingen Marionetten an Fäden herab. Auf den Sitzkissen und Möbeln waren Puppen drapiert.

Hier wohnte jemand, der sehr kinderlieb war. Aber wo waren die Kinder? Machten sie keine Unordnung?

Beate hörte einen Ton. Ein Wimmern. Eine Art Singsang. War ihr Rupert dazu in der Lage, eine Frau dazu zu bringen, solche

Töne von sich zu geben?, fragte sie sich. Oder versuchte das Luder nur, ihn damit völlig verrückt zu machen?

Als sie ihre Nase gegen das Fenster drückte, um noch besser sehen zu können, klappte es ein Stück weit auf. Sie fingerte durch den Spalt und versuchte, es ganz zu öffnen.

Sie roch Vanille und Kokos. Sie vermutete, dass das Aroma von den Duftbäumchen stammte, die am Kronleuchter über dem Tisch baumelten.

Rupert hatte mal so ein Ding im Auto aufgehängt, allerdings mit Tannenaroma. Sie fand es unerträglich und hatte diesen Chemiemüll aus dem Fenster geworfen.

»Wir brauchen hier so etwas nicht«, hatte sie ihn ermahnt. »Es reicht, wenn wir lüften.«

Sie hob ein kleines Stöckchen auf. Damit gelang es ihr, das Fenster zu öffnen. Sie stieg tatsächlich ein und kam sich durchtrieben dabei vor, so, als würde sie ihr altes Leben hinter sich lassen und nun ein neues beginnen, eins voller Abenteuer.

Ihr Herz schlug bis zum Hals. Sie konnte es hören, und das Stöckchen in ihrer Hand zitterte, aber sie stand wirklich in der Wohnung.

Der Geruch der Duftbäumchen war durchdringend. Ihr wurde fast übel davon.

Wie kann jemand so etwas schön finden, dachte sie. Was sollte damit übertüncht werden? Gab es hier eine offene Kloake?

Nein, diesen Ton machte keine Frau beim Geschlechtsverkehr. Eher schon eine kleine, gequälte Katze, die irgendwo festsaß.

Beate blieb ganz still stehen und lauschte. Dann hörte sie eine weibliche Stimme.

»Psst! Alles ist gut, mein Liebling. Ganz ruhig. Lass es einfach nur zu. Ich werde dich sehr glücklich machen. Du ahnst nicht, wie schön das ist ...«

Beate hatte genug gehört. Na warte, dachte sie und pirschte los.

Fast lautlos bewegte sie sich durch einen kleinen Flur mit vergilbter Tapete. Sie atmete noch einmal tief durch, dann öffnete sie schwungvoll die Tür, wo sie ihren Mann mit ihrer Geliebten vermutete.

Zunächst sah sie nur diese Frau, über einen Tisch gebeugt. Doch darauf aalte sich nicht Rupert, sondern ein nacktes Baby. Auf einem Beistelltischchen lag ein silbernes Tablett. Und darauf Operationswerkzeug.

Wundspreizer. Klemmen. Blasenspritzen. Tupferzangen. Skalpellklingen. Kirschnerdrähte und eine Hohlmeißelzange.

Die Frau drehte sich um, und ihr Blick lähmte Beate. Mit ihrem Mut war es wie mit ihrem Regenschirm: Wenn sie ihn wirklich brauchte, dann war er nicht da.

Frank Weller verschluckte sich an seinem durchgeweichten Krabbenbrötchen und hustete, als er im Fischteichweg in Aurich in seinem Büro saß und die Nachrichten guckte. Mit seiner lächerlichen Föhnfrisur sah der Innenminister aus wie ein eitler Geck, der sich für unwiderstehlich hielt, mit dem Frauen aber höchstens aus Mitleid ausgingen oder weil es für ihr berufliches Fortkommen unabdingbar war.

Er sprach von einer dringend tatverdächtigen Frau, wollte aus ermittlungstaktischen Gründen aber keine näheren Angaben machen, was besonders dadurch konterkariert wurde, dass Sekunden vor seinem Auftritt im Fernsehen ein Foto von Angela Riemann gezeigt worden war. Angeblich wurde sie als Zeugin gesucht und die Bevölkerung um ihre Mithilfe gebeten.

»Na prima«, hustete Weller, »jetzt weiß sie wenigstens, dass wir sie für verdächtig halten und keineswegs nur als Zeugin suchen.«

Schrader sammelte Brötchenkrümel und Krabben, die auf seinem Hemd gelandet waren, auf und fragte: »Kann das weg, oder isst du das noch?«

»Der ... der macht nur Scheiße«, sagte Weller und zeigte aufs Fernsehen. »Als gesuchte Zeugin hätte sie sich möglicherweise gestellt, aber jetzt ...« Weller klopfte sich gegen die Stirn. »Die ist doch nicht bescheuert.«

»Naja«, sagte Schrader, »wenigstens wissen die Leute jetzt, dass wir einen Innenminister haben und wie der Kerl aussieht.«

»Ja, dafür hat der sich extra diese Clownsfrisur zugelegt«, grinste Weller und stopfte sich die letzten Reste seines Fischbrötchens in den Mund.

Schrader grinste. »Ja, so sahen in den fünfziger Jahren Traumprinzen aus.«

»Warum ruft die Pfeife sie nicht gleich an und warnt sie?«, schimpfte Weller mit vollem Mund.

Angela Riemann saß in Norden in der Gaststätte Goodewind und aß eine Scholle Finkenwerder Art, als ihr Handy piepste. Ihre Freundin Eveline Siegert aus Bottrop schickte ihr eine SMS:

Guckst Du gerade Nachrichten?
Die Polizei sucht Dich!

Die Ereignisse hatten sich in den letzten Tagen so sehr überschlagen, dass Angela völlig durch den Wind war. Sie fühlte sich ungeliebt, benutzt, missbraucht, hingehalten. Es ging ihr schrecklich. Sie hatte einen brennenden Hass auf Männer und auf die ganze Welt entwickelt.

Sie hatte vor sich umzubringen. Sie wollte Schluss machen. In der Frisia-Apotheke hatte sie sich mit genügend Schlaftabletten eingedeckt. Sie wollte langsam hinüberdämmern in eine andere, hoffentlich friedliche Welt und endlich ihre Ruhe haben. Das alles musste aufhören. So ging es nun wirklich nicht mehr weiter.

Ich kann die Dinge nicht mehr richten, dachte sie, höchstens mich selbst.

Sie spürte keine Kraft mehr in sich, ihr Leben zu verändern. Sie hatte nicht mal Lust, einen Versuch zu machen. Irgendwie hatte sie alles gegen die Wand gefahren. Rückwirkend betrachtet kam ihr ihr Leben vor wie eine Reihe verpasster Züge und eine Anhäufung getroffener Fehlentscheidungen. Andere hatten Männer, Kinder, Berufe, Familien. Und sie? Was hatte sie?

Bevor sie aus dem Leben schied, wollte sie aber noch einmal gut essen. Deswegen saß sie hier, abseits vom Touristenrummel.

Ich werde gesucht, dachte sie. Na klar. Das ist dann wohl der endgültige Tiefpunkt.

Sie bestellte sich ein großes Bier und einen doppelten Jägermeister auf Eis.

Als Beate aus ihrem Dämmerzustand erwachte, befand sie sich in einem stockdunklen Raum. Sie wusste nicht, ob dies noch zu ihrem Albtraum gehörte oder ob sie schon wieder in der Wirklichkeit war.

Sie hob den Kopf ein Stückchen an und ließ ihn kraftlos wieder herunterfallen. Er donnerte auf etwas, das metallen klang. Das Letzte, woran sie sich erinnern konnte, war das heiße Gefühl in den Armen, als der Wirkstoff der Injektion sich durch ihre Adern ausbreitete.

Was hat das gottverdammte Luder mir gespritzt?, fragte sie sich.

Sie versuchte, die Arme zu bewegen. Sie war auf eine kalte Fläche geschnallt.

Die Bilder der chirurgischen Gerätschaften explodierten in ihrem Gehirn wie ein Attentatsversuch.

Sie schrie.

Die einzige Antwort darauf war das Wimmern eines Babys. Oder hatte sie sich das nur eingebildet?

Vielleicht war es der Geschmack der Scholle, vielleicht lag es am Alkohol oder an der SMS. Oder es war ein Cocktail aus allem zusammen. Jedenfalls spürte Angela Riemann plötzlich wieder eine kribbelnde Energie.

Sie beschloss, sich nicht umzubringen. Noch nicht.

Als Rupert nach Hause kam und seine Frau nicht antraf, war er erleichtert. Er vermutete sie bei seiner Schwiegermutter. Bestimmt gluckten die beiden wieder zusammen und zogen gemeinsam über Männer her.

Sollten sie nur. Er hatte Besseres zu tun.

Er machte sich ein Bier auf, legte die Füße hoch und rief Frauke an. So eine kleine Nummer zwischendurch wäre jetzt genau nach seinem Geschmack gewesen.

Bei ihr sprang nur die Mailbox an.

Na klasse, dachte Rupert und nahm einen Schluck aus der Flasche. Meine Frau ist bei ihrer Mutter und meine Geliebte bei ihrem Mann. Und was mache ich jetzt?

Reichten zwei Frauen vielleicht gar nicht aus? Brauchte jemand wie er auch noch eine dritte für Notfälle?

Dann musste er wieder an diesen Nils Renken denken.

Rupert beschloss, diesem SM-Studio in Leer einen Besuch abzustatten. Am besten noch heute Abend. Konnte es etwas Peinlicheres für diesen arroganten Architektenschnösel geben als eine Aussage seiner Domina in den Ermittlungsakten? Und wusste die nicht viel mehr über ihn als alle anderen Menschen?

Rupert war gespannt auf diese Frau. An seiner Bierflasche nuckelnd, dachte er darüber nach, ob es sinnvoll sei, sich vorher telefonisch bei ihr einen Termin zu holen oder ob er überraschend dort auftauchen sollte.

Er grinste. Vermutlich konnte er sich die Kosten sogar erstatten lassen. Es war möglich, daraus eine verdeckte Ermittlung zu machen.

Aber dann entschied er sich, doch nicht als Kunde mit Voranmeldung dort aufzutauchen, sondern lieber als Kommissar. In welche Situation auch immer er dort hereingeraten würden, er stellte sich das spannend vor und er würde die Lage beherrschen, während es allen anderen nur peinlich wäre.

Er sah schon irgendeinen Freier vor sich herumwinseln, weil er Angst hatte, das Ganze könne rauskommen und seine Familie würde erfahren, wie Papi so seine Abende verbringt, wenn er angeblich Überstunden macht.

Rupert leerte die Flasche, dann putzte er sich die Zähne und gurgelte mit Mundwasser, um den Alkoholgeruch loszuwerden. Sein Blutalkoholgehalt bewegte sich garantiert nicht im justiziablen Bereich, aber er wollte den Kollegen erst gar keine Möglichkeit bieten, ihn zu schikanieren. Es gab genug Polizisten, die ihn hassten, das wusste er. Und manchmal genoss er es sogar. Hass ist auch eine Form von Anerkennung, dachte er.

Er musste dringend tanken. Er fuhr schon auf Reserve.

An der Tankstelle sah er ein Schild: *Coffee to go jetzt auch zum Mitnehmen.*

Da konnte er nicht widerstehen, und einen Donut mit Zuckerüberzug nahm er auch noch.

Alle waren hinter dieser Riemann her, selbst der Innenminister, diese taube Nuss, hielt sie für eine heiße Spur. Rupert wollte Nils Renken, Alexander Ollenhauer und Marion Hildegard als Mörder von Jule und Janis Freytag überführen.

Renken war das schwächste Glied in der Kette, denn er hatte Dreck am Stecken, und dem war das alles peinlich, weil er einen Ruf zu verlieren hatte.

Jetzt, dachte Rupert, brauche ich noch ein paar pikante Details. Und dann gehörst du mir, Renken. Und ich kassiere den Ruhm.

Er würde den Pressekontakt nicht Rieke Gersema überlassen, die dann ihren Freunden von der ostfriesischen Presse ein paar Details steckte. Oh nein. Er würde sich an eine der großen Talkshows wenden.

»Ich war der Kommissar, der die Monster zur Strecke brachte ...«

Der Gedanke daran war geiler als Sex mit Beate oder Frauke.

Er lenkte mit einer Hand, schlürfte seinen Kaffee und fuhr mit neunzig immer knapp überm erlaubten Tempolimit in Richtung Leer.

Ann Kathrin wusste nichts mit sich anzufangen. Sie fuhr in die alte Wohnung ihrer Mutter, um wenigstens noch ein paar Umzugskisten zu packen. Als sie dort ankam, staunte sie nicht schlecht. Es waren keine Möbel mehr in der Wohnung. Alles war leer und besenrein verlassen.

Zunächst glaubte Ann Kathrin an ein Verbrechen. Hatte sie vergessen, die Tür abzuschließen? Lebten wir inzwischen in solchen Zeiten, dass Leute mit einem Möbelwagen vorfuhren, eine ganze Wohnung ausräumten und dann verschwanden?

Sie ging durch die leeren Räume. Ihre Schritte hallten auf dem Parkettboden.

Nein, das hier war garantiert kein Verbrechen. Gangster fegten die Wohnung nicht aus, und sie hatte auch noch nie gehört, dass Einbrecher die Blumen von der Fensterbank mitgenommen hätten.

Sie klingelte bei einer Nachbarin. Sie hatte diese Frau nie wirklich leiden können. Sie sah aus wie die Hexe, die Ann Kathrin früher vor ihrem Knusperhäuschen stehen hatte, mit krummem Rücken und einer Warze an der Nase. Sie hatte einen dunklen Bartwuchs, und es schlich immer eine Katze um sie herum.

Die Frau roch säuerlich nach ranziger Butter, aber sie war, das wusste Ann Kathrin aus vielen Erzählungen, eine Seele von Mensch, die sich um verletzte oder verwahrloste Tiere kümmerte.

Ann Kathrin konnte nur einen kurzen Blick in den Flur werfen. Das Haus sah von innen mehr aus wie ein Stall, und so roch es auch.

»Nein«, sagte die runzlige Dame, »ich habe Ihre Mutter schon lange nicht gesehen, Frau Klaasen. Sie übrigens auch nicht. Aber ein paar junge Männer waren hier und haben alle Möbel eingeladen. Sie haben keine Rücksicht auf die Mittagsruhe genommen und mich in meinem Schlaf gestört. Ich brauche meinen Mittagsschlaf. Mir geht es selbst nicht gut. Richten Sie ihnen das bitte aus, wenn Sie sie sehen.«

Dann schloss die Dame die Tür ohne ein weiteres Wort.

Ann Kathrin fuhr zur AWO und traf in der Schulstraße ihren Sohn Eike, der gemeinsam mit zwei Freunden die neue Wohnung von Omi einrichtete.

»Du hast ja doch keine Zeit dafür, Mama«, sagte er. »Deine Mörder halten dich doch viel zu sehr auf Trab.«

Ein leicht resignierender, aber auch ironischer Unterton war unverkennbar.

»Du hast das alles gemacht?«, fragte Ann Kathrin.

Er nickte und wendete sich dann wieder seiner Arbeit zu. Er

schraubte den Wohnzimmerschrank zusammen, während sein Freund Uwe auf der beängstigend klapprigen Leiter balancierte und die Gardinen aufhängte.

Einerseits freute Ann Kathrin sich über ihren Sohn und seine Initiative. Am liebsten hätte sie ihn umarmt und sich bedankt, aber gleichzeitig kam sie sich plötzlich auch überflüssig vor und irgendwie als Versagerin.

Sie wollte schon verschwinden, dann ging sie noch einmal zurück und fragte, ob die Jugendlichen vielleicht Hunger hätten. Sie war bereit, ihnen ein Essen auszugeben.

Da sagten sie nicht nein und schickten Ann Kathrin mit ihrer Bestellung zu Gitti's Grill an der Norddeicher Straße. Sie wollten Ann Kathrin den Weg erklären, aber sie winkte ab. Natürlich kannte sie Gitti's Grill.

Nachdem sie im Restaurant Goodewind gut gegessen hatte und zweifellos auch ein bisschen angetrunken war, bewegte sich Angela Riemann auf der Norddeicher Straße auf die Filiale der Sparkasse Aurich-Norden zu. Sie beschloss, so viel Geld zu ziehen wie nur irgend möglich.

Bevor ich in die Nordsee gehe oder mir die Pulsadern öffne, dachte sie, will ich erst jeden Cent verprassen, den ich noch habe.

Während Ann Kathrin in Gitti's Grill ein Zigeunerschnitzel mit Pommes und Mayo, eine Riesencurrywurst mit Pommes und doppelt Mayo und einen Hamburger mit Pommes bestellte, um ihren Sohn und seine Freunde Uwe und Holger damit zu erfreuen, wankte Angela Riemann draußen vorbei.

Sie war mindestens ebenso voll wie ihr Portemonnaie. Sie vertrug eben keinen Alkohol, und der doppelte Jägermeister begann erst jetzt, ihr Nervensystem zu attackieren.

Ein paar Meter weiter stand sie zwischen Polizeiinspektion und der Alten Backstube. Draußen waren einige Raucher und zechten fröhlich. Das schwüle Wetter hatte sie mindestens ebenso sehr benebelt wie ihre Weizenbiere.

Sie erkannten in Angela Riemann gleich eine der ihren, und zwei der drei Zecher wollten sich gleich als Herzensbrecher ausprobieren. Dem dritten war es einfach noch zu warm.

Vielleicht hätte sie sich anders entschieden, wenn ihr die zwei Männer, die auf sie zukamen, sympathischer gewesen wären. Vielleicht hätte sie ein bisschen Smalltalk mit ihnen gehalten, sich beflirten und zu einem weiteren Bier und einem Jägermeister überreden lassen. Aber etwas an ihnen gefiel ihr nicht.

Sie hatten diese typischen Aufreißersprüche drauf. Vielleicht waren sie ihr auch einfach zu jung. Jedenfalls drehte sie sich plötzlich auf der Hacke um und lief in die Polizeiinspektion.

Ubbo Heide war eigentlich nur hergekommen, um sich nach Feierabend mit einem alten Freund und Boßelbruder, der in drei Tagen pensioniert werden sollte, auszusprechen. Ubbo war am Ende seines Lateins angekommen. Er brauchte selber Rat, und sowohl Innenminister als auch Staatsanwalt weckten in Ubbo den Wunsch, ebenfalls in Pension zu gehen.

Er fühlte sich zu alt, um sich solchen Anfeindungen und Schwierigkeiten länger auszusetzen.

Angela Riemann lief praktisch in Ubbos Arme. Sie rempelte ihn an, so dass er fast gestürzt wäre.

»Wer sind Sie?«, fauchte sie ihn an. »Lassen Sie mich durch! Ich will den Chef sprechen!«

»Ja, da sind Sie im Prinzip an der richtigen Adresse«, sagte er und richtete sich wieder auf. Sein Brustkorb schmerzte.

»Ich heiße Angela Riemann«, sagte sie. »Ich werde gesucht. Hier bin ich.«

Dann warf sie den Kopf geradezu stolz in den Nacken und verschränkte die Arme trotzig vor der Brust.

»Schön, Frau Riemann«, sagte Ubbo Heide überrascht. »Darf ich Sie dann bitten, mir zu folgen?«

Er drehte sich um und ging voran. Noch während er die ersten Schritte tat, dachte er darüber nach, dass dies ein Fehler war. Er musste die Delinquentin im Auge haben, nicht sie ihn.

Nun, da sie sich selbst stellte, konnten solche Vorsichtsmaßnahmen vielleicht vernachlässigt werden. Aber man wusste bei solchen Leuten nie, woran man war. Einige benahmen sich völlig vernünftig, ja oberlehrerhaft und drehten dann plötzlich von einer Sekunde auf die andere durch.

Genau so war es bei ihr. Sie entschied sich aus heiterem Himmel anders. Eine Welle der Wut schüttelte sie orkanartig. Sie packte einen Klappstuhl, der im Flur stand, und warf ihn nach Ubbo Heide. Dann rannte sie weg.

Das ungewohnte Geräusch ließ Ubbo herumfahren. Es gelang ihm gerade noch, die Hände zu heben und den Stuhl abzuwehren. Er krachte vor ihm auf den Boden.

»Halt!«, rief Ubbo Heide. »Bleiben Sie stehen! Machen Sie doch keinen Unsinn!«

Zu seiner Verblüffung tat sie genau, was er sagte. Sie blieb stehen, drehte sich langsam um, lachte dann hysterisch und krächzte: »Sie suchen mich. Hier bin ich. Was wollen Sie von mir?«

Mit zwei Schritten war Ubbo Heide bei ihr. Er würde sie nicht noch einmal entkommen lassen.

»Wo sind die Babys? Ina und Tina Müller?«

Er versuchte, Angela Riemann zu überrumpeln. In der psychischen Verfassung, in der sie sich befand, hoffte er, würde sie seinem Druck einfach nachgeben und hier auf dem Flur gestehen.

Doch sie lachte noch einmal. Diesmal klang es gequälter, wie das Lachen eines Menschen, der kurz davor war, verrückt zu werden.

»Ich habe die Kinder nicht, Herr Kommissar. Ich nicht! Das müssen Sie mir glauben!«

Noch bevor das Verhör von Frau Riemann überhaupt begonnen hatte, während sie noch vom Notarzt untersucht wurde und Ubbo Heide versuchte, Ann Kathrin herbeizuzitieren, kam ein Anruf von Charlie Thiekötter. Er klang ein bisschen betreten, als hätte er etwas zu beichten.

»Ubbo, wir haben die Ergebnisse aus den Niederlanden bekommen. Das dauert ja immer ewig bei denen, aber diesmal lag es nicht an ihnen, sondern an uns. Wir hatten gebeten, die Überwachungskameras in den Kaufhäusern zu überprüfen, ob Frau Riemann und Herr Müller dort gemeinsam einkaufen waren oder nur einer von ihnen. Wir hatten die Kassenbons und ...«

»Ja, ja, ja!«, unterbrach Ubbo Heide. »Was ist denn nun dabei herausgekommen?«

»Naja, die haben mir per E-Mail die Filme geschickt. Die sind bei mir aber im Spam-Speicher gelandet, und ich habe erst jetzt bei der Überprüfung ...«

Ubbo Heide stöhnte: »Was ist dabei herausgekommen, verdammt?«

»Sie waren beide in Groningen einkaufen, und zwar haben wir sie auf den Videokameras von drei Geschäften. Einmal von ...«

»Danke«, sagte Ubbo und drückte das Gespräch weg. Dann rief er erneut Ann Kathrin an.

»Ist nicht nötig, dass du kommst. Wir brauchen hier keine Verhörspezialistin. Frau Riemann sagt die Wahrheit, und sie hat ein Alibi für die Zeit der Kindesentführung. Sie hat mit Wolfgang Müller zusammen in Groningen eingekauft, genau wie sie von Anfang an behauptet haben.«

Ann Kathrin telefonierte beim Autofahren. Sie hatte Mühe, sich zu konzentrieren, und musste, als sie zur AWO abbog, scharf bremsen, um keinen Auffahrunfall zu verursachen. Dabei flogen ihr die bei Gitti eingekauften Speisen vom Fahrersitz, knallten gegen das Armaturenbrett und fielen in den Fußraum. Es roch nach Pommes, Zigeunersoße und Currywurst.

Ann Kathrin fluchte, aber bevor sie daranging, für ihren Sohn und seine Freunde die Pommes frites wieder einzusammeln und in den Schälchen zurechtzulegen, als sei nichts passiert, sagte sie zu Ubbo Heide: »Dann haben wir jetzt nur noch eine Verdächtige.«

Sie sprachen den Namen beide gleichzeitig aus: »Frau Professor Dr. Hildegard.«

Beate starrte die Frau an. Sie sortierte das Werkzeug für die Operation, und jedes Mal, wenn sie eine Schere, eine Zange oder ein Skalpell ablegte, gab es ein kleines, klirrendes Geräusch, das in Beates Phantasie den Tod ankündigte.

Die Frau machte alle Bewegungen langsam, ruhig, wie in Trance. Sie wirkte merkwürdig abwesend und summte ein Kinderlied.

»Lalelu, nur der Mann im Mond schaut zu,
Wenn die kleinen Babys schlafen,
Drum schlaf auch du.«

»Wenn Sie mich freilassen«, sagte Beate, »werde ich Sie nicht verraten. Sie können sich auf mich verlassen. Ich bin die Verschwiegenheit in Person. Ich werde mit niemandem darüber reden. Ganz bestimmt nicht.«

Beate wunderte sich, dass sie zu solch klaren Aussagen in der Lage war. Sie hatte Angst, verrückt zu werden, doch ihre Stimme war erstaunlich ruhig.

Erst als Beate den Filzstift auf ihrer Haut spürte, mit dem die Frau irgendetwas um ihren Bauchnabel herum einzeichnete, wurde Beate bewusst, dass sie nackt war. Dann hatte die Panik sie ganz. Sie konnte nicht mehr sprechen, sondern zitterte nur noch und hörte ihre eigenen Zähne gegeneinanderschlagen.

Jetzt begann die Frau zu sprechen.

»Ich verwandle Erwachsene nicht gern. Das ist immer so eine Riesensauerei. Am liebsten schmeiße ich Erwachsene einfach zum Kompost. Aber mit dir versuche ich es noch mal. Deine Haut ist ganz schön. Du erinnerst mich an meine Mutter.«

Sie kniff Beate in den Bauch, hob lappige Haut hoch und ließ sie wieder zurückfletschen.

»Du hast zu wenig Sport gemacht. Das kommt von diesen ständigen Diäten, dieses Auf und Ab. Zunehmen und wieder abnehmen, das macht die Haut schlaff. Hattest du Fettabsaugungen? Sowas brauchst du jetzt nicht mehr. Ich werde all dein Fett wegschaben und nur die besten Teile von dir verwenden.«

Lieber Gott, betete Beate leise für sich, lass mich wach werden und dies alles nur einen Albtraum sein.

»Du bist zu mir gekommen, weil du dir die Verwandlung wünschst«, sagte die Frau. »Du willst ein Püppchen werden. Aber eigentlich sind die Kinder vor dir dran. Du bist noch nicht sauber genug.«

Schlimmer als das Sprechen der Frau war es für Beate, die Linien des Filzstifts zu spüren, mit dem ihr Körper in Felder eingeteilt wurde.

Dann lenkte das Plärren eines Kindes die Frau ab.

»Du kommst später dran«, sagte sie. »Du musst dich noch ein wenig gedulden. Erst die kleinen Engelchen. Sie können es kaum noch abwarten.«

Rupert stand vor dem Achtfamilienhaus in Leer und schüttelte nur den Kopf. Da oben war also das SM-Studio, das Nils Renken ständig besuchte.

Es sieht aus wie ein stinknormales, spießiges Mietshaus, dachte er. Was ist nur aus dieser Welt geworden? Man erwartet hinter den Türen auch stinknormale Familien, aber doch sicherlich keinen Edelpuff.

Er ging zu Fuß hoch bis nach oben und sah sich jeden einzelnen Klingelknopf genau an, konnte aber nichts Verdächtiges entdecken.

Neben einer Fußmatte mit der Aufschrift »Herzlich willkommen« standen zwei leere Milchflaschen.

In der zweiten Etage hatte jemand einen Briefschlitz in der Tür und darüber einen Aufkleber, hier keine Werbung einzuwerfen.

In der dritten Etage bellte ein Hund hinter der Tür.

Dann war er endlich ganz oben. Er sah auf das Türschild. Silke Meiser.

Na klasse, dachte Rupert. Silke Meiser. SM. Das habt ihr ja clever gemacht. Der Laden hier ist garantiert bei der Sitte noch völlig unbekannt. Die Adresse wird nur von Kennern weitergegeben. Die kommen auf immer neue Ideen, sich zu tarnen.

Silke Meiser. Vor so viel Frechheit hatte er schon fast wieder Respekt.

Gegenüber vom Eingang stand die Tür halb offen. Der Junge dahinter hoffte darauf, wieder einen Blick auf Silke zu erhaschen.

Silke Meiser öffnete die Tür und enttäuschte Rupert. Sie war nicht in Lack und Leder gekleidet, sondern in luftig wallende orangene Tücher, durchsetzt mit goldenen Fäden. Sie lächelte Rupert an und erkannte ihn sofort.

»Mit dir«, sagte sie, »habe ich ja überhaupt nicht gerechnet. Ich erwarte eigentlich einen anderen Klienten. Aber komm nur rein.«

Dann zog sie ihn zu sich rein und freute sich: »Hat sie dich also doch geschickt, deine Beate. Kluge Entscheidung!«

Sie berührte seinen Haaransatz flüchtig, so als müsse sie eine Strähne zurechtstreichen. Ein Schauer durchrieselte Rupert vom Kopf bis zu den Füßen.

Hinter seiner Stirn kreiste die Frage: Warum ringst du sie nicht nieder, legst ihr Handschellen an und überprüfst sie erkennungsdienstlich?

Wie in einer dunklen Nacht am Horizont ein einsames Leuchtfeuer, so flackerte in seinem Bewusstsein immer wieder der Name auf: Beate. Beate.

Hatte die gerade wirklich den Namen seiner Frau erwähnt? Hatte die wirklich gesagt: »*Hat sie dich also doch geschickt, deine Beate*«? War das nur ein Versuch, ihn zu bluffen, oder wusste die tatsächlich, wie seine Frau hieß? Hatte diese gottverdammte Bande längst ein Netz um ihn gesponnen? Wussten die Gangster mal wieder mehr über die Polizei als die Polizei über die Ganoven?

Die Frau war von einer Aura umgeben, die ihn geradezu elektrisierte. Er wusste nicht genau, was mit ihm geschah. Wieder berührte sie ihn, diesmal seinen Unterarm, als wolle sie ihn liebevoll ins Innere der Wohnung geleiten.

»Lassen Sie mich los, oder ich breche Ihnen das Handgelenk!«, zischte er.

Sie lachte. »Ich mag solche Polizistenwitze nicht.«

Sie ging voran und versprach fröhlich. »Beate hat mir schon einiges von dir erzählt. Du bist ja genau der Typ harte Schale, weicher Kern. Das ist deine erste Behandlung, stimmt's?«

Rupert hatte einen Kloß im Hals, als er »Ja«, grunzte.

Etwas wie ein Urinstinkt meldete sich in Rupert und machte ihm deutlich, dass es unklug wäre, jetzt alles auffliegen zu lassen. Stattdessen spielte er einfach mit und achtete genau darauf, was geschah.

Sie führte ihn in einen Raum, der ihn an eine Höhle erinnerte, mit einer Massageliege in der Mitte. Wer sich die Wände in solch erdigen Farben strich, hatte für Rupert ohnehin einen an der Waffel.

Es irritierte ihn immer noch, dass sie den Namen seiner Frau wusste. Was lief hier eigentlich ab?

Rupert berührte die Liege, wie um sich zu vergewissern, dass sie wirklich im Raum war und er sich nicht in einem Drogenrausch befand. Hier amüsierte sich also der vornehme Herr Renken.

Was für eine Form von SM soll das denn sein?, fragte Rupert sich. Er sah keine Peitschen, keine Ketten, Masken, kein Lack und Leder.

»Du bist ja noch ganz aufgeregt und voller Stress. Wollen wir uns erst ein bisschen unterhalten? Ich könnte uns einen Tee machen und danach ...«

»Nein danke, ich trinke keinen Tee.«

»Willst du gleich eine Reiki-Behandlung?«

»Nennt man das jetzt so? – Was haben Sie mit meiner Frau zu tun?«

Es nervte Rupert, dass sie ihn die ganze Zeit duzte und er sie siezte. Normalerweise war das umgekehrt. Aber er schaffte es nicht, »du« zu ihr zu sagen. Von dieser Frau ging etwas aus, das ihn beeindruckte. Er ging sonst mit Huren anders um.

Sie hielt ihre Hände merkwürdig. Die Handflächen in seine Richtung, die Finger zusammen. Was hatte diese Frau vor?

»Woher kennen Sie meine Beate?«

»Hat sie dir das nicht erzählt? Wir sind Schulfreundinnen. Danach haben sich unsere Wege getrennt, aber jetzt hat das Universum mit seiner unergründlichen Weisheit uns wieder zusammengeführt.«

Misstrauisch hakte er nach: »Und meine Frau hat Sie hier besucht?«

»Ja. Sie will einen Grundkurs bei mir machen.«

Rupert hörte sich selbst kreischen: »In SM?«

»Ich glaube, du befindest dich in einem Irrtum. Du glaubst, dies hier sei ein Bordell, was?«

Rupert nickte. »Was denn sonst?«

»Ich bin keine Domina und auch keine Prostituierte. Ich bin Reiki-Meisterin.«

»Ach was?«

»Reiki ist der japanische Name für Universelle Lebensenergie. Der Mönch Usui Mikao hat Reiki wiederentdeckt und über die ganze Erde verbreitet.«

»Aha, und wie geht das? Was muss man da machen?«

»Reiki erfordert keine Willensanstrengung. Es ist ein kreatives Geschehenlassen, das die Selbstheilungskräfte des Menschen unterstützt.«

Rupert glaubte zu verstehen, und jetzt wurde ihm die Frau erst wirklich unheimlich. Er machte sich Sorgen um seine Beate. Mit einer Prostituierten wäre er leicht fertig geworden. Aber hier lauerte eine ganz andere Gefahr.

»Ich verstehe. Das ist irgend so ein Sektenscheiß.«

Scheinbar gab es nichts, das ihr Lächeln aus dem Gesicht putzen konnte.

»Mit einer Religion hat das alles nichts zu tun. Du kannst jeder Religion angehören. Wenn du Aspirin nimmst, musst du ja auch nicht katholisch sein, oder?«

»Und wenn ich mich jetzt dahin lege, was passiert dann?«

»Du musst nichts weiter tun, als es zuzulassen und zu atmen. Ich werde dir dabei die Hände auf bestimmte Körperstellen legen und die Reiki-Energie fließen lassen. Sie geht genau dorthin, wo sie gebraucht wird. Du wirst sehen, das ist sehr angenehm.«

»Zweifellos. Und das haben Sie mit meiner Beate gemacht?«

»Du bist so voller Misstrauen und voller Missgunst. Wer kein Vertrauen in andere hat, hat auch kein Vertrauen in sich selbst.«

»Mäßigen Sie sich mal, sonst rufe ich die Sitte an, und die machen Ihnen den ganzen Laden hier dicht!«

Sie lachte hell und fröhlich. »Bevor du dazu übergehst, mein Leben zu verwüsten, solltest du vielleicht lieber versuchen, dein eigenes auf die Reihe zu kriegen. Was meinst du?«

Rupert richtete den Zeigefinger auf sie und feuerte seine Sätze wütend ab: »Sie werden mir jetzt meine Fragen beantworten, oder ich lasse Sie und den ganzen Laden hier hochgehen! Zumindest die Freunde vom Finanzamt würden sich bestimmt über einen kleinen Tipp von mir sehr freuen. Oder lassen Sie die Zahlungen von Herrn Renken durch die Bücher gehen?«

Das saß. Etwas in ihr schrumpfte zusammen. Ihre Haltung veränderte sich. Ihre Körperspannung ließ nach. Ihre Schultern hingen nach vorn. Ihre Handinnenflächen waren jetzt nicht mehr zu ihm ausgerichtet, sondern sie legte sich beide Hände auf die Brust.

»Deine Frau weiß, dass du ein Verhältnis mit dieser Frauke hast. Sie leidet darunter. Sie möchte, dass alles wieder gut wird. Sie will dir gerne die fehlende Liebe geben, deshalb bist du doch hier, oder nicht?«

»Sie wollen mir also weismachen«, schimpfte Rupert, »dass meine Frau glaubt, ich hätte ein Verhältnis mit irgendeiner Frauke?«

»Gib dir keine Mühe, weiter zu lügen. Sie weiß Bescheid. Sie ist hingefahren und will sich diese Frauke mal vorknöpfen. Ich habe sie gewarnt und ihr gesagt, rede lieber mit deinem Mann, aber sie will die direkte Konfrontation mit der Ehebrecherin. Ein typischer Fehler, wie Frauen ihn halt so machen. Ich fände ein Gespräch zwischen euch dreien besser. Ich würde gerne als Mediatorin zur Verfügung stehen.«

»Mo... Mo... Moment mal!«, stotterte Rupert, »heißt das, meine Frau ist unterwegs zu ...«

Silke nickte.

»Woher weiß die denn überhaupt, wo die wohnt?«

»Ich helfe den Menschen dabei, sich zu finden«, fuhr Silke fort. »Detektivin bin ich nicht. Aber Frauen merken so etwas immer. Jede geht nur anders damit um. Die eine frisst den Kummer in sich hinein, die andere macht sich besonders attraktiv für ihren Mann, geht voll in die Konkurrenz, die nächste führt sich auf, liefert einen irren Tanz, eine andere lässt sich scheiden – es ist doch immer das gleiche Spiel.«

Rupert wollte nur noch raus. Aber in der Tür blieb er kurz stehen und drehte sich noch einmal um.

»Ist Ihnen klar, dass ich Sie mitnehmen könnte? Ich könnte Ihnen verdammt viele Schwierigkeiten machen, wenn ich will. Ich werde das nicht tun. Es ist mir scheißegal, was Sie in dieser Wohnung hier anrichten und wem Sie die Hände wo auflegen. Aber Sie werden meine Frau nie wieder treffen. Ist das klar? Und wehe, Sie greifen jetzt zum Telefon und rufen sie an. Sie kennen sie überhaupt nicht. Vergessen Sie, dass Sie jemals zusammen in einer Schule waren, sonst mache ich Ihnen das Leben zur Hölle!«

Sie hatte jetzt doch Angst vor seiner Wut. Sie brachte die Liege zwischen sich und Rupert.

Er verlangte: »Und jetzt setzen Sie sich hin und schreiben alles auf, was Sie über Nils Renken wissen. Seine geheimen Vorlieben, warum er hierhin kommt. Er wird doch bestimmt so einiges ausplaudern, während Sie an ihm rumfummeln und die Energie fließen lassen. Ich will, dass Sie das alles unterschreiben und mir übergeben. Dann haben Sie mit keinerlei Schwierigkeiten zu rechnen. Und wehe, Sie warnen ihn! Es geht nicht um Sie. Ich will nichts von Ihnen. Ich will Nils Renken, und Sie werden mir alles sagen, was Sie über ihn wissen.«

Sie protestierte: »Was in diesen Räumen geschieht, wird diese Räume nie verlassen. Mein Geschäft lebt von der Diskretion. Meine Klienten wissen, dass sie mir alles anvertrauen können und es bei mir gut aufgehoben ist.«

»Ja, kann ja sein! Und meins lebt von der Indiskretion!«, schrie Rupert und klatschte mit der Faust auf die Massageliege.

Dann flüchtete er geradezu aus der Wohnung. Als er die Treppen hinunterlief, schimpfte er: »Was ist aus dieser Welt nur geworden? Reiki?! Ja, drehen denn jetzt alle nur noch am Rad?«

Nachdem sie Tina gewaschen hatte, begann sie, sie einzubalsamieren und die Haut zu massieren. Das Kind wurde nicht wach. Die Arme hingen schlaff herunter.

Aber Beate kreischte im Keller, und obwohl sie auf dem Operationstisch angeschnallt war, gelang es ihr, das Teil in Bewegung zu setzen und holpernde Geräusche zu machen, die so heftig waren, dass sie aus dem isolierten Raum nach oben drangen.

Zornig ließ sie Tina auf dem Handtuch liegen und lief runter zu Beate.

Die bog ihren Körper gerade auf dem Tisch durch, sodass nur noch ihr Hinterkopf, ihre Hacken und ihre Handgelenke die Stahlplatte berührten. Der Rest erhob sich, zitternd vor Anstrengung, in die Luft.

Aus zwei langen Neonröhren fiel fahles Licht auf Beate herab. Sie bog sich ihnen entgegen.

Sie schlug hart mit der Faust zu. In die Rippen, in den Magen und dann in Beates Gesicht.

»Glaubst du, ich weiß nicht, warum du gekommen bist?«, kreischte sie und prügelte dabei weiter auf Beate ein. »Du willst ihn mir wegnehmen! Ich kenne euch! Ihr wollt mir alle immer nur etwas wegnehmen! Ihr habt mir meine Kinder weggenommen, meine Männer, meine Freunde! Alles, alles habt ihr mir immer weggenommen!«

Es lag so viel Wut in ihren Schlägen und so viel enorme Kraft, dass Beate ihre Rippen krachen hörte. Sie plumpste auf die glänzende Stahlfläche zurück, und unter ihr breitete sich eine warme Flüssigkeit aus. Es war ihr eigenes Blut.

»Ihr macht alles nur kaputt! Alles!«, stöhnte die Frau und begann jetzt, Beates Gesicht mit wenigen gekonnten Griffen zu untersuchen.

»Glaubst du, ich will so eine entstellte Puppe haben? Da kann ich dich auch gleich ins Moor zu den anderen werfen. Mir nimmt keiner mehr was weg! Mir nicht! Meine Puppen bleiben bei mir! Du kannst eine wunderschöne Puppe werden oder ein elender Fleischklumpen, den sich die Fische holen.«

Jetzt klatschte sie mit der flachen Hand gegen Beates linke Brust, als würde sie einem Kind Ohrfeigen verpassen.

»Ich glaube, ich will gar nicht, dass du mein Püppchen wirst. Du hast es gar nicht verdient. Du bist für die Verwandlung doch gar nicht bereit. Du gehörst zu den Dieben, die einem alles wegnehmen wollen. Die passende Verwandlung für dich ist es, Tierfutter zu werden oder einfach auf einem Müllplatz zu verrotten.«

Lieber Gott, bitte hilf mir und verzeih mir meine Sünden, betete Beate. Ich werde wieder regelmäßig zur Kirche gehen. Ich werde jeden Tag eine Kerze für dich anzünden. Ich werde dir in meinem Haus einen Altar errichten. Aber bitte hilf mir, lieber Gott! Lass mich jetzt nicht hier so sterben, in den Händen dieser Wahnsinnigen ...

Ann Kathrin Klaasen hatte das Gefühl, Frau Professor Dr. Hildegard sei gewarnt worden und hätte ihren Besuch bereits erwartet. Sie fragte sich, wer, verdammt nochmal, innerhalb der Polizeiinspektion Aurich das Singvögelchen war. Oder kam der Hinweis aus dem BKA?

Frau Dr. Hildegard hatte nicht gerade eine Tafel gedeckt oder ein Büfett vorbereitet, aber trotzdem wirkte die ganze Situation auf Ann Kathrin, als sei Frau Dr. Hildegard bestens vorbereitet.

Sie war perfekt geschminkt und tadellos angezogen. Sie sah gar nicht aus wie eine Frau, die sich ungezwungen nach Feierabend in ihrem eigenen Haus bewegte.

Im Wohnzimmer stand ein Laufband, daneben lagen mehrere Hanteln, und eine Maschine zur Stärkung der Rückenmuskulatur stand an der Wand. Das Buchregal, zu dem Ann Kathrin als Erstes ging, war voll mit Fitness-Literatur. Außerdem zwei Reihen mit chirurgischer Fachliteratur. Der Schumpelick in einer Reihe mit dem Pschyrembel, Müller und Hirner.

Auf dem Sofa lagen zwei gefaltete Decken von Gözze aus einhundert Prozent Polyester. Ann Kathrin fragte sich, was Frau Dr. Hildegard bis eben gerade getan hatte. Der Fernseher lief nicht, es lag kein aufgeschlagenes Buch herum. Es gab kein halbvolles Weinglas, keine Kaffeetasse. Die Wohnung machte in ihrem aufgeräumten Zustand einen fast unbewohnten Eindruck.

Frau Professor Dr. Hildegard trug halbhohe Schuhe, mit denen sie genauso gut in die Oper hätte gehen können. Außerdem ein leichtes, knielanges Kleid mit Spaghettiträgern.

Es war ein raffiniertes Kleid, fand Ann Kathrin, locker, sportlich, leicht, aber durchaus geeignet, um damit an gesellschaftlichen Anlässen teilzunehmen.

Alles an der Frau wirkte überlegt, durchdacht, ja, gestylt. Sie wusste genau, wie es ging, zeigte ihre Reize, ohne auch nur im Geringsten billig zu wirken.

War sie die Wuchtbrumme, von der der alte Herr Böckler im Seniorenheim gesprochen hatte? Am liebsten hätte Ann Kathrin ihr die Frage einfach so gestellt.

Weller bemühte sich, woandershin zu gucken, er wollte nicht, dass Ann Kathrin ihn dabei erwischte, wie er die körperlichen

Vorzüge dieser Frau taxierte, denn er wusste, wie allergisch Ann Kathrin auf so etwas reagierte.

Ann Kathrin folgerte aus der Situation im Eingangsbereich, in der Küche und im Wohnzimmer, den Räumen, die sie einsehen konnte, dass Professor Dr. Hildegard bis vor wenigen Minuten die Zeit in einem anderen Zimmer verbracht hatte. Vielleicht war sie auch nicht einmal alleine, oder für wen hatte sie sich um diese Tageszeit so schick gemacht?

Weller eröffnete das Gespräch: »Wir haben noch einige Fragen an Sie, Frau Dr. Hildegard. Es geht um die Zwillinge.«

Sie bot großzügig Platz auf ihrer Wohnzimmercouch an und setzte sich selbst in den Sessel.

»Ich habe alles, was ich über die Moorleichen weiß, in meinen Bericht geschrieben. Wenn ich etwas Neues erfahre, informiere ich Sie natürlich sofort ...«

Ann Kathrin hakte nach: »Es geht nicht um die Moorleichen, sondern um das Zwillingspärchen, das in Norden und Norddeich entführt wurde: Ina und Tina Müller.«

Frau Dr. Hildegard zeigte ihre offenen Handflächen vor und machte einen demonstrativ erschrockenen Eindruck. »Mein Gott – sind sie tot? Ich komme sofort in die Pathologie. Man hätte mich doch informieren müssen!«

»Nein, Sie sollen keine Obduktion durchführen, sondern unsere Fragen beantworten. Wir haben die Kinder noch gar nicht. Wir suchen sie.«

»Und da kommen Sie zu mir?«

Ann Kathrin und Weller nickten gleichzeitig. Dann zählte Ann Kathrin es an ihren Fingern auf: »Erstens, die Kinder wurden mit hoher Wahrscheinlichkeit von einer Frau entführt. Zweitens, eine Frau hat versucht, aus der Elisabeth-Klinik in Oldenburg Zwillinge zu entführen.«

»Ich weiß. Dort arbeitet meine Schwester.«

»Ihre Zwillingsschwester«, ergänzte Ann Kathrin und zählte

weiter: »Drittens, wer auch immer unsere Moorleichen ausgestopft hat, die Person muss etwas von Chirurgie verstehen und das entsprechende Werkzeug haben.«

Frau Professor Dr. Hildegard lachte gekünstelt auf, und ihr Gesicht verzog sich zu einer schiefen Fratze. »Ach, und jetzt glauben Sie, ich hätte Ihre Zwillinge entführt, um sie zu plastinieren und dann ins Moor zu werfen? Frau Klaasen, ich weiß, dass Sie als Kommissarin einige spektakuläre Fälle gelöst haben und weit über Ostfriesland hinaus bekannt sind, aber jetzt fangen Sie an, an Ihrem eigenen Ast zu sägen und sich lächerlich zu machen.«

Ann Kathrin antwortete mit einer Gegenfrage: »Dürfen wir uns mal Ihr Haus anschauen, Frau Professor?«

»Ich hoffe, Sie haben dafür eine richterliche Anordnung?«

»Nein«, sagte Ann Kathrin, »haben wir nicht. Wir hofften auf Ihr Verständnis und Ihre Mitarbeit. Wir haben doch alle ein Interesse daran, dass der Verdacht, der hier auf Sie fällt, so schnell wie möglich weggewischt werden kann.«

Eigentlich hatte Rupert einen Termin beim Norddeicher Shantychor, um in der alten Polizeistation vorzusingen, aber das hatte er völlig vergessen. Andere Dinge waren übermächtig geworden.

Er wollte ein Zusammentreffen zwischen Frauke und Beate verhindern. Wenn er vor die Wahl gestellt werden würde, so würde er sich auf jeden Fall für Beate entscheiden, das war ganz klar für ihn. Frauke war ein Abenteuer. Mehr nicht.

Während er fuhr, griff er sich unwillkürlich an den Hals, an die Stelle, wo Frauke ihn nach der ersten Liebesnacht mit der Nagelfeile verletzt hatte. Während der Fahrt nach Warsingsfehn wählte er dreimal Fraukes Handy an, aber dort meldete sich immer nur die Mailbox. Er versuchte auch, Beate zu erreichen, ebenfalls erfolglos.

Er stellte sich vor, dass die beiden Frauen sich gegenübersaßen und angifteten. Vielleicht war es aber auch schlimmer und zwischen ihnen war längst Einigkeit entstanden darüber, was für ein lausiger Liebhaber er war, was für ein untreuer, unzuverlässiger Mann, und, wenn er Pech hatte, entschieden sie bereits über seine Zukunft. Er hatte dabei nicht mal mehr ein Wörtchen mitzureden.

Er erinnerte sich an einen Filmdialog. *Betrogene Frauen können zu Furien werden*, hatte da jemand gesagt, und jetzt befürchtete Rupert das Schlimmste. Am liebsten wäre er mit einem Mobilen Einsatzkommando aufgetaucht, um sich abzusichern. Aber vielleicht war ja alles auch gar nicht so schlimm, und er erwischte Frauke allein im Haus. Dann, stellte er sich vor, könnte er sie überzeugen, Beate irgendwie abzuwimmeln.

Doch vermutlich wollte Beate gar nicht mit Frauke reden, sondern nur mit ihrem eifersüchtigen Ehemann. Ihm würde sie alles stecken, und Rupert hoffte, noch rechtzeitig zu kommen, um den Typen daran zu hindern, Frauke zu verhauen. Oder am besten, Beate daran zu hindern, es ihm zu erzählen.

Rupert gab Gas.

Er wurde auf der A 31 geblitzt. Er fuhr zweiunddreißig Stundenkilometer zu schnell. Egal, dachte er. Alles völlig egal. Und wenn sie mir den Führerschein abnehmen. Sollen sie ihn doch haben!

Rupert parkte auf dem Feldweg und ging die letzten Meter zu Fuß. Beates Auto hatte er nirgendwo gesehen, was ihn sehr erleichterte. Entweder kam er noch früh genug oder sehr viel zu spät, und hier war alles bereits gelaufen.

Das Haus sah friedlich aus, wie ein Hexenhäuschen in der Abenddämmerung. Drinnen leuchtete kein Licht. Es waren aus dem Haus keine Geräusche zu hören. Mehrere Vögel stritten sich, wenn Rupert sich nicht täuschte, waren es Saatkrähen. Für Rupert war ihr Gekrächze geradezu symbolisch für einen Ehekrach.

Der Klingelknopf sah aus, als sei er mindestens so alt wie das Haus, und Rupert hegte Zweifel, ob das Ding überhaupt funktionierte. Aber drinnen ertönte ein Glöckchen. Mit Kinderschrift geschrieben, fast verwittert, las er den Namen Mannigs.

Frauke öffnete ihm sofort, als habe sie hinter der Tür gewartet. Sie sah anders aus als sonst. Ihr Blick war eisig, stechend. Ihre Haare hingen wirr herunter.

Rupert folgerte daraus, dass sie die Auseinandersetzung mit ihrem Mann bereits hinter sich hatte. Trotzdem fragte er mit einem letzten Funken Hoffnung: »War meine Frau schon hier? Hat sie deinem Typen alles erzählt?«

Frauke zog ihn ins Haus.

Rupert registrierte all die Puppen, aber er merkte nicht, dass mit ihnen etwas nicht stimmte. Er hatte sich schon als kleiner Junge nie für Puppen interessiert, sondern immer mit Autos gespielt, mit einer Ritterburg und mit zwei silbernen Colts.

Die vielen Duftbäumchen, die von der Decke hingen, machten ihm das Atmen schwer. Er konnte den Impuls, die Fenster aufzureißen, nur mit Mühe unterdrücken.

Wie kann jemand bloß zwischen all diesen Düften, die sich am Ende zum Gestank vereinigen, leben, fragte er sich.

»Deine Frau weiß alles«, sagte Frauke.

»Ich werde mit ihr reden«, versprach Rupert, »damit sie deinem Mann nichts erzählt.«

Frauke lächelte. »Mein Mann ist nicht da. Bist du gekommen, um mir zu helfen? Willst du mit mir abhauen? Komm, wir lassen alles hinter uns. Diese beschissene Moorgegend, die ohne Touristen mindestens so tot ist wie deutsche Museen an Heiligabend.«

Rupert fand diesen Vergleich merkwürdig, sagte aber nichts dazu. Sie klebte plötzlich an ihm, presste ihren Körper gegen ihn, streichelte mit der rechten Hand durch seine Haare, und er spürte die Fingernägel ihrer linken auf seinem Rücken.

»Lass uns gemeinsam abhauen, Geliebter. Drehen wir der Welt den Rücken zu. Wie viel kannst du flüssig machen? Wir brauchen nicht viel. Irgendwo einen Strand, und dann fangen wir neu an. Ich hab ein bisschen was gespart.«

Er versuchte, sich aus ihrem Griff zu befreien, was ihm schwerfiel, da er ihr nicht weh tun wollte.

»Schlaf mit mir«, sagte sie. »Jetzt. Hier. Lieb mich. Und dann hauen wir gemeinsam ab.«

Frau Professor Dr. Hildegard fuhr jetzt eine Taktik, die Ann Kathrin sofort durchschaute. Sie verbündete sich mit Weller.

Sie kratzte sich mit dem Fingernagel am Oberschenkel, wobei sie scheinbar unabsichtlich ihr Kleid ein bisschen lüften musste. Natürlich genau so, dass Weller, der sich immer noch bemühte, woandershin zu gucken, es mitbekam. Er versuchte, sich ganz auf Ann Kathrin zu konzentrieren, was ihr als Frau gefiel, denn sie spürte, dass ihr Mann nicht so leicht zu haben war. Als Kommissarin ärgerte es sie, denn er hatte gefälligst die Verdächtige einzuschätzen, und dazu musste er auch die kleinste Geste von ihr registrieren und in das Gesamtbild einordnen.

Ann Kathrin musste sich selbst eingestehen, dass Weller es ihr gar nicht recht machen konnte, völlig egal, was er tat. Entweder als seine Freundin oder als seine Chefin fand sie es falsch. Er tat ihr ein bisschen leid.

Frau Dr. Hildegard sprach in seiner Richtung: »Als Sie mich

mit Ihrem Kollegen Rupert in der Pathologie besucht haben, kamen Sie mir sehr intelligent vor, Herr Weller. Sie haben die richtigen Fragen gestellt, hatten eine klare Strategie und haben sich nicht durch den zweifellos schönen Anblick unserer Putzfrau ablenken lassen, ganz im Gegensatz zu Ihrem Kollegen.«

Sie kratzte sich nun noch etwas höher am Oberschenkel, aber das sah nur Ann Kathrin. Weller konzentrierte sich jetzt auf die Fachliteratur und zog ein chirurgisches Fachbuch aus dem Regal. Er schaffte es, anders als Ann Kathrin, nicht, auf dem Sofa sitzen zu bleiben.

»Ich kann schon verstehen, dass Ihr Kollege so auf Frauke Mannigs abfährt. Sie hätte auch wirklich einen guten Partner verdient. Sie ist ein ganz trauriger Fall. Wir haben gemeinsam studiert.«

»Eine Putzfrau hat Medizin studiert?«, hakte Ann Kathrin nach.

»Ja, aber sie hat es nicht zu Ende gebracht. Nach dem Physiologiepraktikum hat sie abgebrochen. Wir haben noch an richtigen Tierversuchen gelernt. Heute lehnen das ja viele ab. Aber klassische Froschversuche oder die Arbeit an narkotisierten Kaninchen gehörten bei uns noch dazu.«

»Gibt es denn sinnvolle Lernziele, die man nur durch Tierversuche vermitteln kann?«, fragte Ann Kathrin.

»Na, heutzutage gibt es auch zahlreiche Alternativmethoden. Allerdings vertrete ich noch die alte Praxis. Die Studenten müssen lernen, ihren Ekel zu überwinden und mit lebender Materie umzugehen. Ärztliches Handeln kostet eben auch oftmals Überwindung.«

»Und die hat Ihre Kollegin nicht länger aufgebracht?«, fragte Weller vom Buchregal aus und klappte einen dicken Schinken zu. Er wusste, dass die Affären von Rupert Ann Kathrin überhaupt nicht gefielen, vor allen Dingen nicht, wenn sie etwas mit ihrem Dienst zu tun hatten. Nun, eine Putzfrau in der Pathologie war ja noch keine Zeugin, aber Weller spürte, dass Ann Kathrin innerlich schon wieder bebte. Jetzt sammelte sie kein Material mehr für den Fall hier, sondern eher für ein Disziplinarverfahren gegen Rupert.

»Und Rupert hat jetzt etwas mit ihr laufen?«

Ann Kathrins Frage ging mehr in Richtung Weller, doch Frau Dr. Hildegard beantwortete sie: »Nun, sie sind beide erwachsene Menschen. Gönnen wir ihnen ein bisschen Spaß. Frauke ist mit dreizehn Jahren schon schwanger geworden und hat keine einfache Zeit hinter sich. Das Kind starb bei der Geburt. Ich glaube, es waren sogar Zwillinge. Sie selber ist wohl jahrelang mit dem Trauma herumgelaufen. Sie glaubt nicht wirklich an die Totgeburt, sondern, dass die Frühchen nach der Geburt zur Adoption freigegeben wurden. Ich vermute, das hat sie sich so zurechtgelegt, um mit dem Schmerz fertigwerden zu können. Wer erträgt schon mit dreizehn den Tod seiner Kinder ...«

Ann Kathrin lehnte sich zurück, und ihr Verdacht, vor der Mörderin zu sitzen, wuchs.

Sie ist äußerst raffiniert, dachte Ann Kathrin. Sie versucht uns gerade eine neue Verdächtige unterzuschieben. Die Putzfrau aus der Pathologie. Na klar. Das wäre ja auch zu schön. Das Einzige, was an deiner Geschichte stimmt, Frau Doktor, ist garantiert, dass sie etwas mit Rupert laufen hat. Der fängt mit jeder was an, die ihn ranlässt.

»Sie meinen also«, fragte Ann Kathrin, »die Gute könnte ebenso mit einem Seziermesser umgehen wie Sie?«

Frau Dr. Hildegard nickte. »Sie war sehr gut. Offen gestanden, erinnere ich mich daran, wie sie mir half, einen präparierten Frosch mit Nadeln zu fixieren. Aber als Chirurgin könnte sie nicht arbeiten. Sie hat eine dunkle und eine helle Seite. Es wechselt sehr schnell. Manchmal ist sie ein fröhliches, aufgeschlossenes Wesen.«

Clever, dachte Ann Kathrin, sehr clever von dir. Und du hast uns auch brav alle Räume gezeigt. Nur eben nicht den Keller. Für wie blöd hältst du uns eigentlich?

Ann Kathrin erwartete nicht, im Keller großartige Hinweise zu finden. Frau Dr. Hildegard war in der Lage, ihrem merkwürdigen Hobby in der Pathologie zu frönen. Dort, wo es niemandem seltsam vorkam, wenn Leichen herein- und herausgebracht wurden. Wo es Kühlräume gab und alle technischen Möglichkeiten …

Wie verrückt muss jemand sein, um so etwas zu machen, dachte Ann Kathrin. Hat sie uns die ganze Zeit in Atem gehalten? War sie es alleine oder hat sie Komplizen? Arbeitet sie vielleicht gar mit dieser Putzfrau zusammen?

Nein. Ann Kathrin verwarf den Gedanken gleich wieder. Dann hätte sie ihre Komplizin nicht so leicht ans Messer geliefert. Denn der nächste Weg würde ja wohl zu ihr führen.

Oder war das alles von vornherein so gedacht? Arbeiteten die beiden zusammen, und Frau Dr. Hildegard wusste genau, dass die Sache eines Tages auffliegen würde? Dann könnte sie bei den Ermittlungen sogar mithelfen, zur Überführung der Täterin beitragen, und man würde alles als Hirngespinste abtun, wenn sie belastet werden würde. Denn wer einmal als verrückt abgestempelt wird, dem glaubt keiner mehr. Und wer immer das getan hatte, war verrückt …

Um einen Moment Ruhe vor Frauke zu haben und sich und seine Gedanken sortieren zu können, behauptete Rupert, dringend zur Toilette zu müssen.

Frauke zeigte ihm den Weg. Er fand es ein bisschen merkwürdig, ja ärgerlich, dass die Tür nicht abzuschließen war. Brauchte Frauke gar keine Privatsphäre? Machte es ihr nichts aus, wenn ihr Mann hereingelatscht kam und sie saß auf der Toilette? Was war mit den Kindern? Ließen die sich das auch so einfach gefallen? Wie alt waren sie überhaupt?

Rupert sah Windeln herumliegen. Kann es sein, dass sie so kleine Babys hat?, dachte er. Er hatte sich ihre Kinder älter vorgestellt. Mindestens schon als Vorpubertierende.

Vielleicht bildete er sich das nur ein, aber er nahm in der Ferne etwas wahr, wie das Schreien seiner Frau in höchster Not. Das konnte doch nicht sein ...

Er hatte sie oft herumbrüllen gehört. Er wusste, wie sich ihre Stimme anhörte, wenn sie sauer war oder beleidigt. Aber das hier war anders ... Es kam ihm unwirklich vor und sehr weit weg.

Spielte sein Verstand ihm einen Streich? War er einfach überarbeitet und übernächtigt? War der Stress der letzten Tage zu viel für ihn gewesen?

Was, verdammt, soll ich jetzt machen, fragte er sich.

Frauke öffnete die Tür.

»Würdest du bitte draußen bleiben, bis ich ...«

»Du musst gar nicht«, sagte sie. »Mach mir nicht länger was vor. Du weißt doch längst Bescheid. Komm mit.«

Sie packte ihn, und er staunte über ihre Kraft. Sie zog ihn mit sich. Er fiel fast die Treppe runter. Es war dunkel und roch modrig.

Das kalte Neonlicht hinter der Kellertür machte es ihm einen Moment schwer, sich zu orientieren. Was er dann sah, überstieg für ein paar Sekunden seinen Verstand.

Eine nackte Frau, auf deren Körper etwas eingezeichnet worden war, lag auf einem silbernen Operationstisch und starrte ihn an. Diese Frau hatte keinerlei Ähnlichkeit mit seiner Beate. Aber er erkannte Beates Stimme. Sie war sehr leise und krächzte kaum hörbar: »Hilf mir. Sie ist verrückt. Völlig verrückt.«

»Dies ist die Stunde der Entscheidung«, sagte Frauke. »Sag

ihr, dass du mich liebst, Geliebter. Und dass du mit mir gehen wirst, wohin immer das Leben uns treibt.«

Rupert spürte eine scharfe Klinge an seinem Hals. Gleichzeitig schmiegte sich Frauke aber liebevoll an ihn, so als sei beides möglich. Einerseits, in den nächsten Minuten auf dem Kellerboden zu verbluten oder darauf wilden, hemmungslosen Sex zu haben.

Rupert schaffte es, Beate in die Augen zu sehen, und zum ersten Mal seit langer Zeit fühlte sie sich wirklich von ihm gesehen.

Die Klinge am Hals diktierte seine Worte: »Klar. Ich werde überall mit dir hingehen. Ich habe mich für dich entschieden. Das weißt du doch.«

Sie reagierte anders, als er gehofft hatte.

»Du lügst!«, schrie sie und rammte ihr Knie in seine Geschlechtsteile. »Du bist ein gottverdammter Lügner! Du willst mich auch verlassen, so wie alle anderen! Aber warte nur, nach der Verwandlung wirst du bei mir bleiben! Wir werden jeden Tag im Kreis unserer kleinen Familie sitzen. Ich werde deine Haut pflegen, dir die Fingernägel schneiden und die Haare. Weißt du, dass die Haare immer noch weiterwachsen, auch wenn die ekligen Innereien den Körper schon lange verlassen haben?«

Rupert krümmte sich. Er griff nach seiner Dienstwaffe, doch Frauke war schneller, verrenkte seinen rechten Arm auf seinen Rücken, nahm ihm die Heckler & Koch ab und drückte den Lauf gegen seinen Hinterkopf.

»Zwing mich nicht, dir das Gehirn wegzuschießen. Erspar uns diese Sauerei. Du sollst mein Gatte werden. Du willst doch gut aussehen, wenn du im Schaukelstuhl sitzt. Es ist der Schaukelstuhl meines Vaters. Er hat viel Zeit darin verbracht, bis ich seinen Anblick nicht mehr ertragen konnte. Erst hat er mir meine Kinder genommen, und dann hat auch er uns verlassen.«

Sie stieß Rupert nach vorne und zwang ihn, sich hinzuknien. Sein Gesicht war jetzt nicht mehr weit von Beates Kopf entfernt, und er flüsterte: »Ich hol uns hier raus. Glaub mir, Beate, ich hol uns hier raus.«

»Das sehe ich!«, zischte sie, als hätte er versprochen, die Spülmaschine auszuräumen und es dann doch wieder vergessen.

»Diesmal«, sagte er, »werde ich dich nicht enttäuschen«, und zwinkerte ihr zu.

Rupert zuckte zusammen, weil eine Injektionsnadel in seinen Hals fuhr. Für den Bruchteil einer Sekunde glaubte er, es sei eine Kugel, doch es fehlte der Knall. Da begriff er, dass sie versuchte, irgendeinen Mist in ihn hineinzuspritzen, und er nahm seine letzte Chance wahr.

Er wirbelte herum und schlug ihr mit dem linken Arm beide Beine weg. Sie stürzte und verlor die Heckler & Koch. Er hechtete hin und brachte die Waffe an sich. Dann feuerte er.

Der Knall war in diesem kleinen Raum so ohrenbetäubend laut, dass er jedes weitere Geräusch zu schlucken schien.

An Ruperts Hals wippte die Spritze. Er griff hin und zog sie heraus. Erschrocken stellte er fest, dass der Kolben bis zum Anschlag gedrückt war. Das Zeug befand sich also in seinem Körper.

Rupert sah nicht einmal hin zu Frauke, sondern versuchte nur, an sein Handy zu kommen, um Ann Kathrin Klaasen um Hilfe zu bitten. Aber die Zahlen verschwammen vor seinen Augen, und noch bevor er die Kurzwahl für Ann Kathrin drücken konnte, verlor er das Bewusstsein.

Während Ann Kathrin sich weiterhin mit Frau Dr. Hildegard unterhielt, ging Weller nach nebenan, um mit Ubbo Heide zu telefonieren.

Ubbo lag im Bett. Er war wie gerädert. Aber er hatte den Laptop gegen den Protest seiner Frau mit ins Schlafzimmer genommen und googelte sämtliche Zeitungsartikel, die er über den Fall fand.

Er ging schon beim ersten Klingeln ans Handy.

»Wir sind bei Frau Dr. Hildegard. Sie gibt sich viel Mühe, die Putzfrau der Pathologie zu belasten. Frauke Mannigs. Angeblich hat sie mit dreizehn Jahren ein Zwillingspärchen verloren ...«

»Davon weiß ich nichts«, sagte Ubbo Heide, »aber ich kann mich an einen Fall Mannigs sehr gut erinnern. Es ist fünfzehn, vielleicht zwanzig Jahre her. Ja, ich glaube, das junge Mädchen hieß Frauke. Ihr Vater starb, und der Verstorbene wurde aus der Leichenhalle gestohlen. Meines Wissens nach haben wir die Leiche nie wiedergefunden. Das Ganze war damals ein Riesenskandal, hatte aber natürlich nichts mit Mord zu tun. Es war tagelang Thema in der Presse. Ich weiß noch, dass wir eine Weile Friedhöfe und Leichenhallen bewacht haben. Ich war zu der Zeit sogar noch zum Dienst eingeteilt. Ihre Mutter verstarb wenige Monate später bei einem Badeunfall.«

»Wie alt war sie da?«

»Das weiß ich nicht mehr genau. Ich glaube, das Kind kam ins Heim oder zu einer Pflegefamilie.«

Ubbo Heide tippte auf seinem Computer herum. »Nein, warte, ich hab's. Sie erbte das Haus ihrer Eltern. Erst sollte es unter den Hammer kommen, aber ein Vertreter der Jugendpflege hat das verhindert. Ich weiß nicht, was aus ihr geworden ist. Ich war im Grunde mit dem ganzen Fall nicht wirklich vertraut. Ich erinnere mich nur daran, dass ...«

»Danke«, sagte Weller. »Danke, Ubbo. Ich glaube, wir sind jetzt einen Schritt weiter.«

Dann ging Weller zurück ins Wohnzimmer zu Ann Kathrin und Frau Dr. Hildegard. Die Frauen saßen sich merkwürdig feindlich gegenüber, so als könnten sie jeden Moment aufeinander losgehen.

Weller wusste nicht, ob es richtig war, Ann Kathrin jetzt im Beisein von Frau Dr. Hildegard zu informieren, aber er gab ihr ein Zeichen, dass er eine wichtige Nachricht für sie hatte.

Ann Kathrin misstraute Frau Dr. Hildegard zutiefst, das spürte Weller.

Sie sagte: »Merkwürdig, dass Frauke Mannigs Ihnen das alles anvertraut hat, finden Sie nicht? Wo sie doch so einen eifersüchtigen Mann hat. Hatte sie keine Angst, dass alles rauskommt? Oder sind Sie einfach nur ihre beste Freundin?«

Frau Dr. Hildegard lächelte süffisant. »Frauke hat keinen Mann. Sie ist alleinstehend. Sie hat sich nie wieder richtig gebunden. Keinen Mann und auch keine Kinder. Ein paar flüchtige Affären hatte sie. Mehr nicht. Da reiht sich Ihr Kollege mit ein, aber als moderne Frau darf ich Ihnen sagen, die Reihe ist nicht besonders lang.«

Weller, der Ruperts Angeberei über seine Frauengeschichten nie besonders gemocht hatte, bemühte sich jetzt, sich an jedes noch so kleine Detail zu erinnern, das Rupert ihm erzählt hatte, und darin spielten nicht nur ihre sexuellen Vorzüge eine Rolle, sondern auch ihr eifersüchtiger Ehemann.

Rupert ließ sich nicht gern mit alleinstehenden Frauen ein. Die klammerten ihm zu schnell. Auch diese Weisheit hatte Rupert jedem Kollegen inzwischen mehrfach auf die Nase gebunden.

»Nichts ist unkomplizierter als Sex mit einer verheirateten Frau. Die ist meistens sogar ziemlich dankbar und freut sich, wenn hinterher nichts herauskommt.«

Weller wusste eins: Entweder log Frau Dr. Hildegard das Blaue vom Himmel herunter, oder diese Frauke Mannigs hatte sie alle ganz schön an der Nase herumgeführt. Nicht nur Rupert.

Ann Kathrin stand auf und verabschiedete sich, als sei alles geklärt. »Tut uns leid, dass wir Sie um diese Zeit noch gestört haben, Frau Professor, aber uns gefällt diese Arbeitszeit auch nicht besonders.«

»Wollen Sie nicht noch meinen Keller sehen?«, fragte Dr. Hildegard provozierend.

Ann Kathrin schüttelte den Kopf. »Nächstes Mal vielleicht.«

Gemeinsam mit Weller verließ sie das Haus. Kaum vor der Tür fragte Weller, der natürlich ahnte, was Ann Kathrin als Nächstes vorhatte: »Wer sagt uns, dass sie nicht zum Telefon greift und ihre Freundin anruft?«

Ann Kathrin lächelte. »Wer sagt uns, dass wir nächsten Monat unser Gehalt auf dem Konto haben? Wir können nicht verhindern, dass sie telefoniert. Es sei denn, wir nehmen sie jetzt fest. Aber wir beide, wir fahren jetzt nach Warsingsfehn, zu dieser Frauke Mannigs.«

Im Auto lachte Weller plötzlich los. »Mit ein bisschen Glück erwischen wir sie und Rupert in flagranti.«

»Ja«, sagte Ann Kathrin, »aber deshalb fahren wir nicht hin. Wenn sie wirklich mit dreizehn Jahren ihr Zwillingspärchen verloren hat, könnte das einiges erklären ...«

»Du meinst, sie sucht sie immer noch?«

»Versuche einer, die Abgründe der menschlichen Seele zu verstehen«, sagte Ann Kathrin.

Jetzt kam Weller mit der Sprache raus: »Ubbo sagt, er kann sich an einen Fall Mannigs erinnern. Die Leiche ihres Vaters wurde offenbar aus der Leichenhalle gestohlen. Vielleicht sogar aus dem Grab, das weiß ich nicht mehr so genau. Ubbo hat es mir gerade erzählt. Bisher hat das ja niemand in einen Zusammenhang gesetzt, aber ... ihre Mutter starb kurz danach.«

»Und du meinst, wenn wir ihr Grab öffnen, ist das auch leer?«, fragte Ann Kathrin.

Weller wagte gar nicht, die Antwort zu formulieren.

Ann Kathrin gab Gas. »Dann ist es sehr wahrscheinlich, dass

wir die Kinder in Warsingsfehn finden«, sagte sie und spuckte dabei Bläschen gegen die beschlagene Windschutzscheibe.

»Sollen wir ein Sondereinsatzkommando ...«

»Nein. Ich habe genug von solchen Sperenzchen. Wir bringen das jetzt zu Ende, Frank. Du und ich. So oder so. Oder willst du mit einem Sondereinsatzkommando ein Haus stürmen, in dem Rupert es gerade mit seiner Geliebten treibt?«

Weller platzte laut los. »Ja, das hätte ja auch mal was für sich. Wenn du mich so fragst, ja, das möchte ich gerne!«

»Ich aber nicht.«

Der Auspuff hörte sich an, als hätte der Motor Keuchhusten. Dann verreckte Ann Kathrins Twingo auf offener Strecke.

Weller stieg aus und schlug mit der Faust aufs Autodach. »Scheißkarre! Soll ich einen Kollegenwagen rufen?«

»Nein, ich schlage vor, du rufst den Pizzaservice an«, sagte sie und begann nun, ihren Twingo zu streicheln und dem Wagen allen Ernstes zu erzählen, Weller habe das nicht so gemeint. Er sei eben nur ein bisschen aufgeregt.

Beate wimmerte vor Angst, als sie sah, wie Frauke aufstand. Die Kugel hatte ihre rechte Schulter durchbohrt.

Frauke war leichenblass und taumelte. Aber sie stand. Ihr rechter Arm hing unnatürlich, wie leblos, herab.

Rupert lag nach wie vor am Boden und rührte sich nicht.

»Ihr verdammten lebendigen Menschen«, zischte Frauke. »Ihr macht nur Mist und alles kaputt. Es hätte so schön sein können. Aber nein, was ihr mit euren Fingern berührt, wird zu Mist. Ich will euch gar nicht mehr als meine Puppen haben. Verreckt doch einfach in eurer dreckigen Mistwelt!«

Dann verließ Frauke den Keller. Sie wusste ganz klar, was geschehen würde. Die beiden hatten zu diesem Haus hier gefunden. Andere würden nach ihnen kommen. Die Geschichte ließ sich nicht mehr geheim halten.

Ihre Wunde musste versorgt werden. Sie traute sich sogar zu, das selbst zu tun. Es war ein glatter Durchschuss. Sie verlor viel Blut und konnte diese Stelle nicht gut abbinden. Aber sie machte sich einen Pressverband und schluckte ein paar Schmerztabletten.

Sie steckte Ruperts Waffe in ihre Manteltasche und zog den Mantel über. So war auch die Wunde in ihrer Schulter nicht gleich für jeden zu sehen.

Dann nahm sie die Zwillinge, legte die Kinder in eine Einkaufstasche und ging mit ihnen zum Auto.

Sie lief ins Haus zurück und holte noch ein paar ihrer Lieblingspuppen, die sie auf dem Rücksitz drapierte.

Ihre Mutter nahm sie nicht mit. Sie ließ sie oben in ihrem alten Zimmer, in dem sie sich auch früher so gerne eingeschlossen hatte. Frauke ging nur noch einmal zu ihr, um sich zu verabschieden und um die Spieluhr aufzuziehen, die sie ihr dort eingepflanzt hatte, wo früher einmal ihr Herz geklopft hatte.

»Um diese Zeit«, fluchte Weller, »ist es in Ostfriesland leichter, ein Bier zu bekommen als einen Einsatzwagen!«

Da fuhr ihnen auf der einsamen Straße ein Fahrzeug entgegen. In den Lichtkegeln der beiden Scheinwerfer kamen sich Ann Kathrin und Weller merkwürdig ausgeliefert vor.

Der Wagen hielt an. Es war ein Bulli. Weller kam sich lächerlich dabei vor, doch er brachte seine rechte Hand in die Nähe seiner Dienstwaffe.

Peter Grendel, ihr Nachbar aus dem Distelkamp, stieg aus.

»Was macht ihr beiden denn hier?«, lachte er.

»Peter? Du? Wo kommst du denn her?«

»Na, wo kommt ein Maurer um diese Zeit her? Von einer

Baustelle. Wir haben Aufträge bis hier.« Peter zeigte auf seine Unterlippe. »Bei dem Wetter kloppen wir Überschichten.«

»Wir auch«, sagte Ann Kathrin und fühlte sich Peter Grendel zutiefst verbunden.

»Ist der Twingo verreckt?«

»Nun, er ist nicht sehr motiviert, uns weiterzufahren«, sagte Ann Kathrin, und Peter Grendel wusste, dass außer ihr kaum jemand das so formulieren würde.

»Wo wollt ihr denn hin? Kann ich euch mitnehmen? Wir könnten zu Hause noch einen Schluck nehmen, bevor dann endgültig ...«

»Wir müssen in die andere Richtung«, sagte Ann Kathrin. »Aber ich glaube, es wäre eine gute Idee, wenn du uns nach Warsingsfehn mitnehmen könntest.«

»Mitnehmen ist gut. Das liegt nicht gerade auf meiner Strecke. Aber was tut man nicht alles für seine lieben Nachbarn.«

Die beiden stiegen ein und näherten sich dem Ort des Grauens in einem gelben Bulli mit der Aufschrift: *Eine Kelle für alle Fälle.*

Noch einmal ging Frauke ums Haus und fragte sich, ob sie es wirklich anzünden sollte.

Ich hab mir so viel Mühe gegeben, dachte sie. So verdammt viel Mühe, um alles aufrechtzuerhalten. Immer wieder hab ich bei eurem gottverdammten Rein-Raus-Spiel mitgemacht. Ich habe Geld verdient. Ich habe Steuern gezahlt! Ich habe versucht, mich an alle Regeln zu halten. Aber wenn ihr wirklich wisst, wer ich bin, werdet ihr mich niemals akzeptieren.

Sie konnte es nicht schaffen, alle Puppen im Moor zu bestatten. Außerdem war das Moor kein sicherer Ort mehr. Man hatte bereits zwei ihrer Engelchen gefunden.

Einfach alles anzünden, dachte sie. Das wird das Beste sein. Es wird mir in der Seele weh tun, aber was kann ich sonst machen? Und dann fliehe ich mit dem Auto und dem Rest, der mir noch geblieben ist.

Sie trug Holzscheite zusammen, die sie für den offenen Kamin gesammelt hatte, und häufte alles im Wohnzimmer in der Nähe des Sofas und der Gardinen auf. Sie goss Kirschwasser darüber. Immerhin hatte der Brand einen Alkoholgehalt von dreiundvierzig Prozent. Sie hoffte, das würde die Flammen beflügeln.

Dann warf sie ein Streichholz hinein, aber es gab keine zischende Explosion. Auch züngelten die Flammen nicht gleich hoch, sondern das Streichholz erlosch einfach nur.

Sie summte: »*Lalelu, nur der Mann im Mond schaut zu*«, und versuchte es noch einmal. Diesmal zündete sie erst ein paar alte Prospekte für Käthe-Kruse-Puppen an. Damit gelang es. Schon hatte sie ein knisterndes Lagerfeuer mitten im Wohnzimmer.

Immer noch summend ging sie nach draußen. Der brennende Schmerz in der Schulter hatte nachgelassen, aber dieses Schwindelgefühl verstärkte sich. Sie war froh, endlich wieder im Wagen zu sitzen.

Sie drehte sich noch einmal zu ihrem Haus um. Sie fand, dass es durch das Feuer innen jetzt noch wohnlicher aussah. Wer wollte dort nicht gerne sein, in der guten Stube am Tisch sitzen und Tee trinken?

Auf dem Feldweg kam ihr ein Wagen entgegen. Ihr blieb nichts anderes übrig, als anzuhalten.

Der andere blendete auf. Jetzt sah sie nichts mehr. Sie war so müde. Ihr Kopf kam ihr unendlich schwer vor. Am liebsten hätte sie ihn auf dem Lenkrad abgelegt, um zu schlafen.

Es war schwierig, den Wagen zu steuern. Sie musste es mit links tun und auch mit links schalten. Fast war sie froh, jetzt hier stehen zu bleiben. Doch das Ganze war wie ein Duell. Wie zwei Stiere, die gleich aufeinander losgingen, so kam es ihr vor.

Sie ließ die Scheibe herunter und zielte mit Ruperts Heckler & Koch auf das Auto gegenüber.

Wenn irgendjemand aussteigt, dachte sie, werde ich einfach abdrücken.

»Die hält da etwas aus dem Auto. Das ist eine Waffe!«, rief Ann Kathrin.

»Quatsch«, sagte Weller. »Die winkt uns.«

»Wenn die uns winkt«, sagte Peter Grendel, »dann hat da hinten vermutlich gerade einer im Hochsommer den Tannenbaum angezündet, oder was?«

Er zeigte auf das Haus, aus dem inzwischen Flammen schlugen.

Dann krachte ein Schuss.

Peter Grendel öffnete die Fahrertür und ließ sich herausfallen. Ann Kathrin und Weller duckten sich im Auto.

Die Windschutzscheibe zersplitterte.

»Bist du getroffen, Peter?«, schrie Ann Kathrin.

Peter Grendel antwortete mit einem Grunzen. Nachdem er hinter dem Auto Deckung gesucht hatte, rief er: »Mir geht's gut. Und euch?«

»Sie winkt uns«, spottete Ann Kathrin noch einmal in Richtung Weller.

»Wo ist deine Dienstwaffe?«, fragte Weller.

»Zu Hause, wo sie nach Feierabend hingehört«, antwortete Ann Kathrin. Sie hatte sich fast vollständig in den Fußraum des Wagens zurückgezogen.

»Am besten warten wir hier einfach auf Verstärkung«, sagte Frank Weller und versuchte, über sein Handy die Zentrale zu erreichen.

Ann Kathrin war damit überhaupt nicht einverstanden. »Da

brennt das Haus. Wer sagt uns, dass die Kinder nicht da drin sind?«

»Und was sollen wir jetzt machen?«

»Dämliche Frage, Frank. Du rufst die Kollegen, die Feuerwehr, alles, was Beine hat. Und in der Zeit holen wir die schießwütige Lady da aus dem Auto.«

Dann sprang Ann Kathrin aus dem Auto, rollte sich über den Boden ab ins Dunkle und sah nach Peter Grendel. Sie hörten drinnen Weller telefonieren.

Nachdem Weller seine Kollegen informiert hatte, glitt er wie eine Schlange aus dem Auto, kroch durch das hohe Gras, bis er aus dem letzten Lichtschein verschwunden war. Dann stand er in der Dunkelheit auf und rannte zu dem brennenden Haus. Die Vorstellung, er könnte darin zwei Kinder retten, beflügelte ihn. Er glaubte, er könne in der Dunkelheit nicht gesehen werden. Das war ein Irrtum. Der Mond, die Sterne, die Scheinwerfer der Autos und die hoch flackernden Flammen aus dem Haus zeigten Frauke, dass sich dort etwas bewegte, und sie feuerte auf Weller.

Ann Kathrin wusste nicht, ob er getroffen war oder nicht. Hatte er sich ins Gras fallen lassen, oder war er zu Boden gegangen?

»Frank!«, schrie sie. »Frank!«

Er antwortete nicht, doch sie sah einen dunklen Schatten, der gebückt in Richtung Haus huschte, und sie wünschte ihm jetzt alles Glück der Welt.

»Es kann sein«, erklärte sie Peter Grendel, »dass in dem Haus zwei kleine Kinder sind. Wir müssen hin.«

»Sollen wir sie vorher ausschalten oder auch einfach an ihr vorbeilaufen?«

»Ich möchte nicht gerne, dass mir jemand in den Rücken schießt, wenn ich in ein brennendes Haus laufe«, sagte Ann Kathrin, und Peter Grendel stimmte ihr zu.

»Du machst den Buhmann, ich den Wummser«, schlug er vor.

Es war eine alte Geschichte, die sie sich mal beim Würstchengrillen erzählt hatten, wie sie mit größeren, starken Schülern fertiggeworden waren. Jetzt erschien Ann Kathrin diese Taktik genau richtig. Doch sie wollte die Geschichte mit anderen Rollen spielen.

»Nein, nein, ich mach den Wummser, du den Buhmann.«

»Nee, Ann Kathrin«, protestierte Peter Grendel. »Ich glaub, ich hab von uns beiden den stärkeren Wumms.«

»Ja, aber du bist der Maurer und ich die Kommissarin. Soll ich hinterher in die Akten schreiben, dass du sie festgenommen hast?«

»Wenn ich keine Schwierigkeiten deswegen bekomme.«

Da fiel ein weiterer Schuss, der den linken Scheinwerfer traf. Peter Grendel kommentierte das mit dem Satz: »Ich wollte mir eh einen neuen Bulli kaufen. Habt ihr für so etwas einen Etat, oder zahlt das die Versicherung?«

Sie machten beide einen großen Bogen durch die Dunkelheit, so dass Ann Kathrin sich gut achtzig und Peter Grendel hundert Meter vom Auto entfernt befanden, als sie sich ihm dann erneut näherten, Peter Grendel auf der Beifahrerseite des Fahrzeugs, Ann Kathrin auf der Fahrerseite.

Die Frau fuchtelte immer noch mit der Waffe mit dem weit ausgestreckten Arm aus dem Fahrerfenster in der Luft herum. Weil sie ein Geräusch gehört hatte, schoss sie in Richtung Ann Kathrin, verfehlte sie aber.

Jetzt war Peter Grendel bei der Beifahrertür. Er schlug mit beiden Fäusten dagegen und rief: »Buuuhh!« Dann ließ er sich fallen.

Frauke wirbelte herum, um zu sehen, woher der Schrei und die Schläge gekommen waren, und genau das war die Chance, die Ann Kathrin brauchte.

Sie packte durchs offene Fenster, entwaffnete Frauke und zwang sie auszusteigen.

»Na bitte«, sagte Peter Grendel, während Ann Kathrin Frauke Handschellen anlegte und so ans Lenkrad fesselte. »Klappt doch. Der Buhmann und der Wummser. Obwohl, richtig Wumms gemacht hast du ja nicht.«

»Ich lasse sie hier bei dir, Peter«, sagte Ann Kathrin und rannte zum Haus, um gemeinsam mit Weller nach den Kindern zu suchen.

Peter Grendel stand mit der Gefangenen am Auto. Diese Situation war neu für ihn. Er machte sich keine Sorgen, die Frau unter Kontrolle zu halten, falls sie versuchen würde wegzulaufen. Sie kam ihm eher mitleiderregend vor als gefährlich. Er musste sich vergegenwärtigen, dass diese Frau tatsächlich auf ihn geschossen hatte.

Da hörte Peter Grendel hinten im Auto ein Wimmern, ein Scharren. Es hätte auch von einer Katze sein können oder von einem sehr kleinen Menschen am Ende seiner Kraft.

Der Kofferraum war abgeschlossen. Peter drückte sein Ohr aufs Blech und lauschte. Da war etwas. Ganz klar.

Peter griff an Frauke vorbei, um die Schlüssel aus dem Zündschloss zu ziehen. Sie biss nach ihm.

Die Schlüssel steckten nicht mehr. Hatte diese Irre sie weggeworfen? Verfolgte sie noch immer irgendeinen Plan?

Sie grub ihre Zähne in Peter Grendels Arm. Er schüttelte sie ab.

»Wo sind die Schlüssel?«, fragte er.

»Da drin sind meine Engelchen«, lachte Frauke. »Die kriegt ihr nie. Sie werden mit mir davonfliegen.«

Peter lief zu seinem Bulli und holte seinen Zimmermannshammer heraus. Sekunden später sprang die Kofferraumtür auf, als hätte sie so viel Respekt vor seinem Werkzeug, dass sie ihm nicht länger Widerstand leisten wollte.

Zunächst sah er nur ein Kind und hob es vorsichtig aus dem Fahrzeug. Dann entdeckte er das zweite.

Frauke sackte auf dem Fahrersitz zusammen.

Peter trug die Kinder zu seinem zerschossenen Bulli, legte sie vorsichtig ab und drückte 110.

»Wenn ihr mit der Feuerwehr und der Artillerie kommt, dann bringt einen Krankenwagen mit und einen Kinderarzt. Wir brauchen Infusionen oder sowas. Ich hab hier zwei winzige Babys. Sie wirken dehydriert auf mich und fast verhungert. Aber sie leben. Beeilt euch, Jungs.«

Das Feuer hatte vom Wohnzimmer aus den Dachboden erreicht, und gefährlicher als die Flammen war die ungeheure Qualmentwicklung. Trotzdem griff Ann Kathrin nach ein paar Puppen und erkannte unschwer, dass es sich um Kinderleichen handelte, wie sie sie im Moor gefunden hatten.

Es schien ihr durchaus sinnvoll, diese mumifizierten Babys vor den Flammen zu retten, damit sie später wenigstens vernünftig bestattet werden konnten, gleichzeitig war es ihr aber wichtiger, nach lebenden Menschen zu suchen.

Sie bekam einen Hustenanfall. Ihre Augen brannten, und sie fürchtete, die Suche abbrechen zu müssen, da hörte Weller diesen Mark und Bein erschütternden Schrei einer Frau.

Er rannte so schnell, dass er auf der Kellertreppe stürzte und hinunterkegelte. Er fiel in den Raum und landete neben Rupert.

Rupert schnarchte laut, woraus Weller folgerte, dass er nicht tot, sondern nur bewusstlos war.

Weller zückte das letzte Geburtstagsgeschenk von Ann Kathrin: sein Schweizer Offiziersmesser. Er versuchte, die Klinge herauszuziehen. Jetzt erst merkte er, wie sehr seine Hände zitterten. Er war kaum in der Lage, den Fingernagel in die dafür vorgesehene Kerbe zu drücken, um das Messer herauszuklappen. Es fiel ihm sogar einmal aus der Hand.

Besonders peinlich war ihm, dass Beate ihn dabei ansah. Ihre Nacktheit kam ihm in dieser Situation weniger beschämend vor als seine Unfähigkeit.

Dann schnitt er sie los, hob sie auf die Schultern und wollte sie raustragen, doch sie schimpfte: »Ich kann selber laufen, verdammt! Tragen Sie Rupert raus, nicht mich!«

Der Qualm drang inzwischen in die unteren Räume. Im Flur waren die Rauchschwaden so stark, dass sie nichts mehr sehen konnten.

Weller packte Rupert unter den Achseln und zog ihn über den Boden. Er fragte sich selbst, warum er die Frau auf seinen Rücken geladen hatte, Rupert aber über den Boden schleifte. Gab es einen Unterschied zwischen der Rettung von Mann und Frau? War das etwas sehr Archaisches? Trug man eine Frau aus der Gefahrenzone, während man einen Mann höchstens hinter sich her schleppte?

Als Beate in Ann Kathrins Arme fiel, legte die eine Decke um sie, und die beiden Frauen liefen gemeinsam nach draußen, wo sie abhusteten und ins Gras spuckten.

Weller legte Rupert ins Gras und klatschte ihm zweimal ins Gesicht.

»Wach werden, Alter! Die Party ist zu Ende.«

Aber Rupert schlief weiter.

Von allen Seiten schienen sich Fahrzeuge mit Blaulicht dem brennenden Haus zu nähern. Es sah aus, als kämen sie auch über die Wiesen herangefahren, und irgendwo in der Luft hörte Ann Kathrin einen Hubschrauber.

Gerührt sah sie, wie Beate sich zu ihrem Rupert bückte und sein Gesicht streichelte.

»Er hat sein Leben eingesetzt und versucht, mich zu retten«, sagte sie. »Er ist ein guter Kerl, mein Rupert.«

»Naja«, brummte Weller, »zu dem Thema gibt es auch noch andere Ansichten.«

Aber Ann Kathrin stieß ihn an, damit er nicht noch mehr ausplapperte.

Er wehrte hustend ab: »Ich geh da nicht mehr rein, Ann. Das kannst du vergessen.«

Rupert öffnete mühsam die Augen, sah ins Gesicht seiner Frau und raunte. »Mach dir keine Sorgen, Beate. Ich hol dich hier raus.«

»Ich weiß«, sagte sie. »Ich weiß. Du bist ein Held.«

Frank Weller hatte die Klingel im Distelkamp 13 ausgeschaltet. Trotzdem wurden sie früh geweckt, denn die Reporter traten sich im Distelkamp gegenseitig auf die Füße. Sie wollten ein Interview mit der Kommissarin, die diesen mysteriösen Mordfall aufgeklärt hatte.

Inzwischen wurde Frauke Mannigs in der Presse schon als weiblicher Frankenstein bezeichnet, und auch Peter Grendel war sehr gefragt. Aber der befand sich längst auf einer Baustelle in Süderneuland.

Ann Kathrin und Frank waren entschlossen, keinem Reporter zu öffnen, sondern die Arbeit Rieke Gersema, der Pressesprecherin, zu überlassen, während die beiden sich einer ganz anderen Frage widmeten: nämlich ihrer zukünftigen Eheschließung.

Sie waren sich einig. Die Hochzeit sollte entweder im Leuchtturm auf Wangerooge stattfinden oder aber im Teemuseum in Norden. Und Frank Weller wusste auch genau, wohin er mit Ann Kathrin die Hochzeitsreise machen wollte: Ins Genueser Schiff, das Ausschlafhotel an der Ostseeküste. Es gehörte laut »Feinschmecker« zu den siebenhundert besten Hotels in Deutschland, und Weller wusste, dass Ann Kathrin es mochte. Es gab ein paar Hotels, die sie liebte. Zum Beispiel den Rebstock in Luzern, das Genueser Schiff oder das Parkhotel Bad Bevensen. Ihre Lieblingshotels direkt an der Küste in Ostfriesland oder auf den Inseln kamen nicht in Frage. Hier war sie einfach zu bekannt.

Weller hatte das Genueser Schiff nicht ganz uneigennützig gewählt. Es gab dort immerhin zu der Zeit eine Krimilesung mit einem jungen Autor, für den er sich sehr interessierte. Er wollte sich endlich mal zurücklehnen und sich von Kriminalfällen erzählen lassen, statt sie selber zu erleben.

Ann Kathrin war mit seiner Wahl sehr einverstanden. »Und an der Ostsee«, so hoffte sie, »da kennt mich vielleicht nicht jeder und spricht mich auf der Straße an, weil ihm das Fahrrad geklaut wurde. Aber heiraten«, sagte sie, »möchte ich nicht an der Ostsee, sondern hier bei uns. Im ostfriesischen Teemuseum am liebsten.«

»Ja«, lachte Weller, »mit anschließender Teezeremonie.«

Sie strahlte, obwohl sie eigentlich lieber Kaffee statt Tee trank.

»Sind wir jetzt sehr altmodisch«, fragte Weller, »weil wir in einem Museum heiraten und weil es Tee gibt statt Sekt?«

»Die Ehe«, sagte Ann Kathrin, »ist eine altmodische Einrichtung, Frank.«

»Ja«, lachte er, »so altmodisch wie wir selbst.«

»Wir sind aus dem vorigen Jahrtausend«, sagte Ann Kathrin. »Warum sollten wir uns anders verhalten?«

ENDE

Lesen Sie mehr von Klaus-Peter Wolf …

Ostfriesenfeuer
Der achte Fall
für Ann Kathrin Klaasen und Frank Weller

Ab 20.02.2014 überall da, wo es Bücher gibt.

Ein paar Jugendliche hielten es nicht länger aus und zündeten ihre Osterfeuer schon vormittags an. Es gefiel dem Mörder, denn eine mäßige Brise von Nordwest zog jetzt lange Rauchfäden nach Norddeich.

Für ihn war es wie ein Versprechen, das die Vorfreude in ihm schürte. Er saß auf dem Deichkamm und atmete den Qualm ein.

Hinter sich wusste er Diekster Köken, vor sich sah er das haushoch gestapelte Holz fürs Osterfeuer. Für ihn sah es aus wie ein wunderbarer Scheiterhaufen. Er konnte seinen Blick gar nicht davon abwenden.

Die Schaumkronen der Wellen erreichten das Holz nicht, sondern brachen an der Strandbefestigung.

Er zog die Lederjacke aus und legte sie wie eine Decke ins Gras. Zum ersten Mal seit Wochen war er diese pochenden Kopfschmerzen los und das Engegefühl in der Brust. Es hatte ihm verdammt gut getan, Willbrandt zu ermorden. Seitdem ging es ihm wesentlich besser.

Er streckte sich auf der Jacke aus, verschränkte die Arme hinter dem Kopf und sah voller Zuversicht in den blauen ostfriesischen Himmel.

Die Kitesurfer bereiteten sich, angestachelt vom Wetterbericht, auf einen großen Tag vor. Während im Innenland Regenschauer niedergingen, wurden der Küstenstreifen und die Inseln verschont. Die Sonne lachte mild herunter.

Peter Grendel behauptete lachend, der Wettergott sei ein Ostfriese, und wenn der nur genügend Tee bekäme und ab und zu einen Matjeshering, bliebe alles, wo es hingehört: Die Nordsee hinterm Deich und die Regenwolken über der Hauptstadt.

Er versuchte, damit seinen Freund Frank Weller aufzuheitern, der ein bisschen nervös herumtanzte. Einerseits war dies ein wunderbarer, großer Tag für ihn. Er und Ann Kathrin Klaasen würden sich gleich das Ja-Wort geben. Aber die Hochzeitszeremonie im Teemuseum weckte auch Ängste in ihm.

Die letzte Ehe hatte aus Frank Weller einen armen Mann gemacht. Diesmal würde alles anders werden, so hoffte er. Diesmal würde alles gut gehen.

Seine beiden Töchter, Jule und Sabrina, waren dabei und strahlten. Er hatte ihren Segen, und das war wichtig für ihn.

»Familienväter«, sagte Peter Grendel, »sind die letzten Abenteurer dieser Zivilisation, Frank.«

Dann steckte Peter Grendel Weller einen Zettel zu.

Weller sah ihn fragend an.

»Damit du gleich keinen Hänger hast, wenn der Standesbeamte dich was fragt.«

Frank Weller sah auf den Zettel. Dort stand: *Ja, ich will.*

Weller lachte: »Mensch, gute Idee, falls ich vergesse, was ich sagen wollte.«

Weller kam mit dieser Art Humor sehr gut klar. Er sah zu Ann Kathrin. Sie betrachtete die friesische Standuhr und sagte zu ihrer Freundin Rita Grendel: »Guck mal, die Uhr zeigt das Datum an, die Tageszeit, den Mondstand und Ebbe und Flut. Das Ding ist aus dem 18. Jahrhundert. Meine Digitaluhr ist von 2012, weiß aber nicht, wann Ebbe und Flut ist.«

»Dafür«, grinste Rita. »hast du eine genaue Sekundenangabe. Die fehlt hier.«

Die Trauung fand im ehemaligen Gerichtssaal, dem sogenannten »Rummel«, statt.

Weller fand, dass Ann Kathrin großartig aussah. Sie hatte sich die Haare ein bisschen aufhellen lassen, und die paar blonden Strähnen standen ihr gut. Das Hochzeitskleid war champagnerfarben und schien eine Aufforderung an den Wind zu sein, es hochzuheben. Sie lief auf den Highheels, obwohl es ungewohnt für sie war, erstaunlich sicher, während Frank Wellers neue schwarze Lackschuhe Druckstellen an seiner Hacke und am kleinen Zeh verursachten.

Sie hatten sich bewusst für eine Feier im ganz kleinen Kreis entschieden. Lediglich Ubbo Heide, der für Ann Kathrin so etwas wie ein Vater war, nahm als einziger Kollege der beiden an der Feierlichkeit teil.

Ann Kathrins Mutter, Helga Heidrich, saß zwischen Wellers Kindern, die sich rührend um die alte Dame kümmerten. Ann Kathrins Sohn Eike hatte sich zwar geweigert, eine Krawatte zu tragen, aber immerhin hatte er ein sandfarbenes Jackett an und ein weißes T-Shirt. Seine Jeans und die Turnschuhe waren vielleicht nicht ganz angemessen, doch darüber sah Ann Kathrin gern hinweg. Sie war froh, ihren Sohn überhaupt dabei zu haben, denn zwischen ihm und Frank Weller herrschte bestenfalls so etwas wie Waffenstillstand. Richtig Frieden geschlossen miteinander hatten die beiden nie.

Sie hatten für später bei ten Cate eine Hochzeitstorte bestellt und für Ubbo Heide ein paar Marzipanröschen zusätzlich, weil sie Angst hatten, er würde sich sonst heimlich drüber hermachen. In weiser Voraussicht hatten sie darum gebeten, das Hochzeitspaar aus Porzellan und keineswegs aus Marzipan zu gestalten, damit es vor Ubbo sicher war.

Mancherorts schmückte eine Hexenpuppe aus Stroh den Holzstapel des Osterfeuers.

Dies war hier bei den Ostfriesen anders. Dafür war der Inhalt des Feuers diesmal ganz besonders. In der Mitte des Holzstapels befand sich die Leiche von Christoph Willbrandt.

Er dachte über einen alten Streit nach, den er mit seinem Deutschlehrer hatte, ob die Osterfeuer christlicher oder heidnischer Herkunft seien. Sein Lehrer hatte damals behauptet, die ersten Osterfeuer seien erst 1559 bezeugt worden, also lange nach Christi Geburt.

Er erinnerte sich sehr gut an die Worte seines Lehrers: »Wie einst das Volk Israel der Feuersäule durch die Wüste folgte, so folgen heute die Gläubigen Jesus Christus auf dem Weg vom Tod zum Leben.«

Er wusste nicht, wen er mehr hasste: seinen alten Deutschlehrer oder Christoph Willbrandt.

Ja, dachte er, auf dem Weg vom Tod zum Leben. Wie ironisch.

Am liebsten hätte er Willbrandt gepfählt zuoberst auf den Holzstapel gesteckt. Aber heidnische Sitte hin oder her, das ließ sich nicht machen.

Er fand seinen Plan jetzt umso besser. Er hatte die Leiche in den frühen Morgenstunden zur vorbereiteten Feuerstätte gebracht. Er hatte Angst, die blöden Tierschützer könnten ihm alles zunichtemachen. In den Nachrichten hatte er einen Bericht darüber gehört, dass in Österreich und im Sauerland Tierschützer gegen das Abbrennen von Osterfeuern protestiert hatten, weil sich in den aufgetürmten Holzstößen aus Baum- und Strauchschnitt Kleintiere einnisteten, die dann später, nach Entzündung des Feuers, elendig verbrennen würden.

Er hoffte, dass die Ostfriesen nicht ganz so fanatische Spinnen-, Käfer-, Wanzen- und Milbenschützer waren wie die Sauerländer oder die Österreicher.

»Tja«, freute er sich und sprach es gegen den Wind, »du wirst also mit dem ganzen Getier verbrennen, Willbrandt.«

Sein Hals wurde trocken, und er hustete. Aber er fühlte sich wohl wie selten. Durchtrieben und auf eine lange nicht mehr dagewesene Art glücklich.

Ich werde dabei sein, wenn du brennst!, dachte er triumphierend.

Ich werde mit den Schaulustigen ums Feuer stehen und feiern. Ich werde mit ihnen Musik hören, Bier trinken und Bratwürstchen essen und dabei der Einzige sein, der genau weiß, was geschieht.

Er reckte sich und legte sich dann wieder auf seine Lederjacke. Sie war wie eine Ritterrüstung für ihn. Später würden sich vielleicht Menschen an ihn erinnern, aber sie würden die Jacke beschreiben, nicht ihn. Sie war dominant, machte eine bestimmte Persönlichkeit aus ihm. Im hellblauen Anzug mit roter Krawatte würde ihn niemand wiedererkennen. Oh ja, Kleider machten Leute. Und wie! Heute gab er den Motorradfreak mit Dreitagebart.

Er sah einer Möwe zu und beneidete sie darum, so segelfluggleich im Wind schweben zu können.

Wenn ich wiedergeboren werden sollte, so möchte ich eine Möwe sein. Am Meer leben und den Touristenkindern die Pommes stehlen.

Er lachte über seine Gedanken und wunderte sich, dass seine Lachmuskeln überhaupt noch funktionierten, so untrainiert, wie sie waren ...

Unten am Strand wurden in der Nähe des Feuers die ersten Tische aufgebaut und Getränkestände installiert.

Er sang: »*It's hard to die, when all the birds are singing in the sky.*«

Vor der Feuerstelle, die mit Delfter Fliesen verkleidet war, gaben sich Weller und Ann Kathrin dann das Ja-Wort, und Weller musste nicht einmal auf den Zettel gucken, den Peter ihm zugesteckt hatte.

Ann Kathrin schämte sich ihrer Tränen nicht. Jeder behielt seinen Namen, denn sie wollte heißen wie ihr Sohn und Weller wie seine Töchter.

Dann nahm Ann Kathrin die herzlichen Glückwünsche von Wellers Töchtern und die verhaltenen von ihrem eigenen Sohn entgegen, was sie ein bisschen schmerzte, aber sie wollte sich diesen schönen Tag nicht verderben lassen, und immerhin war er gekommen.

Es gab eine Teezeremonie und jeder trank nach alter ostfriesischer Sitte drei Tassen mit Kluntje und ein paar Tropfen Sahne, aber natürlich ohne umzurühren.

Im Distelkamp 13 wartete schon die Hochzeitstorte, und es waren so viele Marzipanrosen darauf, dass man die Torte kaum noch sehen konnte. Sie war dreistöckig. Fürst-Pückler-Erdbeersahne-Sanddorn.

Rita Grendel bestand darauf, mit ihrer neuen Digicam zu filmen, denn was jetzt geschehe, sei äußerst wichtig. Das Brautpaar müsse die Torte gemeinsam anschneiden.

Weller holte aus der Küche ein Brotmesser und wollte forsch beginnen.

»Halt, halt!«, rief Rita. »Gemeinsam! Das ist wichtig für den weiteren Verlauf der Ehe.«

Ann Kathrin legte ihre Hand auf die von Weller. Sie lächelte. Gemeinsam sägten sie durch das Marzipanrosen-Meer ein Stück Sanddorntorte ab.

Sie küssten sich dabei, und Weller genoss die Berührung von Ann Kathrins Hand auf seiner. Ubbo Heide schoss ein Foto, die Kinder auch. Rita filmte, und dann erklärte sie fröhlich:

»Es ist nämlich so: Wer beim Anschneiden der Torte die Hand oben hat, führt auch später in der Ehe die Regie.«

In das brüllende Gelächter hinein sagte Ann Kathrin: »Tja, Frank, dann weißt du ja, was dich erwartet.«

»Später«, erklärte Ann Kathrin ihrer Mutter, »werden wir zum Deich fahren und dort am Osterfeuer Freunde treffen und mit denen auf die Hochzeit anstoßen. Holger Bloem und seine Frau Angela werden da sein, Jörg und Monika Tapper, Melanie und Frank Weiß.«

Helga Heidrich unterbrach ihre Tochter: »Das schaffe ich nicht mehr. Bringt ihr mich denn vorher zurück zur AWO?«

»Na klar, Mama.«

Ann Kathrin war froh, dass ihre Mutter überhaupt so lange durchgehalten hatte.

»Nein, noch nicht. Erst noch ein Stück Kuchen. Aber dann ...«

Rupert reckte die Nase und schnupperte. Er fand, das Osterfeuer roch heute besonders gut. Da knisterten nicht einfach alte Weihnachtsbäume in der Glut. Da war auch ein Hauch von Buchenholz, Birke und salzigem getrocknetem Strandgut. Die Flammen loderten in den Himmel, und weil die Sicht klar war, konnte man von hier aus auch die Feuer auf Juist und Norderney sehen.

In Fünferreihen standen die Touristen und erfreuten sich an den Flammen. Aus den Lautsprechern dröhnten die alten Hits, die von vielen mitgesungen wurden: *Born to be wild*, *Satisfaction* und schließlich *Smoke on the water*.

Rupert stand zum zweiten Mal für eine Bratwurst Schlange. Er konnte diesem Duft einfach nicht widerstehen, und heute waren die Würstchen besonders knusprig.

Die Stimmung war ausgelassen und fröhlich, einige Pärchen knutschten, einige ganz Verwegene tanzten im Sand. Dann kamen plötzlich, wie in einer Prozession, auf Rupert all die Leute zu, deren reine Anwesenheit ihm normalerweise die Stimmung verhagelte. Der Journalist Holger Bloem. Der Maurer Peter Grendel. Seine Kollegin Ann Kathrin Klaasen und mittendrin, bestens gelaunt, sein Chef Ubbo Heide.

Rupert ahnte nicht, dass hinter ihm jemand in der Schlange stand, der ihnen in der nächsten Zeit noch viel Kopfzerbrechen bereiten würde. Er sang laut mit: »*Smoke on the water, and fire in the sky ...*«

Der Wind drehte jetzt, und eine Böe wehte den Qualm vom Osterfeuer direkt in die Menge, die an der Würstchenbude und am Bierstand wartete. Eingehüllt in dunklen Nebel hielten sich einige die Augen zu, fächelten völlig sinnlos vor ihrem Mund in dem Rauch herum, während Flugasche ihre Haare und ihre Hemden silbern und schwarz färbte. Nur der Mann hinter Rupert saugte die verqualmte Luft tief ein, als hätte er nie eine bessere geschnuppert.

Rupert glaubte sofort zu wissen, was mit dem Mann in der roten Motorradjacke los war. Er lachte: »Nichtraucher, hm? Es ist noch keine vierzehn Tage her, dass du die letzte Kippe geraucht hast, stimmt's?«

Der Mann nickte, und Rupert grinste: »Ich war so sehr auf Entzug, dass ich hinter jedem Raucher auf der Straße hergelaufen bin, um wenigstens ein bisschen von dem Qualm mitzukriegen.«

Es schien dem ostfriesischen Wind Spaß zu machen, den Rauch runter in die Menge zu drücken, während die Funken wie in einem Feuerschwanz in ihre Richtung stoben.

Als sie endlich dran waren, legte der Mann am Grill gerade neue Würstchen auf. Der Mörder überließ Rupert großzügig die letzte knusprige Wurst und gab auch noch ein Jever aus. Er war so gut gelaunt, er hätte die ganze Welt umarmen können. Mit all diesen Menschen hier zusammen feierte er eine Party. Die Verbrennung von Christoph Willbrandt. Gab es einen schöneren Anlass?

Er mochte diesen Rupert und hätte gerne mit ihm noch ein Bier getrunken, aber dann weckte eine Frau sein Interesse. Sie hatte lange, rote, vom Wind verwuselte Haare, und mit den Ascheteilchen darin sah sie aus, als sei sie gerade in eine Schneewehe geraten.

Sie hieß Claudia, war Mitte dreißig, machte aber erfolgreich auf Ende zwanzig und war so wütend auf ihren Freund, dass sie ihn jetzt eifersüchtig machen wollte.

Es entstand eine kurze Konkurrenzsituation zwischen Rupert und dem Mörder, aber dann gab Rupert auf, denn so wie sie den Typen in der Lederjacke anhimmelte, hatte er keine Chance bei ihr. Sie wäre zweifellos Ruperts erste Wahl gewesen, aber so, wie es aussah, würden sich im Laufe der Nacht noch mehr Chancen für ihn auftun.

Auf solchen Festen hatte Rupert schon oft für sich einen Onenight-stand abgestaubt. Wenn die Kerle besoffen genug waren, um sich nicht mehr um ihre Frauen zu kümmern, dann, so hoffte Rupert, saßen die Schlüpfer lockerer als sonst.

Er überließ dem Lederjackentypen, der ganz auf Harley-Davidson-Fahrer machte, die Rothaarige und wendete sich anderen Abenteuern zu.

Ubbo Heide hatte so viele Marzipanröschen gegessen, dass ihm jetzt nach einem Schnaps war. Er bestellte sich zwei Doppelte in einem Glas. Das war jetzt genau die richtige Portion für ihn.

Er lehnte sich mit dem Rücken gegen den Ausschankwagen und sah zu Ann Kathrin rüber. Sie sah glücklich aus, und das stimmte ihn fröhlich. Weller war ein guter Mann, und sie hatte einen Guten verdient. Er wünschte sich für seine Tochter auch so einen.

Er bestellte eine Runde Jever und wollte die Flaschen rüber zu den anderen tragen, doch wo die Stimmung besonders gut und ausgelassen ist, sagt eine alte Polizeiweisheit, sucht auch der Bösewicht seine Chance. Heute versuchten drei Jugendliche aus Moordorf ihre Karriere als Taschendiebe zu starten.

Ubbo wollte die Getränke gegen den Wind durch die Menge tragen. Es fiel ihm nicht leicht. Der Lederjackenmann bot seine Hilfe an, denn der Freund von Claudia sah aus, als sei er schwer auf Krawall gebürstet und suche nur ein Opfer für seine Kampfeslust … Der Mörder wollte keinen Stress und sich den Abend nicht verderben lassen. Da zog er sich lieber aus der Affäre, indem er dem alten Mann beim Flaschentragen half.

Melanie und Frank Weiß hatten den kleinen Ole mitgebracht. Sie zeigten ihm sein erstes Osterfeuer. Melanie tanzte jetzt mit Ole auf dem Arm.

Holger Bloem suchte eine gute Schussposition für ein Foto. Er fand das sehr stimmungsvoll. Im Watt spiegelten sich die Flammen, so als seien viele hundert kleine Osterfeuer auf dem Meeresboden entzündet worden.

Da sah er, dass sich ein jugendlicher Taschendieb von hinten an Monikas Tappers Handtasche heranmachte. Er hatte schon eine Hand in der Tasche und glaubte sich am Ziel.

Holger Bloem war gut vierzig bis fünfzig Meter entfernt, aber er rannte sofort los.

Der Jugendliche warf Monikas Portemonnaie zu seinen Freunden und versuchte, in Richtung Hundestrand zu entkommen, während seine Freunde in Richtung Deich loswetzten und dann einen Haken schlugen.

Holger verfolgte den Dieb, Rita Grendel stieß Peter an und der versuchte, die beiden anderen mit dem Portemonnaie aufzuhalten. Jörg Tapper schnitt ihnen den Weg zum Haus des Gastes ab. Sie liefen Peter direkt in die Arme.

»Aus dem Weg, alter Mann, oder ich brech dir die Knochen«, fauchte ein Junge, der seinen sechzehnten Geburtstag gerade erst mit einem fürchterlichen Rausch hinter sich gebracht hatte. Er kam sich cool dabei vor und sah zu seinem Kumpel. Er glaubte, den damit zu beeindrucken.

»Na klar«, sagte Peter Grendel und versuchte, beeindruckt zu gucken, »du brichst mir die Knochen.«

Den Bruchteil einer Sekunde später küsste der jugendliche Räuber den Sand.

Sein Freund hatte im Karate-Anfängerkurs einen Tritt gelernt, den Mae-Kin-Geri.

Jetzt führte er den Fußstoß filmreif gegen Peter Grendels Brust aus.

Es war, als hätte er gegen eine Steinwand getreten, und jetzt hüpfte er auf einem Bein in Richtung Dünen, während er sich mit beiden Händen den anderen Fuß festhielt, als könne er durch Handauflegen den Schmerz lindern.

Peter Grendel verpasste ihm eine Ohrfeige und legte ihn damit neben seinen Kumpel.

Er nahm den einen links und den anderen rechts unterm Arm und ging mit ihnen zu Monika.

Während er die Kids in Richtung Monika trug, rief der Karateschüler: »Ich zeig Sie an! Ich ruf die Polizei!«

»Gute Idee«, sagte Peter. »Würde ich an deiner Stelle auch tun. So ein Satz wie: *Hilfe! Ich hab ein Portemonnaie geklaut und der Onkel war dagegen.* Kommt bestimmt gut an bei unseren Ordnungshütern.«

Vor Monika ließ er die beiden fallen und sagte: »Die Jungs haben dein Portemonnaie gefunden, Monika. Sie wollten es dir gerne wiederbringen.«

Die zwei entschuldigten sich wortreich, gaben das Portemonnaie zurück und behaupteten tatsächlich, es da drüben im Sand gefunden zu haben.

Rita lachte: »Ja das sind ja ganz reizende Kinder: nett, hilfsbereit ... Hat man ja heutzutage sonst selten ...«

Holger Bloem saß mit dem eigentlichen Dieb oben auf dem Deich und hörte sich seine Lebensgeschichte an. Er weinte, und Holger tröstete ihn.

Ja, die Welt war schlecht. Nicht mal als richtiger Taschendieb konnte man in Ostfriesland etwas werden.

Ubbo Heide verteilte jetzt Bierflaschen an alle und verabschiedete den hilfreichen Lederjackenmann, indem er ihm ein Jever ausgab und mit ihm anstieß. Die beiden prosteten sich zu und tranken aus der Flasche. Dann sagte Ubbo Heide: »Komische Situation. Die halbe ostfriesische Kripo feiert hier, aber die Taschendiebe werden von einem Journalisten und einem Maurer gefangen.«

Der Mann, der Ubbo Heide geholfen hatte, das Bier zu tragen, grinste, hob die Flasche und sagte: »Darauf trinken wir aber jetzt mal einen.«

Die rothaarige Claudia hatte sich durch die Menge zum Lederjackenmann durchgearbeitet. Die Blicke ihres Freundes verfolgten sie eifersüchtig.

»Was ist jetzt?«, fragte sie, schon ein bisschen angenervt. »Gehen wir zu dir oder zu mir?«

Holger Bloem brachte »seinen Jungen« jetzt auch mit. Sie gingen nebeneinander her wie Vertraute. Auch er wollte sich bei Monika entschuldigen, aber einen kleinen aufmunternden Anstupser von Holger brauchte er doch noch, bevor er den Mund aufbekam.

»Eigentlich«, sagte Ann Kathrin, »müssten wir die Jungs jetzt festnehmen. Das ist doch auch eine pädagogische Frage.«

Die drei standen bibbernd und mit weit aufgerissenen Augen da.

Weller kramte in seiner Tasche und suchte in seinem Hochzeitsanzug seinen Polizeiausweis.

»Die sind nämlich von der Kripo«, erklärte Rita Grendel, zeigte auf Weller und sagte: »Der findet nur gerade seinen Ausweis nicht.«

»Aber ich finde«, sagte Weller, »wir sollten sie laufen lassen. Immerhin ist heute unser Hochzeitstag.«

Ubbo Heide lachte. »Schöne Art, seine Hochzeit zu feiern. Anlässlich der Vermählung von Frank Weller und Ann Kathrin Klaasen ließ die ostfriesische Polizei sämtliche Taschendiebe und Kleinkriminelle an diesem Feiertag laufen ...«

Ubbo Heide krümmte sich vor Lachen über seinen eigenen Witz.

Die drei Jungs erkannten ihre Chance und rannten los.

»Immerhin«, stellte Ann Kathrin fest, »so klug sind sie, dass jeder in eine andere Richtung rennt.«

Ihr kriegt mich nie, dachte der Lederjackenmann. Ihr nicht. Und er atmete noch einmal tief ein. Es roch nach verbranntem Fleisch, und das kam nicht von der Bratwurstbude.

Als Rupert am nächsten Morgen ungeküsst aber mit einem Riesenkater wach wurde, lag er in Norddeich zwischen zwei Sanddünen. Zwischen seinen Zähnen knirschte es. Der Mund war trocken wie eine Wüste, aber seine Kleidung feuchtnass vom Morgentau. Er war durchgefroren und zitterte.

Magisch zog die Feuersglut ihn an. Zunächst auf allen vieren, dann aufrecht gehend, näherte er sich. Mit ihm standen fünf, sechs Übriggebliebene und zwei Wächter des Feuers und wärmten sich an der Glut. Es war ein saukalter Morgen, wie sie sich gegenseitig versicherten.

Was Rupert dann sah, schrieb er zunächst seinem Blutalkoholgehalt zu. Da unten aus der Glut ragte etwas heraus, und es sah aus wie die verkohlten Knochen eines menschlichen Fußes.

Rupert fehlten die Worte, und der Sand im Mund machte ihm das Sprechen schwer. Er zeigte nur stumm auf den Fuß. Dann erstarrten die Männer neben ihm.

Kritikerstimmen Ostfriesenangst

»Weit mehr als ein Regionalkrimi.«
Jörg Kijanski, Krimi-Couch

»Viele seiner treuen Leser wallfahrten dann zu den Tatorten, besuchen die Lokale der Romanfiguren und wohnen in den Hotels, in denen der als Mörder Verdächtige abgestiegen ist. Fiktive Gänsehaut inklusive. Der Autor erzeugt Tiefe in der Zeichnung der Charaktere, von Helden und Schurken, in der Beschreibung der kleinen und großen Katastrophen der Protagonisten.«
Axel Wittich, Ostfriesische Nachrichten

»Eigentlich ist Norden eine beschauliche Kleinstadt in Ostfriesland. Die größte Gefahr war dort bislang die Nordsee, die auch mal zur Mordsee werden kann. Doch dann zog der Schriftsteller Klaus-Peter Wolf aus dem Ruhrgebiet nach Norden. Bei einem Spaziergang am Deich beschloss er, die grandiose Landschaft zum Protagonisten seiner Kriminalfälle zu machen.«
Kai A. Struthoff, HNA

»Klaus-Peter Wolf ist ein Sprachjongleur, der dem Volk aufs Maul schaut. In seinen Kultkrimis agieren starke Typen, die jeder kennt. Nicht nur Engländer, Amerikaner oder Schweden können Krimis schreiben. Das stellt Klaus-Peter Wolf humorvoll unter Beweis.«
Dirk Lorey, Klartext

»Gewohnt eigenwillig und intelligent geht Kommissarin Ann Kathrin Klaasen den Fall an. Schlagfertig und emotional kann sie sich immer wieder gegen ihre männlichen Kollegen behaupten. Langeweile muss niemand befürchten. Das Zusammenspiel der Protagonisten, insbesondere der Disput zwischen Ann Kathrin und ihrem Macho-Kollegen Rupert, ist unterhaltsam.«
Aurelia Wendt, NDR

»In welcher Intensität er ein solches Phänomen schildert, belegen exemplarisch seine Erzählgabe und seine psychologische Präzision. Wolf konfrontiert die Leser immer wieder mit der Frage nach moralisch richtigem und falschem Tun. Ein Krimi, über den man noch lange nachdenkt, wenn seine Spannung längst verflogen ist.«
Oliver Schwambach, Saarbrücker Zeitung

Klaus-Peter Wolf
Mord am Deich
13 Kurz-Krimis
Band 03635

13 neue Krimi-Erzählungen,
die nicht nur in Ostfriesland spielen, lassen auch
diesen Sommer wie im Flug vergehen.

Ob Ann Kathrin Klaasen in einem merkwürdigen Fall von Selbstmord ermittelt oder Rupert mal wieder einen Fall alleine gelöst haben will – die Erzählungen aus der Feder von Ostfrieslands Bestsellerautor Klaus-Peter Wolf sind wunderbare Lektüre für kurzweilige Stunden am Strand.

Das gesamte Programm gibt es unter
www.fischerverlage.de